流淌在刀尖的月光

■ 王松 著

天津出版传媒集团

百花文艺出版社

图书在版编目（CIP）数据

流淌在刀尖的月光 / 王松著. -- 天津：百花文艺
出版社, 2013.4
ISBN 978-7-5306-6285-4

Ⅰ.①流… Ⅱ.①王… Ⅲ.①长篇小说-中国-当代
Ⅳ.①I247.5

中国版本图书馆 CIP 数据核字(2013)第 053623 号

选题策划：李华敏　　　装帧设计：刁子勇
责任编辑：高　为　　　责任校对：费伟华

出版人：李华敏
出版发行：百花文艺出版社
地址：天津市和平区西康路 35 号　　邮编：300051
电话传真：+86-22-23332651（发行部）
　　　　　+86-22-23332656（总编室）
　　　　　+86-22-23332478（邮购部）
主页：http://www.bhpubl.com.cn
印刷：天津新华二印刷有限公司
开本：787 ×1092 毫米　1/16
字数：364 千字　　插页：2
印张：26.5　　印数：30000 册
版次：2013 年 4 月第 1 版
印次：2013 年 4 月第 1 次印刷
定价：39.80 元

目 录

序

　　近年来,全国公安机关牢固树立民意主导警务的理念,以人民期盼为念,为人民利益而战,坚持什么犯罪突出就重点打击什么犯罪,哪里治安问题突出就重点整治哪里,持续开展了一系列社会治安集中打击整治行动,有力维护了社会大局的稳定。

　　这期间,公安部部署全国公安机关于2011年5月,开展了为期半年多的网上追逃专项督察"清网行动",以"全国追逃、全警追逃"的力度缉捕在逃的各类犯罪嫌疑人。这次行动声势浩大,成效斐然,社会各界反响强烈。在行动中,全国广大公安民警忠诚奉献、坚韧执著、协作拼搏、敢打必胜,用智慧和汗水,用鲜血和生命,诠释了对党、对祖国、对人民的忠诚本色,彰显了机智果敢、无私无畏的英雄气概和情与法较量中的人间大爱,也谱写了一曲曲跌宕起伏、感人至深的英雄赞歌。

　　2012年初,公安部邀请中国作家协会的几位作家到"清网行动"第一线体验生活,采访典型案例。天津作家王松,即是其中一位著名小说家。他深入生活,潜心创作,完成了这部厚重的长篇小说。在王松的这部作品中,呈现出了新时期公安工作的特殊性、复杂性甚至琐碎性,但独特的讲述方式和不同寻常的描写,却给人耳目一新的感觉。作为一名老公安,尽管我对那些真枪实弹的对峙和扑朔迷离的案件侦查早已熟稔,但通读这部小说作品,仍不时被书中曲折、生动、鲜活的故事和细腻的人物刻画所打动。

　　一部优秀的文学作品,创作的源泉必然来自于真实的生活。在高风险的公安工作中，牺牲对于人民警察来说，随时都有可能发生，公安队伍中从来不缺少感天动地的英雄壮举，在大量的案件侦破过程中，伴随着的不仅有高科技的斗智斗勇，也有枯燥单调的排查走访，柳暗花明的故事随时都在发生。同时，正与邪、美与丑、情与法的冲突较量，也不断演绎着世间百态、人情冷暖，这些都是作家们取之不竭的创作源泉。这本书中，故事素材和创作灵感都是植根于千千万万人民警察或默默奉献或出生入死的工作经历、情感世界，因此就更为真实，更为典型，也更为感人。

　　书中的故事，虽然不能反映公安工作的全部，但也不失为一面面镜子，折射出人民警察这个职业既为人们所熟知又很难说清楚的特殊、复杂与艰难。衷心希望更多的作家走进警营，深入火热的公安斗争生活，从中获得灵感，激发创作热情，创作出更多更好的公安题材优秀文学作品。

（作者是公安部副部长兼纪委书记、督察长）

我12岁那年,我们那里出了一件很轰动的事。

那时我家是在一个工人聚居区,用当时的说法叫工人新村,居民多是附近国营企业的职工。一天傍晚,街上突然开来几辆警车。那时的警车也安装警笛,但与今天有些不同,大概考虑到对坏人的震慑作用,声音很尖厉,听起来也比今天的刺耳。在我们这样的居民区突然开来这样几辆响着警笛的警车,自然引得许多人都跑到街上来看。接着就有消息传来,出事的是住在街对面的江师傅家。江师傅是棉纺织厂幼儿园的厨师,人很随和,也很本分,平时在街上人缘很好。但他的儿子一年前不知犯了什么事,被抓进监狱判了无期徒刑。在这个傍晚,警察突然开着警车赶来江师傅家,是因为江师傅的这个儿子从监狱里逃出来。江师傅的这个儿子叫江明。据街上人说,这个江明身怀绝技。身轻如燕能飞檐走壁,而且两只脚上并排长着三根大脚趾,立起脚尖能行走如飞,当年还曾当过电工,就是赤脚走在高压线上也能如履平地。所以,他在这个傍晚不知利用一个什么机会,悄悄爬上监狱的高墙又攀过高压电网就逃出来。据说当时站岗的战士看到大墙上的电网闪着噼啪的弧光火花四溅,以为越狱的人一定被电击之后栽下大墙摔死了。但来到大墙外面,却早已不见了江明的踪影。有犯人越狱自然是惊天动地的大事,于是全市的警察,那时还叫民警就立刻都动员起来。警方经过分析,认为江明虽已逃出监狱,但他的身上没有钱,而且穿的是监狱里的犯人囚服,所以即使想外逃,也极有可能先回家。于是在这个傍晚,警方就赶来江师傅的家。

江师傅一向是个安分守己的人,立刻表示愿意配合警方。但他说,他的儿子江明确实没有回来过。警方立刻对江师傅的家里进行了仔细的搜查，也确实没有发现江明回来的痕迹。于是，警方临走时向江师傅说，江明是被判无期徒刑的重犯，他这样从监狱里逃出来性质很严重，所以，如果他回来一定要及时向警方报告。江师傅听了连连点头，向来的民警表示，如果江明回来他不仅及时报告，还要劝他去自首。

我们的这条街上一向很平静，从没有发生过这样的事。江师傅的这个儿子当初被逮捕判刑，街上的人们并不知底细。这一次突然有几辆警车这样开来，于是江明的事也就很快在街上传出来。据说这个江明在几年前是因为故意杀人罪被判无期徒刑的。江明在市里的炼钢厂工作，是厂里的电工。当时江明交了一个很漂亮的女朋友，在炼钢车间开天车。这女孩经常来电工班找江明，于是渐渐地就跟电工班的班长也熟识起来，后来江明不在时，她也经常和这个电工班长一起聊天，再后来甚至当着江明的面两人也开一些不轻不重的玩笑。江明起初并没太在意，但时间长了就感到有些不舒服了。可是江明的性格很像他父亲，比较内向，所以尽管心里不舒服却并没有表现出来。但是，江明渐渐听到身边的人议论，说他的这个女朋友和电工班长的关系如何如何，两人还曾经一起出去看过电影。在那个年代，如果两个青年男女一起去电影院看电影，应该就不是一件简单的事了，至少意味着两人的关系已经在明确地朝着某一个方向发展。江明听到这样的议论起初还不太相信，他认定这个女孩很爱自己，他和她的感情很好。但没过多久，他竟然亲眼看到了这个女孩和电工班长在一起。这个电工班长比江明大几岁，工资比江明高，因此经济条件也比江明好。在那个晚上，江明在街上无意中看到，他的女朋友正和电工班长一起说说笑笑地从一家餐馆里走出来，而且两人一边走着，电工班长还有意无意地在这个女孩的屁股上拍了一下。尽管当时街上的灯光很昏暗，但电工班长的这个动作江明还是看得很清楚。江明这时才意识到，看来自己的女朋友与电工班长的关系已经非同一般了。江明本想当即上前质问这个电工班长，这究竟是怎么回事？江明的身材虽然不如这个电工班长魁梧，但他从小习武，身手很好，在学校时还曾参加过全市中小学生武术比赛，所以这个电工班长显然不是他的对手。但江明还是忍住了。江明的性格让他把这口气硬是咽在了心里。可是江明当时并没意识到，他把这口气这样咽到心里，这口气是会膨胀的，而且这样的膨胀还有可能导致更可怕的结果。

后来让江明失去理智，最终决定铤而走险，是因为他去找这个女朋友谈了一次话。当时江明的态度还是很忍让的，他耐心地对这个女孩说，他不管她曾跟电工班长做过什么，只要她今后不再跟他来往，他就当什么事情都没有发生过。可是这个女孩听了却冷笑一声说，我和他之间，怎么可以当什么事情都没有发生过呢？你现在说这样的话已经晚了。这个女孩这番话的意思已经很明白，江明立刻脸色蜡黄，一下呆在了那里。于是几天以后，这个电工班长在炼钢车间维修天车上的高压线路时，突然就出了意外事故。据当时看到的人说，这个电工班长正趴在天车变压器上作业，那只变压器不知怎么突然嗡嗡地响起来，接着电工班长的浑身就剧烈地颤抖起来，手里的电线也闪出噼噼啪啪的火花。旁边的人立刻都很惊愕，电工班长明明是断电作业，怎么会突然接通了电源？大家赶紧切断电路将浑身冒烟的电工班长从变压器上拖下来。但这时的电工班长已经十指焦黑，直到送去医院时浑身仍在不停地颤抖。炼钢厂的有关部门立刻对这起事故展开了调查，发现天车的电源闸箱不知被什么人合上了。也就是说，在电工班长断电作业时，有人不知出于什么目的又偷偷地接通了电源。

调查这起事故的有关部门感到事情重大，于是立刻向警方报了案。当时的公安局已经叫无产阶级专政机关。专政机关立刻为此事成立了专案组。专案组经过调查，也感觉这件事令人匪夷所思。电源闸箱是悬挂在一面很高的墙壁上，必须借助电工专用的绝缘梯才能上去。可是据调查，在出事的那个上午，这架绝缘梯并没有人使用过，那么这个将电源闸箱合上的人又是怎样徒手攀上这十几米高的墙壁呢？除非这个人会飞檐走壁。也就在这时，厂里配合专案组调查的人突然想到了江明。江明可以飞檐走壁是厂里很多人都曾亲眼见过的。一次厂里的动力电线由于落了一只鸽子造成短路，几个车间都停电无法作业。但是，这条线路很高，附近又没有建筑物，所以无法将这只鸽子取下来。后来还是江明主动提出，他可以试一试。当时他爬上电线旁边一棵高大的柳树，一直爬到接近树梢的地方抓着树枝用力一荡，身子就轻盈地飞翔起来，在飞过电线的一瞬抓住那只鸽子，然后才落到另一棵树上。江明的这一连串动作轻松流畅，给人的感觉似乎并不费力，把当时在场的所有人都看得目瞪口呆。所以这时，厂里配合专案组调查的人认为，江明既然能把电线上的鸽子抓下来，攀上这面十几米高的墙壁也就应该很容易。接下来经过调查，曾有人看见，在出事的那个上午江明确实曾在这个电源闸箱的下面徘徊过。接着配合调查的人又了解到，江明与电工班的班长还曾因为女朋友的事有过一些嫌隙。如此看来，江明做这件事也是有动机的。专案组立刻把江明找来询问。让专案组没有想到的是，江明竟然很痛快地就承认了此事。他告诉专案组的人，这件事就是他干的。但他拒绝说出为什么要这样干。由于江明的行为已涉嫌故意杀人，于是立刻就被专政机关拘捕了。后来幸好这个电工班长没有死，但两只手的十根手指都已被不同程度的烧焦了，而且从医院出来以后，身子仍还在不停地颤抖，那样子看上去就像京剧里的摔派老生。所以，江明这一次虽然没有闹出人命，但还是以故意杀人罪被判了无期徒刑。

江明这一次从监狱里逃出来，我们这条街上的人立刻议论纷纷。大家议论的焦点主要是江明逃出监狱之后会不会回家。上一些年岁的人认为，江明的父亲江师傅身体一直不好，而江明被捕前毕竟是一个孝顺孩子，每月领了工资除去给父亲买些营养品，剩下的就都如数交给家里。他这次被捕已在监狱里关了一年，心里一定很惦念他的父亲，所以他即使准备远走高飞，临走前也肯定会回家来看一看。持这种看法的人说，此外还有更重要的一点，江明从监狱里跑出来身上没有一分钱，他没有钱是哪里也去不成的。但街上的年轻人却不这样看。年轻人认为，江明从监狱里逃出来，肯定会想到，警方第一个要找的地方就是他的家里，所以他不可能回来自投罗网。至于钱的问题应该很好解决，先向朋友借一些或想别的办法都可以。持这种观点的年轻人甚至认为，江明在监狱里关了一年，应该从其他犯人那里学到一些经验，所以已经具有一定的反侦察意识，他就是真想回家看一看，也不会在这种时候回来。

就在这时，派出所的管片民警来到我们这条街上。那时的民警还穿绿制服，蓝裤子，在裤缝上有一道鲜艳的红线，绿帽子上顶着一枚像国徽一样的帽徽。这个民警姓刘，个子很高，蜡黄脸上的眼睛很小，但透出的目光炯炯有神，街上的人都叫他大刘。大刘平时说话很少。他虽然只是一个户籍警，据说却很有刑侦经验，一边做着户籍工作曾协助市里破获过很多重大的刑事案件。大刘来到我们这条街上的居委会，那时已叫革命居民委员会，给街上的人们开了一个会。当时革居会主任先给大家讲话。革居会主任是一个六十多岁的老女人，平时总披着一件疙瘩襻儿的大襟褂子，拧着眉沉着脸似乎总在跟谁生气。她这天在会上表情严肃而且凝重地对大家说，我们平时总说阶级斗争，现在阶级敌人就跑到我们眼前来了。江明，就是江永泉的儿子，他直接对抗无产阶级专政，从监狱里跑出来妄图破坏我们的大好革命形势，所以，我们革命群众一定要时时保持革命警惕，注意阶级斗争的新动向，我们绝不能让阶级敌人的阴谋得逞。大刘一直面无表情地坐在旁边，这时才站起来对大家说，江明是从监狱里跑出来的逃犯，是一个刑事犯，他现在去向不明，经过分析，很有可能在这几天回来，所以大家要警觉一些，一旦发现可疑情况立刻向专政机关报告。

大刘的这番话虽然说得很简单，却引起革居会主任的强烈不满。革居会主任认为，大刘这样说是在故意跟她作对。她本来已将这件事上升到阶级斗争的高度，而且将江明定性为阶级敌人，大刘却只是轻描淡写地说他是一个逃犯，一个刑事犯，他作为无产阶级专政机关的一个民警，这样说话是有政治问题的，是故意抹杀这件事的阶级性。革居会主任在会上没说任何话，但散会之后立刻去向街道办事处的革命委员会领导汇报了此事。这以后，大刘再来我们这条街上就更少说话了。曾有一天晚上，我无意中看到大刘去了江师傅的家里。我的一个小学同学与江师傅家住邻居，那天晚上，我刚好

5

来找这个同学。当时江师傅正在院子里点煤球炉子，抬头一见大刘来了，连忙让他进屋说话。大刘的脸色很不好。他说不用了，就几句话。然后说，江明如果回来了，您一定劝他去专政机关自首。江师傅听了慢慢低下头，沉了一下，轻轻点了一下头。大刘又说，我已经了解过了，江明在监狱里一直表现很好，本来他这样下去，是可以考虑要为他减刑的，他这一次突然这样逃出来，应该是有原因的。江师傅又点点头。大刘说，您可以告诉他，这样逃出来是没有任何出路的，他的一辈子也就这样毁了，只要回去自首，把事情说清楚，对他还是有好处的。

大刘这样说完，就转身走了。

我们在生活中往往会遇到这样的事，当你在某个地方看到一个人，会突然发现他很像你见过或认识的另一个人，有的时候甚至极为相像，可以说酷似。可是这两个人却没有也不可能有一点关系。我这一次深入生活，就遇到了这样的事。在我第一眼看到这个姓李的公安局长时，我突然愣了一下。他身材高大，蜡黄脸上的眼睛很小，却炯炯有神。我先是觉得他有些眼熟，接着就想起来了。有一刻我甚至怀疑，他是不是四十年前的那个大刘穿越到今天来了。李局长显然从我脸上的表情看出了什么。但也许出于职业习惯，他并没有向我多问。我想了想，还是告诉他，他很像我小时候看到过的一个警察。我对李局长说，这几十年来，这个警察的形象一直留在我的记忆里，每当说起警察，我就觉得应该是他那个样子。我这样说罢甚至还可笑地叮问了一句，您……确实姓李吗？李局长点点头说，我确实姓李。

我的深入生活的工作就这样开始了。

我还是第一次如此近距离地接触刑侦工作。或许是因为有了这样一个插曲，我的工作一进入就很顺利。李局长先是问我，关于"清网行动"的背景是不是都已了解过了。我告诉他，来之前已经了解了一些。李局长说那好，你就先看一看卷宗吧。

他很内行地冲我笑笑说，我知道你们这些人的工作习惯。

我也笑一下，点点头说，是啊，每个人都有自己的习惯。

你如果对哪个案子，或是哪个犯罪嫌疑人感兴趣，我再找人详细给你介绍。

李局长说着，朝桌上的一摞厚厚的卷宗指了指。

开始接触案件之前先看一下卷宗，这是我提出来的。这一次"清网行动"，李局长这里的清网率达到了百分之百。我想，他们肯定会遇到一些稀奇古怪的案子。是啊，李局长的蜡黄脸上掠过一丝疲惫，然后说，我这里……确实有很多很有意思的案子……

第一章
午夜的阳光

申明在这个早晨下班时，看看表已是七点钟。他故意又在清洁队的院子里停留了一下。院子里树很少，申明突然感到身上不舒服。他立刻意识到，是早晨的阳光。早晨的阳光虽还泛着淡黄色，晒到皮肤上却有一种热辣辣的感觉。申明已经很久没有晒太阳了，所以有些不适应。但申明还是蹲在清扫车前，将轮式扫帚的机械装置仔细检查了一遍，又把前面的风挡玻璃擦干净，然后才从单位里出来。申明在心里计算着，吴小云的上一次例假是八天前结束的，那么这一两天也就应该是最危险的时候。申明当年在老家时，曾听老人说过，女人的受孕期是后八前七。也就是说，从月经后的第八天到下一次月经的前七天，这段时间是最容易受孕的。吴小云虽已28岁，仍还是容易受孕的年龄，而且身体素质很好，每月的例假从不提前或错后。所以，申明的心里很清楚，自己在这方面要格外小心。但吴小云一向拒绝使用避孕套，不是因为感觉不好，而是不想避孕。这让申明感到很难办。申明知道吴小云的脾气。吴小云是一个性子绵软的女人，和申明在一起，无论什么事从来都是由申明做主。但如果是她认定的事，她虽不会与申明争辩，却也不肯轻易改变自己的主意。所以，申明的心里明白，如果要说服吴小云，让她同意使用避孕套几乎是不可能的。也正因如此，申明才将吴小云每月的例假时间暗暗记在心里，这样再做爱至少可以不动声色地避开危险期。

申明走在回家的路上，心里还在想着夜里接到的那个电话。电话是赵全打来的，听背景声音好像正在路边摊吃烧烤。赵全的声音还是那样不紧不慢，他在电话里说，明天上午吧，来找我一下。申明问，有事？赵全说，有事。申明问，什么事，不能在电话里说吗？赵全说，还是见面说吧。赵全这样说完就把电话挂断了。申明感觉到了，赵全说话的口气似乎有些异样。他想不出，自己与赵全已经很久不联系了，他现在突然找自己会有什么事。

申明在这个早晨回到家时，吴小云果然还躺在床上。吴小云躺的样子有些暧昧，而且申明能看出，她显然已做好了一切准备。吴小云的"快捷餐食店"雇了三个人，其中一个是吴小云的小姐妹，叫燕子。吴小云很信任燕子，平时让她打理店里的各种事情，所以吴小云晚一点去店里也就没有太大关系。吴小云已经适应了这样的生活。申明每晚10点上班，要开着清扫车在街上工作到第二天早晨6点，然后将车开回清洁队，再做完各种清理工作，这样回到家就要将近7点钟，而且一年365天，几乎每天如此。所以，吴小云要想和申明亲热一次，就只有早晨等在床上。吴小云经常无可奈何地对申明说，她曾听人家说过，对于男人，早晨做爱是最伤身体的。吴小云始终搞不懂，申明为什么偏偏喜欢这种昼伏夜出的工作。申明的身材很好，虽不太高但很匀称，而且看上去清秀斯文。现在一些大公司招聘员工都很注重形象，申明又有技术，如果去哪里应聘应该不是很难的事情，为什么一定要在环卫清洁队这种地方打工呢。就算是开清扫车，有些技术含量，但毕竟也是扫大街啊。吴小云曾对申明说过这件事。她说，她并不是瞧不起扫大街，现在无论做什么，只要是一份正经工作都是一样的凭力气吃饭，没有什么高低贵贱之分，她只是觉得，申明凭自己各方面的条件应该能找一份更适合的工作，为什么一定要去开清扫车呢。但申明的回答却很简单。申明说，他喜欢这种夜班工作，这样白天可以轻松自在地做一些自己想做的事情。可是吴小云却觉得，申明说的并不是心里话。吴小云认为申明有自卑心理，觉得自己是从小城市来的，所以才不敢去大公司应聘高一些的职位。当初吴小云第一次遇到申明时，申明还在一家物业公司里打工。那时吴小云的快捷餐食店已经做得有了些模样，客户也越来越多。吴小云的快捷餐食店是专做盒饭的，每到中午给一些写字楼里的公司送餐。随着客户不断增多，送餐压力也越来越大，吴小云就买了一辆二手的面包车，这样送餐更快捷，也扩大了营业范围。吴小云一天中午去给一家广告公司送盒饭，不料面包车出了问题，无论怎样都发动不起来了。吴小云一下急得满头大汗。后面还有很多公司等着去送午餐,耽误了人家吃饭可是大事。吴小云情急之下又来到这家广告公司,问这里有没有人会修车。就在这时,从办公室对面的卫生间里走出一个年轻人。其实吴小云已经看到这个年轻人,而且感到有些奇怪。别人都是在办公室里吃饭,唯独他却端着饭盒蹲在卫生间里。吴小云从他身上的装束看出,应该是一个蓝领,而且很可能是打扫卫生间的清洁工。但吴小云还是搞不懂,就算他是清洁工,为什么一定要蹲在卫生间里吃饭呢。这时,这个年轻人问吴小云,汽车出了什么问题。吴小云说不知为什么,机器突然发动不起来了。年轻人说,我去看看吧。当时吴小云听了看一看这个年轻人,不知道他这样说是什么意思。她不相信,这个年轻的清洁工竟然会修汽车。但让吴小云没有想到的是,这年轻人来到汽车跟前,只是稍稍摆弄了一下,汽车立刻就发动起来。他一边用棉纱擦着手说,这辆车已经很旧了,点火器不好用,如果不去彻底修一下恐怕还会出问题。

也就是这一次,这个年轻的清洁工给吴小云留下很深的印象。事后吴小云一直在想,这样一个看上去斯斯文文的年轻人,又有这样好的修车技术,怎么会甘心在写字楼里为人家打扫厕所呢?吴小云后来才知道,这个年轻人叫申明。吴小云考虑了几天,一次就借去送盒饭的机会找到这个叫申明的年轻人,问他,愿不愿意到自己的快捷餐食店来工作。当时吴小云想的是,既然这个年轻人会修车,很可能也会开车,如果让他来自己这里送盒饭应该很合适。虽然自己的这个餐食店不大,不会给他太高的薪水,也总比他在物业公司当清洁工的收入要多一些。但是,当吴小云对这个叫申明的年轻人把自己的想法说出来,申明却并没有立刻答复,只是点点头说,我……先考虑一下。这让吴小云很不理解。吴小云看看他问,怎么,去我的餐食店送盒饭,不比你在这里扫厕所强吗。

那一次,申明最终还是辞去了清洁工的工作,来吴小云的餐食店送餐。但他在拿到第一个月的薪水时,却告诉吴小云,他不想再做了。当时吴小云感到很意外。她问申明,是不是觉得自己给的薪水太低。她向申明解释,也许自己定的薪水确实低了一些,但申明刚来这里,后面薪水的标准还会提高的。申明立刻说不是这个原因。申明说,他只是觉得这样的工作不适合自己,他不想做这种东跑西颠的事情。吴小云听了看看面前这个身材修长眉目清秀的年轻人,轻轻叹口气,想一想说这样吧,她经常去环卫局送盒饭,知道他们那里的清洁队正需要人。清洁队刚刚进了几台自动清扫车,需要一个修理工。吴小云问申明,想不想去那里,如果想去她可以帮他说一下。直到后来，吴小云和申明在一起了，她才告诉他，她那个时候真是鬼迷心窍了，其实她完全可以不这样做，既然申明不想在她这里做，只管随他去就是了。但吴小云说，她当时却真的不忍心这样，她觉得自己好像对申明负有一种不可推卸的责任，一定要为他再找一份工作。也就是那一次，申明去了环卫局的清洁队。但让人意想不到的是，申明到了那里并没有当修理工，而是主动要求去开清扫车。在清洁队里，上街作业是最辛苦的，所以并不是每个人都愿意去，现在既然申明主动提出这样的要求，而且又有修车技术，清洁队的领导当然求之不得。于是申明就这样去开了清扫车。

　　申明在这个早晨走进卧室，一看到床上的吴小云就明白了。吴小云已经把自己准备停当，像一桌饭菜似的摆在床上，等着申明来吃。其实申明对吴小云的身体感觉很好，每次跟她做爱都很兴奋。此时，他一看到吴小云在床上的样子身上立刻有了感觉。但理智又提醒他，现在不行，这个时候万万做不得这件事，否则后果将不堪设想。

　　申明已经意识到，吴小云在这个早晨应该是有预谋的。吴小云的那个小姐妹，也就是叫燕子的那个女孩，虽然比吴小云还小两岁，对男女之事却极为精通，甚至堪称是性学专家。吴小云和申明在一起已经很长时间，每次做爱仍很笨拙，几乎像个处女一样手忙脚乱。但自从有了这个燕子，吴小云很快就变了，再做爱时不仅有条不紊，而且动作细腻手法讲究，还学会了很多花样，有的花样甚至已上升到技巧。所以，在这个早晨，申明很快就明白了，吴小云一直想怀孕，她一定是在燕子那里得到了什么真传，想在这个特殊的日子耕耘播种。于是申明想了想，先让自己镇定了一下，然后对吴小云说，马叙给我打电话了。申明的这句话果然起了作用。吴小云立刻从床上坐起来，被子也随之滑落，露出赤裸的上身。

　　她问，他……说什么了？

　　申明说，他想见你。

　　吴小云看一看申明，没再说话。马叙是吴小云过去的男友，自从分手以后，已经很久不和吴小云联系。但最近不知从哪里知道了吴小云的快捷餐食店很红火，就不停地打来电话，声称吴小云当初困难的时候，他曾帮助过她，现在吴小云有钱了，应该把这笔钱还给他。吴小云起初碍于面子，没有把这件事告诉申明。但有一次马叙又来电话，刚好申明在旁边，而且马叙一直在电话里跟吴小云纠缠不休。申明问这个人是谁，吴小云才不得不把这件事对申明说了。吴小云说过之后就有些后悔了。她担心申明去找马叙。申明虽然看上去很斯文，眼神里却经常透出一股坚硬的寒气。吴小云和申明在一起很长时间，仍觉得没有真正了解他，她甚至吃不透申明究竟是怎样一种性格。后来申明果然去找过一次马叙。马叙在一个写字楼里当保安。他的身材高大粗壮，看上去很魁梧，却是一个外强中干的人。申明在一个上午来这个写字楼里找到他。当时马叙正在值班。申明问，你就是马叙？马叙操着河北农村口音的普通话说，是，我是马叙。申明告诉他，自己是申明。然后就将他叫到大楼外面，来到路边的一块广告牌后面。马叙显然听说过申明这个名字，他的目光与申明刚刚碰到一起立刻就怯懦地避开了。申明直截了当告诉他，现在吴小云是自己的女朋友。然后盯着他，一个字一个字地对他说，今后不要再骚扰吴小云，更不准有事没事乱给她打电话。申明这样说完看一看马叙，又问，我的话，你听懂了吗？马叙稍稍迟疑了一下，问，如果……我有事要找她呢。申明说，通过我，我同意了你才可以和她联系。申明这样说完又朝马叙逼近一步，盯着他问，我的意思，说得够明白了吧？马叙有些沮丧地点点头说，明白了。这以后，马叙果然没再给吴小云打过电话。吴小云立刻猜到了，一定是申明去找过马叙了。申明对这件事也不否认。申明告诉吴小云，他已给马叙规定了，今后他再找吴小云，必须先通过自己这里。所以，申明对吴小云说，如果这个马叙再给你打电话，你立刻告诉我。

在这个早晨，申明告诉吴小云马叙打过电话要见她，当然是故意这样说的。他只是想用这件事冷却一下吴小云等在床上的热情。申明的目的达到了。吴小云果然一下紧张起来，一再问申明，马叙找自己会有什么事。申明想了一下说，他并没问他有什么事，他只是告诉他，吴小云最近很忙，如果有什么事对自己说就可以，自己会转告她。马叙听了没再说什么就赶紧把电话挂断了。吴小云听了点点头，这才稍稍松了一口气。接着就拿过胸罩和内裤慌慌地穿上，又忙着去找衣服。她对申明说，燕子一早来过电话，有几笔欠款的事等着她去店里商量一下，早饭放在微波炉里，稍稍转一下就可以吃了。

吴小云这样说罢就匆匆地走了。

申明胡乱吃了几口早饭就从家里出来。他跟赵全约的是上午九点，在水鑫大厦对面的街心花园见面。水鑫大厦就是申明当初在物业公司打工的地方。那时申明做清洁工。赵全做修理工。但赵全虽然心灵手巧，却并没有正式学过，所以在电工和各种机械修理方面跟申明学了很多技术。也正因如此赵全才在这家公司一直做下来,而且职位越来越稳固。赵全为此很感激申明,甚至对他有些崇拜。赵全曾对申明说过,他始终搞不懂,申明这样年轻,又有这样好的技术,怎么会心甘情愿做一个清洁工。申明听了并没有解释。他只是告诉赵全,做清洁工很轻松,他现在喜欢做轻松的事。申明在这个上午来到水鑫大厦对面的街心花园,先下意识地朝四周看了一下,确信没有人注意到自己,才在一棵桂花树下站住了。申明来这个城市已经七年,却很少在白天的时候出来。他当初在水鑫大厦做清洁工时每天总是早早就来上班,下班很晚才回去。也正因如此物业公司的老板对他的表现很满意。申明抬头看一看水鑫大厦楼顶的大钟,已经将近九点,这时就见赵全从大厦里匆匆地走出来。赵全来到申明的跟前,把一瓶矿泉水递给他说,吃过早饭了?申明说吃过了。然后问,找我什么事。

赵全沉了一下,朝旁边指指说,我们……到那边去说话吧。

于是,两人就绕过凉亭,来到一个藤萝架的下面。

赵全这时才说,昨天上午……公司里来了两个人。

申明没有说话,只是看着赵全,等他继续往下说。

赵全又说,这两个人说,他们是阳水市公安局的。

申明仍然没说话,只是嗯一声,点点头。

赵全说,这两个人说,他们是来了解一个叫周成的人,可是拿的照片……赵全说到这里忽然停了一下,看看申明,那照片上的人……我觉得……有些像你。

申明点点头,问,他们还说什么了。

赵全说,他们先是去跟公司老板谈了一会儿,后来才找到我,所以,他们跟老板说了什么我不清楚,他们只是问我认不认识这张照片上的人,我说吃不准,这个人看着只有二十来岁,好像没见过。不过……赵全又说,公司老板是怎么说的就不知道了。

申明又哦了一声,点点头。

赵全迅速地看了申明一眼,说,我记得,你就是阳水人?

申明说是,我是阳水人。

赵全试探地问,你……知道这个叫周成的人吗?

申明不置可否地看了赵全一眼。

赵全立刻说,当然……我心里有数,无论是怎样一回事你都是一个好人,我今天找你来,只是想告诉你有这样一件事,不管怎样说,你自己小心就是了。

另外……赵全又说，他们还提到你的名字。

申明问，他们怎么说？

赵全说，他们的手上有一个名单，都是在咱们这里做过的年轻人，年龄都在二十八九岁，我看到了，其中有你的名字，大概是公司老板提供的，不过公司老板显然不知道，这些人离开公司以后都去了哪里。这两个人问我，知不知道这些人的下落。我告诉他们，物业公司这种地方流动性很大，而且多是外地人，一离开这里大家也就不联系了。赵全这样说着掏出手机看看时间，然后说，我得赶快回去了，后面再有什么事我会立刻告诉你。

他说罢又做了一个手势就匆匆回大厦去了。

申明意识到，是自己大意了。

他想起几年前的一件事。当时他还在物业公司打工。一天，陈兴突然打来电话，说申明的母亲病危，已经送去医院。陈兴是申明的姨表兄，陈兴的母亲与申明的母亲是亲姐妹。陈兴给申明打来这个电话的意思很明显，申明的母亲病危这件事他已告诉申明了，至于申明回不回去是他自己的事。所以，陈兴这样说罢就将电话挂断了。申明的心里很清楚，自己是不可能回去的，这时说不定阳水市公安局的警察就等在医院里，自己回去只能是自投罗网。所以，要想了解母亲的情况只能打电话。但就在这个下午，申明打扫卫生间时不小心将手机掉到水里了。于是他一时着急，就用公司的固定电话给姐姐的家里打过去。但家里没有人接。申明想，家里的人应该都去医院了。于是就又给陈兴打过去。他当时已经意识到，这样做很危险，如此一来也就将自己所在的具体位置暴露出来了。他后来之所以决定答应吴小云，离开这家物业公司，应该说与这件事也有直接关系。这时申明想，现在阳水市公安局的警察来这家物业公司调查自己，很可能就是从当初的那个电话得到的线索。如果这样说，阳水市公安局的警察就很可能已经找过陈兴了。申明想到这里，就决定给陈兴打一个电话。

申明知道，这种时候当然不能再打陈兴的手机。如果阳水市公安局已经找过陈兴，那么他的手机也就很可能已被监控。于是申明把电话打到陈兴的工作单位。陈兴是在阳水市的一家邮局工作，申明打去电话时，陈兴好像正在开会。申明先是问陈兴最近在忙什么。陈兴只是嗯一声，问申明有什么事。申明问，你现在说话方便吗？陈兴说，你有事就说吧。申明沉了一下，问，最近这段时间，有没有什么人找过你。陈兴说我在邮局工作，每天找我的人很多。申明说，我是说……关于我的事找你。陈兴沉了一下说，这两天没有。然后又说了一句，我还有事，正在开会。说罢就将电话挂断了。

申明感觉到了，陈兴对自己很冷淡。其实陈兴已经很多年不跟申明来往了。那一次申明的母亲病危，陈兴显然是受母亲之托，才给申明打了这样一个电话。后来申明的母亲去世，陈兴就再也没和申明联系过。申明知道，陈兴不会原谅自己。但申明至今仍然认为，当年的那件事不能全怪自己。尽管当时陈兴正在热恋着胡冬花，但胡冬花是怎样一个女孩，陈兴的心里应该是有数的。申明后来和胡冬花在一起时，曾问过她，她既然已和陈兴在一起，而且陈兴对她很好，她为什么还要离开他。胡冬花听了却只是咻咻地笑，并没有说出为什么。后来申明就明白了，陈兴那时刚去邮局工作，每天穿着皱巴巴的绿色工作服，从早到晚像只老鼠一样地把一些邮包搬来搬去，胡冬花这样的女孩对那种工作自然很不屑。胡冬花曾当着申明的面取笑陈兴，她说中国有"四大绿"你们知道吗，白菜叶、西瓜皮、王八盖子、邮电局。当时陈兴听了无言以对，只是尴尬地笑笑。而那时申明虽然在一家汽车修理店工作，却已是高级技师，而且晚上还经常可以把高档轿车开出来兜风。胡冬花这种女孩似乎天生就是坐高档轿车的，无论是多么高级的轿车，她只要在车上一坐，看上去就像一束鲜花插进花瓶，或是一幅油画镶进画框，让人感觉是那么的和谐自然。胡冬花第一次坐申明的车，是去参加几个小姐妹的聚会。晚上陈兴让申明把修理店的车开出来，和他一起去接胡冬花。申明那一次开出来的是一辆黑色的雷克萨斯，而且刚刚洗过车，看上去黑汪汪的很漂亮。胡冬花从酒楼里出来，一看到这辆车不禁哇的一声，然后就在小姐妹们艳羡的目光下钻进轿车，一边招呼着走了。事后申明才知道，胡冬花当时并没有告诉那些小姐妹，自己的男朋友在邮局工作，她说自己的男友是做生意的，有一家很大的公司。也正因如此，她在那个晚上才让陈兴找一辆高档轿车来接自己。那时申明和陈兴的关系还很好，姨表兄弟之间，帮这样一点忙也是无所谓的事情。所以，当胡冬花坐在车上，又兴致勃勃地提出先不回去，还要去兜一兜风，申明就把车开去江边，又从江边一直开进了山里。在这个晚上，申明把车开回来时已是将近凌晨1点。胡冬花仍没有尽兴，又提出要去江边的大排档吃夜宵。最后还是陈兴说，他第二天早晨还要上班，不能太晚，胡冬花才只好悻悻地答应回去。申明在这个晚上将陈兴和胡冬花送回去之后，并没有立刻把车开回修理店。胡冬花的身上喷了很多香水，搞得车里香气四溢。申明知道，这种香水的气味是很难去掉的,如果这样把车开回去,第二天早晨车主来取车,一闻到车里的气味肯定会问这是怎么回事。于是他将车窗全都打开,又在街上狠狠地跑了一阵,直到把香水的气味散尽才开车回来。但让申明没有想到的是,第二天上午,胡冬花又给他打来电话。胡冬花说,昨晚她的一个化妆包落在车上了,让申明帮她找一下。幸好当时那辆雷克萨斯还没有提走。申明赶紧去车上看了一下,果然找到一只很精致的小化妆包。接着胡冬花又打来电话,说晚上在单位值班,让申明给她送过去。

于是,申明在这个晚上就又来给胡冬花送化妆包。胡冬花是在一家酒店里当服务员。这家酒店在江对岸,离申明工作的汽车修理店很远。所以,申明在这个晚上就又开着店里的一辆别克君威来找胡冬花。申明来时胡冬花已经等在酒店门口,她一看到这辆咖啡色的别克君威立刻又哇的一声,然后钻进车里坐到副驾驶的座位上,身子扭动了一下对申明说,去兜兜风吧?申明笑了一下问她去哪?胡冬花说,还去江边。

这以后每到傍晚,胡冬花就经常给申明打来电话,约他把车开出来,或去江边兜风,或去找小姐妹办什么事情。事后申明一直怀疑,在那个晚上,胡冬花是故意将自己的化妆包落在车上的。但他觉得这个叫胡冬花的女孩确实挺招人喜欢,不仅长得漂亮,性格也很可爱。那时申明已经22岁,一副帅哥的样子,又有修车技术,所以身边也经常会出现一些女孩。但是,像胡冬花这样漂亮又有气质的女孩他还从没有见过。不过他当时还是在心里时时提醒自己,一定要跟这个女孩保持距离。陈兴曾对申明说过,他对这个叫胡冬花的女孩感情很深。当初陈兴也是偶然认识胡冬花的,然后想尽一切办法,坚持不懈地追了很长时间才追到手。所以,陈兴说,他很珍惜与胡冬花的这份感情。也正因如此,申明的心里很清楚,倘若自己与这个叫胡冬花的女孩走得太近,肯定会影响他和陈兴之间的关系。果然,这以后没过多久,陈兴就打来电话。陈兴先是对申明说,最近一段时间总是找不到胡冬花。然后就问,她晚上是不是经常和你在一起。申明听了想一想,只好承认说,她确实找过我几次,但都是要用车,让我送她去办事。陈兴听了只是哦一声,然后说,其实……这样的事你该告诉我一下。说罢就把电话挂断了。申明这一次和陈兴通过电话之后,就开始有意疏远胡冬花了。他意识到,如果任由这件事发展下去就真的很难收拾了。于是,一天下午,当胡冬花又约他晚上出来,他就告诉她,修理店是有规定的,客户送来修理的汽车,一般是不准随便开出去的,否则一旦出了什么事很难说清楚。申明说,他这段时间经常在晚上开车出去,而且开的还都是一些高档轿车,修理店的老板已经知道了,所以,他无法再开车出去了。但让申明没有想到的是,他的话还没有说完胡冬花就将电话挂断了。申明立刻意识到,胡冬花是不高兴了。他想了一下,就把电话又给胡冬花打过去。他告诉胡冬花,修理店的汽车确实不好随便开出去,但是,如果胡冬花有什么事需要用车,他还可以从别处想办法。他说,他和陈兴是亲姨表兄弟,而且从小在一起长大,而胡冬花和陈兴又是这样的关系,所以,如果她有什么事他一定会尽力帮忙。胡冬花不等申明说完就打断他。胡冬花说你不要再提陈兴,现在是我和你之间的事情,与陈兴没有任何关系。胡冬花说,你以为我晚上经常让你开车出来,只是想坐你的车兜风吗,你如果这样想就太小瞧我了。胡冬花沉了一下,说,告诉你,我只是喜欢和你在一起,至于开不开车都是无所谓的事情。申明听了胡冬花的话立刻不再说话了。其实他的心里很清楚,他这段时间经常在晚上把修理店的高档轿车开出来,就是为了让胡冬花高兴。但出于理智,他又不愿承认自己是这样的想法。胡冬花毕竟是陈兴的女朋友,他一直在心里告诉自己,他只是为了给陈兴帮忙才与胡冬花交往。但是,现在胡冬花这样明确表示了,这一下也就让申明无话可说了。胡冬花在电话里等了一阵,问申明,你怎么不说话?申明支吾了一下说,你让我……说什么。胡冬花轻轻叹息一声说,好吧,你今晚有事吗。申明说,没什么事。胡冬花说,我们晚上一起去江边吃饭吧。她这样说罢就把电话挂断了。

那时申明虽然只有22岁,但毕竟也曾有过女朋友,应该说与异性交往还是有些经验的。所以,他的心里很清楚,如果在这个晚上和胡冬花一起出去吃饭将意味着什么。他的脑子里在瞬间曾闪过一个念头,是否叫陈兴一起去?但他立刻就把这个想法否定了。他那时虽然与胡冬花的交往还不是很多,但也知道,凭这个女孩的脾气,如果自己在这个晚上真把陈兴叫来,她会立刻起身就走,倘若果真如此事情就真的无法收拾了。

申明在这个晚上还是和胡冬花一起去江边的大排档吃了一顿晚饭。胡冬花吃饭时没再说什么,只是不停地喝酒。申明发现,这个女孩竟然酒量很大,和自己一起喝了一瓶白酒之后,又一个人喝了几瓶啤酒。但她后来还是有些醉了,站起来时有些摇摇晃晃。她回头看一眼申明说,女孩子喝成这样,你就不知道过来扶一下吗?申明连忙过来扶住她。胡冬花又说,我喝多了,你送我回去吧。申明迟疑了一下,说行。然后问,你家住哪?胡冬花乜斜了申明一眼,笑笑说,你看我喝成这样,还能回家吗?那你……申明看看胡冬花,一下有些不知所措。胡冬花说,你送我回酒店吧。申明立刻明白了,胡冬花说的是她工作的那个酒店。于是就叫了一辆出租车,将她送到酒店。胡冬花一路上把头靠在申明的肩上,下了出租车,就让申明直接将她送到8楼,然后从包里掏出房卡打开门进来。事后胡冬花向申明解释,当时在8楼的这个房间是专供她们酒店服务员休息的。但申明并不相信。他怀疑是胡冬花在去和自己吃晚饭之前,事先开好了这个房间,也就是说,胡冬花是早有准备的。在这个晚上,胡冬花一进房间就倒在床上。她先是趴在床边呕了几下,然后又让申明去拿一条湿毛巾来。就在申明去卫生间拧了一条湿毛巾,来到床边递给她时,她突然一把将申明拉过来,让他趴在自己的身上。当时申明并没有感到意外,他已经知道会是这样一个结果。他只是觉得脑子里一片空白。他在想,自己和胡冬花这样,该如何面对陈兴呢?

那时候,申明每月的收入与同龄人相比已算是高薪。申明学修车技术似乎有一种天性,初中毕业考进一所中等职业学校学习汽修专业,两年后就取得专业技师资格。到21岁时,在汽车修理店就已是高级技师。修理店老板也看出申明是一个人才,为留住他,就给他租了一套一室一厅的公寓房。当时申明唯一的姐姐已经结婚,父亲和母亲跟姐姐一起生活,于是,他索性就从家里搬出来独自居住。自从那个晚上,申明和胡冬花在酒店里有了那一夜,胡冬花没过多久就搬来申明这里和他一起住。申明有一个这样漂亮的女孩和自己同居,心里自然很高兴,于是晚上方便的时候就还是把店里的车开出来,带着胡冬花去四处兜风。但申明的心里总有一个阴影,他不知道这件事该怎样对陈兴说。后来陈兴曾到汽车修理店来找过申明一次。陈兴没说任何话,只是将一只提包交给申明,说这是胡冬花的东西,让他转交给她。但陈兴临走时,还是对申明说了一句话,他说,胡冬花是怎样一个女孩你心里应该有数,她当初是和我在一起的,现在可以扔掉我和你在一起,将来就会再扔掉你,去和别的男人在一起,你以后好自为之吧。陈兴这样说罢就头也不回地走了。陈兴的这番话,让申明想了很长时间。申明得承认,陈兴的这些话的确有些道理。胡冬花不管怎样说也和陈兴交往了将近一年时间,应该也是有些感情的,她现在遇到自己,立刻就毫不犹豫地甩掉陈兴,如果她今后再遇到比自己条件好的男人,会不会真像陈兴所说,又毫不犹豫地甩掉自己去投入别的男人怀抱呢?不过,申明想,凭着自己对胡冬花的了解,她也许还不会是这样的女孩。

但让申明没有想到的是,后来的事情竟然真被陈兴说中了。最先的起因是胡冬花的一个小姐妹筹备结婚。据胡冬花说,这个小姐妹是和她一起长大的,两人感情很深,结婚毕竟是一辈子的大事,所以,她要陪她一起去买东西。刚好那几天修理店里有一辆白色的"天籁",已经修好还没有提走,修理店老板又临时有事去了外地,于是每到傍晚,申明就把这辆"天籁"开出来拉着胡冬花和这个小姐妹一起去四处购物。后来这个小姐妹的婚期定下来,胡冬花突然又提出,在婚礼的前三天还要让申明再搞一辆白色的"天籁",而且要一直用到婚礼结束。这一下申明就为难了。申明每次动修理店的车,只能趁下班以后没人的时候开出来,如果连续几天用车,申明知道,即使修理店的老板跟自己面子再大也是不可能的。况且还有一件更难办的事,胡冬花点明要用"天籁",而且一定要白色的,修理店不可能这样巧,就在这几天会有一辆白色的"天籁"送来修理。但是,当申明把这个道理讲给胡冬花,胡冬花却哼的一声说,这我不管,你去给我想办法。后来胡冬花才告诉申明,她之所以一定要一辆白色的"天籁",是因为那一次她陪那个小姐妹一起去购物时,她已经告诉人家,说这辆白色的"天籁"是她自己的,而且是她男朋友送给她的生日礼物。胡冬花对申明说,她已经向这个小姐妹许诺,到她结婚的时候,她还要把这辆白色的"天籁"开过去,因为白车很像婚纱的颜色,再扎上红绸花更显得漂亮。胡冬花对申明说,我不管你用什么办法,你一定再给我搞一辆白色的"天籁",我已经在人家面前把话说出来,你总不能让我没有面子吧。申明事后想一想,他在那个时候就是太宠爱胡冬花了,其实他完全可以告诉她,他的能力有限,他实在没有办法给她搞这样一辆白色的"天籁"。但是,当他看到胡冬花生气着急的样子时,他就说不出这样的话了。他只好说,好……好吧,我去想想办法。

　　申明这一次想出的办法,也就注定要发生后来的事了。当时修理店里刚好送来一辆"天籁",但是黑色的。于是,一天下午,申明就将这辆黑色的"天籁"从修理店开出来。他先把车放到附近一个居民小区的楼群里,看一看修理店里没人注意,第二天就把车开出去,又找了一个修车行的朋友,把这辆车喷成了白色。几天以后的晚上,当申明把这辆白色的"天籁"开回来时,胡冬花一看立刻兴奋地跳起来。她问申明是从哪里搞来的这辆车,申明只是含糊地说,这是一辆二手车,他看很便宜,机器也还可以,于是就给胡冬花买下来。

　　但是,申明直到这时才第一次知道自己是一个什么样的人。申明突然意识到,自己这样做其实就是偷。申明从懂事开始从来没有偷过别人的东西。他当年上初中时,一次买了一部二手的摩托罗拉手机,当时班里的一个同学刚好也丢了一部款式相同的手机,于是这个同学在背地里对别人说,怀疑申明的这部手机是偷他的。申明知道了这件事,立刻找到这个同学,一拳就把他的鼻子打出血来,然后把自己的手机举到他眼前,让他看清楚了,问他,这部手机是不是他的。这个同学一边抹着脸上的血一边连连摇头,说不是,确实不是。申明又把脸凑到这个同学的近前,一个字一个字地对他说,告诉你,我就是不用手机,也不会偷你的手机。但是现在,申明没有想到,自己竟然偷了人家的一辆汽车。申明一连几天感到惴惴不安,在修车店里工作也经常出错。而就在这时,这辆"天籁"的车主也已经跟修车店的老板大吵大闹起来。这辆"天籁"的车主是一家民营企业的老板。尽管修车店的老板告诉他,这件事已去公安机关报案,现在警方已经开始着手调查,但这个车主却不依不饶,声称这件事并不只是丢一辆汽车这样简单,在这辆车的后备箱里还有一只黑色的提包,是他来送车时忘记带走的,提包里面有20万元现金。这个车主言之凿凿地说,现在,这20万元现金也一起被盗了。这一来事情就更加严重了,一辆"天籁"轿车再加上20万元现金,总共要有几十万元,修车店老板一下更慌了。但申明的心里很清楚,这个车主并没有说实话,他将这辆"天籁"开出来时曾仔细检查过,后备箱是空的,什么也没有。这个车主这样说显然是在讹人。此时谁都明白,他就是说他的后备箱里有一百万元现金也已经没有办法查证。

申明又坐立不安地想了几天,一天晚上,就还是对胡冬花把这件事说了出来。他告诉胡冬花,这辆白色的"天籁"其实是他偷来的。但让申明没有想到的是,胡冬花听了却并没有表现出意外。她只是看看申明问,现在这件事……被人发现了?申明说,暂时还没有。申明又想了一下,就把修车店老板已经报警,公安机关已立案侦查,以及那个车主声称车上还有20万元现金的事都对胡冬花说了。接着,申明又对胡冬花说,他已经想过了,他这些年从来没有偷过别人的东西,他一直都是凭自己的力气和技术吃饭,现在这件事,就算可以平平安安地过去,他今后再想起来也会感到不安。所以,他说,他决定把这辆车还给那个车主。胡冬花听了却冷冷一笑说,你说得简单,这种事做的时候容易,再想还回去是那么好还的吗。这时申明就说出了自己的想法。他对胡冬花说,他已经想过了,他当然不好直接去找那个车主,这样贸然去见人家,如果谈好了还好,谈不好也就没有退路了。所以,他说,是不是让胡冬花先去跟这个车主说一下,后备箱里并没有20万元现金,这他心里应该是清楚的,这辆车最多还有七成新,现在喷成白色,也就等于翻新了,而且他又彻底检修过一次，这样说起来这个车主也就应该并没有吃亏，他现在把车还给他，他去公安机通报一下，就说自己的车已经找到了，让那边撤案，这件事也就过去了。申明最后又对胡冬花说，你放心，我今后就是不买房子，什么都不买，省吃俭用也一定给你买一辆白色的"天籁"，我一定给你买。胡冬花听了只是淡淡一笑，想了一下说，好吧，不过你也要答应我一件事。申明连忙说，你说吧，我一定答应。胡冬花说，现在这辆车既然已经这样了，索性就等我那个姐妹婚礼之后再还，这样我的面子上也好看一些。申明听了想一想，说好吧，那就等婚礼之后再还。

后来的事情是申明没有想到的。胡冬花的这个小姐妹举行完婚礼的第二天上午，胡冬花先跟那个车主联系了一下，然后就去跟他见面。胡冬花这次去直到下午才回来。据她说，这次见面很顺利，这个车主姓田，叫田长林，是做服装生意的。田老板一听事情是这样当即满口答应，说只要申明把车给他送回去，这件事就算过去了，公安机关那边他去说一下，只要销案就没事了，至于汽车修理店这边他也不会再追究此事，只当什么都没有发生过就是了。胡冬花告诉申明，这个田老板很好说话，中午还请她去"望江阁"酒楼吃了一顿饭。申明这时已经闻到了胡冬花嘴里的酒气，但他听胡冬花这样说过之后，心里还是稍稍松了一口气。于是当天傍晚，申明就按约定的时间把车给这个田长林开过去。田长林已经等在公司门口。田长林是一个三十多岁的瘦高男人，留着长发，脖颈上戴着一根很粗的金链子，看上去油头粉面的很干净。他看到自己的车，先是前后左右打量了一番，然后满意地点点头说，嗯，挺好，这样一喷漆就像新车了。申明把钥匙交给田长林，然后又拿出一个信封给他，说，这里是5000元钱，我现在只有这么多，就当赔偿你的损失吧。他这样说罢，又说了一声，对不起。然后就转身走了。田长林沉了一下，说，等一等。申明站住了，慢慢回过头，问他还有什么事。田长林笑笑说，你把我的车开走一个月，现在就这样还给我了吗？申明看着他问，你……还要我做什么？田长林说，你当初是怎样开走我的车，这件事就不说了，不过在这一个月里，如果这辆车出过什么事，人家从车牌号查到我这里怎么办呢。申明说，这辆车没出过任何事，我白天要上班，所以车一直是放在家里，只有晚上才偶尔开出去一下。田长林点点头说，是啊，话是这样说，不过咱们总要有一个手续，万一有人来找我了，我可以凭这个手续告诉人家，这一个月车没在我的手里。申明说好吧，你要什么手续。田长林说，你给我写个字据吧，很简单，就说这一个月，你把车开走了。申明听了稍稍迟疑了一下。其实在当时，申明已经意识到，如果写这样一个字据，将来很可能会给自己带来麻烦。但他没有办法，自己毕竟偷了人家的车，现在给人家还回来，人家已经答应不再追究，如果自己连这样一点儿要求都不答应就有些说不过去了。于是他想一想，只好给田长林写了一张这样的字据。

但让申明没有想到的是，就是这张字据，果然给他带来了麻烦。几天以后的一个上午，申明正在修车店里修车，突然来了两个人。其中一个面无表情地问，你是周成吗。申明说，是。来人说，你跟我们走吧。这时申明已经明白了，于是没说任何话，先去洗了手，然后换了衣服，就跟着这两个人走了。申明已经想到，自己从修车店里偷了一辆价值二十几万的高档轿车，警方也已立案侦查，这个祸已经闯大了，所以，就算自己把这辆车还回去，这件事也不会轻易就这样过去。但让申明没有想到的是，报案的人竟然是田长林，而且警察在讯问申明时，向他出示的也正是当初他写给田长林的那张字据。申明在把车还给田长林的那个傍晚，原本已经跟他说好，这件事就算是他向田长林借了一个月的车。但是，这时警察告诉申明，田长林来向警方报案时称，车是周成偷的，当时车上确实还有20万元现金，现在已经不见了。警察告诉申明，这张字据就是失主田长林来报案时提供的，据他说是他自己发现了丢失的汽车，找到周成，而周成又惧怕此事报警，才不得不把车还给他的。但是，据田长林说，周成却始终不肯承认汽车的后备箱里还有20万元现金。警察对申明说，关于这20万元现金的事是与这起盗车案连在一起的，现在，这张字据完全可以作为申明盗窃这辆车的直接证据。

申明直到这时才彻底明白了，这个田长林从一开始就没打算原谅自己。他在那个傍晚让自己写下这样一张字据，就是准备作为证据提供给警方的。

申明至今想起来仍然感到后悔。

他通过这件事总结出一条经验，人在冲动的时候千万不要做任何决定，更不要轻易地做任何事情，因为冲动会使人丧失理智，而一个人在丧失理智的时候，无论做出什么决定，做出什么事情都只能是错的。申明事后回忆，他在那个秋天已经冲动到了极点。他直到被关进监狱仍然不敢相信，自己这一下竟被判了12年有期徒刑。在那个秋天，他的心里一直有一团火在燃烧着。他不明白，这个田长林为什么要这样做。自己的确是因为一念之差做错了事，偷了他的汽车，但自己已经知道错了，很快就把车还给他了，而且在那二十多天的时间里还为这辆车重新喷了漆，又彻底大修了一遍，最后在还他车时，又给了他5000元钱作为赔偿，应该说，他没让田长林受到任何损失。可是田长林却欺骗了他。田长林当时向他表示，不会再追究这件事，然后转身就去向警方报了案。申明算了一下，12年有期徒刑，他今年22岁，等他刑满释放时就已经34岁了，人生最美好的一段时光都在监狱里度过了，他不明白，他已经知错了，他已经弥补了，为什么这个田长林还要这样做？在那个秋天，申明就是一直在这样想，反复地这样想。最后，他终于做出一个大胆而又更加危险的决定，他要从监狱里逃出去，找这个田长林当面问一问，他这样做究竟是为什么？为什么?!

申明在被送去劳改农场服刑时，终于从装运垃圾的卡车上找到了机会。他发现，尽管车辆出入农场大门时，站岗的武警战士都要蹲下来检查一下汽车的底部，但他知道，这种垃圾卡车的后车厢是自动液压装置，而在液压杆的旁边有一个缝隙，刚好可以藏下一个人。于是，他就这样趁装垃圾的时候从劳改农场里逃出来。那是一个初冬的夜晚，清冷的月光下，雾气凝结的霜粒飘浮在空气中。申明几乎是一路狂奔着跑回来的。他回到自己的住处已是凌晨。他知道，这时胡冬花肯定已经不在这里了。自从他入狱，胡冬花就再也没有露过面。他在监狱里曾给她打过几次电话，她也都没有接。再后来她索性就把电话号码换掉了。申明在这个凌晨想，他先在家里休息一下，换件衣服，然后上午的时候去找田长林。申明已经下定决心，这一次，他一定要让田长林向自己说明白，他究竟为什么要如此对待自己。他这样想着就开门走进自己的家里。但就在他开灯的一瞬，突然愣住了。他看到卧室的床上躺着两个人，一个是胡冬花，而躺在胡冬花身边的，竟然是田长林！当时申明的脑子空白了一下，似乎是被抽得真空了，但接着一股热血就涌上头顶。他几乎听到自己头顶的颅骨发出嘎巴嘎巴的爆裂声。他当时的样子一定很吓人，经过一夜的奔跑，湿漉漉的头发都已经竖起来，浑身满是油污和脏土。胡冬花显然被申明的样子吓住了，连忙往上拉紧被子，又朝田长林的身边蜷缩了一下。田长林却很快就镇定下来。他起身拉过自己的衣服，一边不紧不慢地穿着，冲申明笑笑说，怎么回事，不是12年吗，自己从里面逃出来的？申明没有说话，看一看田长林，又看看他身边的胡冬花。田长林说，我知道，你总有一天会来找我的，你会问我，为什么咱们已经说好的事情，我还去向警方报案，对吗。他一边这样说着脸色就难看下来，他说，我现在可以告诉你，我最讨厌别人动我的东西，无论我的什么东西，只要别人动过我就不要了，宁愿扔掉也不会再用。他用力哼了一声，又说，现在那辆被你搞成白色的天籁我已决定把它卖掉，我一看到它白乎乎的样子就觉得恶心。田长林这样说着，又朝身边的胡冬花瞥一眼，歪嘴一笑说，现在好了，你开我的车，我干你的女人，咱们一还一报谁也不欠谁的了，剩下还有什么事，让她跟你说就是了。田长林一边这样说着已经穿好衣服，然后从床头柜上拿起车钥匙，又摸了一下胡冬花的脸颊就转身泰然自若地走了。申明一直盯着田长林，直到看他出去砰的一声关上房门，才慢慢回过头来。这时胡冬花的神色也已经坦然下来。她穿起衣服，径直走到厨房去为自己倒了一杯水，然后一口一口地喝着。申明也跟过来。申明竭力将心里的火气压下去，对她说，你在我的房子里，干这种事。胡冬花说，长林的家里今天不方便，我们也是临时决定来这里的。申明发现胡冬花竟然把田长林叫长林。胡冬花这种若无其事的样子立刻让申明心里的火气又轰的一下膨胀起来。他问，你跟他多久了？胡冬花说记不清了。申明立刻明白了，问她，也就是说，我一进去……你和他就在一起了？胡冬花说，应该是吧。就是胡冬花的这句话，像一根擦着的火柴，终于将申明胸中的怒火彻底点燃。申明突然抢上一步抓过胡冬花手里的水杯，啪地摔在地上。这时胡冬花已从申明的脸上看到了危险，于是迟疑了一下，呼地朝厨房的门口奔过去。但与此同时，申明也从后面追上来抓住她的衬衣用力一搋，嘶啦一声，就将这件衬衣的后襟扯开了。也就在这时，申明看到，在胡冬花的后背上有几个鲜红的牙印，这显然是刚被田长林咬的。就是这几个牙印，让申明浑身的热血一下沸腾起来。他朝身边看了看，突然抓过台子上的一把切面包的不锈钢刀猛地朝那些牙印扎过去。这把不锈钢刀的刀刃只有十几厘米长，由于申明用力过猛，而且身体向前一扑失去重心，于是一下就扎进了胡冬花的后背，只剩下一个黑色的塑胶刀柄露在外面。胡冬花一个趔趄扑倒在地上。她试图爬起来，但挣扎了一下没有起来。申明看着胡冬花后背上的刀柄，黑色的刀柄插在她白色的后背上，看上去很刺眼。申明这时才突然一下清醒过来。他发现，这把刀扎进去，胡冬花的后背竟然没有流血。他慢慢走到胡冬花的面前。胡冬花仰起脸虚弱地说，我感觉……心里好凉……她这样说着，嘴里就淌出血来。申明想了一下，去卧室找来一件衣服裹在胡冬花的身上，然后就背她来到街上，叫了一辆出租车直奔医院而去。

胡冬花来到医院时已经脸色苍白，呼吸微弱。医生在急救室里忙碌了一阵，出来问申明，这把刀是怎样扎进伤者后背的。申明想了一下，说不知道。医生上下打量了一下申明，又问，你是她什么人。申明说，邻居，我是她的邻居。医生点点头，说好吧，这应该是一起刑事案件，我们院方要立刻报警，你通知她的家属，这把刀刺破了她的肺脏，现在血液都流进胸腔，伤者已经没希望了。申明听了点点头，就从医院里走出来。

这时天已经大亮了。申明立刻回到住处，将自己的东西简单收拾了一下。他知道，他必须马上离开这里。劳改农场那边发现他越狱，一定会立刻追过来。尽管他在跑出来的时候已经想好，等他做完了自己要做的事情立刻就回劳改农场，现在他又杀死了胡冬花，他已经做好接受一切惩罚的心理准备。但是，他的心里也很清楚，他这时还不能回去，他要做的事情还没有做完。他将家里简单收拾了一下，又换了一身干净衣服，然后，掏出那把切面包的不锈钢刀看了一下。他在医院时特意向医生要了这把刀，他的理由是，他要将这把刀作为证据提供给警方。这时，他将这把刀拿在手里看了看，又小心擦拭了一下，找了一块毛巾裹起来揣到身上，就从家里出来。外面的阳光已经有些刺眼。申明看一看时间已将近中午。他想了一下，就在街上找了一个公用电话给田长林打过去。田长林显然在公司里，他一接到申明的电话就笑了，说，怎么，你还没有被抓回去吗？申明说，我这次出来，就是为了要见你的，和你见面之后我会自己回去自首。田长林听了嗯一声说，好吧，我知道你要跟我说什么，我可以和你见面，这样吧，我中午刚刚约了几个朋友一起吃饭，晚上吧，我请你，到时候你想跟我说什么就说吧。田长林这样说着又笑了一下，好像点燃一支烟，不过，你的胆子也真够大，就不怕我晚上带着警察一起来吗？他这样说罢就将电话挂断了。

申明不敢去街上的饭馆吃午饭。他在一个小食品店买了两个面包和一瓶矿泉水，就来到江边。这时申明的心里已经平静下来。他有些不明白，为什么自己杀了胡冬花之后还会这样平静。他直到这时似乎还没有真正体会到，杀人之后究竟是一种什么感觉。但他很清楚，现在已经不再是12年的问题了，自己已经是一个杀人犯，即使这一次不为胡冬花偿命，后半生也彻底毁了。所以，他想，他现在再跟田长林谈什么已经没有任何意义了。

申明又在江边转了一阵，看一看时间差不多了，就朝"望江阁"酒楼走来。上午申明给田长林打电话时，听到他在接另一部固定电话时曾提到望江阁酒楼。所以，他估计田长林中午是在望江阁酒楼吃饭。申明来到望江阁酒楼，果然在门口看到了田长林的那辆白色的天籁。申明想了一下就走过去，用一根铁丝捅开车门钻进去，坐在副驾驶的座位上。过了一会儿，就见田长林和几个人摇摇晃晃地从酒楼里走出来。田长林和那几个人打过招呼就朝自己的车走来。就在他拉开车门，坐到车里的一瞬，突然看到申明。他先是愣了一下，然后就笑了，说，怎么这么着急，等不到晚上了吗。申明这时已闻到田长林身上浓重的酒气,于是看着他问,你喝成这样,是你开车还是我开? 田长林一听又笑了,一边将汽车发动起来说,你恐怕还不了解我,出了阳水市我不敢说,只要在这阳水,我就是再喝一瓶酒也照样开车。申明听了慢慢拉过安全带扣在自己身上,然后说,好吧,那我们走吧。田长林问,去哪? 申明说,随便。申明的话刚一出口,田长林已经把车朝江边开去。田长林的确喝多了,车开得有些摇晃。但他说话仍很清楚。他一边开着车一边说,好吧,你想跟我说什么,现在就说吧。申明说,胡冬花死了。田长林手中的方向盘突然抖动了一下,汽车随之猛地一晃。申明将身上的安全带拉了拉,又说,是被我杀死的。申明转过头看了田长林一眼,说,我只在她后背上扎了一刀,就把她扎死了。田长林的脸色渐渐变黄了。申明说,这件事原本很简单,我为了让胡冬花高兴,偷了你的车,我后来主动还给你,还赔了你5000元钱,你应该没受任何损失,你本来已经答应我不再追究这件事,可事后却跑去警方那里报了案,判了我12年,我不明白你究竟为什么要这样做,我这次逃出来,原本是想让你给我解释清楚,但现在不用了,你再怎样解释也没有意义了,我已经不是12年的问题,我把胡冬花杀了,我已经是一个杀人犯,你把我的一生都给毁了,我现在已经什么都完了。申明说得心平气和,但嘴里冒出一股股的寒气。他一边这样说着,从怀里掏出那把不锈钢刀,在田长林的眼前晃了一下,说,我就是用这把刀把胡冬花杀死的。接着他又点点头说,我发现,其实杀人是一件很简单的事,我既然已经杀了一个人,就不在乎再杀一个。这时田长林的脸色已经苍白起来。申明说话的语气却越来越平静,他看一眼田长林说,不过你放心,我不会再用这把刀杀你,你现在喝了酒,而且看你喝的这样子,血液里的酒精浓度至少要在160毫克以上,你现在无论出了什么交通事故都是醉酒驾车造成的,我的意思你明白吗? 田长林忽地愣了一下,回过头看看申明。申明不慌不忙地将这把刀重新包起来,揣到身上,然后盯着田长林。就这样盯了一阵,他突然伸手抓住方向盘用力一推,这辆白色的天籁立刻朝路边的一棵梧桐树撞过去……

　　申明直到很多年后仍还记得那一下猛烈的撞击。这撞击的声音很刺耳,似乎是将许多破裂声汇聚在一起的一种尖厉而又沉闷的破碎声音。申明幸好有安全带勒在身上,否则整个人就会从前面的挡风玻璃抛出去。田长林也没被抛出去,但他没有系安全带,巨大的惯性使方向盘深深嵌进他的胸腔,又挤断脊椎,几乎从后背凸出来。申明认为这是天意。当初田长林将这辆车送来修理店时,申明检查之后曾征求他的意见,说安全气囊由于上一次修车可能有些问题,恐怕遇到紧急情况时打不开,问他是否检修一下。但田长林当时一听就笑了,说安全气囊对他没有任何意义,他已经换过三辆车,从没有用过安全气囊,如果需要的时候他自己就是自己的安全气囊。但这一次,他自己这个安全气囊也没有起到任何作用。申明当时也被这一下撞击震得两眼发黑。但他很快就清醒过来。他看一看身边的田长林。田长林已经像个软体动物一样匍匐在驾驶座位上。申明知道警察很快就会赶到,于是用力撞开已经变形的车门,从车里走出来摇摇晃晃地朝江边走去。申明就是在这一刻突然改变了想法。刚才这一下猛烈的撞击,让他体会到了死亡的感觉,在那一瞬间他以为自己完了,直到完全清醒过来,才意识到自己没有死。也就在这时,他突然有了一种强烈的求生欲望。他知道事已至此,如果再回劳改农场会是一个什么样的结果。他想,他还这样年轻,他不能就这样将自己的一生轻易交代了。于是,他来到江边,跳上了一支朝下游驶去的运沙船……

申明回到家时已是将近中午。

秋天的中午已有些凉爽起来。申明简单吃了几口饭,想一想,给吴小云打了一个电话。吴小云显然正在忙碌,在电话里问申明有什么事。申明说,有件事跟你商量一下,中秋节快到了,是不是去你家看看你的父母。吴小云说,这件事我晚上回去再商量不行吗。申明说,你晚上回来我就上班去了,恐怕又见不到面。吴小云想了一想,说,我还要再考虑一下,离中秋节还有两三天呢,我们再说吧。她这样说罢就将电话挂断了。申明当然知道吴小云的心里是怎样考虑的。吴小云是一个很认真的女孩,而且有些传统思想。她认为,即使自己还没有跟申明正式结婚,但既然已经这样住在一起,自己也就是申明的人了。所以,她总觉得应该去见一见申明的父亲。吴小云知道申明的母亲在几年前已经过世,她对申明说,我去看一看你父亲总是应该的,丑媳妇再怎样也要见公婆,否则我就太不懂事了。但申明的心里很清楚,他是不可能带着吴小云回阳水去看父亲的,他自己也已经将近八年没有见到父亲了。吴小云在去年的中秋节就曾经这样提出来,后来到春节,又要和申明一起回阳水去过年,可是都被申明以各种理由敷衍过去。也正因如此,申明这一次才主动提出来,去吴小云的家里看她的父母。吴小云的家是在陕西,她也已经很久没有回家了。

申明知道,在这个时候,他就更不能回阳水了。

阳水的警方终于追到这里来了。如果根据赵全所说,阳水警察去水鑫大厦的物业公司调查时,手里还拿着申明八年前的照片,这就说明他们应该已掌握了一定的情况。申明想起来,刚才给陈兴打电话,问他最近有没有人去调查过自己时,陈兴的回答是,这两天没有。他的这句话听起来似乎没什么,但如果仔细想一想,应该还有一层意思,就是前些天有人来过。申明想,如果阳水的警察去找过陈兴,现在又来这里调查自己,就说明八年前的那个案子确实又被重新翻起来。申明从电视和报纸上已经知道,现在全国的公安系统正在搞一次规模很大的"清网行动",许多陈年旧案的网上追逃人员这一次都被抓捕归案了。申明小心谨慎了这些年,白天几乎没有上过街,平时不与任何人交往,就是偶尔有什么交往也从不给人家留自己的电话号码。他原本以为,再这样躲几年,也许当年的那件事就会不知不觉地拖过去了,但现在看来并没有这样简单。这时申明的电话突然响起来。

他看一看,是陈兴打来的。

陈兴也是用单位的固定电话打过来的。显然,陈兴也明白,在这个时候不宜用手机联系。陈兴还是习惯叫申明过去的名字。他告诉申明,他刚才正在开会,办公室里很多人,所以不方便说话。陈兴还是那样冷淡,但口气似乎缓和了一些。他告诉申明,几天前曾有两个警察来找过他。他们问他,最近周成是否跟他联系过。陈兴说没有,周成这些年一直没有和他联系。警察先是给他讲了一下现在全国公安系统正搞"清网行动"的形势,向他交代了政策,然后让他转告周成,要审时度势,尽快投案自首,只有这样才可以争取主动。陈兴在电话里说,警察的话,我都已转告你了,具体怎样做你自己考虑就是了。

陈兴这样说罢就将电话挂断了。

申明举着电话愣了一阵。他原本还想问一问父亲最近的情况。申明知道,自从母亲去世以后父亲的身体一直不好。当年自己出了这样的事,对父亲和母亲都是一个很沉重的打击。母亲在几年前去世,应该说与这件事也有直接关系。但让申明的心里感到难过的是,父亲从没有因为这件事责备过自己,即使在母亲去世时,申明给家里打去电话,父亲也是在电话里叮嘱他,一个人在外面要踏实本分,遇事千万不要再冲动。

申明中午睡了一会儿。再醒来时,吴小云回来了。吴小云的脸色有些难看。她告诉申明,马叙去找过她了。申明听了有些意外,问,他去餐食店找你了?

吴小云说,是。

申明问,他怎么会知道你的餐食店?

吴小云气恼地说是啊,我也不知他是从哪里知道的。

吴小云告诉申明,马叙是中午去餐食店找她的。当时吴小云正在和几个人忙着装盒饭。她一见马叙先是愣了一下,然后就和他一起来到外面。她问他有什么事。马叙说,我现在找你还能有什么事,就是当初那笔钱的事,你不还我钱,我当然要来找你。吴小云问,你来找我,申明知道吗?马叙说,我想来找你就来找你,为什么要让他知道。吴小云说,申明不是给你规定,你以后如果有事找我,要先通过他。马叙一听就笑了,说,是有这回事,但这个规定不合理,我来找你是我的事,凭什么要通过他,他是你的代理人吗?不是。他能替你还那笔钱吗?不能。既然他不是,也不能,我为什么一定要去通过他呢。吴小云说,可是你想过吗,如果申明知道你直接来找我,他一定会去找你的。马叙点点头,说是啊是啊,这我也想过了,不过现在,恐怕申明已经顾不上找我了。吴小云听出他的话里有话,看看他问,你这话是什么意思。马叙说,我没有什么意思,你回去对申明说吧,他会明白是什么意思的。

吴小云这样说罢,看着申明问,马叙这样说,究竟是什么意思?

这时申明听了,心里已经更加收紧了。但表面仍然不动声色。

他说,我怎么知道他是什么意思。

吴小云说,他为什么说你现在已经顾不上他?你有什么事?

申明没有回答吴小云,想了想,就拿过手机拨通马叙的电话。马叙的声音立刻出现在电话里。他笑笑说,看来你真是一个人物啊,这种时候还敢给我打电话,有胆量。

申明朝旁边的吴小云看一眼,说,你违约了。

马叙喊的一声说,违约,我违什么约了?

申明说,我告诉过你,如果有事找吴小云,必须先通过我。

马叙一听就笑了,说,是吗,你这样说过吗?我怎么不记得。

申明沉了一下说,好吧,我们见面说吧。

马叙说可以啊,不过,你现在还敢出来吗?

申明没有理睬马叙的这句话,只是问,我去找你,还是你来找我?

马叙稍稍迟疑了一下。

申明说,如果让我去找你,这件事恐怕就不好说了。

马叙显然有些胆怯了,想想说,还是,我去找你吧。

申明说,今晚11点,在莲花桥上见。

申明这样说罢就将电话挂断了,然后看一看身边的吴小云。申明这样做是有三个目的,第一,先震慑一下马叙,让他收敛一些。第二,向马叙探一探虚实,看他究竟知道了什么。第三,也是为了让吴小云看一看,自己很坦然,并没有什么把柄攥在马叙的手里。申明这样做果然对吴小云起了作用。吴小云又看一看申明问,你……真的没有什么事吧?

申明说,当然没什么事,我能有什么事呢。

吴小云点点头说,你没事……就好。

她接着又说,我想过了,今年的中秋节,咱们还是去阳水吧。

申明看看她。

吴小云说,我的餐食店旁边是"月盛斋"糕饼店,据说他们那里是一百多年的老字号了,专门做最传统的月饼,我跟"月盛斋"的老板很熟,已经在他们那里订了两盒最好的百果月饼,一盒让快递公司寄回我的老家,一盒咱们带去阳水,给你的老爸。吴小云这样说着脸微微一红,咱们在一起……已经这样长时间了,我也该叫他一声爸了。

申明这时才发现,吴小云还带回很多营养品和土特产食品。显然,她是为去阳水准备的。申明的心里忽然有些感动。吴小云这一次是真心想去阳水。申明这时觉得,如果再不让吴小云去见父亲已经有些对不起她了。但他想了想,还是说,这件事……咱们再商量吧。

吴小云突然睁大两眼看着申明,问,你为什么总不让我去阳水?

申明立刻愣了一下。

吴小云说,你在阳水是不是有什么秘密?

申明的浑身又是一紧。

吴小云说,你不会已经结过婚……在阳水有家了吧?

申明一听就笑了,说,你是不是电视剧看得太多了。

吴小云执拗地说,这一次,我一定要跟你去阳水。

申明只好说,好吧,我再想一想。

申明约马叙晚上11点在莲花桥见面,是算好时间的。申明晚上10点上班,10点10分从环卫清洁队把清扫车开出来,这样扫过两条街,再清扫一座立交桥,转到莲花桥这边应该刚好是11点钟。但在这个晚上,申明由于心里有事,把车开得稍稍快了一点,这样来到莲花桥就提前了一些。申明看一看表,刚10点50分,于是就将清扫车停在路边,关掉车灯,把身体仰靠在驾驶座位的椅背上。申明这几年已经习惯了夜里的生活。他感觉自己的眼睛似乎也发生了变化,有些像猫眼,已适应了夜晚昏暗的光线。所以,申明对这份夜里清扫大街的工作很满意。他觉得只有在这时候,这个世界才是属于自己的,他浑身绷紧的神经也才可以松弛下来。这时,他又从身边的提包里拿出那把不锈钢的刀子。自从离开阳水,他一直将这把刀子带在身边,没事的时候就拿出来擦拭一下,所以刀锋已擦得像镜子一样锃亮。申明将这把刀带在身边并不是为了防身,他只是想时时提醒自己,当初曾做过那样冲动的事情,所以要以此为鉴,千万不可重蹈覆辙,如果再做出什么事情就真的无法挽回了。

就在这时,申明从后视镜里看到,马叙已经朝桥上走过来。他立刻收起刀子,从车上下来,然后看一看走到近前的马叙说,你来晚了。马叙一听就笑了,掏出手机看了一下说,没晚,时间刚好是11点。申明脸一黑说,我说晚了就晚了。

马叙立刻不再说话了。

申明说,好吧,你现在说说吧。

马叙问,说什么?

申明说,你今天下午在电话里说的,是什么意思?

马叙说什么什么意思,我在电话里……说什么了?

申明盯着他说,你自己说过的话,现在不记得了?

马叙翻一翻眼皮说,我好像,没说过什么吧?

申明又用力看了马叙一眼。马叙立刻下意识地朝后退了一步。申明曾经听人说过,杀过人的人,身上都会有一股逼人的寒气。他知道,现在马叙应该感觉到了自己身上的这股寒气。他说,上车说话吧。然后就转身上了车,坐到驾驶座位上。马叙迟疑了一下,也从另一边上来,坐到副驾驶的座位上。申明没有再说话,又从提包里拿出那把不锈钢的刀子,掂在手里反正看了看。车窗外的月光飞进来,落到刀尖上,像水一样地流淌着似乎要滴落下来。马叙的脸上立刻变了颜色,他问,你……要干什么?申明说不干什么。申明又将这把刀子在手里掂了掂,回头看看马叙说,你害怕了?这只是一把切面包的刀子。

他一边这样说着,就将这把刀装回到提包里。然后说,你说吧。

马叙又支吾了一下,说,我……真不知道说什么。

申明说，你应该知道，我现在让你说什么。

申明看看他，又说，你下午在电话里说过什么，现在忘了吗？

马叙又翻起眼皮想了一下，说好吧，其实……也没有什么事。

申明没再说话，只是用两眼盯着他。

马叙说，昨天，有两个人来找过我。

申明仍然看着他。

马叙说，他们问我，是不是认识你。

申明嗯一声问，他们说是哪的了吗？

马叙说，没说，不过我看这两个人，应该有些来路。

申明问，为什么？

马叙说，说不好，就是一种感觉。

申明又轻轻哦一声。

马叙立刻说，不过……我已经告诉这两个人了，我和你没有什么来往。

申明看一眼马叙说，我跟你本来也不来往。

马叙说，是啊是啊，所以我告诉他们，我根本不认识你。

马叙这样说着又看一眼申明，问，你是不是……借人家高利贷了？

申明没置可否，他稍稍沉了沉，问马叙，吴小云究竟欠你多少钱？

马叙迟疑了一下说，有……两千元吧，哦不，是……是两千多元。

申明点点头说，好吧，我给你三千元，吴小云的这笔账，应该可以还清了吧？

马叙先是愣了一下，似乎不太相信，但接着就连连点头，说还清了，还清了。

那好，申明说，明天晚上，你去我那里，从吴小云的手里拿这笔钱。

从……吴小云的手里拿这笔钱？

马叙眨一眨眼，似乎没有听懂。

对，申明说，当初既然是吴小云用了你的这笔钱，现在就还让她亲手还你。

不过，申明又看一眼马叙说，如果她这一次还清你这笔钱，你今后再来找她的麻烦……

马叙连忙说，我知道，我知道，我拿到钱，跟她就没有任何关系了。

申明又盯住马叙看了看，说，你跟我，从今以后，也就不认识了。

马叙说对，对对，我跟你不认识。

申明嗯一声说，好吧，你走吧。

马叙连忙推开车门，身子一溜就走了。

申明这一夜一边开着清扫车，心里一直在想着马叙说的这件事。显然，去找马叙的这两个人是阳水市公安局的警察。但根据马叙所说，看来他并不知道这两个人的身份，他把他们当成追高利贷的人了。申明想，这样也好，至少马叙不会乱讲话，所以暂时也就不会有什么太大的威胁。但申明还是想不明白，阳水的警察究竟是通过什么线索找到马叙这里的。如果是从水鑫大厦的物业公司那里，应该可能性不大，虽然申明曾让赵全去找过马叙，给他带过话，但赵全不会把马叙这个线索说出来，而且也没有必要。申明分析，即使赵全想向阳水的警方提供关于自己的线索，只要说出自己现在工作的环卫清洁队就可以了，也没必要绕到马叙这里。不过申明想，既然这两个警察并没有向马叙说出真实身份，也就说明他们找马叙还只是一般的外围调查，这也就说明，或许他们还不知道马叙跟自己究竟是怎样一种关系。申明最担心的，是警察追到吴小云这里。申明不想因为自己的事牵扯到吴小云。他知道，吴小云一旦知道了事情的真相肯定会难以接受。吴小云是一个很单纯的女孩，人实在，也很朴实，当初独自从西北来到这个城市，靠打工积攒下一点钱，然后兢兢业业地做起这个快捷餐食店，每天起早贪黑辛辛苦苦地干。申明不止一次想过，如果有一天，自己当年的这件事真的过去了，他一定要努力帮着吴小云把这个餐食店做起来。

申明觉得，自己这几年欠吴小云的实在太多了。吴小云曾几次提出，想和申明郑重其事而且体体面面地举行一次婚礼，但申明却总是以各种理由搪塞过去。申明的心里很清楚，如果自己和吴小云真的举行了婚礼也就等于害了她。他现在还前途未卜，说不定哪一天警方就会追到这里来找到他。也正因如此，申明和吴小云在一起已经这样长时间，尽管他知道吴小云很想要一个孩子，但他却一直在偷偷地为她避孕。

申明想，绝不能因为自己伤害到吴小云。

申明在这个早晨回来时，吴小云正要出门。吴小云这几天很忙。按商家惯例，逢年过节应该是结账还债的时候。吴小云的快捷餐食店平时进肉进菜，买米买面，这个时候要给人家结清账目，而一些写字楼里的公司订餐的钱也要在这时候算清。所以，尽管店里有燕子帮着拢账，吴小云还是忙得分身无术，一边要去送餐，一边还要算账。在这个早晨，吴小云一看到申明就说，你回来得正好，我本来想打电话告诉你,我已经决定了,这个中秋节咱们就回阳水去过。吴小云的口气很坚决,给申明一种不容辩驳的感觉。她接着又说,现在离中秋节只有几天时间了,恐怕火车票不好买,你今天就去买票吧。申明看一眼吴小云,说,我也正要告诉你,昨晚老爸给我打电话了。吴小云本来已经拎着包走到门口,立刻停住转身问,老爸说什么了?申明说,老爸说,他要来咱们这里看一看。

吴小云一下睁大眼,老爸要来……咱们这里?

申明说是,但他只住一天就得赶紧回去。

吴小云问,怎么这样急?

申明说,他说家里还有事,放心不下。

吴小云又急急地问,老爸说,他几时到?

申明想了一下说,大概,就这一两天吧。

吴小云一下慌起来,朝屋里看了一下说,我要赶紧把家里收拾一下,还要再去买些吃的。她想一想问申明,老爸平时喜欢吃什么,你应该是知道的?

申明说你不用准备什么,他只来一天。

吴小云说那不行,老爸第一次来,一定要好好招待呢。

她又想一想说,晚上回来吧,咱们再具体商量。

她这样说罢就慌慌地走了。

申明吃过早饭,看一看已经八点多钟,就从家里出来。申明知道,在这个时候,他是更不应该在白天上街的。所以,他就紧贴着林荫道上的灌木里面快步地走。这样转几个街口,就来到柳湖公园。柳湖公园并没有湖,只是一个街心花园,这里平时聚集着许多从外地来的打工者,一边等着找工作,一边也相互交流一些打工信息,所以渐渐地就形成了一个自发的劳务市场。申明一来到柳湖公园,立刻有几个人围拢过来,问申明是不是要雇人。申明摆摆手说,自己是来找人的。这几个人就悻悻地走开了。申明先朝公园里环顾了一下。显然,很多年轻的或有些专业技能的打工者都已被雇主带走了,剩下的只是一些干粗活儿或辅助工作的中年人。这时申明看到,在不远的一棵桂花树下蹲着一个五十多岁的男人,看上去还算白净,很短的头发已经花白,身上的衣服也还干净,只是脚上的布鞋破了,露出里面的大脚趾。申明并没有立刻过去,先是站在这边观察了一下这个男人。这男人的身边还蹲着一个与他年龄相仿的男人,但那个男人一看就很精明,显然已来这个城市很长时间了,头上戴着一顶脏兮兮的棒球帽,一边抽着烟一边在和这个花白头发的男人眉飞色舞地说着什么，脸上的表情很丰富。这时公园门口又来了雇主，棒球帽伸头看了看立刻起身凑过去。

申明又朝这个花白头发的男人看了一下，想了想，就走过去。花白头发的男人一看申明朝自己走过来，就慢慢站起身问，你要……用人？

申明又上下看看他，问，你是哪里人？

花白头发的男人笑笑说，不远，塘州的，离这里百十里。

申明问，家在农村？

男人说不，是县城的，祖辈都在县城里住。

申明点点头说，好吧，你跟我来吧。

他这样说罢，就和这个花白头发的男人一前一后从柳湖公园里走出来。

申明先带这花白头发的男人去吃了一顿早饭。这个男人的饭量竟然很大，申明给他买了半斤油条，一张家常饼，一碗豆腐脑，一碗豆浆，他竟然转瞬之间就都吃了，最后又试探着问申明，可不可以再要一碗云饨。于是申明又给他买了一碗云饨，还特意下了两个鸡蛋。申明看一看这男人吃饱了，就带他来到街上，先给他买了一双旅游鞋，然后又将他领到一个浴池的门口。申明掏出钱给他说，你进去洗个澡，我在外面等你。这时，这个花白头发的男人已经有些摸不到头脑了，他搞不清这个年轻人雇自己究竟要干什么工作。于是，他接过钱看一眼申明，就进浴池去了。申明这时才掏出手机，给吴小云打过去。他告诉吴小云，老爸刚刚打来电话，说他马上就到，他现在已来火车站接他。吴小云一听就慌了，说不是这一两天到吗？怎么说来就来了？申明说，老爸就是这样的脾气，做事从来都是想起来就做。吴小云说好吧，我马上回家准备午饭。说罢就慌慌地把电话挂断了。

申明又在浴池门口等了一会儿，就见这个花白头发的男人洗得一身光鲜地从浴池里出来。申明这时才问这男人姓什么。男人说姓刘，大家都叫他老刘。申明点点头，然后告诉这个老刘，自己雇他要做的具体事情。老刘听了有些不解，眨着眼看看申明。申明说，你也不用问我究竟是怎么回事，我让你怎样做，你只管怎样做就是了。然后，申明又说，一共两天时间，今天明天，给你的工钱是两百元，你想干就干，不想干也没关系，就算我白请你吃了一顿早饭，洗了一个澡，送你一双鞋也无所谓。老刘一听忙不迭地连连点头，说我干，我干！于是，申明又带着老刘来到一个食品店，买了一些花花绿绿的食品，包装成一个很漂亮的大礼盒。申明这时已向老刘说了一些关于吴小云的情况，他告诉老刘，见到吴小云就说这些食品是特意从阳水带来的。然后又拿出两千元钱交给他，让他见到吴小云时，作为见面礼给她。

申明做完这一切，就带着老刘回家来。

这时吴小云已经先回来了，正在厨房里忙着做饭。申明告诉她这就是老爸，刚刚从火车站接回来。吴小云一见自然很亲热，忙着沏茶倒水，又让老爸洗脸。申明在路上已叮嘱过老刘，到家里尽量少说话，这样才不会露出马脚。所以这时，老刘只是一直憨憨地笑，给倒了洗脸水就洗脸，给斟了茶水就喝茶，并不多说一句话。申明向吴小云解释，老爸平时很少出门，一个人在家里待惯了，所以不会与人客套。这时老刘想起来，连忙将事先准备好的两千元钱拿出来交给吴小云，说这是见面礼。吴小云一看眼圈立刻红起来，推辞着坚持不要，说自己平时不能照顾老人，怎么还可以要老人的钱。申明在一旁说，老爸既然给你，你就拿着吧，这也是我们阳水的规矩，老人第一次见面，总要给一个见面礼的。

吴小云听了申明的话，这才把钱接过来。

这顿午饭吃得很愉快。吴小云很高兴，一直在不停地跟老刘说话，说申明工作是如何的辛苦，平时又是如何的从不出去和朋友胡闹，只是一个人待在家里。然后吴小云又计划着，晚上吃过饭要带老人去河边看灯。她说中秋节前夕，市里在河边装了许多彩灯，每到晚上五颜六色的很漂亮。但老刘在这个早晨早饭吃多了，这时还不饿，所以吃得很少。吴小云一见就有些不安，连忙问老人，是不是自己做的饭菜不合口味。申明连忙在一旁解释，说老爸平时在家里的时候吃饭就很少。吴小云听了这才稍稍松了一口气。

申明在外面已和老刘说好，只是这一天，晚上再住一夜，第二天早晨吃过早饭，他就将他送走。所以，在这个中午，吃过午饭以后申明就对吴小云说，我刚刚上过夜班，中午要睡一下，老爸中午也有午睡的习惯，你先去店里看看吧，下午没事再回来。吴小云原本不想去店里，觉得扔下老人不礼貌，但一听申明这样说，就说好吧，我去店里看一下，回来的时候再带两条鱼，我们晚上吃鱼。她这样说罢就匆匆地走了。申明下午并没有睡觉。他让吴小云去店里，是担心老刘的哪句话没有说对，一下让吴小云看出破绽。不过申明这时总算稍稍放下心来，吴小云这一次见到了自己的老爸，她至少在最近一段时间也就不会再提去阳水的事了。申明这时已经想好。既然阳水的警察找来这里，就说明这个城市对自己也已经不安全了。所以，他决定，过完这个中秋节就离开这里。但问题是怎样对吴小云说。他在环卫清洁队的工作原本很稳定,现在突然要辞职,而且还要离开这个城市,他总要给吴小云一个合理的解释,否则肯定会引起她的怀疑。申明不想让吴小云怀疑。他想,他离开这里也是暂时的,等风声过去,看一看没有事了,他也许还会回来。再或者,他如果去别的地方有了更好的安顿,也可以将吴小云接过去,他们去另外一个城市生活。吴小云是这样一个勤劳肯干的女孩,自己又有修车技术,他们无论到哪里都不会没有饭吃。所以,申明想,只要在这个晚上,再让这个老刘在家里顺顺利利地吃一顿饭,明天顺顺利利地将他送走,这件事也就顺利地做完了。接下来,他只要让吴小云再安心地过一个中秋节就是了。这时,申明的脑子里突然闪过一个不祥的念头。他想,也许……这是他和吴小云在一起过的最后一个中秋节了。

但让申明没有想到的是,就在这个晚上出事了。

这顿晚饭原本吃得很顺利。吴小云还特意拿出一瓶红酒。但老刘说,他不习惯喝红酒,平时只喜欢喝白酒。吴小云立刻要出去给他买,却被申明拦住了。申明说还是算了,老爸的血压有些高,喝白酒对身体不好。这时老刘已经明白了,连忙说对对,喝白酒对身体不好,其实他在家里也已经不大喝酒。于是吴小云就又拿出一瓶饮料,说过节了,总要喝点东西,那就喝饮料吧。就在这时,外面忽然有人敲门。申明和吴小云平时在外面交往很少,所以家里几乎没有人来。这时申明才想起来,应该是马叙。他在昨天夜里已告诉马叙,让他今晚来找吴小云拿钱。但他这一天一直在忙老刘的事,就忘记对吴小云说了。他一边这样想着就起身去打开门。果然是马叙。马叙看到申明先是迟疑了一下,然后问,我……能进去吗?

申明想了想,说进来吧。

申明转身到卧室去拿已经准备好的三千元钱,再出来时,看到马叙正睁大两眼瞪着老刘。老刘一见马叙,也从桌边慢慢站起来。吴小云这时见到马叙,也有些意外,她看看马叙,又看了看从卧室里出来的申明。申明连忙走过来,对马叙说,这是我父亲,他刚从……从阳水来。马叙却扑哧一下笑了,说,这不是老刘吗,你怎么跑到这里来了?老刘看看申明,又张张嘴,一下说不出话来。这时吴小云问马叙,怎么……你们认识? 马叙说,这个老刘和我一起干过保安,后来人家嫌他岁数大,腿脚不灵便,就不要他了。马叙说着又问老刘,你现在又去哪儿干了,听说前一阵你去给人家装修又闯了祸,拉电线时险些引起火灾,最近是不是找不到事做了?这时申明走过来,将装着三千元钱的信封放到马叙的手里。申明的这个动作表面看不出什么,但马叙的手上却感觉到了,立刻疼得咧一咧嘴。申明说,这是你的钱,从现在起你和吴小云的债两清了，以后不要让我再看到你。马叙没敢再说话，连忙拿着钱开门走了。但他很快又回来，从门口探进头说，对了，那两个人又来找过我，他们说是阳水市公安局的警察，而且说，你的真名叫周成。马叙这样说完，脑袋在门口一闪就不见了。

吴小云一直在看着申明。这时她走过来，问，这究竟……是怎么回事？

申明没有说话，转身去卧室收拾了一下东西，然后背着一个挎包出来。

他对愣愣地站在旁边，一直不知所措的老刘说，走吧。

老刘又看一眼吴小云，就低着头跟申明走了……

申明是三天以后接到吴小云电话的。吴小云在电话里说，你回来一下吧，我要跟你谈一谈。吴小云的语气很平静。申明自从认识吴小云，好像还从来没有听到她说话是如此的平静，所以感到有些陌生。申明想，回去和吴小云当面谈一下也好，事情已经到了这个地步，总要对她有一个交代。于是他说，好吧，我……回去。

吴小云问，你什么时候回来。

申明想一下说，晚上吧。

吴小云说，好，我等你。

她说罢就把电话挂断了。

申明在这个晚上回来时，已做好一切准备。他决定再跟吴小云见一下就离开这里。他已经计划好路线，先步行连夜离开这个城市，然后到塘州去乘长途汽车，这样转两次车，到几百公里以外的南山市再乘火车就安全了。申明当然知道，他在这个晚上回来见吴小云很危险。但他也清楚，自己在走之前必须回来见她一下，否则就太对不起她了。他已经辜负了吴小云，他今后一定要加倍补偿她。他想把这些话当面告诉她，只有这样，他才能走得踏实。

家里的灯还亮着。申明在楼下看到三楼的那扇窗子里散射出橘黄色的灯光，突然感到这灯光很温暖。曾有一段时间，申明清扫大街的路线经过自己家的这座楼。于是夜里作业来到楼下，他经常会将车停到路边，然后上楼来和吴小云温存一下。尤其在冬天，被窝里的吴小云身体是那样的温软，他和她做爱是那样的舒服。然后再下楼开着清扫车继续工作，这一夜就会感到神清气爽。这时，申明站在楼下朝那扇窗子看了一会儿，就上楼来。吴小云正坐在桌边，两眼红红的，显然已哭过很多次。她抬起头看到申明，问，你吃饭了吗？申明没有说话。申明已经连续两天没有正式吃饭了。他的身上虽然带了一些钱,但他要节省着用,他不知道今后会有多长时间要过这样的生活,而且他也不敢到人多的地方去吃饭,甚至不敢去食品店买食物。吴小云看一看他,就起身去厨房端来饭菜,放到他的面前说,你吃吧,刚刚在微波炉里热过的。申明没有说话,看看吴小云,又看一看眼前的饭菜,立刻埋头吃起来。吴小云始终看着申明。这样看了一阵,忽然说,你不能再这样下去了。

申明没有说话,仍然埋头吃饭。

吴小云说,你吃过饭,我陪你去自首吧。

申明立刻停住手里的筷子,慢慢抬起头。

吴小云说,这两天,警察来找过我了。

申明看着吴小云。

吴小云说,你再这样下去,什么时候是个头呢。

申明朝屋门那边看一眼。

吴小云说,我告诉你,你现在已经不能走了,警察就在外面。但是……她又说,我已经和警察谈过了,他们同意,如果你现在去投案,还算你自首……

申明仍然看着吴小云。

吴小云说,我知道了,你当初的那些事……我都知道了……

好……好吧。

申明慢慢站起来,就转身朝门口走去。

等等。

吴小云又说。

申明站住了,转过身看着吴小云。

吴小云说,你就……放心去吧,如果……我会为你把一切后事办好,今后……我会照顾你的老爸,你如果还能出来,不管多久……我都会等你。

申明点点头,就开门出去了……

当年这个叫大刘的民警确实给我留下深刻的印象。这些年来，他在我的心目中几乎就是警察形象的化身。直到若干年后，我才知道了一件关于他的事情。原来在那时候，大刘的家里有一些政治历史问题。他的一个叔叔，新中国成立前曾在国民党的政府机关工作过。应该说，这在当时已算是很严重的历史问题，尽管这个有问题的人只是大刘的叔叔，但这对他来说也是一个抹不掉的政治污点。也正因如此，我们这条街上的革居会主任才跑到有关领导那里去告了他的状。关于给大刘告状这件事，后来有关领导是如何处理的我不得而知。但那以后，大刘确实很少再到我们这条街上来。他本来与我们这里的居民关系很好，谁家遇有结婚或生孩子之类户籍变动方面的事都找他。大刘有的时候索性就在居民家里把这些手续办好，然后自己回到派出所再去代办。所以，他每次来我们这条街上，大家都争着拉他去家里喝水。

　　后来的事实证明，大刘在当时的分析是对的。几天以后，江师傅的儿子江明果然回家来了。江明是在一个晚上偷偷回来的。当时大刘就在江师傅家的附近，但他并没有声张，就那样看着江明进家去了。事后据说，在那个晚上，江明在家里待了将近半小时，然后就背着一个很大的挎包出来。他出来的样子很急，江师傅从后面追出来一边说着什么似乎想拉他的衣服却没有拉住。江明甩开父亲的手推上一辆自行车就头也不回地朝外走去。也就在这时，大刘突然大喊了一声就朝江明扑过去。据当时看到的人说，大刘喊的这一声很大，江明似乎愣了一下。与此同时，江师傅家附近的街上突然有许多人迅速地朝这边跑过来。这些人原本正在街上悠闲地散步，或在路边三三两两地聊天，看上去似乎是附近的居民吃过晚饭出来乘凉。而此时才看出，原来他们都是蹲守在江师傅家附近的便衣民警。这些便衣民警听到大刘的喊声立刻都朝这边围拢过来。江师傅的家是在一个很窄的胡同里，而且很短，便衣民警将这条胡同的两边一堵，江明也就无处可逃了。这时大刘已经扑到江明的跟前。他先是拉住江明的自行车，然后用力一拽就顺势跳到江明的跟前。江明看到大刘却并没有惊慌。他只是朝他看一眼，又朝胡同两边跑进来的便衣民警看了看，突然扔下挎包跳上墙边的一扇窗子，又从这扇窗子三下两下就蹿上了屋顶。大刘虽然身手也很敏捷，却无法像江明这样上去。他只好绕到旁边跳上一堵矮墙攀上屋顶。但这时江明发现这附近已被公安民警包围了，于是灵活地跳过几个屋顶爬上街边的一座二层小楼。街上的人们直到这时才发现，原来江师傅家的附近竟然埋伏了这样多的便衣民警。这些民警已将这一带层层地包围起来。也就在这时，爬上那座二层小楼的江明朝下面看了看，然后就做出一个让所有在场的人都大吃一惊的举动。他突然在楼顶纵身一跃，跳上了架在街边电线杆上的电线。电线立刻爆起一团耀眼的火花。然后，他就这样像走钢丝一样的一路踩着电线上的火花飞快地逃走了。

　　这一次抓捕失利，显然不能说是蹲守在江师傅家附近的这些民警的责任。因为没有人想到江明竟然会用这样的方式逃走。但接下来就有人想到一个问题。在这个晚上，江明回到家里待了将近半个小时，直到他从家里出来，大刘才过去抓捕。而在这半个小时的时间里，大刘是一直蹲守在江师傅家的门口的。他在这段时间为什么没有进去对江明实施抓捕？如果他在当时及时采取行动，埋伏在附近的公安民警再包围过来，将江明堵在屋里，抓捕成功的可能性就会更大一些。如此看来就有两种可能，一是由于大刘当时判断失误，所以贻误了战机。二是大刘出于什么想法故意没有进去。如果是第一种可能，应该属于实战经验问题，或是作为一个民警面对紧急情况的心理素质问题。但倘若是第二种可能，显然就意味深长了。这是不是政治问题？据说这以后，大刘又被有关领导找去，继续接受审查。

　　直到很多年后，大刘抓捕江明的这件事仍还一直困扰着我。我觉得自己总是无法梳理清楚警察与罪犯,现在叫犯罪嫌疑人之间的关系。应该说,在那个年代是有罪推定,警察抓到犯有罪错的人立刻就毋庸置疑地认定是坏人。警察抓坏人自然天经地义。所以,警察与罪犯之间的关系就应该是抓与被抓的关系。而那时又讲阶级斗争,民警代表的是无产阶级专政,罪犯,哪怕是刑事犯罪也被认定是破坏当时的革命秩序,因此民警与罪犯之间的关系自然就是敌我关系,用当时最流行的话说也就是敌我矛盾。可是,在那个晚上,大刘面对敌我矛盾的江明,在那半个小时的时间里,他为什么没有及时冲进去抓捕他呢?据说大刘在接受上级审查时并没有隐瞒自己的想法。他对上级领导说,他当时的想法很简单,江明虽然是一个越狱逃犯,而且是一个被判无期徒刑的重犯,但据他了解,他在监狱一直安心接受改造,各方面表现都很好,所以他认为,江明这一次突然从监狱里跑出来应该是有原因的。另外还有一点,在此之前他已跟江明的父亲谈过,如果江明回来,让他劝他去自首。江明的父亲也已经同意。所以,他在那个晚上没有立刻进去,是想让江师傅说服他的儿子。大刘对领导说,江明当年的案情他是清楚的。江明只是因为自己的女朋友被别人夺去了,一时想不开,冲动之下才犯罪的,也就是说,他的本质并不是一个坏人,如果从这个意义说,给他一个自首的机会,对他今后的改造应该是有好处的。大刘的这番话在今天听起来很正常,但在当时却已经惊世骇俗。虽然那时也有这样的政策:"坦白从宽,抗拒从严,顽抗到底,死路一条。"但坦白从宽也是有一定条件的,对罪犯的定性还是界定在敌我矛盾。大刘这样的观点,也就等于说,江明当初的犯罪还是情有可原的,这也就将敌我矛盾模糊成了人民内部矛盾。混淆阶级矛盾,在当时是一件很严重的事情。于是,大刘的问题也就越发说不清楚了。

我这一次采访,就把这个一直困扰着我的问题向李局长提出来。

李局长从性格到浑身透出的那样一种不动声色,给人的感觉是一个典型的老公安。我还是第一次和李局长这样的人打交道,但能感觉出来,与他相处很舒服,似乎有种无须戒备的踏实感。同时也能感觉到,他一定有着常人难以想象的丰富经历。所以,我与他对视时,总感觉他的眼睛后面似乎还有一双眼睛。我是在一个晚上与李局长说这件事的。这天晚上,我一直在看卷宗,不知不觉已经快九点。这时李局长来找我。他笑着说,你还真有我们干公安的这股劲头啊。然后拉起我说,我开会到现在也还没吃饭,咱们去大排档吧,有一家的味道很好,今晚我请你。就这样,我和李局长一起来到街上。李局长说的大排档就在附近。他显然跟这里的人很熟,菜谱也不看就点了几个菜。然后我们就喝起酒来。李局长的酒量很大。他笑着告诉我,其实在家里,他爱人是不准他喝酒的,公安这一行,几十年干下来没有一个身体好的。李局长对我说,这些年生活不规律,一旦有了案子经常一天吃不上饭,所以他有很严重的胃病。可是没办法啊,他端起酒杯喝了一口笑笑说,公安工作就是这样,白天神经太紧张了,晚上没事的时候大家一起喝喝酒,也可以放松一下精神。

李局长喝了酒脸色越发显得蜡黄,于是我又想起当年的大刘。我和他一边喝着酒,就说起当年大刘抓捕江明这件事。李局长听了慢慢放下酒杯。他想了一下说,其实这也是他这些年来一直思考的问题。在那个特殊的年代,讲阶级斗争是另外一回事,但在警察执法的过程中,的确要面对这样一个问题,法律无情,这是一个常识,但也不是绝对的,如果换一个角度讲法律也有情,如何处理这个关系也是衡量一个警察专业素质的重要标准之一。

李局长的话显然是经过很长时间思考的。我这时忽然想起,很多年前曾有一部叫《流浪者》的印度电影,讲述了一个偷窃者与一个律师的女儿相爱的故事。在这部影片中,这个律师有一句名言,贼是天生的。当然,在影片最后,这个律师还是改变了自己的看法,他终于承认,罪犯并不是天生的而是后天造成的。但我看了这部电影却越发感到困惑。我反而认为这个律师本来持有的观点似乎也有些道理。在生活中,当遇到一件令人愤怒至极已经无法容忍的事情,为什么有人选择躲避,甚至宁愿自杀,而有的人则选择挥舞着屠刀去杀人?我一直认为,这后一种人在心理或人格上有一种天生的潜质,一旦生活中有一个契机将这种潜质激活,他就会去杀人犯罪。当然,一时被愤怒冲昏头脑则属于另一种情况。这样杀人的人往往并没有意识到自己当时所做的事意味着什么，有什么后果，或者说最后的结果并不是他在做这件事时想要达到的目的。由此可见，四十年前的大刘很可能在那个时候就已经在思考这个问题。李局长点点头说，应该是这样，你当年认识的这个警察很了不起，他的专业素质很高，就是在今天也应该是一个很优秀的警察。接着，李局长又对我说，他们这一次在"清网行动"中也遇到类似的问题，有的犯罪嫌疑人十几年前在这样或那样的情况下犯了罪，可是这些年来一边躲避警方的追踪，已经成了一个具有相当经济实力的企业家，不仅遵纪守法照章纳税，还积极参加各种社会公益活动，为慈善事业捐款。应该说，这种人一边怀着赎罪的心理对自己进行自我改造，也已经成为一个不断为社会作贡献的人。但是，他们仍然要为当年犯下的罪责付出代价。在具体办案过程中，这也是我们一直思考的问题。

在这个晚上，我和李局长喝酒喝到很晚。我刚接触他时，感觉他并不是一个爱说话的人。但他这一晚喝了酒，似乎说话的闸门一下打开了。我发现他竟然很健谈。他并没有对我说以往经历的具体案子。他一边喝酒一边笑着说，我们办过的案子卷宗上都有，你自己去看就是了，我现在要对你说的，是一个在公安战线干了将近三十年的老警察，这些年的感受和一直的困扰。我听了立刻兴奋起来。我知道，李局长要说的，是在任何资料中都很难看到的……

第二章
心跳

于水根终于承认，自己的身体是彻底垮了。

其实这次的广东之行是最轻松的一次。事情办得很顺利，几乎没费什么周折。回来的航班预定起飞时间是上午9点40分，登机之后，机长突然宣布延误1小时。后来飞机好容易滑出停机坪,又由于跑道拥挤,等候了50分钟,空中飞行2小时,这样总共就在飞机上坐了将近四个小时。于水根先是以为在飞机上的时间长了,有些头晕,接着就感到胸闷,四肢发冷,渐渐喘不过气来。毕竟是中国国际航空公司的航班,空姐发现于水根的脸色有些不对,就将他安排到头等舱的一个座位,放倒椅背让他躺下来。接着又用广播向机舱里询问,乘客中有没有医生。这时于水根已经说不出话了。空姐告诉他,飞机还有20分钟就要落地了,正在下降高度。于水根用尽全身气力,但很平静地对正在为自己量血压的空姐说,我的身体……我自己知道,也许坚持不到落地了,你和地面联系一下,准备一辆救护车,如果我到机场还活着,就直接送我去医院吧……空姐听了立刻跳起来,身子一扭就跑去找机长了。

于水根看着舷窗外的白云。

白云在清澈的阳光里显得晶莹剔透,很像他小时候吃的棉花糖。那是一种很神奇的棉花糖,拿在手里轻如丝缕,放到口中若有若无,有一种淡淡的清甜。于水根在那时就显露出非凡的经营头脑。当时他家住在一个胡同里,每到傍晚就经常会有一个蹬三轮车的瘪脸男人来做棉花糖卖。他的棉花糖纤维很长,缠绕成一团口感很好,所以很受胡同里小孩子们的欢迎。但是,不知这瘪脸男人是不是有意的,他并不是每天来,这样就往往会使那些期待中的小孩子们失望。于是,每到这个卖棉花糖的瘪脸男人再来,于水根就偷偷买下一大坨棉花糖,然后等这男人不来时,再找来一些一次性的木筷,将这坨棉花糖缠绕成若干个小坨来卖。他买这一大坨棉花糖总共只要5元钱,而分成小坨却可以卖到三十几元。当时胡同里一个卖包子的陈师傅发现了这个秘密,立刻大吃一惊。陈师傅向胡同里的人们断言,这孩子将来肯定会干出让人意想不到的大事。这时,于水根想,当年的陈师傅没有说错,自己后来确实干出了让人意想不到的大事……于水根看着一朵白云在舷窗外飘过,渐渐感觉自己的身体也一点一点飘浮起来。他又听到了自己心跳的声音。于水根这几年渐渐发现,每当身体出现问题时,他竟然偶尔能听到自己的心跳。这声音很清晰,似乎来自身体深处,但并不是咚咚的,而是像一个濒死的人在无力地沙哑地呻吟,哦哦、哦哦、哦哦……此时这声音又清晰地响起来,然后就一点一点弱下去。于水根渐渐没有了不适的感觉,似乎浑身的每一个骨节每一块肌肉都松弛下来,有一种从未有过的轻松和快意。然后,耳边的声音就越来越远,远得像风一样时断时续。他感觉到飞机落地时的震动,接着自己被人抬起,放到一张很平的床上,身上立刻被缠绕上各种管子,再接下来就是急促的救护车的鸣笛声……

于水根再睁开眼时已经躺在医院里。身边的仪器在嘀嘀地响着，从自己身上伸出的各种颜色的管子都通向那些仪器。他朝四周看一看，立刻认出来了，这里应该是市中心医院的重症监护室，医生把这里叫"ICU"，一般只有生命垂危的病人才会住进这里来。于水根上一次突发心脏病时也是被送来这家全市最大的中心医院，也是住进这间重症监护室。那一次是去外地之前，已经买好飞机票，就在动身的前一天晚上，正和几个轻纺城的小老板一起吃饭，突然感觉心脏似乎被用力拧了一下，又拧了一下，然后就从椅子上慢慢瘫软下去。也就从那一次，于水根才终于知道了自己心脏的真实状况。用一个医生的话说，你这颗心脏就像一只破烂的钟表，几乎没有什么修理价值了。那一次临出院时，医生很认真地对他说，你心脏的这只钟表说不定什么时候就会停摆，你要有心理准备啊。当时于水根问医生，要有什么心理准备。医生稍稍愣了一下，似乎觉出自己说的话有些欠妥，于是改口说，心脏是我们人体维持生命最重要的器官，所以，这可能要……医生说到这里摇摇头，就没再说下去。于水根立刻说，我明白，如果彻底治疗可能要很高的医药费，不过钱不是问题。医生一听就笑了，说，我知道你是做生意的，钱对你当然不是问题。于水根连忙说不不，我不是这个意思……医生摆摆手说，我明白你的意思，不过有些情况恐怕你还不太了解，我们人体有三大脏器、心脏、肾脏和肝脏，如果受到损坏是不可逆的，这就像一只玻璃杯，裂了就是裂了，无论如何也无法再恢复原状。于水根听到这里就明白了。显然，这个医生说话虽然有些口冷，但他说的应该是事实。于水根后来又向一个在医院工作的朋友问起过关于心脏病的事。这个朋友说的也不乐观。据这个朋友说，心脏病的具体情况分很多种，不过像于水根这样严重的心脏病确实很危险，甚至随时都有可能出现意外。但是，于水根感觉自己的心脏出问题也就是近几年的事情。他刚刚发现能听到自己心跳的声音时也有些惊慌。他搞不清这是怎么回事。而且，他有一种奇怪的感觉，似乎自己心跳的声音像一个虚弱的人在"哦哦、哦哦"的喃喃自语。

　　这时，他慢慢转过头，朝床边的仪器看一眼就又昏昏地睡过去……

　　于水根再醒来时，看到自己的病床前站着几个医生。其中一个五十多岁的男医生脖颈上挂着听诊器，戴一副深色眼镜，光洁的脸上刮得很干净。

　　他很认真地看看于水根说，醒了？

　　于水根疲惫地嗯一声。

感觉怎么样?

还……还好。

医生点点头,又问,你的家属呢?

于水根稍稍嗫嚅了一下,你说……什么?

旁边一个年轻的女医生说,刘主任在问你的家属。

哦……于水根说,我……没有家属。

没有家属?

刘主任似乎有些意外,看看身边的几个医生。这时旁边的护士长说,这个病人是在飞机上突发心脏病,落地后被机场救护中心的车直接送来我们医院的。

刘主任听了点点头,嗯一声问,已经通知他的家属了?

护士长说,病人来时一直神志不清,还没有来得及问。

护士长这样说着就问于水根,我们怎样联系你的家属?

于水根沉了一下,又说,我……没有家属。

刘主任终于听懂了,于水根说没有家属,意思是说他的家里没有任何人。于是说,好吧,既然这样,等你完全清醒之后,我们就直接向你本人交代病情吧。

于水根说,我现在……很清醒。

刘主任看看他说,你的病很重。

于水根说,我感觉到了。

刘主任说,非常严重……

苏琳直到下班时,才感觉自己的头脑又开始混乱起来。这是苏琳当医生以来养成的职业习惯。做医生这一行不同于别的职业,必须时刻保持清醒头脑,只有这样,在为病人看病时也才能有准确的判断力。正如当年在医科大学读书时老师讲的,医生的工作时间是属于患者的,所以,无论自己生活中有多么烦心的事,只要一坐到诊室里就要都忘掉。这是一个医生应该具备的起码素质。这时,苏琳一边换着衣服就又想起自己和杜威的事。

她突然有些犹豫,或者说是茫然,似乎一下不知该怎样做了。

苏琳一向有一个原则。她认为一个人无论怎样,首先要真诚。她最不能容忍的就是别人对自己不真诚。但让她没有想到的是,杜威,这个最不该对她不真诚的人竟然没有对她说实话。而更让苏琳无法容忍的是,当她质问杜威时,杜威竟然仍不说实话。苏琳简直无法理解，难道杜威真的没有意识到，他与别人交往了几个月竟还不说出自己的真实身份，这样的不真诚是让人无论如何都难以接受的吗？所以，苏琳已经几天没有接听杜威的电话。而杜威也是一个很男人的男人，并没有用电话纠缠苏琳，每次打过电话来，苏琳把手机按掉，他也就不会再打。但这样几次之后，苏琳也在想，这件事总要有一个结果，最后究竟该怎样收场呢？是再找杜威谈一次，把话讲清楚，还是自己就这样"失踪"下去，最后不了了之呢？苏琳曾在一本书上看到过一句话，一个男人和一个女人，决定他们最终能不能在一起的不是后来的如何，而是怎样的开始。苏琳和杜威的开始很简单，也很偶然。但苏琳知道，她和杜威都不会忘记这个开始的。苏琳的家是在靠近市郊的一个比较高档的小区。苏琳从医科大学毕业没多久，到医院工作也只有几年，当然买不起这样的房子。房子是苏琳的父母买下的。但父母两年前去加拿大为苏琳的姐姐看孩子，短时期不准备回来。如此一来，这套房子也就只有苏琳一个人住了。苏琳是在一天早晨注意到杜威的。在那个早晨，苏琳推着自行车准备去医院上班，来到小区门口突然听到一阵狗吠，接着就看到两条小狗撕咬在一起。两条小狗的主人各自用力拉着链绳，试图把它们分开，但两条小狗却越战越勇，眼看已经彼此咬得浑身是血。就在这时，小区门口一个年轻的保安走过来。他蹲到两条小狗跟前，轻轻打了一声口哨，这两条小狗先是愣了一下，然后就都安静下来，其中一条小狗还走过来舔了舔这个年轻保安的手指。苏琳在一旁看着有趣，就问这个年轻保安，你懂小狗的语言吗。年轻保安没说话，只是摇头笑了笑。苏琳又说，过去没见过你，是新来的？年轻保安点点头，说是。

这以后，苏琳就开始注意这个新来的年轻保安。她发现这个保安非常忠于职守，几乎从早到晚，总是他一个人在小区的门口值班。几天以后又发生了一件事。苏琳的家是在一楼，窗前有一个属于自己家的小花园。一天早晨，苏琳正准备去上班，突然发现放在花园里的自行车不见了，地上只扔着一条被剪断的链锁。这辆自行车是苏琳的父母从国外带回来的，款式很新颖，在国内几乎很少见到。所以这一整天，苏琳在医院上班心情一直很沮丧。晚上下班回来，刚刚进家就听到有人敲门。苏琳去开门一看，竟是小区门口站岗的那个年轻保安。年轻保安问她，是不是丢了一辆自行车。苏琳立刻说是啊。年轻保安说，你出来看一看，是不是这辆车。苏琳来到外面一看，竟然真是自己丢的那辆自行车。年轻保安说，他白天在小区门口站岗时，发现一个男人骑着这辆自行车准备出去。因为在此之前，他曾见过苏琳骑这辆车，而且这辆车很有特点，于是就把这男人拦下来。不料这男人立刻扔下车子扭头就跑。他追了一阵把这男人抓住了。据这男人交代，他是夜里偷的这辆自行车，先是藏在了小区里的一个地方，想在白天人多的时候趁乱把车弄出去。年轻保安说，现在这个偷车的男人已经送去派出所了。年轻保安说得很淡，似乎在说一件与自己无关的事情。但苏琳听了兴奋之余却很感动，连忙请这个年轻保安进来喝水。年轻保安笑着摆摆手，然后告诉苏琳，他已经注意到了，苏琳的家是在一楼，又有一个这样的花园遮挡视线，所以最好在窗子上安装防盗护栏，否则会不安全。苏琳说，她不喜欢那种护栏，朝窗外看去像关在笼子里。年轻保安想一想点点头说，好吧，我来帮你想办法。也就是在这一次，苏琳才知道，这个年轻保安叫杜威。第二天刚好是星期六，杜威一大早就来到苏琳的家。他特意带来了电钻，将苏琳家所有的窗子，每两扇塑钢窗打一个孔，再插入一枚长长的铁钉。他告诉苏琳，这是防盗的一种最简便的方法，从外面无论如何也无法再撬开窗子，除非将玻璃砸破。杜威在这个星期六的上午一直忙到将近中午才回去。苏琳的心里就总感到过意不去。自己心爱的自行车被找回来，又让人家帮了这样大的忙，于是总想找机会请这个叫杜威的年轻保安吃一顿饭。但是，苏琳向杜威提出过几次，杜威却总是笑着表示他的工作很忙，抽不出时间，不过他还是心领了。这时苏琳的心里就有些不悦了。苏琳觉得自己想请这个年轻保安吃饭是真心实意的，他不该总这样推三挡四，他一个在小区做保安的，工作再忙难道还有自己这个医生忙吗，自己都有时间他怎么会抽不出时间呢，况且自己是一个女士，这样反复邀请几次，他却一再拒绝，是不是太没有礼貌了。但苏琳转念再想，不管怎样说，人家毕竟为自己帮过这样大的忙，索性就再邀请他最后一次，如果他仍然拒绝也就作罢，自己总算尽到心意了。于是一天傍晚，苏琳下班回来时，走到小区门口就又一次对杜威说，小杜，你今晚不会还有事吧，我请你吃饭。当时杜威正在和几个工人检修小区门口的摄像探头，他回过头客气地笑笑说，还是……算了吧，我今晚真的有事……但他的话刚一出口，苏琳不等他再说下去就推起自行车头也不回地走了。杜威先是愣了一下，接着好像意识到了什么，连忙从后面追上来说，哎……哎，苏医生，你先等一等。苏琳慢慢站住了，回过头看着杜威。杜威走过来不好意思地说，好……好吧，我明晚大概有时间，不过……杜威又有些不好意思地说，去哪里吃饭，要听我的……

　　第二天晚上，杜威下岗之后就和苏琳来到街上。杜威的消费水准显然不是很高。他带苏琳来到一个门面不大的餐馆。苏琳走到门口时稍稍迟疑了一下，但还是跟着走进来。苏琳明白，杜威一个当保安的，每月的收入一定不会很高，也许他到这样的餐馆吃饭已经很不错了。不过这一次晚饭还是吃得很愉快。杜威虽然年轻，却是一个很沉稳的人，让苏琳有种踏实的感觉，好像有什么话都可以对他说出来。她告诉杜威，她最近一段时间一直很烦。她是一个胸内科医生，前不久刚刚接了一个危重病人，是一个老人，来到病房没几天就去世了。但这老人的儿子却认定是她造成的医疗事故。这个儿子并不来医院里闹，而是带了几个身穿重孝的人，每天等在医院门口，一见到苏琳就团团围住跪在地上号啕大哭，搞得她不仅难堪也很无奈。杜威听了想一想，很认真地说，如果你认为不是医疗事故，你就要拿出不是医疗事故的证据，根据现行的法律规定，医疗事故的问题是要举证倒置的，也就是说，要由医院方面举证说明不是自己的责任。但是，杜威又说，这个死者的儿子这样在医院门口闹事是扰乱社会治安，根据《社会治安处罚法》的规定是不允许的。然后杜威又问苏琳，在哪个医院工作。苏琳告诉他之后，他点点头没再说话。但第二天早晨，苏琳再去上班时，医院门口就没有了那几个穿孝闹事的人。据说是来了几个派出所的民警，将那几个人劝走了。

苏琳通过这件事感到有些意外。她没有想到，杜威这样一个普通的年轻保安竟然有如此高的文化素质，而且对法律这样熟悉。苏琳平时见惯了小区里的那些小保安，他们大都是从农村招来的孩子，脸上还带着阳光晒过的痕迹，而且显然没上过什么学，所以穿上那身款式怪异的保安制服一下就有些飘飘然了，似乎自己真的到了国外的蓝盔部队或是参加了什么雇佣军，整天除去在小区里耀武扬威地走来走去几乎什么事都不做。但杜威却不是这样。杜威仪表堂堂，脸上是健康的红色，而且说一口标准的普通话。

那天晚上吃饭之后，苏琳曾给杜威打了一个电话。电话号码是那一晚苏琳主动向杜威要的。当时杜威把自己的电话写在一张纸条上，交给苏琳时笑着对她说，以后不管什么时候，只要有事打这个电话就可以。苏琳这一次给杜威打电话并没有什么事，她只是想问一问杜威，医院门口那几个穿孝闹事的人被派出所的民警劝走了，这件事是不是他干的。杜威一听就在电话里笑了，说，我只是咱们小区的一个普通保安，又不是派出所民警，这样的事怎么会是我干的呢。苏琳立刻又问，是不是你对那边派出所的民警说的呢?杜威又不置可否地在电话里笑一下，说，我这里正有事，以后再联系吧。然后就把电话挂断了。这以后苏琳就经常给杜威打电话,但是都没有什么正经事。她只是想跟杜威说一说话。苏琳平时没有几个朋友,也不大喜欢与人交往。可是人毕竟是需要交流的,有的时候突然有一种想倾诉的欲望,却又不知该向谁说,就难免会感到孤寂。自从有了杜威就不一样了。苏琳感觉杜威在电话里的声音很浑厚,让人有一种踏实的安全感,所以她闲下来的时候即使没有什么要紧事,也想拨通电话听一听这声音。但杜威似乎总是很忙,苏琳给他拨去电话,他不知有意还是无意经常不接,或者干脆按掉。然后不知过多久,再把电话打过来,对她抱歉地说她打电话时自己刚好有事,或没有听到。苏琳对此倒并不在意。她不知杜威究竟在忙些什么,但觉得只要他把电话打过来,自己能听一听他的声音也就满足了。至少在苏琳自己的心里,她觉得和杜威的交往就是这样不知不觉地开始了。不过杜威却不这样认为。杜威曾经很认真地对苏琳说,他记得很清楚,他们交往的真正开始是在9月16日。

9月16日那天刚好是苏琳的生日。苏琳这几年过生日已经养成一个习惯,每到这天总要故意加班,而且还要值夜班。她不想一个人待在家里。她觉得生日这一天会让人想起很多事,也会让人在惆怅的同时备感寂寞,所以只有在医院里,在工作中才会尽快地将这一天打发过去。可是这一年的9月16日却不同,苏琳下午很早就回来了。她觉得自己有一种从未有过的兴致,或者说是兴奋,她想为自己好好地过一过这个生日。她特意去超市买了水果和一些食材,在家里精心制作了一盘水果沙拉,又用烤箱做了一盘蛋糕。她做完了这一切已经是傍晚,然后就到小区的物业管理处。苏琳已经提前几天就给杜威打过电话。她先问杜威9月16日这天晚上有没有时间。杜威说,目前还说不好。然后问苏琳有什么事。苏琳很认真地说,确实有事,而且是很重要的事,你如果这天晚上有事就提前安排一下,把时间错开,到时候我会来找你。苏琳在这个傍晚来到小区的物业管理处,一走进院子就看到杜威正赤着上身在用一盆水洗脸。苏琳不禁站住了,她发现杜威虽然个子不高,但身材很好,胸肌和臂肌都很发达,一看就是个很喜欢运动的年轻人。杜威看到苏琳,一边用毛巾擦着脸说我刚完事,你有什么事就说吧。苏琳冲他笑笑说,你一会儿来我这里。说罢就转身走了。

杜威在这个傍晚来到苏琳的家。

苏琳发现他穿了一件很鲜艳的天蓝色T恤衫。苏琳看看他笑了,说,你这件蓝色的T恤衫真好看。然后又说,比穿那身保安制服……好看。杜威有些不好意思,笑一笑说,我平时……最喜欢蓝色。苏琳立刻说,我也喜欢蓝色。杜威点点头说,我上一次来你家时就已经注意到了，你家的窗帘都是蓝色的。这时苏琳让杜威坐到沙发上，然后端出那盘水果沙拉放到他面前的茶几上，又端来自己亲手制作的蛋糕，接着又拿来一瓶红酒。杜威一直不解地看着苏琳，直到她在旁边的沙发上坐下来，才问，你今天这是……苏琳在杜威和自己面前的杯子里倒上酒，然后举起来说，祝我生日快乐吧。杜威这才明白过来，连忙也举起杯。但他显然不会喝红酒，用手抓着杯子像喝白酒一样咕咚一口就喝下去。然后又笨拙地拿起刀叉。他比划了几下无奈地摇摇头，红起脸笑着说，你还是……给我双筷子吧，我这双手，用这种东西不方便。苏琳看他一眼也笑了，说，看来是我错了，今晚应该请你去吃家常菜。

苏琳这一晚心情很好。她告诉杜威，她从读大学到现在，还是第一次这样，有一个朋友和她一起过生日。而且……她又看一眼杜威说，还是一个男性的朋友。杜威坐在沙发上一直很局促，这时听了苏琳的话，脸一下涨得几乎像杯里的红酒。他慌乱中举起杯说，祝你，祝你生日快乐……苏琳看着杜威，忽然慢慢放下酒杯，走过来坐到杜威身边，然后把头贴在杜威的胸前，两只手也搂在他的腰上。她立刻听到杜威胸腔里扑通扑通的心跳声。这心跳的第一声很轻，第二声很重，而且节奏清晰，就像一个低沉的很有磁性的男人声音，这声音在一句一句地说着什么。苏琳仰起头说，你的心跳……太快了。

哦……是……杜威只是慌乱地应了一声。

不过，苏琳又说，我听懂了它在说什么。

杜威的脸一下更红了。

苏琳又一笑说，你不要忘了，我是胸内科医生，我的工作是专门跟人的心脏打交道的。她眨眨眼问杜威，要不要我告诉你，你的心脏这时在说什么？

杜威连忙说别……别……

苏琳一下又笑起来。也就从这以后，每当苏琳和杜威在一起时，她就总喜欢把自己的头贴在杜威的胸前，静静地听他的心跳声。渐渐地，她似乎真的能从这颗心脏跳动的快慢、轻重，和声音的大小听出一些细微的变化，然后再从这些细微的变化中辨别出内容。每当苏琳给杜威打电话，遇到杜威刚好有事，不方便接电话时，苏琳就让他把电话放到胸前。她只要听一听他心跳的声音就满足了。甚至有的时候，她拨通杜威的电话并不让他说话，她只想听一听他的心跳，这样似乎就知道了他此时想对自己说什么……

问题出在几天前。

　　就在几天前一个星期日的中午，杜威利用吃饭时间来帮苏琳修理花园的铁门。当时天气炎热，花园里很闷，杜威就将自己汗漉漉的制服上衣脱下来搭在一边。苏琳随手拿起这件衣服，准备帮他洗一洗。但就在她掏一掏他的上衣兜，看什么东西时，竟翻出一本黑色的证件。苏琳立刻一愣，这是一本警官证。她小心地打开看了看，照片上的人正是杜威。他身穿黑色警服，头戴警帽，看上去很威武的样子。警衔一栏填写的是二级警司。苏琳这时才知道，这个一直在自己面前沉默寡言任劳任怨的保安，这个杜威，他竟然是一个警察，而且还是一个警官。当时苏琳没说任何话，只是把这本警官证又放回到杜威的制服上衣兜，然后就把这件上衣放下了。在这个中午，杜威修好花园的铁门就匆匆走了。当天晚上，苏琳又给杜威打了一个电话。当时杜威好像正有什么事，接电话的声音很低，也很仓促。他告诉苏琳，过一会儿再打过来。过了一会儿，杜威果然把电话打过来，他问苏琳有什么事。苏琳这时已经想好了，她在电话里说，也没什么事，我只是想问一问，你是从什么时候做保安的。杜威听了愣一下问，你怎么……突然问这个问题？苏琳说，只是随便问问。杜威嗯嗯了两声说，我做保安……已经有几年了，不过转过几家物业公司，所以……哦，苏琳不等他说完又问，你这几年，真的一直在做保安吗？杜威说是啊。他接着在电话里笑了，说，你今天这是怎么了？苏琳说没怎么。然后又说，哦……我没事了。说罢就把电话挂断了。

　　也就从这晚以后，苏琳就再也没有接听杜威的电话……

　　苏琳认定，杜威这样隐瞒自己的真实身份是对自己的不真诚。警察这个职业不言而喻，是具有一定风险的，有的时候甚至会有生命危险。所以，并不是每个女孩子都愿意嫁给警察。这是一个事实。但是，苏琳觉得，如果杜威也这样想就太小看自己了。自己毕竟不是普通女孩，是一个医生，而且接受过超高等教育，难道连警察这个职业对于一个社会意味着什么这样一点浅显的道理都不懂吗？苏琳觉得自己的恋爱观和价值观还没有这样流俗。其实在苏琳发现了杜威的警官证那一瞬，心里真实的感觉是惊喜，她终于明白了杜威作为一个保安，为什么给人的感觉是这样的与众不同，也终于明白了杜威为什么具有这样的素质。但尽管如此，苏琳仍然认为，杜威不管怎样说也不应该向自己隐瞒真实身份。无论他出于什么理由，这种隐瞒都是让她难以接受的。

　　在这个傍晚，苏琳从医院出来时心里仍在想着杜威这件事。她这时才突然意识到,杜威已经两天没来电话了。这几天,杜威几乎从早到晚都在给苏琳打电话,一直在坚持不懈地打。但他打电话似乎只是试探性的,电话响几声,如果苏琳不接立刻就挂断了,然后过一阵再打过来。苏琳虽然打定主意,始终不肯接听他的电话,但也已经习惯了这样电话过一阵就响一次。可是,她这时才发觉,杜威从昨天就再也没有电话过来。苏琳忽然感到一丝惆怅。她走在街上,心里在想,如果此时杜威又打来电话,自己会不会仍不肯接听呢?她这时突然想到一个问题。既然杜威是一个警察,而且还是一名警官,他为什么要来这个小区当保安呢?这里边会不会……有什么特殊原因?比如……他在执行什么任务?苏琳想到这里立刻在街上站住了。她这时才突然意识到,这个问题,她在此之前还从来没有想过。她想,倘若果真如此,那么杜威一直没有告诉自己他的真实身份也就应该可以理解了。就在这时,苏琳包里的电话突然响起来。她连忙拿出手机看了看,果然是杜威。

苏琳稍稍犹豫了一下,还是接听电话。

杜威在电话里说,你,终于接电话了。

苏琳没有说话。她一时不知该说什么。

杜威说,我现在,有很多话想对你说。

苏琳嗯一声说,是啊,我也有很多话。

杜威说,我没有骗你的意思,真的没有。

苏琳没再说话,只是一下一下地呼吸着。

杜威又说,你说过,你是胸内科医生,你自己可以听一听。

接着,苏琳就在电话里听到一阵沉实真诚的扑通扑通的声音。她知道,杜威一定是又将电话放到了自己的胸口上。这样沉了一阵,杜威问,你听到了?

苏琳突然感觉鼻子一酸。她哽咽了一下说,我……听到了……

杜威说,我现在有很重要的事情,过一会儿再打给你。

他又说,我会把一切都告诉你的。

他这样说罢就匆匆把电话挂断了……

于水根又听到了自己心跳的声音。这心跳声已经像微风一样缥缈。他感觉呼吸越来越困难。他很清楚,现在的这个状态只是靠药物作用,而药物对于自己已经没有任何治疗意义,只是一种维持。于水根感觉自己像是漂浮在水面上,正在一点一点地朝着深不见底的水里沉下去。但这种感觉并不让他恐惧。他发现,其实死亡不是一件多么可怕的事情,它一旦来到眼前,反而会让人更加平静。早晨,刘主任带着几个医生来重症监护室查房时仍然说话很少,只是看了一下各项记录,然后告诉于水根,这样用药物维持只是权宜之计,不能持续太久。刘主任对于水根说,现在看来必须要有一个彻底解决的办法了。

刘主任这样说罢,又低声对身边的一个医生说了一句什么。

于水根虽然没有听清楚,但从刘主任脸上的表情已经明白了,刘主任的意思是让那个医生下病危通知。于水根知道,只有在病人随时有生命危险的时候医院才会下病危通知。于水根的心里很清楚,自己这一次在飞机上犯病,能活着落地而且被送来医院已经是万幸了。他上一次突发心脏病时医生曾说过,他这种严重的晚期缺血性心肌病随时都有可能出现危险。其实这几年,于水根已经感觉到,自己每发作一次心脏病都像是闯一道鬼门关。所以,他的心里早已做了最坏的打算。他甚至已经想好了如何处理自己的身后事。这时,于水根躺在病床上想,也许这一次,自己一直等待的那个时刻真的要到来了。人到了这种时候,总会想起很多让自己感到遗憾的事情。但于水根觉得,或许,如果自己这一次真的就这样走了反而是一种解脱。当年的那件事,也就不会再像梦魇一样一直纠缠着折磨自己了……

将近中午时,护士长来到重症监护室。她的手里拿着一个登记夹,走到于水根的病床跟前问,感觉还好吗?于水根虚弱地说,还……还好。护士长嗯一声,告诉于水根,要核实一下他的个人信息。于水根看了一眼护士长说,我是来治病的,医院……核实我的个人信息干什么?护士长没有回答,只是从白大褂的上衣兜里拔出水笔在登记夹上画了一下。

姓名?

于水根。

年龄?

32岁。

籍贯?

…………

籍贯?

哦……我是,本地人……

护士长抬头看看于水根说,听你说话,不像本地人的口音啊?

于水根支吾了一下说,我……跑的地方多了,口音也就杂了。

好吧,护士长又问,职业?

个体经营者。

婚否?

未婚。

家庭住址?

就写……轻纺城吧。

梅坞的那个轻纺城?

对……梅坞轻纺城。

家属呢,怎样联系?

我说过,没有家属。

可是我们的通知……

护士长说到这里忽然停住口。

于水根明白,护士长所说的通知自然是指病危通知书。护士长又看了于水根一眼就转身出去了。于水根轻轻舒出一口气。他觉得护士长刚才的询问口气不像是核实个人信息,倒有些像警察审讯。这让他有些紧张。于水根这几年已经养成一个习惯,对关于自己的信息很敏感,也不喜欢别人向他问起这些个人的事情。于水根的家里确实已经没有任何人,父母早在很多年前就已去世,一个姐姐也嫁到外地,很多年没有联系。于水根说自己的籍贯是山东,其实是不想让人知道,他是河北人。因为他很清楚,虽然他的家里已经没有任何人,但警方一旦知道了他的真实籍贯,只要去调出户籍底档看一看,他的所有情况立刻就都清楚了。于水根用了几年时间,已将自己过去的痕迹抹得干干净净,他不想让自己再跟过去有任何瓜葛。就在这时,护士长又来到监护室。她走到于水根的床前点点头说,我终于查到你了!

于水根的心里立刻一惊,看看护士长,小心地问,你……查到我什么了?

护士长说,我一直觉得你的名字有些熟,原来你在我们这里是住过院的。

于水根听了,心里稍稍松了一口气。

护士长又眯起眼一笑说,我还查到一件事,你曾为我们医院捐过款,原来还是一位爱心人士啊。于水根不好意思地笑了,摇摇头说,那点儿钱,不算什么。于水根确实曾为市中心医院捐过款,而且捐助过两次。一次是市里红十字会向社会上有爱心的人士募捐,为6个从贫困山区来的患有先天性心脏病的儿童资助手术费,号召每位爱心人士最少捐助6千元。于水根捐助了3万元。第二次是市里工商联搞的，向民营企业家募捐，为患有眼疾的孤寡老人做手术资助医疗费。当时规定同意捐赠的企业家，数额不能少于1万元。于水根捐助了5万元。

护士长又连连点头说，好啊好啊，爱心人士也住到我们这里来了。

她这样说罢就转身走了。但走到门口忽然想起来，又回头对于水根说，对了，早晨来过两个人，说是从民航那里查到信息，才知道你被送来医院了，他们说想进来看看你，我告诉他们不行，重症监护室没有极特殊的情况是不准探视的。护士长这样说罢又看一眼于水根，然后告诉他，来的是一个五十多岁的男人和一个二十多岁的女孩。于水根一听就明白了，应该是宋天义和宋兰兰父女俩。他的心里顿时有些感动。他这次在广东，临上飞机前曾给宋天义发了一个短信，告诉他自己乘坐哪个航班，大约什么时候到。但他一再告诉宋天义，不要去机场接，他自己搭辆出租车回去就可以了。于水根猜测，一定是宋天义去了机场，却没有接到自己，所以去民航那里问清楚是怎么回事，就和宋兰兰一起赶过来。于水根想，在这个世界上竟然还有两个这样的人如此惦念自己。他的心里顿时感到热乎乎的。

于水根当然知道宋天义为什么要去机场接自己。他这次去广东之前，宋天义曾对他说，待他回来，要跟他谈一谈关于他和兰兰的事。当时于水根听了没有说话。于水根当然喜欢兰兰。兰兰是一个心地善良而且很安静的女孩，也很善解人意，同时又很聪明，这几年跟着父亲在梅坞轻纺城里做生意已经历练出来。但是，于水根并不想和兰兰成为她父亲宋天义希望的那种关系。他知道兰兰是一个好女孩，也很喜欢自己，可是他不想连累她。首先，自己的身体糟到这种程度，说不准什么时候就会出意外，尽管兰兰曾含蓄地表示，她不在乎，而且她今后可以照顾他，但于水根还是觉得自己不能这样做，否则对兰兰太不公平了。其次还有一个更重要的原因。于水根知道，即使自己的身体没病，也不能轻易答应兰兰。不是不能答应，而是自己没有资格答应。当初的那件事虽已过去十年了，而且鬼六儿也早已死了，但于水根不敢保证，鬼六儿活着的时候没有对任何人说起过他曾和自己做过的那件事。而倘若他真的对谁说了，那么这件事也就会成为一个巨大而且可怕的隐患，说不准什么时候警察就会来找自己。所以，于水根这些年在梅坞轻纺城虽然表面不动声色，其实一直是在提心吊胆中度过的，偶尔有警察来检查治安，他的心里都会收紧。于水根虽然从没有见过给犯人戴的手铐是什么样子，但他在夜里睡觉时，却经常会梦到自己的手腕被戴上冰冷的手铐。

于水根后来曾很认真地想过这件事。

他觉得自己是真的错了，而且错就错在认识了鬼六儿这样的人。其实他那时刚来梅坞轻纺城，在一个箱包店里做得挺好，每月收入虽不太多，但吃饭租房也够用了。他甚至想，如果有一天自己能攒下一笔钱，就在这轻纺城里也租下一个摊位，那样就可以做属于自己的生意。梅坞轻纺城是一个规模很大的生活日用小商品和纺织品的集散地，在全国的批发零售业都有很高的知名度。所以，很多怀揣梦想的人都想来这里挣到自己的第一桶金。但于水根却犯了一个错误。他在一天晚上和鬼六儿一起喝酒时，把自己的这个想法对鬼六儿说了。鬼六儿在当时虽然只有二十来岁，却已来梅坞轻纺城很多年，而且在这里的很多家店里打过工。但由于经常打架滋事，还偷东西，最后哪家店都不肯要他了，于是就整天泡在轻纺城里做些搬搬抬抬之类的零工混日子。鬼六儿在那个晚上不知从哪里搞到一些钱，于是拉于水根到外面的食摊上喝酒。当时于水根也是多喝了几杯，一高兴就对鬼六儿说出了自己的想法。他说，他最大的理想就是能有一笔钱，也在这轻纺城里租下一个摊位，如果将来做大了还可以再租一个店面，那样就可以给自己当老板了。鬼六儿听了于水根的话立刻放下酒杯，伸过头问，你这想法……可是当真？于水根不知鬼六儿这样问是什么意思，眨眨眼说是啊，当然当真。鬼六儿先朝四周看了看，然后压低声音说，咱们想到一起了，我也不想再过这样的日子，整天东家干一点儿西家干一点儿，辛苦受累还挣不到几个钱。他又朝周围瞥一眼，然后对于水根说，我早已谋划好了一条挣钱的路，可以一夜之间就挣到几万，如果运气好，能挣十几万几十万也说不定，怎么样……你想不想干？当时于水根虽然喝了酒，但头脑还有些清醒，他知道，在这个世界上，凭着他和鬼六儿这样的能力无论做什么正经事都是不可能一下挣到这些钱的。鬼六儿微微一笑说，当然不会是正经事，不过正经不正经也没有什么关系，我们只做这一次，只要这一次挣到钱了立刻就收手，从此去当正经人，做正经事，我们甚至可以比那些正经人还正经。鬼六儿这样说罢又看一看于水根，然后耐心地说，今天已经不是辛辛苦苦挣钱的时代了，要玩儿就得玩儿跳棋，玩儿险棋，别管用什么办法先狠狠挣到一笔钱，然后再踏踏实实做自己的事，现在那些有钱人哪个不是这样起家的？

在这个晚上，也就是鬼六儿的这几句话打动了于水根。于水根觉得鬼六儿的话似乎也有些道理。自己在梅坞轻纺城再怎样辛辛苦苦地干，每月也不过才两千元,除去吃饭租房子还能剩下多少呢,如果只靠这样一直干到攒下一笔钱,能在这里租一个摊位,那要等到什么时候呢?这时鬼六儿就把他的具体想法说出来。鬼六儿的想法很简单。他说,他早已注意到了,现在很多外地人都是开着车来梅坞轻纺城上货,而且这些人的身上大都带有现金,只要想办法……鬼六儿说到这里做了一个手势。这时于水根已经明白了。但鬼六儿却摇摇头说,不,你还不明白。鬼六儿一边说着就拿出一个东西在于水根的眼前晃了晃。于水根看清了,这是一根像子弹壳一样大小的金属管,而且一头削得很尖。鬼六儿伸过头,压低声音说,如果把这东西插在一块西瓜皮上,放到马路上会怎样呢,如果一辆汽车开过来,轱辘轧到这上面又会怎样呢? 等到司机下来换轮胎……鬼六儿说到这里,又眯起眼看一看于水根。

于水根这时已经完全听懂了。

于水根至今也想不明白,他在那个晚上为什么会答应鬼六儿和他一起去做这件事。他认为不能把这件事归咎于自己当时喝了酒。尽管他在那个晚上确实已经喝了很多的酒,而且喝得有些昏了头,但他和鬼六儿做这件事是在第二天早晨,也就是说,他是在头脑完全清醒的状态下做这件事的。在那个早晨,于水根早早地就来到梅坞轻纺城附近的一条小路上。这条路虽然很窄,却是轻纺城通向高速公路的一条交通要道,所以很多来轻纺城做生意的外地车辆都要经过这里。这时鬼六儿已经等在路边。鬼六儿在这个早晨特意骑来一辆自行车。他先将那根金属管的一头扎在一块西瓜皮上,摆放到马路中间,然后又向于水根交代了几句就推着自行车躲到对面的树林里去了。也就在这时,一辆银灰色的面包车朝这边开过来。于水根躲在路边已经看清了,这辆面包车显然是来轻纺城上货的,平时来这里批发小商品的外地小老板一般都是开这种面包车。这时,这辆面包车已经迎面驶来,就在碾过那块西瓜皮的一瞬,汽车的左前轮突然发出哧的一声。汽车立刻停下来。一个胖胖的中年男人跳下车,伸头看一看车轱辘,摇摇头叹口气就去车后打开盖子取出一个三角形的金属警示标志牌,放到车后不远的地方,然后又取出备用轮胎蹲在那里忙碌起来。这时于水根朝对面不远的树林里看了看。躲在那边的鬼六儿朝他做了一个手势。这是鬼六儿事先设计好的,在司机忙着换轮胎时,于水根就可以趁机去前面的驾驶室里拿包。司机发现了一定会过来追赶,这时鬼六儿就像路人一样骑着车迎过来,拦住司机的去路问是怎么回事,这样也就可以为于水根的逃跑赢得时间。但在这个早晨,事情却出现了意外。当时于水根看到那个胖胖的男人已经在埋头换轮胎，就从路边悄悄走出来，突然拉开车门，从里边抓起一个黑色的提包转身就跑。他在这一瞬还是迅速地在心里判断了一下。他觉得不能朝车头的方向跑，因为那个男人更换的是汽车的左前轮，刚好是在汽车的前部，如果自己朝前跑他用不了几步就可以追上来。于是，他扭头就朝汽车后面的方向跑去。果然，这样一来立刻就将那个胖男人甩开了一截。但那个胖男人已经看到自己的提包在于水根的手里，立刻跳起来一边大叫着从后面追上来。也就在这时，又出了一件意外的事。于水根一边抱着提包拼命朝前跑着，用余光看到，那个胖男人只在后面追了几步，脚下突然被那个三角形的金属警示标志绊倒了，那个金属标志在地上滚了几滚，然后胖男人一下就栽到了上面。当时于水根虽然是用余光朝后面看的，但也看得很清楚，只见那个胖男人一头栽到地上，那个三角形的金属标志刚好深深地插进他的脖子。在插进去的一瞬，于水根甚至听到了哧的一声。那个胖男人的脖子上立刻喷出一道耀眼的血线，一直喷到路边的草丛里。然后，他的两腿蹬了几下就不动了。于水根突然感到一阵惊恐，脚下越发拼命地狂奔起来。他感觉耳边呼呼的风响，路旁的树木和各种植物不停地向后闪去，身体轻飘飘地几乎要飞起来。也就从那次以后，于水根感觉自己的心脏出了严重的问题，总是忽快忽慢，似乎再也无法正常起来……在那个早晨，于水根就这样一口气跑出了几十里路，直到将近中午时，才在路旁的一个水塘边慢慢停下来。他这时才想起鬼六儿。但鬼六儿并没有跟上来。他想，鬼六儿一定是看到事情闹大了，就赶紧溜掉了。

于水根这一次果然是发了一笔横财。他发现这个黑色的提包里竟然有十五万多元现金。他长这样大还是第一次看到这么多钱，一沓一沓的钞票都捆得硬邦邦的，掂在手里沉得让人心跳，于水根看着这堆钞票突然有些想哭。但他的兴奋只是瞬间的事，接着一阵恐惧就又像乌云一样地朝心头压过来。他知道，梅坞轻纺城是不能再回去了。尽管在做这件事时，他已将前后左右都看过了，小路上没有任何车辆，也没有任何路人，也就是说这件事除去自己和鬼六儿应该没有任何人知道。但于水根很清楚，那个胖男人看到自己了，而且很可能已经看清了自己的样子，如果他没死，警察只要带着他去梅坞轻纺城的管理处事情立刻就清楚了。轻纺城里所有的打工人员都在管理处有详细登记，而且有照片，那个胖男人只要看一看登记的照片很容易就能将自己辨认出来。当然，如果那个胖男人死了，这个祸就闯得更大了。

于水根想到这里，就不敢再想下去了……

这以后，于水根在外面游荡了一年。但是这十五万元他却一分钱都没敢动。他将这笔钱存到一张卡上，一直带在身边。他这样做是出于两种想法。首先，他不敢相信这样大的一笔钱真的已经属于自己。他想，如果有一天警察来找到自己，也许这笔钱还要还给人家。其次，即使这笔钱确实属于自己了，他也不敢胡乱花掉，他一定要把这笔钱用在最有用的地方。但是，那个胖男人在摔倒在路上的一瞬，那个三角形的金属标志牌插进他脖子的情景却总在于水根的眼前晃动，还有他脖子里喷出的那一道鲜红的血线，在早晨的阳光里格外耀眼。于水根甚至从此再也不敢看早晨的阳光。于水根后来听说，那个胖男人果然死了，是因为流血过多死的。但由于警方一直没有找到当时的任何一个目击者，而且这个胖男人死的方式也让人感到无法解释，好端端的就被那个金属标志牌插进了脖子，于是这件事也就成了一桩无头案。后来没过多久，鬼六儿也死了。鬼六儿是死于一场意外事件。他在一天晚上和几个同乡一起喝了酒，然后帮人家去寻仇斗殴，就这样在那场混战中不知被谁用刀扎死了。于水根听到鬼六儿的死讯心里才稍稍松了一口气。他想，如果鬼六儿也死了，当初的那件事就真的不会再有人知道了。于水根又特意打听了一下，他在梅坞轻纺城的那家箱包店里突然不辞而别，并没有引起别人的注意。当时附近一家刚刚建起的外资企业正在招工，据说待遇很优厚，于是轻纺城里很多打工的年轻人都不辞而别，一窝蜂地跑去那家企业做工了。

　　就这样，于水根就试着又回到梅坞轻纺城来。

　　当时于水根回来也是出于两方面的考虑。首先，他在外面游荡一年感觉到无论做什么都不容易，而在梅坞轻纺城毕竟做过，对这里的环境熟悉，所以回这里做事总比在外面要容易些。其次，他觉得自己已经忍受不了那种担惊受怕的生活，夜里经常会被噩梦惊醒，偶尔在街上看到一辆警车心里都会紧张一下。所以，他宁愿还回梅坞轻纺城来。他知道这里的规模很大，分A、B、C、D四个区，而且每个区都有数不清的商户，所以，他再回到这里就如同一条鱼游进了大海，不会被任何人注意到的。而更重要的是，即使警方又重新调查起当初的那个案子，也不会想到他仍然在这里。从这一点说梅坞轻纺城反而应该是最安全的地方。

　　于水根觉得，宋天义是一个让人捉摸不透的人。

　　当初于水根来宋天义的店里打工时，宋天义并没有过多问他的情况。事后宋天义告诉他，其实他早就知道，于水根一年前曾在轻纺城的那家箱包店里做过，后来突然走了，再后来又突然回来了。宋天义说，不过他知道，当初于水根走肯定有走的原因，后来回来也自然有回来的道理，所以他不想多问。宋天义对于水根说，很多事情其实不问最好，问了也许就会问出麻烦。他说，他这些年总结出一个经验，看人就是要以貌取人，那种身形不正口歪眼斜的人就算不是坏人，至少也让人担心会心术不正，而一个相貌堂堂的人哪怕偶尔做了错事也只是一时糊涂，从本质上说应该还是好人。也就是宋天义说出的这一番话，一直让于水根的心里惴惴不安。于水根觉得宋天义这样相信自己，而自己却没有对他说实话，还向他隐瞒了当年的那件事是辜负了他的一番好心。宋天义的确很信任于水根。于水根刚到宋天义的天义布艺店时，要到梅坞轻纺城的管理处去登记。这时轻纺城的管理已经更加规范，来这里打工的人员去登记时都要出示身份证。可是于水根对宋天义说，他没有身份证，他虽是山东人，但已出来很多年，估计再回去也已经无法补办身份证了。宋天义想一想说，你和我的一个外甥长得很像，你就用他的身份证吧，不过，这就要委屈你一下了。宋天义对于水根说，他的这个外甥头脑不很灵光，也就是弱智，于水根如果用他的身份证就要改叫他的名字。

就这样，于水根原本叫田春生，于是从此就改叫了于水根。

宋天义是梅坞轻纺城的第一批经营者。最早经营日用小商品，后来又做起纺织品的生意，从南方进来各种布料，再找一些家庭缝纫户加工成窗帘和床上用品批发出去。所以，他这些年的生意越做越好，在南方也已经有了自己固定的进货渠道。宋天义先是经常带着于水根去南方进货，后来看他对生意上的事渐渐熟稔，索性就将进货的事交给他去做。于水根做事很认真，人也很实在，很快就赢得了轻纺城里商户们的信任。于是渐渐地大家为节省成本，就都委托于水根去南方统一进货。于水根就是这样，将自己的那十几万元一点一点投入进来，渐渐地索性就做起专门从南方为梅坞轻纺城商户进货的生意……

于水根感觉到了，也许一直等待的那个时刻就要到了。他想，趁自己现在还能说话，应该给宋天义打一个电话，至少向他们父女告别一下。但就在这时，他突然感觉自己的呼吸像潮汐一样的起伏起来。他又有了在飞机上的那种感觉，似乎周围的声音越来越远，如同在风中缥缥缈缈。他听到匆匆赶来的刘主任在低声吩咐着什么，身边的小护士在急急地来回奔走……这时，他用力睁开眼。眼前又出现了那一道喷溅而出的耀眼的血线，这血线将他眼前的一切都染红了。他听到护士长在说，病人好像……有什么话要说。

接着就听到护士长在问,你,要说什么?

于水根张张嘴,却已听不到自己的声音。

护士长又说,你如果想说什么,就说吧。

于水根感觉到,有眼泪流淌出来……

苏琳终于决定原谅杜威了。人往往就是这样,如果只沿着一个方向去想,就会越想越被自己的想法缠绕起来。而倘若试着换一个角度,或换一种思路,也许问题就不一样了,答案也会是另一个样子。苏琳想,杜威是一个警察,而警察毕竟属于纪律严明的部队,所以,他向自己隐瞒警察的身份一定是有什么极特殊的原因的,而这个特殊原因应该与他当保安有关。否则他这样一个警官,怎么会突然莫名其妙地穿起保安制服来这个小区站岗呢。

苏琳想到这里,就觉得杜威没有告诉自己真实情况是可以理解的了。

苏琳这时突然有了一种奇怪的感觉,在街上再看到那些身穿黑色制服的警察就会有一种莫名的亲切感,她甚至想主动上去跟他们打一下招呼。在这个傍晚,苏琳下班回家的路上特意去一家水杯专卖店买了一只很精致的保温杯。她想,杜威是这样一种工作性质,整天在外面东奔西跑一定顾不上喝水,所以她买的这款杯子虽然容积很大但非常应手,这样携带可以方便一些。苏琳精心挑选了一只天蓝色的杯子。她喜欢这种天蓝色,而且她知道,杜威也喜欢天蓝色。这种天蓝的颜色会使人有一种纯净高雅的感觉。苏琳想,其实送自己心爱的人一只杯子,应该还有一层更深的含义,杯子与"辈子"谐音,送给心爱的人一只杯子,也就意味着将自己的一辈子送给了他。苏琳想到这里,一下觉得自己的脸上滚烫起来。

她朝左右看了看,幸好街上没有人注意自己。

晚上,苏琳一直在看着这只放在书桌上的杯子。天蓝色的杯子在灯光下鲜艳得有些耀眼。苏琳知道,其实自己是在等杜威的电话。杜威在前一天傍晚与她通电话时说,他有很多话要对她说。苏琳觉得自己也有很多话要对杜威说。她甚至觉得,自己与杜威交往这段时间,第一次有这样多的话要告诉他。当时杜威还深情地将电话放到自己的胸口上,让苏琳听一听他心跳的声音。苏琳至今仍记得那扑通扑通的心跳声,她敢说,这是世界上最坚定,也是最有力的心跳声,是一个真真正正的男人的心跳声。然后,杜威在电话里告诉她,他这时正有很重要的事情,过一会儿会把电话打过来。但这以后他却一直没有再来电话……

苏琳又这样心神不定地等了一个晚上。

杜威仍没有电话。苏琳想,自己是否可以给他打过去呢。但她已经拨了号码立刻又按掉了。她觉得这样还是有些不妥。她相信,此时杜威如果有时间一定会把电话给自己打过来的,他没有打,就说明他现在仍然有事。苏琳当然明白,一个警察如果有事,自然不会是普通的事情,所以这时给他打电话显然不合适。但苏琳又想,以往也有过这样的时候,自己拨过去电话,如果杜威接听不方便,只要把电话放到自己胸前就可以了,她听一听他心跳的声音也是一样的。苏琳甚至觉得,听杜威的心跳声比听他说话更能理解他要表达的意思。于是,苏琳就还是把电话拨过去。电话响了几声就接通了,接着,苏琳果然就听到电话里传来的扑通扑通的心跳声。苏琳立刻有些感动,这是一种心照不宣的默契。她屏住呼吸,细细地听着,辨别着。她觉得这心跳声似乎与以往有些不同,虽然速度没有明显加快,但沉实中有些紧张,坚定中有些焦虑,同时又似乎对自己欲言又止。苏琳想问一问这颗心脏,究竟想对自己说什么呢。但就在这时,心跳声突然消失了,接着电话就挂断了。

苏琳一夜没有睡好。她觉得给杜威打的这个电话,以及电话里传来的杜威的心跳声让她有一种不祥的预感,这种不祥的预感让她有些不安。第二天是星期六,苏琳由于一夜没有睡好,早晨起来头有些昏沉沉的。她刚刚洗漱完,正准备把家里收拾一下,手机突然响起来。苏琳连忙拿起手机看了看,是一个陌生号码。她打开手机接通了电话。电话里是一个陌生男人的声音。他说,请问,你是苏琳吗?

苏琳说是,我是苏琳。

接着又问,您是哪位?

哦,我……我姓陈。

您有什么事?

你……认识杜威吗?

认识,杜威怎么了?

你跟他,是什么关系?

是……朋友,他到底怎么了?

冒昧地问一句,是那种……男女朋友吗,也就是说……

是,我是杜威的女朋友,请告诉我,杜威究竟怎么了?

嗯……你来一下吧,马上过来。

去哪?

市中心医院,我在这里等你。

这个姓陈的陌生男人这样说罢就将电话挂断了。

苏琳拿着电话愣了一阵。她感觉自己的心一下悬起来。这个陌生男人先问清她和杜威的关系,然后让她立刻去市中心医院。这就说明,杜威现在应该是在市中心医院。可是……杜威怎么会突然去了医院呢?苏琳顾不得多想,连忙穿好衣服就匆匆赶来市中心医院。医院门口已经停着几辆警车,车顶上的红蓝警灯仍在一闪一闪的。苏琳来到大厅,一个四十多岁身穿警服的中年男人迎过来,看看苏琳问,你就是苏琳?苏琳点点头说是。中年警官伸出手跟她握了一下说,我姓陈,是杜威的队长,刚才咱们通过电话。

苏琳朝四周看了看问,杜威呢,他现在……在哪?

陈队长说别急,你先别急,来……到这边坐。

陈队长说着就让苏琳坐到旁边的候诊长椅上。

这时苏琳已经急得快流出泪来。她问,杜威到底在哪,我现在就要见他。

陈队长沉了一下才说,杜威……在急救室。

苏琳连忙问,他怎么了?

陈队长说,他负伤了,伤得……很重。

苏琳问,伤在什么地方?

陈队长说,是头部,而且……恐怕……

陈队长深深呼出一口气,看一眼苏琳又说,当然……医生正在全力想办法。

苏琳立刻感到一阵晕眩,她稍稍让自己镇定了一下问,我可以进去看他吗?

陈队长摇摇头说,恐怕不行,再说……陈队长又看一眼苏琳,没再说下去。

苏琳问,怎么……?

陈队长说,他的头部受伤很严重,现在已经……

苏琳说,我也是医生,你说吧,我能受得住。

陈队长似乎要说什么,但又把话咽了回去。

这时旁边的一个年轻警察端来一杯矿泉水,陈队长接过来递给苏琳。苏琳摇摇头。陈队长又沉了一下,才告诉苏琳,杜威是在执行任务时负伤的。这次任务是抓捕两个十八年前曾参与一起寻仇群殴,涉嫌故意伤害致三人死亡的网上追逃犯罪嫌疑人。这两个犯罪嫌疑人是两兄弟,哥哥叫白龙,弟弟叫白虎,早在当年就都已是惯犯。这一次,警方经过一段时间的摸排侦察,发现这白氏兄弟已在几年前又回到这个城市,而且白龙就住在靠近市郊的一个高档小区里。但白虎却行踪不定,经过反复侦察一直没有捕捉到关于他的确切信息。不过根据判断,白虎很有可能会不定期的来与白龙会面。于是警方就决定暂不惊动白龙,先由杜威继续化装成一个保安,在这个小区监视白龙家的动静,等待白虎出现再一起收网。杜威就这样在这个小区里做了几个月的保安,在等待白虎出现的这段时间里,渐渐地也摸清了白龙的生活规律。他发现白龙平时极少出门,有什么事都是让他女人出来,而且自己从不使用手机电话,也不与任何人联系。就在几天前的一个晚上,杜威终于发现,一个相貌极像白虎的人去了白龙的家里,而且一进去就再也没有出来。杜威立刻将这个情况汇报给队里。队里经过开会研判,决定先将白龙的家控制起来,待确定进去的那个人确实是白虎,再采取行动。但这时却出现了意外情况。就在前一天的晚上,白龙突然从家里出来了,好像是去一家汽车租赁行商谈租车的事情。当时负责监视的杜威立刻向队里做了汇报。队里经过紧急研究,决定先派一组人盯住白龙,然后由杜威仍以保安的身份和另一个化装成物业管理人员的刑警一起去白龙的家里,以查水表为由进去看一看究竟。如果那个一直躲在白龙家的人确实是白虎,当即就采取行动对其实施抓捕,然后再通知这边跟踪白龙的小组也同时收网。陈队长对苏琳说,在这个晚上,他亲自装扮成一个物业管理人员,和杜威一起去了白龙的家里。当时敲开白龙家的门,白龙的女人先以不方便为由,将他们挡在外面。但就在这时,里面有一个人影一闪。当时陈队长和杜威都看清楚了,这个人正是白虎。他们在警队里分析研究这个案子已经很长时间,几乎每天都在看白龙和白虎的照片,所以这两个人的样子早已深深地印在脑子里。当时杜威和陈队长对视了一下,立刻推开那个女人一起朝里面扑过去。但这时白龙的女人也已经明白了是怎么回事,她突然上前一把拽住陈队长的衣服,一边在地上拖着嘴里向白虎大叫,快跑啊……快去找你哥,别再回来了!如此一来就只有杜威一个人朝白虎扑过去。这时白虎已经跳上窗前的桌子,用力拉开一扇窗子。杜威立刻不顾一切地纵身一跃也跳上桌子,和白虎抱在一起。这时白虎已将身体探到窗子外面,杜威却仍然死死地抱住他不放。就这样,两人一起朝窗外栽下去。白龙的家在三楼,底下是一个很小的花园。白虎先是落到一楼的防盗护栏上,然后滚落到地上,这样只摔断了一条腿。而杜威却一头栽下来,重重地落到地上……

陈队长这样说罢看了一眼苏琳。

他沉了一下又说，杜威……是好样的，现在白龙也已经抓捕归案，可是他……

苏琳没有说话。她这时已经全明白了，为什么杜威这段时间总是这样忙，为什么自己给他打电话时，他总是不说话，只把电话放到自己的胸口上……陈队长又说，杜威是在福利院长大的，所以，他的家里没有任何人。苏琳点点头，说是，他对我说过。陈队长说，我是在他手机上的通话记录查到你的号码，他在昨晚执行任务之前，曾跟你通过电话？

苏琳哽咽了一下，又点点头，说是。

陈队长说，所以，我才打电话叫你过来。

陈队长又说，我叫你来……还有一件事。

苏琳看一看陈队长。

陈队长又沉了一下，说，既然你是杜威的女朋友，这件事……也只能和你商量了。

苏琳说，您说吧。

陈队长说，杜威的伤势……据医生说，已经没有任何办法了，他现在的生命只是靠呼吸机维持，而且这种维持也只能是暂时的，呼吸机一停就……

苏琳忍着泪说，我明白您的意思。

好吧，陈队长说，既然你也是一个医生，有些事就应该是清楚的，现在是这样，杜威当初曾签过捐献协议，同意一旦自己出现意外，将全部器官都捐献出来，他现在的状况……

陈队长这样说着，慢慢低下头。

过了一会儿，他又抬起头说，当然，这要先征得你的同意……

苏琳用力忍住眼泪。她先让自己平静了一下，说，我同意。

她哽咽了一下又说，我想……这件事……杜威自己也会高兴的……

于水根再次醒来时，感觉自己是从另一个世界坠落回来。病房里的光线很柔和，刺眼的阳光被挡在窗帘外面。窗帘是天蓝色的，在雪白的墙壁映衬下显得鲜艳夺目。于水根奇怪地发现，自己突然很喜欢这种蓝色。它看上去洁净，也淡雅，给人一种舒适宁静的感觉。

这种感觉是从没有过的。

于水根认真想一想，他的记忆停止在躺到手术台上的那一刻。当时他看着吊在屋顶的无影灯,感觉自己的呼吸越来越平缓。刘主任已经是一副手术室里的打扮,蓝帽子,蓝口罩,蓝色的圆领上衣。他走过来对于水根说,你很幸运,并不是每个需要做心脏移植手术的病人都有这样的机会,很多人在等待的过程中就已经……刘主任这样说着又点点头,听说你还是一位爱心人士,好啊,你付出的爱心总会有回报的,所以,你现在才有这样的幸运。于水根看着刘主任,然后就觉得自己一点一点地陷入一种深远的宁静……

于水根醒来的第一个感觉,就是听到一种潺潺的声音。这声音是来自他身体的深处,听上去又似乎湍急汹涌。于水根立刻意识到了,这是自己的血液在血管里流动的声音。接着,他就感觉到心脏的跳动。这是一颗陌生的心脏,它跳动得非常坚实有力,他甚至能感觉到它在跳动的同时一下一下地撞击着胸腔。于水根突然觉得精神一振,浑身像充气一样被注入了活力。他有一种想下地,想去奔跑的欲望。他终于明白了,这是这颗崭新的心脏的作用……

上午,护士长来到病房,先为于水根测了体温,摸了脉搏,然后又用血压计量了血压。护士长点点头满意地说,一切正常。然后看一看于水根又问,感觉怎样?

于水根说,感觉很好。

于水根虽然说话的声音仍不是很大,但已经明显有了底气。他笑一笑对护士长说,我从来没有感觉这样好过。那好吧,护士长也冲他笑笑说,外面有人要见你。于水根点点头。于水根想到了,一定是宋天义,宋天义这些天没有看到自己应该很担心。于是,他对护士长说,请他进来吧。这时病房的门开了,走进一个三十多岁的陌生男人。他看看护士长,又看了看躺在床上的于水根。护士长点点头,对这个陌生男人说,你们谈吧,但不要时间太长。说罢就端起血压计出去了。这个陌生男人走过来,在于水根的病床跟前坐下来。他说,我是梅坞轻纺城派出所的警察,姓汪。然后又说,今天来,是想向你了解一些情况。

于水根没说话,只是用眼睛看着面前的这个汪警察。

汪警察直截了当地问,你知道田春生这个名字吗?

于水根点点头说,知道……这是我曾用过的名字。

汪警察问,你的名字,不是叫于水根吗?

于水根说,是。

那为什么又叫田春生?

我……当年刚来梅坞轻纺城时,在广源箱包店打工,当时在广源箱包店里打工的一个人刚走,他叫……田春生,箱包店老板为了节省十几元登记费,就不想再为我去管理处登记,于是让我顶了这个叫田春生的人,所以我的名字……也就叫了田春生。

你在广源箱包店打工,大约什么时候?

10年……10年前吧,应该是2001年。

干了多久?

大约一年。

后来为什么突然走了?

当时听说南方还有一个轻纺城,比这边规模大,就去了那边。

那为什么又回来了?

那边并不好干,天气也太热,生活不习惯,就回来了。

你是哪里的人?

什么……哪里的人?

原籍,你的原籍是哪里?

哦,就是……这里的人。

可是,听你说话不像是这里的口音。

我这些年常出去跑,口音也就杂了。

这时,于水根问,你们找我……究竟要了解什么?

汪警察一直在一个小本子上做着记录,这时抬起头看看于水根说,现在梅坞轻纺城的管理越来越严格,我们只是对近十年在这里打工的人员做一次调查。汪警察这样说罢,又向于水根询问了一些后来在宋天义的布艺店里打工的情况,就起身走了。

汪警察并没有对于水根说出真实来意。

这一次,警方是重新开始调查发生在10年前的那起案子。在10年前的一个早晨,有人来报案,说是在高速公路通向轻纺城的小路上发现一具男尸。当时距尸体不远还停放着一辆银灰色的松花江牌面包车,看样子是死者正在为汽车的左前轮换轮胎,突然发生了什么意外情况。经对尸体和路面痕迹的初步勘验,应该是死者生前出于什么原因起身奔跑,突然跌倒在放置于地上的三角形金属警示标志牌上,金属标志牌扎破死者颈部的大动脉,造成失血过多死亡的。但接下来的问题是,这个死者好端端地怎么会突然跌倒在金属标志牌上呢。从现场情况看,面包车驾驶室的车门是打开的,里面没有任何东西。这显然不太正常。从车上放着的一些工具和用品看,死者应该是一个外地经营日用小商品的小老板,来梅坞轻纺城是准备上货的。倘若果真如此,根据一般的规律他就应该随身携带一些现金,那么这些现金到哪去了呢。也就在这时,警方又有了一个更重大的发现,在距这辆汽车不远的路面上有一块不起眼的西瓜皮。西瓜皮上插着一小截一端削得很尖的金属管,而且这块西瓜皮有明显被碾轧过的痕迹。这就不妨做一个假设,是不是有人故意将这样一根一端削尖的金属管插在西瓜皮上,放到马路中间,待汽车开过时扎破轮胎,然后再趁司机更换轮胎时实施抢劫呢?但是,警方经过一段时间的走访调查,却始终没有找到一个现场的目击者。后来警方终于锁定了一个叫鬼六儿的嫌疑人,而且曾有人看到,在出事的那个早晨,这个鬼六儿的确去过那条通往高速公路的小路。但就在警方准备去找这个鬼六儿时,他却在一次群殴中被人用刀扎死了。于是线索就这样又一次中断了。这一次警方经过分析认为,如果这的确是一起有预谋的抢劫案,那么就不会只是一个人所为。也就是说,除去鬼六儿至少还应该有一个犯罪嫌疑人与他配合。而既然鬼六儿是在梅坞轻纺城里打工,那么,那另一个与他配合的人会不会也在梅坞轻纺城打工呢?于是警方就对10年前发生这起案件之后,梅坞轻纺城突然出走的打工人员逐一进行排查。经过调查,10年前离开梅坞轻纺城去附近那个新建的外资企业打工的年轻人一共有22人。现在这22人都已落实,而且每个人的作案可能性都已被排除。也就在这时,警方从轻纺城管理处的登记册上发现,当年突然离开广源箱包店的一个叫田春生的年轻人并没有去那家外资企业应聘,而他的登记照片,又和后来在天义布艺店打工的一个叫于水根的年轻人非常相像。就这样,警方通过天义布艺店的宋天义,就找到市中心医院来。

于水根感觉到,自己一天的情绪都很不好。

傍晚,护士长来为于水根量血压。血压竟然一下子升上去。护士长皱起眉问,你这是怎么回事。于水根闭着眼没有回答。于水根的心里当然清楚,自己的情绪出现变化是因为早晨的那个汪警察。汪警察的出现倒并没有让于水根感到担心,也没有害怕。这让他自己也有些奇怪。他这些年已经养成一个习惯,一看到警察就远远地躲开,从不敢跟穿警服的人打交道。但这一次,他就这样面对面的回答这个汪警察的问题,心里却丝毫没有惧怕的感觉。

于水根只是感到一种从未有过的沮丧。

这种沮丧的感觉更加让他觉得奇怪。其实他在这个早晨回答汪警察的这些话，这些年已经对无数人说过无数次，就是他自己也已经相信这些话是真的了。可是这一次，他还是感到很沮丧。他知道自己说的都是谎话。如果那个汪警察再多问几句，于水根就几乎要将所有的真话都说出来了。他并不叫于水根，他也不是这里的人，他在10年前更不是因为南方有什么规模更大的轻纺城才突然离开广源箱包店。他只是跟着鬼六儿去抢了一个外地的小老板，然后一看闯出了大祸才仓皇逃走的……于水根想到这里，眼前就又出现了那道鲜红的喷溅出很远的血线，在早晨的阳光里格外耀眼……

　　苏琳夜里睡觉时，放在床头的手机突然响起来。她连忙翻身抓到手里打开。听筒里先是静了一下，接着就传来扑通扑通的心跳声。苏琳的心里立刻一颤。她屏住呼吸仔细听着，想从这心跳声中辨别出一些内容。但这心跳声却渐渐弱下去，似乎越来越远，然后就一点一点地消失了。苏琳举着电话愣了很久。她不知道这是怎么回事。杜威已经不在了，可是，她听得出来，刚才电话里的心跳声分明就是杜威的，只是这声音似乎不很清晰。苏琳拧开床头的台灯，想看一看这个电话是从哪里打来的。但她发现，手机的屏幕上并没有显示电话号码。她又查看了一下通话记录，通话记录栏里竟然也没有这一通电话。苏琳慢慢从床上坐起来。她有些怀疑自己，刚才会不会是幻觉。但她这时明明还将手机拿在手里，她坚信，刚才确实是听到了杜威心跳的声音。苏琳下床走到书柜的前面。书柜上摆放着杜威的照片。这是一幅生活照。那一次杜威来帮她修理花园的铁栏，她突然叫了他一声，杜威一回头的瞬间她抓拍下来。照片上的杜威神情自然，看上去朝气蓬勃。所以，苏琳没有将这幅照片镶上黑纱，或在照片跟前摆放花束。她觉得如果这样装扮起这幅照片，就等于时时在提醒自己，杜威真的已经走了。于是，她只是将那只还没有来得及给杜威的天蓝色保温杯放到照片的旁边。天蓝色的保温杯在书柜上显得更加鲜艳，如同一朵蓝色的玫瑰花在杜威的照片旁边静静地绽放……

　　早晨，苏琳从家里出来，在去市中心医院的路上又给心脏外科的刘主任打了一个电话。刘主任曾是苏琳的指导老师。当年苏琳在医科大学读书，来市中心医院实习时曾跟了刘主任半年时间。所以，虽然苏琳毕业后做了胸内科医生，但刘主任还是把她看成自己的得意门生。刘主任在电话里问，有什么事。苏琳说，我今天是夜班，想去医院看看您。刘主任沉了一下，然后说，你是不是……有事？苏琳连忙说没事,真的没什么事。刘主任说好吧,你来吧。

刘主任已经知道,这一次心脏移植手术的供体,也就是这颗心脏的主人与苏琳的关系。因此也就已经猜到苏琳这次的来意。所以见到苏琳时开口便说,这个手术……很成功。

苏琳听了点点头,欣慰地舒出一口气。

刘主任由衷地说,这可真是一颗健康的心脏啊,跳动得非常有力。

苏琳说,是啊,他……很健康。

刘主任看一眼苏琳,说,你今天来,一定还有什么事吧。

苏琳低下头沉了沉说,我想……听一听这个病人的心脏。

刘主任明白了,但没有说话,只是一下一下地看着苏琳。

苏琳连忙又说,哦……当然,这样会不会……

刘主任说,这倒不会,你毕竟也是医生,嗯……好吧。

刘主任告诉苏琳,最近几天,这个病人不知为什么突然出现了一点问题。虽然这次移植手术做得很成功,病人各方面的生命体征也都趋于正常,但从两天前开始,他的情绪却出现了异常,拒绝进食,也拒绝与任何人交流。刘主任对苏琳说,当然,这种器官移植的病人,尤其是做心脏移植手术的病人情绪出现波动也是常有的。不过……刘主任又说,这个病人的情况还是很少见的,至少在我经历的病人中很少见。

刘主任这样说着,就带着苏琳来到病房。

苏琳走进病房时,看到这个叫于水根的病人静静地躺在床上,闭着两眼,不知是睡了还是醒着。苏琳走到床前,轻轻地掀开被子。她看到了病人胸前的刀口。这刀口笔直,很长,在病人胸口的正中位置,看上去像两扇紧闭的大门。此时苏琳虽然戴着口罩,但还是感觉到,正有眼泪一点一点地从边缘渗出来。她看着这两扇紧闭的大门。她知道,杜威就在这里面。这时,她把听诊器戴好,然后轻轻地放到病人的胸口上。她立刻又听到了那熟悉的扑通扑通的心跳声。她想,这就是杜威,这就是杜威的心在跳啊……她拿着听诊器的手颤抖了一下,身体微微有些摇晃。旁边的刘主任注意到了,轻轻地在她肩上拍了一下。苏琳立刻镇定了一下自己的情绪,深深地吸了一口气。她在心里轻轻地说,你在最后的那个晚上,曾在电话里告诉我,你有很多话要对我说,现在你可以说了,你……说吧……然后,苏琳就屏住气息仔细地听着。她想从这心跳声里捕捉到杜威的信息。她感觉到了，这心跳声确实有些变化，过去是第一声轻，第二声重，而且第一声长，第二声短，听起来清晰有力而且节奏鲜明。现在的节奏仍很鲜明，但不同的是第一声也很重，这样就几乎是"咚咚、咚咚"的声音了，听上去似乎更加有力。苏琳静静地听了一阵，渐渐明白了，这是一种鼓励，也是一种勉励，杜威一定是在默默地鼓励和勉励自己，打起精神，振作起来。

她点点头，在心里说，你放心，我会的……

就在这时，苏琳发现，这个叫于水根的病人不知什么时候已经睁开眼，正在看着自己。苏琳深深舒出一口气，用平静的语气对他说，你的情况很好。

叫于水根的病人仍然睁大两眼看着苏琳。

苏琳又说，你的心跳……很正常。

于水根仍然定定地看着苏琳。

苏琳为于水根轻轻拉上被子。

这时，于水根突然说话了。

他叫了一声，苏琳医生……

苏琳立刻有些愕然，回头看看站在身旁的刘主任。刘主任也正在用同样的表情看着她。显然，他们谁都没有告诉过这个叫于水根的病人，苏琳的名字叫苏琳。他此前也从来没有见过苏琳。苏琳很认真地看看他，问，你怎么知道……我叫苏琳？

叫于水根的病人没有回答，只是笑笑。

他说，谢谢你们……给了我这颗心脏。

刘主任在旁边点点头说，好啊，今天是第三天了，你终于开口说话了。

苏琳将听诊器拉到脖颈上，说，于水根，你要正常进食。

于水根仍然睁大两眼，定定地看着苏琳。

苏琳又说，只有这样，你才能恢复体力。

于水根突然说，其实……我不叫水根。

苏琳瞥一眼床头的名卡，又回头看一看身边的刘主任。

于水根又说，我的名字，叫田春生。

于水根接着说，我的祖籍……也不是这里，我是河北文安县人。

苏琳点点头说，好，田春生，从现在开始，你要配合医生治疗。

于水根很认真地考虑了一天,又考虑了一夜,第二天上午,给宋天义打了一个电话。他告诉宋天义,想拜托他一件事。宋天义说,你说吧。于水根对宋天义说,他的卡上有30万元,让宋天义把这笔钱捐给天使基金会。天使基金会是这个城市专为患有先天性心脏病的贫困儿童做手术设立的。于水根对宋天义说,就用……田春生这个名字捐这笔钱吧。

宋天义听了沉一下说,好吧。

这就是宋天义。他对别人决定的事情从来不问为什么。他曾经说过,他认为,别人无论决定了什么事都是有原因的,所以也就没必要问。于水根向宋天义交代了这件事,在电话里沉了一下,又说,谢谢你,也谢谢兰兰……这几年对我的帮助……于水根这样说罢就赶紧把电话挂断了。他怕自己再这样说下去会忍不住哽咽。在这个上午,于水根放下电话,发现一个十多岁的男孩正站在自己的床前。于水根知道,这男孩是从社会福利院来的,也患有先天性心脏病,刚刚在这里做了手术。他看一看这孩子问,你……叫什么?

男孩说,我叫刘飞,飞得很高的飞。

于水根嗯一声说,刘飞,你以后要好好读书。

叫刘飞的男孩点点头。

于水根说,你只有好好读书……才能飞得很高。

叫刘飞的男孩又点点头。

于水根从床头拿起自己的手表,递给这个叫刘飞的男孩。

他说,拿去吧……送给你了……

于水根做完这一切,就按响了床头的呼唤铃。

护士长走进来,看看于水根问,有什么事吗?

于水根说,请你……打电话,让苏琳医生来一下。

接着,他又说,我有一件很重要的事,要告诉她……

我确实在李局长的身上看到当年大刘的影子，不仅是相貌，还有神态，甚至举手投足的样子。李局长对我说，你说的这个当年叫大刘的民警确实很了不起，他就是在今天，也应该是一个很优秀的警察。李局长的这句话让我很感动。这是一个今天的警察，对40年前一个同行或者说是战友的评价，这样的评价显然来自深切的理解。

我想象不出大刘如果在今天会是什么样子。但他在那个年代，在那样的环境下竟然能这样思考问题，的确很难得。据说大刘在接受上级审查时，关于江明的问题曾对领导说过这样一番话。他说，他一直觉得，江明的这个案子也许还有再进一步调查核实的必要。江明当初合上那个电源闸箱，是不是真的想杀死那个电工班长？大刘说，他曾去炼钢厂的那个炼钢车间实地调查过，那个电工班长当时维修的天车上安装有两个变压器，一个是直流的，一个是交流的，而直流变压器一般是不会电死人的。江明当时向调查这件事的专案组承认，这件事的确是他干的，但他也曾解释，在那个出事的上午，他以为电工班长维修的是天车上的直流变压器，当时炼钢车间向电工班报修的也的确是直流变压器，但后来不知为什么，电工班长去到炼钢车间修的却是那台交流变压器。江明说，他本来只想在电工班长作业时合上电闸，捉弄他一下，被直流电打一下也是很痛苦的，但让他没有想到的是，电工班长却是趴在了那台交流电的变压器上，所以才出了这样的事故。大刘对领导说，关于这个细节，他也曾去炼钢车间了解过，当时车间向电工班报修的确实是直流变压器，因为天车出了故障，他们认为是直流变压器的问题。但电工班长去检查之后，发现不是直流变压器的问题，所以才改修这台交流变压器。大刘对领导说，由此可见，江明当时并没有撒谎，他向专案组说的是真实的情况。但专案组最后却并没有采信江明的解释。专案组的人认为,江明作为一个受过专门训练的职业电工,他应该知道,在别人断电作业的时候擅自接通电源会是什么后果,仅从这一点说,他就已经具备杀人的故意。而他与这个电工班长又曾经因为女朋友的事发生过矛盾,这也正是他杀人的动机。至于炼钢车间起初报修的是天车上的直流变压器,而电工班长去了之后维修的却是交流变压器,这只是江明为自己的狡辩,与他杀人没有直接的因果关系。领导对大刘说,专案组当时的认定是正确的,江明在做这件事时,就是存在杀人的主观故意。但大刘对领导说,他曾经看过出事那天的维修单,维修单上也清楚写着,修理项目是炼钢车间天车的直流变压器,也就是说,江明在当时确实不了解情况。

也正是大刘这样较真执著的态度,最终让上级领导恼火起来。领导认为大刘一边接受审查,竟然还在为江明辩解,他这样的态度越发说明思想有很严重的问题。于是领导拍着桌子问大刘,你是不是想为江明翻案?难道我们无产阶级专政机关当初会冤枉这个叫江明的罪犯吗?! 上级领导说,如果你坚持这样的态度,我们就要考虑一下,你究竟还适不适合在这样的岗位上工作! 领导这样说当然不是威胁大刘。大刘的家里本身就有历史问题,而他在江明这件事上又一直态度暧昧,我们这条街上的革居会主任已经多次来领导这里反映大刘的问题,领导确实正在考虑此事。但大刘毕竟一向工作勤勤恳恳,无论是派出所的领导同事还是我们这条街上的居民,对他的评价都很高。所以,尽管领导这样说也就没有再深究下去。

但就在这时,我们这条街上的革居会主任又来向大刘的上级领导汇报,说大刘和江明的父亲江永泉竟然一直在暗中联系。革居会主任说,她在一天傍晚亲眼看到,大刘来到我们这条街上,在一个角落里和江永泉嘀嘀咕咕地说了很久的话,而且据街上人说,大刘后来也曾去过江永泉的家里,待了很长时间才出来。革居会主任说,不管大刘和这个江永泉说的是什么,这件事本身就很不正常。江明是从监狱里跑出来的逃犯,而且是被判无期徒刑的重犯,而江永泉是江明的父亲,这时是被监视的对象,大刘作为专政机关的一个民警,怎么可以在这个时候去和江永泉这样拉拉扯扯呢？革居会主任又说，从大刘这几天的表现可以看出，这一次江明偷偷回来，他没有及时抓捕他就应该不是偶然的了。革居会主任提醒领导，这显然是阶级立场问题，如果从这个角度看，是不是可以和他家里的历史问题联系起来呢？

我曾经反复想过这个问题。我们这条街上的革居会主任与大刘并没有什么私人恩怨。大刘一直是我们这一带的管片民警，应该说，那几年革居会主任和他在工作上也一直配合得很默契。可是革居会主任在这个时候为什么这样三番五次地跑到大刘的上级领导那里去反映他的情况，找他的麻烦呢？直到若干年后我才终于想明白，这并不是大刘的问题，而是革居会主任的问题，或者说得再具体一点，是这个革居会主任与生俱来的某种基因的问题。考虑到诸多客观因素，我原本不想在这里过多地说这个革居会主任的事。但她当时与大刘确实关系很紧张，后来矛盾几乎表面化。这未免让人感到疑惑，她和大刘究竟是怎么回事？也正因如此，我在这里就不得不多说几句了。我们这条街上的这个革居会主任姓秦，街上的人背地里都叫她秦老婆儿。老婆儿是这个城市对上年纪的女人一种不太尊敬的称谓，甚至带有调侃意味。婆发音是二声，大概从老太婆这个称呼发展而来。由此可见，这个秦老婆儿在街上的人缘并不是很好，大家虽然见面都叫她秦奶奶，其实暗地里并不怎么尊敬她。这个秦老婆儿最大的特点就是立场坚定，爱憎分明，而且时时刻刻都绷紧阶级斗争这根弦。这样的人在今天看来显然有些莫名其妙，至少不招人喜欢。但在当时，这个秦老婆儿却很威风。她平时总是披着大襟褂子脚步匆匆地走在街上，脸皮皱得像刚洗的抹布，似乎刚刚开完了什么重要的会议或是正要去处理什么重要的事情。那时我的家里也被认定有很严重的政治历史问题，所以，我在街上见到她总要讨好地上赶着叫一声秦奶奶。但她永远头也不回地只是在鼻孔里哼一声。这一声必须竖起耳朵才能听到，而且内容很丰富，似乎包含着轻蔑、鄙夷和不屑。关于这个秦老婆儿的故事，我曾在一部中篇小说里详细讲过。当然，曾有一位外国作家说，利用小说泄私愤，对于被发泄者是不公平的。因此，我在这部小说中写到秦老婆儿时，还是力求客观公正，对她的形象绝不丑化和歪曲。后来这部小说还被一家广播电台制作成广播小说连续播讲了一星期，并且获了一个什么全国广播文学奖。所以，这里就不赘述了。

应该说，秦老婆儿的这一次向领导汇报对大刘极为不利。大刘在对待江明的态度上，一直让上级领导很不满意，而这一次抓捕江明，大刘又被认为是贻误了战机，现在秦老婆儿又来说他与江明的父亲暗中联系，这就使上级领导越发对大刘产生了怀疑。但这一次，上级领导没有再对大刘发火。事情往往就是这样，如果领导对谁发火，就说明还拿这个人当成自己人。一旦领导不发火了，忽然变得心平气和，那么这个关系的性质也就有可能要发生变化了。据说上级领导这一次找到大刘，只是不动声色地问他，最近是不是曾去十段街找过江明的父亲。领导所说的十段街，也就是我们这条街。当时大刘听了并没有否认，立刻坦然地说，是有这回事，他确实去十段街找过江明的父亲。领导问他，你去找江明的父亲干什么。大刘说，他去向江师傅了解江明这次回来的情况，他都说过些什么，是否透露过有什么打算，准备逃到哪里去。领导问，你问到什么有价值的线索了吗？大刘说没有。大刘说，据江师傅说，江明那一晚回来只是到处翻东西，然后找了一个大包，把找到的东西装起来，又换了一身衣服就匆匆地走了。大刘说，他问江师傅，江明从家里带了多少钱。江师傅说，江明没有向家里要钱。当时江明对他母亲说，他不向家里要钱，钱的事他会自己想办法。他在监狱里曾听同室的狱友说过，如果向家里要钱，就会连累家里人，这是要被追究包庇责任的。所以，大刘说，据江师傅说，江明只是在包里装了几件衣服和一些日用的东西就走了。领导立刻说，可是据十段街的居民反映，你当时和江明的父亲说了很长时间的话，你们还说了些什么呢？大刘说，是江师傅一直在向我解释，因为他曾答应过我，如果江明回来他会劝他去自首，至少把他留在家里。可是江师傅说，江明那一晚回来很慌张，他根本听不进他的劝说，后来他看江明要走，就想拼命拉住他，但江明用力一甩就把他的手甩掉了。江师傅说到这里很伤心，他说儿子走到现在这一步，本来就是自己这个做父亲的没有教育好，现在他竟然又从监狱里跑出来，自己已经老了，更没有气力管束他了。大刘的领导说，可是，据十段街的人反映，你后来又曾去过江明的家里，你去干什么？大刘说，我后来确实又去找过江师傅，我想让江师傅帮助分析一下，江明有可能去哪里，他的家里还有什么亲友，他可能去投靠谁。领导听了问，这个江永泉是江明的父亲，你认为，他会对你说实话，真的帮你分析吗？大刘想一想说，江师傅是棉纺织厂的老工人，我去单位了解过，他一向的表现很好，而且为人老实，这次在江明的问题上，也一直表示愿意配合警方的工作。大刘说到这里，就再一次向领导说出自己的想法。他对领导说，他一直认为，江明当初犯罪只是出于一个"情"字，他作为一个血气方刚的年轻人，自己的女朋友被别人抢走了，而且是用的那样一种不光彩的方式，他自然无法容忍。也正因如此，他后来一时冲动才做出这样的事情。所以，如果把这个因素考虑进去，江明本来在监狱里安心接受改造，现在突然越狱逃跑，是不是有什么别的原因呢？

大刘这一次对上级领导说话显然含蓄了一些。他没有再直截了当地为江明辩解，只是把自己的一些想法不动声色地说出来。直到很多年后，我再想起大刘对江明这个案子的这番分析，仍然从心里由衷地钦佩他。他的这番分析在今天看来也许并不算什么，但在那个特殊的年代，在那样一种环境下还能这样思考问题，恐怕只有从那个时代过来的人才能真正体会到是多么的不容易。我这一次采访的时候，在卷宗里也看到一些因情杀人的案子。当然，这些案子的案情各不相同，犯罪嫌疑人的具体情况也不一样。但看到这些案子的侦破过程，我还是经常会想起当年的大刘。一天在李局长的办公室，我对他说了当年江明的这个案子。李局长听了并没有立刻说话。他沉吟了一下，才对我说，他也是五十年代出生的人，当然能理解，我所说的这个叫大刘的民警当年思考的问题具有什么意义。他说，江明这个案子在今天看来当然已经不算什么，但是却非常典型，它涉及的是人的本性问题，与年代没有关系，所以在今天，类似的案件仍然会有。李局长说着从桌上拿起烟盒，摸出一支烟点燃，然后继续对我说，在这一次清网行动中，也遇到过因情杀人的案子。人在情绪激动，尤其是冲动的时候，往往做事是不考虑后果的，等意识到的时候就晚了，事情已经无可挽回地发生了。

所以，李局长用力吐出一口烟说，我们最近在社会上搞过几次普法讲座，一再告诫大家，尤其是年轻人，在情绪激动与人争执时，千万不要用手去掐对方的脖子，也就是用右手去掐对方的喉咙部位，这是最危险的，极容易使对方因窒息而死亡，生活中这样的案例很多。

李局长又笑一笑，对我说，其实，你所说的大刘这样较真的警察，今天在我们这里也很多，你去刑侦队跟那些年轻的刑警接触一段时间就知道了……

第三章
笔录

姓名？

唐浩。

原名？

田子明。

职业？

个体经营者。

住址？

江滨市春湖区，龙凤街1号。

你找我们，是来投案自首的？

是。

你这样的态度，是对的。

我也是……犹豫了很长时间。

嗯,周倩这件案子,这些年我们一直没有放下。

我知道,这8年来,你们一直在找我。

你爱人,对我们的工作还是很配合的。

是,她是一个很明事理的好女人。

你儿子今年多大?

我出事时,他还不到一岁,今年应该九岁了。

所以,你为了妻子和孩子,也应该把这件事彻底解决掉。

是,我也是这样想,这件事已经8年了,总该有个头了。

好吧,既然这样,你现在就说一说吧。

嗯……这8年来,这件事就像一块重重的石头,一直压在我的心里。现在,我可以告诉你们,周倩确实是我杀死的。但我当时杀周倩,并不是故意的。我在出事的那个晚上真的没有想过要杀死她。可是我毕竟杀了人。杀死一个人之后的那种感觉是很难用语言说清楚的,有一段时间我总想呕吐,白天精神恍惚,夜里无法入睡,精神几乎要崩溃了。在我的眼前,总是晃动着周倩那双睁得很大的眼睛,但眼睛里却空洞洞的没有任何内容……

这些年,我一直叮嘱我的妻子,让她尽心尽力地去照顾周倩的父母。我拿出一笔钱,让我妻子将周倩的父母送去了这座城市里条件最好的一家养老院。周倩的父亲退休前在政府机关工作,她母亲是中学教师,他们只有周倩这一个女儿。我妻子把他们送去养老院之后,又花钱把他们家里的房子重新装修了一下。我妻子告诉他们,如果什么时候不想在养老院里住了,还随时可以回来。她对他们说,她可以为他们请一个保姆,在家里照顾他们也是一样的。后来周倩的父母果然不想住养老院了,他们说住在养老院里有一种等死的感觉,也很受约束。于是我的妻子就把他们接回来,又为他们精心挑选了一个保姆。这个保姆四十多岁,是附近桃花县的一个女人,人很老实,很勤快,做事也麻利,所以周倩的父母很满意。就在前不久,周倩的父亲突发心脏病,送去医院没多久就去世了。他的后事也是我妻子一手料理的,从去殡仪馆联系存放尸体,到买骨灰盒,直到火化,我妻子为老人把事情办得清清爽爽,还特意为他们老两口在附近的寿灵山买了一块墓地。我妻子对周倩的母亲说,您就放心吧,等您将来百年之后,我也会为您把事情办妥帖的,现在您看到寿灵山里的这块墓地就该放心了。周倩的母亲确实很感动,她流着泪说,她和周倩的父亲真的是从心里感激我的妻子。

也许你们会问,我让妻子这样照顾周倩的父母,我妻子就不问一问这是为什么吗?这就是我妻子的性格。她自从和我结婚,一直都是这样。我无论让她做什么,她从来都只是默默地去做,却并不问为什么。也正因如此,我才一直没有把这件事的真相告诉她。我不想将她也牵扯进来。但我那时并不知道,其实我妻子已经隐约地知道了这件事,只是还不敢确定。后来我妻子告诉我,当时周倩的母亲向她说出这番感激的话,她的心里很清楚,周倩的母亲只是说了一半的话,那一半没有说出的她也是知道的。周倩的父亲在临去世的前一天晚上清醒过来,曾对我妻子说了一番让她绝没有想到的话。他当时让床前的护士都出去一下,然后看一看病房里没人了,才对我妻子说,这件事的真相,他和周倩的母亲早已知道了。当时我的妻子听了不解,问他什么事的真相。他说,就是周倩的死,他和周倩的母亲早已知道,他们的女儿周倩是被田子明杀死的。但是,他又说,他和周倩的母亲也明白,即使那一次周倩没有被杀死,她也迟早会为自己招来杀身之祸。因为周倩太任性了,而且做事从不计后果。周倩的父亲在这个晚上告诉了我妻子一件事。当年周倩读大学时,曾爱上一个有妇之夫。当然,一个女孩子情窦初开,爱上一个有妇之夫这种事也可以理解。但她爱上的不是一般的男人。这男人虽是她当时读书的那所大学里的一个教师,但他的岳父,却是当地一家很有名气的投资公司的老板,而且据说这个老板的女儿,也就是这个男老师的妻子还是一个很骄横很霸道的女人。那时就有朋友劝周倩,告诉她还是不要跟这个男老师搅在一起。劝她的朋友说,这个男老师的岳父开着那样一个投资公司,听说经常跟社会上一些不三不四的人来往,你现在做这样的事太危险了,如果被这个老板的女儿知道了一定不会放过你,他们那种人可是什么事都做得出来的。但是,周倩听了这个朋友的话不仅没有放在心上,几天以后竟主动去找到那个男老师的妻子,说要跟她开诚布公地谈一谈。周倩那一次去谈的内容自然可想而知。不过当时那个男老师的妻子倒并没有说什么,只是客客气气地把她送出来。但没过多久,那个男老师就请假不再来学校上班了,据说是在外面不小心摔断了腿,还折了几根肋骨,已经住进了医院。后来又过了一段时间,这个男老师就辞职了。

在那个晚上,周倩的父亲对我妻子说,那一次的事险些把他和周倩的母亲气死。他的心脏病也就是那时被气出来的。他和周倩的母亲快四十岁时才生下周倩,从小就很娇惯她,没想到最后竟娇惯成了这个样子。所以,周倩的父亲对我妻子说,他和周倩的母亲都很清楚,他们是指望不上这个女儿的,即使她还在世,她对他们的照顾也不会像我妻子这样周到细致,他们有这样一个女儿还不如没有。所以,后来周倩死了,他们虽也难过了一段时间,但渐渐也就想开了。周倩的父亲告诉我妻子,现在他和周倩的母亲已经把我妻子当成了他们的女儿。他很真诚地让我的妻子转告我,他和周倩的母亲早已不为这件事怪我了。周倩的父亲在这个晚上对我妻子说了这番话之后,第二天就去世了……

　　我知道,你们现在要问,我和周倩究竟是怎么回事。关于我和周倩的关系,我在后面会详细交代。现在先说一说这件事最早的起因。那是1998年春天,我在春湖边的天食街租下一个门面开饭馆,取名叫"天香酒楼"。那时我只有三十几岁,刚刚做服装生意赚了一笔钱,于是想在餐饮业发展一下。当时天食街刚刚建起,虽是一条美食街,但人气还不是很旺。后来我用了一段时间将天香酒楼经营起来,渐渐地不仅有了自己的特色,也有了自己独特的口味,在天食街可以称得上是最火暴的一家酒楼了。

　　也就在这时,突然出事了。

　　出事是在一个傍晚。在那个傍晚,我因为要接待几个外地朋友刚好在酒楼里吃饭。天快黑时,突然听到楼下的大厅乱起来,好像有人在争吵。我连忙从包房里出来,朝楼下一看,就见一个衣衫褴褛的老乞丐正和一个吃饭的客人拉拉扯扯地纠缠在一起。我当时看了很生气。我的酒楼一向是不准乞丐进来的,这会影响酒楼形象,也会让吃饭的客人倒胃口。我不知楼下的服务员是怎么搞的,竟把这样一个乞丐放进来。我立刻叫过领班问是怎么回事。领班告诉我,他们也不知道这老乞丐是什么时候进来的,但发现他时,再想撵就撵不出去了,老乞丐说,如果再撵他走,他就要在酒楼里撒尿。当时领班跟他商量,说给他端两个菜一碗米饭,让他到没人的角落里去吃,吃饱了赶快走。但这老乞丐听了却摇摇头,说他不要吃的,只要钱。一边说着就朝旁边一张餐桌走过去。那张餐桌有几个客人正在吃饭,穿的衣着都很体面。老乞丐走过去就朝其中的一个中年男人伸出手。那个中年男人一看他的手很脏,自然很厌恶,于是就用胳膊将他的手挡了一下。不料这老乞丐却急了,上前一把扯住这男人的衣袖,说他打自己了,又说自己的这只手本来就有伤,现在被他打坏了,一定要让他带自己去医院看病。这中年男人一见这个老乞丐跟自己要赖,自然更加生气,站起来叫旁边的服务员。可是这老乞丐竟突然上前一把抓住这中年男人的衣袖用力一扯,只听嘶啦一声,就将这件西服的衣袖从肩膀处扯开了。

这个中年男人立刻不干了,说他的这件西装是限量版,无论再花多少钱都无法买到,一定要让酒楼赔偿。而这个老乞丐也仍然不依不饶,索性和这中年男人撕扯在一起,就这样将事情越闹越大。我当时听了一股火气冒上来,立刻让人去叫吴非。

吴非是我这个酒楼的大堂经理,一向很能干,可以说是我的得力帮手。他当初也是通过朋友介绍来的。据介绍人说,他曾在餐饮业做过很长时间,在管理上很有经验。但我起初只是让他做一个前台领班,想看一看这个人究竟有多大能力。可是没过多久我就发现,吴非果然是一个人才。他很快就把酒楼治理得井井有条,而且把服务员都管得服服帖帖。接着又有一件事,更加让我对他另眼看待了。那是一个中午,几个社会上的年轻人来酒楼里吃饭,他们先是喝了很多酒,然后就又摔又砸地在大堂里闹起来,显然是不想付账。这时吴非闻声赶来。他先是站在一旁看了一下,然后走过去跟这几个人说了几句什么,就和他们一起出去了。过了一会儿,那几个人回来了,脸上显然都带了伤,其中一个人的嘴角还在向外淌血。吴非却仍然不动声色,只是站在一旁看着这几个人。这几个人没再说任何话,赶紧付了钱就匆匆走了。事后我问吴非,他当时对那几个人说了些什么。吴非淡淡地说,他只是告诉他们,吃饭是应该付钱的,如果他们不想付,他就让他们付。也就从这一次,我决定提拔吴非做大堂经理。因为我知道,开酒楼是什么人都会遇到的,所以,我很需要像吴非这样一个人。在那个傍晚,吴非匆匆赶来。我当时很生气,一见他就挥着手说,你赶快把这个乞丐弄出去,随你怎么处置,只是不要让我再见到他!当时吴非听了看看我,问,你说……不想再见到他,是……什么意思?我不耐烦地说,你应该明白我是什么意思!我又看看他说,你怎么还不动手?!出什么事我负责就是了!吴非一听我这样说,立刻叫过两个人把这老乞丐弄出去了。

在那个傍晚,我以为这件事就这样过去了。但让我没有想到的是,当天晚上,我刚回到家里,吴非的电话就打过来。吴非在电话里说,出事了。我一听连忙问出了什么事。吴非告诉我,他带着两个人把那个老乞丐弄出去,找了一个没人的地方狠狠教训了一顿,不料一失手竟将他打死了。我一听就急了,我说,你们怎么可以把他打死?吴非没好气地说,你不是说不想再见到这个人吗?我说,我说不想再见到他,可并没让你们打死他啊,这下闹出人命了可怎么好?吴非一听也急了,立刻在电话里说,老板你可不能这样说话,当时你的话让谁听了都会这样理解,你还说出了什么事你负责就是了,现在怎么可以不承认?我们底下人不过是按你的意思做事,你现在不能把事情撇干净了让我们自己来扛!

我这时已经慢慢冷静下来。我当然不想在这个时候跟吴非闹僵。我的心里很清楚，尽管吴非平时在我面前表现得俯首帖耳，他其实是一个很难对付的人，如果这时跟他闹僵了，他一翻脸对我是没有任何好处的。我想到这里，只好缓下口气向他解释，我没有想撇清责任的意思。然后又问他，那个老乞丐的尸体……现在哪里？吴非说，他们已经把尸体处理掉了。我问怎样处理的。吴非说，趁着天黑，扔到林清江里了。我听了这才稍稍松了一口气。林清江的江水很急，这样一个乞丐的尸体扔进去，待漂到下游，即使被人发现也不会再查出他的身份。我又想了一下，问吴非，下一步打算怎么办。吴非在电话里沉一下说，现在不管怎样说是闹出人命了，而且他带人将这个老乞丐从酒楼里弄出去时，很多人都看见了，所以，他们已经不能再回酒楼，只好先在外面暂避一时，看一看风声再说。不过……吴非这样说了一个不过，就没有再说下去。我立刻明白了他的意思，我说好吧，你们就先去外地避一避吧，我给你们打去3万元，在外面吃好住好，不要委屈了自己，有什么困难随时再告诉我。吴非听了似乎还想说什么，但只是嗯了一声，就将电话挂断了。

那次突然发生了这样一件意外的事，我的心里很不痛快。其实那段时间，我原本挺高兴的。我的第二任妻子刚刚给我生了一个儿子。酒楼的生意也越做越红火，我正准备在城里找一处合适的门面再开一个天香酒楼分店。可是没想到，就在这时却闹出了这样的事。我给吴非打去3万元之后，他和那两个人也就暂时没动静了。接下来的几天我又注意观察了一下，天食街上也没有人再说起那个老乞丐，这件事似乎就这样不知不觉地平息了。

但过了几天，吴非突然又打来电话。他在电话里说，他们想回来。我一听连忙问是怎么回事。吴非说，那3万元他们已经花得差不多了，眼看着在外面已无法再坚持下去。我立刻明白了他的意思，于是想了想，说好吧，我再给你们打去6万元，每人2万，这样总够你们花一阵了。不过，我对吴非说，你们在这个时候千万不能回来露面，那个老乞丐毕竟刚失踪不久，如果你们这时回来了，说不定有人又会把这件事想起来，所以还是先忍一忍，过一段时间再做打算。吴非听了在电话里沉了一下，对我说，他不管怎样都好说，只是手下的这两个人，他担心他们有一天会把这件事说出去。吴非说，这两个人虽是他的手下，但现在遇到了这样的事，他也不敢保证能控制住他们。我立刻对吴非说，你一定要把这两个人安抚住，钱的问题好说。我说到这里又咬一咬牙说，这样吧，我给你们9万元，每人3万，马上把钱打过去，后面还有什么困难只管告诉我，我一定尽力想办法。

就这样，我又给吴非打去9万元。这一次把钱打过去，吴非那边果然就没动静了。我的心里也总算松了一口气。我当时想的是，吴非他们有了这9万元，也可以在外面花一阵了，如果他们这段时间又找到了别的工作，也就把这件事渐渐淡忘了。但是，生意上的事往往就是这样，禁不住一点儿折腾的，自从发生了这件事，我天香酒楼的境况也就开始一点一点地走下坡路。这时在我天香酒楼的街对面，不知什么时候又开起一家"天宝酒楼"。这个天宝酒楼一出现立刻就拉开一副跟我抢生意的架势，不仅将门面装饰得灯红酒绿，还整天用高音喇叭播放流行歌曲，接着又用高薪挖走了我的两个厨师。我面对这样的局面心里很清楚，必须尽快找一个人接替吴非的工作，否则如果任由生意继续下滑，就很难控制了。

这时已临近中秋节，月饼已经上市。天食街上的各家酒楼饭店都已开始预订节日宴席。我对面的天宝酒楼打出各色家宴喜宴的品牌，生意一天比一天火暴。而我的天香酒楼生意却越来越惨淡，眼看着已经快要支撑不下去了。也就在这时，吴非突然又打来电话。吴非在电话里说，这种日子他们实在过不下去了。我一听连忙问怎么回事，是不是钱又花完了。吴非说，钱花完了倒是小事，他们在外面东躲西藏的这种日子已经过够了。他在电话里对我说，现在眼看要过中秋节了，你在家里老婆孩子踏踏实实地吃月饼，日子过得挺舒服，天食街上还开着一个大酒楼，可我们几个人再这样下去什么时候是个头儿呢。吴非的话立刻让我有了一种不祥的预感。我稍稍沉了一下，试探着问他，你打算怎么办呢？吴非也沉了一下，然后在电话里说，我们最近已听到一些风声，好像公安机关知道了那个老乞丐的事，正在着手调查这个人的下落。所以，吴非说，我们已商量过了，准备回去向公安机关自首。吴非说，这件事虽是我们几个人干的，可当初毕竟是按着你老板的意思。所以，他说，如果这样说，倘若我们去自首了也不会是死罪，大不了蹲两年监狱也就可以出来了，这件事说到底，还是应该由你这老板负主要责任。我一听就急了，连忙说，你们千万不能回来自首，这件事再放一放也许就过去了，如果你们现在回来，就把一切都毁了。吴非听了在电话的那一端冷笑一声说，我们几个人不过都是光脚的，你才是穿鞋的，你说把一切都毁了，应该毁的是你自己吧。我到了这时只好承认说，是啊，现在我的儿子还这样小，我是禁不起任何事的。

我这时也已经感觉到，吴非是要给我开条件了。

于是，我又说，好吧，你说吧，我怎样做才能让你们不回来自首。吴非在电话里没有立刻回答，沉了沉问我，酒楼的生意现在怎样。我立刻说不好，生意很不好，现在已经被对面的天宝酒楼挤得走下坡路了。然后我赶紧又说，我希望这件事过去之后，你还能回来帮我。当然，我当时这样说，不过是想拉近我和吴非的关系，让他感觉我们将来还有合作的可能。但我的心里已经明白，吴非这个人今后是无论如何都不能再用了，通过这件事，我发现了他的另一面，而且是令人可怕的另一面。我已经预感到，吴非这一次再张口不会是一般的条件了。果然，吴非又顿了一下，然后说，好吧，既然话说到这个份儿上，咱们就挑明了吧，我将来再想回天香酒楼是回不去了，餐饮这碗饭今后也肯定吃不成了，所以，你给我们每人60万，我们还是另谋出路吧。我当时听了立刻吓一跳，每人60万元，三个人就是180万元，我当时的钱已经都砸在酒楼的生意上，哪里还拿得出这么多钱？吴非似乎感觉到我的心里在想什么，他哦了一声说，没关系，你也不要为这件事为难，其实每人60万，这个数也是我说的，他们两个人还不一定答应，我和你毕竟有交情在这里，所以怎么都好说，他们两个人可是只认钱的，就是你真的答应了每人给60万，我还要跟他们商量一下。吴非说，我现在跟你说一句实话，我已经控制不住这两个人了。

我这时已经明白了。这件事，我从一开始就想得太简单了。吴非是怎样一个人我应该知道，他为我杀了一个人，这样大的一件事，我不可能轻易就将他打发掉的。于是我想了一下，对他说，你在天香酒楼做了这样长时间，对我的经济状况应该多少了解一些，我现在手头确实没有什么钱，我的钱都周转在酒楼上了。这时，吴非在电话里笑了一下，他说，是啊田总，你现在手头确实没有什么钱，可是还有一个酒楼在啊，酒楼就是你的钱啊，不过有一样你可要想明白，杀人可是重罪，如果你真出了什么事，哪怕没判死刑蹲了监狱，这座酒楼对于你可也就不是什么钱了，换句话说，它就是再是钱对你也没有任何意义了。吴非显然一边打着电话一边在吸烟，他这样说罢，又吸了一口烟说，这件事你仔细想一想吧，咱们毕竟是朋友，我不过是提醒你一下。好吧……他说，我五天以后再给你打电话。

他这样说罢就将电话挂断了。

我得承认，吴非说的话确实有些道理。我在那时已经不仅是拥有一个天香酒楼这样简单的事，我奋斗了这些年，也已经有了自己的豪宅别墅，有了高档汽车，现在又有了贤惠的妻子，还有了一个可爱的儿子，我已经过上了一种称心如意的富足生活。我不能因为这样一件事，就眼睁睁地看着把自己辛辛苦苦奋斗来的生活毁于一旦。我这些年在社会上打拼渐渐明白了一个道理，生意场上的沉浮往往只是瞬间的事,相对容易一些,而真正的建立起让自己满意的生活却很难。所以,当这两者摆到一起任取其一时,自然就要选择后者。我就是因为想到这些,才咬一咬牙,狠一狠心,决定答应吴非的要求,就用180万元了断此事。但180万毕竟不是一笔小数目,我不可能一下拿出这么多钱。所以,我又做出一个让自己都无法相信的决定,我要把天香酒楼的经营权卖掉,然后用卖酒楼的钱来平息这件事。

要卖天香酒楼的经营权,我首先想到的买主自然是街对面的天宝酒楼。在此之前,天宝酒楼曾经数次托人过来询问,天香酒楼是否有转让出手的意向。他们表示,如果有这个意向,他们愿出600万元的价格将酒楼收购过去。那时我自然没有理睬他们。我将天香酒楼辛辛苦苦地经营了这几年,怎么可能只要600万就随随便便转让出去。但这时已经不同了,天香酒楼的生意已大不如前,现在还值不值600万都是一个问题。而且吴非在电话里说,他五天之后会再给我打电话,这也就不动声色地给了我最后期限。况且他又说,他现在已经控制不住那两个人,这也就是告诉我,他不敢保证那两个人在五天以后不会回来向公安机关自首。所以,我必须抓紧时间。我做出这样的决定之后就将消息传到街对面的天宝酒楼。天宝酒楼立刻做出回应,他们传过话说,当天下午请我过去,那边的董事长可以和我当面谈一谈转让酒楼经营权的具体细节。与此同时,他们还明确表示,我得在尽短时间内办妥转让手续的要求应该也没有问题,只要双方谈定条件,他们会尽力配合。

于是,在这个下午,我就来到街对面的天宝酒楼。

也就在这个下午,我知道了一件让我无论如何都想象不到的事情。当我走进天宝酒楼,来到楼上推开董事长办公室的门,突然一下愣住了。我看到,坐在董事长位子上的人竟然是周倩。周倩这时正在微笑地看着我。她不慌不忙地对我说,你没有想到吧。我这时已经说不出话来。我确实做梦也没有想到,这个一直跟我竞争,跟我抢生意的天宝酒楼,竟然是周倩开的。我更没有想到,正是周倩一直想吞并我的天香酒楼。

现在就要说一说我和周倩的关系了。周倩是我天香酒楼的第一任大堂经理。说是大堂经理,其实她那时是帮我管理整个酒楼。当时周倩还不到三十岁,人很漂亮。她在大学里学的是旅游专业,又已在餐饮业做过几年,有了一些经验,所以她当初应聘来我的酒楼时,我立刻就看出她是一个人才。

周倩刚到天香酒楼时,我的手头正有很多麻烦事。先是当初的服装生意,有一些账务还没有结清，所以经常要去各处跑。再有就是我家里的事。当时我和前任妻子的关系已经很不好。我们已结婚几年还一直没有孩子。我认为是她的问题，她认为是我的问题。但我几次提出和她一起去医院彻底检查一下，她却不同意，只是说我这几年一直在外面忙生意，跟她接触少，心思也没在家里，所以才使她一直怀不上孩子。后来我开了酒楼，我妻子的疑心就更重了。她认定酒楼是藏污纳垢的地方，而且又都是女服务员，说不定我在酒楼里会搞什么名堂。于是，她就经常跑来酒楼寻衅滋事。这时周倩已经是酒楼的大堂经理。周倩先是每次都对她好言相劝，告诉她，她毕竟是酒楼老总的夫人，这样吵闹影响不好，也会干扰酒楼的生意。但我的前妻却不听她这一套，反而越闹越凶。后来周倩就忍不住了，她告诉我的前妻，她现在是天香酒楼的大堂经理，所以要对酒楼的声誉和生意负责，不管我的前妻是谁，如果她再这样无理取闹，她就要报警了。接着没过多久，有一次，我前妻在酒楼里闹得实在不像话，周倩就真打电话报了警。那一次我的前妻很恼火，她认为周倩让她丢了面子，所以事后一直对周倩不依不饶，她一定要让周倩说清楚，周倩和我究竟是什么关系。

现在想一想，当时我的前妻这样一闹，反而在客观上帮了我和周倩。其实这时，我和周倩虽然还没有发展到情人关系，但彼此已经越来越有感觉。我发现周倩不仅人漂亮，聪明能干，也非常的善解人意。她在生意上是我的得力帮手，在心理上，也让我隐隐地有了一种依赖的感觉。我平时无论有什么心里话，都想对她说一说。而周倩也经常有意无意地向我流露出好感。她说，她最佩服有经济头脑，而且有运行资本能力的男人，因为只有这样的男人才是真正的男人。所以，我们那一阵经常在一起研究酒楼的管理与发展，有时候不知不觉地也聊一些别的事情。我的前妻这样一闹，又纠缠着周倩一定要她说清楚我们之间的关系，这样一来反而帮我们把这层纸捅破了。周倩当然没有向我前妻承认什么，事实上我们那时也确实没有什么。但一天晚上，我的前妻又来跟周倩吵闹纠缠之后，周倩就来到我的办公室。当时我正坐在办公桌前。我的心情也很不好。我作为天香酒楼的老总，自己的老婆整天跑来大吵大闹，这自然是一件很没面子的事情。所以，在这个晚上，周倩走进我的办公室我就并没有注意。直到她来到我身边，又绕到我的身后，伸出两条胳膊轻轻将我搂住了，我才一下回过神来。周倩对我说，你夫人的话真的提醒我了，你这样一个可爱的男人，我怎么会跟你没有一点儿关系呢，如果真这样就太不正常了。她一边说着就将我搂得更紧了。她喃喃地说，我们真应该发生一些什么了。那天晚上我没有回家。我和周倩一起去天食街附近的一家酒店住了一夜。我本想和周倩一起彻底放松一下，索性放下酒楼的生意，就在酒店里好好住两天。但周倩不答应，她说放不下酒楼里的事，第二天一早就匆匆回天食街了。

周倩自从和我有了这层关系，对天香酒楼也就更加用心。她把酒楼生意上的事当成自己的事，几乎将全部心力都投入到这上边来。应该说，我的天香酒楼在此之前还一直没有太大发展，也看不出任何起色。正是从这以后，在周倩的苦心经营和精心管理下才一点一点发展起来，而且渐渐地在天食街上站稳脚跟，成为一家颇具特色的酒楼。这期间我曾给周倩提过两次薪水，她都没有拒绝。后来我看她实在辛苦，就和她商量，想分给她一些股份。但让我没有想到的是，周倩竟毫不犹豫地一口回绝了。她当时对我说了这样一番话，她说，她帮我经营这个酒楼并不是为了钱，而是为的我这个人，她觉得我真是她理想中的男人，她这样做很值得，所以才会如此尽心尽力地帮我经营天香酒楼。她告诉我，她知道我和我妻子的关系，她料定我们是不会长久的。所以，她说，她可以等我五年，五年之内只要我离婚了，她就会嫁给我。接着她又半开玩笑地说，你可不要真离婚了，却娶了别的女人，让我白白地空等几年啊。说心里话，周倩当时的这番话让我很感动。一个男人，能有一个这样的女人对他一往情深，还求什么呢？我知道周倩是真心喜欢我，她对我说的这番话也都是发自内心的。但同时我的心里也很清楚，周倩这样的女人，做情人很好，做老婆却未必合适。做情人的女人可以一起去开发事业，一起去奋斗，也可以一起过神仙一样没有人间烟火气的浪漫生活。而做老婆的女人则不然，做老婆的女人是要在一起过日子的，是要有烟火气的。周倩哪里都好，就是身上缺少烟火气。但我又想，如果周倩的身上真的有烟火气了呢，也许我就不会这样喜欢她了。当然，我在当时并不能把这番话对周倩说出来。我只是含糊地告诉她，我和妻子离不离婚还是没有定准的事，所以，我不敢给她任何承诺。周倩一听却笑了，她说，这件事也像在生意场上投资，风险和利益是并存的，风险越大利益也就越大，相反利益越大风险也就越大。所以，她说，这一点她想得很清楚。

她对我说，你不要有任何心理负担。

出事是在一年以后。一年以后的春天，我终于和我的前妻离婚了。我和前妻离婚很平淡，也很顺利，这是我没有想到的。我的前妻是一个性情刚烈的女人，我本以为和她离婚时，她会闹得天翻地覆，会跟我打得一塌糊涂。但让我感到意外的是，真到这时，她却表现出异常的淡定，几乎一句过头话都没有说。这反而让我的心里有些不好受。我们毕竟夫妻一场，说到底也没有什么根本的矛盾，不过是性格不和，再有就是没有孩子。于是，我就主动给了她一大笔财产。我原本还想给她一些酒楼的股份，但她拒绝了。她淡淡地说，她和我离婚之后，就不想再跟我有任何瓜葛。就这样，我们很痛快地就办理了离婚手续。

　　但我离婚之后却并没有和周倩结婚，而是通过朋友介绍，又认识了一个幼儿园的老师。我这时已经把自己生活上的事情想得很清楚。我这些年不敢说阅尽人间春色，也接触过一些女人，我知道女人也是分很多种的，而适合做老婆的则只有一种，就是安静的本分的可以踏实过日子的那种女人。我想找一个这样的女人，把她放在家里，和我一起踏踏实实地过日子。这个幼儿园的老师就是这样的女人，她长得不漂亮，但很清秀，说话慢声细气，看上去很有女人味，所以我从第一次和她见面，就觉得很满意。但我并没意识到，这件事却严重伤害了周倩。周倩在一天傍晚来到我的办公室。她一见我就问，听说你已经离婚了？我说是。她问什么时候。我说已经很长时间了。她问，你为什么不告诉我。我笑笑说，我身边的所有人都知道了，还有什么必要专门告诉你呢。周倩看着我说，是啊，你身边的所有人都知道了，却唯独我不知道。她接着又问，我还听说，你最近又认识了一个女人？我迟疑了一下，只好承认了。周倩两眼盯着我，一个字一个字地问，你准备，和这个女人结婚吗？我支吾了一下说，想是这样想，但还没有最后决定。我当时对周倩这样说，确实是在撒谎，其实我那时已经在筹备结婚的事。这时周倩的眼睛里就涌出泪水。她瞪着我问，你想过我吗？我一下不知该怎样回答了，只好硬着头皮说，想过你什么？周倩说，如果你准备和那个女人结婚，我怎么办？我到了这时也就只好把话挑明，我对她说，我们是生意上的伙伴，也是事业上的朋友，当然……我们也有很深的感情，我知道你帮我做了很多事，我今后不会亏待你的。周倩一听就笑了，她说，我为你付出这么多，就为了换来这样一句今后不会亏待我的话吗？你今后打算怎样不亏待我？接着周倩又点点头，笑一笑对我说，实话告诉你，我已经去找那个女人谈过了，她叫周洁，和我的名字只差一个字，对吗？我一听立刻愣住了。我没有想到周倩竟然会做出这样的事。我连忙问，你都跟她……说什么了？周倩说你放心，我没有跟她说什么，我只是问问她，你们现在到了什么程度，今后是怎样打算的。周洁告诉我，你们已经确定了关系，而且正在筹备结婚的事。周倩点点头，看着我说，好啊好啊，祝贺你啊。我的脸一下红起来。我很清楚，事情到了这一步，我只好有什么话都对周倩说出来了。我告诉周倩，其实我是真心喜欢周倩的，而且是真心地爱她，但喜欢一个女人，爱一个女人，未必就一定要娶她做老婆。我告诉周倩，我和她做夫妻不合适，她不是我需要的那种妻子，我也不是她需要的那种丈夫，我们两个这辈子只是做情人的缘分。这时周倩的眼泪终于流出来。她说，还记得我当初曾对你说过的话吗？我想一想，问她说过什么话。她沉了一下，幽幽地说，我曾经对你说过，你可不要有一天真离婚了，却娶了别的女人，让我白白地空等几年啊。周倩微微一笑说，我那时就有一种预感，你就是真离婚了，也不会和我结婚的。好吧，她又点点头说，看来我们的缘分是真的到头了。不过……你放心，我会把工作都安排好，然后向你交代清楚的。我立刻说，其实这件事也没有这样绝对，你在酒楼做得好好的，何必一定要走呢。周倩很认真地看看我，然后说，事情到了这一步，你觉得，我还有必要在天香酒楼继续做下去吗？

她这样说罢又摇摇头，就转身走了。

周倩是几天以后正式向我提出辞职的。但她向我推荐了一个人，这个人就是吴非。我当初一接触吴非就很相信他，这也和周倩的推荐有直接关系。周倩告诉我，吴非对餐饮管理很有经验，而且是一个靠得住的人。正是有了周倩这样的话，我在让吴非担任领班不久，很快提拔他接替周倩的位置当了大堂经理。我当时还是太相信周倩了。我觉得周倩一心一意地帮我把天香酒楼搞到今天这样的规模，她是不会害我的，也不可能害我。我知道，我的第二次婚姻确实伤了周倩的心，但我觉得并没有亏欠她什么。她当初提出要等我五年，这只是她自己的意思，我并没有向她做出任何承诺。她自己也曾说过，这件事就像生意场上的投资，利益和风险是并存的。现在她的投资不过才一年时间，怎么这样一点儿风险就不能承担了呢？

但是，在这个下午，当我走进天宝酒楼董事长的办公室，在看到周倩的一瞬间心里就彻底明白了。我还是太天真了，我把事情想得太简单了，尽管我和周倩以合作伙伴的关系共事了一段时间，又以情人的关系相处了一段时间，但我还是没有真正了解这个女人。直到这时，我才意识到，由于我的伤害，周倩对我的仇恨到了什么程度。周倩在这个中午见到我非常放松，她只是朝沙发那边做了一个手势让我坐，然后又示意了一下我面前的茶杯。我朝她的脸上看了看，她似乎并没有变样，好像比过去更漂亮了，眉宇间也更有了几分自信的定力。这时我突然有几分伤感。我想起当年我们在酒店相处的那段时光，那段时光是多么的温馨美好，那时的周倩是多么的温柔可爱，可是没有想到，现在我们两个人却是以这样的方式见面了。周倩的脸上一直浮着一层公事公办的浅笑,她坐回到自己的班台后面,对我说,田总,看你的脸色好像不太好啊。我强打精神说,我……挺好啊。周倩又微微一笑说,你还是过去的脾气,死要面子活受罪。这时我已听出来,周倩已经不是不动声色,而是在直截了当地挖苦我。但我也知道,我这时是不能发火的,我正在急等用钱的时候,所以处在明显的劣势。于是,我看一看周倩没再说话。这时周倩点点头,说好吧,我们现在就商量一下具体细节吧。我说也没有太多的细节,转让价格就按600万吧,我现在急等用钱,也就不再说什么了。周倩听了却笑着摇摇头,说怎么是600万,不可能600万。我耐心地说,天香酒楼真正的价值不用说,你我心里应该都清楚,600万已经不算高了,再说600万的价格当初是你天宝酒楼开出的,你不会不记得吧。周倩说是啊,这个价格当初是我开出的,可这是那个时候的价格,现在的天香酒楼毕竟已经不是当初的天香酒楼了,价格自然也就不能再是当初的价格。

我这些年毕竟也是在生意场上走过来的,所以,周倩这样一说,我的心里立刻就明白了。我点点头说好吧,既然这样,你就给一个现在的价格吧。周倩又微笑着点点头,说,我现在只能给你180万,如果你同意,我可以一次付清,现金交易也可以。她这样说着又看看我,你现在不是正需要大宗的现金吗?我听了立刻一愣。其实我这时应该能想到了,吴非当初是周倩介绍来的,所以吴非在天香酒楼这段时间,他和周倩不可能没有一点儿联系。那么这几件事又这样巧地搅在一起,这究竟是怎么一回事?周倩在这里面又是不是扮演了一个什么重要的角色?但我这时已经蒙了。一个人在生活中,尤其是在生意场上遇到事时最大的忌讳就是犯蒙,因为这会使你丧失判断力。在这个下午,我已经来不及多想了。摆在我面前的只有两个选择,要么以180万元的价格将天香酒楼的经营权转让给周倩,要么拒绝这个屈辱的价格,再另想别的办法。但180万毕竟不是一个小数目,这样短的时间又到哪里去想办法呢?

于是,我最后只好咬一咬牙,对周倩说,好吧,就180万吧。

我说到这里,你们就应该明白了。吴非那里给我打电话,声称要180万,而当我决定把天香酒楼的经营权转让给周倩时,她出的价格也刚好是180万,这当然不会是巧合。但我这时还并不知道,在这件事情当中,吴非和周倩究竟是怎样一种关系。我只是凭借这些年在生意场上的经验,感觉自己好像是被人算计了。我转让天香酒楼经营权的手续办得很顺利，周情也很配合。180万元很快就打到我的现金账户上。第五天上午，吴非又给我打来电话。他在电话里还是那样一种不紧不慢的口气，他问我怎么样，这件事考虑好了没有。我说考虑好了，我可以给你们每人60万元。但是，我又说，你应该知道，我为了这件事已将天香酒楼卖掉了。我这样对吴非说当然是有我的用意。我想让他知道，这件事我已经做到头了。我的资产只有这一个酒楼，如果他后面再想向我要钱，我已经没有任何能力了。吴非似乎对我所说的卖掉酒楼的事并不感兴趣，他只是告诉了我一个账号，就将电话挂断了。

我很快把这180万元给吴非打过去。我这时才终于感到解脱了。那段时间，我已经被这件事搞得身心疲惫。有的时候夜里做梦都会梦到警察来敲门。那时我的儿子还很小，所以我知道，我无论如何不能出事，否则我一旦蹲了监狱，我的家就彻底毁了。现在好了，这件事总算过去了，我可以不用再担心了。我将天香酒楼转让出去以后，有些心灰意冷，什么事也不想做了。当然，更重要的是我也已经没有再做任何事的本钱。当时我想，我在生意场上摸爬滚打了这些年，我搞过小商品批发，做过服装生意，后来又开了这样一个酒楼，这几年总算稳定下来，却没有想到，一场这样的变故就将这一切都赔进去了。我当然知道，天香酒楼的价值远远不止180万，但我也知道，我在这时只能以这样的价格把它卖出去。有一句俗话叫破财免灾，我只能破财免灾了。其实，我这时手里还有一笔钱。但这些钱是不能动的。我把这笔钱称为基本生活保证金。我这些年来做生意赚的钱一直是分成两笔，一笔用来投进生意，继续滚动，另一笔则存进银行，以备生活中的不时之需。我这时已经又有了第二任妻子，而且这个妻子还为我生了儿子，要知道，养一个孩子，从出生一直到将来大学毕业是需要一大笔钱的。所以，我要为我的老婆孩子存下这笔钱，到任何时候都不能动。天香酒楼转让之后，周情曾给我打过一个电话，她说如果我愿意，还可以继续留在天香酒楼，她让我担任她的总经理。但我立刻拒绝了。我觉得这对我是一种侮辱。我已经不想再回那条天食街了。

后来的一切都是从一个电话开始的。一天下午，我正在家里无聊地喝茶，突然手机铃声响起来。我看一看手机，是一串陌生号码。电话里是一个单薄的男人声音，他问，你是田子明……田总吗？我听了心里立刻动一下，已经很久没有人这样称呼我了。接着我就听出，这个声音似乎有些耳熟。果然，电话里的人说，他是刘三。我登时感到有些意外。刘三是吴非的表弟，当初跟随吴非一起来天香酒楼的，平时总是不离吴非左右，给人的感觉是吴非的心腹。这一次出事，刘三也参与其中,是跟着吴非躲出去的两个人之一。我迅速在心里判断了一下,我想,我已经将那180万元给吴非打过去,所以刘三没理由再来找我。况且,他们每次有什么事也都是吴非出面跟我联系,刘三从没有直接给我打过电话。于是,我有些警惕地问,你找我有什么事。刘三似乎迟疑了一下,然后说,我们可以……当面谈一谈吗?我听了不解,问他,你们现在不是在外地吗?那段时间,虽然吴非一直说他们躲到外地去了,但为了安全起见,我从没在电话里问过他们究竟在哪里,这时刘三又沉一下,说,其实我们……出事以后,一直就没有离开这个城市。我听了浑身又是一紧,我立刻意识到,看来吴非从一开始就没有跟我说实话。但我还是竭力不动声色地说,好吧,你想在哪里见面。刘三想一想说,我去……你家里方便吗?我立刻说不方便。我这时当然不能让刘三来我的家里。外面的事已经够乱了,我不想将这股祸水再引到家里来。我考虑了一下,告诉他,在春湖边的竹林里有一个听雨轩茶室,我和他就在那个茶室见面。

在这个下午,我挂断电话就匆匆赶往春湖边的听雨轩茶室。这时刘三已经先到了,在一个角落里冲我招招手。我朝他走过来,坐到桌边。我在路上已经反复想过了,但怎样想也想不出刘三究竟要对我说什么。于是,我一坐下来就直截了当问他,找我有什么事?刘三看看我,问,我可以……先要点吃的吗?我说可以,于是就为他要了一盘茶点。刘三立刻狼吞虎咽地吃了,然后看一看我说,再要一盘……可以吗?我没有想到他竟然会饿成这样,于是又为他要了一盘茶点。这一次刘三吃完了,又喝了一盏茶,才摸出一支烟点燃吸了几口。我一直坐在对面看着他。我的心里不明白,我第一次每人给了他们1万元,第二次每人给了3万元,最后一次又每人给了60万元,他们的手里应该是不缺钱的,刘三怎么会饿成这样?于是,我问,你几天没有正式吃饭了?刘三说,两天了,这两天只吃了一个烧饼。我问他怎么回事。刘三说没钱。我听了越发感到奇怪,看看他问,我给你们的钱呢?刘三问,你给了我们多少钱?我这时已经有些明白了。我告诉刘三,我第一次给吴非3万元,讲明每人1万,第二次给了他9万元,讲好每人3万,最后一次是180万元,说好每人60万元。刘三低头吸了几口烟,然后慢慢抬起头说,我和祁大头,每人只拿到500块钱,吴非告诉我们,他一直在替我们向你要钱,但你总是拖着不肯给。

我听了点点头。吴非做出这样的事,我一点儿都不感到意外。通过这一次事件,我已经知道吴非是什么人了。刘三告诉我,他这一次决定来找我,也是反复犹豫了几天。他已和祁大头商量过了,他们两人都认为,应该把这件事的底细告诉我了。我问,什么底细?刘三说,就是这一次这件事的底细,还有这件事之前的事。我听了没有立刻说话,只是很认真地看一看刘三。我经历了这一次事之后,已经不会再轻易相信别人的话。这时,我在心里反复琢磨着,吴非、刘三和祁大头,在他们三个人之间究竟发生了什么事呢?刘三似乎看出我在想什么,他告诉我,促使他决定来对我说出实情的原因,就是他和祁大头发现了,吴非已从我这里拿到很多钱,却一直没有对他们两人说实话。当他们两人向他要钱时,吴非又每人只给了他们800元钱,并声称这件事就这样了断了。当时祁大头气不过,要去找吴非理论。但刘三毕竟是吴非的表弟,他对吴非的为人更加了解,所以就将祁大头劝住了,他告诉祁大头,他无论再怎样跟吴非理论也不会再要出钱来的。所以,他们两人商定,要想出一出这口恶气,就只有把这件事的底细到我这里说出来。

刘三告诉我,其实吴非和周倩在很早的时候就已经不是一般关系。当初周倩曾在一个川菜酒楼做经理,吴非在她的手下做事。吴非是一个很好色的男人,他看周倩年轻漂亮,就一直对她有非分之想。但周倩是一个很高傲的女人,自然不把吴非放在眼里。她觉得吴非不过是在社会上混的那种男人,平时身边跟着几个小兄弟,所以只是利用他,遇到酒楼里有什么事,或是什么人来找麻烦就让他出面去摆平一下,除此之外并不跟他有过深的交往。周倩毕竟不是一般的女人,她虽然不想跟吴非怎么样,却也并不明确地拒绝他,仍还给他一些希望,这样一来也就使他们之间的关系一直保持在一种若即若离的微妙状态上。

刘三告诉我,由于他是吴非的表弟,而且已跟在吴非身边很多年,所以吴非有什么事也就并不瞒他。当初吴非来天香酒楼时,周倩曾对他说过这样的话,周倩说,如果田子明这一次没有跟那个叫周洁的女人结婚,你就什么都不要做了,说不定哪一天我还要回来,而如果他们真的结了婚,那就要商量一下,看下一步应该怎样办了。周倩咬牙切齿地说,我辛辛苦苦帮他把这个天香酒楼经营起来,搞成了今天这样的规模,可他却忘恩负义,现在又要娶别的女人,我不会让他有好日子过的!刘三告诉我,周倩买下天香酒楼对面的天宝酒楼,是在我和第二任妻子结婚以后。那时天宝酒楼还叫"一品坛子香"。但由于这个字号取得有些怪异,名字又长而且叫起来很拗口,加之经营也不得法,所以平时几乎没有什么客人,眼看已经维持不下去。也正因如此,周倩只花了很少的钱就将这个酒楼的经营权买过来。然后她故意取名叫"天宝酒楼",就这样在我天香酒楼的对面大张旗鼓地干起来。据刘三说，周倩起初这样干，还只是想在生意上把我的天香酒楼挤垮，并没打算彻底致我于死地。促使她下定这样的决心，是因为我的第二任妻子为我生了一个儿子。那一次我也是因为高兴，就在自己的天香酒楼摆了十几桌酒席，排排场场地请了一些朋友来喝酒。正是这件事，深深地刺激了周倩。在此之前，周倩还抱有一线希望，或许我和这第二任妻子也不会长久。但这时看我已生了儿子，知道这件事已经是彻底不可挽回了，于是就决定把事情做绝。

刘三告诉我，其实这一次杀死这个老乞丐的事，是周倩一手策划的，吴非不过是按她的计划行事罢了。那个老乞丐是吴非在外面花100元钱雇来的。他事先知道我那天晚上要在酒楼里招待朋友，于是就让这老乞丐来酒楼里闹事，故意把我激怒。事情果然很顺利，一切都按着事先预想的进行。就这样，那天晚上就出了这样的事。刘三说到这里突然不说了，只是用眼睛看着我。我看看他问，你是不是还想吃什么东西？他摇摇头，说，我后面还有一件更重要的事情。他问，你想知道吗？我说当然想知道。刘三说的这些事，已经让我浑身的血液都沸腾起来。我没有想到周倩竟然是这样一个女人，更没有想到吴非竟和她串通一气，一直在暗地里商量着想置我于死地。其实我从一开始就应该想到了，当初周倩离开天香酒楼时，虽然没有跟我反目也已经是那样一种关系，她给我推荐来一个吴非，我怎么可以轻易就相信，而且还这样重用他呢，要知道这可是生意场上的大忌。这时，刘三又看着我，然后一个字一个字地说，我后面要说的事情，恐怕对你更重要，非常非常的重要。我说好吧，那你就说吧，什么事。刘三又盯着我看了看，然后说，我现在已经没饭吃了，我需要钱。我的心里立刻恶心了一下。我知道，这个刘三和吴非是一样的人，他要跟我讲价钱。于是，我问，你想要多少钱？他伸出两根手指，在我眼前晃了一下。我问，两千？他摇摇头。我说，你要……2万？他又摇摇头。他说，20万。我当时看着他的这两根手指没有说话。他似乎有些心虚，又主动把一根手指慢慢弯回去，说，要不……10万吧，不能再少了。我仍然看着他的这根手指，没有说话。刘三咳了一声说，我敢保证，你花10万元知道这件事是值得的，否则你会后悔一辈子。我站起来，对他说，我确实很想知道这件事，但我已经没有能力知道了，我现在把酒楼都卖了，不要说10万元，就是1万元也拿不出来了。

我这样说罢就转身走出听雨轩茶室。

这就要说到那天晚上发生的事了。

在那个下午,我从春湖边的听雨轩茶室出来,一直在那片竹林里走来走去。我感觉自己似乎转向了,脑袋里一直在嗡嗡作响,好像怎么走也走不出这片竹林。我这时才终于明白过来,周倩当初离开天香酒楼时就已经想好要报复我了,所以她才有意将吴非安插到我的身边。而我这样一个在生意场上混迹多年的人,竟然真就被这个女人骗了,不仅轻易相信了吴非,还让他接替了周倩的职位。现在看来,周倩对我的报复并非只想出一口恶气,她是想彻底毁了我的生意,毁了我的生活,毁了我的一切。这就是女人!女人一旦在感情上受到刺激,一旦决定报复,她的能量和破坏力是远远要大于男人的,而且下手绝不念旧,做事绝不留情!在这个傍晚,我在竹林里一直转悠到天黑,后来竹林外面的灯光亮起来,才为我指引了方向。我朝着灯光走出竹林,来到大街上。这时我突然很想喝酒。

我在生意场上这些年养成一个习惯,在做生意的过程中从来滴酒不沾。因为我知道,喝酒会影响一个人的判断力,也会让人性情起来。而性情恰恰是做生意的大忌。做生意是不能讲性情的,做生意需要的是理智。但是,我在每一单生意结束之后,无论盈亏,却总要尽情地喝一次酒。做生意是一件很耗心力的事,只有喝酒才能缓解一下。这一次,我觉得自己又做了一单生意,一单很大很大的生意。当然,这单生意是赔了,一赔到底。但生意场上有一句话,玩儿得起就输得起。所以,即使这一单生意赔到这个地步,我也仍然很想喝酒。我知道这一次赔得解脱,赔得轻松,所以也就赔得很庆幸。我自从将天香酒楼卖出去,已经不愿再进任何酒楼饭馆,我一闻到那里边的气息,听到那里边嘈杂的人声,心里就有一种想呕的感觉。于是,我就在林荫道上的一个路边摊坐下来。我在很多年前一直是喜欢喝啤酒的。但后来就不喝了,我觉得啤酒过于寡淡,而且有一种让人不太愉快的味道,所以后来就改喝了白酒。在这个晚上,我在路边摊上要了一瓶白酒,然后就一口一口地喝起来。我记得很清楚,摆路边摊的是一个有些秃顶的中年汉子,他一定是看我这样喝酒有些奇怪,于是就走过来问我,要不要来一点儿下酒菜。我冲他摇摇头,说不要,这样喝酒痛快。中年汉子一听就乐了,说好好好,你这样才真像个喝酒的样子,我平时没事的时候也喜欢这样喝酒。

我在这个晚上就这样一口一口地将一瓶白酒都喝光了。我现在已经记不起当时喝的是一种什么牌子的白酒,印象中好像味道很淡,但我感觉得出来,这瓶酒似乎很有力道,酒劲儿正在一点一点不动声色的挥发出来。我丢掉酒瓶子,起身摇摇晃晃地朝前走去。就这样走了一段路,我突然发现自己竟走到天食街上来。我的天香酒楼已经变了样子，门面重新装修过了，看上去与对面的天宝酒楼相互映衬，也是一片灯红酒绿璀璨耀眼。在两边的店面上方都悬挂起巨大的红布横幅，好像是几周年店庆，门口的高音喇叭里放着震耳欲聋的音乐。这时我的头脑才有些清醒过来，我意识到，我是想来找周倩。其实事后想一想，我在这个晚上去天食街找周倩是没有任何意义的。周倩报复我的计划已经得逞了，我的天香酒楼仅以180万元的价格就把经营权转让给她了。周倩这时已经是"天宝·天香饮食集团"的董事长兼总经理。而我说得难听一点，不过是一条丧家之犬。我还有什么脸面再去找人家呢？但我在这个晚上喝了酒。我说过，喝酒往往会使人变得性情，而性情是做生意的大忌。其实，性情又何尝不是做一切事的大忌呢？性情会使人丧失理智，会使人一意孤行，会使人义无反顾，也会使人做事不计后果。在这个晚上，我不知自己是怎样走进天宝酒楼的，就这样一路摇晃着来到楼上。当时好像曾有服务员拦住我，问我要找谁。我不知道自己说了些什么，推开服务员就径直来到楼上的董事长办公室，然后"咣"地推门。周倩在这个晚上还在办公室里，正坐在巨大的班台跟前写什么东西。她抬起头看到我，有些意外。我说好啊，你在搞店庆，很好啊，现在我的天香酒楼已经是你的了，你可以想怎么庆祝就怎么庆祝了。她在班台后面慢慢站起来，脸上挂着一丝浅笑。她说，看来我还是没有真正了解你。我说，你这话是什么意思？她又眯起一只眼笑了一下，然后说，如果是我，已经把自己的酒楼卖给了别人，我就不会再来这里。我当时听了周倩的话立刻愣了一下。周倩的这句话深深地刺伤了我。应该说，她的话刚好说到了我的痛处。但我这时还有一些清醒，所以，我只是看看她，没有说话。这时周倩就朝我走过来。她仍然眯起一只眼看着我，然后问，你今天来，又要跟我谈什么呢？她又笑一笑，眨眨眼问，你还有什么可以卖给我的呢？

我立刻被周倩问住了。

我这时才意识到，我来找周倩，已经跟她没有什么好谈的了。但有一点我很清楚，周倩串通吴非，将我的天香酒楼搞垮了，就因为周倩的报复，我现在的生意已经一无所有了。这时我看着周倩，突然感觉面前的这个女人很陌生。我简直不敢相信，我曾经跟这个女人那样亲近过。周倩仍然微笑着，她问我，你喝酒了？我哼了一声，说了一句话，但我说的什么自己也不知道。周倩又很认真地看看我，说，不管你喝了多少酒，你现在还清醒吗？我说的话你还能听懂吗？我点点头说，我还清醒，你说话我可以听懂。嗯，周倩微笑着说，好吧，那我现在可以告诉你，你一共犯了三个错误,三个在生意场上很犯忌的错误。她问,你知道是什么错误吗? 我问,什么错误?第一,她说,你不应该相信对你不怀好意的人说的话。我问,你所说的不怀好意的人,是指谁? 周倩说,当然是我。这时周倩脸上的笑容就一点一点冷下去,她说,你欺骗了我的感情,其实你在和你前妻离婚之前就已经想好了,你即使离了婚也不会娶我,你既然已经这样想了,为什么那时不告诉我? 你不过是想利用我,让我帮你打理天香酒楼。你这样欺骗我,我还会对你怀有什么好意吗?我们毕竟曾在一起很长时间,所以,我是一个什么样的人,你应该是知道的。她这样说着又冷冷一笑,关于吴非,是你犯的第二个错误,当初我离开天香酒楼时向你推荐他,你不该轻易就这样相信。我立刻明白了周倩的意思。我得承认,她说的话是对的。如果我当初多想一想这个吴非是怎么回事,也许就不会发生后来的事了。我问周倩,我犯的第三个错误是什么?周倩说,你犯的第三个错误就是天香酒楼的转让价格,你知道吗,天香酒楼经营权的价值不要说180万元,就是800万元也远远不止,可是你当时却相信了我的话,让我只用180万元就买过来了,你这个人就是太自信了,你还声称自己如何如何做过生意,在生意场上如何如何历练多年,其实你的智商已经低得不能再低,你这个人根本就不是做生意的料,你连最起码的做生意的原则都不懂,货比三家,价问三家,可是你当时却昏了头,我只出了180万就把天香酒楼盘过来了,你知道吗,如果我当时愿意,只要一转手就可以赚几百万元呢!

她一边这样说着就大笑起来。她当时笑得是那样的开心,那样的轻狂,那样的充满蔑视又肆无忌惮。她的笑声很尖厉,这尖厉的笑声像一根根的竹刺深深扎进我的心里。这时我感到浑身的酒劲儿一下都冲到头顶上来。我看着面前的这个女人,她虽然是如此的漂亮,但此时这漂亮却是如此的刺眼,如此的邪恶! 我没有想到她竟然是这样的一个女人,她串通吴非,夺走了我的一切,现在吴非已经得到了他想要的180万元,说不定正在哪个角落里花天酒地挥金如土,而这个女人竟然还在这里放肆地任意地挖苦我,嘲笑我,我感觉自己已经忍无可忍了。于是,我突然朝她扑过去,用两手狠狠地掐住她的脖子。我问她为什么? 这究竟是为什么?! 她为什么一定要这样致我于死地?! 难道只因为感情,只因为是否娶她这样一件事,她就对我怀有如此的仇恨吗?!我说我现在已经什么都没有了,我多年的苦心经营已经都被她搞垮了,她还有什么不满意的,还有什么不解恨的,为什么还要这样嘲笑我,这样挖苦我,难道就真的恨我不死吗? 周倩这时不再说话了,只是睁大两眼用力地瞪着我,渐渐地脸也憋得通红起来。我又对她说,我们毕竟相爱过,你做事怎么就这样绝呢？你现在已经把我的一切都毁了，我白白奋斗了这些年，现在已经两手空空了！我再想做什么也已做不成了！但是，我这样说着说着就觉出不对劲儿了，我感觉周倩的身体正在一点儿一点儿地变软，而且渐渐地向下坠去。我稍稍一松手，她立刻就瘫倒在地上。我这时才注意到，她已经脸色惨白，微微睁开的眼睛里已空洞洞的没有任何内容了。我连忙用手试了一下她的鼻息，又摸了一下她的脉搏。显然，都已经没有了。我这时才意识到，我刚才由于情绪过于激动，两手在她的脖颈上掐得太用力了，我已经把周倩活活掐死了！

我突然感到一种巨大的恐惧像乌云一样笼罩过来。我杀了人，我把周倩杀死了！但我这时还算冷静。我的酒劲儿也已经完全清醒了。我迅速想了一下，先将周倩的尸体拖到她的班台跟前，让她仍然坐到椅子上，然后将上身伏在班台上，看上去似乎工作累了，想休息一下。我做完这一切就走出她的办公室，竭力让自己镇定着走下楼来。

在这个晚上，我已在心里想好了，人们很快就会发现周倩的尸体，然后自然会迅速报警。而我在这个傍晚来周倩的办公室找她，是酒楼里很多人都看到了的，因此，警方立刻就会把我作为重大嫌疑人。我要想不被警方抓住，就必须立刻离开这个城市。说实话，我当时真的想到过，是不是去公安机关投案自首？但我又想，你们警方不会相信我是失手将周倩杀死的，你们一定会认为，周倩串通别人夺走了我的天香酒楼，毁了我的一切，我是出于报复才故意把她杀死的。我知道，故意杀人是一种死罪。但我这时还不想死。我的儿子还这样小，如果我这时死了，等他将来有一天长大，他甚至都不会记得自己的父亲是什么样子。我一想到这里就非常伤心。所以，我决定逃走。我想，我先逃到外地去，在一个不为人知的地方暂避一时，看一看事情的进展再做打算。幸好我的身上带着卡。我就近找了一家银行，在ATM机上取了一些钱，然后就匆匆赶回家来。我想把这张卡交给我的妻子。我妻子有她自己的工作，如果再加上这张卡上存的钱，生活也应该够用了。

但让我没有想到的是，在这个晚上，就在我匆匆赶回家来时，竟在我家的附近遇到了刘三。刘三一见我就迎上来。他告诉我，他和我在听雨轩茶室见面之后，就一直在这里等我回来。我这时已无心再跟他说话，但又不能让他看出我的慌乱，于是就问他还有什么事。刘三说，就是我跟你说的那件事。他看着我说，好吧，我也不想要10万元了，你只要给我1万元，我就把这件事告诉你。我从兜里摸出几张一百元的钞票,然后对他说,我现在只有这点儿钱,你如果想要,就拿去,不想要就算了,那件事你说不说我已经不感兴趣,对我也没有任何意义了。刘三又犹豫了一下,还是把这几百元钱接过去,然后说,好吧,不管你对这件事感不感兴趣,我看你是个好人,所以就还是想告诉你。他这样说着沉了一下,然后才又接着说,你知道吗,其实那个老乞丐……并没有死。没死?!我听了立刻大感意外。虽然事情到了这一步,吴非是否杀死那个老乞丐的事已经无关紧要,但我听了还是感到很吃惊。刘三点点头,说是,吴非并没有真的杀死那个老乞丐。刘三说,这件事连周倩也不知道,是吴非自己决定这样做的。刘三告诉我,其实吴非是一个非常狡猾奸诈的人,他知道杀人是多么严重的事情,也知道周倩的心思从一开始就并没有在他的身上,所以,他不可能为了这样一个女人去杀人。刘三对我说,在当初的那个晚上,吴非按着我的意思,让刘三和祁大头将那个老乞丐弄出天食街,就径直来到火车站,然后给他买了一张不知去哪里的火车票,又掏出二百元钱塞给他,就将他推上了那列火车。这个老乞丐无论到哪里都是一样的行乞,现在又平白落得几百元钱,自然心满意足,于是满口答应吴非,再也不回这个城市,就这样坐着火车远走他乡了。所以,刘三说,吴非从一开始就骗你了。

我这时听了已经感到浑身发麻。我突然发现周倩的话说得很对,我实在太愚蠢了,我的智商实在是太低下了,我被周倩骗了还不算,竟然又被吴非这样的人也骗了。但我此时已经顾不上再说什么。如果说吴非在那个晚上杀死老乞丐是假的,那么我在这个晚上杀死周倩却是千真万确的。我又掏出两张百元钞票塞给刘三,就转身匆匆走了。我回到家里跟我的妻子匆匆告别。我当然没有告诉她实情。我很清楚,如果我对她说了我已在外面杀了人,那么她就会涉嫌包庇,我知道包庇也是一种犯罪,也要负刑事责任。所以,我只是对她说,我在生意上出了一点儿事,现在生意上的仇家正在找我的麻烦,因此我要先出去躲避一段时间。我妻子的胆子很小,她一听我这样说就有些慌了。我连忙安慰她说没关系,你不用担心,我过一过如果没什么事就会回来了。我把手里的这张卡交给我的妻子。我告诉她,这张卡上的钱足够她和儿子用了。我交代完这些事就连夜离开家了。

我这几年漂泊在外面,为自己更名改姓叫唐浩。我几乎什么都干过,在装饰城的小店里帮人家卖过货,开大车跑过运输,甚至还去采石场做过小工。其实我是可以找一家体面的大公司去应聘做文员的,但我不敢。因为去正式的大公司是要查验身份证的。我已经估计到了,周倩的事出来以后,我很可能已被公安机关列为网上追逃人员。所以，我在外面要格外小心，绝不能轻易暴露自己的身份。但我这几年在外面过的是什么日子，我不说你们也可以想象得到。我甚至已经不敢照镜子，我觉得已经不认识镜子里的自己了。我只是偶尔地回家看一看我的妻子和儿子，每一次都是在深夜匆匆地去，然后匆匆地走，连住一夜都不敢。这样的日子我已经过够了，我真不想这一辈子就这样下去。所以，这一次，当我的妻子告诉我，说你们已经找到她，让她劝我回来投案自首，我立刻就心动了。我不想再这样下去了。

就这样，我回来投案了……

田子明，你的事，都讲出来了吗？

是……我已经都讲出来了。

没有再隐瞒什么吗？

没有，我既然已决定自首，还隐瞒什么呢。

你所说的那个吴非，这个人，后来怎样了？

听说……刘三和祁大头都已和他闹翻了。

他现在哪里？

就在这个城市，他住的地方离春湖不远。

你知道具体地点吗？

知道，我可以告诉你们。

好吧。

…………

江明这次在我们这条街上逃脱以后，当时的警方经过分析，认为他再冒险回来的可能性已经不大。于是蹲守在我们这一带的便衣民警就都撤走了。我们这条街上又恢复了往日的平静。当然，如果仔细看一看就会发现，在江师傅家的附近仍有一两个陌生人在不动声色地徘徊，显然不是我们这里的居民。这时革居会主任秦老婆儿又为街上的人们开了一个会。秦老婆儿在会上对大家说，现在虽然蹲守的民警都已撤走了，但我们不能放松革命警惕，据说江明这次回来并没有带上钱，而且他的挎包也丢下了，所以，据民警临走时分析，不排除他第二次回来的可能。秦老婆儿咬着满口的假牙坚定地说，如果这个江明胆敢再回来，我们十段街的革命居民就要全体动员起来，打一场人民战争，撒下天罗地网让他再也无处可逃。

　　就在这时，我们这里又出了一件事。

　　一天上午，街上电话室的人忽然来通知江师傅的家里接电话。那时电话还不普及，我们十段街是国营棉纺织厂的职工宿舍，于是厂里为大家生活方便，就在街上安装了一部公用电话。但那时的公用电话与今天不同，如果外面的人打进来要找谁家的人，负责看电话的人会去给叫一下，有些像今天的传呼电话。不过这样的传呼是有偿的。由于我们十段街很长，有的时候传呼一次要走很远的路，所以市内电话要收取2分钱的传呼费，长途电话收4分。当时负责看电话的是宋师傅。宋师傅原是棉纺织厂的保全工，专门负责维修机器。一次他在维修车间用一台机床加工什么零件，突然转动的齿轮把衣袖挂住了，接着感觉右手腕一凉，又一热，他再看时，发现自己的那只右手已经随着齿轮转出很远。那时医学还不像今天这样发达，没有断肢再植手术，于是宋师傅就这样失去了右手。失去右手的宋师傅自然无法再做保全工，厂里就安排他来我们十段街这里看电话。在这个上午，宋师傅来到江师傅的家里，说有电话。然后又说，电话是找江师傅的妻子。当时江师傅上班去了，没有在家，江师傅的妻子听了有些疑惑。江师傅的妻子是一个家庭妇女，平时除去邻居和街上的人，在外面没有任何交往，她想不出会是什么人给自己打电话。但江师傅的妻子是一个很聪明的女人，她立刻意识到了什么，于是连忙跟着宋师傅来电话室接电话。这时蹲守在江师傅家附近的两个便衣民警也立刻跟过来。他们站在电话室的外面，等江师傅的妻子打完电话出来，看着她走远，立刻来到电话室问宋师傅，刚才是哪里打来的电话。宋师傅听了眨眨眼说，不知道是哪里打来的。便衣民警说你负责传呼，怎么会不知道？宋师傅说每天打来的市内电话这样多，他从来不问对方是哪里，如果人家不想说这样问会讨嫌。两个便衣民警听了对视一下，虽然明知宋师傅没有说实话却也无话可说。于是只好又向宋师傅交代了几句，就从电话室里出来。

但是，大刘当天中午听说了这件事，立刻又来到电话室。

大刘是我们这里的管片民警，自然与宋师傅很熟。他直截了当问宋师傅，上午是哪里给江师傅的妻子打来的电话。宋师傅仍然说，不知道。大刘又问，是市内电话还是长途电话。宋师傅说，是市内电话。大刘听了点点头，说好吧，你把传呼记录本拿给我看一看。那时宋师傅的电话室很忙，每天要传呼几十甚至上百个电话，这样一个月的传呼收入就要有几十元。几十元在当时已算是一笔不小的款项，所以按厂里的要求，宋师傅每传呼一个电话都要有记录，传呼接电话的人是谁，传呼费是多少，就相当于一个账本。当时大刘拿过传呼记录翻了一下，找到江师傅妻子的电话，看到传呼费是4分钱。大刘的脸立刻沉下来，看着宋师傅说，你没有说实话。宋师傅的脸色也变了，但仍然说，我怎么没说实话，我确实不知道是哪里打来的电话。大刘说，可是这个电话并不是市内电话，你收的传呼费是4分钱，这说明，这个电话是从外地打来的。宋师傅立刻低下头，不再说话了。那时如果往哪里挂长途电话，还要经过长途电话局，由长途台给插转一下对方才能接到。一般长途台在接通电话，都会先说一声，哪里哪里打来的长途电话,要找谁谁。所以,宋师傅说他不知道这个电话是从哪里打来的显然是在撒谎。这时大刘又对宋师傅说,你不说也没关系,我只要去长途电话局查一下立刻就清楚了。不过,大刘说,江师傅家最近的情况你应该知道,现在正是敏感的时候,如果这个电话与江明有关,你就要有脱不掉的责任了。大刘这样说罢转身就朝外走。宋师傅连忙拉住他,又犹豫了一下才说,这个电话……是从南沽打来的。南沽是附近的一个小城,离这座城市只有五十多公里。大刘又问,打电话的是男人还是女人?宋师傅说,是一个男人。宋师傅看一眼大刘又说,江明他妈给了我一角钱的传呼费,然后叮嘱我,不要对任何人说这个电话的事情。大刘一听心里立刻就有数了。江明的母亲多给了宋师傅6分钱传呼费,为的是不让他说出这个电话是从哪里打来的。她为什么不想让别人知道?这个神秘的电话是不是与江明有什么关系?这时大刘又想起来,他前一次去向江师傅了解情况时,江师傅曾告诉过他,他的一个妹妹,也就是江明的一个姑姑住在南沽市,不过这些年一直没有什么来往。所以,当时江师傅说,估计江明不会去投奔这个姑姑。此时大刘想,如果这个电话确实是江明打来的,就说明他已经逃去了南沽,那么他给母亲打电话会不会与这个姑姑有关呢?

大刘想到这里,立刻又来到江师傅的家。

事后大刘向领导汇报时说,他在来江师傅家的路上又想了一下,基本断定这个电话应该就是江明打来的。在这个中午,他来到江师傅的家。江师傅的妻子显然没有想到大刘会来,立刻愣了一下,神色有些不太自然。大刘没有绕弯子,直截了当问她,上午去电话室接电话,是谁打来的。江师傅的妻子支吾了一下说,是一个亲戚打来的。大刘问哪里的亲戚。江师傅的妻子看看大刘,一下竟说不出话来。这时大刘耐心地对她说,你最好还是如实讲出来,这样的电话是瞒不住的,我们只要去长途电话局查一下就可以查出来。江师傅的妻子又想了一下,才点点头说,好吧,这个电话……是从南沽打来的。大刘立刻又问,是谁从南沽打来的。江师傅的妻子说,是……孩子的姑姑。大刘听了摇摇头说,不对,这个给你打电话的是一个男人。江师傅的妻子一听大刘这样说，就慢慢把头低下去。大刘问，这个男人是谁？江师傅的妻子又稍稍沉了一下，才说，电话……是江明打来的。大刘点点头，又问，江明在电话里说了什么？江师傅的妻子说，他想去找在南沽的那个姑姑，从她那里拿一点儿钱，但他不知道这个姑姑住哪儿，所以才打电话来问我。大刘问，你告诉江明这个姑姑的地址了？江师傅的妻子说，我告诉他了，但我又对他说，他如果这样去找那个姑姑会连累人家。可是江明说没关系，他的这个姑姑并不了解他的情况，将来就是警方找到她应该也没有什么责任。但是，江师傅的妻子说，她在这个上午接过电话之后，还是立刻去邮电局给南沽那边拍了一封电报。大刘问，你拍电报干什么？江师傅的妻子说，我上午接电话时，本想在电话里劝江明去自首，但旁边有外人不便说话，我给江明的这个姑姑拍电报，告诉了她江明的大致情况，我让这个姑姑一定劝劝他，让他去自首。大刘又问，你去邮电局拍这样一封电报，就不担心暴露江明的行踪？江师傅的妻子说，我特意多走了几步路，去工人新村外面的邮电局，而且在电报里说得也比较含蓄，江明的姑姑当初知道江明被判刑的事，所以这样的电文她应该能看懂。

　　大刘听到这里意识到情况很紧急，于是立刻回来向领导做了汇报。大刘对领导说，现在江明肯定已逃到了南沽，他随时都有可能去找在南沽的这个姑姑，所以应该尽快采取行动。于是这边立刻通知了南沽的警方，先把江明这个姑姑的住宅控制起来。接着大刘就和同事一起赶过去。这时根据分析，江明来南沽很可能只有一个目的，就是找这个姑姑拿一些钱。他现在知道了这个姑姑的地址，应该很快就过去，然后拿到钱以最快的速度离开这里。但是，大刘和同事赶到南沽以后，据在住宅附近监视的民警说，这里一直没有出现可疑的人。据我们十段街的人事后传说，大刘的确很有刑侦经验。他这时突然想到，江明是一个很谨慎的人，他本想来南沽的这个姑姑这里拿一些钱，但南沽毕竟离我们这座城市很近，而且会不会是在他来这个姑姑这里时，南沽的警方监控这个住宅惊动了他，所以他已经放弃了在这里取钱的想法？如果真是这样，南沽这个地方很小，显然不便于藏身，那么他下一步最有可能去的地方会是哪里呢？也就在这时，大刘向领导提出了一个大胆的设想，江明会不会又重新返回我们这座城市？大刘认为，江明这时身上没有钱，所以他不可能走得太远，一旦去到一个人生地不熟的地方就更想不出办法了。他在这个城市毕竟还有一些熟人朋友，所以，他极有可能仍回到这个城市。大刘这个大胆的设想立刻得到上级领导的认同。于是，赶来南沽的民警就兵分两路，一路留在南沽，和这边的警方一起仍然监视江明这个姑姑的住宅。另一路则在返回我们这个城市的道路上布控，寻找江明的踪迹。

应该说，在我的记忆中，江明是我第一个近距离接触到的罪犯，或者说是逃犯。虽然我始终没有见过江明本人，但是当年大刘和他的同事追捕江明这件事，却给我留下了深刻的印象。在我以写小说为业之后，我一直试图探究，当一个人犯了罪，在他亡命天涯的时候究竟是怎样一种心理。我从手头这些卷宗的笔录里可以看到，这次清网行动中，几乎每一个归案的犯罪嫌疑人在说到自己的心态时都会表达一个意思，这些年一直被一种沉重的负罪感压在心里，惶惶不可终日，在结案的这一天，终于可以踏实地睡一个安稳觉了。我在一份案卷中看到这样一个细节。几个刑警经过数月的奔波，终于在一千公里以外的一个城市将一个犯罪嫌疑人抓获了。但让人没有想到的是，这个嫌疑人一见到来抓捕自己的刑警，立刻就像见到亲人似的扑过来趴在刑警的身上哭起来，嘴里不停地说着带我回家，带我回家吧……

所以我想，逃亡的犯罪嫌疑人，他们的心理确实值得探究。

也就在这时，李局长向我推荐了一个刑警。李局长笑着对我说，这可是我们这里很独特的一个人，你跟他聊一聊，肯定能聊出你感兴趣的东西……

第四章
殊途

　　陈超感觉到,这一次的确是遇到了一个棘手的案子。

　　陈超来刑侦队已经八年,仍还保持着在警校时的习惯,每天晨跑三小时,再冲一个冷水澡。晨跑当然是慢跑,但慢跑三小时也已是相当大的运动量。陈超冲冷水澡时,对冷水的水温也有严格要求,必须在10度以下。陈超在警校时曾听老师说过,只有摄氏10度以下的冷水才会对人的肌肤形成有效的刺激,这种刺激会迅速提升肾上腺素,使人浑身每一根神经的末梢都兴奋起来,从而进入一种最佳的精神状态。所以,陈超这几年每当遇到复杂难办的案子,要做的第一件事就是先去长跑,然后再痛痛快快地冲一个冷水澡,让自己在兴奋的同时也沉静下来。他认为这种兴奋的沉静才是分析案情的最佳状态。

　　但这一次,陈超虽然将自己的状态调整得很好,却仍然感到面对这个案子无从下手。陈超在翻看案卷时,发现了几个难以解释的问题。这是一起发生在八年前的案件。八年前的一个上午,有人来报案说,在市郊一间废弃的房屋里发现了一具尸体。经对尸体勘验,确定为他杀,死者是一个30到40岁之间的男性,死亡时间应在三十小时左右,而且毁尸很严重。但令人不解的是,死者面部遭到损毁的同时,两只手也被钝器砸得稀烂。陈超想不明白,凶手将尸体毁容可以理解,为的是不让人辨别出死者的身份,但将他的两只手砸烂又是出于什么目的呢?其次,在案发之后,很快就确定了死者身份,死者叫徐连生,33岁,是吉祥街上一家餐馆的厨师。当时的办案人员经对徐连生生前有关系的人的逐个排查,很快就锁定了一个有重大嫌疑的男人。这个人叫杜玉林,当时31岁。办案人员在调查走访时了解到,有人看见说,就在案发前一天的晚上,杜玉林和徐连生曾在离吉祥街很远的杨柳街上一家餐馆里喝过酒,而且一直喝到很晚。办案人员立刻找到这家餐馆。经对餐馆里的服务员进行调查,并根据照片辨认,确定在那个晚上,杜玉林和徐连生确实在那家餐馆里喝过酒,而且据服务员回忆,两人当时好像一直在激烈地争执什么事情,后来就缓和下来,还频频举杯相互敬酒,就这样一直喝到深夜。接着第二天徐连生就失踪了,直到第三天上午,有人在那间废弃的房屋里发现了他的尸体。如果从这一点看,这个杜玉林应该是最后一个和徐连生接触的人。经调查,当时杜玉林是在一家物业公司做保安。但是，当办案人员找到那家物业公司，准备向杜玉林调查时，却发现杜玉林在徐连生被害的第二天就已经不辞而别，而且不知去向。这一来杜玉林也就有了重大嫌疑。而此时办案人员又了解到一个情况，在徐连生失踪前一天的中午，他还曾和一个年轻女人一起吃过饭。这个女人叫齐上英，当时23岁，是相邻一家餐馆的服务员。据徐连生工作的这家餐馆的老板说，这个叫齐上英的年轻女人与徐连生的关系一直很好，两人经常在一起吃饭聊天。由于徐连生是单身，有一度大家还取笑他，问他是不是想娶齐上英当老婆。但后来不知为什么，齐上英与徐连生的关系突然疏远了，齐上英很少再来这边的餐馆找徐连生，两人也不再有任何来往。可是过了一段时间，他们的关系似乎又渐渐恢复了，而且看上去好像比过去更近了一些。这个情况立刻引起办案人员的注意。在徐连生被害的前一天中午，他先是和这个叫齐上英的女人吃了一次饭，然后晚上又和杜玉林喝了一次酒，这两件事之间会不会有什么关联？办案人员当即决定，与这个叫齐上英的年轻女人正面接触，向她了解一下当时的情况。但就在这时，办案人员得知，这个叫齐上英的女人在徐连生出事后也已经离开了她工作的餐馆，理由是她的一个姐妹在另一个城市开饭馆，让她过去帮忙。这就让人进一步产生了怀疑，齐上英的突然离去，是不是因为徐连生被害？如果真是这样，那么，这个齐上英与杜玉林会不会认识？他们两人之间又是什么关系呢？

陈超在一张A4纸上画了一个图，先是吉祥街上两个相邻的餐馆，然后隔几条街，又是杨柳街上那家徐连生在被害前一晚与杜玉林喝酒的餐馆，再然后是杜玉林当保安的居民小区。陈超画完了这张图，又剪了三个圆形的硬纸片，上面分别写了徐连生、杜玉林和齐上英的名字，然后像三枚棋子一样摆放到这张图上。他发现，这三个人的位置很有意思，总让人感觉彼此之间应该有什么联系。根据案卷记载，虽然当时的办案人员没有寻找到更多的杜玉林与徐连生之间有什么特殊交往的线索，而且据徐连生工作的这家餐馆里的人回忆，平时也确实没见过徐连生与杜玉林有什么来往，但由于杜玉林的突然不辞而别，就还是确定他有重大嫌疑，并将他列为网上追逃人员。而齐上英则只作为调查对象，一直在努力寻找她的下落。

陈超终于明白了，这的确是一个很难办的案子。

杜玉林作为这起案件的重大嫌疑人，早在八年前就已不知去向，而且这几年没有任何线索，现在要想在全国范围内寻找到这个人的踪迹简直就如同大海捞针。根据案卷记载,杜玉林是浙江新杭人,但陈超与新杭公安局联系,请他们协助了解一下杜玉林家里的情况,对方的答复是,杜玉林这些年一直没有回过家,而且他家的房子早已在城市规划建设时被拆除。应该说,关于杜玉林的所有线索都已经断了。陈超经过反复考虑,认为现在唯一的希望只有那个叫齐上英的女人了。当年齐上英在徐连生被害后也匆匆离开那家餐馆,应该说只有两种可能,第一,她与徐连生的死没有任何关系,也就是说,她离开那家餐馆与徐连生的被害只是在时间上的一种巧合。如果是这样,那么齐上英的突然离去也就没有任何意义。但还有第二种可能,她的离去的确与徐连生的死有关。如果是这样,那这件事就有些意味了。首先,齐上英与徐连生的死有什么关系?她是凶手吗?如果是,是直接凶手还是间接凶手,或者只是因为了解内情才仓皇离去?其次,如果齐上英确实与徐连生的死有关,那么杜玉林呢?根据案卷上对尸体检验的记载,徐连生是死于头部钝器伤,几乎三分之一的颅骨塌陷性骨折,当时齐上英只有23岁,一个23岁的年轻女人是不太可能有这样的气力,而且用这样一种残忍的手段独自杀死徐连生这样一个成年男人的,更不可能自己动手将尸体损毁到这样的程度。如果这样说,她就应该至少还有一个帮手,或者她是另一个人的帮手。那么杜玉林会不会是这个人呢?但不管怎样说,在徐连生被害的前一天中午,齐上英曾与他一起吃过饭,而这天晚上杜玉林又与徐连生一起喝过酒,这总是一个事实。所以,陈超想,也许齐上英是一个突破口。陈超有一种感觉,齐上英很可能认识杜玉林,而且在他们之间存在着某种联系。

陈超想到这里,就决定先从这个叫齐上英的女人入手。

陈超在案卷中找到一份材料,这是当时的办案人员向齐上英工作的那家餐馆的老板做调查时的笔录。根据餐馆老板说,齐上英是福建长余人。陈超立刻与长余公安局联系,请那边帮助协查一下齐上英的户籍情况。长余公安局很快传来消息,就在几年前,齐上英的户籍确实有过变动,根据记载是迁往安徽省桐原县一个叫许家塘的地方,迁出理由是结婚。陈超得到这个消息立刻振奋起来。齐上英的户籍有变动,而且有具体去向,这一来也就有了明确的追寻线索。陈超立刻又与桐原县公安局联系,请求他们帮助协查一下,几年前是否有一个叫齐上英的年轻女人将户籍迁入许家塘,她嫁的男人叫什么名字。桐原县公安局那边的协查结果很快传过来,在大约六年前,确实有一个叫齐上英的年轻女人将户籍迁入许家塘,她嫁给的男人叫胡福,当时30岁,是胡湾村三组的村民。据了解,这个叫胡福的男人这些年一直在临海市打工,齐上英与他结婚只是回村办了一下喜事,并没有在家里居住,两人很快又回临海去了。桐原县公安局还提供了一个重要线索,据胡湾村的村民说,胡福在临海市打工,好像是在一个叫沽水角的地方。陈超得到这个情况立刻向队里做了汇报。陈超的分析是,无论这个叫齐上英的女人与徐连生被害案是否有关,她现在都已过上了正常生活,而且很可能就生活在临海市那个叫沽水角的地方。如果她与徐连生被害案确实无关,那么这条线索也就没有任何价值。而倘若有关,齐上英与杜玉林之间就有可能存在某种关系,那么齐上英也就很有可能知道杜玉林现在的下落,至少可以提供有价值的线索。

陈超向队里请示之后,立刻和一个同事动身去临海市。

陈超到临海市很顺利。沽水角是在一个城乡结合部的地方。陈超通过当地公安机关,果然在暂住人口的登记中查找到齐上英和胡福的名字。负责暂住人口登记的是一个姓刘的警员。刘警员一看到胡福的名字就笑了,说,这个人他们是知道的,在街上开一家小面馆,他们经常去那个面馆吃刀削面,胡福做刀削面的手艺很好,削出的面条宽窄适中,也很均匀,而且卤汤的味道也很好。陈超问刘警员,这个齐上英现在做什么。刘警员想想说,胡福好像很疼老婆,舍不得让她做面馆的事,只让她在家里带孩子,所以齐上英平时很少在外面露面。

好吧,陈超说,那就先接触一下这个叫胡福的男人吧。

请问,你叫胡福?

是……我叫胡福。

你是安徽省桐原县许家塘乡胡湾村人?

你们……调查得这样清楚,有啥事吗?

哦,别误会,我们只是了解一些情况。

嗯,嗯……

你来临海市多久了?

有……十几年了吧。

结婚了?

结婚了。

哪一年结的婚?

大概,六年前。

你妻子叫什么？

姓齐，齐上英。

你跟她是怎样认识的？

这个……一定要说吗？

嗯，你最好说一说。

我跟她……也是偶然认识的。

请你说得具体一点。

那时候面馆里正需人手，可当时正是年根儿底下，外地人都回去了，招不上人来。这时有一个同乡，介绍齐上英过来。据这个同乡说，她原本是在另一家饭馆做，因为快过年了，那家饭馆要歇业，她无处可去所以才来我这里。我当时听了也觉得奇怪，既然快过年了，别人都回家她为啥不回家呢。这时我这个同乡才告诉我，其实她当初是从家里跑出来的。她跟那个男人实在过不下去了。那个男人好赌，几乎把家里的东西都输光了，而且一输了钱就回来打她，就这样把她打得跑出来。我当时听了也有些担心，这女人的男人是那样一个东西，现在她跑出来，我这里收留了她，如果将来有一天那人找来怎么办？我不想给自己找麻烦。这时齐上英好像看出了我的心思，就对我说，她跟那个男人并没有结婚，只是住在一起，所以她如果离开他，他是没有任何话说的。而且，她说，那个男人也不知道她跑来了这里，虽然仍在这个城市，但这个城市这样大，他是不可能找到她的，她也不想再让他找到。我就是听她说了这样的话，才决定让她留下来。后来我发现，这个女人竟然很能干，也很肯干，做事从不偷懒，对饭馆里的事情也很在行。细一问才知道，她很早以前就在饭馆里做过，而且做过很长时间。我看这女人可靠，也老实，渐渐地就将面馆里的很多事都交给她。她也很负责任，真把面馆里的事情当成自己的事，就这样我们的关系越处越好。后来我跟她走到一起还是因为那个男人。有一天，那个当初介绍齐上英来这里的同乡突然跑来告诉我，说齐上英的那个男人正在到处打听她的下落，而且扬言，如果找到她一定要将她如何如何。当时齐上英一听就吓坏了，坐在那里只是不停地哭。我一见也动了气，就过去问她，你究竟还想不想回去跟那个男人过日子？齐上英说当然不想，她现在只发愁怎样才能摆脱他。我一听立刻去厨房拎出一把剁排骨的斧子，哐地扔在饭桌上。我对齐上英说，有你这句话，那个男人只要敢来，好说好道还可以，他只要敢犯混，我就活劈了他。这时那个同乡连忙说，也不要这样，有什么事可以讲道理，没必要跟这种人去拼命。我说当然，话是这样说,齐上英毕竟是我面馆的员工,我作为面馆老板,有义务对她负责,所以无论有什么事,我都会保护我员工的合法权益,包括人身安全。这时齐上英就感动地扑到我身上,哭着说,有我这句话,她就放心了,她死也不再离开这面馆一步。后来这件事过去了,那个男人到底也没打听到齐上英的下落,可是齐上英跟我的关系却好像比过去更近了一步。就这样又过了一段时间,那个同乡对我说,齐上英是个好女人,你现在又是单身,不如就娶了她,这样你也算有了家,齐上英后半辈子也就有了依靠。我当时还没有这个自信,我比齐上英大七八岁,又是个卖刀削面的,担心人家看不上我。但那个同乡跟齐上英一说,她竟然很愿意,就这样我们结了婚。第二年她又给我生了一个儿子。我也就不让她再来面馆,只在家里带孩子。

这样说,现在,齐上英每天只在家里?

是。我……能问一句话吗?

可以,你问吧。

你们这次来,就是想了解我老婆的情况?

唔……可以这样说,但也不完全是。

哦……

不过,你回去,先不要对齐上英说这件事。

说什么事?

就是我们向你了解她的情况这件事。

为什么?

也不为什么,你先不要说就是了。

嗯……好吧。

另外,你说的那个当初介绍齐上英来这里的同乡,他叫什么?

叫杨三奎,是做面粉生意的。

我们怎样才能找到他?

你们找他……干什么?

当然,也是了解情况。

他平时到处跑,不过……我可以打电话把他叫过来。

好吧,如果这样,就请你打个电话,让他来一下吧。

陈超和同事一起分析了一下,认为胡福说的话是可信的。胡福显然是一个老实本分的农民，又有几分机灵，所以很多年前来临海市打工，渐渐学会了做刀削面手艺，又凑了几个钱，就在街上开起这个小面馆。陈超判断，根据胡福流露出的他与齐上英夫妻之间的感情，这一次向他了解情况这件事，他回去是不可能不告诉齐上英的。而倘若齐上英真的有事，也就肯定会惊动她。不过陈超分析，齐上英现在毕竟还有一个不到五岁的孩子，所以，她即使真的与徐连生被害案有关，立刻出逃的可能性也不是很大，这也就为继续深入调查赢得了时间。

胡福果然很配合。陈超向胡福了解情况是在他的小面馆。胡福立刻打电话，让那个叫杨三奎的同乡到这边来一下，说有事要跟他商量。但杨三奎说他那边也正有事，抽不开身。胡福拿着电话看了陈超一眼，陈超点点头。于是胡福就和杨三奎约好，让他第二天中午来面馆这边，顺便一起吃个饭。就这样，直到第二天中午，陈超才在胡福的小面馆里见到杨三奎。杨三奎是一个面皮白净的中年男人，看上去有几分斯文，不像是从农村来的。他听了陈超的自我介绍有些意外，回头看一眼胡福，然后问，陈警官……找我有什么事？陈超为了缓和气氛，立刻笑笑说，也没什么大事，只是想向你了解一些情况。杨三奎沉一下，试探地问，你想了解……哪方面的情况呢。陈超索性开门见山。他先回头看一眼胡福。胡福立刻知趣地出去了。然后，陈超说，我们想了解一下关于齐上英的情况。杨三奎一听就笑了，说，齐上英是胡福的老婆，你们要了解她的情况，只要去问胡福就是了。陈超点点头说，我们已向胡福了解过了，现在想问一问你，当初，是你介绍齐上英来胡福面馆的？

杨三奎说是啊，是我介绍她来的。

陈超问，你当时是怎样认识齐上英的？

杨三奎稍稍迟疑了一下，问，这个……很重要吗？

陈超说，我们既然问你，就说明这件事比较重要。

嗯……好吧，杨三奎点点头说，其实说起来也没什么。

杨三奎告诉陈超，他也是通过一个开饭馆的朋友认识齐上英的。那个开饭馆的朋友是他的客户，一直买他的面粉，所以大家关系很好。那一年的年底这个朋友说，他的饭馆有一个女员工，人很老实，也很肯干，只是单身一人，无家可归，平时就住在饭馆里。现在眼看要过春节了，饭馆准备歇业，这一来这个女员工也就无处可去了。这个朋友问杨三奎，能否帮她再找一个地方先干着，等过了春节仍回来也可以，在别处继续干下去也没关系。杨三奎听了一下想起来，胡福的刀削面馆正缺人手，年根底下又雇不到人。但他为稳妥起见，就对这个开饭馆的朋友说，给这女人找个安身的地方并不难,问题是她这样一个年轻女人,怎么会无家可归,又无处可去呢,她究竟是怎么回事,如果不清楚底细就将她介绍到朋友那里去,将来一旦出了什么事大家面子上都过不去。这时这个开饭馆的朋友才告诉杨三奎,说这女人原来是有家的,她一直和一个男人住在一起,但这男人脾气不正,而且好赌成性,还经常打她。这女人是实在忍受不了才跑出来的。不过,这个开饭馆的朋友向杨三奎保证,这女人绝不会让那个男人找到她。杨三奎听了这才放下心来,于是就将齐上英介绍到胡福的面馆这边来。

不过,杨三奎又对陈超说,齐上英是不愿让人知道她这段事情的。

陈超问为什么。

杨三奎说,她没说过,大概觉得不是什么光彩的事情。

陈超听了点点头,想一想问,齐上英自己对你说过她的这些事吗?

杨三奎说,也说过一点儿,但说的不多。

她具体是怎样说的?

她倒没提和那个男人住在一起的事。我介绍她来胡福这里时,她只是对我说,她对过去的生活厌倦了,所以才一个人从家里出来,她想自食其力,有一天能开始新的生活。

就说了这些?

就说了这些。

好吧,陈超和杨三奎握握手说,谢谢你,后面如果有什么事,我们也许还要找你。

杨三奎立刻爽快地说,没问题,再有什么事只管给我打电话。

陈超和杨三奎谈过之后,就把胡福叫进来。这时胡福的神色已经有些紧张起来。他小心翼翼地问陈超,我老婆……究竟有什么事啊?陈超并没有直接回答,只是问胡福,你昨晚回去,对齐上英说了我们来向你了解情况的事吗?胡福立刻说没有,我一点儿也没有向她透露。但陈超从胡福脸上的表情看出来,他回去一定是说了。陈超想,如果胡福已对齐上英说了这件事,那就要尽快正面接触齐上英了。于是,他对胡福说,我们要跟齐上英谈一谈。

不过,陈超立刻又对胡福说,你也不要紧张,我们只是向她问一问情况。

哦……好吧。

胡福点点头。

你就是齐上英？

是，我是齐上英。

我们是东山市公安局刑侦支队的刑警。我叫陈超，这是我的同事吴桐。

知道……老胡……都已告诉我了。

我们这次来，是想问你一些情况。

嗯。

你能想到我们要问你什么吗？

想不到。

真想不到？

是，想不到。

好吧，你的原籍是福建长余？

是。

后来将户口迁到安徽省桐原县许家塘乡胡湾村？

是。

迁户口的理由是与胡福结婚？

是。

你是哪年来临海市的？

7年前，2004年。

来临海市之前在哪？

在东山市。

在东山市干什么？

在一家饭馆打工。

哪一年到东山市的？

2002年。

当时为什么去东山市？

就是为了打工。

从2002年到2004年，你一直是在东山市吗？

是，一直在东山市。

然后从东山市，直接来到临海市？

是,直接来的临海市。

当时来临海市的理由?

我的一个朋友在这边开饭馆,让我过来帮忙。

是男性的朋友,还是女性的朋友?

这个……可以不说吗?

你最好说出来。

是一个……男性朋友。

是男朋友?

不,就是男性的朋友。

后来呢?

后来他的饭馆关门了,我就去别处干了。

这个饭馆,为什么关门?

因为……他干赔了。

为什么赔?

经营不利。

再问你一个个人问题,可以吗?

嗯。

你跟胡福结婚之前,一直是单身吗?

这是……我的个人问题。

知道,但还是请你回答。

是,我一直……单身。

好吧,我们今天就先聊到这里,谢谢你。

陈超明显感觉到了,这个叫齐上英的女人并没有完全说实话。首先,她说在7年前,也就是2004年来到临海市。这是有可能的,但她说是2004年从东山市直接来到临海市的,这在时间上就对不上了。徐连生被害案是发生在2003年,当时的办案人员在准备调查齐上英时,她已经离开东山市,声称一个朋友在别的城市开饭馆,让她过去帮忙。这也就是说,如果从时间看,她应该是2003年就已经离开了东山市,倘若她那时就已来到临海市,那么,她为什么要隐瞒这一年的时间呢,在这一年中,她又都干了些什么呢?或者这一年她并没有来临海市,而是去了另外一个城

117

市,倘若真是这样,她又为什么故意不说呢?是记忆出现了偏差,还是故意隐瞒?其次,齐上英说她这个开饭馆的朋友是由于经营不利,所以才将饭馆关门的,而胡福和杨三奎都曾说过,齐上英曾有一个同居的男人,平时好赌,而且将所有财产都输光了,那么,齐上英这个同居的男人,是不是就是她所说的开饭馆的所谓男性朋友呢?但接下来又有一个问题,齐上英坚称,她在跟胡福结婚前一直是单身,也就是说,她根本没有什么同居的男人,她这样说,是因为觉得那个曾一起同居的男人根本不算一回事,还是出于什么原因故意不想说?当然,陈超想,齐上英应该还没有这样愚蠢,既然她曾与一个男人同居,这件事连她曾经工作的那家餐馆的老板都已知道,她现在自然明白,就是想隐瞒也不可能隐瞒得住。那么,她又是出于什么目的才不肯承认这个男人的存在呢?

陈超意识到,在与齐上英正面接触之后,工作的节奏也要加快起来。如果齐上英真的与徐连生被害案有关,现在自己和同事又以东山市公安局刑侦支队刑警的身份向她了解情况,她自然就会警觉起来。而倘若她仍然与那个叫杜玉林的男人有联系,也就不排除给那边通风报信的可能,这一来情况就会更加复杂起来。于是,陈超当即决定,再次向齐上英询问。陈超这一次有意将询问的地点选在胡福那个刀削面馆附近的派出所里,这样会在心理上给齐上英一定的压力,而且,陈超和同事特意穿上了黑色警服。齐上英是由丈夫胡福陪着一起来的。但陈超客气地告诉他,这次询问只能对齐上英单独进行,所以请他等在外面。参加这次询问的还有派出所的刘警员。这样一来也就越发显得这次询问很郑重,气氛也有些威严。

陈超这一次没有再绕弯子,直接对齐上英说,她所说的2004年离开东山市,在时间上不对,让她再仔细回忆一下。齐上英又很认真地想了想,说就是2004年,应该没有记错。这时陈超就说,我们已经了解过了,根据当年的案卷记载,你离开那家餐馆的确切时间,应该是2003年8月。齐上英一听陈超这样说,稍稍愣了一下。接着,陈超又说,我们从这里的暂住人口登记中查找到,你的确是2004年9月来临海市的,那么,从2003年8月到2004年9月,这一年中你又去了哪里呢?齐上英立刻低下头不说话了。

这时,陈超问,你认识徐连生这个人吗?

齐上英稍稍沉了一下,点点头说,认识。

你跟他是什么关系?

是……朋友。

只是朋友吗？

就算……是吧。

就算是什么意思？

比朋友……还要更近一些。

他被杀这件事，你知道吗？

…………

他被杀这件事，你知道吗？

知道……这件事，在当时影响很大。

你还记得徐连生被杀，是哪一年吗？

不记得了。

真不记得了？

是，真不记得了。

好吧，我告诉你，是在2003年8月。

哦……好像是……这个时间。

而你离开东山市，也是在那一年的8月。

…………

这只是时间上的巧合，还是有什么联系？

…………

我再问你，你认识杜玉林吗？

我知道……你们会问到他。

为什么？

这件事……都是他干的。

你指的什么事？

就是……杀害徐连生这件事。

你说，徐连生是杜玉林杀的？

是……是他杀的。

你是怎么知道的？你参与这件事了？

我没参与，是后来他自己告诉我的。

你跟杜玉林，究竟是什么关系？

好吧，我……都告诉你们……

其实你们上次来找我，我就知道是为徐连生的事来的。这件事已经过去8年了，也该有个了结了。不过……这件事虽然是由我引起的，但我跟这件事真的没有任何关系。事情都是杜玉林做的，而且一直到后来，他才把这件事的真相告诉我。

好吧，现在先说我和杜玉林的关系吧。

我认识杜玉林是在2001年。当时我刚到新杭市。那时我只有19岁，刚刚高中毕业，来这个城市也找不到什么像样的工作，所以就想做小保姆挣一点钱。后来通过人介绍，就来到杜玉林的家。当时杜玉林的妻子刚生了孩子，我到他家帮助带孩子。那时杜玉林是在一家公司里做事，虽然只是一般职员，但每月收入很高，所以他家的生活条件也就比较好。我刚到杜家时，对这个杜玉林的印象很好，觉得他戴个眼镜，像是读书人的样子，平时说话挺和气，知道的事情也很多，所以没事的时候很愿意和他说话。但后来有一件事，让我开始对他小心起来。那是一个上午，杜玉林的妻子带孩子去医院看病了，让我在家里洗衣服。当时我是自己住在一个小房间。在那个上午，我以为杜玉林上班去了，所以在自己房间换衣服也就没有关门。但就在我脱掉衣服时，一抬头，竟发现杜玉林正站在门外一动不动地看着我。我一下又羞又怕，连忙把门关上了。这以后杜玉林再也没提过这件事，就像什么都没发生过一样。但我却开始注意起来，只要他妻子不在，就总是有意躲着他。就这样有一段时间也相安无事。

后来出事，是在一个晚上。那天晚上杜玉林和他的妻子带着孩子去他岳母家了，而且说好晚上不回来，留我一个人看家。我在这个晚上把所有的事情都做好已经是半夜，然后准备洗个澡就去睡觉。但就在我洗澡时，卫生间的门突然开了，接着就看到杜玉林也光着身子走进来。我这时才意识到，我以为家里没有人，所以就大意了，洗澡的时候没有锁门。这时杜玉林进来没说任何话，就把我按倒在浴缸的边上。我刚大叫了一声，他就把我的嘴捂住了。他对我说，他妻子生孩子之后暂时不能有性生活，所以让我帮他一下，只这一次，他以后再也不会跟我这样。他一边这样说着就把事情做了。然后，他又对我说，千万不要把这件事告诉他的妻子，否则他绝不会放过我。我当时虽然又害羞又害怕，但还是想，既然他说了，只这一次，而且又没有任何人知道，我只当这件事没有发生过就是了。但没过多久我就发现，我想错了。杜玉林竟然是一个性欲很强的人，从那天晚上以后，他就经常趁他的妻子回娘家时来和我做这种事，有的时候甚至他妻子在家时，他半夜也来我的房间，匆匆做完了事然后就若无其事地起身回去。后来他才告诉我，他从一开始就骗我了，他并不是只想跟我做一次，解决一下性生活的事就完了，但他也绝不是那种只想勾引女人的坏男人，其实从我一来他家，他就开始喜欢我了，他觉得我跟一般的女孩子不太一样，身上有一股清纯气。所以，他对我说，我只要肯跟他在一起，他将来一定会给我好日子过的。当时杜玉林的这番话让我很意外。我起初真的以为他是那种专门玩弄女性的坏男人，欺负我一个女孩子孤身一人在这个城市，所以才对我这样。却没有想到，他竟然对我还有这样一番心意。我那时毕竟太年轻，所以一下子就被他感动了，从那以后也就心甘情愿地和他在一起。

应该说，杜玉林还是一个说话算话的男人。我跟他有这种关系不到一年，他就辞掉公司的那份工作，对家里说想去外面寻求发展。这时我在表面上也已辞掉杜家的保姆工作，于是就这样，杜玉林就带着我来到东山市。但杜玉林当初毕竟只是做文案工作的，在那家公司还可以，现在来到东山市，就几乎没有任何特长了，所以找工作很困难。他去过很多家公司应聘，却处处碰壁，最后只好到一家物业公司做了保安。像他这样一个当初在公司里做中层职员的人，心性自然很高，现在当了保安就会感到很郁闷。于是渐渐地经常在外面喝酒，喝了酒晚上回来就和我吵架，先是用嘴吵，渐渐发展到动手，再后来每当喝醉了酒回来就拼命打我。我也知道他是因为心情不好，拿我来发泄，所以我也就一直竭力忍耐着。但过了一段时间，我还是实在忍不下去了。我发现杜玉林又染上了赌博的嗜好。当时我们两人每月的收入加在一起只有两千多元钱，还要付房租，付水电费。我那时已经去了那家饭馆打工，饭馆里管饭，这样还能节省一点儿。可是杜玉林却把这仅有的一点钱都拿去赌了，经常输得自己几天吃不上一顿饭。偶尔赢一次，就用赢来的钱出去喝得烂醉。我想，我还这样年轻，我为什么要陪着他过这种人不人鬼不鬼的落魄生活。如果他跟他妻子离婚，然后正式和我结婚，我们可以重新安排今后的生活，还可以从长计议，可是现在这样算怎么回事呢。

也就在这时，徐连生在我的生活中出现了。徐连生当时在旁边的一家餐饭做厨师。那时我好面子，由于没跟杜玉林正式结婚，只是同居在一起，而杜玉林又是那样一个不争气的男人，我也就没有对任何人说起过这件事。所以，大家都以为我还是单身。徐连生是一个很热心的男人，每当闲下来时，看我总是一个人坐在角落里发呆，就主动从那边的餐馆过来跟我聊天。他是山东人，虽然当时只有三十来岁，却做得一手好鲁菜，性格也很开朗，总爱说说笑笑，好像在他那里没有任何发愁的事情。就这样,我渐渐地很爱和他在一起说话。后来徐连生曾主动提出,他们那边的餐馆生意好,因此工资也相对高一些,他可以去跟那边的餐馆老板说一说,索性让我去他的那个餐馆工作。但我想了一下还是拒绝了。我当时拒绝徐连生也是有我的考虑。我知道徐连生对我很好,但是,我如果去了他那边的餐馆,自然就会与他的接触更多起来。我想,徐连生想让我过去,应该也是出于这样的考虑,我知道他很喜欢我。但我也知道,杜玉林是一个占有欲极强的男人,他如果知道了这件事一定不会答应。所以,我必须控制好我与徐连生的关系,尽管我和他在一起说话很开心,感觉也很愉快,似乎压抑的心情一下都云开雾散,但在没有彻底解决我和杜玉林之间的问题之前,我不能再向徐连生这边迈近半步,否则就可能要出事了。同时我也很清楚,我和杜玉林之间的问题一时半时是很难解决的。用他的话说,他已经为我付出了这样多,他放弃了收入丰厚的工作,扔下了家和刚出生的孩子,现在和我一起跑到这个城市来当一个保安,如果我提出跟他分手,他一定很难接受。可是,我也意识到,我和他的缘分毕竟已经到头了,我实在无法再跟他继续生活下去。也就在这时,杜玉林还是听到了一些风言风语,说我在饭馆里跟一个厨师如何如何。于是一天晚上,他就和我谈了一次。他这次跟我谈话竟然没有大吵大闹,更没有动手打我,只是心平气和地和我交换意见。这反而让我更加不安。我觉得杜玉林这一次有些反常。在那个晚上,他也没有喝酒,因此说话的条理非常清楚。他只是很清醒地,而且是一个字一个字地告诉我,以后不要再跟那个厨师来往,千万不要再跟他有任何来往,否则将来会出大事的。我当时看了他的表情,也有些害怕,我问他会出什么大事。他说你就不要问了,你记住我的话就行了。这以后,我真的记住杜玉林的话了。因为他在那个晚上的神情和说话的语气确实让我很担心。但我还是犯了一个错误。我当时应该立刻辞掉那份工作,离开那家餐馆,如果是这样也就不会发生后来的事了。但我却一拖再拖,一直犹犹豫豫地没有离开那里。我没有立刻离开,当然也是因为徐连生,说心里话我真有些舍不得他。我觉得再也找不到像他这样对我好的男人了,而且跟他在一起觉得很放松,很舒服,这种感觉是我在过去从来没有过的。可是既然那个晚上,杜玉林对我说了那样一番话,我也就真要注意和徐连生的关系了。尽管凭我的了解,觉得杜玉林还不至于真的做出什么事,但我也不想让徐连生为此受到伤害。

所以,从这以后,我就有意疏远徐连生了。徐连生先是有些不知所措。他追着我问过几次,是不是他说错了什么话,哪里得罪了我。我告诉他没有。我对他说,你没有得罪我,但你以后不要再到这边的餐馆来了,两家餐馆毕竟是竞争的关系,你总来这边,已经有人在说闲话。徐连生听了却一下生起气来,他说,他不怕,他是凭手艺吃饭的,到哪里都可以理直气壮。而且,他说,他和我来往是光明正大的,不怕别人说什么闲话。但尽管他这样说,我还是有意躲着他,几乎断绝了与他的一切来往。就这样过了一段时间,徐连生还是出事了……

等一等,这里有一个问题。

什么……问题?

你说,杜玉林曾在一个晚上跟你谈过一次?

是。

大约在什么时候?

具体时间记不清了。

距徐连生被害,大约有多久?

大概……有两个多月吧,也许……更长一点。

好吧,你继续说吧,徐连生后来出了什么事?

徐连生出事是在一天傍晚。在那个傍晚,我正在这边的餐馆里工作,突然听到外面的街上乱起来。我朝窗外一看,立刻吓了一跳,只见徐连生的手里拎着一把明晃晃的菜刀,正在追赶一个男人,那男人显然是正在吃饭,手里还举着一双筷子,但他看上去没有徐连生跑得快,有几次已经险些被徐连生的菜刀砍到背上。幸好这时那边的餐馆又跑出几个人,将徐连生用力抱住了。接着就听到人们议论,说那男人是来餐馆吃饭的客人,他说他要的菜口味轻了,厨师忘记了放盐,让服务员端回去重做一下。但徐连生坚持说已经放过盐了,就这样,他从厨房里出来跟那个客人争吵起来。那个客人好像是什么部门的领导,说话的口气很冲,他说如果徐连生不肯把这个菜再搞一下,他就要让这个餐馆关门。就是这句话把徐连生激怒了。徐连生转身冲进厨房拎出一把剁肉的菜刀。这个客人起初还做出一副满不在乎的样子,这时一见徐连生要动真格的,吓得转身就跑,于是徐连生就随后追到街上去。后来才听说,徐连生由于这段时间心情郁闷,在这天下午喝了很多酒。厨师上灶一般是不准喝酒的,所以这一次,徐连生因为这件事险些丢了餐馆的工作。我觉得这件事这样下去不行,担心徐连生还会闹出更大的事来,于是就决定跟他谈一次,索性将所有的事情都告诉他,这样也许他就会死心了。我特意选了一个星期六的晚上。我告诉杜玉林，餐馆这边星期六晚上连市，要加夜班。然后又在餐馆请了假，就和徐连生来到江边的一个大排档。在这个晚上，我把自己所有的事都告诉了徐连生，我一边说一边流泪，最后徐连生听得也流下泪来。后来我们来到江边，徐连生一把拉过我，把我抱在他的怀里说，他以后不会再让我受苦。他让我先去跟杜玉林摊牌，开诚布公地谈一谈。如果谈好了，大家心平气和地分手最好，而若是谈不通，他就直接去找杜玉林。我一听立刻不同意，我知道如果徐连生去找杜玉林，一定会闹出更大的事来。我告诉徐连生，给我一点儿时间，我会把这件事处理好的。那一晚，我以为我和徐连生之间会发生那种男人和女人的事，但是没有。徐连生只是用手不停地抚摸我。他的手很大，也很有力，但摸在我的身上却很轻柔，像一片树叶拂来拂去。我发现，他虽然只有三十来岁，竟然是一个很传统的男人。他在我的耳边说，他一定要等到我彻底摆脱了杜玉林，他将我正式娶回家来，才会和我做那种事。这以后，我也就又恢复了和徐连生的来往，而且我们两人的关系似乎比过去更近了。当然，我也知道，我要尽快和杜玉林摊牌，否则他再听到什么风声，我和他就更不好谈了。于是一天晚上，我就和杜玉林把这件事明明白白地说出来。

我当然没提徐连生这个人。我只是对杜玉林说，我不会和他这样不明不白的一直过下去，人的缘分都是有定数的，我和他的缘分，大概就是这一两年的时间，现在缘分已经到头了，我们还是各自随缘吧。杜玉林听了看看我，问，你这话是什么意思。我说我的意思很清楚，你终究是有家室的人，你还是回去吧，以后守着你的老婆孩子踏踏实实地过日子吧，我还年轻，我也要趁早寻找一个自己的归宿，我不可能一辈子就这样混下去。我以为，我这样说了杜玉林会暴跳如雷。但让我没有想到的是，他听了之后竟然很平静。他略微沉了一下问我，你这样对我说，是不是已经想好了。我说是，关于这件事我已经想了很长时间。杜玉林又说，我现在再问你一句话，你要如实告诉我，你这样决定，是不是跟那个厨师有关系。我说什么厨师，哪里的厨师。杜玉林就笑了，他说，你以为我什么都不知道吗，实话告诉你，你跟他的事，包括你们那一晚去江边，我都是知道的，我只是一直在等着你，等你把刚才的这些话对我说出来。他这样说完用两眼盯着我，然后问，你跟他，上过床了？我说没有。杜玉林冷笑一声说，你跟他已经好到这个程度，怎么可能没上过床？我说确实没有。我到了这时索性也就什么都不顾了，于是坦白地告诉他，他只是经常用手抚摸我，他喜欢这样摸我，我也喜欢让他这样摸。我当然知道，我这样说话会刺激杜玉林，但我就是想刺激他一下，让他对我彻底死心，然后放弃我。可是杜玉林听了却没说任何话。他用力看看我，然后起身去取来两个小纸包，放到我的面前。他说好吧，我都已经准备好了。我看看这两个纸包，立刻有了一种不祥的预感。我问他这是什么。他告诉我，是毒鼠强。他说，你离开我去找那个男人也可以，我们两人一人一包，先把这东西喝了。我听了立刻浑身一颤。我问他，我们为什么一定要闹成这个地步呢？我们毕竟一起生活过一段时间，我们就不能心平气和的分手吗？他面无表情地说，我告诉你，我现在是有家难回，我已经无处可去了，我为了你扔下工作，扔下家，扔下刚出生的孩子，你现在说走就走这可能吗，你走了我怎么办，你一句回家去守着老婆孩子过日子吧，就可以把我打发回去了吗？这件事有这样简单吗？他一边这样说着，不慌不忙地撕开那两个小纸包，放到两个杯子里，然后冲进一些水。他端起一杯说，来吧，我们就当这是我们之间的最后一杯酒，把它干了吧。直到这时，我才终于意识到，我还是把这件事想得太简单了，我与杜玉林之间的事不是这样说一说就可以解决的。我只好问他，你说吧，我们两人的事应该怎样了断。他放下手里的杯子，坚决地告诉我，不可能了断，我们之间的缘分是夫妻的缘分，而且是一辈子的缘分，我们两人就是做了鬼，这份缘也不会断的。我一听他这样说心就彻底凉了。我和杜玉林一起生活了这段时间，我还是了解这个人的。我知道，如果他这样说，那这件事就真的不好办了。这时，杜玉林又对我说，你去告诉那个叫徐连生的厨师，让他死了这条心吧，我是不可能让他把你拐走的。而且……杜玉林又看一看我说，我现在告诉你，你也听清楚，从今以后，我如果再知道你和这个姓徐的来往，我会做出什么事来你应该能想到。他这样说罢，突然把那个杯子举起来用力摔到地上，里面的毒鼠强溅出来，在地上泛起一层棕色的泡沫。我看了心里猛的一紧，立刻更加恐惧起来。

但我接下来还是犯了一个错误。我本来可以不把这次和杜玉林的谈话告诉徐连生，我只要辞职，离开那家饭馆，也离开徐连生就是了。但我却把这件事一五一十地都告诉除连生了。徐连生一听当即说，他要去找杜玉林当面谈一谈。我连忙对他说，这样绝对不行，杜玉林现在正想找你，你如果去找他，不是自己送上门去。我流着泪对徐连生说，看来我们两人是今世无缘了，如果有来世，就下辈子再做夫妻吧。我这时已经决定辞职，离开这家餐馆，所以也就什么都不在乎了，在这个中午，我在餐馆里要了一桌菜，我对徐连生说，我们就吃最后一顿饭吧，也不枉认识一场。但让我没有想到的是，就在我和徐连吃这顿饭时，杜玉林竟然来到餐馆。但他只是站在窗外看了看，没有进来就转身走了。这是他后来告诉我的。接着，在这个

125

下午，徐连生就过来告诉我，他刚刚接到杜玉林的电话，约他晚上去杨柳街的一家餐饭一起吃饭。我一听就慌了，连忙问他答应了没有。他说答应了，为什么不答应。但他又说，不过他告诉杜玉林，他晚饭时还要在餐馆里上班，估计要晚一些。所以，他们两人约的是一起消夜。我在这天晚上下班时，已经是将近十点。回到家里一直等到凌晨三点，才见杜玉林回来。他显然喝了很多酒，而且很疲惫的样子，回来之后没说任何话就躺到床上睡了。第二天早晨，我问他昨晚怎么样。他说什么怎么样。我只好直截了当问他，跟徐连生谈得怎么样。他一听就笑了，说，徐连生告诉你，我昨晚要找他谈了？我到了这时也只好承认，我说是，徐连生告诉我了。他说好啊好啊，看来你们的关系真是很好啊。接着他就说，我跟他谈得不错，挺好。不过……他看我一眼说，你我以后都可以心静了。我听了不解，问他心静是什么意思。他走到我面前，盯着我，然后一个字一个字地说，你从今以后，不要想再见到他了。我听了顿时有种不祥的预感，我抓住他问，你到底把他怎么样了？杜玉林拨开我的手说，我没把他怎么样，我只是告诉他，以后别再来缠着你，当然，他也答应了。他这样说完又笑了笑。我立刻感觉到，杜玉林的笑里似乎冒出一股寒气。我没再说话。我这时已在心里决定了，无论杜玉林对徐连生做了什么，我都不会再跟杜玉林在一起了。我要离开他，也离开这个城市。于是在这个上午，我趁杜玉林又出去赌钱时，就收拾好东西匆匆离开了我们的住处。

你就这样，离开杜玉林了？

是，我当时就是这样想的。

你这次真的离开他了吗？

当然没有。

为什么？

在那个上午，我先到工作的那个饭馆把工作辞了，然后就拎着行李来到长途汽车站。我当时并不知道自己要去哪里，我在车站的候车室里一直坐到中午，就在准备买一张去望川市的车票时，突然看到杜玉林也提着行李站在我的面前。杜玉林面无表情地对我说，你要去哪里，应该告诉我一下，怎么可以这样不打一声招呼就走。后来我才知道，杜玉林在这个中午回到家里，一看我的东西都没了，就急忙又到我工作的那家餐馆去找，他听餐馆的人说，我已经辞职走了，就赶紧也收拾起东西来长途汽车站追来长途汽车站。我这时已经彻底绝望了。我终于明白，我这辈子是不可能再

126

甩掉这个男人了。杜玉林告诉我，他也不想再在东山市待下去了，正想换一个地方。于是，我就和他一起来到望川市。那时我就有一种感觉，杜玉林突然也想离开东山市，应该与徐连生有关。而且我的心里也一直惦念着徐连生。我不知道他在那个晚上与杜玉林吃夜宵之后，究竟发生了什么事情。但我也知道，我无论再怎样担心也不能问杜玉林，否则又会激怒他。不过后来，杜玉林还是自己主动把那一晚的事对我说出来。

他对我说出这件事，是因为他喝了酒，所以他说的时候还有几分得意。他告诉我，在那个晚上，他和徐连生吃夜宵只是一场谈判，所以开始的时候气氛并不融洽。杜玉林开门见山地告诉徐连生，以后不要再跟齐上英来往，他说齐上英是他的女人，一个男人，去勾引别人的女人是很不道德的。徐连生也立刻回敬他，说你跟齐上英并没有正式结婚，既然没有正式结婚，别人也就可以追求她，这种追求是公平竞争，最终的选择权在齐上英自己，所以没有什么道德不道德。就因为徐连生说了这样的话，杜玉林也就有些恼火起来。杜玉林对徐连生说，他虽然没有跟齐上英结婚，但已经同居很久，所以跟结婚也已经没有什么区别。徐连生一听就笑了，说，结婚与没结婚当然是有区别的，没结婚，也就不受法律保护，换句话说也就不是什么合法关系。这时杜玉林就阴下脸来。杜玉林对徐连生说，我说的话你听清楚，我不会允许别人把齐上英从我身边夺走的，如果遇到这样的人，我是什么事都会干出来的。徐连生听了也不示弱，他看着杜玉林说，我也不允许别人告诉我，哪个女人可以追，哪个女人不可以追，我想追哪个女人是我自己的事情。这一下两个人就僵在了这里。杜玉林盯着徐连生看了一阵，然后问他，这样说，你是一定要追齐上英了?徐连生坚决地说，是我绝不会放弃。而且，他对杜玉林说，齐上英也已经明确表示过了。杜玉林立刻问，她表示什么了?徐连生说，她说她愿意跟我好，也愿意嫁给我。后来我回忆，这样的话我确实是对徐连生说过的。但徐连生并没有意识到，他在这个晚上，把这样几句话说出来，对他是很危险的。当时杜玉林不动声色地看着他问，齐上英真这样对你说过吗?徐连生说当然，你如果不相信可以回去问一问她，让她当面告诉你。徐连生又哼一声说，她还说过，其实她早就想摆脱你了。

应该说，徐连生确实不了解杜玉林这个人。他在这时不会想到，他说的这番话对杜玉林来说是致命的，因此，对他自己也就更是致命的。杜玉林在这个晚上告诉我，他在和徐连生喝酒的那个晚上，把话说到这个份儿上心里也就彻底明白了。他原本想的是，如果这一次可以跟徐连生谈通，让他以后别再来纠缠我，那么这件事也就过去了,他只当什么都没有发生过,让我离开那家餐馆,或者干脆带着我离开东山市也就是了。但让他没有想到的是,徐连生表现出的态度竟然这样坚决,他告诉杜玉林,他绝不会轻易放弃这件事。这一来也就把杜玉林逼得没有退路了。于是杜玉林稍稍沉了一下,然后就笑了,他举起酒杯说,好啊好啊,我们两个男人为一个女人展开竞争,说起来这也是缘分,咱们今晚就做一个约定吧,如果你把齐上英争过去,我就祝福你们,但你如果没有争过去,你就要祝福我们,而且也不要再来打扰我们的生活。当时徐连生听了信以为真,于是也举起酒杯,与杜玉林碰了一下,说好啊,我们就这样约定。就这样,在这个晚上,杜玉林和徐连生就一杯一杯地喝起来。但徐连生并不知道,杜玉林的酒量很大。杜玉林一口气可以喝掉一斤白酒,而且毫无醉意。所以,在这个晚上,他们这样喝了一阵,徐连生渐渐地就有些酒力不支。杜玉林看一看差不多了,就和徐连生一起离开了那个酒馆。两个人走了一阵,杜玉林忽然说想小解,于是就和徐连生来到路边一个废弃的房屋。当时徐连生对将要发生的事情还浑然不觉,一边小解还在和杜玉林说话。但就在这时,杜玉林突然从地上抓起一块砖砸在他的头上。徐连生立刻瘫倒在地上。但徐连生这时头脑还有些清醒,他吃惊地看着杜玉林。杜玉林面无表情地说,这件事你不要怪我,我已经给过你机会了,你如果答应离开齐上英,我们两便,也就不会有现在这样的事了,可是你偏不答应,偏要一意孤行,这就怨不得我了。他一边说着走过来,蹲到徐连生的跟前。当时这个废弃的房屋里光线一定很暗,但杜玉林还是可以看清徐连生的脸。他抓起徐连生的手说,你这个做厨师的,手应该是用来炒菜的,可是我听齐上英说,你还喜欢用手摸她,在她的身上摸来摸去,所以我讨厌你的手,甚至比讨厌你还讨厌你的手。他这样说着,突然把徐连生的手按到地上,然后抓起砖头用力地砸下去,就这样一连砸了几下,直到把这两只手砸得稀烂。由于这件事发生得太突然,徐连生几乎没有感觉到疼痛。他只是惊骇地看着自己的这两只手一下一下地变得血肉模糊起来。但杜玉林仍然没有罢手的意思,他又抓起一块更大的砖头狠狠地砸了一阵。这时徐连生已经疼得浑身抖成一团,酒也完全醒了。杜玉林的酒劲儿却越发撞上来,他瞪着徐连生说,算了,别再让你受罪了,我给你个痛快吧,不过在你临死之前,我还是要告诉你,我这个人从来不去跟别人争什么东西,我也最讨厌别人来碰我的东西,所以,今天这件事是你逼着我这样做的。杜玉林这样说罢,就举起手里的砖狠狠地朝徐连生的头上拍下去。由于用力过大,几乎将徐连生的半个头都拍扁了。当时杜玉林一定是担心徐连生的尸体很快被认出来,所

128

以又用力在他的脸上砸了几下。他做完了这一切就从那间废弃的房子里走出来……直到这时，我才知道，杜玉林已经将徐连生杀死了，而且是用的这样一种残忍可怕的方法。但更让我觉得可怕的是，在那个晚上，杜玉林对我说起这件事时的语气和神态。他说得很平淡，也很轻松，好像在讲一件很平常的事情……

好了，我现在要问你一个问题。

嗯……

杜玉林对你说起这件事，是在什么时候？

具体时间……已经记不清了。

大概是在什么时候？

这件事过去，一年以后吧。

唔，也就是说，杜玉林杀死徐连生大约一年以后，你就知道这件事了？

是……

你知道以后，为什么没有去公安机关举报？

我……不敢。

为什么不敢？

杜玉林曾对我说过，如果我把这件事说出去，会和徐连生是一样的结果。

可是你后来离开他了，为什么仍然没有去举报？

我好容易离开他，就不想再被扯到这件事里去。

嗯，我现在可以告诉你，你明明知道杜玉林杀了人而没有去举报，你也就涉嫌包庇，包庇也是一种犯罪知道吗，好吧，在我们调查的这段时间，你先不能随便出门了，更不能到外地去，如果有什么一定要办的事情，必须先向当地派出所说一下，我的话你听清楚了吗？

听……听清楚了……

陈超没有想到，齐上英果然是一个突破口，从她这里竟然一下就逼近了这起案件的真相。但陈超也知道，事情没有这样简单，从目前的情况看还只能是逼近案件的真相，并不能说已经真正触摸到实质。陈超经过分析，认为齐上英说的情况大部分应该是真实可信的。但也存在一些疑点。首先，徐连生是被杜玉林杀害的，这一点从整个事件的因果关系看，应该是没有问题的，接下来只要寻找证据就是了。但是，齐上英对杜玉林与徐连生在那个消夜的晚上一起喝酒时的一些细节，似乎知道得过于清楚了，尤其是杜玉林杀害徐连生的过程，她几乎就像在现场一样。如果仅凭杜玉林的口述，应该是不可能说得这样详细的。再有，齐上英所说的她离开东山市的过程，似乎也有漏洞。如果用她的话说，她是先收拾了东西离开她与杜玉林的那间租住房，去车站，然后杜玉林随后带着行李追过来的。这听起来总让人感觉有些不太可信。杜玉林虽然知道了齐上英已经出走，但他们毕竟已在东山市生活了几年，怎么可能这样快地就收拾起东西说走就走呢？再有，东山市有两个火车站，一个东站一个南站，而长途汽车站则有三个，分别去往不同方向，杜玉林怎么会知道齐上英没去火车站而是去了汽车站，而且去到那个汽车站一下就把她找到了呢？这似乎过于偶然。不过有一点，齐上英在说起这个过程时，从整体上看还是比较严谨的，如果不仔细分析几乎找不出漏洞。这就说明，倘若齐上英说的这些情况里确有谎话，她也是出于想掩盖什么的目的事先认真编排过的。

那么，齐上英又想掩盖什么呢？

陈超和同事商议之后，认为还要继续接触齐上英。既然她已经说出了这些情况，无论真实的成分有多少，索性就继续让她说。只要话说多了，如果有漏洞自然就会露出马脚。陈超这一次与齐上英接触，有意把地点选在了她丈夫胡福的刀削面馆。陈超觉得，这样会让齐上英在心理上放松一些。陈超不想再让齐上英感觉到压力。既然她已经说出了这些情况，如果再让她感到压力，她就会把不想说出的东西隐藏得更深，掩盖得更严，这会不利于后面的调查。所以，陈超这一次与齐上英谈话，只像聊天一样，有意让她感觉与前几次的气氛不太一样。陈超先是让齐上英回忆一下，大约是在什么时候离开的杜玉林。齐上英听了先是低头沉默一阵，然后说，这个问题是否可以不说。陈超温和地说，你最好还是说一下，我们既然这样问你，就说明这件事比较重要。齐上英轻轻叹息一声。

她说，我离开杜玉林……应该是在6年前。

齐上英告诉陈超，她那一次和杜玉林离开东山市之后就一起来到望川市。当时选择望川市没有任何目的，只是随意决定的。但她和杜玉林来到望川市之后并没有停留太久。杜玉林在望川市一直没有找到像样的工作，只是在这里干几天那里干几天，收入少得可怜。可是他又坚决不允许齐上英再到外面的餐馆去打工，他说他宁愿养着她，甚至陪着她一起挨饿。就这样在望川市勉强混了一年。后来，当齐上英知道了徐连生是被杜玉林杀死的，一下就更加感到杜玉林可怕了。她不知道这个人后面还会做出什么事来。于是，齐上英就开始想尽一切办法摆脱杜玉林。

但杜玉林也有控制齐上英的办法。他不让齐上英的身上有一分钱。他知道，只要齐上英的身上没有钱，她就不可能离开这个城市，而望川市又并不大，所以，她只要还在这个城市里他就可以找到她。这期间齐上英也的确偷偷跑过几次。她先是跑到一个农贸市场，和一些卖菜的外地妇女混在一起，但很快就被杜玉林找到了。后来她又跑到一个装饰城里，在一家卖涂料的小店打工，没过多久又被杜玉林发现了。杜玉林自从出了徐连生的事，脾气似乎也有了一些改变，他不再像过去那样经常酗酒，也很少再打骂齐上英。他每一次将她找回来，也并没有向她发火。但即使如此，齐上英也已经下定决心，她一定要寻找机会离开杜玉林。后来杜玉林见望川市实在混不下去了，就带着齐上英来到临海市。杜玉林在望川市时学会了一门手艺，用刀具切割大理石。这时来到临海市，这门手艺竟派上了用场。临海是一个很大的城市，所以家居装饰很有市场，有很多大大小小的装饰城。这一来杜玉林也就如鱼得水，很快在一个装饰城里找到了工作。但装饰城的工作一般是由家居装修的旺季和淡季决定的，每到装修旺季，就要24小时连续不断地在店里工作，几乎不能回家。这一来齐上英也就有了摆脱杜玉林的机会。齐上英先是趁杜玉林去装饰城上班时出去熟悉周围的环境，然后又开始偷偷地找工作。齐上英这几年一直是在餐馆里当服务员，所以对餐馆的工作很熟悉。就这样，她很快在一家餐馆找到了工作。她先与人家谈好，餐馆里管吃管住。就这样不动声色地做好了一切准备，然后就在一天上午从和杜玉林一起租住的地方逃出来。

陈超听了想一想，问齐上英，这样说，你后来就再也没有见到杜玉林？

齐上英说是，从那以后……就再也没有见过他。

陈超问，也没有跟他联系吗？

齐上英说，没有……联系过。

陈超觉得这一次对齐上英的问讯收获很大。齐上英无意中说出了一个重要的线索，杜玉林有一门切割大理石的手艺，而且据她回忆，当时杜玉林工作的那家装饰城叫华为装饰城。虽然做装修这一行流动性很大，不可能在一个地方干很久，但只要知道了这个杜玉林会切割大理石，也就应该有了追寻他的线索。但是，陈超通过当地公安机关了解了一下，又去工商管理部门查找，却并没有找到这个华为装饰城。陈超立刻把这个情况向队里做了汇报，并说出自己的想法。他认为，现在首先要确定的是杜玉林是否还在临海市。将近七年过去了，齐上英也已经离开了他，他会不会又回到浙江新杭，重新和他过去的妻子一起生活去了呢？所以，陈超认为，有必要立刻赶往浙江新杭，去杜玉林的妻子那里了解一下情况。

刑侦队里经过研究，同意了陈超的想法。

但是，陈超和同事这一次去浙江新杭并不顺利。陈超通过当地公安机关，很快查找到杜玉林家当年的户籍所在地。但这里已在城市规划建设中被拆除，而杜玉林的妻子在搬往新的居住地之后，户籍并没有迁走，这一来也就不知道她的去向。陈超只好按户籍登记上留下的一个手机号码打过去。好在这个号码还没有停止使用，但每次打过去总是关机或无人接听。陈超连续不断地打了几天电话，最后总算打通了。接电话的是一个老人，自称是任晓雯的父亲。陈超知道，任晓雯就是杜玉林妻子的名字。这老人说，这部手机原来是他女儿的，但她女儿后来换了一部新手机，就将这部手机给他用了。老人先是仔仔细细地问了陈超的身份，又问找他女儿究竟有什么事。陈超耐心地向老人做了解释，然后看老人仍不放心，就说，这样吧，我们去当面见您，给您看一下我们的证件。老人这才连忙说不用了，然后将他女儿的电话号码说出来。陈超立刻给任晓雯把电话打过去。电话里的任晓雯声音很单薄，听上去似乎有些忧郁。她一听陈超说是东山市公安局的刑警，并没有问是什么事。她只是稍稍沉了一下，说，我知道……他迟早会有这一天的。陈超立刻说，我们可以见面谈一下吗？任晓雯说不必了，自从当年杜玉林带着那个女孩走，他就再也没有跟家里联系过。任晓雯说，所以我对他的事一无所知。任晓雯说，我早在几年前就已经去法院起诉，跟杜玉林离婚了，我现在已跟这个人没有任何关系了。她这样说罢，又礼貌地说了一声再见，就将电话挂断了。

陈超知道，杜玉林家里的这条线索应该是断了。

但陈超意识到，这一次来浙江新杭还是有收获的，至少可以确定一点，杜玉林和齐上英分开之后并没有回来过。现在看来，临海市应该是唯一的希望了。如果杜玉林离开了临海市，那么寻找他的难度就会更大了。不过陈超和同事分析，杜玉林这几年离开临海市的可能性虽然有，但应该并不是很大。首先，根据齐上英所描述的杜玉林这个人的性格，如果齐上英突然离开他，他是不会轻易放弃的。他一定会在这里一直寻找齐上英的行踪。再有，临海市毕竟是一个很大的城市，装修装饰很有市场，而他在这里又已经有了一份稳定的收入，从这一点看，他也不会轻易离开这里。于是，陈超和同事商量了一下，就决定立刻返回临海市。

陈超和同事回到临海市，又继续寻找当年那家叫华为的装饰城。

陈超认为，只要这个华为装饰城当年确实存在过，那么无论是拆迁还是转业，就应该还能找到它的踪迹。果然，经过一段时间的寻访和查找，最后在一个城乡结合部的装饰城里，终于从一个专卖油漆的小店老板口中打听到华为装饰城的具体地址。但是，据这个小店老板说，这个装饰城早在几年前就已经拆除了，现在已建成一个很大的街心花园。陈超和同事研究了一下，现在看来，如果想寻找杜玉林只有一个办法了，就是分头去每一个装饰城，到专做石材生意的店里去打听。但是，在这个城市里，大大小小有上百个装饰城，而有做石材生意的装饰城也有几十个。如果一个一个去寻找，显然工作量太大了。可是这时已经没有别的办法，只能硬着头皮去这样排查。也就在这时，陈超的好运气终于来了。

陈超在排查到第三家装饰城时，一个专做石材生意的浙江人看一看陈超从户籍登记卡上得来的杜玉林的照片，皱皱眉说，这个人……很像是老李啊。但他接着又摇摇头说，不过这照片上的人……比老李可年轻多了。陈超连忙告诉这个浙江人，这已是这个人十几年前的照片，如果从时间推算，这个人现在应该将近四十岁。然后又问，这个老李是谁？浙江人一听就笑了，说，老李曾在我这里打工，他人挺厚道，平时不爱说话，也没有别的嗜好只是爱喝两口酒，单身一人在这里也没个家，所以没事的时候喝了酒就闷头睡觉。

陈超听了立刻问，这个老李……现在还在你这里吗？

浙江人说早不在了，一年前就辞职走了。

陈超问，你知道他去了哪里吗？

浙江人想想说，说不好，不过……他应该还在这一带的装饰城里。

陈超问，你怎么知道？

浙江人说，前一段还听说关于他的事。

哦，关于他的什么事？

浙江人立刻笑了，说，据说这个老李过去曾有一个女人，不知怎么跑了，所以他这几年一直在怀里揣着这个女人的照片，逢人就拿出来问，见没见过这个女人，而且公开许诺，如果谁能提供这女人在哪里的线索，他就酬谢1万元，闹得好多人都在帮他找那个女人。

陈超听了点点头。如果从这个浙江人说的情况分析，这个老李很可能就是杜玉林了。这时这个浙江人就有些警觉起来。他上下打量了一下陈超，问，你……是干什么的？陈超连忙哦一声说，我是他过去的朋友，他已经很多年没有回过家了，所以，我这次来临海办事，他家里的人就托我帮忙寻找一下。浙江人仍有些狐疑地看看陈超说，你不是……来找他要账的吧？陈超一听就笑了，说找他要什么账？浙江人摇摇头说，这年月欠账的人很多，追着四处要账的人更多，谁知这老李过去欠过谁的钱呢。陈超立刻笑着拍拍这个浙江人的肩膀说，放心吧，老哥，我不过是给他家里的人帮一个忙，没有这些事的。浙江人又想了一下，点点头说好吧，既然这样，我就打电话帮你问一下。他这样说罢走到一边去，打了一阵电话。然后回来笑着说，你运气不错，还真的找到了。陈超听了立刻精神一振，连忙问，他在哪里？浙江人说，就在离这里不太远的渤海路装饰城，甲区A座8号，洪运石材店，而且他这会儿就在店里。陈超听了谢过这个浙江人，立刻打电话叫来同事，然后一起赶往渤海路装饰城。

陈超在路上迅速和同事商量了一下。刚才那个浙江人打电话，很可能已经惊动了杜玉林，所以为防止他再次逃脱，应该立刻与当地警方联系，让他们以最快的速度派警力支援，先守住这个装饰城的几个出口，不允许任何人出入。另外，陈超想，这个杜玉林毕竟涉嫌凶杀，为防止在抓捕他的过程中伤及周围群众，最好还是采取出其不意的方式。陈超在心里估算了一下，杜玉林现在应该已是将近四十岁的人，而自己和同事还都不到三十岁，一个四十岁的人，体力显然不及自己和同事。所以，只要出其不意，制服这个杜玉林应该是不成问题的。陈超这样想着就已经来到渤海路装饰城。这时装饰城附近派出所的警察也已经赶过来。陈超和同事先确定了甲区A座8号的位置，然后两人分头，从两个方向朝这个洪运石材店包抄过来。但让陈超没有想到的是，洪运石材店的店面虽在A座8号，可是作业区却在后面一个集中的露天场地，也就是说，杜玉林并没有在店里。陈超立刻向石材店老板说明了自己和同事的身份以及来意。石材店老板先是感到很意外，说没有想到老李这样一个老实厚道的人过去竟然干过这样的事。然后表示，一定配合公安机关的抓捕工作。这时陈超反而在心里松了一口气。杜玉林不在店里，那么也就是说，刚才那个浙江人给这边打电话时，杜玉林并不知道，如果这样抓捕他也就会更容易一些。于是，陈超想了一下，就让石材店老板给杜玉林打一个电话，只说是店里这边有什么事，让他过来一下。然后在店里对他实施抓捕。

石材店老板立刻给杜玉林打了一个电话，说切割石材的刀片到了，让他过来取一下刀片。过了一会儿，就见一个面色黝黑，戴眼镜的中年男人走进店里来。他的身上扎着一块帆布围裙,两只手上沾满了石粉,但看上去仍有几分斯文。就在他来到店里找老板时,陈超从里面走出来。陈超这段时间一直在研究杜玉林的照片,他的样子已经印在了脑子里。所以,这时一眼就认出来,进来的这个人正是杜玉林。杜玉林看到陈超先是愣了一下,再回头看一看,陈超的同事就已将门口堵住了。陈超走到杜玉林的面前问,你是杜玉林?

杜玉林说,是我是……杜玉林。

陈超说,我们是东山市公安局的警察。

杜玉林听了点点头说,我……知道了。

杜玉林的脸上迅速笑了一下,又说,我知道,你们迟早会来的。

好吧,陈超说,那就跟我们走吧。

杜玉林迟疑了一下,说,我……提一个要求可以吗?

陈超说可以,你说吧。

杜玉林说,我可以跟你们走,但不要……给我戴手铐。他看了一眼站在旁边的石材店老板,轻轻叹息一声说,我不想……让这里的人看到……我是被警察铐走的。

陈超和同事对视了一下,点点头说,好吧,只要你配合我们,可以。

杜玉林,你知道我们迟早会来找你?

是,我知道,这只是一个时间问题。

嗯,既然这样,你也就该知道,我们为什么来找你了?

知道……是因为……徐连生的事。

徐连生是怎么死的?

是……被我杀死的,当然,这里也有齐上英的事。

先等一等,你再说一遍,徐连生究竟是怎么死的?

如果准确地说,应该是被我和齐上英共同杀死的。

你说,齐上英也参与了杀害徐连生这件事?

她没有直接动手,不过……她确实参与了。

好吧,你具体说一说,究竟是怎么回事?

从哪里说?

你想从哪里说,就从哪里说,总之要把事情都讲出来。

135

嗯……我想,既然你们找到我,就应该已经找到齐上英了,她肯定已经说了我们两个人的关系,当年又是怎样到东山市的,所以……我就直接说是怎样杀死徐连生的吧。

可以,不过我先问你一个问题。

什么……问题?

齐上英和徐连生,是什么关系?

应该是,那种情人关系。

那齐上英为什么还参与杀害徐连生?

我说过,她只是参与,但并没有直接动手。

嗯,好吧,你说吧。

我和齐上英的关系你们肯定已经清楚了。我为她抛掉了一切,这你们应该也知道了。所以,我觉得,尽管我和她没有正式结婚,但她应该对我负有道义上的责任。换句话说,她不能随随便便地就背叛我。关于这一点,就连齐上英自己也不得不承认。我知道她会对你们说,当初是我强奸她,所以我们才有了后来这样的关系。她当初对徐连生也是这样说的。但我可以负责任地告诉你们,事实并不是这样,当年她在我家做小保姆时,是她先勾引我的,至于她出于什么目的,比如想在新杭有一个立足之地,或是别的什么想法我就不清楚了。不过我也要承认,我在当时没有把持住自己,于是就跟她有了第一次,后来的事就连我自己也没有想到,我竟然疯狂地爱上了这个女人……唉,算了,这件事就不要说了……总之,就因为我为这个女人抛掉工作,抛掉家,抛掉一切和她一起来到东山市,所以,当我知道她又和旁边餐馆的一个厨师有了那种关系时,我就感觉无论如何都无法接受。我当时心情很不好,经常在外面喝酒,晚上回来也经常跟齐上英吵架。但我觉得不管怎样吵,这还都是我们两人之间的事情。现在突然插进一个徐连生,这件事的性质就有些变了。当我听到一些议论,说齐上英和徐连生的关系如何如何,我曾去过几次她工作的那家餐馆。我确实看到了齐上英和徐连生亲热的样子。他们坐在一起说说笑笑,有的时候还一起吃饭,这显然已经超出了普通的正常关系。后来我实在忍不住了,就直截了当问齐上英,这究竟是怎么回事,她跟那个叫徐连生的男人究竟是什么关系。齐上英知道了我已经去过她工作的餐馆,亲眼看到过她与徐连生在一起,于是索性也就不再否认。她干脆翻脸对我说,她就是和那个徐连生好了,怎么样?她说她并没有和我结婚,所以想和谁好就和谁好,这是她的自由我干涉不着。我当时听了真如同晴天霹雳。我没有想到,齐上英这个女人竟然能对我说出这样绝情的话。不怕你们笑话,我当时低声下气地央求齐上英,我甚至给这个女人跪下了。我求她不要离开我,我说我现在已经什么都没有了,只还有她,如果她再离开我,我活着还有什么意义呢?但女人就是这样,她一旦对另一个男人动了真情,对她原来的男人是很冷酷的。当时齐上英看着我跪在她的面前,竟然无动于衷。她甚至还说出了一番更绝情、更冷酷,也更让我无法接受的话。她说,你不要再这样跪着了,你这样做我就更瞧不起你了。她说,现在既然把话说到这个份儿上,我们索性就挑明了吧,我以后是不想再跟你一起生活了,我已经准备嫁给徐连生,正式和他结婚,我们已经把这件事商量定了。也就是齐上英的这一番话,让我彻底绝望了,也真的是把我激怒了。齐上英曾对别人说,我经常在外面喝酒,喝了酒回来就打她。但说良心话,真正经常打她还是离开东山市以后的事,那是因为我的心情太压抑,也因为杀人之后的恐惧,而在东山市的时候我并不是经常动手打她的。但那一次争吵,她又对我说了这样一番绝情的话,我真的动手打了她。我那一次险些把她打死。后来打得她实在忍受不住,她爬过来给我跪下了。她哭着说,她一定不再跟那个叫徐连生的男人来往了。她说,我让她干什么,她就干什么。我当时也已经不顾一切,我说好吧,我明天晚上就去找这个徐连生谈一次,如果谈好了还则罢了,谈不好,你就帮我把他约出来。当时齐上英立刻满口答应了。我本来以为,齐上英既然这样答应我,她就真的不会再跟那个叫徐连生的男人来往了。但是,第二天中午,当我去她工作的那个餐馆看时,发现她竟然又和那个徐连生在一起了,而且两个人正在一起吃饭。这一下也就更加坚定了我的想法。我想,我一定要杀掉这个徐连生。于是我就给徐连生打了一个电话。我约他晚上一起吃饭。当时徐连生一听是我,立刻毫不犹豫地答应了。他说,他也正想找我谈一谈。我说好啊,那今天晚上我们就谈一谈吧。

　　应该说,我在这个晚上还是给了徐连生机会的。我对他说,只要他肯离开齐上英,我们今后就各走各的路,互不相扰。但是,我又对徐连生说,如果他一定要缠着我的女人,那后面的事就很难说了。当时徐连生一听就笑了,他说,齐上英怎么能说是你的女人,你跟她结婚了吗,跟她办过正式手续了吗,你自己现在还是一个有家室的男人,齐上英怎么就成了你的女人呢,如果她真成了你的女人你就要犯重婚罪了你知道吗?徐连生说,所以,齐上英现在是独立的,哪个男人想追她,想跟她结婚都可以。我当时看到徐连生是这样坚决的态度,心里就明白了,我一定要想办法彻底解决这件事了。但我当时并没有表现出来,我只是又和徐连生喝了一会儿酒。后来我就回来了。在这个晚上,我一回到家里就又把齐上英狠狠地打了一顿,一直打得她抱着我的腿哭着求饶。我最后说好吧,你现在只要给我做一件事,我就不打你了。齐上英连忙满口答应。问我什么事。我说就是今天晚上,现在,你去把徐连生给我约出来。齐上英一听就不说话了,过了一会儿才问,你不是刚刚和他一起喝了酒吗,现在又要约他干什么。我说刚才是喝酒,现在已经不是喝酒的事了。齐上英问,那是什么事。我说你就不要问了,让你做什么你就做什么就是了。然后,我就把齐上英带到我事先看好的一间破房子来。这间破房子虽然是在路边,但很僻静,也不太显眼,所以应该是一个很理想的地方。我对齐上英说,你去把徐连生带到这里来,然后就没有你的事了。齐上英犹豫了一下,问我,如果他不肯来呢。我说,你去叫他,他一定会来的,你只说我今晚喝醉了,正在家里睡觉,所以你趁机跑出来,想跟他商量一下结婚的事。于是齐上英就去这样对徐连生说了。徐连生果然立刻跟着齐上英来了。这时我已经藏在这间破房子里,徐连生一进来就搂住齐上英想亲她。我立刻从他背后走过来,用一块砖狠狠地拍在他的头上。当时徐连生被我拍晕了,但还没有死。他连滚带爬地想逃出去。我立刻让齐上英堵住门口。我告诉齐上英,如果她不听我的,我先拍死徐连生再拍她。齐上英只好堵住门口。这一下徐连生就无处可逃了。我追上去用脚踩住他,然后问齐上英,他是不是经常用这双手摸你。齐上英这时已经吓得说不出话来,只是点点头。我说好吧。然后就用砖头把徐连生的这双手砸烂了。接着对他说,你也别这样受罪了,我给你个痛快吧。这样说完,就用砖头把他拍死了。

在这个晚上,我做完了这一切就已经溅得浑身是血。我带着齐上英回到住处,让她给我找了一身干净衣服换上,然后连夜收拾起东西。第二天早晨,我想了一下,还是让齐上英去她打工的那个餐馆办理了一下辞职手续。我当时想的是,我工作的那家物业公司肯定是要不辞而别了,如果齐上英再这样不辞而别,恐怕很快就会引起别人的怀疑。所以,我想让她走得自然一点。等齐上英从餐馆里出来,我就带着她直奔了长途汽车站。我当时选择长途汽车也是经过认真考虑的。这个城市一共有三个长途汽车站,分别开往不同方向。即使你们公安机关已经确定徐连生是被我杀的,也不会很快就确定出我逃跑的方向,这样我也就有足够的时间离开东山市。于是,在这个早晨,我就和齐上英登上了开往望川的长途汽车……

你们当时去望川市,也是事先想好的?

不是。

那为什么选择望川市？

因为在这天早晨，有很多班次的长途汽车，而望川是最不起眼的一个地方，所以就选择了这里。我当时想的是，如果这天早晨，这个长途站的汽车班次少，就不能从这里走了。

为什么？

汽车班次少，你们也就很容易分析出我的去向。

我再问你一个问题。

嗯……

你知道，齐上英现在在哪里吗？

不知道，我一直……在找她……

陈超认为杜玉林的交代基本是真实可信的。

杜玉林从一开始就没有否认他杀害徐连生的犯罪事实。如果他连这件事都不否认，那么也就没有必要再掩盖什么细节了。换句话说，他既然已经承认了徐连生是他亲手杀死的，还有什么不能承认呢？但这样一来也就出现了一个问题，在杜玉林的交代中，有的地方是与齐上英所说相互矛盾的。如果杜玉林的交代真实可信，那么，齐上英所说的有些细节也就不能成立了。其中最关键的一点，按齐上英所说，徐连生是在和杜玉林一起吃过夜宵之后，直接去的那间废弃的房子，然后在那里被杜玉林杀害的。而杜玉林却说，徐连生先是被齐上英以跟他商量结婚的事为由，将他骗到那间破房子里，然后才被杜玉林杀害的。倘若果真如此，那么齐上英在这起案件中所起的作用和性质也就发生了根本的变化。她不仅涉嫌包庇杜玉林，而且还涉嫌参与杀害徐连生。此外还有一点，如果按齐上英所说，她是在杜玉林杀死徐连生的那个夜晚突然有了一种不祥的预感，所以从家里逃出来的，接着杜玉林也随后追到长途汽车站。而杜玉林却说，他是在杀死徐连生之后，和齐上英一起回到住处，收拾起东西，然后在第二天早晨去长途汽车站的。从杜玉林前面的交代连贯起来看，他说的这个情节似乎更加可信，而且如此一来也就解决了齐上英所说的，她出走时诸多过于偶然的疑点。

但就在这时，又发生了一个意想不到的情况。

杜玉林突然翻供了。杜玉林在当天晚上提出要见陈超。他对陈超说，他前一次说的都是酒话,他们找到他时,他刚刚喝了很多酒,所以不知道自己胡乱说了些什么。陈超听了没有立刻说话。犯罪嫌疑人突然翻供的情况是经常有的,不过要搞清楚,他是因为什么翻供,这样翻供又想达到什么目的。陈超盯着杜玉林说,好吧,我们现在一件事一件事地说。

陈超问,徐连生是你杀死的吗?

杜玉林说,是。

陈超问,你是用什么杀死他的?

杜玉林说用砖头,把他拍死的。

陈超立刻又问,徐连生是被谁叫来的?

杜玉林说没有谁叫他,那天晚上我们一起吃过夜宵,然后我就把他杀死了。

可是,陈超说,你上一次说,是你让齐上英去把徐连生叫来的。

杜玉林翻一翻眼皮说,我……不记得了,我不记得这样说过。

这样说,你杀死徐连生时,齐上英并不在现场?

她不在,这里没有她的事,都是我一个人干的。

好吧,陈超点点头说,你再说一说,你和齐上英是怎样离开东山市的。

杜玉林想了一下,说,我杀死徐连生之后,当天夜里就和齐上英一起走了。

陈超问,当时齐上英知道你杀死徐连生了吗?

杜玉林立刻坚决地说,不知道,她什么都不知道。

她既然不知道你杀了人,为什么还要跟着你走呢?

是……是我硬拉她走的……

陈超已经明白了,杜玉林显然是想为齐上英开脱责任。他是想将事情都揽到自己身上。但不管怎样说,齐上英已涉嫌参与了这起故意杀人案。这一点已经是肯定的了。于是,陈超向队里请示之后,决定立刻拘传齐上英。在这个晚上。陈超和同事先来到齐上英的丈夫胡福的刀削面馆。这时面馆的生意刚刚清静下来,胡福正在吃一碗刀削面。胡福的身材很高大,所以用的碗也就很大,看上去吃得满头大汗。陈超走到他面前,对他说,你带我们去找齐上英吧。胡福慢慢地把头从碗里抬起来,看一看陈超,问,我女人……究竟犯什么事了?

陈超用平和的口吻说,现在还不好说,不过,我们会把事情搞清楚的。

胡福的眼里突然涌出泪来,他说,她是一个好人……是……好女人。

陈超点点头说,你放心,我们不会冤枉一个好人的。

陈超又说,你带我们去找她吧。

陈超和同事来到胡福的家时,齐上英已经吃过晚饭,将家里收拾起来,正带着5岁的儿子看电视。齐上英的这个儿子额头很大,两只眼睛黑汪汪的。他看一看陈超和身边的同事,立刻躲到母亲的身后。齐上英看到陈超,脸上没有任何表情。她平静地说,你们稍等,我去收拾一下东西。然后就起身到另一个房间去了。这时押解杜玉林的警车也已经停在外面。过了一会儿,齐上英走出来,朝车里的杜玉林看一眼,转身从丈夫胡福的手里接过自己的行李包,然后说,他就是……我说过的那个杜玉林。胡福朝车里看一眼,慢慢把齐上英搂在怀里。胡福的肩膀很宽,手臂很长,这样将齐上英一搂,齐上英就像是深深地陷进去。齐上英的眼泪扑簌簌地掉下来。她轻声说,我如果能很快回来,你一定等我啊。

可是……她又说,我也许……先回不来了,咱们就……离婚吧……

这时陈超走过来,拍拍胡福的肩膀说,好了,你回去照看孩子吧。

然后,他和同事将齐上英带上警车。

警车拉起警笛,就开动了……

李局长给我介绍的这个刑警叫于波。他三十来岁，个子不高，瘦瘦的有些清秀斯文，但看上去又显得很精干。我在深入生活采访时，一般不喜欢拉开采访的架势，摆好录音笔，摊开笔记本，好像要从事一项多么重大的工作。我觉得这会让被采访者不自在，也不自然，而一个人在不自在也不自然的状态下是很难讲出什么生动鲜活的事情来的。所以，我还是比较喜欢与被采访对象轻松地聊天。真正有价值的事情乃至细节是不需要记录的，它自然会留在记忆里。而那些记不住或印象不深的东西，应该也就没有什么价值。

　　正如李局长所说，我发现，这个于波的确是一个有些独特的年轻人。在与他接触之前，我听到过一件有关他的事情。这次清网行动中，他经过几个月的追踪终于抓获了一个在16年前涉嫌一起命案的犯罪嫌疑人。在于波为这个嫌疑人戴上手铐时，这嫌疑人叹息一声说，已经这么多年了，我以为这件事已经过去了，你何苦还这样盯着我不放，非把我抓回来不可呢。当时于波一脸严肃地对他说，我今天抓你，也让你明白，这件事你不要怨我，我们那里有个公安局长，叫李长武，是他让我抓你回去的！这件事一时在公安局里传为笑谈。我问于波，是否真有此事。于波一听就笑了，说确实有这回事。他告诉我，那一次为这个案子整整花了两个月的时间。当时犯罪嫌疑人已经知道警方锁定了他，所以不停地变换藏身的地方，后来又在几个城市之间躲来躲去，简直就像在玩猫捉老鼠的游戏。这个犯罪嫌疑人归案之后，据他自己交代，他当时想的是，只要他这段时间躲过警方的追捕也许就又过去了，后面不会再有事。但让他没有想到的是，这个一直追踪他的警察却丝毫不肯放松，几乎像个影子似的无论他躲到哪里都紧跟在后面，他感觉似乎有一个巨大而又无形的手铐，正在一点一点地把他卡紧。我问于波,你当时对这个犯罪嫌疑人说,是你们李局长让你抓的他,这个嫌疑人听了有什么反应。于波笑笑说,他当时没什么反应,不过后来在押解回来的路上,他忽然对我说,他有一个请求,警方是否可以答应。我说你说吧,什么请求。这个嫌疑人说,他想见一见这个叫李长武的局长。我没有想到他竟然会提出这样一个荒唐的要求,于是对他说,你自己想一想这可能吗?有你们这样一些人整天生事,搞得我们局长的工作这样忙,平时我们都很难见到他呢? 可是,于波对我说,让他没有料到的是,一次他向李局长汇报工作,无意中提到这件事,李局长竟然立刻表示,他可以见一见这个犯罪嫌疑人。李局长说,我们抓他抓了两个月,现在抓到他了,也得让他心服口服。于波说,他后来才明白了李局长为什么要这样做,他同意见这个犯罪嫌疑人,对嫌疑人本身就是一个震撼,而他在监室与其他犯罪嫌疑人说起这件事时,也会产生一定的影响,这种影响虽然无形,却是不容忽视的。

　　于波竟是一个很坦率的年轻人。他在这次清网行动中表现得很出色,连续破获九起大案,在全局的战绩名列前茅。我问他,是什么想法使你在这次清网行动中这样努力地工作?我这样问过之后立刻就后悔了。我意识到,我提出的是一个很平庸的问题,而且有可能将于波也带向平庸。他该怎样回答我呢?面对这样的问题他只能说,他的想法就是保一方百姓的平安,作为一个人民的警察这是神圣的职责。可是如果他真这样说了,我又如何将这些铿锵的话语写进我的小说呢?我与于波深入接触,难道就是为了听他说这样的话吗?但让我没有想到的是,于波听了我的提问,两眼看着我不假思索地说,我的想法很简单,立功,我要在这次清网行动中立功。于波的坦率让我感到很意外。但如果认真想一想,他说的话也很真实。一个工作战斗在第一线的年轻刑警,一心把立功作为自己努力的目标应该是很自然的。于波又对我说,我们李局长也经常这样说,在这次清网行动中,不想立功的刑警不是好刑警。

　　我听了点点头。我甚至能想象到,李局长在说这番话时的神情。大概也正因如此,在这一次清网行动中,李长武局长这个局的清网率才达到了百分之百。

我没有想到，于波竟然患有很严重的糖尿病。我问他，你这样年轻怎么会患上糖尿病？于波一笑说，可能是长期生活没有规律的缘故，不过发病，还是在清网行动中，一次去山里办案的时候。他告诉我，那一次是追捕一个在十几年前的一起案件中涉嫌故意杀人的犯罪嫌疑人。当时同案的一共有4个人，另外3个都已归案，只有这个主犯一直在逃。于波说，他这一次接了这个案子之后，首先想到的是，先去这个犯罪嫌疑人的家里看一看有什么线索。当时分析，这个嫌疑人在案发时还很年轻，这十几年不会与家里没有一点儿联系。他的家是在一个叫黑鹰山的镇子上。这个镇子很偏远，在一片深山里，而且道路难走，交通很不方便。于波和一个同事来到黑鹰山镇时，已是10月份，在当地已经进入冬季，刚刚下过一场大雪。这个犯罪嫌疑人的家是一个平房小院。于波和他的同事来到这里敲了一阵院门，里面一个老人的声音问是谁，有什么事。但是，当于波说明身份和来意，里面就再也没有声音了。于波和同事在院门外反复向里面交代政策，讲明利害，院子里却始终没有一点儿回音。但于波毕竟只有三十来岁，和他一起去的这个同事也很年轻，于是两个年轻人一下就上来了倔强脾气，一连几天，每天都来这个小院，就这样站在雪地里，隔着小院的院门对里面说话，反复做这家老人的思想工作。可是几天过来，两个人也有些泄气了，看来这个嫌疑人的家属是决计不配合警方工作。是不是再另想别的途径？但当时掌握这个嫌疑人的材料很少，而且已经十几年过去，要想摸到他的踪迹只能从家属这里寻找线索。就在这时，于波想，是不是可以稍稍改变一下思路？他看这个黑鹰山镇经济这样落后，估计这个犯罪嫌疑人的家里生活条件也不会太好。于是，他和同事商量之后，两人就去镇上买了一些食用油和日常一些米面之类的食物，放到小院的门口，然后告诉里面的人让他们拿进去。于波和同事躲到不远的地方看着，过了一会儿，院门果然开了，一个满头白发的老人走出来，把这些东西拿进去了。于波和同事立刻感到事情有了进展，于是第二天又继续去做思想工作。就这样又过了两天，小院的门终于打开了，还是那个满头白发的老人，他看看于波和他的同事说了一句话，进来吧。

于波对我说，他和同事在这个上午走进这个小院，来到屋里，看到只有这个白发老人和一个老婆婆，估计他们就是犯罪嫌疑人的父母。白发老人小心地拿出一个纸盒，仔细地倒出一点儿很粗糙的茶叶，给他们沏了水放到那里，然后就和老婆婆坐到一边，任凭于波和同事再怎样做工作都不再说话了。这时于波发现，这个白发老人和老婆婆脚上的棉鞋都已经烂了，有的地方已露出脚趾，两人的脚上都已生了冻疮。于是第二天，他们又去镇上买了两双新棉鞋，还特意买了一包好一些的茶叶。于波说，他和同事就这样又在这里做了两天的思想工作，最后，这个白发老人终于说了一句话，他说，好吧，我们劝劝他，让他去自首。也正是老人的这句话，立刻让于波断定，这个犯罪嫌疑人很可能没有走远，也许就在附近。这个老人的家里没有电话，于波已经观察过，附近的街上也没有公用电话。那么老人说，他们劝一劝他，让他去自首，又怎样劝他呢？显然只有当面对他说。于是，于波立刻对老人说，他和同事就住在镇上的招待所，他们暂时不走，会等着他的儿子来自首。果然，这个犯罪嫌疑人当时就藏身在附近的山里，已是一个林场工人，而且已经娶妻生子。几天以后，这个嫌疑人终于下山，来向于波和他的同事自首了。于波说，那段时间，他和同事在镇上的招待所住了十几天，招待所环境简陋，而且很冷，他们一直忙于工作又没有正常饮食，每天只吃两包方便面，于是押解这个犯罪嫌疑人回来后，他立刻就病倒了。接着住院不久，就确诊是糖尿病。

我在这次深入生活的采访过程中已经深有感触，这一次清网行动取得了辉煌的战果，但这辉煌的战果也是有成本的，我们许多警察在这次行动中贡献出了他们的健康、鲜血，甚至是生命。于波点点头说，是啊，其实我这点儿病根本算不了什么，我们很多在抓捕犯罪嫌疑人的过程中负伤牺牲的战友，你真应该去写一写他们。他这样说着又看一看我问，你准备写一篇报告文学吗？我笑笑说不是，我是准备写一部小说。我告诉他，报告文学和小说是有很大不同的，比如采访一个人，或一系列的人，再了解了与这些人相关的案子，然后用文学的语言把这些人和事讲述出来,再融入写作者的思考和观点,这就可以是一篇报告文学。但小说则不然,我说,我采访了一个人,真到我的小说里就有可能变成了若干的人,或者采访了若干的人,到我的小说里会变成一个人。小说中的人和事,是融合了生活中的人和事,这个融合的过程就是作家的创作过程。于波听了点点头,很认真地对我说,听你这样说,你将来写出的一定是一部很好看的小说,你要送我一本,我好好看一看。他想了一下又说,这一次清网行动,真的有许多值得思考的事情,有的时候连我自己都想拿起笔来写一写……

第五章
牙买加剃刀

赵刚从分局刑侦队出来时,已是将近中午。

初秋的中午仍然很热,已经开始泛黄的太阳将空气映得清澈透明,像水一样在街上流动着。赵刚特意在汽车的后备箱里带了一箱高度的"南路烧酒"。酒是一斤半装,一箱12瓶,这种包装对于爱喝酒的人来说应该很实惠。赵刚知道,付海江虽然爱喝酒,但从不喝好酒,尤其退休以后生活就更加节俭。据他自己说,他平时消费的白酒每瓶都在二十元以下。所以,赵刚能想象到,如果自己真给付海江带了什么名牌好酒他反而会不高兴。赵刚一边开着车一边在想,付海江突然打电话让自己去他家,究竟会有什么事呢。付海江干了四十多年警察,用他自己的话说,他这些年抓的犯罪嫌疑人如果放到一起可以站满一个篮球场了。所以,赵刚从来到分局刑侦队的那一天,最佩服的人就是付海江。但付海江却不以为然。他经常对赵刚说,你们这些年轻人受过高等教育,都是用现代科学武装起来的,等你将来退休那天,抓的犯罪嫌疑人说不定能站满一个足球场,只怕没有那么多坏人让你抓呢。

赵刚没有估计错。付海江一看到他带来的这箱"南路烧酒",满是皱纹的脸上立刻乐得像花一样绽放起来。他先问赵刚下午有没有事。赵刚说自己刚下夜班。付海江说,好我已经切了一只猪耳朵,拍了一根黄瓜,还炸了一盘花生米,今天中午咱两人撅一瓶儿!但他接着就正色起来,说,不过酒先不能喝,我要跟你说一件很重要的事。

赵刚知道,付海江要切入正题了。

付海江沉了一下,问赵刚,这一次搞"清网行动",陈铜的案子是不是到了你手里?赵刚说是,我刚接手。好吧,付海江说,我今天就想跟你说一说这个案子。赵刚立刻说,案卷我还没顾上看,不过我知道,这个案子当年是你经手的。付海江点点头,说是啊,其实每个警察,在他退休的时候都会有不甘心的事情,陈铜的这个案子我就一直不甘心。

付海江说着,点燃一支烟,深深吸了一口。

赵刚这时才发现,付海江好像消瘦了很多,脸色也不太好看。他关切地问,你最近,是不是身体不太舒服?付海江淡淡地笑了一下,说,我身体是小事,先跟你说一下这个案子的大致经过吧,这样你回去再看案卷就会更清楚了。赵刚点点头。付海江说,这个案子是发生在七年前的夏天,当时来报案的是一个四十岁左右的女人,叫江英。据这个江英说,她家被盗了。江英的家在日丽花园,在当时应该算是一个高档小区。江英说,她到外地去了几天,回来时就发现家里失窃了。付海江说,我当时立刻带了两个人赶到现场。江英的家里被翻得很乱,柜子和抽屉全打开了,据事主江英清点后说,值钱的物品几乎被洗劫一空,加上现金和一套生肖金条,价值大约要有十几万元。房屋的门锁是完好的,没有被撬过的痕迹,但卧室里一扇窗子的玻璃被打破了,留在窗框上的碎玻璃碴儿还沾有一些血迹。另外,在卫生间的白色墙砖上也发现了一些血迹。据江英说,除去丢失的一些细软,她放在柜子上的一只大旅行箱也不见了。此外还有一把刀也被挪动了位置。这是一把形状很奇特的刀子,长约二十厘米,宽十几厘米,刀背很厚,掂在手里很沉,似乎是剁什么东西的,在刀柄上还用一些银丝线缠出很好看的花纹图案。据事主江英说,这种剁刀是专门用来砍甘蔗的,她一年前曾去过拉丁美洲的牙买加,从那边带回来的,带回之后没什么用处,就一直放在厨房的柜子里,但这时它却出现在客厅门口的鞋帽柜上了。不过江英又说,她估计是偷窃的人看这把剁刀别致,想一起带走,后来又觉得太沉,于是就扔到门口的柜子上了。

付海江说,从现场情况看,江英的家是在一楼,而且窗子没有安装防盗护栏,所以,我的第一个判断,偷窃者应该是破窗而入的。但这个人在打破玻璃时,很可

147

能将手臂的什么地方割伤了,所以才在窗框的玻璃碴儿和卫生间的白瓷砖上留下了一些血迹。他将事主家里值钱的细软席卷一空,为携带方便就装在那个大旅行箱里,然后应该是从屋门出去的。但他走时很可能又觉得那把牙买加剃刀的用处不大,而且太沉,所以就扔在门口的鞋帽柜上了。据事主江英说,她去外地五天,那么也就是说,这起窃案应该是发生在这五天的时间里。而根据刑侦技术部门从现场遗留的血迹判断,案发大约在四天前,如果这样算,就应该是在江英去外地的第二天。付海江说,这时我一直有一个疑问,在江英外出这段时间,她的家里就没有别的人在吗?经询问,江英走时,她的家里确实还有一个人。江英是一个单身女人,一年前去牙买加她姐姐那里,原准备移居,但生活了一段时间对那边的气候不适应,于是就又回国来。她回来时,将她姐姐的一个女儿也一起带回来。她姐姐的这个女儿叫徐丽萍,二十多岁,在国外读了大学一直想回国生活。于是这一次就和江英一起回来,两人平时住在一起。据江英说,其实她和这个外甥女的感情一直很好,两人的关系也相处得很融洽。但这一次,就在她出门之前,她却与徐丽萍发生了激烈的争吵。江英说,争吵的原因是最近她刚刚交了一个男朋友。这男人叫谭保华,四十多岁,在街上开一间茶室。但这间茶室其实就是麻将馆,平时街上一些闲散的人都爱聚到那里一边喝茶一边打麻将。江英就是经常去那里打麻将,渐渐和谭保华好上的。可是江英的外甥女徐丽萍却不同意她与谭保华交往。徐丽萍认为,这个叫谭保华的男人开这样一间茶室,干这种聚赌的事情,应该不是什么正经人。徐丽萍对江英说,你已经是这样的年纪,如果交男友就应该找一个正经男人,将来一起踏踏实实地过日子,像谭保华这种男人将来肯定是靠不住的。但江英听了徐丽萍的话却很反感。她认为徐丽萍是外甥女,又只有二十来岁,她没有资格来管自己的事情。这一次,就在江英要去外地之前,她们两人终于发生了激烈的争吵,而且越吵越凶,最后江英甚至说出了狠话,如果徐丽萍实在看不惯这件事,可以搬出去。江英说,这是我的家,你另外去找住的地方就是了。当时徐丽萍听了也没有示弱,立刻说好吧,既然你不听我的劝告,又这样讨厌我,我就只好搬走了。所以,江英说,她估计徐丽萍就是在她走后搬出去的。不过她发现,徐丽萍的东西虽然都已收拾起来,却并没有带走。江英估计,也许她在找到住处,安顿下来之后就会回来取东西。

付海江说到这里稍稍沉了一下,瘦削的脸上拧出一些坚硬的皱纹。

这时赵刚说，这里有一个问题，这个徐丽萍从江英的家里搬出去具体在什么时间，也就是说，是在江英的家里失窃之前，还是失窃之后。赵刚说，如果她是在江英的家里失窃之前搬走的，那么她对这件事应该并不知情，而如果是失窃之后搬走的，她为什么没有报案？她会不会……与这起失窃案有什么牵连？付海江说，关于这个问题，我当时也曾经想过。不过据江英说，她在临走之前与徐丽萍吵得很凶，而且两人还都说出了一些绝情的狠话，所以她估计，徐丽萍很可能在她走后很快就搬离了这里。而且，江英说，徐丽萍是一个很正派的女孩，也很正直，而且这些年一直生活在国外。她刚回来这样短的时间，在外面几乎还没有什么朋友。如果这样分析，她应该不会与这起盗窃案有什么牵连。此外，根据现场的情况分析，假如徐丽萍真与这起盗窃案有关，那么也就应该是里应外合，按一般常理她只要打开门让这个偷窃者进来就是，没必要再去卧室打破玻璃，探进手打开窗子这样进来。当然，这里也有另一种可能，或许徐丽萍和这个盗窃者故意有悖常理，明明可以从房门进来却偏偏去打破窗玻璃，造成一种流窜作案的假象。但是，付海江说，如果真是这样，他们也应该是从容不迫地做这一切，而不会在打破窗玻璃时留下血迹，从现场情况看，盗窃者在当时应该很匆忙。但这个人却又忙而不乱，他在现场没有留下任何指纹，窗台上也没有留下一点足迹。

付海江说，他这时已经有了初步判断，事主江英的外甥女徐丽萍牵连此案的可能性不大。根据盗窃者是破窗而入，而且拎着那只大旅行箱从房门出去这两点分析，案发的时间很可能是在深夜。日丽花园的入住率很高，吃过晚饭以后，小区里来来往往的人很多，所以案发时间应该是在午夜以后。付海江注意到，在小区的几个出口都装有监控探头，于是就去小区的物业管理处调出这几天夜里的录像逐一查看了一下。果然，在江英走后第二天夜里的1点钟左右，在小区南口有一个男人拖着一只旅行箱走出来。小区南口的监控探头角度较低，而且在大门口有一盏很亮的路灯，所以这个男人的影像比较清晰。付海江让江英来辨认。江英立刻就认出这只旅行箱正是自己的。江英说，她的这只旅行箱上贴有一根银色的彩条，所以被路灯映得一闪一闪非常明显。接着江英又吃惊地发现，这个拖着旅行箱的男人很像她认识的一个人。江英说，这个人叫小山西，她是在男友谭保华那里认识的。小山西是谭保华的朋友，后来谭保华开起这间茶室，他曾来这里帮忙，不过只干了一段时间就又到别处去了，好像是在什么地方打工。但是，江英又说，这段录像毕竟是在夜里，而且光线很暗，所以她只是觉得这个人有些像，具体是不是小山西还不敢确定。这应该是一个很重要的线索。于是,付海江立刻又来到街上的茶室找到谭保华。付海江拿出从录像上做的几张截图给谭保华看,问他认不认识截图上的这个人。谭保华仔细看了一阵,然后点点头肯定地说,这个人就是小山西。谭保华告诉付海江,这个小山西姓陈,叫陈铜,因为他是山西人,平时说话有很重的山西口音,所以街上的人都叫他小山西。接着谭保华又说,这个小山西原本是在一家饭馆打工,但没过多久就丢了工作,好像是因为偷了饭馆柜台的钱,被人家赶出来,所以一下吃饭都成了问题。他曾到谭保华这里,说想来茶室帮忙,给不给工钱都无所谓,只要有碗饭吃就行。可是谭保华觉得这个人既然有偷窃的毛病,也就很不可靠,所以没有用他。接着,谭保华又向付海江提供了一个小山西的住处。但他说,这个住处已是一段时间以前的,小山西这种人居无定所,经常变换住的地方,所以现在还住不住这里就不清楚了。付海江得到这个地址立刻带人赶过去。果然,小山西已不在这里。据房主说,他已经很多天没有回来了。

这时付海江已基本可以确定,江英家的失窃案就是这个绰号叫小山西的陈铜所为。但付海江的心里还有一个疑问,小山西怎么会想起到江英的家里偷窃呢?据江英说,在她临走之前,小山西曾向她提出借两千元钱,说想做一点儿小本生意,手头的钱不够。但江英知道,小山西肯定是在撒谎,他只要有钱就会拿去喝酒或跑到谭保华的茶室打麻将,所以借给他钱只能是有去无回。于是,她对他说,自己正要出门,手头暂时没有这么多现金,等回来再想一想办法。江英说,是不是这个小山西听说自己要出门,所以才趁这个机会跑来家里行窃呢。付海江认为,江英的这个分析有些道理。小山西想去谭保华的茶室帮忙碰了壁,如果向谭保华借钱肯定更不可能,应该说,他这时已经陷入了绝境。而江英经常去茶室打麻将,小山西很可能从谭保华那里知道了江英的经济状况,所以才张口向她借钱,在碰了江英的软钉子之后,他在走投无路之下只好铤而走险,趁江英去外地之际来她家入室行窃。

此时付海江的手里还有一条重要线索。据谭保华说,小山西有一个女朋友,已经和他交往一段时间。这个女孩叫孙菊芬,是河北人,在一个服装厂里做女工。付海江问谭保华,知不知道是哪一家服装厂?谭保华说具体哪一家服装厂说不好,不过听说是在南湖街上。付海江立刻让人去调查过,在南湖街上只有一家叫"凤鳞霓裳"的服装公司,里面确实多是女工。于是付海江就来到凤鳞霓裳服装公司调查孙菊芬。但据公司里的人说,孙菊芬已在几天前就辞工走了,去了哪里不清楚。付海江这时估计到,小山西很可能已经带着孙菊芬逃离了这座城市。付海江想,小山西这种人一旦离开这个城市也就如同一根针扔进了海里,去向是很难判断的。但是,还有一个地方应该能寻找到他的踪迹。据谭保华说,小山西的父母并不在山西,他们一家早在十几年前就移居到山东的淄博,而且将户籍也迁过来。谭保华说,他曾经看过小山西的身份证,身份证上的居住地确实是山东省淄博市。因此,付海江想,如果去山东淄博找到小山西的父母,会不会问到一些有价值的线索呢?

于是,付海江立刻带人赶往山东淄博。

付海江根据小山西的户籍登记居住地址,很快找到他父母居住的地方。但他的父母已经不住在这里。据邻居说,他们一家早在两年前就搬走了。但是,也就在这时,付海江又听到一个简直让他无法相信的消息。据小山西家的一个邻居说,陈家确实有一个儿子叫陈铜,但这个陈铜两年前就因强奸罪被捕入狱了,判了10年徒刑,现在还一直关在监狱里服刑,陈家父母就是因为这件事觉得没有颜面,所以才从这里搬走的。付海江一下有些搞不清楚了,既然这个陈铜一直在监狱里服刑,他怎么会跑到另一个城市,去江英的家里入室行窃呢?

付海江在当地警方的协助下,立刻来到监狱了解情况。他先查阅了一下这个叫陈铜的服刑犯人的卷宗。付海江从照片上一眼就认出来,这个人正是去江英家里偷窃的小山西,而且这个犯人的姓名也确实叫陈铜。这时付海江就感觉自己一下陷入了一团迷雾中。他当了几十年警察,经手的各种案子已经多得数不清,但这样离奇的事情却还是第一次遇到。他想,同一个人,怎么会在两个不同的地方同时出现呢?

付海江说到这里似乎有些疲惫,仰身靠在沙发背上稍稍喘息了一下,然后就起身去厨房将已经切好的拍黄瓜、猪耳朵和油炸花生米一盘一盘地端出来,又伸手拉过赵刚,让他坐到桌前。赵刚看一看付海江的脸色,关切地说,你现在这样的身体状况,还能喝酒吗?付海江一听就笑了,说,酒对于我来说就是药,这些年甭管得了什么病,只要一喝酒立刻就好。

赵刚摇摇头说,我如果知道你的身体是这样,今天就不给你带酒来了。

付海江没有理睬赵刚,回身从箱子里拎出一瓶"南路烧酒",先眯起眼仔细看了一下瓶签,然后点点头说,好,好酒!正宗58°的高度酒,这喝起来才有味道!一边说着就拧开瓶盖,给自己和赵刚都满满地倒了一杯。烧酒特有的香气立刻在屋里弥散开来。

付海江端起酒杯说，来吧，先喝一口！

赵刚看一看面前的酒杯，却没有动。付海江喝了一大口放下杯子问，怎么回事，这可不像你的风格啊。赵刚说，你刚才的话还没有说完，既然去江英家里偷窃的人已经确定是陈铜，而这个陈铜在案发时又正在监狱里服刑，这究竟是怎么回事呢？

付海江笑笑说，你先喝酒，喝了酒我再告诉你答案。

赵刚只好端起酒杯喝了一口。

付海江说，我当时也百思不得其解，又仔细查阅了一下这个陈铜的卷宗材料，他的原籍的确是山西运城，而且在山东淄博的家庭住址也与实际一致。于是，我就带了一张这个陈铜的照片回来让江英和谭保华辨认。江英和谭保华看了立刻都毫不犹豫地说，这个人就是陈铜。事情到这里，付海江笑一笑说，我就有些明白了，如果江英和谭保华都这样肯定，就说明在监狱里服刑的那个人与去江英家里偷窃的确实是同一个人，而这种情况又是绝对不可能的，陈铜毕竟没有分身术，那么，也就应该只有一种可能了。

赵刚立刻说，这个陈铜……还有一个孪生兄弟？

对，付海江点点头说，这个陈铜应该还有一个孪生兄弟，也就是说，在这个世界上确实有两个一模一样的陈铜，不过其中一个不是陈铜，而是他的兄弟。

付海江说到这里，又端起酒杯喝了一口。

然后，他又说，他当时做出这个判断之后，立刻又去了一趟山东淄博。经向陈铜家当年的邻居了解，果然证实了这个判断。陈家的邻居中有一个康三爷，是在街上开煎饼铺的，据说当初与陈铜的父亲交情很好，两个人经常在一起喝酒，几乎无话不谈。据这个康三爷说，陈家确实有两个儿子，而且是一对孪生兄弟，老大叫陈铜，老二叫陈铁，这两兄弟从很小的时候相貌就极为相似，除去他们的父母，外人几乎无法分辨出来。事情到这里也就很清楚了，付海江说，如果是这样，那么关在监狱里服刑的和去江英家里偷窃的也就确实不是同一个人了。但接下来的问题是，首先要确定关在监狱里服刑的这个人究竟是陈铜还是陈铁，只有确定了这个人的真实身份，也才能去抓捕另一个人。可是问题却并没有这样简单。在当地警方的协助下，经对监狱里的这个陈铜提审了几次，他都坚称自己就是陈铜，而且声称他与弟弟陈铁已经很久没有联系。就在这时，康三爷无意中又透露出一个极为重要,而且任何人都不知道的细节。据康三爷说,当初这陈家兄弟的父亲在一次喝醉酒后曾对他说过,陈铁上中学时就有偷窃行为,经常在学校里偷同学的钱或手机,有几次被老师发现,就将家长叫到学校去当众数落。陈铁的父亲是一个极要脸面的人,为此曾将陈铁关在家里狠狠教训过几次,但这个陈铁仍然屡教不改。后来陈铁的父亲又气又急曾发作过一次很严重的心脏病,住了很长时间医院。陈铁为向父亲表示痛改的决心,竟用菜刀剁掉自己左手的一根小指。这也就是说,左手缺一根小指的应该是陈铁。付海江得知这个重要细节之后,立刻又来到羁押陈铜的监狱。当即将他提出来,看一看左手果然少一根小指。这一下也就真相大白了,关在监狱里的这个人并不是陈铜,而是陈铁。这也就是说,他当初确实是冒用了他哥哥陈铜的名字来坐牢的。

但是,赵刚问,这个陈铁……为什么要这样做呢?

付海江点点头说是啊,当时我也想弄清这个问题。

付海江说,起初这个陈铁咬得很死,拒不交代自己为什么要这样做。经过几次审问,又告诉他,现在他哥哥陈铜也已在外面犯了事,如果他再这样坚持下去,只会对他更加不利。陈铁才将事情彻底交代出来。原来陈铁在这次入狱之前,曾因盗窃罪被判8年有期徒刑,他刚刚刑满释放3年就又犯了强奸罪。根据我们国家现行法律,刑满释放人员如果不足5年又重新犯罪,就要重判。陈铁当初曾在监狱里服刑,对这条法律规定很清楚,所以,他这一次为逃避重判的惩罚,就利用孪生兄弟这个条件,冒用了他哥哥陈铜的名字。

付海江说到这里,又端起面前的酒杯说,来,我们喝酒吧。

赵刚端起酒杯深深地喝了一口,然后问,这件事,后来呢?

付海江说,后来,我为了寻找这个陈铜又花了很大心思。

赵刚说,始终没有……找到关于他的线索?

付海江摇摇头说,是啊,始终没有找到。

付海江这样说着,又重重地叹了口气。

这时已是下午。赵刚发现,自己和付海江不知不觉中已经喝了大半瓶酒。

付海江仍然沉浸在七年前。他对赵刚说,当时主要分析的是,那天夜里陈铜从江英家里出来之后的去向。如果按一般常理,陈铜那天夜里行窃之后,拖着一只那样大的旅行箱出来应该目标很大。所以,付海江查看了一下日丽花园南口附近的街上,将几个监控探头的录像资料都调取出来。经过仔细检查,果然在那天夜里的录像中找到了陈铜的踪迹。如果将几个街口的监控录像衔接起来,可以看到,陈铜在那天夜里拖着旅行箱出来之后并没有搭出租车,而是拖着箱子一路朝西走去。他走过三个街口,又朝南拐过去,然后就消失在一条巷子里了。付海江立刻来到这条巷子实地察看了一下。这条巷子叫柳巷,巷里都是一些老旧的平房,当年的老住户基本都已搬离这里,只留着房子等着国家规划拆迁,这样可以得到一笔拆迁款。因此,这条柳巷就已是一条空巷。在巷子的另一头通向一片开阔的荒地。这片荒地原是一个很大的水塘,后来被房地产开发商填埋起来,好像要搞什么建筑,但不知什么原因却没有搞,于是就一直这样闲置下来,荒地上已经杂草丛生,而且堆起很多垃圾。付海江想,按一般常理,陈铜在江英的家里作案之后,拖着一只这样大的旅行箱出来,应该迅速搭一辆出租车离开此地。而他却这样拖着箱子走过几个街口,然后又拐进这条柳巷,他到这条柳巷来干什么呢?应该说,只有两种可能,第一,他的住处在这条巷子里。第二,他是想穿过这条巷子去别的什么地方。但他又想,如果陈铜真的只想穿过这条巷子,他又想去干什么呢?

这时,付海江又想到了陈铜的女友,那个叫孙菊芬的服装厂女工。付海江分析,孙菊芬是在江英家里失窃的当天夜里不知去向的,如果这样说,她在那天夜里就肯定和陈铜在一起。于是,付海江又来到南湖街上的凤鳞霓裳服装公司。付海江想,孙菊芬在这个公司打工时,总应该有一两个朋友,如果找到她的朋友或许能了解到一些有价值的线索。果然,付海江在服装公司里找到了一个据说当初与孙菊芬很要好的女工。这个女工叫小云。据小云说,她当初是和孙菊芬合租一间房子,但孙菊芬告诉过她,她有一个男友,所以,她有的时候晚上去男友那边住。付海江立刻问这个小云,是否知道孙菊芬的这个男友住在哪里。小云想一想说,孙菊芬从来没有告诉过她。小云又说,孙菊芬临走的那天晚上突然回来对她说,她要辞工不干了。当时小云问她为什么。孙菊芬支吾了一下没有说,只说她可能要离开这个城市,等以后安顿下来再跟小云联系。这样说罢,收拾了一下自己的东西就匆匆地走了。小云说,她在那个晚上送孙菊芬出来时,看到了等在远处的那个男人。孙菊芬曾告诉过她,她的男友叫陈铜。付海江立刻问,当时陈铜的手里是不是有一个很大的旅行箱。小云想一想说,没有,尽管当时离得比较远,看不清陈铜的手里具体拿了什么东西,但肯定没有旅行箱,好像是一个编织袋之类的提包。小云说,就从那一晚,孙菊芬这样匆匆走了以后,就再也没有消息了。

付海江根据几个路口的监控录像和小云提供的情况,大致勾勒出陈铜在那天晚上的行动轨迹。陈铜在江英的家里行窃之后,将盗窃的东西装进一只旅行箱带出小区,然后就拖着这只箱子径直来到柳巷。在这时他很可能已经给孙菊芬打了电话。当时孙菊芬正在上夜班,他让她立刻回来收拾东西,然后和他一起走。就这样,孙菊芬从公司匆匆地回到住处。而此时陈铜也已经来到柳巷。陈铜来柳巷的目的应该有三种可能,一是陈铜的租住房在柳巷,二是陈铜只是为了去柳巷另一头的那片荒地丢弃这只旅行箱,第三种可能则是,陈铜确实在柳巷居住,同时也是想去柳巷另一头的荒地丢弃这只箱子。不管怎样说,陈铜匆匆地做完这一切就来与孙菊芬汇合,然后带她逃离了这座城市。付海江计算了一下时间,这时距那个案发的深夜已经过去了整整八天。他立刻让人去火车站和长途汽车站,把那天夜里检票口的所有监控探头录像都调出来,一点一点地仔细搜寻。但是,却并没有发现陈铜和孙菊芬的踪影。于是付海江又扩大了搜寻范围,将接下来几天的录像都看了一遍,仍然没有发现陈铜。

付海江说到这里,又点燃一支烟,用力吸了一口。

赵刚看看他问,这个陈铜,就这样消失了?

付海江说是啊,这家伙……就这样消失了。

付海江说,他后来又去柳巷另一头的那片荒地,在杂草丛里仔仔细细搜寻了一遍,却并没有找到那只旅行箱。这也就是说,在那个深夜,陈铜也许并没把那个旅行箱扔在那里。可是这只箱子又去了哪里呢?付海江这样说着又深深地吸了一口烟,吐出的烟雾把对面的赵刚也呛了一下。他说,这几年,他一直没有放下这个案子,却再也没有发现陈铜的踪迹。他这样说着摇摇头,端起酒杯,朝赵刚的面前举了一下,然后很认真地说:

来吧,喝了这杯酒,我要跟你说一句话。

赵刚看看他说,你现在的身体,不能再这样喝酒了,有什么话,你就说吧。

付海江固执地说,你如果不喝,我就不说。

好……好吧。赵刚只好端起杯,喝了一口。

不行,付海江说,你一定要干掉。

赵刚只好把杯子里的酒喝掉了。

好了,他说,现在你可以说了。

付海江点点头说,陈铜的这个案子,是我托付给你的最后一件事了。

嗯——？

赵刚立刻放下酒杯,睁大两眼看着付海江。

付海江笑笑说,你干吗这么看着我?

赵刚问,你怎么……说出这样的话?

付海江说,医生说了,我的时间还有三个月,最多半年。

赵刚立刻站起来,瞪着付海江问,你究竟……是什么病?

付海江淡淡地说,癌症,最近刚查出来的,晚期胰腺癌。

赵刚不再说话了,慢慢坐下来,看着付海江。

付海江说,所以,我对你说,这个案子你一定要拿下来,我想在我……嗯,之前,能看到这个案了的结果。付海江这样说着,用两眼用力盯着赵刚,现在,我要你答应我。

赵刚点点头说,好,我答应你,不过你也要答应我一个要求。

付海江笑笑说,我知道你要说什么。

赵刚说,你知道,我也要说。

付海江说好吧,你说吧。

赵刚说,第一,不要再这样喝酒;第二,配合医生治疗。

付海江说,行,咱们说定了。

赵刚用了几天时间,很认真地翻阅了陈铜这个案子的卷宗,又研究了当时对相关人员调查的所有笔录。但是,当他看过对现场勘察的记录之后,感到有一个不解的问题。从这份勘查记录看,当时在现场没有提取到任何一枚犯罪嫌疑人的指纹,也没有发现这个人的足迹。这说明,这个犯罪嫌疑人的心理素质很好,而且具有很强的反侦察能力,他在作案之后有意将自己所有的痕迹都抹掉了。但既然这样,他为什么偏偏在窗框的碎玻璃碴儿和卫生间的墙壁上却留下了血迹? 赵刚仔仔细细地研究了当时在现场拍的照片。从照片上看,玻璃碴儿上留下的血迹呈向下流淌状,这说明这个人在当时应该伤得不轻,但除去卫生间,其他地方却没再发现任何血迹。赵刚有一种感觉,这个案发现场,似乎总有什么地方不太正常。

赵刚觉得有必要再去跟当时的事主,那个叫江英的女人接触一下。但这起盗窃案已经过去七年,事主江英是不是还在当时案发的那个房子里居住就很难说了。赵刚按当初留下的联系方式,很顺利地就找到了事主江英。江英这时已经四十七八岁,但看上去保养很好,皮肤仍很滋润。果然,她已不在当初出事的那套房子里住了。她告诉赵刚,那次出事以后,她觉得住在那里已经没有了安全感,所以很快就把那套房子卖掉了。江英对这起失窃案似乎已经不抱任何希望,她叹口气说,事情已过去七年了,算了,也没有什么好说的了。赵刚耐心地告诉江英,虽然这件事已过去七年,但在这七年里,犯罪嫌疑人陈铜一直被列为网上追逃人员,公安机关也始终没有放弃对他的追寻。赵刚说,这一次全国公安系统搞的清网行动,就是要将这些多年来在网上追逃的犯罪嫌疑人全部抓捕归案。所以,赵刚对江英说,我们也希望,你能配合我们公安机关的工作。江英听了立刻频频点头,说好,这当然好啊,因为这件事,我和我的姐姐也已经闹翻了,现在我们都已经不太联系了。

赵刚听了立刻问,你是说,那个在牙买加的姐姐?

江英说是啊。江英这样说着,眼圈就红起来。

赵刚看看她,说,你方便……具体说一说吗?

江英说,也没有什么不方便的。

江英对赵刚说,她在七年前的那一次出事之前,是去参加了一个旅行社的短线旅游,到江苏的周庄去玩了几天。她没有想到,在走之前与外甥女徐丽萍吵架时,一气之下说让她搬走,她竟然真就当真了。等她再回来时,徐丽萍就已经搬走了。当时由于家里失窃,搞得一团糟,加之她的心里也还有气,就没有再与徐丽萍联系。但这期间她姐姐从牙买加打来电话,询问女儿在这边的情况时,江英就将她与徐丽萍吵翻的事告诉了姐姐,又说,自己和她吵翻之后就去了外地,不料回来时家里又失窃了,而且损失惨重,现在公安机关还在怀疑,这起入室盗窃案是否与徐丽萍有什么牵连。不料江英的姐姐在那边一听就生起气来,说徐丽萍这些年一直在国外,从小受到良好的教育,她怎么会与什么盗窃案有牵连。江英这时也正没好气,于是说,她当然不会跟盗贼有什么牵连,但她和自己住在一起,至少在自己去外地时,她不应该这样扔下自己的家就不管不顾地走了,如果她当时还在家里,也许就不会出这样的事了。没想到江英的姐姐一听这话更加生气,在电话里说,我让女儿跟你回国,和你住在一起,是让你这个当小姨的照顾她,不是让她给你看家的,现在你的家里失窃怎么可以怪她?她姐妹俩在电话里这样吵了一阵就同时将电话挂断了。后来过了一段时间,江英静下心来想一想,其实外甥女这样跟自己吵也是出于好意,是为自己着想,于是渐渐地气也就消了。但她再打徐丽萍的电话,徐丽萍却怎么也不接了。江英就只好又把电话给牙买加的姐姐那里打过去,想让姐姐劝一劝徐丽萍，还让她回来和自己一起住。但她姐姐说，上一次她姐妹俩在电话里吵过之后，她也越想越生气，觉得女儿确实不该这样做，跟小姨吵了一架就扔下她的家只顾自己搬走，导致小姨的家里失窃。于是，她就给女儿打电话。但女儿也不接她的电话。江英的姐姐一气之下，就给女儿发了一条很长的短信，说她如何从小的时候就任性，现在大了仍然做事不计后果。江英的姐姐告诉江英，很可能她发了这条短信之后，徐丽萍看了更加生气，所以连短信也没有回。江英的姐姐说，徐丽萍的一个表叔在非洲的马达加斯加，她早就说过，想去那里找表叔，如果有可能就移居非洲生活。所以，她很可能是去了马达加斯加。江英的姐姐说，这孩子从小就有这样的脾气，一旦生起气来，无论去了哪里都不告诉家里。但是，江英说，尽管她的姐姐这样说，但她们姐妹的关系还是不如从前了。

赵刚听了想一想，又问江英，后来跟谭保华的关系怎样了？

江英听了淡淡一笑说，我和那个姓谭的，早已经不来往了。

赵刚问，为什么？

江英说，其实，当初徐丽萍说得是有道理的，那以后我慢慢发现，我和这个谭保华根本不是一路人，他那个茶室后来越搞越大，不仅让人去搓麻将，据说还有了别的名堂，有几次还被你们公安机关查封过，我一看他确实不是什么正经人，后来也就不再和他来往了。

赵刚说，再问你一个问题。

江英说，可以，什么问题？

赵刚问，你当初注意过没有，这个陈铜，平时做事是习惯用右手，还是左手？

江英想一想说，这个……我那时还真没注意过，其实那时候，我和这个陈铜接触并不多，只是偶尔在谭保华的茶室里打一打麻将，也没有什么来往。不过……她又想想说，这件事你可以去问谭保华，那时候谭保华和他关系很近，他应该知道。

赵刚说好吧，我以后有什么事再来找你。

赵刚立刻又来找谭保华。

谭保华的茶室这几年已发展得颇具规模，成为一个娱乐城，不仅有品茗园，棋牌室，还有台球厅和卡拉OK练歌房。赵刚来娱乐城找谭保华时，谭保华正在自己宽大的办公室里和几个人商量事。他一见到赵刚连忙起身迎过来，一边热情地握手，让那几个人先出去，然后又忙着张罗让人沏茶倒水。赵刚说，你不用客气，我只是来向你了解一些情况。

谭保华试探地问，你想了解……哪方面的情况？

赵刚说，就是七年前，关于陈铜的那个案子。

赵刚一听显然松了一口气，立刻哦一声说，这件事已经过去很久了。

赵刚问，听说，这个陈铜当初和你是朋友？

谭保华一听就笑了，说，就算是朋友吧，这年月，最不值钱的人际关系就是朋友。

赵刚问，这话怎么讲？

谭保华说，只要见过一次面，就可以论朋友，当然，具体关系怎么样就是另外一回事了，我当初跟这个陈铜也是通过另一个朋友认识的，那时他的绰号叫小山西，我看这人挺机灵，脑筋也好使，曾让他来我的茶室干过几天，但后来发现这人的毛病太多，就让他走了。

赵刚问，七年前，江英的家里发生那起失窃案以后，你又听到过关于他的消息吗？

谭保华想一想说，陈铜的消息……没听到过，不过他的那个女朋友，好像回来了。

赵刚立刻问，你是说，孙菊芬？

谭保华说对，这女人叫孙菊芬。

赵刚问，她现在，在哪里？

谭保华说，具体在哪里就不清楚了，只听说，她好像几年前就已回来了。

好吧，赵刚说，你再回忆一下，这个陈铜，他平时习惯用左手还是右手？

谭保华想了想，摇摇头说，这个……真记不得了。

但他立刻又说，对了，他好像是左手。

赵刚说，你能确定？

谭保华说，不敢确定，但当初他在茶室打工时，有一次给一个老先生拿什么东西，是用左手递给人家的，老先生很不高兴，当即给他提出来，说茶室这样的地方应该最讲究礼节，递给人家东西要用右手，左手是不礼貌的。但陈铜当时说，没办法，他就是习惯用左手。谭保华说，当时我的心里还想，这家伙是不是左撇子？后来发现，他做事确实习惯用左手。

嗯……赵刚听了点点头说，好吧。

赵刚感到很兴奋，几天的工作很快就有了进展。从谭保华这里得到印证，陈铜果然习惯用左手，这一点极为重要。此外谭保华还提供了一个很重要的情况，陈铜当年的女朋友，那个叫孙菊芬的女孩几年前已经又回到这个城市。赵刚想，陈铜和孙菊芬一起回来的可能性不是很大。陈铜当初毕竟是负案逃走的，所以，如果没有极特殊的原因，他是轻易不会再回这个城市的。那么，孙菊芬回来就只有两种可能，或者她回来办什么事，办完了事已经又离开这里，再或者已和陈铜分手了。如果孙菊芬已经和陈铜分手，那么她回来的可能性就非常大。她当年曾在这个城市打工，应该说对这里的环境比较熟悉，而且还有一些熟人和朋友，所以，她离开陈铜之后第一个想到的应该就是回到这个城市。赵刚想，如果这样，现在寻找孙菊芬就应该是关键，只要找到这个女人，就很有可能寻找到陈铜的踪迹。

　　这时赵刚想到，付海江曾说过，孙菊芬当年在凤鳞霓裳服装公司打工时，曾有一个叫小云的小姐妹。如果孙菊芬回到这个城市，会不会又与小云联系呢？但赵刚知道，要想找到这个小云应该也并非易事。外地来这个城市的打工者一般流动性很大，在同一个企业工作大都不会超过一年，春节回家之后，再回来就又会重新选择工作。现在七年过去了，这个小云肯定早已不在凤鳞霓裳服装公司了。但是，赵刚还想去试一试。

　　赵刚在一个上午来到南湖街上的凤鳞霓裳服装公司。凤鳞霓裳服装公司现在已发展得很大，公司门口栽满高大的树木，花坛里种了很多花草，院子里也建起几幢高大的厂房。果然，这个叫小云的女孩早已不在这里工作，公司人力资源部的人甚至都不知道曾有小云这样一个女工。他们问赵刚，这个小云姓什么，叫什么云，或者叫云什么。赵刚都无法说出来。这时，赵刚突然想起问，公司里还有没有七年前就在这里工作的老员工。人力资源部的人立刻去问了一下，果然找到一个看库房的中年女人，据说这女人已经在公司里工作将近十年。这个女人果然认识小云，而且也认识孙菊芬，她甚至还知道孙菊芬的男友当年卷入一起盗窃案，后来孙菊芬是跟着这个男友连夜逃走的。据这个女人说，小云姓张，叫张小云，她早在五六年前就已离开这个服装公司，具体去了哪里不清楚，但前不久听说有人看到她，在一个快餐店里，戴着黄帽子扎着黄围裙在卖快餐食品。

　　赵刚立刻问，这个快餐店叫什么。

　　这女人想一想说，好像……叫什么黄高粱。

赵刚听说过"黄高粱",这是一个连锁的快餐店,在这个城市里大约有三四家。所以,如果这个张小云确实在"黄高粱"工作,寻找起来应该并不困难。

果然,赵刚在找到第二家"黄高粱"快餐店时,就见到了张小云。当时张小云正在柜台里忙碌,听到有人找自己,就从里面走出来。她看一看赵刚问,您要找我?

赵刚点点头说,你叫张小云?

张小云说是,我叫,张小云。

赵刚问,七年前,你在凤鳞霓裳服装公司工作过?

张小云想一想,说是,我在那里打过工。

赵刚又问,孙菊芬,你认识吗?

张小云立刻警觉起来,看了看赵刚。

赵刚拿出自己的证件给张小云看了一下,然后又说,我知道你和孙菊芬当初是好朋友,而且还在一起合租过房子,我只想了解一下,她最近又跟你联系过吗?

张小云说,阿芬……是两年前回来的。

赵刚问,她说过,是为什么回来的吗?

张小云说没有,看她的样子不想说,所以,我也就没问。

赵刚点点头,又问,你知道,她现在住哪里吗?

张小云说,阿芬已经结婚了,最近刚刚怀孕,所以待在家里。

赵刚说,你能告诉我,她现在的住址吗?

张小云说,可以。

张小云想一想,又说,我可以……先给阿芬打个电话吗?

赵刚说,你打吧。

于是,张小云就拿出手机给孙菊芬打过去。她告诉孙菊芬,有一个公安局的赵警官要找她了解一下情况,可能马上过去找她。然后挂断电话,就将孙菊芬的住址告诉了赵刚。

赵刚立刻按着张小云提供的地址来找到孙菊芬。孙菊芬竟然是一个很漂亮的女人,看上去比张小云的年龄大一些,约摸三十岁左右。她已经能看出怀孕的样子,肚子微微隆起,人也显得丰腴。赵刚为了缓和气氛,先是跟她聊了几句闲话,问她老公是做什么的。孙菊芬告诉赵刚,她的老公在一家公司工作,是中层职员。她原本也在那家公司,是车间里的质检员,但公司有规定,企业里的男女员工不能结婚,所以她和老公结婚之后就从那家公司辞职出来,没过多久就怀孕了,于是一直待在家里。孙菊芬说到这里看看赵刚,垂下眼睑说,我知道你是……为什么事来的。可是,她又看一眼赵刚说,我已经……不想再提当年的那些事了。

赵刚点点头说,我理解。

但是,赵刚又说,我还是希望,你能配合我们的工作。

孙菊芬说,好……好吧。

赵刚问,你是什么时候和陈铜分手的?

孙菊芬说,两年前的夏天。

赵刚问,是在什么地方分手的?为什么分手?

孙菊芬轻轻叹息一声,说,其实……我早就后悔和陈铜在一起了。

孙菊芬对赵刚说,她当年认识陈铜时,陈铜正在一家饭馆工作,而且在服务员里还是一个小领导。当时别的普通服务员都是穿红上衣,黑裤子,唯独陈铜是一身青蓝色的西装,而且他身材匀称,看上去很帅。孙菊芬和几个小姐妹只去那家饭馆吃过两次饭,就和他熟起来。陈铜也很会招女孩子喜欢,而且说的一口山西话,软绵绵的显得很斯文,所以没过多久,孙菊芬很快就和他好上了。但那时孙菊芬在服装公司经常加夜班,大部分时间就还住在公司附近和小云合租的房子里,只是偶尔不上夜班的时候才去陈铜那里过夜。但后来没过多久,陈铜突然就不再去那家饭馆上班了,据他自己说是由于薪水太低,和老板吵翻了。可是孙菊芬却从别的朋友那里听到,陈铜离开那家饭馆的真正原因,是他偷了人家柜台上的钱,被饭馆老板发现了,所以才将他辞掉的。这以后陈铜就一直没有正式工作,每天只是喝酒,或者去街上的茶室打麻将赌钱。有的时候把钱输光了,或是欠了人家的赌债,就跑来向孙菊芬要钱。这时孙菊芬已渐渐看出了陈铜的本性,几次想离开他。但这时候,陈铜斯文帅气的面具也终于彻底撕掉了。他告诉孙菊芬,如果她敢离开他,他绝不会放过她,而且他知道,孙菊芬还有一个妹妹正在另一个城市读大学,他也会去找她的妹妹。也正因如此,那段时间,孙菊芬才打消了离开陈铜的念头。后来在一天夜里,陈铜突然给孙菊芬打来电话,让她立刻辞工,和他一起连夜离开这个城市。当时孙菊芬正在公司里加夜班,她问陈铜为什么要走得这样急。陈铜说不要问了,马上回去收拾东西,一小时后他会去她的住处找她。幸好当时孙菊芬刚刚领过这个月的薪水,于是去跟公司里说了一下,就这样匆匆地辞工走了。事后陈铜向孙菊芬解释,他这样急急地出走,是因为欠了人家的赌债,又没有办法偿还,所以才不得不赶紧离开那个城市。但孙菊芬很快发现，陈铜似乎并没有说实话，他的手里好像突然一下有钱了，出手很大方，而且在一天夜里，他还给了她一条很漂亮的黄金项链。当时孙菊芬感到奇怪，问他这东西是从哪里来的。陈铜支吾了一下，说是他打麻将赢了钱，特意给孙菊芬买的。但孙菊芬看得出来，这条项链并不像是刚从黄金首饰店里买出来的。

孙菊芬说，他们离开这个城市的那天晚上并没有去乘长途汽车，也没有坐火车，而是整整走了一夜。直到天快亮时，来到城外的一个小镇上，才坐上了一辆不知开往哪里的长途汽车。当时孙菊芬已经累得筋疲力尽。她问陈铜，究竟要带她去哪里？陈铜先是说去山东，他的父母在山东淄博，他要带孙菊芬去山东淄博看父母。但后来又说不去山东了，还是回山西运城的老家。再后来又说山西运城也不去了，要去东北的黑龙江。于是那几年，孙菊芬就这样跟着陈铜颠沛流离，四处漂泊，几乎在哪个城市都没有连续住过一年。这时孙菊芬的妹妹已经大学毕业，又考到香港中文大学读研究生去了。于是，孙菊芬也就考虑要彻底摆脱陈铜了。两年前的冬天，陈铜终于带着孙菊芬回到山西运城的老家。这时陈铜的弟弟陈铁已经因为强奸罪重新被判入狱，陈铜的父母觉得颜面丢尽，已无法再在山东淄博待下去，于是也回到山西运城的老家。陈铜的父母看到陈铜回来了，而且还带来了这样一个漂亮的女朋友，一下又燃起了对生活的希望，立刻张罗着要在那个春节为他们举行婚礼，还准备在运城市区给他们买一处房子。但就在这时，陈铜又因赌博被公安机关抓进去。孙菊芬这时早已对陈铜彻底绝望了，于是就趁他被拘留的那几天，独自离开运城，回到了这个城市。

赵刚听了点点头，问，这样说，现在陈铜……是在山西的运城？

孙菊芬说，他两年前在运城，但现在是不是还在就说不准了。

赵刚又说，还有一个很重要的问题，要问你一下。

孙菊芬点点头。

赵刚说，你回忆一下，这个陈铜，是不是左撇子？

孙菊芬很认真地想了想，说是，他是左撇子。

赵刚问，你没有记错？

孙菊芬很肯定地说，没有记错。

好吧，赵刚说，谢谢你。

赵刚没有想到,竟然在孙菊芬这里寻找到陈铜的行踪。

他立刻向分局刑侦队的领导做了汇报,第二天就带上一个同事赶往山西运城。根据孙菊芬提供的陈家的地址,赵刚和当地派出所取得了联系。派出所的管片民警证实,陈铜确实和父母住在一起,而且一直没有正式工作,经常在街上东游西逛,或聚众赌博,已经多次被派出所传讯教育。赵刚迅速考虑了一下,与当地派出所商量,如果这一次来调查陈铜走漏风声,肯定会打草惊蛇。倘若陈铜再一次出逃,恐怕抓捕就更加困难了。但是,赵刚认为,现在抓捕陈铜的时机又尚未成熟。这个案子毕竟已过去七年,很多现场证据早已不复存在,如果拿不出有力的证据,一旦陈铜拒不承认就被动了。所以赵刚提出,能否有什么办法,先把陈铜控制起来,只要几天时间就可以,在这期间迅速寻找陈铜这起案子的有力证据。待拿到证据再对其正式拘捕,这样再审问起来也就更有把握了。当地派出所当即表示,一定全力配合。这时管片民警想出一个办法,陈铜平时赌博成性,只要看准他在哪里赌博,以抓赌为由就可以将他关进来。大家想一想,都认为这个办法可行。

于是赵刚安排好这边的一切,就立刻赶回来。

赵刚用了一夜时间,将案卷中所有的现场照片重新仔仔细细地研究了一遍。第二天,又把自己关在办公室里忙碌了一天。傍晚时,就开着车来找付海江。这时付海江已住进人民医院。赵刚当年的一个中学同学现在是人民医院肿瘤科的副主任,赵刚通过这个同学,给付海江安排了一间单人病房。赵刚在这个傍晚来到病房时,付海江正在输液。付海江刚刚经过一段时间的化疗,脸色很难看,头发也已经快掉光了,于是他索性剃成一个光头,头皮上只有浅浅的一层白发,看上去像一个老农。赵刚走进病房,将一束鲜花插在付海江床头的花瓶里。

付海江一看就笑了,说,咱们当警察的,也弄这一套?

赵刚也笑笑说,警察怎么了,警察也照样喜欢鲜花。

付海江问,陈铜的案子怎么样了?

赵刚说,我今天来,就是要向你汇报的。

付海江哼一声说,向我汇什么报,有话就说嘛。

赵刚告诉付海江,陈铜已经找到了,而且通过当地警方的配合,已经将他控制起来。付海江一听立刻兴奋得脸上泛起红润,连声说好,好好,你们年轻人就是能干啊。赵刚连忙摆摆手说,是你前期工作做得好,所以我才能很快进入。付海江说好了好了,我们不要互相吹捧了,快说说具体情况吧。于是,赵刚就将这一段时间了解到的情况,以及如何找到孙菊芬,又通过孙菊芬提供的线索去山西运城找到陈铜,都对付海江说了一遍。

但是,赵刚最后说,我还要跟你说一件更重要的事。

付海江看看赵刚的神色,问,什么……更重要的事?

赵刚说,这件案子,恐怕没有这样简单。

付海江愣了一下,问,你的意思是……

赵刚说,我仔细研究过当时现场的每一张照片,首先是留在窗框上的碎玻璃,从这些碎玻璃看,有两个疑点,第一,为什么这个陈铜将现场所有的指纹和痕迹都擦抹干净了,却唯独在破玻璃上留下了血迹? 第二,根据现场勘查,房间的门锁是完好的,而窗玻璃被打破了,这显然说明陈铜是从外面打破窗子进来的。但是,我研究了一下窗子上碎玻璃的照片,从这些碎玻璃的碴口看,窗子应该是从屋里向外打破的,而不是从外向里。此外还有一个细节,窗框上破碎的玻璃,从外面看是左边一侧明显被清除掉了,如果陈铜确实是从外面打破的窗子,用右手清除左窗框的碎玻璃当然是合理的。但我已经反复核实过了,陈铜是一个左撇子,如果他是从外面打破的玻璃,他不可能反着手去清除左边窗框上的玻璃。而如果他是从里面打破的窗子,这个问题就好解释了,他站在屋里,刚好用左手去清除右窗框上的玻璃。

付海江一直在很认真地听着,这时他问,你究竟想要说明什么问题呢?

赵刚说,答案只有一个,陈铜并不是打破窗子进来的。

付海江一下睁大两眼,你是说……他是从屋门进来的?

对,赵刚点点头说,他应该是从屋门进来的,他进来之后,为了制造一个破窗而入的假象,所以才将窗子上的玻璃打破,然后又在玻璃碴儿上抹了一些血迹。

付海江想了一下,摇摇头说,不对,如果陈铜是从屋门进来的,门锁并没有被破坏啊?

赵刚说,你问的这个问题,应该是一个非常关键的问题了。

付海江问,为什么?

赵刚说,关于门锁这件事,先等一等再说,我现在再来说一下卫生间的血迹。如果认定陈铜是破窗而入的,应该可以解释得通,他在从窗子钻进来时被破玻璃割伤了手臂的什么地方,不仅将流出的血留在了破玻璃上,到卫生间擦洗伤口时,又将血迹蹭在了墙上。但是,赵刚说,如果真是这样,那么陈铜的伤势就应该很严重,否则怎么会流出这样多的血,以致将血迹都留在了碎玻璃上?可是从那天夜里小区南口的监控录像看,陈铜拖着旅行箱出来时,似乎并没有哪里受伤,关于这一点,后来在孙菊芬那里也得到证实。据孙菊芬说,在那天夜里,她并没有发现陈铜的身上哪里有伤。而如果陈铜是从房门进来的,那么卫生间墙壁上的血迹就有问题了,这些血迹是从哪里来的呢?

赵刚这样说着,又看一看付海江。

付海江点点头说,好,我想听听你的看法。

赵刚说,我一直在研究这个血迹,它的颜色很浅,说明应该是被什么东西无意中蹭上去的,而且从血迹的边缘看,是点状的,这些点状的血迹又逞线状排列。

赵刚说到这里,看一看付海江。他告诉付海江,就在今天上午,他刚刚做过一个实验,先在地上撒了一些红墨水,然后用墩布擦掉,再在白纸板上蹭一下,蹭出的痕迹同样也是点状的,而且这些点状的痕迹逞线状排列,与照片上卫生间墙砖上的血痕非常相似。

付海江慢慢抬起头,看看赵刚。

赵刚说,据此分析,在现场应该出现过大量的血迹。

付海江说,你的意思是……这可能是一起杀人命案?

赵刚没有直接回答。他又对付海江说,他对那把牙买加剃刀也仔细研究过了。在这把刀的刀锋有一些卷刃的缺口,但这些缺口都是弧形的。当时在现场,足以让这把剃刀卷刃的坚硬物体只有大理石台板或贴有瓷砖的窗台,但如果这把剃刀砍到这些物体上,它卷刃的缺口应该逞V形,而不会是弧形,这就说明,这把剃刀曾经剃过什么同样很坚硬而又并非是在现场的物体。好了,赵刚说,我现在就要说到关于门锁的问题了。

付海江立刻说,陈铜在来到江英的家里时,房间里有人?

对,赵刚点点头说,是房间里的人开门让他进来的。

付海江脸上的神色渐渐凝重起来。

他说,开门的这个人,是徐丽萍?

赵刚说,应该是她。

赵刚说,根据事主江英的说法,徐丽萍在与她发生争吵之后,一气之下从她这里搬出去,而且从此再也不与她联系,这也许还说得过去。但是,如果她连在牙买加的母亲的电话都不接,也不与母亲联系,这就有些不合情理了。即便是女孩逞一时之气,任性不愿理睬家里,也不会七年一直不理睬。赵刚说,他已经从江英那里要到她姐姐在牙买加的电话号码,从江英的姐姐在电话里的口气,也已经听出担忧,甚至有了一些不祥的预感。可是她一直还在竭力为女儿解释,努力为女儿寻找不与自己联系的合理的理由。但是,赵刚说,其实这种担忧和不祥的预感江英也早已有了,她曾经说过,她甚至怀疑徐丽萍是不是失踪了。接着,赵刚又说,他在当年日丽小区南口的监控录像中还看到一个细节,在陈铜拖着那只旅行箱从小区里出来时,走到门口曾有一个台阶,当时陈铜是用两只手,很费力地将箱子提了一下才过去的。如果他在这只箱子里只装了一些从江英家偷出的细软,绝不应该有这样的重量。

付海江说,如果这样说,这只箱子里装的,应该是……徐丽萍的尸体?

赵刚说,很可能是被肢解过的尸体。

付海江听了嗯一声,点点头。

但他想了一下,又说,你的分析,应该说都合情合理,可是也有一个问题。

赵刚问,什么问题?

付海江说,这些分析还都只是停留在分析,并没有直接的证据作为支撑。

赵刚说,你说的这个问题我也想过,这个案子已经过去七年,事主江英又早已搬离了那套出事的房子,所以已经没有现场,很多当时的物证也都已经不复存在,因此,要想确定这是一起入室抢劫杀人案,寻找最有力的直接证据确实已经很困难。但是,赵刚又说,我现在已经找到了一个突破口,也许从这个突破口就可以得到最直接的证据。

哦?付海江立刻两眼一亮问,什么突破口?

赵刚说,我反复研究过那把牙买加剁刀,如果陈铜确实用它肢解过徐丽萍的尸体,而且已将刀锋砍得卷了刃,那么他当时握刀的力量就一定很大。尽管这把刀已被擦拭得很干净,看不出一点血迹,但缠在刀柄的那些银丝线,在缝隙里会不会还留有陈铜的细胞组织呢?赵刚对付海江说,我已将这把牙买加剁刀送去技侦部门检验,很快就会有结果。

赵刚送去技侦部门的这把牙买加剁刀,检验结果很快就出来了。从缠在刀柄银丝线的缝隙里,果然发现了一些残留的人体细胞组织,经与赵刚从山西运城带回的陈铜的DNA标本比对,重合率达到99.9%。于是,陈铜立刻从山西运城被押解过来。尽管赵刚在监控录像和各种照片上已经无数次研究过陈铜的形象，但还是第一次见到他本人。赵刚感到有些意外，这样一个看上去有些瘦弱的年轻人，怎么会干出如此凶狠残忍的事情？

　　陈铜面对技侦部门的检验结果，自然已无话可说。他很快就交代了自己在七年前那个晚上的犯罪事实。据陈铜说，他那段时间的生活已陷入绝境，由于没有工作，也就失去了生活来源，而女朋友孙菊芬手里的钱也已经基本被他榨干，可是他平时还有喝酒的嗜好，更为严重的是，他由于经常到谭保华的茶室打麻将赌钱，已经欠下了很多赌债。也就在这时，他发现谭保华当时的女友江英很有钱。据谭保华透露，江英曾去国外生活过，而且这些年一直单身，所以，陈铜估计，江英的手里应该很宽裕。于是陈铜就借一次和江英一起打麻将的机会向她提出借钱。但江英立刻婉言拒绝了。江英说自己马上要去外地，手头现金很紧，现在也正想不出办法。当时江英这样说，自然让陈铜感到有些尴尬。不过陈铜也从江英的话里得到一个信息，江英马上要去外地。于是，他先摸清了江英家的地址，然后就在暗中留意。当他得知江英哪一天动身，在江英离家的第二天晚上大约十一点左右，就来到江英的家里。陈铜这些年在社会上游荡，已经学会了拧门撬锁的绝技，无论是多么坚固的防盗门，他都可以在十几秒内把门锁打开。他在这个晚上想的是，江英既然是一个单身女人，她去外地，家里自然也就不会再有人，这时刚好可以去她家偷窃一下。但让陈铜没有想到的是，就在他来到江英家的门口，正用工具试图打开门锁，里面突然传出一个女人的声音。这声音问，谁在外面？接着屋门就哗地打开了。陈铜先是被里面的灯光刺得眯起眼，然后才看清，是一个留着披肩长发的女孩站在里面。陈铜一下有些不知所措，但立刻就镇定下来，他说要找江英。这女孩问，你是谁？陈铜想了一下说，自己是江英的朋友。一边说着不等这女孩再说话就一步迈进来，然后随手关上了门。陈铜解释，他当时这样做还并没有想到要干什么，只是不想让楼里的邻居看见，因为他这样来江英的家里拧门撬锁毕竟有些心虚。但这女孩一见陈铜这样闯进来，立刻就向外推他，说你怎么进来了？你到底是什么人？这时陈铜只好说，自己叫陈铜，是和江英一起在茶室打麻将的朋友。这女孩显然已听说过陈铜这个名字，立刻鄙夷地看他一眼说，你是不是又要来向我的小姨借钱？然后说，你快走吧，我小姨去外地了，再说她也没有钱借给你这种人。陈铜说，就是这女孩的这句话，把他激怒了。他立刻盯着这女孩问，我怎么了？你说我是什么人？这女孩却做出不想再跟他说话的样子，连连向他挥着手说，走吧走吧，你快走吧！一边这样说着就去开门。这时陈铜已经看清楚了，江英家里的陈设的确很讲究，看得出应该是很有钱的样子。于是，就在这女孩在他面前走过，伸手去开门的一瞬，他突然用两手掐住了这女孩的脖子。陈铜说，其实他当时真的没想掐死她，他只是想把她掐昏，然后趁机将屋里值钱的东西拿走。但就在他掐住这女孩脖子的时候，她突然大声尖叫起来。这一下把陈铜吓坏了，他赶紧又用力一使劲儿，这女孩立刻就不再叫了，但他稍稍一松手，女孩又叫起来。于是就这样，陈铜又用力掐了一阵，这时就感觉这女孩一点一点瘫软下去，然后就躺在了地上。陈铜连忙用手在这女孩的鼻子底下试了一下，发现她已经没了呼吸。他意识到，这女孩已经被自己掐死了。他这时仍还抱有一线希望，于是将这女孩拖到床上。他想，也许过一过她就会醒过来。他先在江英的家里仔细搜寻了一遍，将所有现金都翻出来，又把值钱的细软放到一起找了一块头巾包起来。直到这时，他才发现这女孩是真的死了。陈铜说，他在这一刻确实感到了恐惧，他知道自己杀了人。但接着就冷静下来。他看到在柜子上有一只很大的旅行箱，就拿下来，想把这女孩的尸体塞进箱子里。可是尝试了一下不行，于是就又去厨房，找出那把剁刀将尸体肢解开，然后装进箱子里。陈铜做完了这一切，先是去卫生间呕吐了一阵。但他这样呕吐之后反而更加清醒了。他想，他应该制造一个破窗而入的假象，这样更像是社会上的窃贼流窜作案，公安机关也就不会再怀疑江英身边的人了。于是，他先将一扇窗子的玻璃砸破，又故意在破玻璃上抹了一些血迹。然后用卫生间里的墩布将房间地面上的血迹仔细拖干净，再把墩布洗得干干净净，放回到了原处。陈铜做完了这一切，又将房间里有可能留下自己指纹和足迹的地方全都小心地擦拭了一遍，当确信没有任何痕迹了，才拖着这只旅行箱离开了江英的家。陈铜回忆，这时已是深夜1点左右。

赵刚问，那把剁刀是怎么回事，为什么放在门口的衣帽柜上了？

陈铜说，这是他当时唯一忘记的一件事情。他原本想将这把已经清洗干净的剁刀扔在现场，但考虑了一下又觉得不妥，于是就想放到旅行箱里一起带走。但当时毕竟有些慌乱，所以就忘记了，这样才落在了门口的衣帽柜上。陈铜交代说，在那个晚上，他拖着旅行箱从江英的家里出来时幸好没有遇到什么人。他就这样一路从小区里出来，然后直奔柳巷去了。陈铜租住的房子并不在柳巷。但他知道，在这样一个深夜，如果一直拖着这样一只大旅行箱走在街上，肯定会被人注意。而柳巷离这里只有几个街口，巷子的另一头又通向一片杂草丛生的荒地，那里垃圾堆积如山，虽然是在市区，但平时人迹罕至。所以他想，如果把这个旅行箱丢弃在那里应该不容易被人发现。在去柳巷的路上，陈铜先给孙菊芬打了一个电话，让她立刻辞工回来收拾东西。然后，他来到那片空地，找了一个低凹的草丛，用垃圾将这只旅行箱埋了，就匆匆来与孙菊芬汇合。就这样，带着孙菊芬连夜逃离了这个城市。

赵刚问，你还有一个孪生兄弟？

陈铜答，是。

他叫什么？

叫陈铁。

他正在服刑，你知道吗？

知道。

你是怎么知道的？

听我父母说的。

他曾经冒用过你的名字，你知道吗？

听说了。

这时，陈铜抬起头看一看赵刚，说，其实……我才是陈铁。

赵刚慢慢站起来，问，你说什么！？

陈铜说，真正的陈铁，是我。

究竟怎么回事？

陈铁沉了一下说，当年我哥哥陈铜第一次犯事的时候，刚刚因为打架被公安机关传讯，所以他那一次进去，一害怕就用了我的名字，这样我后来也就用了他的名字。但他刑满释放之后，再一次被捕入狱时因为不够5年，怕被重判，于是就又用回了自己原来的名字。可是他改过来，我无法再改，所以我们两个人现在就都叫陈铜了。

也就是说，现在关在监狱里的，才是真正的陈铜？

是……

赵刚在一个上午来到市人民医院。付海江刚刚做完治疗，正坐在院子里的藤萝架底下晒太阳。他看到走过来的赵刚，笑笑说，你不用向我汇报了，我都已经知道了。

赵刚看看他，问，你知道什么了？

170

付海江说，当然是陈铁那件案子。

赵刚感到奇怪，你是怎么知道的？

付海江说，这么大的事，全局的人都知道了，我还能不知道吗？

付海江说着深深呼出一口气，站起来，用力拍了拍赵刚的肩膀，神秘地一笑说，你等一下。然后就掏出手机，按了一串号码打过去。

他在电话里说，好，你们现在就送过来吧。

赵刚感到奇怪，问付海江，你在搞……什么名堂？

付海江笑一笑，朝远处挑了一下下巴。

赵刚抬头看去，就见两个小护士正捧着一束鲜花朝这边走来。秋天的阳光下，五颜六色的鲜花被两个小护士洁白的衣服衬托得格外鲜艳。

赵刚问，你这是……？

付海江说，我事先特意为你准备的。

赵刚一笑，咱们警察，也弄这一套？

付海江说警察怎么了，警察也爱鲜花嘛！

他这样说罢又哈哈一笑，这可是你说的！

赵刚看看那束鲜花，脸一下红起来……

我一直在想一个问题,如果江明在今天,他会怎样?今天的交通工具和通讯工具比40年前要便利很多,所以我想,江明如果在今天,很可能逃跑的范围半径比那时更大。这一次清网行动中,有的网上追逃的犯罪嫌疑人甚至可以从东北逃到西北,从最北方逃到最南方。倘若江明真在今天,肯定也会被列入网上追逃人员的名单,亡命天涯不知逃到一个什么遥远的地方。当然,无论他逃到哪里,如果按李局长这里的清网率,最后的结果也可想而知。

　　我后来才知道,其实那时的江明如果想逃得远一些应该也可以做到。那一次在南沽市,大刘的判断是正确的。大刘分析,江明暂时不会往更远的地方逃,他很可能仍然返回我们这个城市。后来的事实证明,果然是这样。江明这一次没有去找他的姑姑,而是迅速地离开了南沽市。据江明事后交代,他给母亲挂长途电话,是在街上向一个老婆婆要的钱。当时江明想给家里打电话,而且肚子很饿,可是身上没有一分钱。想一想,又实在做不出乞讨这样的事情。就在这时,他看到一个老婆婆领着一个男孩在街上放风筝。那是一只很好看的风筝,但不知怎么一下挂到了街边一座建筑的楼顶,而且是挂到了楼顶的旗杆上。那个男孩显然很喜欢这只风筝,立刻急得大哭起来。老婆婆一下也不知所措。这男孩大概是她的孙子或外孙,她只好不停地哄这个孩子。江明在一旁看了一下就走过去。他对这老婆婆说,他可以帮孩子把这只风筝拿下来。老婆婆听了先是一喜,然后又将信将疑地看看江明。江明接着又说,不过,他也请老婆婆帮一个忙。他告诉老婆婆,自己是外地人,来南沽这里办事,可是身上的包被人偷了,现在身无分文。他说,他帮孩子把这只风筝拿下来,老婆婆是不是可以给他1元钱。老婆婆听了先是有些迟疑。1元钱在当时是一笔很大的数目,那时候买一个烧饼只要3分钱,就是喝一碗馄饨也才只要9分钱。老婆婆显然觉得1元钱有些多,但抬头看一看挂在楼顶的那只风筝,又看一看仍在旁边大哭的孩子,咬一咬牙还是答应了。于是江明很快攀上楼顶,又爬上旗杆将那只风筝拿下来。就这样,他从老婆婆这里得到了1元钱。

江明给家里挂过长途电话之后,从母亲那里得到在南沽的这个姑姑家的详细住址。但他仍很谨慎,并没有立刻去找这个姑姑,而是先在街上找了一家饭铺吃了些东西。他过去毕竟与这个姑姑很少来往,心里没有把握,所以他想,自己要先吃饱肚子,积存一些体力,一旦去找这个姑姑发生了什么不测,自己就要赶紧跑路。果然,当他按着母亲说的地址来到这个姑姑家的附近,立刻觉出有些不对劲儿。南沽是一个不大的小城,街上很清静,但江明这时发现,在姑姑家的附近却有几个人在徘徊。这些人看上去好像并没有什么事,只是在街上闲走。江明已经有了上一次回家的经验,于是立刻转身离开了这个地方。他迅速地在心里想了一下,如果这个姑姑这里已被监视,就说明自己给母亲挂长途电话这件事也已被那边监视的公安民警知道了,倘若果真如此,南沽这个地方这样小,显然很难藏身,这里也就已经是最危险的地方。他想到这里立刻决定,以最快的速度离开南沽。

大刘这一次的这个大胆设想果然对了。

当时大刘和同事来到南沽市郊的一条公路上,面临的是两种选择。这是一条很繁忙的交通要道,不时有南来北往的车辆在这里经过。江明如果从南沽逃走,肯定要走这条路。但接下来就有了两个问题,第一,江明逃走的方向是往南,还是往北。如果往南是回我们这个城市,而往北则是逃往更远的地方。第二,江明怎样逃走。他的身上没有钱,不会乘长途汽车,更不可能乘火车,而他要尽快离开这里,也不可能在这条路上步行。这时大刘判断,江明逃跑的方向应该是往南,也就是返回我们这个城市。而他逃走的方式,很可能是搭车。在这条路上,有很多过往的货运卡车。大刘分析,江明会不会搭乘哪辆回城的货运卡车走呢? 于是他和同事来到路边的一个小饭铺。这个饭铺虽然不大，门前却停了很多卡车。一些跑长途运输的司机经过这里都要停下来休息一下，给汽车补一些水，自己也吃些东西。大刘来到这个小饭铺，向在这里休息的司机了解，在这条路上看没看到一个二十几岁，头上戴一顶前进帽的年轻人。江明从监狱逃出来时，由于留的是光头，在外面很显眼，所以在那个晚上回家时就特意找了一顶前进帽戴在头上。那时的前进帽，在后来也叫鸭舌帽。也就在这时，大刘了解到一个重要情况。据一个司机说，他确实看到一个戴帽子的年轻人。这年轻人在这条路上拦了一辆卡车，跟司机说了几句什么，然后就跳上车去跟着走了。大刘一听连忙问，大约在什么时候。这个司机想一想说就在一个小时以前，当时这辆车开到这里没有停，直接走了。大刘又问，记不记得这辆车的车牌号。司机一听就笑了，说，车牌号没注意，不过这个司机是市里运输四场的，开的是一辆红色的菲亚特，因为在外面跑车经常遇到，所以大家都认识。大刘谢过这个司机，就和几个同事开着车沿路追过来。但他们一直追到城里也没有发现这辆红色的菲亚特。大刘和同事立刻来到汽车运输四场。那时的汽车运输场有些像今天的物流中心，专门提供货物的运输服务。大刘和同事来到这个运输四场，通过场里的调度员，确定这天下午从南沽方向回来的货运卡车一共有4辆，其中红色的菲亚特汽车只有一辆。大刘立刻找到这辆菲亚特的司机。据这个司机说，他开车经过南沽市时，确实有一个年轻人搭过他的车。当时这年轻人说要去花淀。花淀是我们这个城市的一个郊区小镇。司机想一想，自己回去也要经过花淀，于是就让这个年轻人上车了。不过，这司机说，这年轻人头上戴的不是前进帽，好像是一顶蓝色的制服帽。大刘问，他后来在哪里下车的。司机想想说，他就是在花淀下的车。大刘由此判断，看来江明确实又回到我们这个城市了。从江明的性格分析，他不会一直戴着这顶具有明显特征的前进帽，所以，也许在什么地方换了一顶制服帽。

　　大刘在当时之所以做出这样一个大胆的设想，还有一个更深层的理由。大刘一直认为，江明突然这样从监狱里逃出来，一定是有原因的。而这个原因很可能与他当初的那个女朋友有关。虽然那个电工班长后来成了那个样子,但江明仍然对这件事耿耿于怀。当然,大刘分析,江明倒不一定对这个女孩也做出什么伤害的事情,但他从监狱里突然这样逃出来,很可能是要来找这个女孩。不过在当时,大刘并没有把这个想法说出来。

　　也就在这时,江明的母亲在家里开始接受警方的调查。我们这条街上的革居会主任秦老婆儿和调查的民警一起来到江明的家里。秦老婆儿认定江明的母亲一直在暗中帮助儿子。秦老婆儿为前来调查的民警分析,江明从监狱里逃出来时身上没有一分钱,如果他在那个晚上回家又没有拿到钱,那他这几天吃什么?喝什么?而且还跑到了一百多里以外的南洁市,他是怎么去的? 而更令人无法解释的是,他在南洁市还给他的母亲打来长途电话,打长途电话是很贵的,打一次至少要几毛钱,这些钱他是从哪里来的?所以,秦老婆儿得出结论,江明在那个晚上回家一定是拿了钱的,他的家里是怕承担包庇责任,所以才故意说他没有拿钱。关于这个问题,前来调查的民警询问了江明的母亲。但江明的母亲对此事矢口否认。她说江明在那个晚上一回到家里就先说,他什么也不用家里管,他只要换一身衣服,再拿一些东西立刻就走。当时江明的父亲立刻让他去自首。可是江明却像没听见一样往包里装了几件衣服和日常用的东西就匆匆走了。江明的母亲说,家里确实没有给他一分钱。这时调查的民警又问,那个长途电话是怎么回事,当时江明在电话里都说了些什么。江明的母亲说,江明在电话里说,他想去在南洁的那个姑姑家里借一点钱。江明说,他的这个姑姑并不知道他现在是从监狱里逃出来的,所以他即使从她那里借了钱,她也不会承担什么责任。江明的母亲说,可是江明不知道他这个姑姑的具体住址,所以才这样冒险打来电话。调查的民警问,你把他这个姑姑的地址告诉他了?江明的母亲说是,告诉他了。调查的民警说,你知道这是什么问题吗? 江明的母亲立刻说,可是我打过这个电话,立刻又给他的这个姑姑拍了一封加急电报。在那个时候,加急电报非常快捷,按当时的规定接收电文立刻就要送达对方,像南洁市这样近的距离只要几个小时就可以收到。调查的民警问,你拍的这封加急电报是什么内容? 江明的母亲说，我告诉他的姑姑，江明是从监狱里跑出来的，如果他去，让她劝他去自首。调查的民警问，你为什么要拍这样一封电报，你就不怕江明的姑姑知道了事情的真相，不再借给他钱了吗？江明的母亲说，我就是不想让他的姑姑借给他钱。因为江明一旦有了钱，就不知跑到哪去了，他现在身上没有钱，也就跑不远。江明的母亲一边这样说着就流下泪来。但是，革居会主任秦老婆儿却不相信江明母亲说的话。她认为江明的母亲这样说，是想为自己开脱包庇儿子的责任。秦老婆儿对调查的民警说，她说拍了一封这样的电报，谁来给她证明呢？她也许在电报里是托付江明的这个姑姑，让她借给江明一些钱，这种可能也是有的。

但就在这时，大刘来到江明的家里。

大刘来江明的家，是想向江明的母亲了解一下江明当年那个女朋友的情况。大刘听了秦老婆儿的话，对来调查的民警说，这件事很容易就可以证实，江明在南沽的那个姑姑家里应该没有电话，否则江明的母亲就没必要给那边拍电报了，如果这样说，江明的母亲与那边也就无法串通联系。只要立刻去南沽调查一下，看江明的这个姑姑是否真的收到一封这样的电报事情就都清楚了。于是这边的警方立刻与南沽警方联系，让那边帮助去江明的这个姑姑家里调查一下。结果很快传过来，江明的这个姑姑果然向那边的警方拿出一封电报，电文与江明母亲说的基本吻合。但是，江明的这个姑姑说，江明一直没有来她这里。

我还记得，在一个傍晚，江明的母亲站在街上一边流着泪对一个邻居说，她确实很担心她的儿子，但她真的没有想过要包庇他，更不可能帮他逃走。她说，她希望江明现在就被那些民警抓回去，因为她知道，如果江明被抓回去重新关进监狱，她还可以见到他，而他如果真的这样逃走了，她也许就一辈子再也见不到他了。

江明的母亲这样说着，已经泣不成声……

第六章
花之门

坐在我面前的是一个四十多岁的中年人。他看上去很斯文。我想象不出,他在侦破重大刑事案件,或追捕犯罪嫌疑人时会是什么样子。大概由于工作需要,他只穿了一身很随意的休闲装,圆领T恤,浅色水洗布裤子,脚下是一双棕色的软底皮鞋。他告诉我,他叫付一丁。我一听就笑了,付一丁,这像个诗人的名字。我可不是诗人。他也笑了一下,然后说,我们这一行没有风花雪月,面对的都是月黑风高的夜里发生的流血和罪恶。我点点头,打开手里的录音笔。我采访时不喜欢用笔记。我知道,对方一旦看我在本子上记录,说话就会拘谨起来。所以,这种重要的采访,我只能用录音笔捕捉被采访对象在谈话中的精彩瞬间。

陈三羊的案子,是经我手侦破的。付一丁有些腼腆地说。

我问,听说这是一个……发生在18年前的故意杀人案?

是的,他说,这起杀人案的具体发生时间是1993年初。

我说,你能说一说侦破这起案件的具体过程吗?当然……我立刻又笑笑说,我知道,你们警方的一些刑侦手段是保密的,所以这些,你也可以不说,只说可以说的。

他点点头说,好吧……

付一丁稍稍沉了一下,对我说,其实这个案子,当年是撞到我们这里来的。那是1998年春天,我们临江县公安局忽然接到海原市公安局的一份协查通报,请我们帮助查找一下,在临江境内是否有一个二十四岁左右叫阿菊的女青年,与她相关的还有一个叫陈三强的男青年,大约二十六岁,估计两人是同乡。据海原市公安局介绍,就在不久前,他们那边在市区的一处出租房内发现了一具无名女尸。这是一处平房,带有一个小院,由于是在城乡结合部,而且居住成分很复杂,所以并不引人注意。这一次是这一带要拆迁,当拆到这处房子时,发现房屋的里面还有一个卫生间,而卫生间的浴缸似乎比正常的高出一块。这样拆掉浴缸,就在底下发现了一具女尸。这具女尸是被包裹在一块巨大的塑料布里,尸体已高度腐烂,但仍能看出是裸体,而且尸体旁边没有任何物品。海原市警方立刻对尸体做了解剖,确定死者是一个二十四岁左右的女性。体表没有明显外伤,体内也没发现任何有毒物质。但根据尸体被发现时的状态,判断死者应该是非正常死亡,而且极有可能是他杀。死者的死亡时间大约在五年左右,也就是1993年前后。海原市警方立刻对这处出租屋展开了调查。房子的业主是一个六十多岁的男人,叫罗宝才。据这个叫罗宝才的男人说,他们这里原是城郊,后来城市扩建,才逐渐扩入市区。再后来他搬去别的地方居住,这处房子就只作出租屋用。据罗宝才回忆,1992年前后,这处房子曾租给一个外地公司的办事处。这个办事处的规模不大,只有三个人,其中确实有两个年轻女人,一个叫阿菊,姓什么不知道,另一个叫什么就记不清了。不过,罗宝才说,这个办事处的经理他记得很清楚,是一个二十五六岁的年轻男人,生得白白净净,看上去挺精神的样子,姓陈,叫陈三强。这个陈三强原本签了三年的租赁合同,也已交齐租金,但一年多以后,好像这个公司在这里的办事处撤销了,也没打招呼就匆匆搬走了。起初罗宝才看到办事处里还有一些东西,以为他们还会回来。但又过了一段时间,觉得他们确实不会再回来了,才将房子又租给别人。海原市公安局的办案刑警让罗宝才回忆,这三个人说话是哪里口音。罗宝才说,那个叫陈三强的男人和叫阿菊的女人说话口音一样,陈三强曾透露,他们好像是湖南临江县人,另一个女人说话也是外地口音,但具体是哪里的就不清楚了。于是,海原市警方立刻在全市登记的暂住人口中寻找这个叫陈三强的男人和叫阿菊的女人。但九十年代初很多城市对暂住人口的管理制度还不健全,因此查找没有任何结果。

就这样,付一丁说,海原市警方就向我们临江县公安局发来协查通报,希望我们帮助查找一下这两个人。当时我们接到通报,立刻在全县人口中进行查找。但由于这个叫阿菊的女人不知具体姓氏,只能寻找名字中带有菊字的年轻女性,这样一来范围也就扩大了很多。当时我们考虑,查找的这个女性应该符合三个条件,第一,是临江本地人。第二,无论她姓什么,应该叫什么菊。第三,如果怀疑那具无名女尸是阿菊,那么她死亡时是二十四岁左右,现在的年龄就应该是二十九岁。此外还有一个辅助条件,她与一个叫陈三强的男青年有关系,而这个人这时应该在三十一岁左右。当时我们经过查找,在全县范围一共筛查出三百多个名字中带有菊字的女性,其中二十九岁左右的有几十人。我们又对这几十个年轻女性逐一进行了排查。就在这时,一个在大岭乡陈屋村的年轻女性引起我们的注意。这个女性叫陈艳菊,据说在六年前去了城里至今未回。而最令我们兴奋的是,她当时是和同村一个男青年一起走的,这个男青年叫陈三羊。我们立刻想到海原市警方发来的协查通报,那份通报上说,与阿菊相关的那个男青年叫陈三强。陈三强,陈三羊,这两个名字很接近,会不会是同一个人?于是,我们立刻到大岭乡陈屋村了解情况。据陈屋村的村干部说,陈艳菊在家里确实叫阿菊。她是独生女,父亲是一个木匠,善做各种家具,手艺很好,所以这些年手里攒下一些钱,准备为女儿招一个上门女婿。陈三羊也是陈屋村人,在大岭乡中学读到初中毕业,又考去县里读了一年高中,后来不知为什么不想上学了,就回到村里来。据说这个陈三羊生得眉清目秀,人也很机灵,所以在村里很招女孩子们的喜欢。阿菊也就是这样看中陈三羊,跟他偷偷谈起恋爱。但陈三羊并不想待在村里,于是不知怎样和阿菊商量的,两人就一起离开陈屋村去了城里。而最让阿菊的父亲感到生气的是,阿菊还将家里为她辛辛苦苦攒下的那笔钱也一起带走了。阿菊跟着陈三羊一起出走以后,开始还偶尔跟家里联系一下,再后来就没有任何音信了。于是,我们立刻又去阿菊的家里,向阿菊的父亲了解情况。据阿菊的父亲回忆说,阿菊最后一次给家里来信时说,她是在河北省的海原市,正在和几个朋友一起做生意,让家里放心。当时我们问阿菊的父亲,她说没说是和什么人一起做生意。

阿菊的父亲想一想,说女儿没有说。

但不管怎样说,我们这一次在阿菊的父亲这里还是印证了一件事,陈艳菊在1992年前后应该就在海原市,而且很可能是和陈三羊在一起。这也就说明,罗宝才的那间出租屋,极有可能是陈艳菊和陈三羊租用的。也就是说,陈三羊和陈三强,极有可能是同一个人。但这时陈三羊的家里已经没有任何人。据村里人说,陈三羊只有一个母亲和一个姐姐。他的姐姐结婚嫁出去了,母亲也就跟着一起走了。于是,我们到临江县第一中学,找到陈三羊当年在这里读高中时的一张照片,又带了一张陈艳菊的照片,就立刻赶往海原市。

海原市警方将这两张照片拿去让那个叫罗宝才的出租屋房主辨认。罗宝才看了照片立刻很肯定地说,照片上的这两个人就是曾来租他房子的阿菊和陈三强。至此可以确定,陈三羊是来到海原市以后为自己改名叫陈三强的,而且,出租屋内的这具女尸很可能与陈三羊和陈艳菊有直接关系。但接下来,确认这具女尸是否就是陈艳菊却很困难。那时通过DNA确定死者身份的技术手段还不完善,而这具女尸已经高度腐烂,可以说是面目全非,因此几乎无法与照片比对。这时我们和海原市警方共同分析,就目前掌握的情况,当初在这处出租房里的某公司办事处应该是三个人,其中经理,或者叫主任是陈三强,然后是陈艳菊,此外还有一个目前尚不知姓名的年轻女性。从情况分析，这具女尸极有可能是陈艳菊，或者是那个不知姓名的年轻女性。那么，如果确认女尸身份这条路暂时走不通，就只有寻找陈三强。

于是至此，陈三强就被确定为重大嫌疑人。

但寻找陈三强也并非易事。海原市警方已在暂住人口的登记中仔细查找过，没有任何结果。也就在这时，我们突然又想到另一条路。既然当年陈三强在罗宝才的这处出租屋是开办一个公司的办事处，那么他就应该在工商部门有过登记，这样只要去查一下当时的档案记录，就有可能寻找到关于这个陈三强的线索。海原市警方立刻来到工商部门。但令人失望的是，在1992至1994这三年的时间内，工商部门并没有关于陈三强登记的记录。这样一来也就只有两种可能，或者当年陈三强是接手别人的办事处，或者陈三强开办这个办事处，没有经过工商部门的任何审批手续。而如果是后者，也就是说，陈三强当时干的只是一个非法经营的办事处。于是到这里，寻找陈三强的这条路也走不通了。

付一丁说到这里，朝我放在他面前的录音笔看了一眼。我这时才发现，录音笔的报警红灯已经一闪一闪地亮起来。我连忙换上新电池，然后重新打开。

我问，1998年以后，这个案子就再也没有新进展？

是啊，付一丁点点头说，后来始终没有新的进展。

付一丁说，他们临江县公安局后来曾与海原市警方又联系过几次，询问这件案子的进展。但那边回复说，一直没有寻找到陈艳菊和陈三强的行踪，鉴于陈三强在这起案件中有重大嫌疑，已将他列为网上追逃人员。付一丁说，这一次全国公安系统搞清网行动，临江县公安局又将陈三强的这个案子分到他的手里。但此时这个案子已过去13年，当年的陈三强应该已经44岁，陈艳菊如果还活着，也已经42岁，而且当年的物证都已不复存在，海原市当年的那片城乡结合部这时也早已高楼林立，成了繁华的市中心，因此再搞这个案子难度也就可想而知。付一丁重新接手这个案子以后，先将目前仅有的材料研究了一下。他认为，如果从海原市那边入手显然已不太可能。这十几年中，海原市警方始终没有放弃对陈三强和陈艳菊的寻找，却一直没有结果。而且，如果这起案件确实是陈三强所为，他也不会留在海原市，很可能早已逃到别的地方。所以，付一丁决定，还是先从临江县这边着手，寻找新线索。

付一丁在一个上午又来到大岭乡陈屋村。这时陈艳菊的父亲已是一个白发苍苍的老人。据陈艳菊的父亲说,自从1998年那一次警方来陈屋村了解情况以后,他女儿一直没和家里联系过,而且再也没有任何音信。但是,他说,他相信女儿没有出事,说不定哪一天就会回来。不过这一次,付一丁还是意外地了解到一条关于陈三羊的线索。据陈屋村的人说,陈三羊的姐姐叫陈秋兰,十几年前嫁到外村去了,后来有人听说,她又去了大岭镇。付一丁根据这条线索立刻来到大岭镇,果然很快就查找到陈秋兰的住址。

陈秋兰是住在镇中心的一个居民小区,丈夫给一家物流公司开货车,长年不在家。付一丁为稳妥起见,没有惊动陈秋兰,而是先去镇上的派出所了解了一下情况。据派出所的管片民警说,陈秋兰有两个孩子,都已在镇上读中学,她平时只和母亲待在家里,好像没有来过什么人。但付一丁分析,陈三羊这些年只身在外,即使不回来看他的母亲,也应该与家里有过联系。于是,他就去县里的移动通信公司将陈秋兰近几个月的话单调出来。从话单上看,陈秋兰平时的通话记录很少,只是一些朋友往来,或偶尔接听一下孩子学校的电话。但有一个号码,却引起了付一丁的注意。这个号码每月只出现一次,而且每次通话只有几分钟。陈秋兰的这个话单一共有5个月的电话记录,这个奇怪的号码也就出现过5次,每一次都是在18日的上午11点左右。付一丁立刻查了一下,发现这个号码的注册地是河北省的安河市。这显然是一个极为重要的情况。安河市在河北省与辽宁省的交界,距临江县几千公里。据调查,陈秋兰一家并没有那边的亲友,而陈秋兰的丈夫开货车也从没有去过那里。那么,这个电话又会是什么人打来的呢?而最让付一丁感到兴奋的是,安河市距海原市只有不到一百公里,再早曾是海原市辖属的一个县,十年前才刚刚改为县级城市。

这样一来,这个电话号码就似乎又与海原市有了联系。

付一丁立刻将这个情况向局里做了汇报,请示之后,当即和一个同事赶往安河市。但付一丁这次到安河市的调查并不顺利。这个电话号码登记的名字叫赵华,可是当付一丁和同事找到这个名字登记的住址,却发现这里已是一片工地。据当地人说,这里最早是一片棚户区,几年前就已拆迁,但这片地却一直荒着,直到最近才开始破土动工,说是要建一个商业城。付一丁根据这个情况和同事分析,第一,这个赵华有可能是陈三强来安河市以后的化名,第二,如果是,那么他虽在几年前就已搬离这里,但从他上个月还曾使用这个号码给陈秋兰打过电话这一点看,应该还没有离开安河市。于是,付一丁和同事立刻来到安河市的移动通信公司,将这个号码近几个月的话单调出来。但让付一丁感到意外的是,这个号码在近几个月中,每月只有一次通话,而且每一次通话的对象都是陈秋兰。这也就是说,这个号码似乎是只为与陈秋兰通话使用的。付一丁与同事商量,安河市虽然只是一个县级市,但也有几十万人口,仅城区人口就有二十多万。而目前对这个叫赵华的人只掌握一个电话号码,除此之外没有任何线索,要想在二十几万人中寻找到他几乎是不可能的。所以,只有返回临江县,还从陈三强的姐姐陈秋兰那里入手,看一看是否能搞清楚这个号码究竟是怎么回事。

付一丁和同事在回来的路上就已估计到,陈秋兰的态度很可能不与警方配合。这是这一次清网行动中,犯罪嫌疑人家属最常见的态度。他们认为事情已过去这样久,只要不说就不会有事了,所以都抱有侥幸心理。因此,付一丁和同事商量,与陈秋兰的谈话不绕弯子,索性直截了当。考虑到陈三强的母亲年事已高,不宜在她面前说这件事。付一丁和同事就先来到大岭镇派出所,让管片民警以核对户籍为名,将陈秋兰请到派出所来。

陈秋兰是一个四十多岁的中年妇女,看得出生活安稳,衣食无忧,所以皮肤很滋润。管片民警告诉她,县里公安局的同志要向她问话。陈秋兰听了点点头,朝坐在旁边的付一丁和同事看了一眼。于是付一丁开门见山地问,陈三羊,是你弟弟吗?

陈秋兰说是。

付一丁又问,他现在,在哪里?

陈秋兰说不知道,他离家已有十几年了,从没回来过。

付一丁问,他也没和家里联系过吗?

陈秋兰说没有,他从不跟家里联系。

这时付一丁发现,陈秋兰回答问题很坦然,语气也很平静。但恰恰是这种坦然和平静,给人的感觉似乎不太正常。如果按一般常理,陈三羊从家里出去十几年了,而且一直没有音信,现在警察突然找上门来,陈秋兰作为陈三羊的姐姐,至少应该问一问,她的弟弟在外面出什么事了,怎么会这样沉得住气呢。于是,付一丁很认真地看了看陈秋兰说,你不想知道,我们为什么要问你关于陈三羊的情况吗?

陈秋兰说,三羊已出去这样久了,他是死是活,或是在外面犯了什么事,已经跟家里没有任何关系了。

付一丁问,你真是这样想的吗?

陈秋兰说,是,我就是这样想的。

付一丁说,但是,你母亲不会这样想吧?

陈秋兰就不再说话了。

付一丁又说,好吧,我们可以告诉你,陈三羊在十几年前曾牵涉到一起杀人案。付一丁这样说罢,又观察了一下陈秋兰的反应。陈秋兰似乎仍没有感到意外。这时,付一丁突然将那个电话号码说出来。他问,这个月的18号,大约上午11点左右,这个电话是谁打来的? 陈秋兰似乎稍稍愣了一下,然后说,记不得了。付一丁问,你真记不得了吗? 这个电话每月的18号都会打过来,而且都是在上午11点左右,你不会不记得吧?

陈秋兰慢慢低下头。

付一丁点点头,说好吧,也许你不懂法,我现在可以讲给你,陈三羊已涉嫌犯罪,你作为他的家属,如果知情不报也是要负法律责任的,你听懂了吗?

陈秋兰慢慢抬起头,问,三羊……他究竟犯了什么事?

付一丁说,具体案情,我们现在还不便告诉你。

陈秋兰又低头想了一下,然后说,好……好吧。

陈秋兰说,这个电话就是陈三羊打来的。

陈三羊当年和阿菊一起离开陈屋村,阿菊的父亲陈木匠曾来吵过几次。陈木匠咬定是陈三羊将他女儿拐走的,而且将他家的两万元钱也一起骗走了。那时陈秋兰还没有结婚。起初陈秋兰还向陈木匠耐心解释,说陈三羊离家外出并没有告诉家里,所以她和母亲也不知道此事。后来见陈木匠总来纠缠,索性就对陈木匠说,陈三羊已是成年人了,所以,他无论做了什么事都只是他一个人的事情,如果陈木匠咽不下这口气,可以去乡里的派出所报警,让警察去把他抓回来。陈木匠一听陈秋兰这样说,才无话可说了。

陈三羊和阿菊一起出走以后,并不常与家里联系。那时打电话还不方便,所以只是偶尔来一封信。他先是说去了湖北,后来又说到了河南,再后来说是在海原市,这以后就再也没有消息了。又过了一段时间,村里的陈木匠突然又找上门来。陈木匠说,他家阿菊刚走的时候还有信来,可是这一两年一直没有消息了。他问,三羊这里是否有什么音信？直到这时，陈秋兰才觉出有些不对劲儿了。但就在这时，陈秋兰突然接到陈三羊的一个电话。这个电话是打到村委会去的，陈秋兰接电话时，先是一个年轻女人的声音。但陈秋兰能听出来，这个女人并不是阿菊。这女人先反复追问，你是陈秋兰吗？在确定是陈秋兰之后，才换了陈三羊的声音。陈秋兰一听连忙问，你在哪里？陈三羊说他在哪里就不要问了。他问陈秋兰，最近一段时间是否有人去村里找过他。陈秋兰说没有。陈秋兰说，你已经出去这样长时间，还会有什么人来村里找你呢？接着陈秋兰又问，你是不是在外面惹了什么事？陈三羊说没有。陈三羊说，他打电话的时间不能太长。他让陈秋兰记住，如果有人来村里找他，就说他从来没有跟家里联系过。然后陈三羊又告诉了陈秋兰一个电话号码，说家里如果有什么事，可以打这个电话，找一个叫小薇的女孩，她会把事情转告给他。陈三羊这样说罢就匆匆地将电话挂断了。这以后没多久，陈秋兰就结婚嫁到外村去了。陈秋兰搬到大岭镇上以后，曾给陈三羊留下的这个号码打过一个电话，接电话的果然又是上一次来电话的那个年轻女人，她告诉陈秋兰，她是小薇。陈秋兰让她转告陈三羊，自己已经结婚，带着母亲搬到大岭镇上来住，而且家里装了电话。然后，陈秋兰就将家里的电话号码告诉了这个小薇。这以后，陈三羊曾来过几次电话。他知道母亲身体不好，所以每次都是问一问母亲的情况。后来有一次，他来电话时说，他生意上遇到一些事，可能先不方便打电话了，让家里放心。这以后就再也没有电话了。就这样又过了几年，陈三羊才又有电话打到家里来。他说，他这几年遇到了一些事，现在都已过去了，生活也平稳了，让家里放心。接着又给母亲寄来一些钱。从这以后，他就在每月的18号上午给家里打一个电话，而且每月给母亲寄一些钱回来。这期间陈秋兰也曾问过陈三羊，为什么不回来看一看母亲。陈秋兰告诉他，母亲因为想他经常流泪，已经患上了青光眼，如果他再不回来，母亲就看不见他了。但陈三羊总说再等一等，再等一等。却一直没有回来。就在不久前，母亲已经去世了。但陈秋兰还一直没有告诉陈三羊。

付一丁听了点点头，然后说，你回忆一下，陈三羊中断与家里联系，后来再联系大约是什么时候？陈秋兰想想说，大约……8年前，好像是2003年吧。付一丁又问，他第二次与家里联系时，那个叫小薇的年轻女人又出现过吗？

陈秋兰说，没有。

一直没有再出现？

是，没有再出现。

184

付一丁又问，陈三羊每月汇钱，是用什么方式？

陈秋兰说，用银行卡。

用陈三羊的名字？

不……是韩春林。

韩春林？

是，春天的春，树林的林。

付一丁立刻记下了这个名字，然后又问，陈三羊现在，在什么地方？

陈秋兰慢慢低下头，没有说话。

付一丁看看她，耐心地说，你既然已经说了这些，最好就都说出来，这样不仅对你好，对陈三羊更好，无论是怎么回事，都可以向我们警方讲清楚。付一丁这样说着又沉了一下，这件事已将近二十年了，你是陈三羊的姐姐，你也不希望他再这样东躲西藏地过日子吧。

陈秋兰又想了一下，抬起头说，他现在……在河北省的安河市。

什么职业？

听他说，开一个小店，卖些烟酒杂货。

这个小店，在什么地方？

具体的他没说，好像……叫什么清河桥。

好吧，付一丁说，另外还有一件事，如果最近陈三羊再来电话，你不要告诉他我们曾来找过你，更不要让他知道，我们正在找他，你明白吗？

陈秋兰点点头说，明白……

付一丁没有想到，这次到大岭镇竟然有这样大的收获。陈三羊目前所在的地点终于可以确定下来，是在安河市一个叫清河桥的地方，职业是开一爿小杂货店。但还有一个问题。如果按陈秋兰所说，陈三羊当年刚到海原市时为自己改名叫陈三强，后来无论什么原因，应该是到安河市之后才又改名叫韩春林。但是，他所用的那个手机号，在移动通信公司登记的机主姓名却叫赵华，这又是怎么回事？从陈三羊给家里打电话的方式可以看出，他是一个很谨慎的人，而且有一定的反侦察意识。可是在今天，无论去银行办信用卡还是到移动通信公司办手机卡，都是实名制，都要出具本人的身份证，就算陈三羊采取什么手段为自己办了新的身份证，但他总不能同时有两个身份。那么，赵华和韩春林，这两个名字究竟哪一个是陈三羊呢?但不管怎样说,付一丁和同事分析,至少现在陈三羊在安河市的落脚地点已经确定了,只要找到陈三羊,他现在究竟叫赵华还是叫韩春林,自然也就清楚了。于是,付一丁将案情的进展情况向局里汇报之后,就和同事又赶到安河市来。

付一丁和同事来到安河市才知道,清河桥竟是一个很大的居民社区,这一带有数不清的小烟酒杂货店。付一丁和同事商量了一下,就来到清河桥街道办事处。据街办事处专门负责市场管理的同志介绍,这片社区一共有三十几家烟酒杂货店,其中本地人经营的有二十几家,外地人经营的有十几家。付一丁立刻拿出陈三羊当年的照片给这位街办事处的同志辨认。但这毕竟是陈三羊上高中时期的照片,时间已过去太久,街办事处的同志看了一阵连连摇头,说如果这个人现在已经四十多岁,实在无法看出来。于是就只好采取最费力的办法,到这十几个外地人经营的小店,一家一家去排查。街办事处负责市场管理的是一个年轻人,头脑很灵活,他想一想问付一丁,你们要找的这个人原籍是哪里?付一丁说,是湖南人。年轻人立刻说这就好办了,在这十几家外地人经营的小店中,只有三个南方人,其中一个是浙江温州人,我们只要去另外两家看一看就行了。他一边说着朝路边一指,说这一家就是。

在这个下午,付一丁一走进这家小店,立刻愣了一下。从里面迎出来的是一个四十多岁的中年人,他已头发花白,挂着一副拐杖,看得出拖在地上的两条腿已经严重变形。他看到街办事处的年轻人,立刻用一口标准的河北话笑着说,是小刘啊,今天来有啥指示?

小刘说,是这两位同志要找你。

中年人慢慢转过头,看了看付一丁和他身边的同事。

这时付一丁已经基本可以确定下来,站在面前的这个中年人就是陈三羊。尽管付一丁一直看到的只是陈三羊十几岁时的照片,但这时,从面前这个中年人的脸上,还是可以看出陈秋兰的影子。他发现,这个中年人的脸形和眉眼与陈秋兰非常相像。可是这个人说话的口音又让付一丁有些吃不准。这个人说的河北话太地道了,几乎丝毫听不出湖南口音。

付一丁先是看一看他,然后突然问,你是陈三羊?

中年人立刻一愣,接着就笑笑说,你说……什么?

付一丁说,我在问你,你的名字是不是叫陈三羊。

中年人摇摇头说,我的名字叫韩春林。

好吧,付一丁说,韩春林,你听我说话的口音,不觉得很熟悉吗?

中年男人笑了,说,不太熟悉。

付一丁的同事说,我们是临江县公安局的。

中年人坦然地点点头说,哦,你们好。

付一丁的同事又问,你是哪里人?

中年人说,我是……河北人。

河北什么地方?

张家口。

这时街办事处的小刘在一旁说,你不是曾说过……你是南方人吗?

付一丁微微一笑说,你在说"张家口"这三个字时,还是带出了湖南临江的口音。

中年人又愣了一下,转身拄着拐杖一边朝里面走着一边说,你……你们认错人了。

付一丁说,陈三羊,你还是跟我们走吧,告诉你,我们这次是专程来找你的。

中年人站住了,慢慢转过身说,好……好吧……我可以跟你们走,不过……

他摇摇头,没再说下去。

付一丁很认真地看了看坐在面前的这个中年人。他虽然已经头发花白,在额角上还有一道细细的疤痕,但仍能看出眉眼的清秀,可以想象,他年轻时一定白净斯文,给人的感觉似乎像哪个影视演员。付一丁的心里很清楚,这时正面接触陈三羊是很冒险的。就算陈三羊承认了,他就是陈三羊,但当年的这个案子毕竟已过去十几年,现在除去那块用来包裹尸体的塑料布,已经没有任何证据。所以,如果陈三羊拒不交代,就会使局面陷入被动。但在这时,又只能正面接触陈三羊,除此之外已经没有任何办法,因此这一次询问也就至关重要。付一丁决定,还是从陈三羊的身份入手,以出其不意的方式先将他的心理防线击垮。

于是,付一丁开门见山地问,韩春林,你是什么时候改的名字?

韩春林眨一眨眼说,改名字,我……为什么要改名字?

付一丁说,你来安河市之前,你不是一直叫陈三强吗?

韩春林又愣了一下。

付一丁说,你现在应该知道了,我们对你的情况已经很了解。

韩春林的脸色开始灰暗下来。

付一丁又说，我再告诉你，我们这次来之前，已经见过你的姐姐陈秋兰了，你如果还不承认自己是陈三羊，我们只要把你姐姐接过来，让你们姐弟相认，事情立刻就清楚了。

陈三羊慢慢低下头，不再说话了。

好吧，付一丁说，现在我们重新开始，你是陈三羊吗？

是……我是陈三羊。

陈三强，是你在海原市时用过的名字？

是……

你是哪一年去的海原市？

好像是……1991年冬天。

再问你一个人，陈艳菊，你认识吗？

认识，她当时和我一起去的海原市。

陈艳菊，现在在哪里？

她……早在十几年前就已经走了。

走了？去哪了？

不清楚，她是跟一个物资公司的老板走的。

好吧，你具体说一说。

也没有什么可说的，既然你们都已了解了，就应该知道，当初阿菊和我一起出来时，她是我的女朋友，但后来她认识了这个公司老板，也没跟我打招呼，就跟着这个老板走了。

你是说，陈艳菊丢下你，跟别人走了？

是。

你们后来又联系过吗？

再也没有联系。

你也不知道，她去了哪里？

不知道。

这时付一丁想了一下，又说，陈三羊，我再问你一件事，你当年刚到海原市时，具体做什么？付一丁这样说罢不容陈三羊思考，立刻又说，是不是办了一个公司的办事处？

陈三羊似乎犹豫了一下，然后点点头说，是。

付一丁问，这是什么公司的办事处？

陈三羊说，是一个……朋友的公司。

付一丁又问，当时办事处有几个人？

陈三羊说，只有我和阿菊两个人。

付一丁立刻说，我再问你一遍，当时有几个人？

陈三羊说，就是我和阿菊两个人。

付一丁追问，你没有记错？

陈三羊说没有，不会记错。

好吧，付一丁点点头，后来这个办事处为什么没再办下去？

陈三羊说，阿菊跟着别人走了，只剩下我一个人，也就没心思再做这件事了，再说后来生意也越来越难做，我一个人心灰意懒，就停了这个办事处，到安河市这边来了。

这时，付一丁突然问，我们刚刚找到你时，你为什么不肯承认自己是陈三羊？

陈三羊稍稍想了一下，说，我以为……你们是海原市那边来讨债的。

付一丁又问，现在你知道我们是临江县公安局的了？

是。

可是你不感到奇怪吗，我们为什么跑到这里来找你？

我是……有些奇怪，我不知道你们为什么要来找我。

付一丁站起来，点点头说，陈三羊，我想你心里应该很清楚，我们为什么专程从临江来这里找你，你现在不想说也没关系，我相信你迟早会说的，不过我劝你，还是早一点说比较好，事情虽已过去这些年，但发生过的事情总不能抹掉，早一点说出来你会更主动一些。

陈三羊面无表情地看看付一丁。

付一丁又说，不过我告诉你，从现在开始，你不要再随便外出，如果有什么事，必须去派出所和管片民警打招呼，我们随时还会再找你，你听清楚了吗？

陈三羊点点头说，听清楚了。

付一丁明显感觉到了，陈三羊在撒谎。

当年那个出租屋的房主罗宝才曾说，租他房子的这个办事处里一共有三个人，除去经理陈三强，还有两个年轻女人。现在看来，其中一个女人应该就是阿菊，但另一个年轻女人又是谁呢？陈三羊坚称，当时办事处里只有他和阿菊，并没有第三个人，这就使这个年轻女人一下神秘起来。此外还有一件事，也是付一丁没有想到的。在此之前，付一丁一直考虑的是，那具无名女尸很可能是阿菊。当年发现这具尸体时，海原市警方也是这样怀疑的。但现在根据陈三羊所说，阿菊是跟着一个物资公司的老板走了，那么也就是说，这具无名女尸有可能并不是阿菊。倘若果真如此，这具女尸会不会是那个陈三羊一直不肯承认存在的第二个年轻女人呢？这时，付一丁就做出了一个大胆的假设，当年陈三羊和阿菊一起来到海原市，通过什么关系开办了这个办事处，接着办事处里又来了一个年轻女人。后来陈三羊与这个年轻女人有了什么关系，被阿菊发现了，而陈三羊又在阿菊的手里有什么把柄，于是就和阿菊一起把这个年轻女人杀害了。但这以后陈三羊与阿菊之间已经有了无法弥合的裂痕，于是，阿菊终于还是离开陈三羊，跟着别人走了。也就在这时，付一丁的同事又提出一个设想，当年根据海原市警方对尸体解剖的结果，确认死者是在1993年前后被害的，这也就不能排除，陈三羊所说的都是事实，当年阿菊确实是跟着别人走了，在陈三羊离开那个出租屋以后，这起杀人案才发生的。也就是说，这具无名女尸的确与陈三羊没有任何关系。

付一丁和同事感觉到，应该说，这两种设想的可能性都不能排除。

如此看来，确认那具无名女尸的身份也就成为这个案件的关键。这时已经有了利用DNA确认死者身份的技术手段。付一丁想，当年包裹尸体的那块塑料布还在，上面应该还有尸体残留的DNA组织，这样只要去陈屋村陈艳菊的家里，采集一下陈艳菊父亲的DNA标本，拿来比对一下，就有可能确认这具女尸是不是陈艳菊。而如果真的排除了陈艳菊，这个案子的侦察方向就需要重新调整了。接着，付一丁又想起另一件事。陈三羊的姐姐陈秋兰说过，陈三羊当年给家里打电话时，曾经出现过一个叫小薇的年轻女人。这个小薇又是谁？她与陈三羊又是什么关系？现在这个小薇是否仍与陈三羊保持着联系？付一丁感觉到，在陈三羊的身上还有很多疑点没有解开。于是他与同事商量，让同事立刻赶回临江县，向局里汇报情况之后，去陈屋村采集陈艳菊父亲的DNA标本，自己则留在安河市，继续调查陈三羊的情况。

付一丁发现一个问题。据陈秋兰说，陈三羊每月的18号都要给家里寄一千元钱。但是，付一丁观察了一下陈三羊的小店，显然是小本经营。他曾向街办事处的小刘了解过。据小刘说,韩春林因为腿有残疾,平时打理生意很吃力,所以他的这个小店很不景气,每月最多只有几百元收入。那么,他寄给家里的钱又是从哪里来的呢?付一丁这一次又掌握了陈三羊使用的另一个电话号码。于是,他决定,先从陈三羊的这个电话号码和他的银行卡入手,看一看有什么线索。付一丁先将陈三羊这个号码的通话记录调取出来。他发现,陈三羊平时交往很少,但有一个号码却隔一两天就会出现一次,有的时候甚至一天就打几次。付一丁立刻调查了一下这个号码。号码登记的名字是丁兰兰。显然,这应该是一个女性。接着,付一丁又将陈三羊那张银行卡的资金往来记录也调取出来。他发现,这张银行卡每月的17号都会有一笔钱打进来,有的时候是两千元,有的时候是三千元。而第二天,也就是18号,陈三羊就会将其中的一千元划到临江那边去。付一丁立刻又将打入这笔钱的对方信息调取出来。这一下就又有了更大的发现,对方银行卡的登记姓名竟然也是丁兰兰。这个丁兰兰是什么人?跟陈三羊又是什么关系?付一丁考虑了一下,就按这个丁兰兰留给银行的电话号码打过去。

接电话的果然是一个女人的声音,听上去三十多岁。

付一丁问,你是丁兰兰吗?

对方问,你是谁?

付一丁又问,你是丁兰兰吗?

对方说,我是丁兰兰。

付一丁说,问你一下,你认识韩春林吗?

电话里的丁兰兰迟疑一下,又问,你……到底是谁?

付一丁说,我是临江县公安局的刑警,我叫付一丁。

丁兰兰在电话里沉了沉,然后问,你……有什么事?

付一丁说,我想了解一下,你究竟认不认识韩春林?

丁兰兰似乎又想了想,然后说,认识。

你们是什么关系?

是……嗯,朋友。

什么样的朋友?

你,什么意思?

我意思是,是生活中的朋友,还是生意上的朋友。

这个……我可以不回答你吗?

好吧,付一丁说,丁兰兰,我们能见面谈一谈吗?

丁兰兰又迟疑了一下,说,这……有必要吗?

付一丁说,我们既然找你,应该就有必要。

丁兰兰又沉了一下,然后说,好吧……

付一丁和丁兰兰约在一个餐馆见面。由于是下午,还不到吃饭时间,所以餐馆里很清静。付一丁先到了,等了一会儿,丁兰兰才走进来。付一丁打量了一下坐在自己面前的这个女人,她看上去不到四十岁,显得有些单薄,但眼睛很大,也很秀气。付一丁先掏出自己的警官证让对方看了一下,然后问,你和陈三强是什么时候认识的?

丁兰兰想一想说,大约有……三四年吧。

付一丁又问,陈三强是哪一年来安河市的?

丁兰兰说,听三强自己说,好像来五六年了。

也就是说,你是在他来安河市之后认识的?

是。

这时付一丁就笑了。他看一看丁兰兰说,你没有说实话。

丁兰兰立刻愣了一下,问,我……怎么没说实话?

付一丁说,陈三强这个名字,是韩春林在海原市时使用的,你怎么会知道?而且你刚才随口叫他三强,这说明,你过去一直是习惯这样叫他的,你不会是在他来安河市之后才认识的,对吧?付一丁沉了一下,又说,丁兰兰,你最好还是把真实的情况讲出来。

丁兰兰慢慢低下头,不再说话了。

付一丁又说,你应该明白,我们是不会无缘无故找你的。

丁兰兰仍然低着头,不说话。

付一丁说,我先问你,你为什么每个月都要给陈三强钱?

丁兰兰抬起头说,好吧……我可以把所有的事都告诉你。

丁兰兰说,我确实是在海原市认识三强的。那时候,他给外地一家叫利华贸易的公司在海原市开一个办事处,我到他这里来打工,就这样和他认识了。

付一丁问,当时这个办事处里有几个人?

有……三个人。

192

除去你和陈三强,那另一个人是谁?

她叫……阿菊,当时也是一个女孩。

后来这个阿菊呢,去了哪里?

她……死了。

死了?怎么死的?

是……自杀死的。

你把具体情况说一说。

丁兰兰稍稍想了一下,说,这个阿菊的性格很内向,她本来是三强的女朋友,可是总担心三强跟别的女人好,整天疑神疑鬼,而三强做这样一个办事处,又必须去外面接触各种人,也就免不了要跟一些女人打交道,就这样,阿菊经常跟三强大吵大闹,再后来就自杀了。

她是用什么方式自杀的?

好像是……服毒吧。

是服毒吗?

哦不,是……割腕。

当时没有送医院吗?

那天下午,我和三强出去办事了,都不在,回来发现时,她已经死了。

阿菊的尸体是怎样处理的?

当时三强很害怕,担心阿菊突然这样不明不白地死了,警方会来找麻烦,而他又无法解释清楚,所以一下没了主意,后来是我给他想出的办法,把阿菊的尸体藏起来了。

当时是怎样藏的?你说得具体一点。

时间太长了,具体细节已记不清楚,当时担心尸体有气味,好像是……把阿菊用一块塑料布包裹起来,然后放到卫生间的浴缸底下,再把镶浴缸的池子重新用砖垒起来。

陈三强的两腿有残疾,他一个人做得了这些事吗?

当时三强的腿还没有残疾,再说,是我帮他做的。

陈三强的腿,是怎样成现在这个样子的?

是……摔的,他一次喝了酒,骑摩托车摔成这样的。

你刚才说,处理阿菊尸体这件事,是你帮他做的?

是,我帮他做的。

还有一个问题,你还一直没有回答我,你现在,为什么每月都要给陈三强钱?

我看他生活困难,想帮他一下。

当初陈三强不再做那个办事处了,来到安河市,你又是怎样来的?跟他一起过来的吗?

这个问题,我可以不回答吗?

你最好还是回答一下。

好吧……我是……嫁到安河市来的。

也就是说,你和陈三强都到安河市来,只是一种巧合?

嗯……可以这样说……

最后再问你一个问题,你现在的职业,是什么?

我现在,没有出去工作,只在家里。

你丈夫是做什么的?

他开一家不大的公司,做建材生意。

好吧,丁兰兰,我们后面还随时有可能找你。

嗯……

另外,我们今天谈话的内容,你不要告诉陈三强。

我……明白。

付一丁说到这里,把手里的烟头在面前的烟缸里捻灭了。我注意到,他一直在不停地吸烟,房间里已经充满了烟雾。我笑笑说,你这样吸烟,是在工作中养成的习惯吗?他立刻有些不好意思,冲我抱歉地笑笑说,对不起,这……的确是由于工作,干我们这一行,有的时候连续几天不能休息,还要分析案情,所以只能靠吸烟撑着。当然……他将茶杯里的水倒一些在烟缸里,又说,我知道,在别人面前吸烟是很不礼貌的。我连忙说,没关系,其实我过去也吸烟,只是后来戒掉了,所以我对香烟的气味并不敏感。付一丁摆摆手说,我……还是忍一忍吧,尽量不吸了。我很真诚地说,这样也好,吸烟毕竟对健康没有好处。这时,我又朝桌上的录音笔看一眼,然后说,看来,你这一次找到丁兰兰,应该是侦破这个案子的突破口?是啊,付一丁点点头说,我这次和丁兰兰见面之后,立刻就兴奋起来。

付一丁说,显然,陈三强所说的关于当年在海原市办事处的那些事,有很多是

194

在撒谎。首先,他坚称当时办事处里只有他和阿菊两个人。但据丁兰兰说,她在陈三强刚开这个办事处时,就已经来到了这里。这也就是说,陈三强是在竭力掩盖丁兰兰曾在办事处这样一个事实。那么,他又为什么要掩盖呢?如果他承认丁兰兰曾在办事处,对她又会有什么不利呢?其次,也是更重要的一点,根据陈三强所说,当年阿菊是跟着一个物资公司的老板走了。但丁兰兰说的却并不是这样。据丁兰兰说,阿菊已经自杀死了。而且,丁兰兰还比较详细地说出了阿菊死后,是如何处理她尸体的方法和过程。丁兰兰所说的这个方法和过程,与当年海原市警方发现尸体时的情况基本吻合。这也就是说,如果丁兰兰和陈三强说的不一样,就肯定有一个人在撒谎,那么,这个撒谎的人应该不是丁兰兰,而是陈三强。但是,陈三强又为什么要这样撒谎呢?此外还有一个问题。付一丁感觉,丁兰兰说的话似乎也不完全可信。根据丁兰兰所说,阿菊自杀的原因,只是因为她一直对陈三强不放心,总怀疑他和别的异性有亲密接触。应该说,这一点也可以理解。根据在陈屋村的调查,陈三强当年在村里就是一个喜欢招蜂惹蝶的年轻人,这时来到城市里,又因为生意上的事整天出去接触各种人,阿菊只是一个农村女孩,她担心陈三强应该也是正常的。但不管怎样说,如果阿菊仅仅因为这一点就割腕自杀总让人感觉有些牵强。但有一点可以肯定,陈三强与阿菊的死,是有直接关系的。

就在这时,付一丁的同事带来一个消息,根据将陈艳菊父亲的DNA与当年那块裹尸用的塑料布上残留的DNA进行比对的结果,可以确定,那具无名女尸就是陈艳菊。这样也就可以证明,陈三强所说的阿菊当年跟着一个物资公司的老板走了,确实是在撒谎。

付一丁当即决定,传唤陈三强。

但付一丁这时也很清楚,这一次对陈三强的讯问可能不会很顺利。即使现在已经确定,那具无名女尸就是陈艳菊,也并不能完全说明问题。如果分析陈三强的心理,倘若当年陈艳菊确实是自杀死的,而且如丁兰兰所说,陈三强当时是担心这件事无法向警方解释清楚,所以才私自将陈艳菊的尸体隐藏起来。那么这件事已过去将近二十年,现在警方突然又来找他,向他调查当年在海原市办事处的那些事,他的心里就应该已经想到,警方是为陈艳菊而来,也就是说,陈艳菊的尸体已经被发现了。那么他这时也就应该明白,如果再隐瞒陈艳菊的下落已经没有任何意义。但他为什么还要编造出陈艳菊是跟着一个物资公司的老板走了这样一套谎话呢?应该只有一种解释,陈艳菊当年并不是自杀,而是他杀。可是,现在只能确定那具无名女尸是陈艳菊,但陈艳菊的具体死因却已经无法确认,如果陈三强一口咬定,陈艳菊当年就是自杀死的,又已经没有任何物证,这样一来也就又会使局面陷入被动。由此看来,这次对陈三强的讯问也就至关重要,必须出其不意,一次就让他把事情的真相全说出来。

所以,付一丁这次传唤陈三强,第一句话就问,陈三强,你认识丁兰兰吗?

付一丁的这句话果然起了作用,陈三强听了先是愣一下,接着脸色就灰暗下来。付一丁点点头,又说,我们已经找到丁兰兰,而且已和她谈过话了,你没有想到吧?

陈三强显然有些慌乱,他说,这件事……都是我做的,跟她没有任何关系。

正是陈三强的这句话,让付一丁的心里一下有了底。

他立刻盯着陈三强问,你刚才说,哪件事,是你做的?

陈三强似乎发觉自己说漏了嘴,立刻低头不再说话了。

付一丁又说,陈三强,我现在还可以告诉你一件事,陈艳菊的下落我们已经找到了。

陈三强慢慢抬起头,看着付一丁。

付一丁说,你不相信吗?好吧,我告诉你,就是你当年藏在浴缸下面的那具女尸。

陈三强又一次低下头。

付一丁说,你不要忘了,现在已经是21世纪,我们警方有先进的刑侦手段。而且,付一丁盯着陈三强说,丁兰兰也已经把所有的事情都说出来了,所以,你不要再抱任何幻想。

陈三强点点头说,我知道……迟早会有这一天的。

付一丁说,好吧,我们现在重新开始吧。

你的原名?

陈三羊。

原籍?

临江县,大岭乡陈屋村人。

你是哪年从陈屋村出来的?

大约是在……1991年冬天。

当时和谁一起出来的？

阿菊,也就是陈艳菊。

你那时和陈艳菊是什么关系？

正在……谈朋友。

好吧,你具体说一下。

当时我在村里,看到很多人都去城里了,就一心也想出去。但出去手里要有钱,没有钱自然什么事都做不成。可那时我家里很穷。我父亲很早就去世了,只有母亲带着我姐姐和我生活,家里几乎一贫如洗。可是当时,村里有很多女孩子喜欢我。她们虽然知道我家里穷,却都愿意和我接近。也就在这时,我看中了阿菊。阿菊在家里是独生女,她父亲是我们那一带有名的细木匠。在我们那里,木匠要分粗木匠和细木匠,粗木匠只做一些门窗之类的粗重木器,而细木匠则是做日用家具,所以很能挣钱。阿菊偷偷告诉我,她父亲已经为她攒下了两万多元,准备将来为她招一个上门女婿。所以,阿菊对我说,将来这笔钱就是我们两个人的。两万多元在当时已经是一笔很大的数目。于是我就对阿菊说,如果这笔钱早晚是我们两个人的,不如现在就带着这笔钱出去。我说,现在很多人都去城里做生意,我们有了这笔钱,到了外面就可以做很多事情。起初阿菊还有些犹豫,担心她父亲知道了不会同意。于是我又对她说,我们不让你父亲知道就是了,将来只要用这笔钱挣到钱,再风风光光地回来,你父亲自然会高兴。接着我又问阿菊,你是不是真心喜欢我。阿菊连忙说当然真心喜欢。我对她说,如果你真心喜欢我,那就相信我,只要你和我一起出去,我肯定能用这笔钱再挣到一大笔钱。于是就这样,阿菊从她的家里偷偷拿出这笔钱,就和我一起从陈屋村出来了。

等一等,你在那时候,是真的喜欢阿菊吗？

当然……也有一些喜欢。

但当时带她出来,主要是因为她的那笔钱,对吗？

也可以……这样说。

你们就在那一年的冬天来到海原市了？

我们先是到湖北的黄石,后来又到河南的南阳,但由于人生地不熟,都无法安下身来,直到第二年夏天才来到海原市。当时阿菊在天津有一个远房表哥,开一家利华贸易公司,其实也就是倒买倒卖一些紧俏物资。阿菊和她的这个表哥说了一下,就让我们在海原市成立了一个他这家公司的办事处,讲好赚钱赔钱都是我们自己的事，他不承担任何责任。于是就这样，我和阿菊用她手里的这笔钱，就将这个办事处开办起来。当时社会上到处都在做生意。我发现，香烟非常紧俏，于是就想做香烟生意。但做生意要有熟人关系，我一个外地人，又是从农村来的，自然在海原市找不到任何关系。可是我知道，我也有自己的优势。我的这个优势也是偶然发现的。这时我的这个办事处已经开始有一些业务往来，阿菊毕竟是一个农村女孩，又只读过几年小学，所以根本没有能力帮我处理这些业务。于是，我就又招了一个女孩。这个女孩就是丁兰兰，不过她当时还叫丁小薇。有一次小薇和我一起出去办事，回来的路上对我说，你发现了吗？你无论到哪里，女人都喜欢跟你说话。这时我已感觉到了，小薇自从来办事处以后，一直暗暗喜欢我，她甚至还暗示过我几次。但我当时觉得她只是一个普通女孩，除去做一些办事处里的琐事，在生意上并没有多大作用，所以也就没把她放在眼里。可是小薇说的这句话，却让我的心里动了一下。其实我也已经有这样的感觉，我平时到哪里联系业务上的事，只要遇到女人，似乎都很容易说话。于是，从这以后，我再到外面办事或联系业务就开始注意跟有门路的女人搭讪，不动声色地和她们套关系。

也就在这时，我认识了白玫。

我和白玫是在一个饭局上认识的。当时我请几个生意上的朋友吃饭，发现桌上还坐着一个年轻女人。她的模样不太出众，但穿着很洋气，坐在桌前说话很少，也不大喝酒，看上去很沉稳。起初我并没有注意到她。后来一个朋友忽然半开玩笑地对我说，你应该敬白玫一杯酒，别看她不爱说话，在海原市可称得上是一个烟草大王呢，你将来如果想做烟草方面的生意，只要找她就没问题。我一听连忙起身给白玫敬了一杯酒，就这样和她认识了。这次饭局以后，我又给白玫打过几个电话，对她说，想单独请她吃饭。但白玫却总是推说有事，一直没有答应我。白玫的这个态度反而一下把我的胃口吊起来。我平时要请哪个女人吃饭，还从没有被拒绝过。于是我想，这个白玫越是推托，我就越是一定要把她请出来。但我这时做事还是比较谨慎。阿菊已经察觉到了，我在外面经常利用女人的关系做生意。她先是跟我大吵大闹了几次，后来就放出狠话来，说，如果我再在外面跟生意场上的那些女人混在一起，她就要让她的表哥把这个办事处撤掉。我这时生意做得刚有一些起色，自然不能眼看着被阿菊毁掉，于是再做什么事也就不得不收敛一些。但是，关于这个白玫，我还是下决心一定要追到手。我当时倒并没敢奢望真会跟她怎么样，我只是想利用她手上的关系，为我搞些紧俏香烟。于是，我索性采取了一个最极端的办法。一天上午，我先打听到她在什么地方，然后就直接找过去，守在门口。等她出来时，就迎上去对她说，无论你今天中午有什么事，我都要请你吃饭。当时白玫听了没说任何话，就跟着我走了。在这个中午，我和白玫在一个饭馆里坐下来，她看一看我问，你知道我为什么一直躲着你吗？我问为什么？她轻轻叹口气说，你这个人，太招女人喜欢了，我怕一跟你沾上，自己就拔不出来了。我一听白玫这样说，立刻喜出望外。但我跟女人打交道毕竟有一些经验，所以还是沉住气说，我就是再招女人喜欢，也不敢对你有什么想法。我说，我真想象不出，什么样的男人才能配得上你这样的女人。白玫一听就笑了，说，你真会说话。然后她又看看我说，实话告诉你，那一天吃饭时，我从第一眼看到你，就喜欢上你了。她这样说着又摇摇头，但我毕竟不是小女孩了，我知道事情的轻重，所以，我越是喜欢的男人就越要远远躲开，这就是我一直拒绝你的原因。我当时听了立刻壮起胆子抓住她的手。她却把手抽回去了，对我说，我们以后还是做普通朋友吧，如果你有什么事，只管来找我，我一定尽力给你帮忙就是了。她这样说罢，立刻又看着我问，你不会是因为知道我可以搞到香烟，所以才这样追我吧？我连忙说当然不是，我怎么可能是这样的人呢。于是就这样，没过多久，白玫就帮我搞到第一批"红塔山"香烟。那时候"红塔山"很紧俏，所以这批香烟我很快出手了，一下就赚了三万元。这以后，白玫就经常为我搞香烟。但她告诉我，香烟实在很紧俏，所以不好走大宗，每一次最多不能超过五万元。可是即使这样，生意上的朋友还是很快知道了，我有门路搞到紧俏香烟，于是纷纷都来找我。那段时间，我办事处的生意很好，业务量也很大，所以不到一年就赚了二十几万元……

等一等，你不要把话岔开，我现在让你说的是关于陈艳菊的事。

是，这就要……说到阿菊了。

阿菊这时还在你的办事处吗？

对……她还一直在办事处里。

好吧，你继续说下去。

就在我生意最顺的时候，突然出了一件事。一天晚上，我外面没有应酬，就在办事处里没出去。快到吃晚饭的时候小薇忽然回来了，她带了一些吃的，还有一瓶白酒。她告诉我，她知道我这天晚上外面没事，所以就赶回来陪我一起吃顿晚饭。我当时感到奇怪，小薇是和阿菊一起去安河市办事了，于是问她，阿菊怎么没有回来。小薇说，那边的事情还没有办完，所以她让阿菊先留在安河市了，等明天办完了事再回来。这时我已猜到了，小薇在这个晚上是故意把阿菊留在安河市的，她的目的就是想回来和我一起吃晚饭，或许还有什么话要说。果然，小薇在这个晚上和我一起喝了很多酒，也说了很多话，当然都是她如何喜欢我，如何想跟我在一起之类的话。她甚至说，她和我在一起可以不要任何名分，只要能在我身边就可以。我起初还对她说，我只是一个从南方农村来的穷孩子，我在这里没钱没势，开一个办事处还是人家的。我说你是一个好女孩，可以找一个真正的好男人。但小薇却并不听我说，只是不停地说自己的话。后来我看她实在喝得有些多了，就劝她回去。小薇是蓟州人，虽然离海原市不远，但平时不回去，就在这里租了一间房子。小薇在那个晚上确实喝多了，她说话越来越离谱，后来索性就过来，坐到我身边搂住我。我在这时当然不想太伤小薇。小薇已经对我办事处的业务很熟悉，我还要让她帮我做事情。但我又不想跟她把关系发展到什么程度，我这时有一个阿菊整天盯着我已经够烦了，如果再弄一个小薇，我的生意就更无法再做下去了。可是这个晚上，小薇却告诉我，她不准备回去了，这一晚一定要和我在一起。就在小薇搂着我不停地说话时，阿菊突然闯进来。阿菊一进来就像发疯一样地扑向小薇。小薇先是愣了一下，然后就毫不示弱地和她撕扯在一起。阿菊一边扯住小薇的头发说，我就知道你让我一个人留在安河那边没安好心，果然，你回来是想勾引我的男人，我刚才在外面已经都听到了，你说出这样的话真是一个不要脸的贱人。我当时看着这两个女人打成一团，索性就从办事处里出来了。我这时已经感觉到，阿菊是我生意上的一个障碍了。其实这时候，我已经和白玫有了那种关系，而且白玫也已明确表示出想和我结婚的意思。我的心里当然很清楚，如果我能和白玫结婚，用不了几年我就可以开起自己的公司，而且很快将事业发展起来。但是我也明白，阿菊是一个无法解决的问题。阿菊跟着我出来的这段时间，一直和我住在一起，如果我和她分手了，就算她表哥把这个办事处撤掉，她也已经无法再回陈屋村了。

陈三强，这时阿菊知道你和这个白玫的关系吗？

她应该，有所感觉。

她问过你吗？

问过。

你是怎样回答她的？

我当然……不承认。

她是什么反应?

她不相信。

好,你继续说下去。

那一次阿菊和小薇打架以后,我就下定决心,这件事不能再这样拖下去了。几天以后,我就和阿菊开诚布公地谈了一次。我对她说,现在她整天跟我这样吵吵闹闹,害得我在朋友们面前很没面子,生意也无法再做下去了。我明确对她说,我和她已经无法再这样在一起了,她现在只有两条路,要么回湖南老家去,要么就在这海原市,找一个男人嫁了就是了。我对她说,我当然会对得起她,她当初从家里带出两万元,我现在把这两万都还给她,然后再给她八万元,这样总共就是给她十万元。十万元在1993年的时候,应该已是相当大的一笔数目了。另外我说,这个办事处,如果阿菊还让我继续办下去,当然可以。她不想让我办了也没关系,我只要另起炉灶,再重新开一家公司就是了。但让我没有想到的是,阿菊听了我的话只是冷笑一声。她说,你真会打自己的如意算盘啊,当初你没有钱的时候,哄骗我把家里的钱拿出来,跟着你跑出来做生意。现在我已经是你的人了,你做生意也赚到钱了,就想把我一脚踢开。她这样说着就狠狠地瞪着我,然后一个字一个字地说,陈三羊,你别做梦了,你想甩掉我没那么容易,我知道你的心思,你把我打发走,是想去找那个叫白玫的女人,但我告诉你,你只要敢甩掉我,我就去找她,大家谁都别想有好日子过。直到这时,我才意识到,我把这件事想得太简单了,我也太不了解阿菊了。我突然感到有些恐惧。我自从来到海原市,辛辛苦苦打拼到现在这个样子,生意上刚刚有了起色,我绝不能让阿菊就这样给我毁了。当然,我也明白,阿菊的确是一个很难解决的问题。如果让她回陈屋村,应该说已经不可能了,陈屋村是在山里,人们的观念还很守旧,阿菊这样跟我出来一年多时间,再回去肯定已没有脸面见人了。但如果让她留在海原市另嫁别的男人,她也不会同意。所以,我觉得这时已无路可走。我的心思已经都在白玫的身上。我急于想摆脱阿菊,然后去和白玫结婚。也就在这时,我终于想到了一个彻底解决问题的办法⋯⋯

你想的是,把阿菊杀了?

是⋯⋯

等一等,这时丁小薇还在办事处吗?

她⋯⋯已经不在了。

她去了哪里?

那天晚上,她和阿菊打过架之后,就辞职走了。

也就是说,这时办事处里只有你和阿菊两个人?

是,只有我们两个人了。所以我想,如果我把阿菊除掉,是不会有人知道的,也不会有人想起要找她,这样我也就可以踏踏实实地去和白玫结婚了。

好吧,你现在具体说一说,是怎样杀害阿菊的?

那是一天晚上,我对阿菊说,我已经想通了,今后只要把这个办事处办好,能赚一些钱也就行了,我还是踏踏实实地跟她一起过日子。阿菊起初听了我的话有些半信半疑,但看我买了很多吃的东西,又拿出一瓶酒,像是很诚恳的样子,也就相信了。那天晚上,我不停地向阿菊道歉,就这样让她喝了很多酒。后来阿菊喝得有些醉了,我就让她去卫生间洗澡。然后,我等了一阵,看到阿菊泡在浴缸里时,就走进去,把她按到水里淹死了。

阿菊就这样被你杀害了?

是……

你说一下,是如何处理阿菊尸体的?

我当时看阿菊已经死了,才一下有些慌起来,一时不知该怎么办。然后想一想,就找来一块苦货用的塑料布,将她的尸体包裹起来,又把卫生间的浴缸撬开,将尸体藏在底下了。

付一丁说,事情到这里就已经基本清楚了。陈艳菊果然不是自杀,而是被陈三强杀害的。但是,这也就出现了一个问题,丁兰兰,也就是当年的丁小薇为什么要说陈艳菊是自杀的?显然,她是想为陈三强遮掩这件事。而如果按陈三强所说,丁兰兰早在与陈艳菊打架那个晚上以后,就辞职离开了办事处,那么后来发生的这些事她也就应该并不知道。可是上一次对丁兰兰调查时,她却把将陈艳菊尸体处理的方法和过程都很详细地说出来了。她对这些细节又是怎样知道的呢?应该只有一种解释,丁兰兰在当时也参与了这件事,而陈三强说丁兰兰早在陈艳菊死前就已经离开了办事处,不过是想将她从这件事里开脱出来。当然也不排除另一种可能,这些事是后来陈三强告诉丁兰兰的。但如果仔细分析,这似乎又不太符合常理,陈三强杀害了陈艳菊,这样大的一件事,他应该是不会轻易告诉任何人的。付一丁说,不管怎样说,这时案情毕竟已有了很大进展。于是,他向局里汇报之后,立刻决定传唤丁兰兰。

付一丁这一次对丁兰兰的讯问直截了当。他告诉丁兰兰，事情已经都搞清楚了。

丁兰兰问，什么事情搞清楚了？

付一丁说，我先问你，你当年是什么时候离开陈三强的办事处的？

丁兰兰想了一下，说，事情过去这样久，具体时间已记不清了。

付一丁问，是在陈艳菊死以前，还是以后？

丁兰兰说，在阿菊死以后。

付一丁立刻说，确实是在陈艳菊死以后吗？

丁兰兰说是。

这时付一丁的心里就已经有数了。在此之前，陈三强坚称，丁兰兰是在与阿菊打架之后就已经离开了办事处。现在丁兰兰却说，她是在陈艳菊死后才走的。那么也就是说，陈三强确实是在为丁兰兰开脱，而且丁兰兰很可能是真的参与杀害陈艳菊了。

付一丁说，陈艳菊的死因，我们已经搞清楚，她是被陈三强杀害的。

丁兰兰立刻抬起头，看看付一丁。

付一丁又说，这是陈三强自己交代的。

好吧……丁兰兰说，如果是这样，也就没什么可说了……

付一丁说，现在你说一下，这究竟是怎么回事？

我……确实参与这件事了。

你说，参与了杀害陈艳菊？

也……也可以这样说吧……

嗯，你具体说一下过程。

这件事是我无意中撞上的。那时候，三强有了要杀死阿菊的想法并没有告诉我。那天晚上，我本来已经下班，但因为一点什么事就又回办事处去了。我这时已经知道了三强和白玫的事，也很清楚三强是想和白玫结婚，加上那一次我和阿菊打架之后，觉得自己和三强不会有任何结果，而且三强的心思也根本没在我的身上，于是也就跟他的距离远一些了。我那天晚上到办事处以后，发现桌上有很多吃过的东西，而且屋里有很浓的酒气。接着就听到里面的卫生间有很大的动静。我以为是阿菊在里面出了什么事，连忙走过去。这时发现卫生间的门虚掩着。我推开门一看，立刻愣住了。我看到三强在里面。他正站在浴缸旁边，身上的衣服湿漉漉的，地上也都是水。更让我吃惊的是，阿菊正泡在浴缸里，显然已经死了，整个人都沉在水里。三强脸色蜡黄，他看到我进来并没有说话。我立刻明白了是怎么回事，于是顾不得多想，就帮他将阿菊的尸体弄出来。当时办事处里有一辆半新的捷达牌轿车。三强想将阿菊的尸体装到后备箱里，拉出去找个地方埋掉。但我觉得不行，这样做太冒险，万一被人发现事情就麻烦了。于是我想出一个办法，将阿菊的尸体用一块塑料布严严地包裹起来，藏到卫生间浴缸的底下了。我和三强整整忙了一夜，第二天早晨，三强对我说，这个办事处不能再待下去了，好在租期还有一年多时间，暂时不会有人来这里，所以我们只要不打招呼离开这里就是了。于是就这样，在这个早晨，我和三强把办事处简单收拾了一下就匆匆走了。

你和陈三强离开办事处，又去了哪里？

当时三强对我说，我们最好先避一避风头，所以不要在一起了，看看动静再说。他让我再去找一份别的工作，随时有什么事保持联系就行了。

这以后，你们就没再联系？

过了一段时间，三强又来找我。他说有些不放心，不知道阿菊的尸体藏在那里是不是已经被人发现。他对我说，想给湖南老家打一个电话，看那边有什么动静。于是我就帮他打了一个电话。当时接电话的是他姐姐。听他姐姐说，家里并没有去过什么人，他才放心了。

这以后，你和陈三强就没再联系？

很长时间，没有再联系。

后来是怎样又联系上的？

又过了很长一段时间，我也是偶然听人说起，才知道，三强被那个叫白玫的女人骗了。这个女人先是拿了三强二十几万元进香烟的款子，突然失踪了。当时这笔钱是几家公司打给三强的，让他给进红塔山香烟，但白玫拿了钱却突然不见了，而且迟迟不见发货过来，那几家公司就频频催促三强，后来甚至威胁说，如果三强再这样不发货也不还钱，他们就要去报警，说三强诈骗。三强一听更急了，每天像疯了一样到处寻找这个白玫，并在外面对很多认识白玫的人说，如果谁看到白玫就告诉她，最好赶紧发货，要么就还钱，否则他就要去报警了。这以后又过了几天的一个晚上，三强在街上突然遇到了几个人。这几个人将三强弄到郊外的一间破房子里，先是不由分说就将他的两条腿打断了，然后其中一个人说，他是白玫的丈夫，他已经知道三强跟白玫的关系了，所以这一次才教训他一下。接着又警告三强,以后不要再到处找白玫了,更不准再向她要那笔钱,否则就要他的命。这个人这样说完,给三强扔下了一点儿吃的,就将这间破房子锁起来走了。三强就这样在那间破房子里关了十几天。直到后来被人发现,才将他弄出来。但这时他的两条腿由于没有接好断骨,已经严重变形,就这样残废了。可是没过多久,警察又来找到三强。原来白玫当初帮他进的那些香烟,有很大一部分都是假烟。三强就这样又因为倒卖假烟,被判了刑。不过由于他的腿已有严重残疾,才获准保外就医,没有去监狱。我知道了这个消息,立刻又找到三强。他这时已经没有任何经济来源,几乎快要讨饭了。我留在他身边照顾了几年,到他刑期满时,突然有一天,他又不见了。我当时到处打听他的下落,直到后来才知道,他已经去了安河市。我跑来安河找到他。他告诉我,他不想再让我照顾了,他不能耽误我一辈子。他对我说,你如果有钱就借我一点儿吧,我开一个小店,卖些烟酒杂货,这样也可以养活自己。于是我给了他一点儿钱,他就这样开了一爿小杂货店。但我知道,他只靠这爿小店是维持不了生活的。所以,我才每月给他一些钱。我这时已经结婚了,我丈夫是一家公司的老板,生意虽不很大,但做得很平稳。所以,如果不是现在……你们找到了我和三强,我是打算这样照顾他一辈子的……

　　付一丁说到这里,还是忍不住又点燃一支香烟。他冲我抱歉地笑了笑。我立刻对他做了一个无所谓的手势。我说,这个案子已经快二十年了,现在终于告破了,你也感到轻松了吧。付一丁深深地吸了一口烟,沉一下说,其实,作为一个搞刑侦的警察,并不是每破获一起案件都会感到轻松的,有时候……反而觉得心里沉甸甸的。

　　我问,为什么?
　　他说,是啊,我也一直在想这个问题……

我一直试图与李局长约一个相对完整的时间，和他系统地谈一谈。但是，这个想法却一直无法实现。李局长似乎每时每刻都有事。出于公安系统的特殊性，我自然不便多问。我直到这时才明白了李局长为什么让我先看卷宗。卷宗里记载的每一个案件，既有轮廓也有相关人员的讯问笔录和物证记录这样的细节，我可以遴选出感兴趣的案件，这样再有的放矢地了解情况也就会节省时间。我想，李局长除去有些胃病，身体素质一定很好，否则像他这样已经五十多岁的人，每天还缠在各种工作中从早到晚不停地忙碌精力肯定已达不到了。但有的时候，就在我埋头看卷宗时，李局长却又像是很悠闲地推门进来，坐在桌前和我聊一阵。后来我才知道，其实这时是他在工作的间隙里小憩片刻的时候。

　　李局长即使在聊天时也很有风格。他说话看似轻松随意，好像是兴之所至地聊到一些事情，其实没有一句废话。所以，我渐渐意识到，我只能以这样的方式，利用这些短暂的零散时间对他进行采访。但我多次向李局长申明，我来他这里并不是什么采访，在我的心里也从没有把这次工作当成采访。我这一次来这里就是深入生活。所以，我和他以及他的下属聊天只是为了学习，用现在最流行的说法也就是接地气。李局长一听就笑起来，说好啊，你如果想来我这里接地气，那真是来对地方了，我这里的工作就像互联网的服务器，几乎连接着社会的每一个层面，每一个角落。

　　李局长是在一个下午对我说这番话的。他当时正在会议室里开会，大概是研究什么重大的案情，不知已开了多长时间。这时大家是出来抽支烟走一走，放松一下。李局长曾经很自豪地对我说，他们局在这次清网行动中仅抓捕归案的犯罪嫌疑人就有几千人，如果放到一起几乎可以站满一个足球场了。所以，我一直想让他谈一谈，这一次他们局里的领导是如何部署和指挥的，在实战中又有哪些经验。在这个下午，我又一次向他提出这样的问题。李局长一听却笑了。他并没有直接回答我的问题，想一想说，我上次让你去和刑侦队的于波聊一聊，你们聊过了吗？我说已经聊过了，于波确实是一个很优秀的青年刑警，而且很有个性。李局长点点头说，是啊，其实这个于波还有很多很传奇的故事呢，这小子心眼儿灵，脑筋好使，所以到了关键的时候总能想出一般人想不到的鬼点子。李局长说到这里问我，他对你说过，他一个人抓捕三名犯罪嫌疑人的那件事吗？

我想一想说，没说过。

李局长一下又笑起来。他告诉我，那一次是于波和一个办案小组去附近的一个城市办案。这是一起发生在9年前的故意伤人案件，牵涉这个案子的一共有三名犯罪嫌疑人，这三个人是同胞兄弟，当时是因为在市场卖菜争地盘与人发生斗殴，把人打死了。事后这三兄弟逃往外地，一直没有音讯。在这次清网行动中，警方锁定其中的一名嫌疑人在这个城市，是三兄弟中的老大，而且根据分析，另外两名嫌疑人很可能也藏身在这个城市。于是于波他们的办案小组就立刻赶往那个城市。据了解，这个锁定的犯罪嫌疑人在这个城市有一个女人。于是一天晚上，于波和一个同事来到这个女人的家，以派出所警察核对户籍为由先探一下这个女人的情况。当时于波考虑到不要惊动这个女人，就安排一起来的同事等在楼下，只让一个物业管理处的工作人员和自己上楼。但让于波没有想到的是，当把这家的门敲开，他和物业管理人员走进来，竟看到面前站着三个男人。于波接手这个案子之后，已经无数次地看过这三个犯罪嫌疑人的照片，他们的样子都已很熟悉，所以这时立刻就认出来。可以想象，当时的情况非常危险。这三个犯罪嫌疑人也都是三十多岁，他们虽然不是惯犯，当年在斗殴中只是由于一时冲动才把人失手打死了，但这时他们三个人面对于波一个人，如果想拼个鱼死网破逃走，不要说再抓捕他们会更加困难，于波也会有危险。可是于波这时并没有慌。他先把手枪掏出来，然后又把证件掏出来给这几个人看了一下，不慌不忙地说，我们警方已经盯了你们很长时间，现在就看你们自己的态度，如果你们和警方配合，我会把你们这时的表现记录在案，这对你们今后会有好处的。于波这样说着又掏出电话，拨给等在楼下的同事，故意大声说，队长，三个嫌疑人都在这里，你们先不要上来了，我看一看他们的态度再说。这时这三个犯罪嫌疑人的脸都已变了颜色。于波先问了他们每个人的姓名，核对过身份之后，等在楼下的同事也已经上来。这个同事接到于波的电话已经明白他的用意，于是故意说，队长带着人还在楼下，是不是让他们先撤回去。于波点点头说，让他们先撤吧，只留几个人在附近就行，我们在这样的居民小区人太多了动静太大，会影响人家休息。于是就这样，于波和这个同事铐上这三个犯罪嫌疑人就押出来。他们当时把三个嫌疑人押到一个派出所的门口，才又掏出电话，联系一起来的办案小组，让他们赶快开车过来接人。

李局长说，事后他曾问过于波，当时为什么站在派出所的门口，不把这几个犯罪嫌疑人押进去。于波立刻说，那可不行，一把人押进去，成绩就算人家的了！李局长这样说着就又笑起来。他说，你看，我们这次搞清网行动，就需要这种奋力争先的拼搏精神啊！

李局长又说，我们今天面对的罪犯，和你所说的当年那个叫江明的犯罪嫌疑人已经完全不一样了，现在的很多嫌疑人都具有很强的反侦察意识，还有的甚至利用高科技手段，想尽一切办法漂白身份逃脱我们警方的追捕，这也就给我们的刑侦工作提出更高的要求。

也就是在这时，我第一次听到"漂白身份"这样的说法。所谓漂白身份，是指犯罪嫌疑人在逃往外地之后，使用一些非法的手段把自己的身份合法化，或利用已经死去的人借尸还魂，或冒用别人的身份证，甚至利用整容等一些现代医学手段改变自己的容貌，更有甚者，有的犯罪嫌疑人为逃避警方追捕不惜改变自己的性别。李局长告诉我，在这次清网行动中，他们就挖出一个潜藏了16年的涉嫌杀死两个人的犯罪嫌疑人。这个嫌疑人现在已是一个知名的企业家，而且有许多头衔，身兼各种社会职务，还经常在电视上和一些重大的社会活动中露面。没有人会想到，就是这样一个人，当年竟然杀过两个人。这个十几年前的案子在当时的社会反响很大。一对母女，在一个偶然的机会同时认识了一个男人。这个男人比这对母女中的母亲年岁要小，而比女儿的年岁要大。于是从此，这个男人就游走在这对母女的感情之间，而且就这样持续了很长时间这对母女竟然还没有察觉。后来还是母亲先感觉出了问题。因为这个母亲发现，这男人好像在感情之外还另有企图，他经常会向自己和女儿借钱，甚至是要钱。而最让她无法理解的是，她的女儿每次给这个男人钱似乎比自己还要慷慨。事情就是这样被这对母女看穿了。但就在这对母女准备报警时，这个男人却将这对母女杀害了。据熟悉这对母女的亲友说，她们的手里确实有一些积蓄，而她们被害之后，这些积蓄却不翼而飞了。当时的警方经过一段时间的侦察，终于锁定了这个犯罪嫌疑人。可是他这时已不知去向。李局长说，这次清网行动中，警方再次锁定，这个知名企业家应该就是警方追捕了十几年的犯罪嫌疑人。但是，警方在抓捕他之前也做了很多慎重细致的工作。这个企业家毕竟有相当的知名度，而且有一定的社会影响，还有这么多的社会头衔，一旦抓错了或是有什么疏漏，工作会很被动。但经过缜密的工作之后，还是顺利地将这个人抓捕归案了。而且他很快就承认了自己的真实身份，对十几年前的罪行也供认不讳。据这个嫌疑人交代，他当年来到这个城市就是先想办法漂白了自己的身份，然后到一家企业打工，由于头脑灵活，工作努力，渐渐得到企业老板的赏识，最后将自己的女儿嫁给他，就这样一步一步成了一个知名的企业家。

李局长对我说，对于这种已经漂白身份的犯罪嫌疑人是最不好确定的，他们大都已经改头换面，身上已丝毫没有当年的痕迹，在确定他们真实身份时就要花费很大的气力。所以，李局长说，侦破这一类案件时，就需要更加细致的工作……

第七章
纸陶

梅子在这个早晨醒来时,又一次感觉到失落。春天的阳光已开始发亮,透过窗玻璃散射进来,使屋里的一切都变成耀眼的颜色。身边的付强已不见了,床上只留下一个浅浅的男人睡过的痕迹。卫生间里传出哗哗的水响。从声音可以听出,付强把自己洗得很仔细,就像他平时做每件事一样仔细。梅子轻轻叹息一下,把手伸到枕头底下去拿束头发的皮筋,不想却摸到了昨晚自己暗暗准备下的安全套。梅子对这种事只是懵懵懂懂地知道一些,还不是搞得太清楚,所以从来不会算这种前多少天后多少天的复杂日子。她只是觉得来例假的时候不能做这种事,不来例假的时候只要做这种事就要使用安全套,这样才会确保安全。所以,自从付强开始来她这里住,她就偷偷地准备了这东西。她第一次去成人用品商店买安全套时很丢人。成人店的老板是一个四十多岁的女人,涂抹了化妆品的脸上睡眼惺忪。梅子来到柜台跟前,觉得自己像是在做什么见不得人的事情,眼睛垂得很低,只是嗫嗫地说了一声,买……几只安全套。那女人随手从柜台里拿出几个花花绿绿的小盒子,啪的放到梅子的面前,问,要哪一种。然后就很专业而且面无羞涩地介绍了一下这几种安全套的不同特点。梅子听得耳热心跳,朝其中一种胡乱一指说,就……就这种吧。多大号?那女人看看梅子。梅子一下没有听懂,说什么……多大号?那女人扑哧一声笑了,说,这东西是有尺寸的,就像买衣服,当然要说出具体尺码。梅子立刻明白了,脸一下更加涨红起来,她怎么可能知道付强该用的具体尺码。柜台后面的女人显然见多识广,看到梅子的窘色就明白了,于是拿出其中的一个纸盒递给梅子说,就这种吧,大一点小一点应该都能用。梅子连忙付了钱,然后就拿起这个纸盒逃出来。但是,让梅子没有想到的是,她买的这盒安全套,自从付强来她这里住,却一次也没有用过。梅子始终搞不明白,这究竟是自己的问题还是付强的问题。她翻来覆去地想,总觉得这件事不应该是这样的。一对年轻的男女住在一起,而且还是这样的同居关系,已经住了十几天却从来没有发生过这种事,充其量不过是有一点儿类似抚摸的亲昵举动,应该说,这无论如何都不正常。梅子也曾怀疑过付强对自己的感情。付强和梅子在一起时,确实很少对她说那种让人感觉身上像触电一样的温存话。但梅子能感觉出来,付强对自己的感情不是用嘴表达的,他只是不动声色地去做。比如晚上睡觉前,付强自己刷过牙之后,总会在梅子的牙刷上也挤一点儿牙膏,然后放到注满水的杯子上。再比如梅子早晨起床时,拖鞋也总是已经摆放在她习惯的位置。梅子搞不懂,付强只和自己同居了这样短的时间,他怎么会对自己的生活习惯这样了解。也正是因为这些看似不起眼的细节,让梅子的心里总是感觉暖暖的。就在前不久,梅子的一只喝水的杯子不小心掉到地上摔破了。梅子平时一向很喜欢喝水,尤其喜欢喝泡了一两片柠檬的白开水,这会使人感觉清爽,也提神。所以,梅子无论走到哪里,每时每刻都离不开水杯。梅子用的这只水杯比一般的杯子要大一些,而且景泰蓝的外壁很好看,拿着也非常应手。更重要的是,这是一只保温杯,里边像暖水瓶一样有一只杯胆,这样水就不会凉。所以,梅子将这只水杯摔破之后就一直觉得很不方便。她知道,这样的杯子是很难再配到杯胆的。但没过多久,她突然发现,这只杯子竟然又出现在自己的桌子上,而且里边重新装了杯胆,看上去已经完好如初。梅子立刻明白了,是付强。付强不知什么时候已经不声不响地为她重新配了一只杯胆,然后又不声不响地把这只杯子放到她的桌子上了。也就从这一刻起,梅子下定决心,要让付强搬来自己这里住。

梅子在昨天晚上已经下定决心,这次一定要让她和付强之间早该发生的事情发生了。付强又像平时一样很晚还没有回来。付强的旅游公司正在关键的时候。付强曾对梅子说过,现在的国人经济条件好了,已经不满足简单的生活水平的提高,都想出去见识一下外面的世界,条件好的想走得远一点,条件更好的就想走得更远,所以旅游市场也就一天比一天热。但同行业竞争也很激烈,要想在这个蛋糕上分一块并不是容易的事。据付强说,他的旅游公司刚刚注册下来。所以梅子知道,付强这时应该是最忙的时候。在这个晚上,付强回来之前,梅子先仔仔细细地洗了一个澡,又特意在身上喷了一些香水,选了一件柔软的水红色的丝质睡衣穿在身上,里面又穿了一身连自己看了都会脸红心跳的内衣,然后在镜子前面试着将睡衣精心地掩起来,故意掩得若隐若现。其实梅子做这种事很不在行。她在大学时虽然也曾有男生追求过,但还没有一次真正的恋爱经历,对男女之间的那点事也只是青涩的一知半解。所以,她在这样打扮自己时突然感到耳热心跳。她怀疑自己这样做是不是妥当。梅子觉得,自己这样挖空心思的去勾引一个男人,这应该是一种不正经的行径,她甚至怀疑自己是不是已经变成了一个坏女孩。但她的心里很清楚,她是在没有任何经验的状态下去揣摩和想象付强的感受,猜测着怎样才能让他对自己兴奋起来。梅子忽然感觉很无奈,最后,她只好得出一个结论,当一个女孩子爱上一个男人时,她为他做出的一切都不应该是不对的。

让梅子没有想到的是,付强在这个晚上回来时又是一身酒气。梅子觉得,付强喝酒之后的状态也和别的男人不太一样。梅子见过喝多了酒的男人。她觉得男人一旦喝多酒,身上总会有一股劲儿,有的男人是匪气,有的男人是痞气,也有的男人是傻气,总之和平时不太一样。但付强喝多了酒,只是从他身上闻出气味。他仍然是那样的沉默,而且只会比平时更沉默,除此之外看不出任何不正常的变化。付强在这个晚上回来仍然没说太多的话。他只是告诉梅子,旅行社前几天选定的办公地点看来又不行了,租金还是谈不拢,又找了几个地方也不太理想,不是过于偏僻,就是门面有些寒酸。梅子听了想要安慰付强一下,公司的事只能慢慢来,如果资金方面还有缺口可以再想办法。但她还没有把要说的话说出来,付强却已经仰躺在床上睡着了。梅子看着熟睡的付强,忽然有一种感觉,似乎他的酒气不是从嘴里喷出来的,而是从身上散发出来的,这种从身上散发出的酒气给人的感觉更加刺鼻。梅子知道这一晚又要这样过去了,她只好轻轻叹息一声,拉过棉被扯开,给付强盖在身上……

付强终于洗完了澡,从卫生间里出来了。他像平时一样,在卫生间里就已将自己穿戴整齐,出来时已经是衣冠楚楚。付强的身上有一种天生的白领气质,身材修长,白净斯文,再穿上深色的西装,打起领带,就越发显得干练。梅子在这个问题上总想不明白,一对相爱的年轻男女,又已经住到一起,为什么不能在对方面前赤身露体?当然,她也曾设想过,如果让自己这样做,也会感到难为情,不过倘若需要至少自己还可以勉强接受。但付强却从来不这样,他在梅子的面前总是把自己包裹得很严,即使睡觉,也要先去卫生间换上睡衣,从不肯露出一点自己的身体。梅子最后把付强这样做,归结为他还没有跟自己真正的亲热。她想,也许有一天,付强与自己打破这最后一道防线,或许这个问题也就迎刃而解了。

付强在冲着镜子一下一下地梳头发。付强的头发很柔顺,也很光亮,发型也很好看,是那种浅浅的分头,这就使他更显出有几分斯文。他梳完了头发,又在脸上抹了一些润肤的东西,光洁的脸上看上去就更加滋润起来。梅子在一旁看了一会儿,问他,今天……去干什么?

付强说,还是跑昨天的事情,公司的办公地点总要尽快定下来。

可是……今天是星期六啊,双休日。

梅子提醒他。

付强一边做着手里的事说,又有一个线索,约好今天去谈一谈。

付强这样说罢走过来,在梅子的脸颊上轻轻吻了一下就匆匆地走了。梅子每到这时总会有一种感觉,似乎付强的吻只是一阵微风,在自己的脸上轻轻掠过……

林思雨渐渐梳理清楚自己的情绪。她发现每到星期二,自己的心情就会不知不觉地好起来。她终于找到了这其中的原因。刘华一般是在星期二给她打来电话,然后在星期二的晚上,或是星期三的上午来看她。林思雨觉得刘华这个年轻人很有意思,跟他在一起说说话,聊聊天,会有一种说不出的愉快。林思雨也曾想过这个问题,自己已经37岁,一个37岁的女人喜欢跟一个二十几岁的年轻男人来往是不是不太正常。但她很快就告诉自己,并没有什么不正常,她从来没有想过要跟这个叫刘华的年轻人怎么样。她只是觉得,在自己身边有这样一个从气质到相貌都很讨人喜欢的年轻人,应该是一件有面子,也令人愉快的事情。林思雨已经记不清最早是怎样认识这个刘华的了,好像是朋友圈子里的人介绍的。林思雨有一个不太大的朋友圈子,当然都是女人,而且是一些很有钱的女人,如果用今天时髦一点儿的话说也就是一些"富婆"。这些富婆的男人大都是生意场上的成功人士,每天在外面东跑西颠地忙自己的事,所以这些衣食富足的女人平时无事可干就凑在一起,或聊一聊穿衣打扮如何花钱之类的事情,或议论一下谁的八卦新闻风流韵事,或聚到一起去哪个菜馆吃一吃饭,去哪个咖啡厅喝一喝咖啡。刘华好像就是在一次这样的聚会中不知不觉地出现的。当时林思雨并没有注意到这个年轻人,她以为是哪个朋友的亲戚或公司里的职员。但吃饭时,这个年轻人身上的气味却引起林思雨的注意。这是一种香水的气味,而且应该是一种陌生的香型。尽管林思雨平时并不喜欢用香水,但圈子里的朋友都用,所以对香水就还是多少了解一些。她立刻断定,这应该是一种比较罕见的香水。当时这个年轻人就坐在林思雨的身边。他显然也意识到,身边的林思雨已经注意到自己身上的气味,于是就主动将一张名片双手递到林思雨的面前。林思雨接过名片看了看,是一家化妆品公司,年轻人是这家公司的总经理,叫刘华。这时刘华立刻又声音不大但很得体地解释,其实严格地说,这家化妆品公司只是一个香水公司。林思雨这才明白了,这个叫刘华的年轻人,他身上散发出的气味并不是自己使用的气味,而只是一种职业的气味。林思雨一下笑了,她对这年轻人说,我说你怎么会有女人气呢?你身上的气味,不应该是男人使用的香水。叫刘华的年轻人也笑了，说是啊，我在外面，经常会有这样的误解。这时餐桌上的女人们正在兴高采烈地讨论有关生日的问题，说是哪个月份的生日就会决定这个人的性格。接着就有人提议，从现在开始，到了谁的生日，大家就聚会一次，一起为她庆祝生日。于是每个人纷纷报出自己的生日是哪一天，然后大家帮她分析，这个日子的生日应该是什么样的性格，今后会是什么样的命运。轮到刘华这里，他却只是淡淡一笑说，我就算了，我只是一个外人。但立刻有人说什么外人内人，今天既然坐在这里，就是我们自己人，你说一说吧，到底是哪一天的生日。刘华听了沉一下，才说，我的生日没有什么特别的，不过要说起来……也比较特殊。林思雨一听扑哧笑了，说，怎么特殊法儿，别人都是一年过一次生日，难道你是一百年过一次生日不成？刘华听了立刻睁大两眼看着林思雨，看了一阵才说，你……太聪明了。林思雨不解地问他，怎么……？刘华又沉了一下，才说，我是农历润十月的生日。林思雨没有听懂，说农历润十月……又有什么特殊呢？刘华很认真地说，按我们中国农历的历法，润十月要二百五十多年才有一次，也就是说，我要想过自己的生日，须等二百五十多年以后。他说着又一笑，所以，如果大家决定为我过生日，就只能耐心等待了。林思雨听了起初有些不相信。但林思雨在大学里毕竟是硕士生毕业，虽然读的是法学院，研究方向是法学法理，但是对我国传统的一些历法常识还是多少了解一些的。这时，她再看一看刘华那认真的神情，立刻就相信了。桌上的女人们先是愣了一下，接着就都大笑起来。也就从这一次，这个叫刘华的年轻人就给林思雨留下了深刻的印象。

这以后没过多久，刘华就给林思雨打来电话。刘华说想请林思雨吃个便饭。林思雨一听就在心里笑了。林思雨当然知道，像刘华所在的这种专做香水生意的公司，当然赚的是有钱女人的钱，而现在有钱的女人大致可以分为两种，一种是自己有钱，这种女人多在职场，白领、银领或金领，但虽然有钱，却要低调，不能过多地把钱用在化妆品上，否则工作中与人接触，浓妆艳抹甚至浑身散发出香喷喷的气味，会让人觉得与身份不符。第二种女人，则是男人有钱的女人，这种女人的天职就是花钱，男人赚了钱她们来花，什么贵买什么，什么好买什么。刘华这样的香水公司，也正是把这种女人作为自己的销售对象。林思雨当然知道，自己应该属于这后一种女人，所以刘华才会请自己吃饭。刘华一定看出来了，自己在这个朋友圈子里还是有一定号召力的。的确，这个圈子里的女人虽然一个比一个有钱，也有几个大学毕业生，但严格地讲，综合素质都不是很高，因此在平时，这些女人虽然表面不动声色,暗中却都很关注林思雨的消费取向,比如林思雨的衣服喜欢什么色系,什么款式,林思雨的化妆品喜欢用什么品牌等等。林思雨这一次还是很爽快地接受了刘华的邀请,和他一起吃了一顿午饭,然后又在旁边的咖啡厅喝了一阵咖啡。林思雨感觉这个叫刘华的年轻人很聪明,也不张扬,有一种低调的机灵,同时又很善解人意,因此和他一起聊天很愉快。

让林思雨没有想到的是,她这一次和这个叫刘华的年轻人一起吃饭,刘华并没有过多的提他公司经营的香水。他只是和林思雨说一些自己经历的和听别人说的有趣的事情。林思雨虽然平时经常和朋友一起聚会,但在这种聚会上听到的不过是一些八卦的逸事,并没有什么实质性的或有价值的信息,平时看电视也只是看一些韩剧之类,总的来说,对今天社会上的时事知之甚少。所以,她对刘华所说的一些事情也就听得饶有兴味。当然,最后还是林思雨自己忍不住,主动向刘华问起他公司经营的香水的事情。刘华这才告诉林思雨,他的公司只经营一个国家生产的香水,就是越南香水。林思雨听了有些意外。其实林思雨平时从不使用香水。她觉得一个女人如果没有异常的体味需要遮掩,只是用香水的气味去吸引别人的注意是一种不自信的表现。她只知道法国香水,却还没听说过有越南香水。而更让林思雨感到意外的是,这个叫刘华的年轻人不仅经营香水,而且对香水很有研究。但他并不像有的年轻人那样故意卖弄学问,他只是很低调很谦虚地告诉林思雨,香水最早的发明虽然不一定是在中国,关于这个问题还没有一个明确的定论,但"香水"这个词在中国却古已有之。晋张勃在《吴录》中就有:"端溪有端山,山有五色石,石上多香水"之说。唐朝的白居易在《崔侍御以孩子三日示其所生诗见示因以二绝和之》中也有:"洞房门上挂桑弧,香水盆中浴凤雏"的诗句。刘华说,虽然这里所说的香水,与今天的香水并不是一回事,但也可以看出"香水"一词在我们中国早有使用。刘华接着又向林思雨介绍,其实香水就是一种有气味的液体,它混合了香精油和固定剂,再有酒精和乙酸乙酯。其中香精油是取自于花草植物,用蒸馏法或脂吸法萃取,也可以使用带有香味的有机物。固定剂是用来将各种不同的香料结合在一起,包括香酯、龙涎香和麝鹿身上腺体的分泌物等等。酒精或乙酸乙酯的浓度则取决于是香水、淡香水还是古龙水。刘华最后告诉林思雨,香水的保存期一般是五年,也就是说,一瓶再好的香水五年之后就不能再用了。林思雨听了心里不禁黯然。她想,女人又何尝不是这样,一个再漂亮的女人,五年之后也会大打折扣,漂亮就像香水一样能留下一点淡淡的痕迹就已经很不容易了。林思雨在此之前虽然对香水有一点儿了解,但知道的并不太多,这时听了刘华的介绍也有了一些兴趣。她又向刘华问起他经营的越南香水。刘华说,人们只知道法国香水很有名,其实法国香水的原料大部分是来自越南出产的天然香料。法国统治越南70年,掠夺了大量的天然香料,同时也把制造香水的工艺带过来。现在越南香水的品牌有"西贡小姐香水"、"越南小姐香水"、"仙妮香水"、"黛安娜香水"和"玛丽亚娜香水"……刘华一口气说出了一串越南香水的品牌。林思雨听了不禁在心里暗暗佩服这个叫刘华的年轻人。她有一种感觉,这个年轻人对自己从事的工作如此认真,今后一定会干出颜色来。于是,她由衷地说,我会把你刚才的这些介绍,讲给我的那些朋友。刘华听了却笑着摇摇头,他说,你以为我在向你兜售这些香水吗,我还没有这样功利,我的公司是有自己的而且是固定的销售渠道的。

林思雨听刘华这样说,自己的脸反倒红起来。

刘华在这个星期二又没来电话,这在以往是很少见的事情。刘华曾告诉过林思雨,他的公司在这个城市设有分公司,他每个星期的星期二都会来这边看一看。林思雨回忆了一下,上周的星期二刘华就没有来电话。林思雨本想给他打一个电话,问问他是因为公司的事情忙,还是根本就没有来这个城市。但已经拨了号码,还是没有打过去。林思雨突然意识到打这个电话不太合适。自己这样一个整天除去花钱闲得无事可干的三十多岁的女人,去追着给一个正在为工作打拼的年轻人打电话,倒像是穷极无聊似的。不过这个星期二刘华又没有来电话,这是林思雨没有想到的。林思雨一直等到晚上,手机除去几条广告信息,再有一两个朋友的电话,还是一直没有刘华的消息。这时林思雨突然觉得自己有些可笑。刘华这样一个年轻人,就说他是什么公司的总经理,说到底也不过是一个卖香水的,他来不来电话又有什么大不了的,自己怎么会为这样一个年轻人就心神不定。就在这时,林思雨的手机电话突然响起来。林思雨拿起电话看了看,心里立刻一动,显示的正是刘华的号码。她又让电话响了几声,然后才打开电话。刘华在电话里的声音似乎有些疲惫,背景的声音也很乱。他说,我今天又没有到那边去。林思雨知道他的意思是没有来这边的城市,但还是问了一句,你说……哪边?

刘华说,我没有到那边的分公司去。

林思雨哦了一声说,你最近,很忙?

是啊,刘华说,确实很忙。

还是在忙……销售的事情?

还有很多别的事,等有机会……我再详细告诉你吧。

刘华似乎手头有事,这样说罢就匆匆将电话挂断了。

林思雨拿着手机,忽然感觉有些惆怅。她觉得现在除去在家里看看电视,偶尔出去和朋友一起吃吃饭,唯一让自己高兴的事情也就是每周二和刘华一起见见面,聊聊天了。她本来没有觉出什么,现在刘华突然两个星期没有来,她才突然意识到,其实在自己的潜意识中,每个星期都在期待着这个星期二,或者具体说是期待着刘华的电话……

钟子祥接到叶小菁的电话时正在开会。会议的中心内容还是商量如何应对那件已经持续了很长时间的诉讼案。这件诉讼案很麻烦,其中还掺杂着刑事方面的问题,因此就越搞越复杂。公司的法律顾问陈律师一来就表示,他只有一个小时的时间,一小时之后还要赶去市里的第一中级法院,一个当事人等在那里要办立案的事情。钟子祥连忙将几个部门的中层领导找来会议室。但会议刚开始,还没切入正题,叶小菁的电话就打过来。叶小菁在电话里也是开门见山。她劈头就对钟子祥说,我已经考虑过了,还是决定把这个孩子生下来。钟子祥一听就蒙了。让叶小菁去做流产,而且去哪个城市的哪家医院由叶小菁自己决定,这本来已是商议好的事情,钟子祥不知道叶小菁为什么突然又改变了主意。但钟子祥不好在会议室里当着别人问电话里的叶小菁,于是只好耐着性子说,现在正开一个很重要的会议,过一会儿再把电话给她打过去。叶小菁听了倒也没再说什么,只是嗯了一声,说好吧。就把电话挂断了。叶小菁一向是这样。在钟子祥的印象里,自从与这个女孩交往,她好像从来没有为难过自己。叶小菁给钟子祥的感觉似乎是一个很明事理的女孩,而且善解人意。不过钟子祥也知道,虽然叶小菁向自己提出什么要求一向都是只提一次,过后并不再重提,更不会任性地坚持,但他每一次还是都会按着她的要求去做,而且只会做得比她提出的要求更好。也就是说,尽管叶小菁并不经常向钟子祥提要求,但她一旦提出什么,几乎无一落空。钟子祥想一想也感到有些奇怪,为什么自己总是不知不觉而且心甘情愿地按着叶小菁的要求去做呢?

钟子祥认识叶小菁应该算是很偶然,但如果仔细想一想又似乎存在着一定的必然性。一次钟子祥打开自己的电子邮箱,发现有一封陌生的邮件。写邮件的是一个叫“秋水”的女孩。这女孩在邮件里说,自己是一个正在读大学的女生,家在农村,而且很穷困,现在已面临无法再读下去的境况,但毕竟已读到大学四年级,倘若辍学未免可惜,可是眼下又面临没有饭吃的绝境已经实在无法再坚持下去。这个女孩说,她知道钟子祥是一个充满爱心的企业家,也听说他曾经做过资助贫困学生读书的善事,所以,这一次才向他伸出求助的手,希望他能帮自己一下。当时钟子祥看了这封邮件并没有立刻回复。钟子祥确实曾经资助过贫困的学生读书,不过那一次是工商联出面搞的活动,找了几个民营企业家共同一次性的资助了十几个贫困学生。钟子祥的心里当然清楚,这种资助用不了多少钱,对于自己这样规模的企业根本不是问题,不过如果选择不好资助对象,那就要出问题了。钟子祥听说过类似的事情,有的民营企业家好心好意地资助贫困学生,花了很多钱,费了很多事,最后却不知怎么糊里糊涂地被贫困学生告上了法庭,给自己惹来一堆扯不清的麻烦。所以,钟子祥不想轻易招惹这种事。接着没过多久,这个叫"秋水"的女孩就又发来一封邮件,她在这封邮件里写了一个账号,并注名开户人的姓名叫"叶小菁"。她告诉钟子祥,这个账号是她个人的一张卡。她请他往这张卡上打312元。她说,这312元是她要充进在学校吃饭的学生饭卡里的,她现在已经欠了学校食堂12元钱,如果再不往饭卡里充值,她就没有饭吃了。钟子祥收到这个短信心里不禁感慨了一下,自己平时请客户吃一顿饭也不止三百元,而这区区的三百元却可以让一个贫困的大学生吃几个月。于是,他没再犹豫就让人往这张卡上打入了400元钱。这个叫"秋水"的女孩很快就发来邮件,她把钟子祥称为钟大哥,她对钟大哥这样的慷慨相助表示感谢,并说自己是学工艺美术专业的,也知道钟大哥的企业与陶瓷艺术有关,所以如果钟大哥有用到自己的地方,只管告诉她,她一定会尽力。钟子祥收到这样一封真诚的邮件自然也很高兴,于是立刻回了一封邮件,告诉这个叫"秋水"的女孩,几百元钱不算一件事,今后如果有什么困难,还可以向他提出来。这以后,这个叫"秋水"的女孩儿就经常与钟子祥邮件往来,向他汇报自己的学习情况,也说一些自己在学校里的事情。她也曾又向钟子祥张过几次口,但都是买学习用品之类的小事,每次不过几百元钱。这期间只有一次,"秋水"一连十几天没有发来邮件。事后钟子祥问"秋水"是怎么回事。"秋水"这才告诉钟子祥,原来她每次发邮件,都是借用同寝室同学的笔记本电脑。那几天,那个同学突然有事回家了,所以她也就无法再发邮件。钟子祥听了感到很意外,他没有想到在今天这个时代,这个叫"秋水"的女孩在大学里读书读了四年,竟然还没有一台起码的笔记本电脑。于是当即又给"秋水"的卡上打去1万元钱,让她买一台性能好一些的笔记本电脑。接着钟子祥又想到,这个叫"秋水"的女孩是这样的经济条件,一定也没有应手的手机,于是就又给她的卡上打去3千元,让她再买一部手机,这样今后也便于跟自己联系。钟子祥这一次做的事显然深深地感动了这个叫"秋水"的女孩。几天以后,她给钟子祥打来电话。她在电话里告诉钟子祥,她现在就是用刚买的手机给钟子祥打来的。她问钟子祥,自己的声音清楚不清楚。这是钟子祥第一次听到这个叫"秋水"的女孩的声音。她觉得这女孩的声音很清纯,听上去似乎还有一些胆怯。这越发让钟子祥产生了一种怜悯之心。他立刻说清楚,你的声音很清楚。这时,这个女孩在电话里沉默了一下,然后才有些哽咽地说,钟大哥……谢谢你……钟子祥听了连忙说没关系,这不算什么事,你今后如果还有什么困难只管对我讲,你现在有电话了,以后跟我联系就更方便了,不用再发邮件,直接打电话就行。这时,这女孩说,钟大哥你帮了我这样久,我还没有告诉过你……我的真实姓名……叫叶小菁,树叶的叶,大小的小,菁是草青菁。钟子祥笑笑说好,叶小菁,那以后我也就不再叫你秋水了,只叫小菁。其实钟子祥早已知道这个网名叫"秋水"的女孩真实姓名叫叶小菁,他第一次往她的卡上打钱时,就已通过朋友去银行查过。这张卡的开户人真实姓名的确叫叶小菁。

这以后,叶小菁与钟子祥的电话就频繁起来。

叶小菁是一个很乖巧的女孩,她显然知道钟子祥公司里的事很忙,所以每次来电话,尽管钟子祥并不明确地说什么,但她总能立刻从钟子祥说话的语气和声音判断出,他是正在忙碌还是有一点儿空闲。如果钟子祥正在忙碌就会很知趣地说几句话便赶紧挂断电话。钟子祥每次接到叶小菁的电话心情也很好。他渐渐感觉到,有一个这样的女孩经常给自己打来电话是一件令人愉快的事情。钟子祥的家是在离这里一百多公里之外的另一个城市,虽是一处拥有花园的别墅豪宅,还有一个比自己小十几岁的年轻漂亮的妻子,与前妻生的女儿大学毕业后留在外地工作,平时靠自己努力绝不让父亲操心,但钟子祥独自在这个城市忙生意,只是偶尔有一两天空闲才匆匆赶回家去看一看,因此每到一个人的时候,尤其是晚上闲下来时,就难免会感觉孤独寂寞。现在好了,每当钟子祥感到孤寂时,这个叫叶小菁的女孩就会适时的打来电话。钟子祥是一个将近五十岁的男人,他觉得自己在叶小菁这样年龄的女孩面前,如果论长辈似乎也说得过去,不过更合适的还应该是一个大哥哥的角色,这种角色认知使钟子祥觉得与这个叫叶小菁的女孩交往很愉快,也很舒服。

但这种令人愉快、舒服的交往并没有持续多久。

钟子祥和叶小菁的关系发生实质性的变化是在几个月以后。当时刚刚过完春节。钟子祥知道，叶小菁在这个春节没有回家。临放寒假时，叶小菁在电话里告诉钟子祥，学校里还有一些事情，所以她这个春节不准备回去了。直到过完春节，她才向钟子祥透露，她在这个春节没有回家是为了复习功课。当时钟子祥听了感到奇怪，说你还有一学期就要大学毕业了，这个时候，还有什么功课需要这样复习呢？这时叶小菁就在电话里哽咽起来。钟子祥一听连忙问是怎么回事。叶小菁说别问了，你……不要问了。钟子祥一听越发急了，一定要叶小菁说出究竟是怎么一回事。在钟子祥的一再追问下，叶小菁才说出，其实她这段时间一直是在纠结的心情中度过的。现在还有一学期就要大学毕业了，很多同学都在准备考研，而她又何尝不想继续读研究生。就在上学期临近期末时，系里的老师曾找她谈过一次，说是这几天，学校里将这一届这个专业的学生评估了一下，学校认为凭叶小菁的学习成绩和在专业方面的悟性，希望她能考虑一下考研的可能。但是，叶小菁对钟子祥说，她当时怎么对老师说得出口，她现在读本科都几乎已经读不下去，不得不靠别人资助，考研对她来说简直是想都不敢想的事情。叶小菁一边说着就在电话里伤心的抽泣起来。钟子祥听了，心里像被狠狠地拧了一下。尽管他从没有问过叶小菁学习方面的事情，但他也能想象得到，这样一个女孩在学校的学习成绩一定很好。可是她现在只因为没有钱，就不能再继续读书。当年钟子祥的家虽然是在城市，但那时家里也很困难，因此他很清楚，对于叶小菁这样的女孩，这应该是一件很残酷的事情。当时钟子祥拿着电话，沉默了一阵，然后问，你读研，大约需要多少钱？叶小菁似乎在电话里稍稍迟疑了一下，然后说，读研不同于读本科，如果把所有的费用算在一起，3年时间……总要……3到5万元……好吧，钟子祥说，这笔费用我来给你出，你只管专心复习功课就是，不要再想这件事了，这几天，我会往你的卡上打入8万元，8万元总该够用了吧。叶小菁没有回答，只说了一声谢谢，就在电话里越发地抽泣起来。

于是几天以后，钟子祥就往叶小菁的卡上又打入了8万元。

但让钟子祥没有想到的是，他往叶小菁的卡上打入8万元之后，叶小菁却突然没有消息了。钟子祥等了两天，见叶小菁一直没有电话过来，试着给她打过去，电话也总是关机。钟子祥这时才突然意识到，其实自己与这个叫叶小菁的女孩交往了这样长的时间，联系的方式只是通过电子邮件和电话，自己只知道她是一个学工艺美术专业的正在读大四的学生,除此之外甚至连她在哪里读书,是这个城市的哪所大学还是别的城市的什么大学都不清楚。钟子祥想到这里,突然有了一种不祥的预感。也就在这时,叶小菁突然在一天上午给钟子祥打来电话。当时钟子祥正在处理那件诉讼案的事。对方,也就是原告方的代理律师是由法律援助中心指派的,在这个上午,这个律师来跟钟子祥接洽,要和钟子祥的律师谈一些细节问题。也就在这时,钟子祥的手机电话突然响起来。钟子祥拿出手机一看,显示的是叶小菁的号码,于是连忙接通问她,怎么回事,为什么这几天一直没有消息。然后又问,卡上的钱收到没有。叶小菁说钱已经收到了。接着又说,这几天一直在紧张的准备功课,所以电话就没有开机。接着她又让钟子祥猜一猜,自己现在哪里。钟子祥愣了一下,问,你在……哪里?叶小菁在电话里顽皮地一笑说,在一个酒店,就在你公司对面的酒店。接着,叶小菁又问钟子祥,从他办公室的窗子是否能看到对面的泰和大酒店。钟子祥说可以看到。叶小菁说那你到窗前看一看吧,我就在你的对面。钟子祥立刻走到窗前朝街对面的泰和大酒店看了看,果然,在十楼一个房间的阳台上,看到一个拿着手机电话的女孩正在朝这边招手。钟子祥立刻大感意外。他回想了一下,自己好像从没有告诉过叶小菁,自己的公司是在什么地方,他不知叶小菁怎么会找来这里。电话里的叶小菁似乎已经猜到钟子祥在想什么,又笑一笑说,你公司的办公地点在网上很容易查到的,这有什么奇怪。钟子祥这才明白了,的确,要想在网上查找自己公司的地址,包括自己这个法人代表的一些个人信息是很容易的事情。钟子祥迅速想了一下,向两位律师抱歉地说自己突然有点儿急事,要先走一步。然后又交代给自己的助手,让他在这个中午替自己请两位律师吃饭,这样说罢就匆匆告辞,赶来街对面的泰和大酒店。

这是钟子祥第一次见到叶小菁。他发现这个女孩与自己想象的差不多,单薄但不瘦弱,清秀却不漂亮,光洁的脸上有一丝苍白,显出一些营养不良的痕迹。叶小菁一见钟子祥就像是久别重逢,一下子扑到了钟子祥的怀里。这让钟子祥有些感动,在这一瞬间,也突然闪过一丝预感,接下来似乎要发生什么事了。果然,钟子祥的预感没有错。叶小菁扑在他的怀里紧紧搂着他,渐渐的,钟子祥就觉出叶小菁搂抱自己的感觉有了一些细微的变化:似乎是一个女人在搂抱一个男人,接着,她的手在钟子祥的身上一点一点抚摸着,也分明是一只女人的手在抚摸一个男人。钟子祥直到这时,潜意识当中的东西才逐渐清晰起来。他曾在心里问过自己,如果这个叶小菁是一个男孩,自己还会这样慷慨地在经济上帮助他,而且帮助之后还这样频繁地与他有电话来往吗？但是,钟子祥每当这样想时都不想让自己回答这个问题。现在他终于不得不承认了,他从一开始,潜意识当中就把这个叶小菁当成是一个女孩子,也正因为她是一个女孩子,他也才这样一步一步地资助她。尤其是他在电话里听到她的声音之后,他就更愿意帮助她,而且愿意与她来往。但这时,钟子祥抱着怀里的叶小菁,当他感觉到她的手已将自己当成一个男人而不仅仅是恩人时,他还是试着向外推了她一下,然后嘴里喃喃地说了一句什么,好像是说不要这样,你……不要这样……之类的话。这时叶小菁也在钟子祥的怀里喃喃地说,我这次来……就是要感谢你的……我要用自己来感谢你……现在我是你的了……你把我怎么样都行……叶小菁一边这样说着,就和钟子祥一起倒在床上……

叶小菁这一次在酒店里住了三天。她原想第二天就回去。她告诉钟子祥,她读书的大学是在离这里几百公里之外的一个城市,她这一次是专程来看他并感谢他的,现在看也看了,感谢也感谢了,所以她还要赶回学校去准备功课。但钟子祥不想让她走。钟子祥说你既然来了,就多住两天,我要好好地为你补充一下营养。就这样,钟子祥索性将公司里的事情都放下了,每天就在酒店里陪叶小菁,吃饭到酒店里的餐厅,然后就回到房间里的床上。直到第四天,叶小菁坚持要回去了,钟子祥才恋恋不舍地开着车将叶小菁送去火车站。在叶小菁临上火车时,钟子祥拿出5千元钱要塞给她。当时叶小菁立刻睁大两眼看着钟子祥,她说,你把我……当成什么人了?那种女孩吗?!钟子祥连忙解释说不是这个意思,他看她的身体缺乏营养,这一阵又要准备考研的功课,肯定对身体的消耗也很大,他是想让她用这笔钱吃得好一些,再给自己买一些滋补品。但无论钟子祥怎样说,叶小菁都坚决不肯接受这笔钱。后来火车要开动了,叶小菁将这些钱塞回到钟子祥的手里,然后就跳上火车走了。这件事让钟子祥感慨了很久。他发现越是像叶小菁这样的女孩,越有志气,也越有骨气,在钱的方面也比一般人表现得更加敏感。钟子祥由此想到,叶小菁是这样性格的一个女孩,可见她当初给自己发来那样一封邮件,向自己伸出求助的手是多么的不容易。

但让钟子祥没有想到的是,这以后没过多久,叶小菁突然打来电话。她在电话里说,自己怀孕了。当时叶小菁说话的口气很平静,钟子祥听了却感觉头上嗡的一下。他连忙问叶小菁,是否已去医院检查过了,医生怎样说。叶小菁平静地说,她刚从医院出来,现在手里正拿着医院的化验单。叶小菁问钟子祥,是否要她将这张化验单传真过去,或者找个扫描仪扫描一下,然后用邮件给他发过去。钟子祥立刻说不用了。但他嘴上这样说,心里却有一种感觉,似乎叶小菁跟自己说话的语气有了一些微妙的变化。他想了一下,试探地问叶小菁,你后面……打算怎么办? 叶小菁在电话里沉一下,喘了一口气说,我现在还顾不上想更远的事情,眼前的事还不知该怎样处理呢。钟子祥连忙问眼前有什么事。叶小菁说,她现在已有初期的妊娠反应,经常呕,有的时候还吐,如今的女孩什么都懂,她们对这种事也格外敏感,所以,她必须想办法尽快从寝室搬出来。钟子祥问,你搬出来又住到哪去呢。叶小菁叹口气说,先在学校外面租个房子住下来吧,总不能在学生宿舍里把孩子生下来。钟子祥立刻明白了,想一想说,我马上往你的卡上打些钱,你先用,如果不够再对我说。钟子祥刚要紧接着说,这一次你就不要再跟我推辞了,现在要办正经事,正是需要钱的时候……但他立刻有一种感觉,似乎叶小菁并没有要跟自己推辞的意思。他故意停顿了一下,果然,叶小菁没说这样的话,她只是喃喃地说,是啊……后面还说不定会发生什么事,要用钱了……钟子祥连忙说,我先给你打……5万元过去吧。叶小菁沉了一下,说,5万元……恐怕不够用吧,我要在外面租房子,现在租房都要预付人家一年的房租,况且还要买家具,买一些日用品,也许还要随时去医院检查……好吧,钟子祥立刻说,那就打10万元……哦不,打12万元给你,这总该够了吧,如果还不够用你告诉我,我再打钱过去就是了。

这一次,钟子祥很快就往叶小菁的卡上打了12万元,接着又给她打了一个电话,说自己这几天正好有事到南方去,如果乘火车中途可以路过那个城市,是否顺路去看看她。叶小菁立刻在电话里说不用了,她不想将这件事喧嚷出去,搞得全校的人都知道。钟子祥说他可以去她在外面租的房子,不会有人知道的。叶小菁的情绪似乎有些不好,她说不用了,她现在不想见任何人。钟子祥放下电话想一想,觉得叶小菁这样说也是可以理解的,毕竟是这样一个女孩,突然意外怀孕了,情绪不稳定应该也是正常的。

钟子祥这一次出差回来已是两周以后。

在这两周里,钟子祥几乎每天给叶小菁打电话。但叶小菁的电话经常不开机,这让钟子祥感到心神不定却又没有一点儿办法。他一直在心里计算着,两周是14天,14天也就几乎是半个月,钟子祥知道半个月的时间对于一个刚刚怀孕的女孩意味着什么。钟子祥担心叶小菁不知道这件事的厉害,倘若过了最佳的人工流产时间,孩子的月份过大,再想做人流手术就困难了。钟子祥当初跟前妻的离婚战争整整打了几年时间，现在又娶了这样一个年轻貌美的妻子，而且还是一个硕士生，生活刚刚安定下来，他不想因为这个叫叶小菁的女孩再将自己的生活搅乱。也就在钟子祥出差刚回来时，叶小菁又主动打来电话。叶小菁先在电话里抽泣了一阵，搞得钟子祥一下又紧张起来。他连忙问叶小菁又发生了什么事？叶小菁让自己的情绪平静了一下，然后才说，我想问你，这个孩子……你究竟想要还是不想要？钟子祥听了一下无言以对。他觉得这是一个让他无法回答的问题，孩子当然不能要，可以想象，如果要了这个孩子今后会有无穷无尽的麻烦。可是不要这个孩子，这句话又不好从他的嘴里说出来，否则就显得自己太不男人了，好像不敢承担责任似的。于是他吭哧了一会儿，说，这个问题，嗯……我也正想和你商量……商量什么？叶小菁立刻问。钟子祥又嗯嗯了两声说，我觉得，我觉得还是……还是……叶小菁在电话里轻轻叹息一声，说明白了，你不用再说了。接着，叶小菁又哽咽了一下，说，我现在……很害怕。钟子祥问她怕什么。她说，她已经猜到钟子祥会是这样的态度，所以，她这几天已去过几家医院咨询，大夫的回答几乎是一致的，现在的女孩子大概与饮食有关，生殖系统都很脆弱，所以要做人流手术必须格外小心，搞不好就有可能终生丧失生育能力。叶小菁说，自己毕竟还是一个这样年轻的女孩，怎么能丧失生育能力，所以要做人流手术，只有去大城市，天津、北京或上海，不过……她说，这就需要很多钱……行，行行，钟子祥连忙答应，然后问，你估计，要用多少钱？叶小菁沉默了一阵，说，总要……二三十万元吧。二三……十万元？钟子祥脱口问了一句。他没有想到叶小菁竟然会说出这样大的一个数字。但他立刻又咬一咬牙说，好……好吧，只要不出任何问题，我给你30万元。叶小菁说，我现在……已经快两个月了，再过一过就该看出来了。钟子祥说是啊，这件事一定要抓紧，我这就给你的卡上打去30万元，然后你定下去哪个城市做手术，尽快告诉我。钟子祥就这样，这一次又给叶小菁的卡上打入了30万元。

　　钟子祥在这个上午接到叶小菁的电话立刻有些慌了，他搞不明白，事情已经商量妥了，自己也已给叶小菁的卡上再一次打去了30万元，她为什么突然又改变了主意。钟子祥现在最怕的就是叶小菁把这个孩子生下来。他原以为自己偶然资助了这样一个贫困女学生，而这个贫困女学生又知恩图报，主动送上门来用自己的身体作为感谢，这件事一还一报也就这样过去了，却没有想到只这三天的时间竟然就弄出个怀孕的事来。倘若这个叶小菁真的把孩子生下来，那麻烦可就大了。首先，自己要把这叶小菁母子养起来，花些钱还是次要的，关键是牵扯多大精力。

其次是今后怎么办,怎样面对叶小菁?钟子祥已经不想再离婚了,而且他的心里也很清楚,叶小菁这样的女孩并不适合自己。钟子祥还是喜欢那种成熟一些的女人。况且如果跟现在的妻子离婚,她就又要分走自己一半的财产。钟子祥上一次离婚已经被那个前妻分走了相当一部分财产,他舍不得让自己这点儿辛辛苦苦挣来的家产被一分再分。而更要命的是,钟子祥设想了一下,倘若这件事被现在的这个妻子知道了,她是一定不会答应的。现在的这个妻子是硕士研究生毕业,又是学法律的,所以一旦打起离婚官司肯定比前一任妻子更难对付。钟子祥一想到这些,后背就不禁冒出一阵阵凉气。他当即决定,无论花多大代价也一定要将这个叶小菁安抚住,让她去医院把孩子做掉。钟子祥和公司的法律顾问陈律师商量完了那件诉讼案的事,把他送走,然后就匆匆回到自己的办公室。他先让自己镇定了一下,然后把电话给叶小菁打过去,问她是不是又有什么困难?钟子祥说,如果又遇到什么困难就提出来,都可以想办法解决的。但是,电话里的叶小菁并不说话,只是不停地抽泣。钟子祥只好耐着性子说,你先不要这样哭了,哭不能解决问题,究竟是怎么回事?叶小菁又抽泣了一阵,才说,我……刚从上海回来,那边的医生说,我的子宫有些问题,做手术怕有危险,所以,那边的医生说,考虑到安全问题,他们建议……还是把这个孩子生下来。那怎么行?!钟子祥一下慌了,连忙说,你也不要只相信这一家医院,可以再到别的医院看一看。

叶小菁说,我去别的医院看了,也有医生说,这个手术可以做,不过……

钟子祥连忙问,不过什么?

叶小菁说,不过要做一种特殊的流产手术。

特殊的……是什么手术?

这是一种新型手术,所以费用很高。

钟子祥问,有……多高?

叶小菁说,手术费,就要二十多万元吧,还不包括其他费用,这样算下来总要三十多万。

钟子祥想了一下,说,我前一次不是已经给你打去30万元了吗?

叶小菁说是啊,我这一阵去各地跑医院,路费再加上医院的检查费,已经花掉了一些,而且生活也要用……叶小菁轻轻叹息一下,似乎还要说什么,却又止住了。

钟子祥问,你还想说什么?

叶小菁说，算了，不说了。

钟子祥似乎觉出了什么，立刻说，不，你有什么话就说出来。

叶小菁又沉了一沉，才说，我本来不想告诉你的，我已经……买了"毒鼠强"……

"毒鼠强"?! 钟子祥腾地站起来，你……你买"毒鼠强"干什么?!

叶小菁幽幽地说，我们母子……还是一起死了算了，这样倒干脆……

钟子祥立刻说，别别……不就30万元吗，我这就再让人给你的卡上打去30万元就是了，不过……我眼下现金不凑手，先打20万，过一两天就把剩下的10万打过去。

钟子祥这样说罢又安抚了叶小菁几句，就把电话挂了。然后立刻打电话叫来公司的财务出纳。财务出纳是一个年轻人，清瘦的脸上戴一副深色的窄框眼镜。钟子祥将一张写着账号的纸条交给他，让他用自己的董事长储备金往这张卡上打20万元。年轻人接过这张纸条看了看，然后说，这个账号……您已经打过几次钱了。钟子祥随口嗯了一声说，去吧。年轻人没再说什么，只是又谨慎地看了钟子祥一眼，就转身出去了。但就是这个年轻人这谨慎的一眼，忽然让钟子祥的心里动了一下。他突然意识到，自己的确已经往这张卡上打过几次钱了。他这时迅速地在心里回忆了一下，几百元的零钱已经无从计算了，第一次为叶小菁买电脑，往这张卡上打入了1万元，接着买手机又打了3千元，第二次叶小菁考研，打了8万元，第三次是叶小菁怀孕，要去校外租房子，一次就给她打去12万元，第四次她要去做人流手术，又打了30万元，如果再加上这一次打过去的20万元，就已经70多万元了。钟子祥这样一算，把自己也吓了一跳，他没有想到自己这样不知不觉地竟然已给这个叫叶小菁的女孩打去了这么多钱。接着他又想到，自从叶小菁说怀孕了，自己还始终没有见到医院的正式化验单，他甚至连她的面都没有再见过一次。钟子祥想到这里突然意识到，其实说到底自己只和这个叫叶小菁的女孩见过一次面，一起在酒店里住了三天，仅此而已。而她刚说的那种什么特殊的人流手术又究竟是一种什么手术?费用怎么会高达20万元?钟子祥突然想起自己有一个搞医的朋友，虽然是一个内科医生，但他想，对妇产科应该多少也有一些了解。于是立刻给这个朋友打去电话。钟子祥开门见山，他问这个朋友，现在关于人流手术，是否有什么新的医学技术。这个朋友一听就笑了，问钟子祥，是不是在外面又惹了什么祸?然后见钟子祥没有开玩笑的意思，才问，你指的是什么样的新技术。钟子祥说，比如……

费用要二十多万元,但绝对保证孕妇安全。这个朋友认真想一想说,据我所知,截至目前还没有这种绝对保证孕妇安全的人工流产手术,因为这种手术的本身就有很大风险,各种不确定的因素很多,而且技术再先进,就是全部都用进口药物,费用也不可能会高达二十多万元,这简直是狮子大张口了。钟子祥嗯一声,说了一句明白了,就把电话挂掉了。

　　这时钟子祥又想到一个曾经想过很多次的问题。这个叶小菁,她究竟在那个城市的哪个大学里读书?钟子祥直到现在只知道她是学工艺美术的,但具体是哪个学校的学生,学的又是什么专业却一无所知。钟子祥想到这里立刻打开电脑,上网查了一下。根据网上介绍,叶小菁所在的那个城市一共有两所高等院校设有工艺美术专业,一个是工业大学,另一个是工艺美术学院。钟子祥在网上查到这两个学校的电话号码,先给工业大学的教务处打过去。他说自己是一家企业人力资源部的经理,想询问一下,这个学校工艺美术系是否有一个正在读大四的叫叶小菁的女学生。对方一听说是企业人力资源部打来的电话,立刻很热情,当即认真查了一下,然后说,没有,我们学校的工艺美术系从大一到大四,都没有叫叶小菁的女生。钟子祥又问,你们学校是否还有其他的工艺美术专业。对方回答说没有了,我们学校只有这一个工艺美术系,而且刚刚成立几年。钟子祥说了一声谢谢。就把电话挂断了。他接着又给那个工艺美术学院打去电话,仍然是以企业人力资源部的经理身份向教务处询问,学院里是否有一个叫叶小菁的女生。工艺美院教务处的人给查了一下,也说没有。钟子祥又追问了一句,所有的专业都没有?对方肯定地说,是,我们学校根本就没有这样一个人。

　　钟子祥慢慢放下电话。此时,他的心里明白了,应该立刻去报警。

　　年轻警官罗光辉的警衔虽然已是二级警司,但他却不喜欢别人称自己为警官。他觉得还是"民警"这个称呼好。人民的警察,性质鲜明,主题也突出。流花街派出所坐落在流花街最繁华的地段,所以平时不仅是分户、并户、报户、销户等一些事务性的户籍管理工作,接警率也很高,治安方面的刑事方面的各种案件时有发生。罗光辉觉得自己天生就具有当警察的素质。他每当遇有接警情况,立刻就会精神百倍,似乎全身的每个细胞都迅速地高度兴奋起来。比如这时,他看着眼前这个来报警的中年人,立刻就认出他是天工开物文化发展有限公司的老总,接着就想起来,这个人应该姓钟,叫钟子祥。

天工开物文化发展有限公司是在流花街上最高的一座写字楼森森大厦里办公。就在将近一年前，罗光辉值班时突然接到天工开物文化发展有限公司的报警，说是有人跑到他们公司来闹事，并扬言要纵火，将整座大厦烧掉。当时的报警人正是这个叫钟子祥的中年人，他说自己是天工开物文化发展有限公司的董事长兼总经理，接着又说，自己是一个守法的纳税人，所以要求得到警方的保护。罗光辉接警后立刻带上一名警员赶往出事地点。天工开物公司是在森森大厦的29层。由于报警人说，来闹事的人扬言要放火烧掉整个大厦，所以罗光辉为预防万一就没有乘电梯，而是带着那名警员沿着楼梯一口气跑到了第29层楼。这时29层楼里已经乱作一团。公司里的所有员工都被逼到楼道里的一侧，另一侧则站着一个五十多岁面色苍白、浑身不停发抖的中年男人。他穿着一件灰突突的夹克衫，下面是脏兮兮的裤子，乱糟糟的头发几乎都竖了起来。当时罗光辉第一眼看到的就是这个男人怀里抱着的一只方形的白塑料桶，同时闻到了一股淡淡的汽油味。接着就看到，他的另一只手里正拿着一只透明的黄色塑料打火机。他大概由于紧张，也出于威胁，不时地将这只打火机打着一下，然后再熄灭，再打着一下再熄灭。罗光辉立刻意识到，如果空气中汽油达到一定的浓度，这个人再这样不停地打火是极危险的，随时都有可能引起爆燃。罗光辉知道这座森森大厦一共有37层，也就是说，上面的8层楼里还有人在办公。于是，他立刻告诉身边的警员，去通知楼上的人员，迅速都疏散到楼下去。然后为了缓解气氛，故意摘下自己的警帽一边扇着凉一边对这个男人说，你先不要激动，有什么问题可以慢慢说，实在不行还可以诉诸法律，我们现在是法制社会，总可以有讲理的地方，没必要用这种极端的方式解决问题。接着，罗光辉又观察了一下这个中年男人，说，看样子你也像一个有知识的人，有知识的人就更应该懂法，我们要相信法律……罗光辉一边这样说着，脚下也一步一步地向前凑过去。这时，这个中年男人一见来了身穿黑色制服的警察，顿时更加紧张起来，他索性拧开塑料桶的盖子，举起打火机嚷道，你不要过来，再走一步我就要点火了！罗光辉连忙停住脚。他意识到，这个白色塑料桶的盖子再打开一会儿，空气中汽油的浓度就会迅速增加，危险系数也会随之增加。于是他耐心地说，你先把塑料桶的盖子盖上，盖上，有什么话可以对我说，我是警察，人民的警察，也许我可以帮助你。这个男人听了立刻泪流满面。他哽咽了一下说，你帮不了我……这个天工开物公司，这个钟子祥……他们骗了我，我现在已经……什么都没有了……这男人一边摇着头声音嘶哑地说。罗光辉为了稳定住这个男人的情绪，也想了解

228

一下具体情况,就尽量缓和着声音说,究竟是怎么回事,你现在可以告诉我,慢慢说,不要急。但是……罗光辉又说,你能不能先把这塑料桶的盖子盖上?这男人似乎迟疑了一下,还是把盖子拧上了。罗光辉的心里稍稍松了口气,他觉得这是第一步,稳定住这男人情绪的目的已经达到了。然后罗光辉点点头,说好吧,你现在说吧,究竟发生了什么事。这男人有浓重的外地口音,而且由于情绪激动说话也有些含混不清。罗光辉用力听了一阵,才勉强听明白了他说的话。这个中年男人说他姓田,叫田书成,是西北山区的一个民办教师。他这些年一边教书,一直在致力于一种研究和试验。他发现西北传统的陶器具有很强的硬度,但容易破裂,而纸张柔软可以折叠,却又不耐火。于是就产生了一种想法,将陶土和纸浆混合在一起,制造出一种纸陶。这显然是一种全新的材料,而且具有全新的性能。但这种纸陶的配比极其关键,他经过多年的反复尝试,终于发明出这样一种既具有纸张性能,又有陶器性状的纸陶材料,而且这种材料不仅在工艺美术方面,就是在建筑和人们的日常生活应用中也具有很广阔的前景。一年多以前,这个叫田书成的男人带着自己辛辛苦苦研究出的成果走出大山,来到这个城市。他在一个偶然的机会接触到天工开物文化发展有限公司的董事长兼总经理钟子祥。当时钟子祥立刻对这种纸陶材料表现出极大的兴趣。他将田书成的技术资料拿去研究了几天,当即决定与他合作,共同将这项技术开发成产品。当时钟子祥与这个叫田书成的男人商定,开发分三步走,第一步先生产工艺纸陶,也就是一些纸陶工艺器皿,待将这些器皿投放市场之后,看一看市场的反馈情况,再决定如何进一步开发建筑方面的工艺材料,然后再进一步,研究如何应用到人们日常生活的用品中去。钟子祥为此还专门给田书成提供了一个作坊式的生产基地,让他先试着生产一些样品。当时田书成也信以为真,真就全身心地投入到这个生产作坊里,一心一意地试制纸陶器皿。但几个月过后,就在他准备将第一批生产出的工艺纸陶样品送交到钟子祥这里时,却突然听到一个消息,建筑材料市场上已经出现了纸陶的墙壁贴片和纸陶的卫生洁具等等。当时田书成听了大感意外,他不相信自己经过多年试验,千辛万苦研究出的成果竟然轻易就被别人掌握了。他立刻跑去建材市场看一看究竟。果然,市场上已经有了纸陶材料的各种产品,甚至还有了延伸产品。田书成连忙向人家询问这些产品的生产厂家是哪里。然后又找到那个厂家,问他们是从哪里得到的这项技术。就这样,那个生产厂家说出,这项新技术是天工开物文化发展有限公司提供的,现在是天工开物公司与他们企业共同开发这种新型材料的产品。而更让田书成没有想到的是,天工开物文化发展有限公司竟然已向国家专利局为这项技术申请了专利,专利持有人正是钟子祥。人家这个企业又拿出天工开物公司为他们出具的专利证书复印件给田书成看。他们告诉田书成,正因为天工开物公司对这项技术享有专利权,所以尽管他们企业负责新产品的生产,实际只能得到利润的一小部分。当时田书成看了这个专利证书的复印件立刻犹如五雷轰顶。田书成是一个民办教师,他当然明白这项技术一旦被申请了专利意味着什么。事情很显然,天工开物公司在拿到田书成的技术资料之后,一边表面上让他在那个所谓的作坊里试制纸陶器皿的样品,暗中却以最快的速度将这项技术开发出多种产品投放到市场。田书成立刻来天工开物文化发展有限公司找钟子祥,他想质问他,这究竟是怎么回事。但他找了几次,公司的人都说钟子祥不在,先是说他出差去外地了,后来干脆说他出国了。田书成当然不肯罢休。他索性每天就在这森淼大厦的底下蹲守。这一次,当他确信钟子祥就在公司里,于是就带上一桶汽油闯到楼上来……

田书成说到这里已经泪流满面。

他泣不成声地对罗光辉说,民警同志,我现在……已经什么都没有了……我辛辛苦苦研究了十几年的成果,让他们一下就这样夺走了……田书成这一声民警同志,叫得罗光辉的心里咯噔一下。他立刻点点头,很认真地说,对,我是民警,是人民的警察,你的事我一定帮助你解决,不过,你还是……先把打火机放下,你这样抱着汽油桶,拿着打火机,实在太危险了,你想过没有,如果真着起大火这幢大厦里的其他人都是无辜的,无论有什么事也不应该连累别人。田书成却连连摇头,嘴里喃喃地说着,我现在管不了这么多了……我,我已经……什么都没有了……他一边这样说着就又拧开那个塑料桶的盖子,然后按了一下打火机,又按了一下打火机。但是,他按了几下都没有打着。罗光辉的视力很好,他这时透过田书成手里那只透明的黄色打火机已经看清楚了,由于他刚才不停地摆弄,这只打火机里的液体已经消耗尽了。罗光辉看清楚之后突然纵身一跃就朝田书成扑过去。他当时的这个动作极为迅捷,如同一个足球守门员在扑救一个险球。在跃身而起的一瞬,他的两只手也伸向田书成怀里的那只白色的方形塑料桶。但是,也就在这时,让人意想不到的事情发生了。只见田书成突然摇晃了一下身体,然后就慢慢地瘫软下去,怀里抱的那只塑料桶也随之滑落到地上。由于这只塑料桶的盖子已经拧开,里边的汽油立刻汩汩地流淌出来,空气中顿时充满浓重的汽油味。这时罗光辉也已扑到田书成的跟前。他立刻飞起一脚将那只塑料桶踢开,然后赶紧来搀扶田书成。但这时的田书成躺在地上已经面色苍白，紧咬牙关，一句话也说不出来了。罗光辉立刻让身边的警员拨打电话叫来120急救车，将田书成送去医院……

田书成被送到医院时已经陷入昏迷。经医生检查诊断，是脑猝中，也就是急性脑出血。据医生说，患者很可能长年患有高血压症，这一次是由于情绪紧张激动，突发脑溢血，不过幸好破裂的不是大血管，而且抢救及时，暂时还没有生命危险，但肢体功能就很难讲了。医生说，这种脑溢外的中风致残率很高，很可能会留下严重的后遗症。

罗光辉在这个下午一直守在田书成的病床前。直到将近傍晚时，田书成才渐渐苏醒过来。他看到床前的罗光辉，立刻流出泪来。他说话越发含混不清。他告诉罗光辉，他很清楚自己这一次是患了中风，他知道自己长年患有高血压，也知道迟早会有脑出血的这一天。可是我不能……在这个时候啊……他说。他的女儿还在读大学，只靠他每月的一点儿薪水，他原指望自己研究的纸陶能挣到一笔钱，可以继续供女儿读研究生，可现在一切都落空了，自己又这样瘫在床上，他不知女儿今后该怎么办。罗光辉这时已经大致了解了这件事的脉络，他安慰田书成说，你先不要急，这件事可以通过法律途径解决。田书成连连摇头说，没办法……走法律途径也没有办法，打官司请律师是要花钱的，我哪里有钱请律师啊……罗光辉看着病床上泪流满面的田书成，想了一下说，我认识一个律师，我去找他商量一下，也许能帮你。罗光辉认识的这个律师姓郑，曾是他在警校的同学，但他毕业后没当警察，改行去一间律师事务所做了执业律师。这几年由于工作关系，还一直与罗光辉保持着联系。罗光辉立刻给这个郑律师打去电话，大致说了一下田书成的情况。郑律师听了想一想说，这应该是一个民事侵权的案子，你找我还真找对了，我现在也是市里法律援助中心的律师，这个田老师的案子可以申请法律援助，然后我作为法援中心的律师为他代理，是免费代理。于是就这样，罗光辉这个当律师的同学帮田书成办理了一系列申请法律援助的手续，然后就正式作为法律援助中心的律师，为田书成代理向天工开物文化发展有限公司提起了诉讼。

但让罗光辉，也让罗光辉的这个同学郑律师没有想到的是，天工开物文化发展有限公司事先已将所有的事情都想到了，而且做了充分的准备工作，在诉讼方面也已想好应对措施，因此这件事从头至尾似乎无懈可击。这期间田书成的病情也很不稳定，医生叮嘱不能让患者过于激动，这也就为郑律师了解一些具体的情况细节增添了困难,因此案件断断续续地也就一直这样拖下来。罗光辉原本一直提醒自己,对这件事要保持客观的态度,自己只能为田书成走法律途径提供帮助,对具体案情不能有一点儿的倾向性。

但后来的一件事,却让罗光辉改变了原来的想法。

这时田书成已在医院住了一段时间,医院几次向罗光辉提出,患者住院的费用怎样解决,再这样拖下去医院方面已经负担不起。于是罗光辉考虑了一下,就来找天工开物文化发展有限公司商议,是否先由公司这边为田书成垫付一下医药费,待将来案子的判决下来再具体看怎样解决。当时接待罗光辉的是一个年轻人,自称是公司老总钟子祥的助手。他答应把这个意思转达钟总,尽快给一个答复结果。果然,当天下午这个年轻人就给罗光辉打来电话,但他在电话里说,他们钟总经过与公司的其他领导商议,觉得田书成的医药费不应由天工开物公司担负,而且如果现在担负了,而将来法院判决的结果又不由公司担负,作为当事人的田书成还有没有偿还这笔医药费的能力也是一个未知数。所以,他们天工开物公司最后的答复是,不能出这笔钱。罗光辉听了心里立刻升起一股火气。他觉得天工开物公司这样做事太不近人情了,简直就是见死不救。于是当即在电话里告诉这个自称是钟子祥助手的年轻人,让你们的钟总马上到派出所来,上一次他报警的事还没有最后了结,让他立刻过来做笔录,并且协助警方调查。这个年轻人在电话里支吾了一下。罗光辉说怎么?协助警方调查是一个公民应尽的义务,你们这些做企业的人,不会连这一点都不懂吧? 他这样说罢就将电话挂断了。过了一会儿,钟子祥果然匆匆赶来派出所。这是罗光辉第一次见到钟子祥。上一次出事时,虽然是钟子祥报的警,但罗光辉赶到出事地点只忙于处理田书成的事,并没有顾上与钟子祥接触。这时他见到钟子祥,发现他是一个五十来岁很精神的中年人,于是先对他说,田书成那天去天工开物公司闹事,他本人当然要为这件事负责,不过他现在还躺在医院里,病情很严重,所以这件事该如何处理只有等他痊愈之后再说。接着就又说,现在我要对你说的,是关于田书成住院费用的问题。钟子祥听了刚要说什么,罗光辉立刻伸手示意,将他制止住,然后说,无论你有什么理由,现在田书成与你天工开物公司是有合作协议的,在协议有效期内,虽然田书成与你公司是合作关系,实际也是在为你的公司工作,而这次发病又是在你的公司里,不管当时具体是什么情况,那都属于纠纷问题,而从道理上讲,你们公司是应该为他的病负责的。罗光辉这样说罢看一看钟子祥,接着又说,你是做企业的,对我们国家的有关法律法规,尤其是劳动保护法不会不了解吧,你们最好先为田书成垫付这笔医药费,这样就是将来到了法庭上也会主动一些。罗光辉这样说着又用力看了钟子祥一眼,你应该清楚,不管怎样说,田书成的这笔医药费你们公司是躲不过去的。

钟子祥听了,脸色一点一点地难看下来。

他想一想,点点头说,好……好吧……

罗光辉在这个上午接到钟子祥的报警时感到有些意外。他没有想到,像钟子祥这样一个头脑灵活又精于算计的生意人竟然也会被别人诈骗。尽管钟子祥在讲述这件事的具体过程时有些尴尬,说的吞吞吐吐,但罗光辉还是很快就听明白了,这件事里牵涉到一个女孩,钟子祥很可能是由于贪恋女色,结果被这个女孩用什么手段给骗了。这对于一个男人来说当然不是什么光彩的事情。罗光辉想到这里,不禁抬起头看了钟子祥一眼。不过他表面上并没有动声色,他只是提醒钟子祥,不管这件事的具体情况如何,你现在既然来报警,就要向警方把所有的而且是真实的情况都详细讲出来,否则警方也没有任何办法,要知道线索是从细节来的,任何一个看似不起眼的细节,都有可能隐藏着至关重要的蛛丝马迹。

罗光辉这样说罢,又看一眼钟子祥问,我的意思你明白吗?

钟子祥有些沮丧地点点头说,明白……

好吧,罗光辉说,现在我来问你具体问题,你要如实回答。

我……会的。

钟子祥说。

你自从认识这个叫叶小菁的女孩,一共给过她多少钱?

前后总共有……七十多万元吧。

你从什么时候,开始怀疑她的?

就是这一次,打去这笔钱以后。

在此之前,你从没有怀疑过吗?

没,从没怀疑过,否则也不会……

她在南山市上大学,是她告诉你的?

是,她亲口对我说的,她这张卡的开户行也确实在南山市。

可是,你向那个城市的大学询问过,确实没有这样一个人?

对,我向两个有工艺美术专业的学校都问过了,他们说没有叫叶小菁的学生。

你来报警之前，最后一次跟这个叶小菁联系是在什么时候，她当时说了什么？

最后一次联系……也就是她说再要30万元做人流手术，否则就把孩子生下来的这一次，我当时就有一种感觉，好像……她在用生孩子这件事威胁我。

但你当时还是答应了，而且给她把钱打过去了？

是，我怕她真把孩子生下来……

你后来，又联系过她吗？

联系过，但她一直关机。

在你手里，有这个女孩的照片吗？

没有……哦不，好像……有一张。

钟子祥突然想起来。他告诉罗光辉，那还是叶小菁来这个城市看他的那一次，当时她买了新手机还不太会用，钟子祥为了教她，曾用这个手机给她拍了一张照片，当时叶小菁就表现得很紧张，一定要让钟子祥把这张照片删掉。钟子祥只好删掉了。但是，钟子祥说，他在删掉之前，还是偷偷用彩信的方式给自己的手机上发过来一张。他当时想的是，今后如果自己想叶小菁了，可以在手机上看一看这张照片。钟子祥这样说着就拿出手机，调出叶小菁的这张照片给罗光辉看。罗光辉立刻将这张照片放到电脑上。照片上的女孩很清秀，但看得出有些营养不良，目光里也隐隐地透出一丝忧郁。罗光辉考虑了一下，点点头说好吧，你说的情况我已经记录下来，后面如果再有什么情况，你随时和我们联系。

梅子一下午都心神不定。

夏天的傍晚，街上仍然涌动着一阵阵灼人的热浪。梅子在街边漫无目的地走着。她不知道，如果自己这一晚仍然联系不到付强该怎么办。她给付强发去第15条短信后，见他还没有回信，终于确信他是有意不给自己回短信了。付强自从换了新的手机，已经一年多了仍然使用不熟练。但梅子觉得，他就是再不熟练也不会连短信都发不出来。

将近傍晚时，梅子决定给付强打一个电话。

梅子已和两个大学时的同学约好，晚上要拉付强一起去一家新开业的餐馆吃饭，那两个大学同学都好奇地说要看一看，这个付强究竟是什么样的人，竟然能把她们的梅子也搞得这样神魂颠倒。梅子在大学时追求的男生很多，其中不乏出色者和佼佼者。但她虽不是冰美人，却没有接受过任何人的感情。梅子又想了一下还是拨通付强的电话,却一直没有接听。梅子觉得拨打手机电话和拨打固定电话不同,如果是固定电话,没有人接听就说明电话跟前没有人。但手机则未必是这样,这其中也许还包含着出于什么原因,机主不愿接听甚至是不肯接听的意味。这让梅子的心里渐渐有了些异样的感觉。梅子想,付强是不是还在为两天前那个晚上的事生气?或者……梅子不愿再想下去了。梅子真的没有想到,付强为这样一点儿小事就动这样大的气。付强从梅子这里搬出去已经大半年了。梅子在心里数着,自己和付强同居只有十八天。当时付强搬出去的理由是,他实在太忙了,每晚回来得太晚,这会影响梅子的休息。梅子也没有阻拦他。梅子觉得,这种没有任何实质性内容的同居也没什么意义,付强要搬走随他就是了。不过让梅子没有想到的是,付强搬走之后,似乎并没有影响他们两人的感情。梅子回想一下,付强搬出去这半年多以来,他们两人的关系好像反而更近了。

梅子为付强办公司的事付出的代价,只有梅子自己的心里知道。当初梅子认识付强是一个很偶然的机会。那一次是梅子在自己打工的公司里得到一笔意外的奖金,总共5千元。梅子很高兴。其实梅子并不缺钱。她从上大学时,父亲每月给她的生活费就将近1万元。但梅子并不像别的父母做生意的子女,也就是那些所谓的"富二代",拿到父母的钱就像是白捡的一样肆意挥霍。梅子在生活上一向很节俭。她知道父亲办公司做生意也不容易,所以每月父亲给她的卡上打来的钱,她都会省下一些,然后小心地存起来。她想的是大学毕业后要自食其力,绝不靠父亲的钱养活自己。梅子从学校毕业后也的确是这样,一直在一家公司里做文员,虽然每月只有几千元薪水,还要自己租房子,但她觉得这样已经生活得挺好。所以这一次,她拿到这5千元奖金之后就决定要慰劳自己一下,用这笔钱出去旅游。梅子也就是在这时认识了付强。她当时是去一家旅行社咨询,去海南"双飞八日游"要多少钱。然后刚刚从旅行社回来,就接到一个陌生电话。电话里是一个很秀气的声音,听上去有些像女生,但他说自己是一个男生。他自我介绍说叫付强,在大学里学的是旅游专业,眼下在另一家旅行社里打工。当时梅子听了立刻有些警觉,她以为这个叫付强的年轻人通过什么途径得知了自己想出去旅游的信息,在向自己招徕生意。梅子知道,现在这种事很常见,经常有人把客户的个人信息在本行业里卖来卖去。但这个年轻人立刻说,他不是这个意思,他今天刚好去那家旅行社办事,在一旁听到了梅子的咨询,所以,他只是想向她提一个建议。这个叫付强的年轻人说,其实去海南旅游根本没必要跟团走,旅行社还有一个产品,可以办自助游,这样很方便,也很自由,不用被当地的导游硬拉去各种商店买些奇奇怪怪的东西,而且也多花不了多少钱。接着付强就说了这种自助旅游的具体形式和办理方法,然后又说,梅子可以先考虑一下,如果决定采取这种自助游的方式,而且觉得有需要就给他打电话,他对海南那边的旅游情况很熟悉,可以为她提供一个最佳的旅游方案和行走路线。梅子听了立刻对这个叫付强的年轻人表示了感谢。接着考虑了两天,就决定接受付强的这个建议,用自助游的方式去一趟海南。付强果然为梅子设计了一个非常合理的方案,因此梅子的这趟海南之行很顺利,也很愉快。梅子刚刚从海南回来,付强就又打来电话,问她此行感觉如何。梅子连忙说感觉很好,而且为了表示感谢,自己正想给他打电话,想请他吃个饭。付强一听就在电话里笑了,说感谢就不用了,如果想一起吃个饭,他当然很高兴,他大学毕业后独自留在这个城市,认识的人很少,正想结识一些朋友。就这样,梅子在这个晚上和付强一起吃了一顿晚饭。

　　这顿饭吃得很愉快。付强看上去是一个很低调的人,说话声音不大,像个女孩子似的很斯文。他向梅子透露,其实他的父母都在广东做生意,而且生意做得很大,同时开有几间生产儿童玩具的企业。但他从上大学时就不想依靠他们,他要凭自己的努力创造未来的生活。付强的这番话立刻让梅子感觉与他亲近起来。梅子迟疑了一下才告诉付强,自己和他的情况很相像,自己的父亲也是一个企业家,有一个很大而且很有影响的公司,家里住着很豪华的花园别墅。但她并不想依靠父亲生活,所以大学毕业后就留在了这个城市。她虽然没有什么太远大的理想,将来要做成什么大事,但也想只凭自己的能力养活自己,踏踏实实过一种自食其力的平静生活。付强听了似乎感到很意外,睁大两眼看一看梅子,然后说,年轻人怎么可以没有远大理想,总不能甘心过平庸的生活。付强对梅子说,他现在就正在努力,准备自己创办一家旅行社,而且各种准备工作都已经做得差不多了,只还差一些注册资金,等有了这笔钱就可以正式开始着手了。梅子觉得这一次见面,付强给她留下的印象很好,是一个很踏实,很上进,而且和自己一样有志气的年轻人。梅子自从大学毕业以后,独自留在这个城市总有一些孤寂的感觉。尽管也有大学同学,但大家毕业后走上社会,都开始忙各自的事情,而且很多人已谈起恋爱,更有人已经结婚,平时能凑到一起的机会也就并不是很多。所以,梅子很快就和付强的来往频繁起来。梅子发现付强很能喝酒,但喝酒时很低调,只是不声不响不动声色地喝,并不张扬。梅子或许秉承了父亲的基因,虽然是女孩子也很有酒量,这一来他们两人一起吃饭渐渐地就更有了共同的内容。一次付强和梅子一起吃饭,喝多了一些酒,两人从餐馆里出来,走在大街上,就这样走着走着,不约而同地就抱在了一起。当时付强在梅子的耳边说了一句话,他说,我们这是在抱团儿取暖啊。梅子听了鼻子一酸就流出泪来。也就是付强的这句话,让梅子感觉自己在内心深处又和付强的距离贴近了一些。

付强开始经常到梅子的住处来。

但付强很真诚地告诉梅子,他不会很轻易地就和梅子发生那种事,他尊重梅子,一定要等那正式的一天,他要以很郑重的方式来迎娶梅子,然后才能和梅子开始那个人生最庄重也最快乐的仪式。付强的这番话,让梅子每当想起就在心里深深地感动一下。

这期间付强也一直在忙他开办旅行社的事。虽然付强不说,但梅子和他在一起时,从他脸上的神情也可以感觉出来,他一直在为资金的事发愁。于是,终于有一天,梅子鼓足勇气对付强说,你如果确实在资金方面为难就告诉我,我的手里还有几万元存款,你可以先拿去用。付强听了淡淡一笑,摇摇头说,我现在缺少的资金不是几万元就可以解决的。梅子问,那要多少?付强说,少说也要……20万元吧。梅子听了没再说话。但她想了一夜,第二天就给父亲打去电话,她这是第一次向父亲张口,说自己需要30万元,有急用。父亲听了有些惊讶,说你要这么多钱干什么?梅子事先已想好了,就对父亲说,她在这边看好一套房子,楼盘坐落的位置很好,价格也相对便宜,首付只要30万元,然后按揭贷款自己慢慢还就可以了。父亲听了在电话里沉吟了一下,问,这套房子……你确实看好了?梅子说看好了。父亲说好吧,你在那个城市买一套房子也不是不可以,就算将来有一天想回来了,还可以把房子卖掉,现在房价不管怎样说是不会跌的。于是父亲很快就给梅子的卡上打来30万元。当梅子把这笔钱存到一张卡上,将这张卡放到付强的面前时,付强立刻睁大眼看着梅子。梅子淡淡地说你不用这样看我,这不算什么,我只希望……你的旅行社能尽快顺利地办起来。

这以后梅子又陆续向父亲要了几次钱,大都是10万十几万,当然每次都有合理的理由,或者是装修房子,或者是要买家具。梅子相信,即使父亲有一天知道了这件事的真相,自己要钱并不是买什么房子装什么修,也没有买任何家具,而是给自己心爱的人办公司用了,父亲也不会怪罪自己的。更何况梅子的心里有数,自从父亲和母亲离婚，父亲一直感觉亏欠自己，总想在经济上补偿一下。但自己这几年来一直没有给父亲这个机会，尤其大学毕业以后，甚至都不肯轻易接受父亲的钱。现在自己主动向父亲伸出求援的手，父亲当然是求之不得的。这一次，尽管梅子事先已答应付强，不再向父亲要钱了，但她知道，付强为公司能租到一个更体面一些的办公地点，还需要一笔钱。于是梅子就又向父亲要了10万元。梅子这一次是小心翼翼地把这笔钱交给付强的。她知道付强的自尊心很强，自己这样一而再，再而三地为他在钱上想办法，尽管解决了很多具体问题，但付强在心理上肯定是不愿意接受的。但让梅子没有想到的是，也就在这一次，却发生了一件让付强极不愉快，也让她大感意外的事情。就在两天前的晚上，付强回来之后告诉梅子，她的这笔钱真派上用场了，公司办公的地点一直不太好，这样不仅对公司的形象不利，也会影响经营。他本来已经看中一个写字楼，但由于租金太高，所以一直没有谈下来。现在有了这笔钱，自然也就不成问题了。梅子听了也很高兴，于是就告诉付强，她已将他的事告诉了父亲。父亲听了也很高兴，说如果是这样，他会尽力帮助付强的，而且询问有没有付强的照片，他想看一看他的样子。梅子告诉付强，她已将她和付强的一张合影照片发到父亲的邮箱去了。不料付强听了立刻脸色大变。他问梅子，怎么会有自己和梅子的合影照片。梅子调皮地一笑说，一次她和付强在一起时，她偷偷用手机拍下来的，这件事她一直没有告诉付强，平时想他的时候就拿出来看一看。付强听了陡地站起来，脸上变颜变色地说你不该这样，怎么能不经我的同意，就把我的照片随便发给别人？梅子一听也不高兴了，说，可是我发的并不是别人，而是我父亲呀，他为了你公司的事打来这么多钱，前后总该有六七十万了，现在想看一看你的样子都不行吗？付强听了狠狠地看一眼梅子说，六七十万？六七十万算什么？你觉得这些钱很多吗？

他这样说罢就一摔门走了……

梅子又给付强打了几个电话。付强的手机仍然关机。梅子直到这时才突然意识到，其实自己和付强交往以来，一直都是他出现在自己这里，而自己与他联系的方式只有一个手机电话的号码。现在他的手机关机了，自己都不知去哪里找他。梅子想到这里，突然感觉自己的心一点一点悬起来。她有了一种不祥的预感。也就在这时，她的手机电话突然响起来。梅子连忙掏出电话看了看，是一串陌生的号码。她迟疑了一下，还是打开电话喂了一声。电话里是一个陌生男人的声音，先说了一声你好。然后又说，请问，你是钟梅子吗？

梅子说是，我是钟梅子。然后问，您是……哪里？

对方说，我是望海市公安局的。

接着又补充说，我是岩东区分局流花街派出所的民警，我姓罗。

梅子说，哦……罗警官，您有什么事？

对方立刻说，你叫我罗光辉就可以，我想向你了解一件事。

这时梅子的脑海中突然闪过一个念头，这个叫罗光辉的警官要了解的事是不是与付强有关？果然，罗光辉在电话里问，有一个叫付强的年轻人，是你的男朋友吗？

梅子小心地说，是，付强……是我的男朋友。

罗光辉又问，你在两天前，刚刚给你父亲的邮箱发来一张你和他的合影？

梅子说是，前天下午，我给父亲的邮箱发过去的。

罗光辉问，这张照片，确实是你和这个叫付强的年轻人合影吗？

梅子奇怪地说是啊，确实是我们的合影啊？怎么，你认为是电脑合成的吗？

罗光辉说，再问一个涉及个人隐私的问题，你们现在，关系到了什么程度？

梅子问，你这样问……是什么意思？

罗光辉嗯了一声说，也就是说，你们之间……发生过那种关系吗？

梅子沉了一下说，这确实……是一个涉及个人隐私的问题，我可以不回答吗？

罗光辉说好吧，我今晚连夜过去见你，这个付强，你现在已经联系不上了吧？

梅子惊讶地说，你……怎么知道？

罗光辉说，我们见面再详细谈吧。接着罗光辉又说，你记住，在我见到你之前，如果这个付强又联系你了，你千万不要向他露出我曾给你打过电话，一定要稳住他。

梅子有些惊慌地问，这究竟，是怎么回事啊？

罗光辉说，你记住我的话就行了。

他这样说完就将电话挂断了……

林思雨终于又等来了星期二，而且在星期二的这天下午等来了刘华的电话。但刘华似乎仍然很匆忙，电话里的背景声音也很嘈杂。他说自己手头的事情实在太多了，脱不开身，所以这个星期二又无法过来了。林思雨听了不禁有些失望。已经大半年时间了，刘华来这个城市似乎越来越少，只是偶尔地才来看一看林思雨。

林思雨觉得这个刘华就像是一股风,一阵吹来了,一阵又吹走了,来去无踪。但林思雨毕竟已是三十多岁的女人,表面的矜持还是能做到的,她在电话里听了刘华的话,只是淡淡地问了一句,你最近究竟有什么事啊,公司里的工作就这样忙得不可开交吗?刘华在电话里停顿了一下,然后说,我确实……很忙,不过……还是算了,我公司里的事没必要跟你说得太详细,况且说了也没有什么意义。

林思雨笑一笑说,那可不见得,你说说看,也许我真能帮到你呢?

刘华似乎又犹豫了一下,说,还是……不说了吧,没什么意思。

林思雨轻轻嗯一声,说,亏你还是一个在外面做企业的年轻人呢,怎么说话这样不干脆,黏黏糊糊得像个女孩子,究竟有什么为难事情就说出来嘛。刘华这才在电话里咳一下,然后说,是……是这样,最近我没告诉你,我公司的资金链突然断了,这段时间越南那边发过来的几批货,都没能按合同期限给人家付款,越南那边在咱们国内的总代理商这几天已经给我发出最后通牒,如果再不付款,第一步先停止对我供货,第二步,就要走法律途径去法院起诉了,所以……我这几天已经焦头烂额,正在到处奔走想融资的办法……

刘华说到这里就停住了。

林思雨说,哦,是这样……

刘华又沉了一下,在电话里说,算了算了,跟你们这些阔太太说这些事没有任何用处,再说生意上一些七七八八的烂事你们也听不懂……林思雨微微一笑说,你知道我上大学时是学什么专业的?我可是研究国际经济法的法学硕士,你说的这点儿事,只是小儿科呢。

刘华立刻不再说话了。

林思雨想了一下又问,我前一阵不是借给你15万元,还不够用吗?

刘华叹口气说,要知道,经销香水这种奢侈品,是属于高资本高回报的生意,资金周转量很大,十几万元丢进去只能缓解暂时的燃眉之急,解决不了根本问题啊。刘华说到这里跟着又加了一句,不过你放心,我就是再为难,当初对你说过的话也一定会兑现,到时候连本带息,一分钱不会少的。林思雨说,我不是这个意思,我的意思是说……我现在手头还有一些钱,你如果需要可以先拿去用,不过……也不能都给你,我总要自己留一些以备不时之需,这样吧,我再借你20万元,如果还不够,我再帮你想办法。刘华听了深深喘出一口气,似乎很感动,但立刻又说,这样怕……不妥吧,我怎么好总用你的钱呢?

林思雨笑了,说,这有什么不妥的,钱就是让人用的嘛,资本只有在不停地流动中才会创造出更多的价值,再说你用也不是白用,还要付我利息的,这样总比存在银行更划算一些。

刘华这才说,好吧,既然这样……你就尽快把钱给我打过来吧。

林思雨问,你什么时候用?

刘华说当然越快越好,最好是今天,就现在。

林思雨说好吧,那我现在就去银行办这件事。

林思雨说罢,刘华那边已将电话挂断了……

姓名?

…………

姓名?

…………

请说出你的姓名!

我叫……田小静。

年龄?

22岁。

职业?

无业。

叶小菁,是你曾用过的名字吗?

是。

付强呢?

是。

刘华呢?

……也是。

好,你现在说一说吧。

说什么?

说什么你自己不知道吗,交代一下你诈骗的经过。

我没有诈骗,我不认为这样做是在诈骗。

那你认为这是在干什么?

我是在替父亲,拿回应该属于他的东西。

这样说,你从钟子祥那里得到71万4千2百元,从钟子祥的女儿钟梅子那里得到66万元,从钟子祥的妻子林思雨那里得到35万元,对于这些事实,你都供认不讳了?

我不是供认不讳,我只是承认有这些事,这些钱,本来就应该属于我父亲的。

但是,你不知道采取这样的方式,是在犯罪吗?

犯罪?钟子祥仗着他有钱,有天工开物这样一个企业,把我父亲多年来辛苦研究的成果据为己有,把我父亲气得患了脑出血还拒不承担医药费,他这样做难道不是犯罪吗?

关于你父亲田书成与天工开物公司的侵权之争,已经有法律援助中心的律师代他向法院提起诉讼,这件事法院会有一个公正的判决,但这并不能说明你这样做就不是犯罪。现在再问你一个问题,你是怎样得到关于钟子祥的妻子林思雨和女儿钟梅子的个人信息的?

现在是网络时代,而且获取信息的渠道有很多,要想知道这些事并不困难。

但你想过没有,你以这样的方式接近钟子祥的女儿钟梅子,对她的伤害有多大?

对她的伤害?可是你们想过吗,钟子祥以这样的方式夺走我父亲的研究成果对我的伤害有多大?对我的前途影响又有多大……我本来已经在大学里读到三年级,我的学习成绩一向很好,我热爱我学的旅游专业,父亲原打算让我毕业后继续读研究生,父亲甚至希望我一直读到博士,他说,他希望我们的山里也能出一个博士,可是……就因为他突然这样躺到医院里,我的一切都完了,我不得不从学校退学,只能去旅行社当一个导游来养活自己……

可是,你知道吗,早在半年前,你就已是公安系统网上追逃的犯罪嫌疑人了。

这我已经想到了,我当然要为自己做的事承担责任,但是,我从钟子祥和他家人手里拿到的这些钱,他们永远也不要想再拿回去,我既然把事情做了,就已经做好承担一切刑事责任的心理准备,但这笔钱是我父亲的,我绝不会退还给他们的!

好吧……你看一看,这是这一次的笔录,有什么问题吗?

没有,没有问题。

嗯,那就签字吧。

…………

我终于适应了这种与李局长的接触方式。每当李局长有一点儿空闲，我立刻就抓紧时机跟他聊一阵。但我发现，李局长并不太说自己的事情，他总是对我讲下面的一些刑警，说得最多的是刑侦队里的年轻人。看得出，他对这些年轻的下级是发自内心的喜欢，每当说起他们，脸上就会现出自豪的神情。一天傍晚，他对我说起一个叫陈晴的女刑警。我在刑侦大队办公楼的门口曾看到过这个陈晴的照片。从照片上看，她大约只有二十多岁，警帽的下面露出短发，一副精干的样子。李局长对我说，这个陈晴原是在下面的一个派出所工作，一直表现很出色，而且向局里提出过几次，想干刑侦。这次清网行动中，局里考虑到刑侦队的女同志太少，而在办案过程中，有的时候确实需要女同志，所以就把陈晴抽调上来。

李局长说，陈晴自己也没有想到，她刚被抽上来就遇到一个棘手的案子。这个案子是发生在9年前，犯罪嫌疑人叫张科。当时张科的一个朋友去一家饭馆吃饭，结账时因为价钱问题跟饭馆里的人发生了争执，饭馆老板叫出几个服务员把他打了一顿。张科的这个朋友咽不下这口气，就叫了几个人去把这个饭馆砸了，其中就有张科。混乱中饭馆老板被打死了，一个服务员被打成重伤，在送去医院的路上也死了。事后经警方调查，参与这件事的包括张科的这个朋友一共有4个人，另外3个很快归案了，只有主犯张科在逃，而且这9年一直没有踪迹。这次清网行动中，局里下决心要把这个张科抓捕归案。据了解，张科在案发时刚结婚不到一个月，出事逃走后，他的新婚妻子生下了一个女儿。如果这样分析，张科在这9年中不可能与他的妻子没有一点儿联系。但是，办案人员去与张科的妻子接触过几次，这个女人却只是哭，一句话也不说。就这样，调查工作一下僵在了这里。这时局里就想到了刚刚抽调上来的陈晴。陈晴是女同志，而且也刚结婚，如果让她去跟这个女人谈一谈，从女人的角度也许能谈进去。果然，陈晴去和这个女人谈了两次，这女人终于开口了。她告诉陈晴，张科在刚走的几年里确实回来过几次，但每次都是只待几个小时，看一看孩子就匆匆地走了，最近几年一直没再回来。陈晴问这女人，是否能与张科联系。这女人迟疑了一下，摇摇头说无法联系。但陈晴从她的眼神里看出，她应该是能与张科联系的，于是就继续耐心地做她的思想工作，告诉她，张科总不能永远这样下去，她也不能就这样等他一辈子，更何况这样的等待是没有任何希望的，所以唯一的出路只有让他尽快回来自首。在陈晴的劝说下，这女人终于答应，想办法与张科联系。但几天以后，陈晴再去找这个女人时，她的态度又变了。她对陈晴说，她已经咨询过懂法律的人，张科这种情况即使回来也肯定会是死刑，与其这样就让他在外面吧，能多活一天是一天。陈晴听了就继续做她的工作，告诉她，如果张科回来自首，从当时的情况分析也许还有希望，可是被警方抓回来就难说了。然后陈晴又对这女人说，我可以告诉你，这一次我们警方是下了大决心的，即使张科不自首，我们也肯定能把他抓回来。就这样又反复做这个女人的工作，最后这女人才说出，张科一直藏身在南方的一个城市，他在那边有一个表兄，偶尔会到这个表兄家里去。这女人答应，她和这个表兄联系一下。

两天以后，这女人主动来刑侦队找陈晴，说已和这个表兄联系上，这个表兄也做通了张科的工作，张科竟然同意自首。这女人说，她和这个表兄定好，第二天上午张科会到这个表兄的家里去，警察也过去，他就在那里自首。但是，这女人又透露出一个很重要的情况。张科在外面这几年染上了毒瘾，他的表兄就是因为给了他一些钱，所以他才同意自首的。陈晴得知了这个情况立刻向局里做了汇报。局里经过研判，感到这件事很紧急。从这里开车赶到那个南方城市，至少要8个小时，而且还不知路上会遇到什么情况，当时已是晚上8点多钟，即使立刻出发时间都已经很紧。此外还有更重要的一点，一般吸毒人员的思想和情绪波动很大，极容易反复无常，一旦毒瘾发作什么事情都可能做出来,这种人是没有任何信誉的。所以,尽管他已经同意自首,但也不能保证,他在等待警方的这段时间里会不会突然改变了主意。于是局里决定,立刻派一个小组开车赶往这个南方城市。当时考虑到这次任务是长途奔袭,就没有让陈晴参加。但陈晴一再要求,坚决要一起去。于是局里也就只好同意了。

陈晴这次去果然起到了关键性的作用。这个小组在赶往南方的途中,遇到一起车祸,两辆货车追尾撞在一起,高速公路一下被拥堵起来。就这样,他们赶到张科的这个表兄家时已是第二天下午。果然,据这个表兄说,张科由于毒瘾发作已经再次逃跑了。但张科的这个表兄还是提供了一些张科在这个城市的情况。根据这些情况,警方判断,张科很可能要离开这个城市。接着很快就在一个长途汽车站的监控录像中发现了张科的身影。但这时张科已经上了开往西北方向的一辆长途汽车,据车站的人说,这班车已开走大约四个多小时。警方了解清楚这辆车的行驶路线,立刻决定抄近路赶到前面去,在这辆车的必经要道设卡拦截。但是,陈晴这时提出,如果设卡拦截,会不会给车上的乘客带来威胁?张科毕竟是吸毒人员,他情急之下如果拿车上的乘客当人质怎么办?此外还有一点,张科是不是确实在这班长途车上? 如果他已经下车,或者乘坐的是开往别的方向的汽车,那就要立刻转移目标了。于是,这个小组的几个人经过紧急商议,又打回电话向局里请示,最后决定由陈晴化装成一个农村妇女上车,先摸清车上的情况,如果张科确实在这辆车上,再配合下面的同事实施抓捕。

李局长笑着对我说,陈晴这一次确实表现得很出色,不仅机智勇敢,而且还真有几分表演天赋,所以我事后对她说,局里真该给你颁发一个最佳表演奖。当时陈晴上车,竟然真把混在乘客中的张科给蒙住了。抓捕的过程虽然惊险,但最后还是顺利地把张科抓获了,而且没有伤到一个车上的乘客。李局长感慨地对我说,我们的刑警很不了起啊,在今天这样的和平年代,他们还能冒着生命危险去工作,随时都有可能流血牺牲,这需要多么大的勇气,不是每一个人都能做到的啊。这时我想起来,我曾看到过一份资料,根据我国公安部

2006年的一份通报，我们国家一年牺牲在岗位上的警察就有约四百名，受伤三千余名。李局长点点头说，是啊，我们工作在第一线的这些警察都很勇敢，真到关键时刻都冲得上去。

这时，他问我，你见过田凤吗？

我立刻说，当然见过。

李局长说的这个田凤是一个只有二十来岁的年轻刑警，我在一次座谈会上见过他，是一个白白净净有些腼腆的年轻人。但就是这个田凤，我听说，他在一次抓捕犯罪嫌疑人的过程中竟然迎着对方的砍刀冲上去。当时这个犯罪嫌疑人是在屋里，田凤的同事冲进去实施抓捕。但这个嫌疑人情急之下竟然破窗从阁楼上跳下来。守在外面的田凤一见立刻不顾一切地扑向他。这个嫌疑人一见田凤挥起手里的砍刀就朝他砍过来。但这时田凤并没有躲闪，而是迎上去飞起一脚踢在这个嫌疑人的腰上。与此同时，嫌疑人手里的这把砍刀也砍在了田凤的大腿上。据当时在场的战友说，这一刀将田凤的大腿完全砍开了，但田凤还是紧紧抱住这个嫌疑人，直到他的战友赶来，才一下倒在了地上。那一次，田凤的战友背着他往回走，血水将战友的身上都打湿了。事后刑侦队队长心疼地问田凤，傻小子，你当时为什么不躲啊？田凤说，费了这么大劲儿，这一次好容易找到他，不能让他再跑了。

李局长点点头说，是啊，这就是我们的刑警啊……

第八章
回头

方海在这个傍晚的感觉有些异样，左眼皮总跳。在方海的老家有一句俗语，好像是左眼皮和右眼皮，一个跳是财，一个跳是灾。但方海总搞不清楚究竟是"左眼皮跳灾、右眼皮跳财"，还是"左眼皮跳财、右眼皮跳灾"。不过方海这十几年来一直是左眼皮在跳,而且除去给他跳来心神不定,从没有跳来什么财。方海的这爿小饭馆只有六张餐桌,经营的也只是一些家常菜。方海经常掰着手指给杨春妹计算,中午和晚上,就算每张餐桌都有客人,每桌客人平均消费80元,总共也不过九百多元,除去成本,净赚也就是二三百元,况且每天还来不了这么多的客人。所以,方海对杨春妹说,这个小饭馆每月能有几千元收入,能有一碗饱饭吃就已经很不错了,发不了大财的。杨春妹每当听方海这样说就抿起嘴笑。方海觉得杨春妹一笑起来很好看,有一种与世无争的平静。就是这样的平静,让方海第一次看了就怦然心动。方海这十几年颠沛流离,已经跑过太多地方,所以见到这样的平静,立刻感觉自己的身心也安静下来。在这个傍晚,小饭馆里的客人又不是很多。来吃饭的多是街上的一些打工者,要的菜很便宜,喝的也是廉价白酒。方海接过杨春妹刚炒的一盘葱爆肉时,感觉左眼皮又狠狠地跳了几下。方海看了杨春妹一眼,他想对她说,今晚是不是要出什么事?但话到嘴边又咽回去。方海知道杨春妹的胆子很小,他不想让她担心。接着,就在方海端着这盘葱爆肉从厨房里走出来时,一抬头,就看到了那个坐在角落里的男人。这男人四十来岁,长着一张瓜条脸,干黄的面皮有些褶皱。方海第一眼认出的不是这张褶皱的面孔,而是他的发型。他的头发只有一寸长,看上去很硬,头顶剃得很平,像是用镰刀割过一样。方海知道,这种发型叫"板儿寸"。这十几年来,方海每当见到这种留"板儿寸"发型的男人心里就会禁不住颤抖一下。此时,这个"板儿寸"男人正朝这边微笑地看着。他显然知道方海已经看到了自己,于是朝他招招手,示意让他过去。方海迟疑了一下,就放下手里的盘子朝这边走过来。

你现在混得不错啊。

"板儿寸"男人说。

方海看看他,噯嚅了一下说,你是……吴老三。

行,好记性,"板儿寸"男人又笑笑说,你还记得我叫吴老三。不过……他又眯起眼将声音压得更低些说,我现在已经不叫吴老三了,叫宋国强,怎么样,这名字够响亮吧?

方海朝身边的客人看一眼说,你……是怎么找到我这里来的?

吴老三又诡秘地一笑说,在这个世界上,我想找谁都能找到。

可是……

可是什么?你说已经十几年了,过去的事都已过去了,是吧?

方海看着吴老三。

吴老三摇摇头，哼一声说，你是觉得过去了，可警察那边没过去啊。

方海立刻紧张起来，你的意思是……

吴老三又凑近方海说，现在公安局的那些警察正在搞清网行动，清网你懂不懂，就是要将这些年在网上通缉的逃犯清理一下，都抓回去，眼下各地的警察已经把多少年前的案子又都翻出来。方海一听脸色立刻变了，问，你是说……我们都已是网上通缉的逃犯了？

吴老三扑哧一下笑了，说，你说呢？你当初干了那样的事，你的身上至今还背着两条人命呢，你不是逃犯干吗跑到这么远来开这个小饭馆儿，网上追逃不追你追谁？

可……可是……

方海抖着嘴唇刚说了一个可是，吴老三就伸手拦住他。吴老三说，我知道你要说什么，不过当初那件事，是你、我还有常福，我们三个人一起干的，所以我们现在是一根线上拴的三个蚂蚱，跑不了你，也逃不了我，你跟我是共犯，懂什么叫共犯吗，就是共同实施犯罪，无论干了什么都要承担一样的责任，到时候你说什么警察是不会相信的。

方海问，常福……现在怎样，他在哪儿？

吴老三一笑说，他在一个警察找不到的地方了。

方海感觉到，吴老三说这话时，眼里冒出一股寒气。他的身上不禁抖了一下。接着，吴老三又说，幸好是我在警察之前找到他了，如果警察先找到他，这件事恐怕就麻烦了。

方海小心地问，他现在……到底怎样？

吴老三眯起一只眼，点点头说，他很好，真的很好，他以后可以踏实了。

方海听了又看一看吴老三。他觉得吴老三的瓜条脸上似乎渗出一层盐霜。

吴老三咳一声说，你这可是饭馆，别让我这样干坐着啊，弄点儿吃的来嘛。

方海连忙站起来问，你想……吃点儿啥？

吴老三又一笑，摆摆手说算了，不吃了，我说完话就走。

方海朝旁边的几张餐桌瞥一眼，站到吴老三的身边，一边做出写菜单的样子说，你有什么话就说吧。他这样说着，又朝厨房那边正在忙碌的杨春妹看一眼。吴老三顺着方海的目光朝那边看去，歪嘴一笑说，在这边又有女人了？挺水灵啊，叫过来认识一下。

方海立刻说，她……什么都不知道。

好吧，吴老三说，我这次来找你，就是两件事，第一，警察很可能已经知道了这件案子里有你的事，说不定现在正到处找你，记住，千万别再跟家里联系，电话也不要打，钱也不要寄，将来真有进去的那一天，最好是什么都别说，就是说也只说自己的事，不该说的话不要乱说，否则帮不了你自己，也害了别人。懂吗？方海看着吴老三，微微点了下头。第二，吴老三又说，眼下风声越来越紧，我这一次可能要跑得远一点，手头缺路费，你给凑些吧。吴老三说罢抬起头，看着方海，你这开饭馆儿的老板，不会跟我说手头没钱吧？

方海问，你要……多少？

吴老三说，尽你所能吧，当然是越多越好。

方海想一想，说，我现在能拿出来的，就是周转的三千块钱，再多就没有了。

吴老三又抬起头，眯起眼看看方海。

方海说，真的……再多确实没有了。

好吧，吴老三点点头说，三千就三千吧。

方海立刻将身上所有的钱都掏出来。吴老三看也没看就抓到手里，起身出去了……

方海等到最后一桌客人结账走时已是半夜。这时外面停了一辆面包车，显然是赶夜路的，几个人下车走进来。方海回头看看他们说，打烊了。几个人说，我们只吃点简单的，煮几碗面就行。方海说真的打烊了，前面不远还有一家饭馆，你们去那边看看吧。

几个人无奈地哼一声，没再说什么就走了。

·方海将店门关好，在里边小心地插上，转过身时，发现杨春妹正在一声不响地看着自己。方海觉得杨春妹看自己的表情有些异样，她好像从来没有过这样的表情。方海避开杨春妹的目光，嗯了一声说，累一天了……休息吧。

杨春妹说，你从来没有这样过。

方海说，你说……我哪样？

杨春妹说，你没有往外推过客人。

方海就不说话了。方海确实从没有往外推过客人。他曾对杨春妹说过，街上的抻面王师傅经常说一句话,做饭馆这一行的是勤行。所谓勤行也就是勤快人做的行当,懒人是做不来这种事的,所以起早贪黑熬夜加班都是正常的,不要以为这就是辛苦。方海的确是个勤快人。这爿小饭馆虽然不大,每天的客人也不是很多,但流水客人却是经常有的,从早到晚什么时间都会有人来。方海也从来都是不辞辛苦,无论几点来客人,哪怕是自己刚要休息一下,也会立刻打起精神起身去忙碌。所以,方海的心里很清楚,自己刚才将那几个来吃饭的客人拒之门外真的是过去从没有过的事情。他朝杨春妹笑一笑说,我是觉得……你这一天太累了,早关门也可以早休息。杨春妹看一看他,说,今天的客人并不比平日多,我怎么会累呢。

方海支吾了一下又说,今天……也太晚了。

杨春妹说,可是,我们还有更晚的时候呢。

方海终于无话可说了。

杨春妹又看一眼方海,问,今天来的那个男人是谁?

方海愣一下说,你说的,是哪个?

杨春妹说,你知道我说的是哪个。

方海突然不耐烦了,皱起眉头说,你问来问去的问什么问,今天来的客人多了,我知道你问的是哪个?他一边这样说着就叮叮哐哐地朝里面走去。里面是一间很小的卧室,只勉强放下一张双人床,一只小衣柜,还有一张小桌,这就是方海和杨春妹的全部家当。方海脱掉衣服就躺下了,他感觉得到,杨春妹进来,也静静地脱掉衣服在他身边躺下了。方海忽然觉得自己刚才不该这样对杨春妹发火。他自从认识杨春妹,还从来没有这样向她发过火。于是,他转过身来搂住杨春妹说,我今天……真的没什么事,也没有什么人来找过我。不过……方海想了一下说,也许你说的是那个人,他是农贸市场卖猪肉的蔡老板,我已经几个月没有给他结过账,他不太高兴,今天就亲自上门来向我要钱,我已经把欠的账还他了。

杨春妹的身体轻轻动了一下,说,哦……我知道了。

然后,杨春妹又说,睡吧,你今天真的累了,睡吧。

方海只好又轻轻拍了一下杨春妹,就翻过身去……

方海比杨春妹大20岁,但他有时觉得,自己在杨春妹面前就像一个孩子。杨春妹安静得如同一潭清水,而方海觉得自己就像是泡在这潭清水里,被这潭清水包容着,浸泡着,无论自己变化成什么形状,这潭清水都会默默地无声地随着自己的变化而变化。方海经常想,自己有了杨春妹这样一个女人真的是福气。他简直不敢想象,这几年如果没有杨春妹,自己的日子该怎样度过。方海当初认识杨春妹很偶然。那时方海开这爿小饭馆刚刚不到一年,虽然每天墩上灶上里里外外都只是他一个人忙碌,但他一直没有想过再雇一个人。他之所以这样做也是出于两方面考虑,第一,这个饭馆只是小本生意,再雇一个人就要多一笔挑费,他承担不起。第二,也是最重要的一个原因,他不想让任何人接近自己的生活,他担心这样会不安全。因此,他一直宁愿自己多辛苦一些也不想冒这个风险。那是一个冬天的傍晚,外面正在下着大雪。当时方海的小饭馆里没什么客人。方海弄了一盘花生米,独自坐在角落里的一张桌前喝酒。这时外面走进一个年轻女人。她看上去不到三十岁,身上的衣服很干净,但有些单薄。方海一见她就站起来,问想吃点儿什么。这女人迟疑了一下说,她不吃饭,只想喝口热水。方海一听就走进去,端来一杯热水,然后让她坐在桌边。但是,方海在一旁看了一阵,他觉得这女人不仅是口渴,一定还很饿,因为她的目光不时朝厨房那边投过去。于是,他想了一下,就又去厨房端来一碗煮面的热面汤,试着放到她的面前。这女人果然立刻又端起来如饥似渴地喝了。方海没再说话,去厨房煮了一碗面条,给她端来说,吃吧。这女人看了立刻摇摇头,对方海说,我……没有钱……方海说吃吧,你吃吧。

这女人又犹豫了一下,就端起碗很快把这碗面吃了。

方海问,还吃吗?

女人微微点了下头。

方海就又去端来一碗面。这女人又很快吃了。

方海再问,还吃吗?

女人摇摇头说,谢谢……不吃了。

但这女人这样说罢并没有要走的意思。她慢慢站起身,看着方海,这样看了一阵才说,大哥,我……能不能留下来……帮你做事? 她接着又赶紧说,我会做很多事的,而且……还会做饭……方海笑笑说,我这样的小饭馆是雇不起人的。女人说我不要工钱,只要……只要有一碗饭吃,有个地方睡觉就行了。方海轻轻叹息一声,摇摇头说,你如果还饿,我就再去给你煮一碗面,你吃饱了就……就走吧。年轻女人的眼里渐渐暗下去。

她说谢谢,我已经……吃饱了。

她这样说罢就朝门外走去。在这个晚上,方海独自喝酒喝到很晚。外面的雪越下越大，小饭馆里一直没有客人。将近半夜时，方海准备打烊了。他去关门时，发现那个女人竟还站在门外。她的身上已经落了一层雪，两手揣在衣袖里，呆呆地朝街上望着。方海想了一下，开门对她说，你……进来吧。这女人回头看看他。方海又说，你进来吧。女人就慢慢走进来。方海去厨房将灶点起来。这女人跟过来问，你要……干啥？方海说，给你做一碗热面汤。女人立刻说，我自己做吧。她这样说着就走进厨房。当时方海看着这女人走进厨房的样子立刻有一种感觉，似乎她并不是外人，对这个厨房很熟悉，好像已经在这里很久了。在这个晚上，方海将里面屋里的小床让给这女人，自己抱着一床薄被出来，将几张餐桌拼在一起，躺到上面。事后杨春妹对方海说，她在那一晚就看出来了，方海是一个好人。也正因如此，几天以后的夜里，杨春妹就来到方海的跟前。当时方海躺在几张餐桌上，裹着薄被将身体蜷缩成一团。杨春妹站到桌前，对方海说，方大哥，你……进里面去睡吧。方海说，不行，这样冷的天，我不能让你睡在外面。杨春妹说，我……我也不睡在外面。

方海听了，慢慢坐起来。

杨春妹又说，明天，你给里面换一张大床吧。

方海一直没有问过杨春妹的身世，只知道她是从家里逃出来的。杨春妹的丈夫是一个很凶的男人，经常在外面喝酒，喝了酒回来就打她。杨春妹是实在无法忍受才跑出来的。方海很快发现，杨春妹竟是一个很会疼人，而且很勤快的女人。她果然很会做饭。方海的这个小饭馆经营的是家常菜。自从杨春妹来了，方海就再不用操心厨房里的事，只管在外面招呼客人就可以了。如此一来，他们两人一里一外配合得很默契。每到夜里打烊以后，杨春妹就为方海炒两个小菜，再为他烫一壶热酒，于是方海觉得，能有这样的日子已经没有别的什么奢望了。方海从没有向杨春妹提起过自己家里的事。他一个四十多岁的男人，自然是应该成过家的，但他不说，杨春妹也不问。只是一天夜里，杨春妹在床上对着方海的耳边说，你对我这样好，我一定要报答你啊。方海听了伸出一只手揽住她，问，你怎样报答我。杨春妹说，我要……给你生一个儿子。方海听了半天没有说话。

杨春妹问，怎么，你不想要一个儿子吗？

方海说，这件事……以后不要再提了。

陆晓梅接到局里的电话时，正在她的"晓梅警务室"里召集大家开会。这个设在梨香苑社区的警务室是用陆晓梅的名字命名的，虽然并不大，加上陆晓梅只有两个民警,却有三十几个协警。梨香苑社区在花溪县城算是一个很大的社区,居住人员的流动性很大,因此平时的工作量也就很大。陆晓梅这一次是准备组织附近企业的职工和学校的师生,搞一台以警民联防为主题的文艺演出。这个上午,是召开第一次协调会。就在陆晓梅向大家介绍自己对这台文艺演出的设想时,她的手机突然响起来。来电话的是康局长。康局长的声音很浑厚,听上去平和中又有些威严。他先问陆晓梅,在干什么。陆晓梅一听是康局长,就意识到应该有什么非同寻常的事情。康局长平时是不会直接给陆晓梅打电话的。陆晓梅对康局长并不是很熟,但她去年被评为全局先进,局里开表彰大会时,是康局长亲自为她颁的奖。所以,陆晓梅想,康局长对自己的情况应该还是很了解的。陆晓梅和康局长说话倒并不拘束,她告诉康局长,自己正在社区的警务室,准备组织大家搞一台文艺演出。康局长一听就笑了,说,眼下全国公安系统已经开始"清网行动",全局上下都在忙网上追逃的事情,你这里还在搞文艺演出,好有闲情逸致啊。陆晓梅听出康局长的话里有话,连忙问,局长有什么指示?

康局长沉吟了一下说,现在有一个任务,你愿不愿意接受?

陆晓梅立刻不假思索地说,当然愿意接受!

康局长说,这个任务,可有一定的危险啊。

陆晓梅笑笑说,既然当警察,就不怕危险。

好,康局长说,说得好,我已经向你们所长打过招呼,你马上来局里报到吧。

在这个上午,陆晓梅赶到局里才知道,康局长将她抽调上来是因为一件12年前的案子。由于在办案的过程中有可能与犯罪嫌疑人的家属接触,局里考虑,有一个女民警应该更方便一些,于是就想到了她。这是一起抢劫强奸杀人案,案情看起来并不复杂。12年前的一个早晨,有人来报案,说是在县城郊外的花溪江边发现一具男尸。当时办案人员赶到现场,发现尸体还漂浮在江里,显然是从上游顺流而下,被江边的水草挂住才停在了这里。将尸体打捞上岸,经法医初步判断,这具男尸的年龄大约二十五岁,泡在水里的时间应该在10小时左右。法医对尸体进一步检查,发现在胸部和腹部有几处致命刀伤,也就是说,这个人很可能不是溺水身亡,而是先被杀害之后抛尸江里的。根据当时现场的情况,办案人员认为最关键的是要先找到抛尸地点。但尸体是从上游漂下来的,要想找到抛尸现场并不是一件容易的事。办案人员沿江边向上游寻找了一段,并没发现任何有价值的痕迹。就在这时,一个办案经验丰富的老刑警提出一个想法。他说,这条江的江水流速是相对固定的,既然法医初步判断尸体在江水里浸泡的时间是10小时左右,我们能不能找一个重量和比重与这具尸体相近的物体,扔到江里,测出它一小时漂出的距离,然后再乘以10,这样按算出的距离沿江边逆流而上,或许就可以找到抛尸地点。大家听了都觉得有理,于是当即从附近的屠宰厂找来一头死猪放到江里,这样测出大致的漂浮距离,果然就在上游一个僻静桥墩旁边的草丛里发现了一摊血迹。经过勘察分析,这里应该就是抛尸现场。办案人员接着又有了更重大的发现,就在附近的一蓬灌木下面,竟还躺着一个年轻女人。这女人二十多岁,身上满是血迹。而最让办案人员大感意外的是,这女人竟然还活着。于是,她当即被送去县里的医院。经医生诊断,她身上的刀伤虽不足以致命,但由于失血过多,已经有生命危险,而且被害人曾经受到过性侵害。办案人员在这女人清醒之后,立刻向她询问了一些情况。据这女人回忆,出事是在前一天傍晚,当时她和未婚夫一起去县城里的购物中心买一些准备结婚的日常用品和家具。由于家具是送货上门,所以办完手续之后,她就让未婚夫骑自行车带着自己回来。就在他们走到花溪江边时,突然被迎面走来的两个男人扑倒在路上。厮打当中,其中一个男人掏出一把尖刀在她未婚夫的身上连捅了几下,她的未婚夫立刻就不动了。她拼命挣脱出来一边叫喊着朝路边坡下的江边跑去。这时那个拎着刀子的男人从后面追上来,先是在她的头上重重打了两拳,然后她就什么都不知道了。办案人员问这女人,在出事的过程中看没看清这两个男人长什么样子,有什么体貌特征。这女人说,当时天已黑下来,所以这两个男人是什么样子都没有看清楚,不过还有一个男人,显然也是他们一伙的,因为她在跑下路坡时,看到那个人将她未婚夫的自行车搬起来扔到路坡下面。这女人说,这个人她看清了,好像是旁边清源村一个叫常福的男人。办案人员立刻问,你怎么能确定这个人就是清源村的常福? 这女人说,不能确定,只是看他的样子有些像,听说话的声音也像。这女人说,这个常福曾在他们清源村的村头开过一个小卖店,卖一些食品饮料和日用杂物,所以她记得他。这显然是一个极为重要的线索。于是办案人员立刻赶往清源村。果然,这个叫常福的男人在出事以后就不知去向了。据他的家人说,他是出外打工去了。而更加引起办案人员注意的是,清源村与常福一起出走的还有一个叫方海的人。据村里人说,这个方海经常与常福在一起,两人关系很好。办案人员立刻拿了方海的照片赶来医院,想让那个被害女人辨认一下,看这个方海是不是那另外两个男人中的一个。但遗憾的是,就在这天夜里,这个被害女人由于失血过多,已经去世了。这以后,办案人员虽然将常福和方海这两个人有可能藏匿的地方都查找了一遍,而且几乎调查了他们所有的社会关系,却一直没有任何结果。就这样,常福和方海,这两个嫌疑人被列为网上追逃人员。花溪县公安局与各地警方联系,采取各种办法帮助协查。但这两个人却像人间蒸发了一样,从此再也没有任何踪迹,也没有任何关于他们的线索。

陆晓梅是一个心很细的人。她平时在所里,总是善于在事情的缝隙里发现一些不容易被察觉而且有意味的细节。陆晓梅在翻看这件案子的卷宗时,突然发现了一个问题。当年在办案人员询问那个女被害人时,那女人曾说,在她与他们撕扯时,闻到他们的嘴里有浓重的酒气,显然是刚刚喝过酒的。陆晓梅立刻想到,从卷宗中的记载看,当年出事的地点应该是在花溪江的下溪桥附近,而下溪桥的对面就是一条小食街。这三个嫌疑人会不会是在那条小食街上的哪家饭馆喝了酒,然后出来作案的呢?如果真是这样,十几年过去了,当年的那家饭馆还在不在?倘若还在,饭馆老板对这几个人是否还会有些印象呢?

陆晓梅想到这里,立刻来到花溪江边的这条小食街。

小食街是在江岸路的一侧。十几年过去了,这里已经重新翻建,看上去比当年整齐了许多,店铺门面也都规范起来。陆晓梅向小食街的管理部门了解,又得到一个更加让她看到希望的消息,小食街虽已翻建,但过去的商家大部分仍还在这里经营。不过,管理部门的人说,现在这条街上大大小小的食摊餐馆约有二百多家,要想寻找一家具体餐馆应该是很困难的事情。陆晓梅当然知道这件事的难度。她想,只能碰一碰运气,挨家走访这些食摊餐馆了。

陆晓梅的运气不是很好。她拿了常福和方海的照片,第一天在小食街走访了几十家店铺,却没有发现任何线索。事情毕竟已过去了十几年,小食街上有的是新来的商户,就是当年的老商户,对小食街翻建前的事情也已经记不清了。第二天,小食街管理部门的人告诉陆晓梅,现在的小食街分为甲、乙、丙、丁四段,其中甲段和乙段都以经营特色食摊为主,饭馆也有,但不是很多,而丙段和丁段则多是饭馆,而且大都是老租户。所以,管理部门的人说,如果陆晓梅要寻找十几年前在这里经营的饭馆,可以去丙段和丁段看一看。于是陆晓梅又到丙段这边来,果然很快就发现了线索。这是一家专营老酒的小餐馆,叫"醉花溪"。开店的是一对中年夫妇,听口音都是本地人。店老板是一个谢顶的胖男人,油光光的头顶上几乎没有几根头发。他从陆晓梅的手里接过照片眯起眼看了一阵,说,这两个人……好像是见过的。陆晓梅一听立刻兴奋起来,连忙问,大约什么时候见的?店老板摇摇头说,具体的……已经想不起来了。陆晓梅说,不要急,你慢慢想一想。店老板又想了一下,就将旁边正在忙碌的女人叫过来说,你看一看,这两个人是不是来咱们店里吃过饭? 老板娘是一个很精明的女人,看上去也很爽利,她拿过照片认真端详了一阵,说,这好像……是那几个人嘛。店老板问,哪几个人?老板娘说你忘记了,那一年的傍晚有几个人来咱们店里喝酒,七斤一坛的老酒足足喝了两坛,一边喝酒还说一些挺吓人的话,要到这里搞钱,到那里搞钱,最后走的时候还把一个黑包包忘在了咱们店里,等你发现时打开一看,包里只有一张脏兮兮的5元钞票。店老板一听立刻笑着说,是了是了,想起来了,不过……这已是很多年前的事了。

老板娘说是啊,那时我们的店才刚刚开起来嘛。

陆晓梅问,他们当时,是几个人?

店老板说,三个,好像是三个人。

老板娘说对,就是三个人。

陆晓梅又问,除去照片上这两个人,那另一个人是什么样子?

店老板摇摇头说,没印象了,当时这个人……好像说话很少。

老板娘想想说,这男人很瘦,眼角上好像有一道疤,细长的。

店老板朝女人瞥一眼说,你就这样,看男人总是看得最清楚。

老板娘哼一声,就不再说话了。

陆晓梅笑一笑,又问,这第三个男人,说话是哪里的口音?

店老板立刻肯定地说,外地口音,他一定不是本地人。

陆晓梅立刻问,你怎么这样肯定?

店老板说,当时他喝了一口老酒,立刻吐到地上,还骂了一句,说你们这里的酒怎么这样难喝,我听了不服气,要过去跟他讲理,我“醉花溪”酒馆儿的老酒在花溪江这一带一向是最出名的,怎么能说难喝呢,当时是她……硬把我拉住了。

店老板说着又朝老板娘看了一眼。

陆晓梅从“醉花溪”出来时,觉得这一次的收获很大。首先,“醉花溪”的老板夫妇从照片上认出了常福和方海,这也就进一步证实了常福和方海犯罪嫌疑人的身份,同时也印证了此前的假设,在那个出事的傍晚,常福和方海还有那第三个神秘的男人很可能是先在醉花溪喝了酒,然后去花溪江边共同作案的。此外,虽然目前对那第三个神秘男人的情况还一无所知,但至少已了解到几点,第一,这男人偏瘦。第二,这男人的眼角有一道细长的疤痕。第三,他不是本地人,而且从他对老酒味道的反应看,很可能是一个北方人。陆晓梅想到这里,就决定还是先从常福和方海入手,去清源村,想办法从他们的家属那里了解情况。

方海这十几年有了一个习惯,夜里睡觉总做梦,而且梦境是一样的,家乡的青山,山坡上的竹林,还有流淌的花溪江,妻子在江边的石头上用木棒槌打着洗衣服,儿子在水边的石滩上玩耍……在方海的梦境中,儿子还是十几年前的样子,刚刚七岁,妻子也还是那样的年轻……但方海经常是在一阵惊悚中从梦里醒来,然后浑身渗出一层冷汗。杨春妹刚和方海在一起时,夜里看到他的样子感到很害怕,她不知道方海得了什么病。方海只好告诉她,自己在小的时候曾受过惊吓,这是留下的后遗症。方海自从有了杨春妹,夜里睡觉就渐渐安稳些了,即使偶尔被噩梦惊醒,感觉到杨春妹伸过来的温热柔软的手臂,也会踏实下来。

但是,方海自从见到吴老三,心一下又悬起来。

方海没有想到,自己在三台县城这样一个偏僻的地方,开这样一个不起眼的小饭馆,吴老三竟然也能找到自己。而吴老三说的话更让方海感到心惊肉跳。吴老三说,现在全国的公安系统正搞什么"清网行动",各地的警察都将这些年来的悬案又重新翻出来。最让方海害怕的是,吴老三说,现在他和方海都已成为警察在网上通缉的在逃人员。方海虽然从不上网,但也清楚网络的厉害。他知道,自己一旦成为网上追逃人员,就是跑到天边也没有任何意义了,头顶上永远会悬着一张无形的大网,这张网说不定什么时候就会落下来将自己牢牢地捆缚住。方海很后悔,他觉得自己办了一件糊涂事。这一次吴老三在临走时,曾向他要过手机号码。吴老三的理由是,他随时有什么情况会通报给方海。当时方海没有多想就将杨春妹的手机号码告诉了吴老三。方海这些年为安全起见,自己从不用手机,遇有什么事宁愿多走几步路去附近的小卖店打公用电话。自从有了杨春妹,他才为她买了一部手机,而且特意没去营业厅办理实名制的那一种,而是在街上的小店随便买了一个号码。但方海把杨春妹的手机号码一给吴老三立刻就后悔了,他担心,吴老三会给杨春妹打电话。方海从没向杨春妹说起过自己的事,他知道杨春妹是一个很单纯的女人,胆子也很小,没经历过什么大事情。而且方海这些年通过电视和杂志,也偷偷学了一些法律方面的常识。他很清楚,自己不把实情告诉杨春妹其实是在保护她,否则一旦自己出了事,杨春妹就有可能因为包庇罪而承担刑事责任。所以，方海在把杨春妹的手机号码告诉吴老三之后，连忙又说，你……不到万不得已的时候千万不要打这个电话。吴老三听了歪嘴一笑说，你以为我愿意给你打电话吗？我也要为自己的安全考虑呢，记住，如果有一天我给这个号码打电话，就说明你我都要有大麻烦了。吴老三这样说罢，用手捋了一下"板儿寸"头就站起身，做出准备走的样子。方海始终想不明白，当年的那个晚上，在他和常福与吴老三一起做那件事时，吴老三就是留着这样一个"板儿寸"头，他为什么时至今日仍然留着这样一个发型，难道他就不担心被别人认出来吗？他看着吴老三，忍不住还是把这个问题问出来。吴老三一听就笑了。吴老三说，正因为你这样想，别人也这样想，警察才有可能也会这样想，一个人在犯事时是什么样子，事后为了不被认出来一定会改掉的对不对？可是我就偏不改，用书上的话说这叫逆向思维，反其道而行之，越是危险的做法，有的时候反而可能是最安全的。吴老三这样说罢又歪嘴一笑就出门去了。

方海一连几天心神不定。

最让方海感到不安的是杨春妹的反应。杨春妹自从吴老三出现的那一晚之后，就再也没有提起过这件事，但从她的眼神可以看出来，她的心里并没有忘记这件事。方海和杨春妹生活了这几年，对她是了解的。他知道杨春妹虽然平时很少说话，却是一个心事很重的人。方海曾无数次想过，如果有一天自己真的被警察找到了，戴上手铐推上警车押走，对杨春妹的打击会有多大。与其这样，他想，是不是索性就把十几年前的那件事告诉杨春妹，然后自己去自首，这样也就结束了这种整天担惊受怕的日子。但是，他转念又想，如果没有杨春妹他也许真的会去这样做了，可是现在有了杨春妹，他不敢想，如果自己真这样做了杨春妹今后的日子会怎样过。他有的时候甚至会突发奇想，自己是不是将杨春妹带回老家去，托付给自己的妻子。方海知道，自己的妻子是一个很善良而且很敦厚的女人，她一定会理解自己，她甚至有可能会感谢杨春妹这几年来对她丈夫的照顾。她也许会和杨春妹像姐妹一样相处得很好。如果真能这样，方海想，自己去公安局自首也就放心了。方海由此想到自己的儿子。当年出事时，儿子只有七岁，现在应该将近二十岁了，已经是一个大小伙子了。方海每当想到儿子，心里就会狠狠地痛一下。当年，就是为了儿子，他才去做了那件事。在那天下午，他原本是去找常福借钱的。当时常福正在街里的茶馆和一个陌生男人喝茶。常福问他借钱干什么。方海说，他的儿子要上学了，现在小孩子在上学之前都已学会使用电脑，可是他的儿子还没见过电脑是什么样子,所以,他也想为儿子买一台。常福一听就不屑地笑了,说,你的日子是怎样混的,给儿子买一台电脑都要向别人借钱吗?方海一听脸就涨红起来,看了常福一眼赌气说,不过是向你借几千块钱,你想借就借,不想借也没必要说这样的风凉话。这时旁边的那个陌生男人抬起头看一眼方海,声音不大地说,一个男人,伸手向别人借钱的确是一件很没面子的事,这年月搞钱的办法很多,你该去自己想想办法。方海听了看一看这个男人。他觉得这男人的蜡黄脸上似乎挂着一层霜。这时常福就笑了,说好了好了,我没有不想借你的意思,这样吧,今天我做东,咱们去花溪江边的小食街喝酒,那里有一家"醉花溪"很好。

就这样,在这个下午,方海就跟着常福和那个陌生男人一起来到花溪江边的小食街。直到坐在"醉花溪"饭馆里,常福才为方海介绍那个陌生男人,说这是他的一个外地朋友,曾在一起做过生意,叫吴老三,大家都叫他三哥,很好很可靠的一个人。当时方海朝这男人看看,只是点了一下头。他不太喜欢这个人,觉得他有些阴,给人的感觉似乎深不见底。后来喝起酒来,渐渐酒酣耳热,大家一熟话也就多起来。常福乘着酒兴说,三哥你刚才说搞钱的办法有很多,你怎样搞过钱,说来让我们听听。方海虽然没有说话,也把眼睛看着这个男人。他也想听一听,这个人究竟有什么搞钱的办法。这时吴老三由于喝了一些老酒,蜡黄脸已经有些微红。他咳一声说,要说起搞钱嘛,道道儿当然多得很,常福是我的兄弟,你是常福的朋友,我不瞒你们,我扒过火车,也卖过货色,至于还干过什么就没必要告诉你们了。

方海听了问,扒火车……扒火车干什么?

吴老三一笑说,当年有一个电影叫《铁道游击队》,知道吗?他们干什么我就干什么。方海听了立刻睁大两眼。他当然知道当年的铁道游击队干什么。

可是……方海又小心地问,你说卖货色,卖的什么货色呢?

吴老三漫不经心地说,卖药,也卖人。

卖人?! 方海听了越发把眼睛大起来。

吴老三扑哧笑了,说,这有什么稀奇的,卖人总比卖药挣得多,来钱也快,后来要不是出了事……我现在说不定已经是个千万富翁了呢。

事后方海曾无数次想过,他并不是一个不辨是非的人。如果在平时,这个吴老三说了这样一番话,他立刻就会知道他是一个什么人了。但在那个傍晚,方海喝了很多酒。方海平时一向是不喝酒的,也没有太大的酒量。他在那个傍晚之所以这样喝酒是因为受了常福的刺激。常福讥笑他，几千元钱都要向别人借。还有那个吴老三，吴老三也说，男人向别人借钱是一件很没面子的事。方海是觉得自己的确很没面子，他的心里感到郁闷，所以才这样喝酒的。酒真的不是什么好东西，它往往会使人丧失判断力。在这个傍晚，方海喝酒喝得浑身热血沸腾，就开始丧失判断力了。他觉得这个吴老三真的是很有本事，竟然干过那么多的事，他一定挣了很多钱。再看一看常福，常福也是一个很有本事的人，虽然不知他这些年在外面究竟都干了什么，可是他的家里已经盖起三层小楼，他看上去也很悠闲，经常从早到晚在街上的茶馆喝茶。方海一边喝着酒想，男人就应该混成这个样子。接着，他再想一想自己，为了给儿子买一台电脑，只是区区的几千元钱都要伸手向别人借，于是心里也就更加郁闷起来。

　　常福也就是在这时说话的。常福先是和吴老三对视了一眼，然后对方海说，现在就有一个挣钱的机会，不知你敢做不敢做。方海这时已经喝得浑身膨胀起来，额头也暴起了青筋，他立刻说，敢做，有什么不敢做，只要能挣到钱什么都敢做！于是常福就将头俯过来低声说，村里的赵老爹你知道吗？方海当然知道村里的赵老爹。赵老爹的儿子开着两间工厂，家里很有钱。常福压低声音说，今天赵老爹在竹溪村的外孙来了，从他这里拿了几万元钱，说是正在准备结婚，傍晚要去县城买家具。常福说到这里又和吴老三对视一眼，就不再说下去了。方海听了有些摸不着头脑，问，赵老爹的外孙去买家具，跟我们有什么关系？吴老三又扑哧一声笑了，看着方海说，他买家具当然和我们没关系，可是他身上的那几万元钱就和我们有关系了。他这样说罢，又和常福对视一眼，两人就都笑了。方海立刻明白了，瞪起眼看看常福说，你们是说……去抢劫？吴老三哼一声说，别说得这么难听啊，我们不过是向他借钱来用一用，将来有一天，说不定还要还给他们呢。这时常福盯着方海，这样盯了一阵问，怎么样，你敢不敢干？吴老三在一旁又说，这可是几万元钱呢，事情真做成了，咱们三个人三一三剩一，每人少说能分一万多元，你别说给儿子买电脑，就是再买一部手机都绰绰有余呢。这时方海感觉自己浑身的血液都快速涌动起来。方海这几年也经常去外面打工，但每月的薪水只有可怜的一两千元。他有的时候看着别人的手里有大把的钞票，随意地花钱，甚至有一种近乎绝望的感觉，他不知道自己这辈子还有没有机会也能挣到这些钱。现在，挣钱的机会就摆在眼前了。他只觉得头上在轰轰作响，眼前也变得血红起来。

　　他端起面前的酒杯一口气喝下去，然后说，干！

他这样说罢,感觉浑身也像着火似的燃烧起来。

在那个傍晚,方海都不知自己是怎样跟着常福和吴老三走出"醉花溪"的。他只记得三个人一边走着,常福和吴老三低声商议。常福说,赵老爹的这个外孙毕竟和他见过面,不管他认不认得自己,为保险起见,他还是不和他们两人走在一起,到具体做事时他再相机过来。就这样,他们走出小食街,常福在前,方海跟着吴老三在后,三个人沿着江岸路朝县城的方向慢慢走来。走到下溪桥附近,吴老三认为这里比较僻静,是一个理想的地点。又等了一阵,吴老三和常福吸了一支烟,却仍不见赵老爹的那个外孙过来。常福有些沉不住气了,说,他是不是已经过去了?吴老三说再等等,刚才吃饭时,你不是一直盯着窗子外面,并没有看到他过去。就这样正说着话,远远地就看到一个年轻人骑着自行车,后面还驮着一个女人朝这边来。常福立刻示意了一下,扔掉烟头,用一只手掩着脸朝前迎上去。

吴老三看一眼方海,也随后跟过去。

当时这两个年轻人一边骑着车还在说说笑笑,并没有注意到路边。就在他们骑过常福,来到吴老三和方海的面前时,吴老三突然猛扑上去,一下就将两个年轻人从自行车上掀下来。这年轻人先是被摔蒙了,但很快就清醒过来,他立刻和吴老三抱在一起扭成一团。这时吴老三已经抢过旁边女人的提包扔给方海,接着就和这年轻人厮打起来。但吴老三毕竟年岁稍大一些,跟年轻人扭打着渐渐就有些招架不住。他先是喊方海过来帮他,见方海傻愣愣地抱着提包站在那里,于是一用力将那年轻人压在自己的身下,突然掏出一把尖刀狠狠地朝他身上扎了几下。年轻人呻吟着挣扎了几下就不动了。方海一下呆住了,他看到那年轻人的格子衬衣上有几个洞,黏稠的血正从那些洞里汩汩地涌出来。他上前一把拉住吴老三说,你……你怎么可以杀人?!你没说过要杀人的!这时旁边的女人突然尖叫着爬起来,夺过方海怀里的提包就朝路坡下面跑去。吴老三立刻甩开方海的手拎着刀子朝坡下追去。方海就这样呆呆地站着,好一阵,才见吴老三一手拎着提包,另一只手提着裤子歪嘴笑着从灌木丛的后面出来。这时常福已将自行车拖到江边扔到水里。吴老三对方海和常福说,你们不过去爽一下吗,那女的还有口气呢。一边说着就将提包扔给常福。常福朝江岸路的两边看看说,这条路上经常有车,还是赶紧处理一下吧。于是就喊过仍然傻在一旁的方海,帮着将那个年轻人的尸体拖到江边,扔进水里。但就在他们回来要拖那女人时,只见远远的有一辆汽车开过来。于是他们顾不上再去弄那个女人,连忙钻过下溪桥的桥洞,朝花溪江的上游逃去……

陆晓梅很认真地思考了几天。她觉得要想了解常福和方海的情况，还是应该先从常福的家属入手。首先，在那个出事的晚上，那个女被害人已经认出了常福，据此判断，这件事很有可能是常福主谋，至少是以他为首策划的。如果找到了常福，许多一直悬而未决的问题或许就可以迎刃而解。其次，既然找了常福的家属，暂时也就不能再惊动方海的家属。如果常福和方海确实是共同作案，事后又一起出逃，那么就有两种可能，或者他们这些年还一直在一起，但是按一般规律，犯罪嫌疑人在共同作案之后，大都是分散潜逃，这样目标会小一些。另外还有一种可能，就是常福和方海，还有那第三个神秘的男人，他们虽然不在一起，但仍然相互保持着联系，相互通风报信。但无论是哪一种可能，陆晓梅想，如果同时去跟常福和方海的家属接触，他们就有可能相互串通，这样对后面的工作很可能不利。

就在陆晓梅每天翻看卷宗研究这件案子时，设在梨香苑社区的"晓梅警务室"又给她打来电话。来电话的是一个老协警，他在电话里说，现在企业和学校的节目都已报上来了，形式多样，内容丰富，让人很振奋啊。这个老协警问陆晓梅，什么时候可以回来审查一下节目。陆晓梅一听就笑了，说，我在这个时候怎么走得开啊，这边的工作刚刚开展，很多事情还没有着手，节目的事你们看着弄就好了。老协警一听立刻认真地说，陆警官啊，这可不像你一贯的风格，你平时什么事都要亲力亲为的，更何况这台文艺演出从一开始就是你的创意，又是你一手策划的，这个时候你怎么能不回来。陆晓梅当然知道这个老协警说的话是什么意思，这台文艺演出的确花费了她很大心血。但是，她苦笑着对电话里的这个老协警说，我现在真的是走不开，案子的事还忙不过来，实在抽不出时间啊。陆晓梅又说，您是老协警了，当然懂得咱们的纪律，案子的事是不好随便透露的，总之我现在办的是一起很重大的案件，所以，那边的事你们就多代劳吧。老协警叹口气说，好啊，文艺演出的事我们可以代劳，可你家里的事总得自己回去看看吧。陆晓梅一听老协警提到自己家里，心不由得颤了一下。她知道，两岁的女儿一定很想念自己。但自从抽调到局里，她已经将近一星期没有回家了。老协警说是啊，我们几个人昨天代表晓梅警务室到你家里看了一下，你家可是已经乱得不成样子了。陆晓梅一听就笑了，说，他那个人，都三十多岁了自理能力还很差，没办法。

她这样说罢就将电话挂断了。

陆晓梅这几天已经开始着手做接触常福家属的准备工作。她先到清源村，向

262

村民做了一些初步的调查了解。但是,陆晓梅接触常福的家属却并不顺利。常福的家里只有他女人一个人。经向村里人了解,常福有两个女儿,但都已出嫁,一个嫁到县城,另一个就在村里。所以,陆晓梅考虑到,常福的女人独自在家,为让她感觉好一些,就没让别的男同事一起来,而是一个人来找这女人谈话。常福的女人四十多岁,看上去保养很好,人挺滋润。据说她平时在村里东游西逛得很悠闲。两个女婿一个在外面做事,另一个做生意,他们都经常接济她。陆晓梅第一次登门找这女人谈话时,故意没穿警服,她觉得这样可以更容易接近这个女人。但让她没有想到的是,当这女人一听说是找她谈她丈夫常福的事,立刻反应很强烈。她先是破口大骂常福,说他在外面不知闯了什么祸,只顾自己脚底板抹油溜掉了,这十几年害得她年纪轻轻的一直守活寡。接着又对陆晓梅说,你们公安局有本事就把他抓回来吧,你们替我抓到他,我还要感谢你们,我要让这个没良心的男人赔我十几年的青春损失费!她一边这样说着就号啕大哭起来。这女人哭得很有韵味,是那种一唱三叹的哭法,听上去行腔咬字都像是在唱一种地方戏。但是,她一边这样响亮地哭着,眼角却没有一滴泪水,尖厉的嗓音也似乎很干燥。于是陆晓梅没有劝她,只是静静地坐在一边,等她哭累了才说,你的丈夫当年在外面做了什么事,你应该是早就知道的,好吧,既然你说不知道,我就再告诉你一遍,他在12年前涉嫌参与了一起抢劫强奸杀人案,如果罪名成立,这应该是一种很严重的罪行。不过,陆晓梅又说,他如果能主动回来向公安机关自首,或许还可以争取一些主动。

常福的女人听了立刻点点头,说好啊,好啊好啊,那就让他回来自首吧。

陆晓梅耐心地说,如果你也同意让他自首,就要帮我们找到他。

这女人听了一下睁大眼说,要我帮你们找到他?

陆晓梅说对,你要帮助我们。

这女人哼一声说,你们是公安局的,你们都找不到他,让我这样一个女人到哪里去找?

陆晓梅问,他在出事的那个晚上,是怎样走的?

这女人说,他那天晚上在外面吃了酒,慌慌地回来说要和几个朋友出去打工,然后拿了几件衣服和随身的东西装进一个包里就背上走了。

陆晓梅问,他当时没说要去哪儿吗?

这女人说,没说,如果他说了,我早就去找他了。

陆晓梅又问,这十几年,他也一直没和家里联系?

这女人一听又一唱三叹地哭起来,一边哭着说,这个没良心的啊,他一定是在外面又有了别的女人,他的心里哪还有我啊!你们公安局……一定要替我把他抓回来啊!

　　这一次谈话,就这样被这女人哭闹得谈不下去了。

　　陆晓梅第二次再来常福的家时,这女人的态度就变得冷淡了。她对陆晓梅说,你们公安局有本事就去抓他吧,不要再这样来骗我。陆晓梅问,我们怎样骗你了?这女人冷笑一声说,你上一次来说,虽然他的罪行很严重,不过如果自己回来投案,还可以主动一些?陆晓梅说对,我是这样说过。可是,这女人说,主动一些又是什么意思呢?陆晓梅想了想,字斟句酌地说,我所说的主动一些,是指法院在量刑时,对自首这个情节会予以考虑。这女人立刻说,算了吧,我已经向人家打听过了,常福犯的这件事的确很重,就算回来自首也会被枪毙的,反正横竖是个死,你们就去抓他吧,抓到了算你们的,抓不到算他的,这样他也许还能多活几天。不过……我可以告诉你,这女人又说,他现在究竟藏在哪儿,我真的不知道。

　　陆晓梅听了很认真地问,你,确实不知道?

　　这女人说,确实不知道。

　　好吧,陆晓梅说,你可要想仔细了。

　　这女人看看陆晓梅,你,什么意思?

　　陆晓梅说,我现在对你说的话,你一定要听清楚,如果有一天,我们能证明常福潜藏在哪儿你是知道的,你就是包庇他,包庇也是犯罪,也要负刑事责任的,陆晓梅这样说罢沉了一下,又看了看这女人,然后一个字一个字地问,你现在告诉我,究竟知不知道常福在哪儿?

　　这女人咬一咬牙说,不知道,我说过了,真的不知道。

　　事情到这里似乎就僵住了。陆晓梅知道,如果这女人一口咬定不知道她男人在哪里,除去继续做工作是没有任何办法的。陆晓梅了解到这个女人有一部手机。她去调取了这个女人近几个月的通话记录,但从表面看似乎没有什么问题。她平时除去给两个女儿和女婿打一打电话,没有任何陌生号码。陆晓梅又调取了常福两个女儿和女婿的话单,也没发现什么问题。常福两个女儿的手机往来电话都是本地的,而且并不多,两个女婿的电话虽然多一些,也都是工作上和生意上的事情,并没有发现可疑号码。但是,陆晓梅判断,从自己去和常福女人接触时,这女人的反应和表演来看,她应该是知道常福藏在哪儿的。而且,常福潜逃这十几年,不可能一直不与家里联系。那么他又采取什么方式和家里联系呢?

陆晓梅的确是一个心很细的人。她没有再去跟常福的女人接触,而是继续在清源村的外围了解情况。就在这时,陆晓梅发现了一个重要线索。据清源村的人说,常福有一个堂哥,叫常贵。当年常福在家时,这个常贵和他的关系很好,两人经常在一起喝茶,还一起做过生意,而且常福出走这些年,常贵经常照顾常福的女人,还曾给她送一些钱来。这个线索立刻引起陆晓梅的注意。陆晓梅又对常贵做进一步的深入了解,发现他和常福是一起长大的,两个人的感情很深,而且两家的关系也一直很好。陆晓梅又调来常贵近半年来的手机话单,从通话记录中看,发现这个常贵的通话基本都是本地的,只有一个外地的手机号码,而且与这个号码的通话并不频繁,几乎一个月只有一两次。陆晓梅立刻调查了一下这个号码,属地是距此一千公里之外的东江县城。但购买这个号码时并没有使用实名制,所以没办法查出机主的具体信息。陆晓梅此时做了一个大胆的推测,这个号码的机主会不会就是常福?他这些年来为安全起见,并不直接与家人联系,而是通过常贵的这部手机,他或许给家里寄钱都会先寄到常贵这里,然后再由常贵转交给他的家人。如果真是这样,陆晓梅想,只要与东江县城的警方联系,采取技侦手段锁定这部手机使用的区域,就有可能找到常福。但是,让陆晓梅又感到有些疑惑的是,从常贵的手机话单看,这个可疑的号码已经将近一个半月没再出现,如果这个号码真是常福的,他怎么会突然这样长的时间不与家里联系了呢?也就在这时,陆晓梅又了解到一个情况,常贵很快要出门,说是乘飞机到江西的赣州去。接着陆晓梅又了解到,常福的女人和他的两个女儿女婿也都要出门,而且是去往江西南昌。而更加令人感到奇怪的是,常贵、常福的女人和他的两个女儿,四家人是分别在四个不同的时间出发,而且有的乘飞机,有的乘火车,似乎谁与谁都没有关系。陆晓梅立刻意识到,赣州离那个可疑号码所在的东江县城只有几十公里,而南昌距那里也不过几小时车程。那么,这四家人分别出发,朝着同一个方向去,最后的目的地会不会都是东江县城? 如果是,他们又去那里干什么呢?

陆晓梅立刻回到局里,将这个重要情况汇报给指挥中心。

这时局里的指挥中心已由康局长亲自挂帅。康局长听了沉吟一下,问陆晓梅,这段时间你掌握的情况比较多,你分析,有可能是什么情况呢? 陆晓梅想一想说,根据我们中国人的风俗习惯,如果是全家人和非常近的亲友一起出动,无非是三种可能，或者家里有婚庆喜事，或者是家里的成员患了重病，再或者……就是丧事。陆晓梅看了看康局长，又说，现在婚庆喜事的可能性不是很大，所以，我担心，会不会是常福在那边发生了什么不测。

康局长听了点点头说，好啊，局里立刻开会，大家共同研判一下吧。

方海最担心的事情终于发生了。吴老三给杨春妹的手机打来了电话。

方海这段时间一直是在提心吊胆中度过的。在那个晚上，吴老三的突然出现把他已经平静的生活又重新打乱了。方海自己也知道，他在这个角落里和杨春妹一起默默地经营这个小饭馆，这种平静的日子并没有保障，说不定什么时候就会被打破。可是他没想到会来得这样快，更没有想到吴老三竟然会找到这里。吴老三说得对，既然他能找到，公安局的人也就可以找到。所以，方海这几天一直在考虑，是不是又该换一个地方了。但在这里经营得好好的突然要换地方，杨春妹一定不会同意，又该如何对她说呢？就在方海翻来覆去地想这件事时，吴老三的电话就突然打过来。吴老三的电话是在一个上午打到杨春妹的手机上的。当时方海正在外面的店堂擦桌子。他这几天一直在注意杨春妹的电话，那边手机一响，他的心立刻就会随之提起来。在这个上午，方海并没有听到杨春妹的电话响，所以当杨春妹从厨房里出来，举着手机走到他面前，他抬起头突然愣了一下。杨春妹说，你的电话。方海又迟疑了一下才将手机接过来。但杨春妹并没有走，就这样站在他的对面，定定地看着他。方海这时已经猜到了，电话应该是吴老三打来的。因为在平时，如果没有什么特殊的事情，方海几乎不和任何人通电话。这时，他拿着电话喂了一声。果然，电话里传来吴老三干瘪的声音。

吴老三的声音很清晰，听着似乎并不很远。

吴老三说，干吗呢？兄弟。

方海问，你，有什么事？

吴老三笑了，说，我说过的话你忘了，如果没事我是不会给你打电话的。

方海立刻看了一眼站在自己面前的杨春妹，然后说，你说吧……什么事？

吴老三说，电话里不好讲，我们见面说吧。

方海立刻问，你……没走？

吴老三笑笑说，我去哪儿？

方海说，你上一次不是说……

好了好了,吴老三说,半小时以后,在县城东面河边的树林里见。

吴老三这样说罢就将电话挂断了。

方海将手机交给杨春妹,没再说什么就转身去穿衣服。杨春妹拿着手机,静静地看着方海。看了一阵,她走过来问,你要……去哪儿?

方海没有看她,说,有事,出去一下。

杨春妹问,刚才来电话的人……是谁?

方海看一眼杨春妹,没有回答。

杨春妹说,是那天来的那个人?

方海问,哪天?

杨春妹说,你知道是哪天。

方海说,你……不要乱想。

杨春妹说,你有事瞒着我。

方海在杨春妹的肩上摸了一下,没再说什么就出去了。

方海预感到了,吴老三突然打来电话,一定是有什么很重大的事情。方海知道吴老三。吴老三是一个生性多疑而且极为谨慎的人,如果不到万不得已的时候他是不会铤而走险打这个电话的。也正因如此,他才像一股烟似的在外面飘了这些年,始终没有被警察找到。方海当年与吴老三和常福共同做了那件事之后,三个人先是一起沿花溪江边朝上游跑去。在一个僻静地方,吴老三打开那个女人的提包,里面果然有四万多元现金。吴老三先拿出一万元递给常福,又拿出一万元递给方海。但方海看到吴老三那只拿着钱的手上满是血迹,迟疑了一下不敢伸手去接。吴老三冲他歪嘴笑笑说,不管这钱你要不要,这件事你是已经脱不掉干系了,我给你这些钱已经对得起你了,要冲你刚才那个熊样子,应该一分钱都不给你。吴老三一边说着就把钱扔到方海的怀里。吴老三先去江边洗了下手,又仔细察看了一下自己的身上有没有血迹,然后就带着方海和常福离开了县城。这中间常福和方海都曾回家了一次,常福是去取东西,方海是将那分得的一万元钱放到家里。三人再聚到一起时已是半夜时分,出了县城四周就已经漆黑一片。方海跟随吴老三和常福磕磕绊绊地走到天快亮时,来到一个小镇上。等了一阵,上了一辆不知开往哪里的长途汽车。但只走了不到一小时,来到另一个小镇上,吴老三就示意三人一起下车。然后很快又上了另一辆长途车。就这样,到第三天将近傍晚时,他们就已经不知转过多少次车,来到一个不大的县城。吴老三长长出了一口气,点点头说好吧,咱们现在就各奔前程吧,将来如果有缘,还有聚到一起的时候,到那时咱们再做一笔大的,我一直想搞一家银行,那样来钱快一些,照这样几万几万地搞太费劲。他说着看一看常福和方海,问,你们两人准备去哪儿? 常福这时已经疲惫不堪,喘口气说还没有想好。吴老三又问方海,你呢?这样问罢就又说,你不想说就算了,如果真有什么事,你们就是跑到天边我也能找到的。吴老三说完又冲他们两人歪嘴一笑就转身走了。接着常福又叮嘱了方海一句,千万不要给家里打电话,我们之间也不要再联系。这样说罢也匆匆地走了。

事后方海想一想,才明白这两天一夜的时间,吴老三为什么要带着他和常福这样不停地转乘长途汽车。首先,吴老三是担心他和常福被警察抓到,只要有一个人被抓到,就有可能说出另外两个人,这样来不及跑太远的路是很危险的。所以,他要先带着他们两人一起跑路,直到认为相对安全的时候再跟他们分开。而他之所以这样不停地转乘长途汽车,是因为,警察在发现这件事之后,立刻会判断作案的人已经外逃,那么他们首先注意的自然是花溪县城的火车站和长途汽车站。但吴老三先是带着他们离开县城,走了一夜的路才在一个小镇乘上长途汽车,这样也就避开了警察的视线。即使警察通过调查发现了他们的上车地点,而且查清是乘坐开往哪里的长途汽车也没有关系,因为他们很快就下车了,又转乘了另一班车,况且一直在不停地转车,所以警察要想再寻找到他们的行踪也就很难了。方海由此想到,这个吴老三的确是一个经验丰富的人,他在此之前说不定干过多少类似的事情。

方海一想到这里就感到不寒而栗。

方海来到县城东面河边的树林里时,由于紧张已经走出一身汗。树林里很静,只有一声一声的鸟叫。方海在树林里站住了。方海平时闲下来经常到这片树林里来。他觉得一个人在这片安静的树林里走一走,可以想很多事情,而这些事情在自己的小饭馆里,尤其是在杨春妹的面前是不能想的。这时,方海朝四周看了看,突然听到有人咳嗽一声。他立刻转过身,竟是吴老三不知什么时候已经站在身后。吴老三笑笑说,你来晚了。

方海问,你上一次说,要走得远一点儿,怎么还在这里?

吴老三说,我还在这里是因为你啊。

方海不解,因为我……因为我什么?

吴老三说,现在外面的风声越来越紧,我是担心,说不准什么时候警察就会来找到你,我得先把你看住,如果你让警察抓住了,我是一种跑法儿,没抓住我会是另一种跑法儿。

方海立刻明白了,现在除去常福,只有自己知道一些这个吴老三的底细。吴老三的原籍是在黑龙江省一个很偏远的县里,这是常福曾经告诉他的。现在常福的情况不清楚,不过从吴老三说起他的神情看,应该已经有什么不测,而倘若果真如此,那么了解吴老三底细的也就只有自己一个人了。只要自己不说,警察是无从了解到吴老三的具体情况的,也就不可能查找到他这个人。方海想到这里不禁又打了一个寒战,常福了解吴老三的很多事情,会不会正因为这样,吴老三为了自己的安全才将常福……方海慢慢抬起头,偷偷看了吴老三一眼。对,你想得很对,就是这样。吴老三似乎看透方海在想什么,点点头说。不过……吴老三又说,现在这件事出了岔子,常福没死,而且他在医院还给家里打了电话,这件事肯定已经惊动了警察,这就有些麻烦了。方海又看一眼吴老三,迟疑了一下说,有件事,我一直不明白。

吴老三说,你说吧,什么事不明白?

方海问,你是……怎样找到我和常福的?

吴老三一下又笑了,摇摇头说,我这个人啊,这辈子是做了让警察追的人,我要是做了去追别人的警察,肯定是个聪明能干的警察呢,先说常福,常福一向是一个做事独来独往,不喜欢跟别人打交道的人,所以除去我,他在外面几乎没有朋友。他曾经告诉我,他有个朋友在东江县一个叫花坞的小镇上,他说他曾跟那个朋友一起共过很大的事,而当年我们分手的那个地方,离东江县并不太远,那么他不去投靠那个朋友还有什么别的地方可去呢? 好吧,吴老三又一笑说,现在再来说你,常福曾告诉过我,你是一个很恋家的人,这些年也不常出远门,所以我估计,你不会跑得太远,否则你的心里会不踏实,而当时我们分手的那个地方,虽然朝东、西、南三个方向走不远都有县城,但都是交通要道,不仅通火车汽车也很繁华,只有北面的这个三台县城比较偏僻,交通也不是很便利,所以我估计,你这些年应该只在这一带转来转去,而且最后很可能落脚到三台县城。吴老三这样说罢又得意地一笑,问方海,怎么样,我没有估计错吧。方海没有说话。方海得承认,这个吴老三的确是很有分析能力的。不过现在,不是说这些话的时候,我们还有更重要的事情。吴老三又说。方海看看他,你的意思是……吴老三有些沮丧地说,我犯了一个错误,想不到我这样的人,也会犯这样低级的错误。方海小心地问,你……犯了什么错误?吴老三说,我那天晚上和常福一起喝酒,把你在这里的事告诉了他,我当时想的是他反正不会活过那个晚上了,说了也没什么关系,却没想到这家伙命大,竟然没死,如果警察找到他,你就危险了,而你一旦危险我也就很难说了。

吴老三说到这里,用力哼了一声。

方海听了吴老三的话,浑身立刻像触电一样倏地麻了一下。他意识到,自己在这里真的已经不安全了。现在只有一个选择,就是尽快离开此地。吴老三用两眼盯着他,点点头说对,我这次来找你也是这个意思,你立刻回去收拾一下,然后跟我走。

方海一愣说,跟你……走?

吴老三说,跟我走,马上走。

陆晓梅接到康局长的电话时正在去药店的路上。

陆晓梅的脚踝扭伤了。就在前一天傍晚,陆晓梅突然想到,12年前发生这起抢劫杀人案时,也是在这样一个初夏的傍晚。她想,尽管已经过去12年,如果这时再到出事的现场去看一看,会不会还能发现什么有价值的细节或线索? 陆晓梅一向善于发现细节。她知道,有价值的线索往往是从细节中来的。于是陆晓梅独自来到花溪江边,根据卷宗上的记载寻找到当时的出事地点。陆晓梅在这个出事地点的现场仔细勘察了一下,果然有了一个重大发现。从江岸路到江边是一条绿化带。这条绿化带早在12年前就已经建起来。陆晓梅还记得,当时县里建这条绿化带是为了迎接新世纪的到来。绿化带宽约15米,除去草坪还种植了一些花木,但是到下溪桥附近它却突然变得宽起来,大约有35米。而根据卷宗记载,当时发现那个女被害人是在距江边约30米的地方。可以设想一下,在那个晚上,罪犯应该是先将那具男尸抛入江中,然后再回来拖这个女被害人,很可能就在这时远处有汽车开来,所以他们才扔下这个女被害人仓皇逃走。这就出现了一个问题,当时天色已暗,30米的距离要往返一次大约需用2到3分钟,倘若拖了沉重的物体时间则会更长,根据调查和那个女被害人的回忆,当时罪犯应该是三个男人,那么在那个作案的紧张时候,又是三个精壮男人,他们完全有能力将这一男一女两个被害人同时拖过去扔到江里,而没必要先拖去一个,然后再回来拖另一个,因为这样会耗费更多的时间也就增加了更大的危险。那么如果这样做,就只有一种可能,当时是两个人在拖拽尸体,另一个人并没有伸手。当然,这个人没有伸手也有几种可能,比如他是吓坏了,已经没有气力再去跟着拖拽尸体,再比如他正在对那个女被害人实施性侵害,此外还有一种可能,就是他在清理路上的抢劫现场。但是,根据那个女被害人回忆,就在她跑下路坡时,看到常福正将自行车拖着扔到江里,也就是说,常福在此之前已经清理了抢劫现场。而如果是两个罪犯将那具男尸扔到江里的同时,另一个罪犯正在一旁对那个女被害人实施性侵害,这似乎也不太合乎情理。那么就只有一种可能了,这第三个罪犯当时是吓坏了,已经无法再帮着将尸体拖到江边。而倘若果真如此,这第三个罪犯又会是谁呢? 首先,陆晓梅想,那第三个神秘的男人不太可能,根据调查和那个女被害人的描述,这第三个神秘的男人很可能是一个惯犯,而且心狠手辣,在整个作案过程中应该一直是以他为主。而常福的可能性也不是很大。既然那个女被害人看到常福在及时地清理抢劫现场,就说明他在当时是很冷静的,而且很清楚自己应该做什么。那么就只有一种可能了,这个没有参与抛尸的人应该是方海。陆晓梅虽然还一直没有接触方海的家属,但在清源村已经了解到,方海当年是一个不太爱说话的人,而且人很老实,也很顾家,在村里的口碑一直很好,清源村的人都不太相信方海会和常福一起干出抢劫杀人那样的事来。

所以,陆晓梅想,如果确如自己的分析,方海在当时是被吓得不知如何是好了,所以没有参与抛尸,那么他就有可能是一个突破口。在这个傍晚,陆晓梅就是这样一边想着一边在出事地点不停地走来走去,不慎一脚踏进一个土坑,把脚踝扭伤了。当时陆晓梅感觉伤得并不太重,忍着痛回到局里。但当天夜里脚踝就肿胀起来,而且像火烧一样地疼痛。但她没顾上去医院。忍到第二天上午,决定去药店买几帖跌打损伤的膏药试一试。就在她走到街里时,康局长的电话就打过来。康局长问她在哪里。陆晓梅在局里并没有说自己扭伤脚踝的事,所以,她对康局长说,到街上走一走,透透气。

康局长说你赶快回来吧,有新情况。

陆晓梅一听立刻匆匆地赶回局里来。

康局长告诉陆晓梅,先派出去跟踪常福的堂兄常贵的刑侦小组已经打回电话,说是常贵乘飞机到达赣州后立刻搭上开往东江县的长途汽车。这时通过当地警方帮助协查,常福的妻子和两个女儿也都已陆续到达南昌,而且分别乘上了去往东江县的长途汽车。于是咱们的刑侦小组就在他们之前赶到东江。先到县里的所有殡仪馆调查了一下，在存放的尸体中没有发现可疑情况。接着又到县里的几家医院去调查。果然发现在县人民医院有一个叫常富海的患者，是几天前从花坞镇的医院转来的，情况很可疑，而且此人的年龄与常福也基本吻合。康局长对陆晓梅说，现在咱们的人已经通知院方，如果有自称常富海亲属的人前来探望，一律以患者病情危重为由不准见。康局长说，你马上带着常福的DNA样本赶过去，一方面让当地警方协助做比对，另一方面以突然的方式接触这个常富海，如果常富海就是常福，他肯定掌握另外两个嫌疑人的情况，所以，你发挥女同志的优势，看能不能从他嘴里掏出一些有价值的情况。接着康局长说，已经为你定好中午飞往南昌的机票，那边的警方会安排车送你到东江县城，你现在就去准备一下吧。陆晓梅听了立刻站起来。但脚踝一痛，不禁皱了下眉。

康局长看看问，你的脚……怎么回事？

陆晓梅说没什么大事，只是扭了一下。

她这样说罢就匆匆走了。

陆晓梅乘飞机赶到南昌时已是下午。这边警方安排的车已经等在机场外面。陆晓梅先将随身带来的常福DNA样本交给当地警方，然后就乘车赶往东江县。从南昌到东江县大约要4小时车程，这样再赶到东江时，就已经是晚上。陆晓梅知道自己的几个同事正在监视常福的堂兄常贵，同时观察着常福妻子和两个女儿的动向，所以没有和他们碰面，直接就来到东江县人民医院。此时陆晓梅的心里是很有把握的，她这些日子几乎每天都在研究常福的资料，将他的照片翻来覆去地看，所以常福的样子已经记在了心里。她觉得几乎不用做什么DNA比对，尽管已经过去了12年，她只要看一看这个常富海的样子，立刻就能判断出他是不是常福。但让陆晓梅没有想到的是，实际情况并非如她想象的这样简单。这个常富海的头部由于受了严重的外伤，整张脸都被纱布严严实实地包裹起来，根本无法看到本来的样子。据医院的医生介绍，这个患者从花坞镇医院转来时，神志是处于半清醒状态。据他自己说，是饮酒之后摔倒在路上的。后来在这里经过几天的治疗，神志才渐渐清醒过来。他告诉医生，那天晚上是喝醉了酒，在回家的路上不慎从桥上跌下去，幸好只是跌到了河边的水里，但头还是撞到石头上摔成了这样。不过……医生说，我们觉得这件事……好像没有这样简单。

陆晓梅立刻问，你们发现了什么？

医生说，患者的身上还有很多处外伤，看上去不像从桥上跌落时的划伤，倒像是……

陆晓梅看着医生问，像什么？

医生说，像是……与人扭打时受的伤。医生这样说着就笑了，摆摆手说，当然，我们只是普通医生，并不是法医，所以……向你们提供一些情况，仅供参考。

陆晓梅点点头说，太好了，你们提供的情况很重要。

接着又问，我现在，可以向他问话吗？

医生说可以，患者现在的神志很清醒。

不过……医生又说，他清醒以后的情绪很不稳定，经常会出现一些紧张焦虑的症状，好在你是女同志，这样与他接触，会让他感觉放松一些。

陆晓梅立刻来到病房。由于当地警方频频来医院了解常富海的情况，所以院方已经感觉到这是一个非同寻常的病人，就将他安排到一个单独的临时用储物间改成的病房。陆晓梅走进病房，来到这个叫常富海的病人床前。这个人静静地躺着，由于脸上缠满纱布，所以看不出是睡了还是醒着。陆晓梅想了一下，就用标准的普通话叫了一声，常富海。这个叫常富海的病人似乎稍稍迟疑了一下，然后应了一声。陆晓梅又用普通话问，你感觉怎样？陆晓梅的普通话说得很好，曾经在全局的普通话大赛中获得过第一名。这时，她的普通话终于派上了用场。躺在床上的常富海似乎在心里判断着，这个突然出现在自己面前，操着一口标准普通话的女人究竟是什么人。他又沉了一下说，我感觉……还好……

这时陆晓梅突然问，你的原籍是哪里？

常富海犹豫了一下说，我是，山东人。

陆晓梅说，可是你的口音不像山东人。

常富海就不说话了。

陆晓梅突然又用家乡话叫了一声，常福！

床上的常福轻轻叹息了一声，说，其实……你一进来我就知道了……

方海没有想到吴老三竟然会如此心狠手辣。

吴老三告诉方海，他确实想除掉常福。因为常福知道他的事实在太多了，这样很不安全。他不能允许在这个世界上，有一个如此了解他底细的人。吴老三说，他这些年之所以可以天马行空，做了任何事都不留下痕迹，就因为他这个人本身就没有痕迹。他没有户籍,他的户籍早在很多年前就已在家乡注销了,他现在不仅没有户籍连家乡也没有了,他就像飘在天上的一片树叶一样自由自在,一样没有根基,随便被风吹到哪里。他甚至连名字都为自己抹掉了。吴老三,他笑了,鬼才知道吴老二和吴老大在哪里。但是,吴老三对方海说,有了这个常福就不一样了,常福知道他太多的底细,这会让他在这个世界上又重新留下痕迹。而更要命的是,他已经感觉到了,这一次全国的警察搞清网行动是动了真格的,不仅将很多陈年旧案翻出来,而且下工夫要清清楚楚地查出来。所以,吴老三说,警察现在已经知道了12年前的那件案子是常福干的,也知道常福的家在清源村,这样他们只要去村里找到常福的家里人,就能了解到常福的一切。而这些年谁能保证常福没有跟家里联系呢,现在警察的刑侦手段和技侦手段已经武装到了牙齿,常福只要跟家里联系,警察就不会发现不了他的踪迹,而一旦发现了他的踪迹后果自然可以想象,如此一来也就会把别人牵连出来。所以,吴老三说,他正是因为想到了这些,才下定决心,要想一个妥善的办法将常福彻底解决掉。

吴老三解决常福的办法很简单。他在一天下午到东江县的花坞镇找到常福。这时常福已经改名叫常富海,而且做了包工头,手下有一个阵容强大的施工队,经常为这里盖房子为那里盖房子,已经是一个很体面的小老板模样。常福见到吴老三也是心里一惊,他没有想到,吴老三竟然会来这里找到自己。吴老三见了常福倒并没有显示出过分的亲热,只是告诉他,自己有事从东江县经过,所以顺路来看看他。吴老三这样的态度反而让常福的心里踏实了一些。常福还是很了解吴老三的,如果吴老三突然对谁热情起来,这个人就要有麻烦了。所以,在这个下午,当吴老三提出和常福一起吃顿饭时,常福立刻就爽快地答应了。两人来到镇上一个不大的酒馆,喝酒一直到很晚。一边喝着酒时,吴老三问常福,这些年是否与家里联系过。常福先是矢口否认,说考虑到安全,一直没敢和家里联系。但吴老三立刻表示不相信。吴老三说,你和我不一样,我是一个人吃饱饭连狗都喂了,你可是一家子人,有老婆还有两个女儿,你这些年怎么可能不和她们联系?常福一听吴老三这样说就不再说话了,沉了一阵才抬起头说,要说联系……是经常有联系,不过不是直接联系的,我在村里有一个很近的堂兄,叫常贵,我是通过他跟家里联系,每次把电话打到他那里,再由他转给家里人,给家里寄钱也是寄到他那里。吴老三听了用力看一看常福,没再说话。吴老三告诉方海,在那个下午,也就是常福说的这番话,更加坚定了他要除掉常福的决心。常福以为通过村里的别人间接地与家里联系,这样就安全了,其实反而更不安全,如果是自己家里的人,还会想尽一切办法为他遮掩,而外人无论什么关系都是极不可靠的。吴老三这些年有一个最基本的原则,就是除去自己之外,不相信这世界上的任何一个人。在这个晚上,吴老三下定决心要除掉常福之后,就和他一起开怀畅饮起来。当时常福的心情很好。他对吴老三说,这些年来他一直不敢跟任何人这样放开喝酒,唯恐喝多了说漏嘴会惹出什么祸事,今晚好了,他们兄弟可以痛快地喝一喝了。后来常福一边喝着酒就问起方海的情况。吴老三告诉常福,他刚刚了解到有关方海的一些事情,方海在一个不起眼的地方开了一个小饭馆,日子过得很好。然后就告诉了常福,方海现在具体在什么地方。常福这时已经喝得言语不清,他说好啊,哪天去找方海,咱们三兄弟一起痛痛快快地喝酒。这时已是半夜时分,吴老三一看常福喝得差不多了,就和他一起从酒馆里出来。吴老三对方海说,他事先已经看好地形。在花坞镇的西边有一条小河,虽然河面并不宽,但因为是在一道狭长的山沟里流过,河上的桥也就架得很高。这时吴老三对常福说,他还要连夜赶到东江县城去,让常福送他一下。于是常福就摇摇晃晃地和吴老三一起朝桥上走去。当时天上有很亮的月色,就在两人走到桥上,吴老三突然抓住常福就朝桥下推去。常福的酒一下醒了一半,他睁大眼问,你……这是要干啥?吴老三没有说话,只是用力地将常福挤到桥栏的旁边,然后抓住他的肩膀拼命朝桥下按。但此时常福毕竟喝了酒,喝过酒的人往往气力会很大,因此他挣扎着与吴老三扭成一团。就这样扭打了一阵,吴老三看准一个机会,突然弯腰抓住常福的一条腿狠狠地朝上一掀,就将常福从桥上掀了下去。但是,吴老三对方海说,让他没有想到的事情还是发生了。吴老三说,他当时是想将常福扔到河里。他事先已经看好了,那条河水虽然不深,但水流很急,而且下游是一个深潭,这样尸体就会神不知鬼不觉地被冲进潭里。即使警察发现了尸体,也会认为常福是酒后不慎自己跌进河里的。但让他没有想到的是,他将常福从桥上掀下去之后,并没有掉到河心,而只是落到了河边的水里,虽然重重地摔了一下却并没有摔死,这一来也就留下了致命的后患。

吴老三对方海说这番话时,两人已经来到东江县城,就在县人民医院对面的一个小旅店里住下来。方海对吴老三这样做很不理解。既然常福没有死,而且很可能警察已来这里找到他,那么这时东江县城也就应该是最危险的地方。吴老三理应和他远离此地,尽快逃得越远越好,可是他怎么反而带着自己跑到警察的眼皮底下来了?吴老三却笑着对方海说,这你就不懂了,越是最危险的地方,反而有可能是最安全的,如果警察已从常福的嘴里掏出咱们两人的情况,那么警察立刻就会先去三台县你的小饭馆,当他们发现你已经逃走,就会向全国各地的警方发出协查通报。但是,吴老三微微一笑说,他们却唯独不会想到,我们现在就住在他们的鼻子底下。吴老三的话越发让方海感到,这真是一个深不见底的人。

他想,自己怎么会和这样的人搅在一起了呢?

方海这一次在决定离开自己的小饭馆时,也是在心里反复想了很久。他知道,如果自己真的这样做,就要把所有的事情都对杨春妹说出来,否则他无法解释。但他不想告诉杨春妹所有的实情,一来他不想把杨春妹卷进这件事里来,二来他也想在杨春妹的心目中为自己保留一个好的形象。但他也很清楚,如果自己不想被警察抓到,就只有和吴老三一起逃跑,而如果和吴老三一起逃跑就只有告诉杨春妹实情。方海的心里也明白,吴老三这时是不会放过自己的,他无论到哪里都会拉着自己一起走,他认为只有这样才能保证他自己的安全。吴老三甚至不动声色地说出这样的话来,如果方海不想将杨春妹也牵连进来,就赶快跟他一起走。这话已经明显带有了威胁的意味。所以,方海只有这样决定了。方海在走的那天晚上,提前将小饭馆打烊了,先关上店门,然后把杨春妹拉到里面的小屋坐到床上。他对杨春妹说,我要跟你说一件事。杨春妹没有说话,只是静静地看着他。方海的眼眶一下湿润了,说,你别这样看我,你这样看我……我的心里就更难受了。杨春妹忽然把头伏到方海的肩上抽泣起来,一边抽泣着说,我不想让你走,你走了……我怎么办啊? 方海一下愣住了,他问,你怎么知道我要走? 杨春妹摇摇头,没有说话,只是不停地抽泣。方海深深喘了一口气,然后说,有些事……我是不能告诉你的,我不告诉你是为你好,你知道了不仅没任何用处,还会有麻烦,你只记住,我会经常回来看你的。杨春妹一下抽泣得更厉害了,说,我再也找不到像你这样对我好的人了,你让我跟你一起走吧,这样不管到哪里,我还可以照顾你。方海说不行,我现在……还不知自己要去哪里,我怎么能带你一起走呢,再说我这一走……会很危险的。杨春妹立刻说,那我就更不放心了啊……然后,她抬起头问,你是要跟那个黄脸男人一起走吗? 方海沉了沉,点点头说是……不过,你不要再细问了。他用手为杨春妹擦掉脸上的泪,在她耳边说,我走以后,这个小饭馆就不要开了,我给你留下的钱,也够你用一阵了,你放心,我一定会经常回来看你。他这样说罢,把心一硬站起来,拎起背包就头也不回地走了。

方海发现,吴老三这一次真的是用起心来。他将原来的"板儿寸"蓄成分头,还特意让方海去药店买了橡皮膏,贴在自己的眼角上。他告诉方海,他从现在开始要改变过去的策略了,他过去是故意保持特征,以不变应万变,从现在就要把过去的痕迹都隐藏起来。他说,他眼角这道细长的疤是一个最明显的痕迹,所以他不能让它再暴露出来。方海看着吴老三。他觉得这个人就像一个幽灵,不仅令人难以捉摸,而且好像随时都会知道在这个世界上任何一个角落发生的事情。一天晚上,方海和吴老三在小旅店里喝酒。方海忍不住说,有件事,我……始终不明白。吴老三一听就笑了,说我的事,任何人都不会明白,如果让别人明白我就危险了。然后又说,你说吧,什么事不明白,如果能告诉你的我就告诉你。

　　方海说,常福没有死,这件事你是怎么知道的?

　　吴老三嗯一声,点点头说,这很简单,我为什么想让常福死,是为了自己的安全对不对,那么常福究竟死没死对我来说就很重要,尽管我在那天晚上把事情做了,但事后总要回去检查一下,第一是检查这件事做得干净不干净,第二就要看一看,这件事的结果究竟怎样? 吴老三这样说罢又歪嘴一笑,所以,你的嘴也要严一些,可不要再做第二个常福。

　　方海听了心里不禁一颤。

　　陆晓梅赶回局里时已是深夜。

　　康局长还等在办公室。陆晓梅立刻将此行的情况向康局长做了简单汇报。

　　陆晓梅说,躺在东江县人民医院的那个叫常富海的患者正是犯罪嫌疑人常福。常福是由于从桥上坠落到河边的水里,头部撞到石头上受了严重的外伤。从医生那里了解,虽然颅内有出血,但已经没有生命危险。据常福说,是另一个同案的犯罪嫌疑人企图杀人灭口,将他灌醉后从桥上推下去的。也正因如此,常福很快就将当年所有的作案经过都交代出来。陆晓梅向康局长汇报,现在已经确定,这起抢劫强奸杀人案确系三个人所为,除去常福,还有与他同村的方海,另外还有一个叫吴老三的人。陆晓梅说,据常福交代,这个叫吴老三的人是一个惯犯,此前曾在很多地方作过案,而且这12年来肯定还犯有别的事。他的原籍是在黑龙江省一个叫南户的偏远小县,通过让当地警方协查,此人户籍早已注销,在外漂泊多年。但他还有一个弟弟,叫吴全来,现在广东的东莞居住。不过据常福说,吴老三曾对他说起过他这个弟弟的详细情况,现在他知道自己没有死,所以估计也就不会再去他弟弟那里藏身。

康局长听了想一想说，不管怎样，这个吴老三的弟弟那里还是要去了解一下情况。

陆晓梅说，已经通过当地警方去了解过了，吴老三的这个弟弟现在是东莞一家小工厂的老板，人很开明。他听了当地警方介绍的情况立刻说，他哥哥确实在几年前曾来他这里，而且来过不止一次，每次都要住一段时间，但他并不知道他在外面干过什么事。他向警方表示，如果他哥哥再出现，他一定会立刻向警方报告。另外，陆晓梅说，从他弟弟吴全来的口中得知，这个吴老三的原名叫吴会来，现年48岁。接着陆晓梅又向康局长汇报，据常福交代，他曾听吴老三说起过，方海是藏身在一个叫三台县的小县城里，和一个年轻女人住在一起，两人开了一家小饭馆。她得知这个情况后立刻连夜赶往三台县城，果然找到了那个小饭馆。但还是晚了一步，据那个年轻女人说，方海已在两天前的晚上走了。这女人这样说罢只是不停地哭，再问什么就都说不知道了。不过，陆晓梅说，据她判断，这个女人应该确实不知道方海的具体情况。陆晓梅对康局长说，她下一步准备去清源村，接触一下方海的家人。

康局长考虑了一下表示同意，但看一看陆晓梅的脚问，你脚踝的扭伤怎么样了？

陆晓梅一听就笑了，说，您不说我已经忘了。

陆晓梅第二天一早就来到清源村。陆晓梅这一次特意又没穿警服，而是穿了一身很随意的便装。她知道，这样给人的感觉会更容易接近一些。方海的家离常福的家并不很远，只相隔一条街。陆晓梅一路打听着找到方海的家时，方海的女人正坐在院子里择米。簸箕里是雪白的大米，她细心地挑拣出其中的沙粒。陆晓梅走进来，先朝小院里看了一下。院子里收拾得很清爽，也很洁净，显然，这应该是一个很勤快的女人。她大约四十多岁，皮肤白皙，看上去很安静。这时，她抬起头看见了走进院子的陆晓梅问，你找谁啊？

陆晓梅冲她笑笑说，这里是方海的家吗？

这女人一听陆晓梅提到方海，立刻警觉地慢慢站起来。

陆晓梅又笑一笑说，你不用紧张，我是县里公安局的。

这女人说，方海……不在家，他，已经出去很多年了。

陆晓梅点点头。她告诉这女人，方海出外很多年，这个情况公安局是早就知道的，她这次来只是想了解一下，方海是否跟家里联系过。这女人迟疑了一下说，好多年前……他曾跟家里联系过一次，寄来一些钱，后来就再也没有消息。陆晓梅为让这女人感觉好一些，就走过来在她面前的小木凳上坐下来。然后说，现在，就你一个人在家吗？这女人点点头说，是，就我一个人在家，儿子上班去了。好吧，陆晓梅说，这样正好，我要和你单独谈一谈。

然后，陆晓梅问，你知道在12年前，方海做了什么事吗？

这女人说，听村里人说起过一些，可是……我不相信。

陆晓梅问，你，为什么不相信呢？

这女人说，方海，不是那样的人。

可是，陆晓梅说，如果方海真的不是那样的人，也没有做过那样的事，他为什么在外面这些年一直不敢回来，也不和家里联系呢？这女人就慢慢低下头，不再说话了。陆晓梅又说，你还这样年轻，才刚刚四十多岁，如果让方海一直这样漂在外面，一家人面也见不到，这样的日子什么时候才是一个头呢？这女人默默低着头，抹了一下眼角淌出的泪水。

陆晓梅沉了一下，说，现在我告诉你，方海确实做了抢劫杀人的事。

这女人慢慢抬起头，但并没有显示出惊讶，只是静静地看着陆晓梅。

陆晓梅又说，截至目前，这件事，我们已经基本调查清楚了。

陆晓梅在来清源村之前就已经想到了，方海的女人不会对12年前的那件事一无所知。但这件案子这些年来一直悬而未决，所以，如果方海没把这件事的真相告诉家里，这女人就很可能还抱有一线希望，觉得她的男人也许并没有参与到这件事里去。陆晓梅正是考虑到这些，才决定这一次索性向这女人讲明，方海确实已经被确定为这起案件的犯罪嫌疑人，这样先打破她的幻想，然后再慢慢做她的工作，争取让她协助警方寻找到方海的踪迹。

这时，这女人坐在小木凳上，两眼茫然地看着面前的簸箕。

陆晓梅说，你现在如果真为方海想，就应该帮助我们。

这女人抬起头问，我……能帮助你们什么？

帮助我们尽快找到方海。陆晓梅说，我可以告诉你，方海现在的处境很危险，他很可能和一个叫吴老三的人在一起，这个吴老三是一个惯犯，身上背着几条人命，他这一次为了灭口险些将常福杀掉，如果到了一定的时候再想灭口，说不定也会对方海下手。所以,陆晓梅说,我们必须尽快找到方海,当然,如果他能帮我们抓到吴老三就更好了。陆晓梅说到这里,顿了一下,我们对方海的个人情况已经了解过,应该说,他这个人还是有可能挽救的。

可是……这女人喃喃地说,他们说了,如果方海真做了这件事,肯定是死罪的……

陆晓梅立刻问,他们是谁?谁对你这样说了?

这女人发觉自己失了口,一下有些不知所措。

陆晓梅又问,究竟是谁对你说过这样的话?

这女人又迟疑了一下说,是……常福的女人。

陆晓梅说,方海参与的这起案件,罪行确实很严重,不过他还有机会。

这女人立刻睁大眼看着陆晓梅,看了一阵问,你说,他……还有机会?

陆晓梅点点头说,是,不过这就需要你协助我们先找到他才行。

陆晓梅这样说罢,看着这女人问,你能做到吗?

这女人又迟疑了一下,点点头说,可是……我怎样帮你们呢?

陆晓梅就将事先想好的一些话对这女人说出来。陆晓梅先是直截了当地告诉她,方海这些年在外面已经又有了一个女人。陆晓梅在对这女人说这件事之前,也是经过认真考虑的。按一般常理,一个女人,如果知道了自己的男人在外面又有了别的女人,一定会反应很强烈。但是,陆晓梅在清源村了解到,方海的女人一向性情温顺,人也很厚道。当然,一个女人就是再温顺,再厚道,对于自己男人的这种事也不会容忍。但在这种特殊的情况下,陆晓梅想,如果这女人深明大义或许会将这件事暂时放到一边。此外还有一点,陆晓梅想,这女人应该也能想到,自己的男人在外面孤身漂泊这些年,很可能已经又有了别的女人。正是基于这些考虑,陆晓梅才决定,索性就将这件事直接告诉这个女人。如果这女人接受了这个现实,那么下一步的工作也就好做了。果然,这女人听了陆晓梅的话之后,并没有太大的反应,她只是点点头,嘴里喃喃地说了句什么。于是,陆晓梅就将那个年轻女人的一些具体情况都对这女人讲出来。这女人听了先是沉默一阵。陆晓梅观察到,她的眉宇间微微蹙了一下,又渐渐展开,然后声音不大地说,这些年……也幸亏有她了……

陆晓梅说,你如果真这样想,就太好了。

这女人慢慢抬起头,我真的是这样想的。

陆晓梅立刻趁机说,你能不能,和这女人见一下面?

这女人看看陆晓梅,不解地问,我见她……干什么?

于是,陆晓梅就将自己的计划说出来。陆晓梅告诉这女人,她已经见过那个年轻女人,她叫杨春妹。她也已经和这个叫杨春妹的年轻女人接触过一次,但这次接触的效果并不太好。在向杨春妹了解情况时,从她说的话中可以判断,她确实不知道方海曾经干过什么事,也不知道他这一次去了哪里。但是,当陆晓梅向她说出了方海当年做过什么,并告诉她方海现在所处的危险境地时,她却只是不停地流泪,仍然拒不提供关于方海的一切具体情况,这一来对方海的去向也就无从判断了。所以,陆晓梅对这女人说,她是否去见一见这个杨春妹,当面说服她一下。陆晓梅接着又对这女人说出自己这样考虑的道理。首先,陆晓梅说,她是方海的妻子,而杨春妹和方海又是这样一种关系,她们两个这样的女人到一起,有些话说起来应该更容易相互理解一些。其次,杨春妹这几年和方海在一起,一旦见到方海的妻子毕竟会觉得自己理亏,这样方海的妻子再说服她配合警方找到方海,话也就好说一些。

方海的妻子听了很认真地想一想,点点头说,好吧。

陆晓梅当天就带着方海的妻子又返回三台县城。陆晓梅已经想到了,尽管方海的妻子已答应帮助说服杨春妹,但这件事并不会这样简单。首先方海的妻子毕竟是一个没有多少文化的农村妇女,她会不会真的不和杨春妹计较,就这样承认了这个女人的存在。其次,如果方海的妻子真的承认了杨春妹存在的这个现实,那么她与杨春妹的关系将如何处理,两人又如何相处。应该说,两个女人的这种关系是一种极尴尬的关系。但让陆晓梅没有想到的是,方海的妻子在见到杨春妹时,只是和她相视了一阵,然后两人就抱在一起痛哭起来。方海的妻子一边哭着喃喃地说,谢谢你……谢谢你这几年对他的照顾……杨春妹则不说任何话,只是不停地抽泣。就这样过了一阵,陆晓梅才走过来对她们说,好了,你们都平静一下,咱们应该尽快商量正事了。两个女人这才手拉着手,一起在床边坐下来。陆晓梅的分析没有错。方海的妻子对杨春妹说的话果然很起作用。方海的妻子先对她讲了陆晓梅事先教她的一些话,分析方海现在的危险处境,而如果自首,还可以争取主动,倘若协助警方抓获那个叫吴老三的人,还可以立功赎罪。接着,她又用心地对杨春妹说,我是方海的女人,我还为他生了一个儿子,现在我们的儿子已经二十多岁了,按道理说我和方海的关系应该比你更近,我也希望他好,我也希望他能像正常人一样生活，可是……现在我都希望他能尽快自首，而且希望公安机关能尽快找到他，你还有什么话说呢，难道你会希望他再这样东躲西藏下去吗？

就是方海的妻子最后这几句话，显然对杨春妹起了作用。

杨春妹慢慢抬起头说，他前两天……刚刚来过电话。

陆晓梅立刻问，是打到你手机上的？

杨春妹点点头，说是。

陆晓梅问，他说什么？

没……没说什么……杨春妹的眼里游疑了一下说。

陆晓梅耐心地说，你最好把事情都告诉我们，这样才会对他有好处。

杨春妹似乎又犹豫了一下，说，他说……也许这几天，会回来看我。

他没说具体什么时间吗？

没说。

杨春妹摇摇头。

陆晓梅迅速想了一下。如果方海对杨春妹说，这几天会来看她，就说明他和吴老三还并没有走远，很可能由于什么原因耽搁在这里，而且就在三台县附近。陆晓梅想到这里先为方海的妻子安排了一下，让她暂时在小饭馆和杨春妹住在一起，这样等方海回来看杨春妹的时候两人再一起说服他去自首。然后陆晓梅又立刻联系当地警方，协助调出杨春妹最近几天的手机通话记录。果然，根据杨春妹的手机话单，三天前曾有一个陌生的号码打进来。经调查，这是东江县城的一个固定电话。这也就说明，至少在三天前，方海应该在东江县城。陆晓梅立刻向局里的指挥中心汇报了情况，并要求派增援赶到东江县，然后自己也立刻赶过来。

东江县城并不大，只有两条主要街道，宾馆和旅店也不是很多。陆晓梅赶过来之后，在当地警方的配合下很快就在一个小旅店查到了方海和吴老三的踪迹。让陆晓梅没有想到的是，这个小旅店竟然离常福住的县人民医院很近，几乎就在街对面。也就是说，几天以前，就在她向常福了解情况，到处查找吴老三和方海的踪迹时，他们竟然就住在她的眼皮底下。但是，陆晓梅又来晚了一步。据小旅店的服务员说，这两个人在前一天的早晨就已经退房走了。

陆晓梅越发感觉到，这个叫吴老三的人的确很狡猾，而且具有很强的反侦察能力。

方海越来越发现,他真的不了解吴老三这个人。吴老三很多时候突然冒出的想法和感觉都是没来的。这天夜里,方海正在沉睡,猛一下被吴老三叫醒了。吴老三催促他快些穿衣服,然后收拾东西准备走。方海迷迷糊糊地不知发生了什么事。待收拾好东西,吴老三已从外面回来了。吴老三说,现在走还不行,夜深人静太招眼,再等一等,天一亮就动身。

在这个早晨,方海和吴老三一起匆匆离开东江县城,直到走出很远他才问,这究竟是怎么回事?吴老三皱着眉说没有怎么回事,只是一种感觉,好像在这里再待下去就要出事了。然后吴老三看一看方海,又问,你这几天,是不是给那个女人打电话了?

方海稍稍愣了一下,问,你说……哪个女人?

吴老三说还有哪个女人,就是你的那个女人。

方海说没有。

吴老三又看看他,真的没有?

方海说真的没有。

吴老三点点头,嗯一声说,我可警告你,千万别给那女人打电话,否则就要出事了。

方海没再说话。其实方海是给杨春妹打过电话的。方海实在不放心杨春妹。他想象不出,杨春妹没有了自己,独自一人在那个小饭馆该怎样生活。所以两天前的晚上,方海趁吴老三让他去街上买些吃的东西,就找了一个公用电话给杨春妹打过去。果然,杨春妹一听到他的声音就在电话里哭起来。杨春妹说自己很好,只是不放心方海,她让方海在外面一定要注意身体,千万别出什么事情。然后又问方海,现在是在什么地方? 方海的话已经到嘴边,又咽了回去,他知道这时不能告诉杨春妹自己的行踪,不是不相信她,如果让她知道了,只会给她带来更多的麻烦。但方海还是告诉杨春妹,就在这几天,他会回去看她一下。杨春妹听了连忙说,你……不要回来,千万不要回来。方海听了立刻问,怎么回事。杨春妹这才告诉他,就在前两天,一个花溪县公安局的女警察刚刚来过,而且明确告诉她,是来抓方海的。杨春妹说,你现在回来太危险了。方海听了忍不住流下泪来,他对杨春妹说,我让你失望了,你不会想到,我曾经做过那样伤天害理的事情。杨春妹说,我不管你做过什么,我只知道你对我好,我相信你是一个好人,好人也会一时糊涂干出错事来的, 其实……那个女警察说了, 你可以去自首……方海听了轻轻叹息一声,他说，事情没有这样简单，我做过的事我是知道的，这种抢劫杀人是一种很重的罪，一旦进去就是不判死刑，也会判无期的，那我就再也见不到你了，你一个人怎么办？方海一边这样说着，两个人就在电话里相对着哽咽起来……

让方海没有想到的是，吴老三这一次竟然又做出一个惊人之举。方海跟着吴老三匆匆离开东江县城之后，又没有搭乘长途汽车，而是步行走了一天的路，直到将近傍晚时，才来到距东江县城几十公里的下江县城。方海问吴老三，我们……就在这里住下来？

吴老三说不行，这里离东江县太近，不安全。

方海问，那我们要去哪儿？

吴老三一笑说，我们现在要去的地方，你听了肯定会高兴。

方海问，哪里？

吴老三说，回你的三台县城。

方海一下睁大眼，回……三台？

是啊，吴老三歪嘴一笑说，现在警察已经知道你从三台县逃走了，所以三台县也就成了最保险的地方，警察怎么也不会想到，我们这时又偷偷潜回到三台住下了。不过，吴老三立刻又说，我可警告你，千万不要回你那个小饭馆去看那女人，现在她是怎么回事还很难说呢？

方海哼一声说，我知道她，她是不会对警察说什么的。

吴老三回头瞄他一眼说，你为她保证，谁为你保证呢？

方海看一看吴老三的表情，心里不禁又颤了一下。

吴老三说，有一句老话你应该是知道的，夫妻本是同林鸟，大难来时各纷飞，就连结发夫妻都是这样，更何况是你们这种露水夫妻呢，现在除去自己，谁都不能相信。

吴老三这样说着又看一眼方海，就是我，你也不要相信，明白吗？

但是，方海和吴老三一回到三台县城就在心里打定主意，他一定要回去看一看杨春妹。他在三台县城住了这几年，地形已经很熟悉。他知道，他和吴老三住的这家小旅店离他的小饭馆只隔几条街，走过去不到10分钟。方海很认真地想了一天。于是，在这个傍晚，他就做出不经意的样子对吴老三说，三台县有一种叫"醉倒驴"的白酒，不仅醇香也很劲道，很多外地人来到三台都要喝一喝这种酒。吴老三一听很高兴，说好啊，那你去弄两瓶来，我们也尝尝。吴老三的情绪似乎很好，对方海说,咱哥儿俩这一阵东跑西颠挺辛苦,今晚索性放松一下,就当犒劳自己吧。方海一听当即去街上买了两瓶"醉倒驴",又买回一些酱肉小菜,然后就在小旅店里和吴老三一起喝起酒来。方海知道吴老三的酒量深不见底,所以喝酒很谨慎。吴老三显然是为自己回到三台县城这一步棋感到自鸣得意,也觉得暂时安全了,所以也就放松下来,喝酒很随意。就这样两人很快喝光了一瓶酒。这时方海的心里已经有数,吴老三喝了将近7两,自己喝了不到3两,如果再这样把第二瓶喝掉,吴老三就应该差不多了。方海在买这两瓶酒时,故意将其中一瓶买成67度的高度酒,而且特意偷偷放到第二瓶来喝。他知道,这样会更容易让吴老三醉倒。果然,吴老三在第二瓶酒快喝光时,就已经显出醉态。这时方海又去打来一盆热水,让他泡一泡脚,说这样可以解乏。吴老三志得意满地将两只脚泡到热水里,刚刚泡了一会儿酒劲儿就随着热气冲上头顶,然后身子一歪就在床上睡倒了。

方海走过来,推一推吴老三,确定他已经睡得很沉。

他立刻穿上衣服轻轻掩上房门,就从小旅店里出来。

方海来到自己的小饭馆时刚刚晚上8点多钟。如果在以往,这时正是客人来吃饭的时候,饭馆里灯火通明很是热闹。但这时从外面看去,小饭馆却是黑漆漆的一片冷清。方海先朝四周看了看,然后就快步走过来敲敲门。里面的灯立刻亮起来。杨春妹来打开门,一看到站在门外的方海先是睁大眼愣了一下,接着眼泪就流出来。但方海感觉到,杨春妹脸上的表情似乎有些异样。接着就看到,又有一个女人从杨春妹的身后走出来。方海借着昏暗的灯光立刻看清了,这女人竟是自己的妻子。方海一下呆住了。他没有想到,自己已经十几年没有见面的妻子竟然会出现在这里,而且是和杨春妹在一起。

方海的妻子说,你……快进来吧。

方海立刻来到屋里。

方海问,你怎么……会在这里?

方海的妻子说,警察带我来的。

方海立刻明白了,没有再说话。

方海的妻子很仔细地看了看方海,又看一眼身边的杨春妹说,她真的……照顾你很好。

方海的妻子说话还是那样慢。她告诉方海,她已和杨春妹姐妹相称,她已经感觉到了,杨春妹是一个很善良的好女人。然后,她又告诉方海,花溪县公安局的警察已将所有的事情都告诉她了,警察说,无论方海当年干了什么,只要能自首就可以争取主动,而且,如果能协助警方抓到那个吴老三,还可以立功赎罪。方海的妻子一边说着就流下泪来。她说,你出来12年了,当年我们的儿子才刚刚7岁,现在已经是20岁的成年人了,如果人家问起他的父亲,你让他怎样对人家说呢,还有我,你想过我吗?我在村里又该如何面对别人,还有春妹子,你再这样下去不仅是害你自己,也会把所有的人都害了。方海的妻子说到这里,就再也说不下去了。这时,方海又看了看坐在一旁的杨春妹。杨春妹只是低着头默默地流泪。方海的妻子又说,你只管去自首吧,我已和春妹子商量好了,以后……我就把她接回咱们花溪的清源村去,我们姐妹住在一起,这样也可以相互照顾。

这时,杨春妹慢慢抬起头看着方海。

她说,你……不要再犹豫了,还是……去自首吧。

方海又看了看面前的两个女人,点点头说,好吧。

杨春妹立刻给陆晓梅打了电话,告诉她方海已经回来,此时就在小饭馆里,而且已经同意自首。陆晓梅先和方海通了电话,对方海决定自首,而且愿意协助警方抓捕吴老三表示欢迎,又在电话里向方海问了一下大致的情况,然后想了一下说,她和几个同事正在从东江赶往三台的路上,大约还有两个小时可以赶到。接着又问方海,从小旅店里出来多久了。方海说两个多小时。陆晓梅说,一般的醉酒状态3至4小时会清醒过来,像吴老三这样对酒精耐受力很强的人,应该不会超过3小时,你现在立刻赶回小旅店去,在吴老三醒来之前躺到床上,这样可以先稳住他,我这边马上通知三台县警方,先将这个小旅店包围起来。接着陆晓梅又叮嘱方海,回去时一定要带上杨春妹的手机,这样便于联系,但千万不要被吴老三发现。

方海将杨春妹的手机装好,就匆匆赶回小旅店来。但让他没有想到的是,当他走进房间时,发现吴老三已经盘腿坐在床上,正用两眼一下一下地看着他。方海的心里一惊,一时竟不知该如何是好,情急之中立刻用两手捂住肚子,弯着腰进来坐到自己的床上,皱着眉说,今晚不知哪样东西吃得不舒服了……这半天一直拉肚子。

吴老三盯着他说,你刚才,去厕所了?

方海说是啊,蹲了这半天,腿都酸了。

吴老三的脸渐渐黑下来,看着方海。

方海的心里越发紧张起来,但还是做出肚子很疼的样子用力叹气。

吴老三突然说,我刚才去厕所看过了,里边没有人。

方海立刻愣住了。

吴老三又问,你刚才,到底去哪了?

方海张张嘴,没有说出话来。

吴老三走过来,在方海的身上摸了摸,立刻摸到那部手机。

他掏出看了看,皱起眉问,这东西……哪来的?

方海索性低着头不说话了。

吴老三说,你刚才,回小饭馆了?

方海仍然没有说话。但此时,他的心里在迅速想着该如何向吴老三解释这件事。他很清楚,如果吴老三知道了自己已向警方自首,一定不会放过自己的。

于是,他坦然地对吴老三说,我刚才是回小饭馆了。

吴老三脸色难看地说,我已对你说过,不让你回去。

方海说,我只是想……看她一眼……

吴老三没再说话,把手机扔到地上,用脚啪啪地踩烂了。

然后一边收拾着东西说,我们现在就走。

方海看看他,怎么……?

吴老三说,这地方不能再住了。

方海迟疑了一下说,这样晚了,要不……还是明天吧?

吴老三哼一声说,明天?明天也许你就关在号子里了。

吴老三这样说罢,又恶狠狠地看看方海说,赶快收拾吧!

方海看一眼地上被踩烂的手机,只好起身去收拾东西……

陆晓梅和几个同事赶到三台县城的小旅店时,又一次扑空了。

据三台县警方说,他们一接到陆晓梅的电话立刻就赶过来将这个小旅店包围起来。这段时间除去进去了几个人,没有一个人出来。陆晓梅想,如果这样就只有一种可能了,吴老三在当地警方包围这里之前,就已经带着方海逃走了。而最让陆晓梅担心的是,在搜查吴老三和方海的房间时,发现了那部被踩烂的手机。手机显然是被吴老三踩烂的。这就说明,吴老三已经知道了方海曾回过小饭馆。那么他是否知道方海已决定向警方自首,而且已经和警方取得了联系呢?陆晓梅立刻向局里的指挥中心汇报了这个情况，然后又和几个同事共同分析眼前的案情。陆晓梅认为，吴老三在带着方海逃离小旅店时，应该还不知道方海已和警方取得联系。第一，吴老三知道方海曾回过自己的小饭馆，这一点是肯定了，但他并不知道方海的妻子也已被警方带来这里，因此也就不会想到方海的妻子和杨春妹这两个女人会共同对方海做了工作。第二，就算吴老三有了这样的怀疑，方海也会死不承认，他可能只向吴老三强调，自己回去是因为对杨春妹放心不下，只是想看一看她就回来，至于那部手机，他不过是为了和杨春妹联系方便一些。如果方海这样解释，应该说理由很充分，吴老三就是再生性多疑也不会完全不相信。此外还有一点，吴老三不会想到，此时形势对他已经极为不利。

陆晓梅的几个同事听了这样的分析也都表示同意。

就在这时，康局长也打来电话。康局长在电话里对陆晓梅说，局里的指挥中心经过召开紧急会议研判，也认为至少在目前，吴老三应该还不知道方海已决定向警方自首。因此方海暂时还不会有什么危险。但是，康局长说，方海现在没有了手机，眼下的当务之急是如何尽快与他取得联系，确定吴老三的逃跑方向。陆晓梅对康局长说，吴老三逃离小旅店是在深夜11点左右，这时三台县城已经没有通向外面的长途汽车，据此估计他们只能步行离开此地。而截至目前，大约过去两小时，两个小时按成年男人正常的步行速度应该不会超过10公里，这样分析他们就肯定还没有走远。所以，陆晓梅对康局长说，她已让当地警方协助，在三台县城周围15公里的范围设卡布控，防止吴老三再次外逃。

陆晓梅这一夜又没有合眼。

但让人不解的是，从各方面传来消息，经过当地警方一夜设卡布控，在三台县城的周围却并没有发现吴老三的踪迹。吴老三就像一股烟似的又一次消失了。此时陆晓梅想，康局长说得对，当务之急是要尽快与方海重新取得联系，只有这样，才有可能随时掌握他们的行踪。但是，方海从杨春妹那里带走的那部手机已被吴老三发现，而且踩烂了，如何想办法重新给方海一部手机呢？就在这时，从当地警方那里传来消息，在离三台县城20公里一个叫张湾村的地方得到了线索。据这村里一个开小卖店的人说，昨天他驾驶着一辆农用车到三台县城取货，半夜回来时在路上遇到两个人，说是要出100元，让他把他们送到50公里以外的齐河镇去。于是他就把这两个人送过去了。当地警方说，根据这个张湾村的人对那两个人相貌特征的描述，应该就是吴老三和方海。接着当地警方又告诉陆晓梅，齐河镇虽然只是一个镇子,但由于几条高速公路都经过这里,是一个交通枢纽,所以南来北往的长途汽车很多,是一个很繁华的小镇。吴老三之所以选择去齐河镇,很有可能想从那里乘长途汽车出逃。不过,当地警方对陆晓梅说,他们已经通知当地做了安排。

陆晓梅听了当即和几个同事一起赶往齐河镇。

方海在农用车上颠簸了一夜。直到天快亮时来到齐河镇,才明白吴老三为什么选择来这里。齐河镇虽然只是一个镇子,却像不夜城一样繁华。这里几乎四通八达,所以有一个规模很大的长途汽车站,通宵都有南来北往的长途汽车不停地经过这里。方海想,只要吴老三在这里随便登上一辆长途汽车,就如同一条鱼游回了海里,警方几乎无从查找他的去向。但是,方海这时已经知道了吴老三的习惯。他想,吴老三是不会轻易登上哪辆长途汽车的。

果然,吴老三来到齐河镇之后,又是先找了一家小旅店住下来。

方海试探着问吴老三,咱们在这里,要住多久?

吴老三看他一眼说,这件事,你一定要知道吗?

方海被问得愣了一下,立刻不敢再说话了。

吴老三说,到该走的时候我自然会告诉你。

方海感觉到了,自从这一次在三台县,吴老三从他的身上搜出手机,就明显不相信他了,跟他说话也越来越少。方海这时又想起那个女警官对自己说过的话,他意识到了,自己的处境确实越来越危险,一旦吴老三认为有必要,他很可能也会像对待常福一样对待自己。

吴老三躺在床上蒙头睡了一天。半夜时,突然坐起来对方海说,准备一下,我们立刻走。方海一直躺在床上,表面做出熟睡的样子,心里却一直在想自己的事。这时吴老三突然这样一说,他被吓了一跳,于是坐起来小心地问,我们……要去哪儿?

吴老三看一眼方海。方海立刻就不再说话了。

方海跟着吴老三走出小旅店时大约是深夜12点左右。他们径直来到街心的长途汽车站。这时车站跟前的小广场仍很热闹,过往的乘客从车上下来吃东西,还有一些乘客带着各种行李在等车,卖小吃和卖各种食品的货摊灯火通明,汽车开来开去地响着喇叭,看上去如同白天一样。吴老三径直朝一辆汽车走过去,回头看一眼方海就上去了。方海也随后跟着上了车。他在上车的一瞬,迅速朝前面的车牌瞟了一眼,这是一辆开往甘肃瓜州的长途汽车。他想,这应该是路途最远的一班车了。来到车上才发现,这是一辆卧铺车,床位几乎已经满了,只在车厢中部还有一个上铺的床位。吴老三犹豫了一下,将自己的包扔上去,回头对方海说,你去买点儿吃的,再买几瓶水。方海连忙应一声。吴老三立刻又说,把你的包给我。

方海把自己的背包交给吴老三,就转身下车去了。

方海来到站前广场,朝四周看了看就走进跟前的一个小食品店,买了几个面包和香肠,又买了几瓶矿泉水。售货员是一个年轻女人。方海将一张百元的钞票递给她。这个年轻女人在将找回的零钱交给方海时,方海突然发现,在这些零散钞票的底下还有一部很小的手机。方海立刻愣了一下,抬起头看看这年轻女人。他发现这个年轻女人也正在看着自己,她低声说,手机是打开的,我们随时可以听到,一定装好。方海立刻明白了。他回头朝身后的长途车看一眼,把零钱装回衣兜的同时也将手机装起来,然后拿着买好的东西回到车上。

吴老三看看他问,怎么去了这样久?

方海说,去前面食品店买的东西。

这时车已发动起来。方海看一看身边没有坐的地方,只好站在两排卧铺的中间。他偷偷用手摸一摸兜里正在打开的手机,抬起头问吴老三,我们……一直到瓜州吗?

吴老三这时已躺回到卧铺上,似乎睡着了,没有回答。

方海故意又说,我刚才问过了,到瓜州要两天一夜呢。

吴老三突然从上铺探起身说,你的话太多了。

方海就不再说话了。

这时,吴老三忽然又说,你刚才,应该买一张地图。

方海故意问,买哪里的地图?

吴老三说,甘肃,主要是在……

他说到这里突然停住口,又看了方海一下。

方海说,我再下去买吧,前面有一个报亭。

吴老三想了一下,说,算了吧,车要开了。

方海又试探着问,要不……等中午,路过南平市的时候再买?

吴老三含糊地应一声说,行啊,那就……中午到南平再说吧。

他这样说罢就翻过身去,不再说话了。

汽车开动了。车厢里渐渐静下来,躺在卧铺上的乘客都昏昏睡去。

　　将近上午10点钟左右,汽车开到一个小镇停下来。下去了几个乘客,又上来一个年轻女人。这女人的手里拎着一只编织袋。她来到方海的面前。方海抬起头看看她,突然愣住了。他认出这就是刚才在车站食品店里卖东西的那个年轻女人。年轻女人很用力地看一看方海。方海立刻明白了她的意思,又慢慢把头低下去。方海虽然和陆晓梅通过电话,但他并不知道眼前这个农村妇女打扮的年轻女人就是陆晓梅。他更不知道,陆晓梅和几个同事开着车一直远远地跟在这辆长途汽车的后面。汽车即将开出齐河镇时,方海和吴老三的几句对话陆晓梅都已通过方海身上的那部手机听到了。陆晓梅经过与几个同事分析,认为吴老三虽然狡猾多变,但至少在中午之前应该不会下车。然而从在齐河镇的长途汽车站,陆晓梅和几个同事就面临着一个很棘手的问题。吴老三的身边有太多的乘客,一旦对他实施抓捕,他很有可能会狗急跳墙将身边的乘客作为人质,这样一来就有可能伤及无辜。也正是考虑到这一点,陆晓梅经过向指挥中心请示,才决定先将这辆长途汽车放出齐河镇,然后远远地跟在后面,寻找适当的机会再对车上的吴老三实施抓捕。而此时方海在车上与吴老三的对话,也为陆晓梅提供了具体的时间坐标。吴老三同意方海的说法,待汽车开到南平市时再买地图。陆晓梅立刻向齐河镇的长途汽车站查问了一下,这班车开到南平市的计划时间应该是在下午两点左右。也就是说,在吴老三的心里,至少在下午两点之前他还没有下车的想法。但这也不是绝对的,不能排除吴老三由于冒出什么想法改变主意,中途突然下车。所以,陆晓梅经过向局里请示,就决定在前面的小镇装扮成一个农村妇女先行上车,然后再由当地警方配合在前面的路上设卡,以检查身份证为由,里应外合对吴老三实施抓捕。

　　这时汽车已经又向前开了一段路。

　　方海注意到,这个刚上车的年轻女人一直在看着自己。他立刻明白了,于是朝面前的上铺用力看了一眼,又看了一眼。这个年轻女人也抬起头朝上铺看了看,然后又看看方海。方海微微点了下头。此时,吴老三正躺在上铺用被子蒙着头,似乎睡得很沉。于是,这年轻女人先朝车上的环境观察了一下,就掏出手机迅速发了一条短信。然后又在手机上按了几下,拿给方海看。方海看到屏幕的几个字:我是陆警官。方海立刻明白了,面前这个年轻女人,就是曾跟自己通过电话的那个女警官。这时陆晓梅又抬起头,脸上堆起笑容向吴老三对面上铺的一个乘客说,这位大哥,我刚才赶车跑累了,能不能把你的铺……让我上去歇一歇,我喘口气就下来。这个上铺的乘客是一个四十多岁的男人,立刻爽快地从上铺跳下来,把自己的床位让给陆晓梅。陆晓梅连声说着谢谢啦,谢谢啦。就爬到吴老三对面的上铺去了。就在这时,方海从驾驶台前面的风挡玻璃看到,在汽车前方一百多米的地方停着几辆警车,远远看去红蓝警灯一闪一闪地很鲜艳。接着这辆汽车的行驶速度也慢慢降下来。

吴老三立刻警觉地从被子里探出头,向下看着方海问,怎么回事?

方海朝车窗外面看了一下,含糊地说,可能……可能是到站了吧。

这时车已停下来。两个身穿黑色警服的民警上了车,大声说,检查一下身份证。但这时方海已经看到了,车下有很多全副武装的警察已将这辆车包围起来。他立刻抬起头去看吴老三。吴老三是躺在上铺,对车下的情形自然看得更清楚。此时他的脸上并没有动声色,身体却在一点一点地朝床边移动。方海立刻有了一个不祥的预感,吴老三越这样移动也就离对面的陆晓梅越近。他显然是想在关键的时候把陆晓梅作为人质。方海想到这里立刻伸手去拉陆晓梅。他想把她从上铺拉下来。但此时吴老三的手也已经到了。吴老三的一只手卡住陆晓梅的脖子,与此同时另一只手里出现了一把二十几厘米长的尖刀。这把尖刀只有几厘米宽,看上去非常锋利,在车窗玻璃前闪着熠熠的寒光。吴老三将这把尖刀放到陆晓梅的脖颈上,朝那两个民警大喊,你们……别过来!可是他的话刚一出口,陆晓梅突然把身子一挺,然后朝吴老三用力一蹬。吴老三立刻失去平衡,从上铺跌跌撞撞地滚落下来。但他的手里仍还握着那把尖刀。他摔到下面先是定了定神,然后就又朝旁边的一个妇女扑过去。这妇女的怀里抱着一个孩子,此时已经吓得面色苍白。也就在这时,方海突然纵身一跃就扑到吴老三的身上,然后紧紧抱住他的一条腿。吴老三回头看看方海,点点头歪嘴一笑,猛一下朝方海扎了一刀。这一刀扎在方海的肩颈处,一股鲜血立刻喷溅出来。但方海仍然没有松手。吴老三拔出刀来又狠狠地扎了一下,这一刀扎在了方海的背上。方海哼一声,两手虽然仍死死抱住吴老三的这条腿,身体却一点一点地瘫软下去。这时陆晓梅也已从上铺跳下来。吴老三抽出腿,突然转身拉开车窗。就在他要跳出去的一瞬,陆晓梅扑到吴老三的身上和他抱成一团。吴老三拼尽全身的气力想跳出去,陆晓梅则紧紧抱住他的双臂。两个人就这样一起卡在了车窗上。车窗玻璃终于脱落下来,陆晓梅和吴老三抱在一起同时从车上跌落下去。陆晓梅在跌落的同时迅速调整了一下自己的姿态,她原本可以平稳落地,但在落地的一瞬那只扭伤的脚踝又扭了一下,于是一晃就倒在地上,与此同时,她感觉到腰间被顶了一下。

这时吴老三已被赶过来的警察控制住了。

陆晓梅慢慢从地上爬起来,突然感觉自己的身上湿漉漉的。低头看一看,才发现,自己的腰间插着那把尖刀。刀刃已经完全插进去,只还露出一个肮脏的刀柄……

方海醒来时,眼前是一片模模糊糊的白色,白色的墙壁,白色的屋顶,白色的在自己床前忙碌的人影……接着,他闻到一股酒精气味,这是一种很安静的气味,安静得没有一丝声响。这时,眼前又出现了两个黑色的人影。他隐约看到这人影帽子上的银色警徽。

其中一个人影说,陆警官让我们带话给你,你先养伤吧。

方海觉得,这声音很遥远,又似乎很近。

另一个人影说,你休息吧。

方海突然感到一阵疲惫的困意向自己袭来。他觉得,这似乎是积攒了十几年的疲惫,使他浑身像水一样瘫在床上。他用力点点头,闭上眼,就睡过去……

时间再拉回到40年前。

那一次，江明从南沽市再次逃脱，大刘和他的同事一路追踪确定他已经又回到我们这个城市。我今天才明白一件事，我们的警察追捕犯罪嫌疑人，用当年的说法叫追捕罪犯，他们凭的是什么？应该说，40年后的李局长、于波、陈晴以及田风们和40年前的大刘一样，凭的就是当警察的一种责任感。正如一个年轻刑警对我说过的一句话，没有抓不到的犯罪嫌疑人，除非你不肯下气力去抓。所以，我相信，当年的大刘就是凭的这样一种责任感。事后我才听说，他在当时已被领导从派出所抽调出来，专门配合市里对江明的抓捕工作。

在那个下午，大刘从市里的汽车运输四场确定江明已逃回我们这个城市，就又来到江明的家里。他想向江明的母亲了解一下江明当初与这个女朋友交往的具体情况。

大刘这时已向上级领导说出了自己的想法。他说，根据他的分析，江明这一次从监狱逃出来很可能与这个女朋友有关。如果这个判断是正确的，那么江明就有可能还去找这个女孩。在这个下午，大刘向江明的母亲询问，当初江明是如何与这个女孩走到一起的。但江明的母亲说，具体情况家里也不太清楚。其实江明一直是一个很孝顺的孩子，每月从厂里领到薪水都如数交给家里。后来他对家里说，他每月要给自己留下几元钱，因为他有了女朋友。江明的母亲说，从这时家里才知道，他已经开始和一个女孩子交往了。后来江明曾带这个女孩来过家里几次。但江明的父母对这女孩的印象都不太好，主要原因是这个女孩太漂亮了。江明的父母认为，女人太漂亮了不是好事，讨这样的女人做老婆会不安全，恐怕一辈子都不会有松心的日子过。但是，江明却不同意父母这样的说法。江明认为，他和这个女孩在同一个企业工作，彼此都比较了解，女孩漂亮应该是一件好事，将来带出去会让人羡慕，自己的面子也好看，谁又愿意讨一个丑女人做老婆呢？江明的母亲说，后来他们母子还因为这女孩闹过一次不愉快。江明的母亲和这个女孩是同一天的生日，以往江明的母亲每次过生日，江明都会早早下班，然后亲手为母亲擀面条，做长寿面。但有了这个女朋友以后，母亲这次再过生日，江明下班却没有回来。事后江明的母亲才知道，江明是和这个女孩一起下馆子去了，在外面为这女孩过了生日。江明在这天晚上回来得很晚，但江明的父母还没有睡。江明的母亲一直不停地流泪。江明的父亲江师傅也不太高兴，问江明干什么去了，为什么这样晚才回来。当江明的父母听说，江明和这个女孩一起吃过饭之后，又到她的单身宿舍去了，立刻就意识到，这件事已经不仅是江明没有回来为母亲过生日这样简单了。那时企业里的青年工人如果住家比较远，或有别的困难，可以在厂里申请住单身宿舍。一般的单身宿舍有些像今天大学里的学生宿舍。但炼钢厂这样的国营大企业，单身宿舍的条件比较好，因此青年工人就可以一个人住一间。江明的父母立刻意识到，江明在这个晚上和这个女孩去了她的单身宿舍，又一起待到这样晚，会有什么好事呢？而且，在那个年代，人们的观念还不像今天这样开放，一个女孩子，怎么可以这样随随便便就将一个男人带到自己的单身宿舍去呢？于是，江明的父母也就对这个女孩的人品越发产生了怀疑。也就从这时开始，江明与家里渐渐有了分歧。

江明的母亲说，后来的事实证明，她和江明的父亲当时的感觉还是对的。他们渐渐地从街上人们的风言风语中听说，江明的这个女朋友在厂里很爱与人交往，尤其喜欢与男人交往，所以每到中午吃饭时，她的身边总是围着很多男人。江明的母亲说，那时她和江明的父亲就反复提醒过江明，与这样的女孩谈朋友不是什么好事。可是江明却像是吃了什么迷魂药，一门心思被这个女孩牢牢地迷住了。家里后来才知道，他为了节省一些钱请这个女孩出去下馆子吃饭，自己每天中午在厂里竟然只吃窝头咸菜。江明的母亲流着泪对大刘说，所以，后来她的儿子江明为这个女孩犯下这样大的事，也就没有什么奇怪了。

大刘从江明的母亲这番话中，至少得到两个信息。第一，江明当初的这个女朋友是一个性格很开放的女孩。也许正因如此，她才将江明吸引住了。第二，江明在当时对这个女孩投入了很深的感情。这也许正是他后来竟对那个电工班长做出这样的事的原因所在。由此，大刘也就越发坚定了自己的判断。他觉得江明这次回到这个城市，很可能还要去找这个女孩。大刘想到这里也就越发意识到事情的严重性。如果江明真去找这个女孩，他会有什么举动，或是做出什么事，这个女孩会不会有什么危险？由此看来，就要尽快去找这个女孩。

在那个年代，无论因为什么事，如果到一个单位找什么人必须先经过这个单位的有关领导。大刘这一次来炼钢厂，先找到厂里的保卫科。保卫科的人听大刘说明来意，告诉他，江明当初的这个女朋友叫夏萍。江明出事以后，这个夏萍一下在炼钢厂成了名人，上上下下都知道了她和江明还有那个电工班长的事情。夏萍觉得自己在厂里待不下去了，曾经想要调走。那个年代不像今天，如果在哪个单位待不下去或不想干了，可以辞职出来再换一个单位，那时只要进了一个工作单位，就像嫁了一个人，如果没有极特殊的原因一般是不会调动工作的，而且调动工作要转各种人事关系也很麻烦。但是，保卫科的人说，夏萍最后还是没能调走。大刘问为什么？保卫科的人说，夏萍想调去的是一家宾馆，据说还是一个涉外宾馆，去那里是当服务员，这样的工作和炼钢厂比起来当然要清闲很多，而且环境也好。可是人家宾馆的领导和夏萍见了一次面，却没有看中她。原因是夏萍的形象。夏萍的形象原本很好，应该算是一个漂亮女孩。但那一次出了那样的事，江明被逮捕判刑以后，这件事还没有完。那个电工班长从医院里出来，十根指头都已被烧焦，浑身总是不停地颤抖，虽然只有二十几岁看上去却已经像一个九十多岁的老人。而且他的头发被电击之后不知为什么，都直直地竖起来，就那样像刺猬一样的参着，好像是从非洲回来的。这个电工班长的姐姐看到自己的弟弟成了这个样子，自然很心疼。接着她就认定，自己的弟弟被搞成这样都是这个叫夏萍的女孩一手造成的，如果不是她勾三搭四地乱招惹男人，自己的弟弟也不会被卷进这样争风吃醋的漩涡，也就不会发生这样的事了。于是，这个电工班长的姐姐就怒气冲冲地来炼钢厂找夏萍。当时夏萍正在天车上作业，听到有人找自己就从天车上下来。电工班长的姐姐看到夏萍劈头就问，你本来和江明谈恋爱谈得好好的，干吗又将我弟弟拉进来？夏萍这时才知道站在自己面前的这个三十多岁的女人是那个电工班长的姐姐。她面无表情地说，我没有拉他进来，是他总来缠着我，又要请我看电影，又要请我吃饭，搞得我和江明的关系也很紧张。电工班长的姐姐一听这个夏萍竟然说出这样的话，顿时怒不可遏，冲上来一把揪住了夏萍的头发。夏萍虽然在炼钢厂工作，但只是一个天车司机，身上并没有多大气力，而这个电工班长的姐姐是在副食店里卖肉的，每天将整扇的猪肉搬来搬去，魁梧得像一个男人。她这样一把扯住夏萍的头发，夏萍立刻疼得低头弯腰一动不能动了。但这个电工班长的姐姐仍不肯罢休，她扯住夏萍的头发用力一拉，又一拽，夏萍的一大把头发连同半个头皮就都被硬生生地撕扯下来。夏萍被送去医院时，医生看了她的伤势也很吃惊，他们还从来没有见过这样的外伤，搞不清这半个头皮是怎样被撕扯下去的。医生立刻做了紧急处理，为夏萍包扎起来。但夏萍的这个伤口痊愈之后，却留下了一个巨大的疤，而且这疤上再也不长头发。夏萍只好将自己另一半的头发分一些到这边来，但看上去一边头发多，一边头发少，很不自然。所以，保卫科的人对大刘说，夏萍最终还是没能调到那家涉外宾馆去，至今仍在炼钢车间里开天车。

　　大刘在这个上午来到炼钢车间，保卫科的人将夏萍从天车的操纵室里叫下来。大刘发现，这个夏萍的确是一个漂亮女孩，身材也很好，而且自己将本来肥肥大大的再生布工作服改得很合体，穿在身上显得很精神。大刘朝她的头发看一眼。果然，在工作帽底下露出的头发有些不自然，一边很浓密，另一边却显得有些稀疏。保卫科的人对夏萍说，这是从市里来的民警刘同志，要跟你谈一下关于江明的事。保卫科的人这样说完，就知趣地走到一边去了。大刘又看一看这个叫夏萍的女孩,问她,江明最近的事,你听说了吗? 夏萍说没有听说。大刘又问,江明被判刑入狱以后,你去看过他吗? 夏萍一听就笑了,说,我为什么要去看他。大刘说,你们毕竟谈过恋爱。夏萍立刻看一眼大刘,然后很认真地说,刘同志,我不知道你今天来找我有什么事,不过我可以告诉你,这是一个误会,厂里的很多人,包括江明自己在内,都认为我是在跟他谈恋爱,其实并不是这么回事,我当初和江明的关系只不过比一般的朋友近一些,至于将来,也许能成为恋爱关系,也许还只是一般朋友关系。当然,江明自己怎样想那只是他的一相情愿。大刘点点头说,好吧,不过我还是要对你说一下,我今天来就是要告诉你,江明从监狱里逃出来了。夏萍听了立刻睁大眼,看着大刘。所以,大刘说,你要当心一些,江明这次跑出来,不排除来找你的可能,如果你这里有什么事,立刻跟我们联系。

大刘这样说罢,没等夏萍再说什么就转身走了。

关于这个夏萍和大刘说的这番话,后来很快就传到我们这条街上来。江明的母亲听了只是不停地流泪。她对街上的人说,她知道,那个女孩会这样说的……

第九章
劈棺

喂,你是杜杨吗?

你是谁?

你是不是杜杨?

你……有什么事?

问一下,你是江西竹南县人吗?

错了。

…………

298

喂,你先不要挂电话。

我说过了,你打错了。

你是不是姓杜?

不……我姓马。

你叫什么?

马亮。

问你一个人,杨桂芳,你认识吗?

谁?

杨桂芳。

不……不认识。

怎么,杜杨,你自己的母亲,也不认识了吗?

我……说过了,我叫马亮。

好吧,马亮,你应该明白,我既然给你打电话,就说明已经掌握了你的情况。

你,究竟……是谁?

一个想帮助你的人。

我……不需要帮助。

你真不需要帮助吗?

你究竟……是干什么的?

我是干什么的并不重要,但有一点可以肯定,我可以帮助你。

好……好吧,你有什么事,说吧。

嗯,现在我们重来,你是杜杨吗?

是……我是杜杨。

你的原籍,是江西省竹南县吗?

是。

现在,我再问你一个人,呼仲春,你认识吗?

我知道……你是干什么的了,你是……**警察**?

嗯,你说对了。

你们是怎样找到我的?

你能告诉我,现在的住址吗?

不能。

好吧,杜杨,你知道清网行动吗?

在电视和报纸上……看到了一些。

清网行动的具体内容,你知道吗?

大概知道。

这一次,对你应该是一个机会。

我……也想过这件事。

你确实应该想一想了。

可是……你不知道,我当年干出这件事是有原因的。

那好,具体是什么原因,你可以回来向我们讲清楚。

但这件事……恐怕讲不清楚,我也不能讲。

为什么?

就是……不能讲,你们就不要问了。

杜杨,我刚刚见到你母亲了。

她……还好吗?

她身体不太好。

我想到了……

她让我告诉你,她不怪你。

她当然不能怪我!她凭什么怪我?!

杜杨,你怎么可以这样说话?难道你当初做出这样的事,你母亲都不能怪你吗?

她就是不能怪我!我当年做出这样的事……都是她一手造成的!是她造成的!

杜杨,你先不要激动,你能具体说一说,当年究竟是怎么回事吗?

不,我不能说,我也不想再见到她!

你说,不想再见你的母亲!?

对!

好吧,杜杨,这件事已经过去11年了,11年前你18岁,应该说,那时由于年轻还不懂事,但现在你已将近30岁了,是成年人了,所以,无论当初是什么原因都可以说清楚了。

我知道,你是劝我回去投案。

嗯,现在对你是一个机会。你的档案材料都在我这里,你当时高中毕业,而且在学校的学习成绩一向很好,如果没发生这件事,你很可能已经考上大学。所以我相信,你是有文化知识的,当时发生这件事只是你一时冲动。而且,我们的有关政策我也不用向你交代了吧。

我……考虑一下。

可以,你先考虑一下吧。

嗯……

不过你要抓紧时间,我们不可能一直等下去。

我懂。

杜杨,不管怎样说,我们还是希望你能主动投案,这对你只会有好处。

好……好吧。

石峰当年刚来刑侦队时,接触到的第一个案子就是杜杨的这起故意杀人案。那时石峰刚出警校,只有21岁,第一次接触这种凶杀案还有些紧张。那是一个傍晚,有人打电话报警,说是县城中心广场北面的一个小药店里有人在行凶。石峰和几个老刑警立刻赶到现场。这时行凶者已经不知去向。小药店里的墙壁和药品的货架上喷溅了大量血迹。一个玻璃柜台已被打烂,柜台旁边躺着一具被害人的尸体。被害人是中年男性,尸体呈蜷缩状,两个手臂抱头,显然是在躲避击打。但头上和身上仍有十几处利器伤。从伤口的深度可以看出,行凶者非常凶狠,而且不计后果,几乎每一下都想致被害人于死地。在柜台的另一边还躺着一个女性被害者,大约40岁左右。这个女人的头和手臂也有多处严重的利器伤,但刑警赶到时仍还活着。于是这个女性被害者立刻被送去了医院。在现场的地上有一把带血的菜刀。这把菜刀很新,黄色的木柄上还贴着商标,显然是行凶者在行凶后丢弃的。

小药店的旁边是一家土产杂货店。据杂货店老板说,事情发生得很突然。他当时正在店里吃晚饭,突然听到旁边的小药店里有激烈的争吵声。接着一个年轻人闯进他的杂货店,四处寻找了一下,抓起货架上的一把菜刀就冲了出去。当时杂货店的老板立刻意识到要出大事,于是连忙跟出来。但他出来时已经晚了。只见那个年轻人拎着菜刀冲进药店,冲着药店老板就是一阵乱砍。药店老板立刻双手抱头在柜台里四处奔逃。年轻人索性掀倒柜台跳到里面,又从里面一直追到外面。这时药店里的一个女人连忙扑过来拦住这个年轻人。但此时年轻人已经杀红了眼,又挥刀冲着这女人一阵乱砍。这女人立刻被砍倒在地上。接着这个年轻人就从这女人的身上跳过去继续追杀药店老板，直到将他砍翻在地上，又乱砍了一阵，才丢下菜刀朝门外的街上去了。杂货店老板心有余悸地说，这个行凶的年轻人他是见过的，曾在这附近出现过，好像跟药店的老板也认识。但是，杂货店老板说，他刚刚来这条街上租下这个店面，跟旁边药店老板没什么交往，所以大家还不熟悉。

当时石峰跟随两个有经验的刑警又进行了深入的调查。这个小药店的老板姓呼，叫呼仲春，现年51岁，是清溪乡杜家坎村人。呼仲春早年曾是乡医，善使本地山上生长的中草药治疗各种疾病，一直在清溪乡杜家坎村一带行医。但后来国家有明确规定，在乡村行医的医生也必须取得医师资格，要有行医执照。呼仲春行医只是祖传，无法取得行医资格，于是只好放弃行医，在县城中心广场北面的玄武街上租了一个店面，开起一爿小药店。据玄武街上的人说，呼仲春平时在药店里很少出门，卖药的同时也兼做坐堂中医，偶尔为来买药的人切脉望诊看一看病，并没有听说他得罪过什么人。办案刑警又向街上的人询问，现场的另一个女被害人与呼仲春是什么关系。街上的人说，没有人知道这个女人与呼仲春是什么关系，她平时只是偶尔到小药店来一下，从不与街上的人打招呼。这时医院那边传来消息，说是那个女被害人经过抢救已苏醒过来。于是办案刑警立刻赶来医院。这个女被害人的伤势也很重，头部有两处刀伤，肩部、背部和两臂也有几处刀伤。虽然伤口都不是很深，估计是她当时上前阻拦，被行凶者胡乱砍伤的，但由于有几处伤及大血管，就还是造成了失血性休克。办案刑警赶到时，这个女人的神志已清醒过来。但她面对刑警的提问只是沉默不语，再问就不停地流泪。经过办案刑警耐心地做思想工作，她才说出，这个行凶者竟然是她的亲生儿子。

这女人的话立刻让当时所有在场的人都大感意外。

究竟是什么原因，让这个年轻人竟挥刀砍向自己的母亲呢？但是，这女人说，她也搞不清楚这到底是怎么一回事。据这女人说，她叫杨桂芳，现年38岁，也是清溪乡杜家坎村人。她这一次来县城原本是办事的。她的儿子叫杜杨，在竹南县第一中学读高中三年级，马上就要毕业了，所以这一天，学校召开家长会，要跟准备参加高考的学生家长见一见面，交代一下关于高考的具体事宜。下午开过家长会之后，杨桂芳又来到呼仲春的小药店，想顺便带一些药回去。但让她没有想到的是，就在这时，她的儿子杜杨竟然也跟过来。当时她已让呼仲春包好了一些药，正准备走，她的儿子杜杨一步迈进来，就跟呼仲春争吵起来。杜杨毕竟年轻，火气很大，就这样跟呼仲春越吵越凶，突然转身出去，一会儿又拎着一把明晃晃的菜刀冲进来。

呼仲春起先还不肯示弱,索性朝杜杨迎过来,说看你还真敢行凶不成。没想到杜杨并不说话,冲着呼仲春就一刀砍过来。呼仲春这才意识到杜杨是动了真的,连忙转身就跑。杜杨立刻挥舞着菜刀随后追过来,几刀就砍得呼仲春鲜血四溅。这个叫杨桂芳的女人说,她是知道自己儿子的,杜杨平时说话很少,但与人打架时却下手非常狠。他在学校时,曾一砖头将一个同学拍得头破血流,去医院缝了十几针。所以,她这时一看儿子要闯下大祸就连忙扑过来阻拦。可是儿子杜杨这时已经两眼瞪得通红,竟然冲她也挥起了菜刀。就这样将她砍倒在地上,又继续去追杀呼仲春,直到将呼仲春乱刀砍死才丢下刀走了。

当时石峰听了这个叫杨桂芳的女人讲述,立刻感到有几处疑点。

首先,杨桂芳在呼仲春的药店里买药时,这个叫杜杨的年轻人一进门就跟呼仲春吵起来。他们究竟为什么争吵?关于这一点杨桂芳并没有具体说。当问她时,据她说,她也搞不清楚他们究竟为什么吵。这显然有些不合情理。当时杨桂芳就在一旁,杜杨与呼仲春争吵时肯定会有具体内容,她不可能一句话都没有听到。那么,会不会是杜杨与呼仲春争吵的事情其实杨桂芳很清楚,只是不愿说出来?如果真是这样,她又为什么不愿说呢? 其次,杜杨当时是从学校跟过来的,如果他一进门就跟呼仲春争吵起来,而且从杨桂芳的讲述可以知道,杜杨只跟他吵了几句就冲到旁边的杂货店拎出一把菜刀,这说明他们当时吵得很激烈,而且争吵的内容应该是一件极为严重的事情,那么这样一件严重的事,杨桂芳此前怎么会一点儿都不知道呢?此外还有最可疑的一点,当杜杨挥舞着菜刀追杀呼仲春时,杜杨的母亲杨桂芳过来阻拦,他竟然又挥刀砍向他的母亲。如果说杜杨当时由于什么事与呼仲春争吵失去了理智,抓过一把菜刀要杀他还可以理解,那么他的母亲过来阻拦时,他竟然又用刀来砍他的母亲,这就很难解释了。究竟是什么事,足以让他愤怒得把刀挥向自己的母亲?或者再做进一步设想,杜杨与呼仲春争吵的这件事,会不会也与杨桂芳有什么关系呢?

石峰当时就向这个叫杨桂芳的女人提出这几点疑问。

关于石峰提出的问题,杨桂芳是这样解释的。第一,出事时她在药店里,呼仲春正在给她抓药,儿子杜杨突然闯进来好像很激动,跟呼仲春说话的声音很大,也很快,所以具体说的什么她确实没有听清楚。等她反应过来,儿子杜杨就已经跑出去,而且很快又拎着一把菜刀冲进来。这件事的整个过程很短,因此她根本来不及搞清楚。第二,她也没有想到自己的儿子杜杨在当时竟然激动得如此丧失理智。杨桂芳说，杜杨平时确实很内向，而且从小到大都沉默寡言，很少与人交流，所以他每当情绪激动的时候总能干出一些让人意想不到的事来。第三，杨桂芳说，这也是让她感到最伤心也最不能理解的一点，她怎么也没有想到，当儿子杜杨挥着菜刀追杀呼仲春，她过去提醒他不要这样冲动时，儿子杜杨竟然转身挥刀朝自己砍过来。杨桂芳说，她真的搞不清楚这究竟是怎么回事，她也很想问一问儿子。

石峰当时就有一种感觉，这个叫杨桂芳的女人应该没把所有的实话都讲出来。这时由于又有了新的案子，一部分警力抽调过去，于是在石峰的主动要求下，局里就将杜杨的这起案件交给石峰主要负责。石峰没想到，自己刚来刑侦队就接手这样一个大案。

于是暗暗憋足劲儿，一定要尽全力侦破此案。

石峰分析，根据当时案发现场的情况，杜杨身上肯定沾满血迹，因此他离开药店，走在街上时应该会有人看到。但石峰在玄武街上走访了一下，因为案发时间是在傍晚，而街灯又还没有亮，所以并没有人注意到杜杨。石峰又到县里的第一中学去了解了一下杜杨的情况。据学校老师说，杜杨一直住校，应该属于学习比较好的学生，但不爱说话，在同学中也没有朋友，平时参加集体活动也很少，给人的感觉似乎由于什么原因心里总是很压抑。所以，学校老师说，他这一次出了这样的事学校也感到很遗憾。这时学校老师又提供了一个线索，说在出事的前一天，杜杨在给他母亲打电话，让他的母亲来学校开会时，有人听到，他曾在电话里与他母亲发生了激烈的争吵，但具体争吵的内容并没有听清楚。所以，学校老师建议石峰，可以到清溪乡的杜家坎村去了解一下杜杨家里的情况。

石峰这一次到杜家坎村，果然了解到一些很有价值的情况。

杜家坎村在一片大山深处的山岙里，四面山坡上长满竹林。这是一个古村落，已经约有一千多年历史，因此村里民风淳朴，也仍然保持着许多当年的风俗习惯。石峰先到杜家坎村的村委会了解情况。村干部显然已知道了几天前发生在县城的事情。据村干部说，杜杨8岁时就死了父亲，他母亲没再改嫁，这些年一直是他们母子一起生活。杜杨的父亲叫杜祥林，当年是死于一场意外事故。那时杜祥林除去种田，也经常去山上挖竹笋。杜家坎村一带的山上盛产竹笋，而且品质很好，所以每到季节，村里的很多人就去山上挖笋，然后背到集市上去卖。杜祥林一天早晨背着箩筐上山，刚走到村外的山坡上，突然大叫了一声就从坡上滚下来。待村里的人们赶到时,他已经人事不省。当时乡医呼仲春还在村里,呼仲春看了说,要赶快送去医院,否则人就危险了。村里的人们一听立刻将杜祥林放到一辆车上送去乡里的医院,但他在半路就断气了。村干部对石峰说,杜家坎村至今仍保持着土葬的习俗。但当时杜杨和他的母亲杨桂芳孤儿寡母,已无力为杜祥林做一口棺木,所以还是村委会经过研究,用村里的集体木料为杜祥林做了一口寿材。村干部说,也许杜杨因为他父亲的这场意外受了刺激,从那以后就很少说话,每天只是埋头看书,或者一个人坐到村外的山坡上发呆。后来他去乡里读初中,接着又考到县里读高中,就很少再回村里来。石峰又问村里的干部,杨桂芳在村里是怎样一个女人。村干部听了并没有直接回答,只是看一看石峰,问,你见过杨桂芳吗?石峰说见过。村干部反问,你觉得这个女人怎样?石峰想一想,一时无法回答。村干部又问,这女人的模样,你觉得怎样?石峰说,我是在医院见到她的,她当时头上缠满纱布,所以看不出本来的样子。村干部点点头说,这就难怪了,杨桂芳是一个……怎么说呢,嗯,这样说吧,是一个让男人看一眼就会记住的女人。村干部的这个评价让石峰有些意外。石峰问,为什么看一眼就会记住?村干部就笑了,说,当然是模样漂亮,杨桂芳是一个很漂亮的女人。村干部说到这里又摆摆手,表示不想再说下去了。

石峰这一次从杜家坎村回来,将了解到的关于杜杨和他母亲杨桂芳的情况归纳一下,就大致勾勒出这母子生活的轮廓。杜杨童年丧父,一直和母亲杨桂芳一起生活,但由于目睹了父亲的意外出事,心灵受到刺激,从此沉默寡言。很可能正是因为这种性格,才使他在将自己封闭起来的同时,把全部精力都投入到学习上,所以在学校的学习成绩一直很好。而杨桂芳究竟是怎样一个女人,石峰就吃不准了。杜家坎村是一个民风古朴的村庄,仍保持着许多传统习俗,如果从这一点分析,杨桂芳死了丈夫之后一直没再改嫁也就可以理解。但杜家坎村的村干部在说起这个女人时那种欲言又止的奇怪神情,却让石峰的心里有些疑惑。石峰感觉到,在杨桂芳和杜杨这母子之间应该还有什么不为人知的事情。

杜杨在玄武街上的小药店行凶之后,就像一股烟似的消失了。

这起案件发生之后,竹南县公安局曾立刻将县城通往外地的所有交通都控制起来。竹南县城有一个火车站,一个长途汽车站。但火车站只是一个三等小站,每天有一两个班次的普通列车停靠一下。长途汽车站也只是一些南来北往的过路车辆。可是案发以后,火车站和长途汽车站都没有发现杜杨的踪影。当时石峰分析,在县城的南面是清水江,江上经常有过往货船。如果杜杨跳上了哪条船,他的去向

305

就很难判断了。

在这11年中,石峰对杜杨的这个案子始终没有放下。

这一次开始清网行动以后,石峰接连破获了几起十几年前的重大案件,但杜杨的这个案子却仍然没有头绪。石峰感觉到,杜杨的案子难就难在他并非惯犯。今天的刑侦技术比起当年已有了很大提高,如果是惯犯,就极有可能重复犯罪,这样只要将他当年的DNA样本拿到今天的信息库中比对一下,就很有可能寻找到踪迹。但杜杨却不是这样的情况。他在11年前是一个学习很好的中学生,当时干出那样的事很可能是出于什么原因一时冲动,事后不可能再重复犯罪。因此,要寻找到他也就很困难了。

就在这时,石峰突然想起11年前的一个细节。

石峰当年去杜家坎村了解情况时,村干部曾无意中说,杜杨在村里只和一个叫杜凤鸣的年轻人关系较近。这个杜凤鸣比杜杨大几岁,是杜杨的一个远房堂兄,两人从小一起长大,所以感情很深,杜杨平时有什么话都爱对杜凤鸣说。据村干部说,杜杨与杜凤鸣的关系好,还因为一件事,就在杜杨的父亲出事前的几个月,杜凤鸣的父亲也是在一次意外事故中死了。杜凤鸣的父亲叫杜祥福,与杜杨的父亲杜祥林是堂叔伯兄弟。一天晚上,杜祥福在杜祥林的家里喝了酒,半夜回家的路上突然失踪了。直到几天以后,杜祥福的尸体才在村边的小河里漂起来。当时村里的人们猜测,杜祥福一定是在那个晚上与杜祥林喝多了酒,回家的路上不小心跌进河里淹死了。所以,后来杜杨的父亲杜祥林也出事以后,杜凤鸣与杜杨同病相怜,两人的关系也就更加密切。当时石峰得知这个情况,曾在村里找到这个叫杜凤鸣的年轻人。但据杜凤鸣说,杜杨当初在村里确实与他关系很好,可是发生这件事以后,他就再也没有跟他联系过。此时石峰想,在这11年中,杜杨会不会又与这个杜凤鸣有过联系呢?

于是石峰决定,再次到杜家坎村找杜凤鸣了解一下情况。

喂,你是杜杨吗?

我是……杜杨。

我是竹南县公安局的石峰。

知道……

几天前,我们通过电话。

是……

你考虑得怎样了？

我……还没想好。

你还有什么顾虑？

提个问题可以吗？

可以。

你们，是怎样知道我电话的？

这个问题，对你很重要吗？

对……我想知道。

好吧，我可以告诉你，杜凤鸣，你应该还记得吧？

嗯……

你是不是给他打过电话？

哦……我想到了，但是这件事跟杜凤鸣没有任何关系。

这我们了解，杜凤鸣还曾在电话里劝你投案。

石警官，再问一个问题，可以吗？

可以，你问吧。

如果我回去投案，会怎样判我？

具体怎样判，这是法院的事。

也就是说，你不能给我任何承诺？

可以这样说。

那我回去投案……还有什么意义？

至少有两点，应该是可以肯定的。

……什么？

第一，主动投案可以争取主动，第二，你从此就可以结束这种逃亡生活。

嗯……

杜杨，这11年，你的日子肯定很不好过吧。

好吧……我再考虑一下。

你不用再考虑了，我们不能这样无限期地等下去。

我曾对你说过，当年发生这件事……是有原因的。

对，我也告诉过你，无论什么原因，你都可以回来向我们讲清楚。

可是……这件事，讲不清楚……

杜杨，我可以告诉你，你这个案子，当年就是我经手的，所以，我对你的情况很了解。你那时是一个学习很好的高中生，突然发生了这样的事，就是你学校的老师也都感到很痛心，所以我知道，这里面一定有什么很特殊的原因。不过，无论什么原因，你都可以讲出来。

可是……现在已经晚了……

为什么说晚了？

事情……已过去的……太久了……

没关系，无论事情过去多久，只要你回来，都可以讲清楚。

我再……想一想……

杜杨，我可以告诉你，现在还有一点，应该对你有利。

什么？

我查过你的档案，在发生这起案件时，你的实足年龄还不满18岁，属于未成年人，根据我们国家的法律，未成年人犯罪是可以从轻或减轻处罚的，这一点，你应该懂吧？

好……好吧。

杜杨，我们说定了？

嗯……

现在请你告诉我，你在哪儿？

我在，内蒙。

我去接你。

不，还是……我自己回去吧。

好，我等着你。

杜杨走进竹南县公安局时，是凌晨三点。石峰已在这里等了他三十多个小时。石峰在卷宗里已无数次地看过杜杨的照片，但此时站在面前的这个年轻人，却无法让人相信，他跟照片上会是同一个人。眼前的杜杨满脸痤疮，头发蓬乱，穿着一身已看不出颜色的廉价迷彩服，俨然是街上的一个农民工了。但他的神色很坦然。

他对石峰说，我是杜杨。

石峰示意了一下，让他坐下。

杜杨淡然一笑说，我还是站着和你说话吧。

杜杨的声音有些嘶哑，但语气很平缓，似乎不像一个年轻人在说话。他告诉石峰，他这些年已跑过很多地方，但他的心里很清楚，他总有一天会这样回来。石峰点点头说，好吧，你现在可以说一说当年的事了。石峰这样说着又伸手示意了一下。杜杨就在石峰对面的椅子上坐下了。他低头沉思了一会儿，然后抬起头说，我知道，几乎所有的人都不理解，11年前，我为什么会突然做出那样的事。不仅别人不理解，杜杨说，就是我自己也不理解……自从那件事以后，我就再也没跟我的母亲联系过，我相信，我的母亲也不想再联系我。

这也正是我们一直想知道的，石峰说，你当时，究竟为什么要伤害你的母亲？

这件事……很难说清楚……

无论什么事，你都可以讲出来。

好……好吧……

杜杨又沉了一下，说，这还要……从我父亲的那场意外说起……

杜杨这样说着，忽然看了石峰一眼。

石峰问，你想抽烟？

杜杨点点头。

石峰掏出香烟，抽出一支递给杜杨，又打着火机为他点燃。杜杨显然已很长时间没有抽烟了，他先是深深地吸了几口，然后才对石峰说，这件事已过去21年了，那时他只有8岁，但是对一些细微的事还是有了记忆。他清楚地记得，在出事的那个早晨，父亲原想吃过早饭再去上山的，但母亲一直催促他快些出门，说挖笋最好要带着露水，这样竹笋才会鲜嫩。于是，父亲就一边吃着饭团背起箩筐匆匆上山去了。当时父亲临出门还回头对他说了一句话，父亲笑一笑说，今天的饭团好香啊。所以后来，当父亲突然从山上摔下来，母亲哭泣着向村里的人们说，她后悔没让他吃了早饭再出门，他一定是因为空着肚子一时头晕才失足从山上掉下来。杜杨的心里就很奇怪，他明明看到父亲是一边吃着饭团出门的，怎么会是空着肚子呢？此外还有一件事，也让杜杨一直记在心里。在那个早晨，父亲从山上摔下来的地方离村庄很近，所以村里的人们立刻都赶过来。但最先赶到的是杜杨和母亲。杜杨赶到时看到父亲已经趴在地上，两手紧紧地抠着地，浑身不停地抽搐。而就在这时，最让杜杨感到恐惧的是，父亲的嘴角还流出一些白沫，那白沫里似乎有一些呕吐物。但过了一阵，当村里的乡医呼仲春赶来看过之后，人们抬起父亲送往医院时，杜杨发现，父亲嘴角的白沫和呕吐物却已经不见了。父亲就这样，在去往医院的路上就断气了。事后杜杨曾对村里的人们说起过父亲的嘴角有白沫，而且还呕吐过一些东西，可是当时在场的人们都坚称没有看到。杜杨当时只有8岁，人们自然不会把一个8岁孩子说的话当一回事。于是就这样，父亲很快就被村里的人们埋掉了。但后来的很多年，父亲嘴角的那一缕白沫，杜杨却始终记在心里。

杜杨说，在他懂事以后，渐渐又回忆起一件事情。就在出事的前一天晚上，父亲好像曾与母亲发生过一次激烈的争吵，当时一家人正在吃饭，父亲由于愤怒，还将手里的饭碗用力摔到地上。但后来他向母亲问起，那天晚上究竟为什么和父亲争吵。母亲对此事却矢口否认。母亲说，那一晚她还为杜杨的父亲买了一小壶酒酿，怎么会和他吵架呢？

石峰听到这里，看着杜杨问，你的意思是说，你对父亲的死有怀疑？

杜杨点点头说，是。

石峰问，你怀疑什么人？

杜杨说，我怀疑呼仲春。

你是说，你怀疑呼仲春害死了你父亲？

是。

你有什么根据吗？

我一直觉得呼仲春……和我母亲……

杜杨说到这里，就把头埋下去。

石峰已经听懂了，杜杨是怀疑呼仲春和他母亲有那种不正当的男女关系，所以由此怀疑，呼仲春和他母亲合谋害死了他的父亲。杜杨慢慢抬起头说，对，我不仅这样怀疑，而且相信事实就是这样。杜杨说，其实这些年，母亲和呼仲春的事村里一直有风言风语。但是，尽管他也隐隐感觉到，母亲和呼仲春的关系似乎确实不太正常，他却始终不愿相信这件事是真的。后来呼仲春离开杜家坎村，去县城开药店，杜杨的心里才总算踏实了一些。他觉得这个人不在村里了，也许今后就不会再有关于这件事的传言。但让他没有想到的是，他在县城读高中时渐渐发现，母亲竟然还经常来县城。尽管每次都是以来学校看他为由，临走时却总会去呼仲春的那家小药店。也就从这时候，杜杨终于确信，看来村里关于母亲和呼仲春的传言是确有其事了。这时杜杨毕竟已读高中，不仅有文化知识，也已经有了相当的分析判断能力。他将童年记忆中的一些细节拼凑起来，再加上后来的一些事情，也就断定,当年父亲绝非死于那样一场意外事故。呼仲春,甚至还有母亲,他们一定在暗中对父亲做了什么手脚。也就从这时开始,杜杨对母亲的行踪就更加留意了。

杜杨说,在11年前出事的那个傍晚,他已经预感到,母亲来学校开完家长会又会去找呼仲春,于是就尾随着母亲从学校出来。他在这个傍晚已经想好,他这一次一定要搞清楚,母亲和呼仲春之间究竟是怎么回事。他在后面跟着母亲来到玄武街,果然看见母亲进了呼仲春的小药店。当时杜杨想了一下,就径直朝小药店这边走过来。就在他走到药店的门口时,刚好听到呼仲春在里边说话的声音。呼仲春显然是在对母亲说话,他的声音冷冷的,而且有些不耐烦。他说,我已经等你10年了,如果再这样偷偷摸摸地下去,或者你一个月只来我这里一次,我已经没有这个耐心了,我现在告诉你,你只有两条路,要么立刻嫁给我,索性堂堂正正地来当药店的老板娘,要么我就把当年的那件事说出去,让所有的人都知道,我已经想好了,我还要去公安局报案,告诉警察当年杜祥林究竟是怎样死的,如果你都不怕,我还怕什么呢?大不了大家一起鱼死网破。杜杨也正是听了呼仲春的这番话,立刻证实了自己这些年来的所有猜测和怀疑。他这时毕竟已经18岁,他已经懂得,自己作为父亲的儿子,如果父亲死于非命,他就有责任为父亲讨回公道,也有责任向地下的父亲做一个交代。于是他立刻推门闯进小药店。当时呼仲春看到杜杨,立刻吓了一跳,但随之就镇定下来,假笑着问他来干什么? 是不是还有什么事要找他的母亲? 杜杨盯着呼仲春说,你刚才说什么? 呼仲春眨眨眼说我说什么了? 我什么都没说啊。杜杨说,你说,要把我父亲当年真正的死因去告诉警察,我父亲究竟是怎么死的? 这时呼仲春就掉下脸来,对杜杨说,你父亲是怎么死的干吗来问我? 你去问你母亲好了,她应该比我更清楚! 当年的事要不是我,她也不会有今天呢! 也就在这时,杜杨只觉浑身的血液一下都涌到头顶上来。他这时才突然意识到,父亲在临死前出现那样一些症状,口吐白沫,全身抽搐,会不会是吃了什么有毒的食物? 而呼仲春是多年的乡医,对各种毒药的毒性应该很在行,所以,肯定是他和母亲合谋将父亲毒死的。杜杨想到这里就用两眼死死地盯住呼仲春。他又想起父亲临死前趴在地上抽搐时的样子,还有嘴角淌出的那些可怜的白沫。而呼仲春此时却仍然似笑非笑,那神情似乎在说,事情就是这样,你如果想怎样随你便就是了。杜杨盯着呼仲春看了一阵,突然转身冲出门去。他刚才进来之前已经看到,在这个小药店的旁边是一家杂货店。他冲进那家杂货店抓起一把菜刀又奔回来,然后不顾一切地扑向呼仲春……就这样,接下来事情就发生了。

石峰想一想,问,你父亲出事,距现在多久了?

杜杨说,21年,我当时只有8岁。

嗯,如果现在去村里,你还能找到当时出事的地点吗?

你是说,我父亲当时从山上摔下来的地方?

对。

应该……能找到,那个地方我记得很清楚。

好吧,我们现在去杜家坎村。

石峰已经意识到,杜杨的这个案子没有这样简单。

来到杜家坎村已是中午。杜杨果然很快就找到他父亲当年出事的地点。石峰为稳妥起见,又来到杜家坎村的村委会。这时杜杨的远房堂兄杜凤鸣已是村长。石峰说明了来意。杜凤鸣立刻表示村里一定配合警方的调查工作。于是去村里请来几个当年的村干部。经大家回忆和辨认,确定这里就是杜杨的父亲当年从山上摔下来的地方。这里离村庄很近,只有不到三百米,是在一面山坡的下面。但石峰来到山坡上,却觉得这里并不很陡峭,即使失足掉下去应该也不会置人于死地。据村里当年的干部回忆,当时杜杨的父亲是横卧在山坡下面,脸朝下,两手紧紧地抓着地,浑身不停地抽搐。但是,据一起来的法医分析,人从高空坠落之后,身体不停抽搐的现象是极为罕见的,这种抽搐应该是中毒的症状。石峰由此想到杜杨说过的另一个细节,杜杨说,他当时曾看到在父亲的嘴角流出白沫和一些呕吐物。如果这样说,杜杨的父亲是中毒而死的可能性就更大了。石峰据此做出一个大胆的推测,杜杨的母亲杨桂芳与当时村里的乡医呼仲春私通,于是两人一起合谋,用毒药将杜杨的父亲杜祥林害死。在出事的那个早晨,杜祥林一边吃着妻子杨桂芳为他准备的掺了毒药的饭团,一边就出门去山上挖竹笋。他从家里出来到出事地点,大约三百米,应该也就是在这时毒药的药性开始发作,于是杜祥林就从那面山坡上滚落下去。但在当时,杜家坎村的人们并不知道杜祥林吃过什么东西,于是也就理所当然地认为他是失足从山上掉下来的。如果这样说,杜杨和母亲赶到时,看到父亲的嘴角流出一些白沫和呕吐物也就可以解释了。但是,这些白沫和呕吐物很可能被他母亲杨桂芳偷偷擦掉了,所以村里的人们赶来时才没有发现。而呼仲春作为乡医,他再确认杜祥林是由于从山下掉下来摔伤的,人们也就更加确信不疑。

石峰想到这里,就决定再一次接触这个叫杨桂芳的女人。

杨桂芳这时已搬到清溪镇来住。清溪镇是清溪乡政府的所在地。石峰已在杜家坎村了解到，11年前，在发生那起案件以后，杨桂芳就将村里的房子卖掉了，在清溪镇的街上开了一间小杂货店。石峰在一个上午来到清溪镇，和他一起来的还有一个同事。杨桂芳的这间小店很不起眼，看得出是小本生意，只卖一些香烟饮料和零星的日用品。杨桂芳身材高挑，皮肤白皙，给人的感觉不太像农村妇女。她虽已将近50岁，看上去仍很丰腴，只是在额角有一道明显的刀疤。她正在店里收拾东西，抬头看到石峰，稍稍愣了一下，眼里迅速地掠过一丝迟疑。石峰说，我们今天来，是想告诉你，杜杨已回来投案了。

杨桂芳立刻睁大两眼，看一看石峰问，他现在……好吗？

石峰点点头说，还好，他已经是一个成年人了。

杨桂芳的嘴动了一下，慢慢低下头。

石峰说，我还想问你一件事。

杨桂芳抬起头，看着石峰。

石峰说，你应该还记得，当年发生这起案件时，就是我经手处理的，但你从那时就始终没有向我们解释清楚，杜杨是你的儿子，他为什么会用菜刀砍你？

杨桂芳摇摇头说，我真的不知道……这究竟是为什么。

石峰突然问，你觉得，会不会与他父亲当年的死有关？

杨桂芳又愣一下，然后苦笑笑说，怎么会……与这件事有关呢？

石峰又问，杜杨的父亲杜祥林，当年从山上掉下来，伤在哪里？

杨桂芳说，已经过去这样久，记不得了。

石峰说，当时呼仲春，不是给他看过吗？

是啊……他是给他看过。

呼仲春是怎么说？

我，真记不得了。

好吧，石峰说，关于杜杨的这个案子，我们也许还会来找你的。

石峰这样说罢，又和同事对视一眼，就从杨桂芳的小店里出来。

石峰感觉到了，如果仅凭目前掌握的材料，这样接触杨桂芳是不会有任何效果的。杜杨的父亲杜祥林已经死亡21年，应该说当年的所有物证都已不存在了，而另一个重要的与之相关的人呼仲春，也已在11年前死了，现在只凭杜杨的一些童年记忆和猜测怀疑，是无法让杨桂芳说出真相的。如果要让杨桂芳开口，只有拿出确凿的证据。

也就在这时,石峰突然有了一个大胆的想法。

石峰想,现在,这个确凿证据唯一可能存在的地方就是杜祥林的棺木里,所以,要想取得证据,只有开棺验尸。但石峰也很清楚,开棺验尸并非易事。在杜家坎村这样一个年代久远的古村落,开棺会被认为是很不吉利的事,村人肯定难以接受。

石峰先将这个想法向局里的领导做了汇报,得到领导认可之后,为稳妥起见又请教了局里的技侦部门。据技侦部门的同事说,各种毒药由于化学成分不同,所以稳定性也不一样,有的毒药进入人体之后,随着人体组织的分解很快也就分解了。但也有的毒药则具有很强的稳定性,甚至可以在土壤里保存很多年。但是,技侦部门的同事分析,假如杜祥林当年确实是中毒死的,在杜家坎村那样的地方能弄到的毒药应该只有两种,一种是农药,另一种则是老鼠药,而根据当时毒物发作的时间和具体情况分析很可能是一种很小剂量的剧毒,所以不会是农药,应该是老鼠药。技侦部门的同事说,如果是毒鼠强就好办了,毒鼠强具有很强的化学稳定性,即使埋在土壤里二十几年,应该还可以化验出来。

但是,石峰意识到,这件事还是有些冒险。

开棺验尸在当地毕竟是一件惊天动地的大事,如果验出问题还好说,而倘若没验出问题,则无法向村里杜姓家族的人交代。石峰考虑了一下,把这个想法告诉了杜杨。杜杨这时已被关进看守所。石峰问杜杨,这件事村里人是否会激烈反对。杜杨听了想一想说,反对肯定是会反对的,不过如果石峰决定这样做,他可以去说服村里人。杜杨说,现在他的堂兄杜凤鸣是一村之长,杜凤鸣是一个通情达理的人,如果把道理讲给他,应该能说通。

石峰在一个上午带着杜杨来到杜家坎村。石峰已来过杜家坎村很多次,所以路已经很熟。秋天的山里植物仍很茂盛,远远望去,树叶已有些泛红。警车开过一个山梁就下了公路,快到杜家坎的村口时,杜杨对石峰说,我想……求你一件事。

石峰回头看一看他,点点头说,你说吧。

杜杨说,能不能……把警车的警笛关掉。

石峰示意了一下,车上的同事就将警笛关掉了。

还有,杜杨说,进村……能不能给我摘掉手铐……

石峰想了一下，没有回答。

杜杨说，我既然已经回来投案，就不会再逃跑，而且……

他这样说着，把脸转向车窗外面，朝街上的村人看一眼。

石峰又想了一下，拿过一件衣服，搭在杜杨的手铐上了。

杜杨没有估计错。杜凤鸣村长听石峰说明了来意，稍稍考虑了一下就同意了，而且特意叫了村里的几个年轻人，带上工具一起来到杜杨父亲的墓地。墓地上长满荒草，坟包也已经模糊不清。几个年轻人用铁锹挖了一阵，坟坑里渐渐地就出现了一根粗大的原木。石峰知道，这是杜家坎村的风俗，装殓非正常死亡的人一般不用棺椁，只用一根这样的原木，从中间劈开，挖出一个人形的凹槽，将尸体扣在里面。杜家坎村的人相信，这样死者的灵魂才会得到安息。原木被几个年轻人从坟坑里抬出来。当年的铁钉已经锈蚀，只好用斧子把原木劈开。尸体经过21年已经腐朽，只剩了一具干枯的白骨。法医先对尸体全身的骨骼做了一下检查，没有发现明显的骨折，而且死者的颅骨完好无损，这也就进一步说明，当年死者从山上掉下来时，头部并没有受到致命的创伤。然后，法医又在尸身腹腔的部位取了样本。杜凤鸣村长按杜家坎村的风俗为死者祭奠了一下，就又重新下葬了。

杜杨重新回到警车上时，对石峰说，谢谢……你。

石峰看一眼杜杨，没有说话。

杜杨说，我是……替我的父亲感谢你。

石峰点点头说，我知道，不过……他又很认真地看看杜杨，我现在要告诉你，第一，彻底查清这件事，是我的职责，所以，你不用谢我。第二，即使化验有了结果，真的证实了你的猜测，这也不能成为你杀害呼仲春和伤害你母亲的理由，你懂吗？

杜杨说，我懂，我做的事……我愿意承担责任……

石峰的心里很清楚，即使这一次开棺验尸没有任何结果，根据目前掌握的情况，至少也已经可以确定几件事。第一，杜杨的母亲杨桂芳与呼仲春之间确实存在不正当的男女关系。第二，关于杜杨的父亲杜祥林当年的死因，杨桂芳在呼仲春的手里应该有什么把柄。第三，杜祥林当年究竟是怎样死的，确实存在诸多疑点。第四，在杜祥林出事之前，应该因为什么事曾与杨桂芳发生过激烈的争吵，而杨桂芳不知出于什么原因又一直不肯承认。但有一个问题，石峰始终想不明白，根据在杜家坎村的调查，呼仲春很多年前就已死了女人，一直鳏居，如果杨桂芳确实与他有不正当的男女关系，而两人又已经成功地合谋将杜祥林害死，他们完全可以如愿以偿地明媒正娶住到一起，后来为什么还一直这样偷偷摸摸地只在暗中来往呢？石峰想，在这个叫杨桂芳的女人身上，很可能还有什么不为人知的秘密。

技侦部门的化验结果很快出来了。果然，在杜祥林的尸体中发现了毒鼠强的成分。由此可以肯定，杜祥林在21年前确实不是因为从山上掉下来摔死的，他的真正死因是食用了带有毒鼠强的食物。如此一来，杨桂芳也就有了重大嫌疑。

石峰立刻对杨桂芳进行了传讯。

但让石峰没有想到的是，杨桂芳来到刑侦队，一直神情自若，面对石峰的问话回答得也很平静。于是，石峰决定不再绕弯子，索性对杨桂芳的讯问直截了当。

杨桂芳，你知道我们为什么找你吗？

知道。

为什么？

因为……我儿子杜杨的事。

嗯，也可以这样说。但你知道，是关于杜杨的什么事吗？

他在11年前，杀死了呼仲春。

杜杨为什么杀死呼仲春？

我已经说过了，我不清楚。

杨桂芳，再问你一个问题。

嗯。

你要如实回答。

嗯。

你和呼仲春，是什么关系？

你问……什么时候？

怎么，这与时间有关系吗？

是，有关系。

好吧，你具体说一下。

在杜祥林出事以前，我与呼仲春没有任何关系……

等一等，你说在杜祥林出事前，你跟呼仲春没关系？

是。杜祥林出事以后，我和他……是那种男女关系。

你的儿子杜杨，在那个晚上杀死呼仲春，与你们的关系有关吗？

我……不知道。

在此之前,你和呼仲春的关系,你儿子杜杨知道吗?

我不知道……他知道不知道。

杨桂芳,我现在告诉你一件事。

嗯。

几天前,我们去杜家坎村,对杜祥林开棺验尸了。

我……已经听说了。

你听谁说的?

村里人……告诉我的。

现在,我们对尸体化验的结果也已经出来了。

嗯……

我问你,杜祥林当年究竟是怎样死的?

…………

我再问你一遍,杜祥林当年是怎样死的?

…………

杨桂芳,请你回答问题。

我只知道……他是从山上掉下来摔死的。

但是,我们化验证实,从山上掉下来不是他的真正死因。

这我就……不清楚了。

杨桂芳,11年前,在出事的那个晚上,杜杨闯进小药店时,曾听到呼仲春对你说了一番话,现在,你能把他当时说的什么,在这里再重复一遍吗?

时间已经过去这样久,我……记不清了。

好吧,我可以提醒你,当时呼仲春对你说,他不想再跟你这样偷偷摸摸下去,他要你嫁给他,他还威胁你说,如果你再不答应,他就要到公安局去举报你,索性将杜祥林真正的死因都说出来,他当时说的这番话是什么意思? 他要到公安局举报你什么?

我……不知道……

杨桂芳,杜祥林究竟是怎样死的?

我……确实不知道。

你真不知道吗?

是……

那好，我告诉你，根据我们化验，在杜祥林的尸体中发现了毒鼠强。

…………

杨桂芳，你现在还说不知道吗？

…………

杨桂芳，你如果再不说，只会让自己更被动。

好吧……杜祥林吃的毒鼠强……是我放的。

你怎样放的？

在……他的饭团里……

你一个人干的，还是和别人一起干的？

我一个人干的。

呼仲春没有参与此事？

没有。

但他知道这件事，对吗？

是……

他是什么时候知道的，是在你动手以前，还是以后？

在……杜祥林出事以后。

也就是说，他事先并不知道你要做这件事？

是。

他具体是怎样知道的？

他是医生，立刻就看出来了。

所以，他后来一直用这件事威胁你？

嗯。

好吧，杨桂芳，现在你具体说一下，这究竟是怎么回事？

好……好吧……

杨桂芳想了一下，说，我先说……杜祥林是怎样死的吧。

石峰点点头说，可以。

杨桂芳说，我确实是用毒鼠强把杜祥林害死的。杜祥林曾对我说过，毒鼠强的毒性很大，如果人吃了，走不出五百步就会死。我事先已经估算好了。当时杜祥林每天早晨要去山上挖竹笋。我家是在一个石坪上,上山要经过一个很大的陡坡,从我家到那个陡坡刚好要走五百步左右。所以,在那个早晨,我先将毒鼠强放进饭团,又装在一个饭包里,然后让杜祥林一边吃着出了家门。就这样,他走到那个陡坡时药性刚好发作,于是就从坡上摔下去了。我带着儿子杜杨是最先赶到的。当时杜祥林还没有死,只是趴在那里一口一口地吐着白沫。我立刻有些担心,害怕他说出自己是中毒之类的话。但接着我就发现,他只是在一下一下地喘气,已经说不出话了。这时呼仲春也赶来了,我的心立刻又提起来。呼仲春毕竟是医生,我担心他会看出杜祥林是中毒。但呼仲春并没有说什么。他先是翻开杜祥林的眼皮看了一下,然后就将他嘴角的白沫擦掉了。这时村里的人们也都赶过来。呼仲春对村里人说,杜祥林是从山上摔下来的,要赶快送医院,再迟恐怕人就危险了。就这样,杜祥林在送去医院的路上就断气了。当时并没有人怀疑杜祥林的死因,我以为这件事就这样过去了。但几天以后的一个晚上,呼仲春突然来找我。他让我到他家里去一下,说是有一样很重要的东西要给我看。我当时不知他要给我看什么,于是就跟着他去了。到了他家,他拿出一块毛巾手绢。他问我,还认不认识这块手绢。我看了看,说不认识。他就笑了,说,他就是用这块手绢擦掉杜祥林嘴角的白沫。然后他就问我,杜祥林究竟是怎样死的?我说,是从山上掉下来摔死的。他摇摇头说,这样的话骗村里人可以,但骗他是骗不了的。他说,他在那个早晨赶到时,一看杜祥林的样子就明白了,当时杜祥林脸色铁青,嘴唇发黑,吐出的白沫里还有一些食物,这显然是中毒的症状,所以,他当即断定,杜祥林并不是从山上掉下来摔成这样的,而应该是吃了什么有毒的东西。但他当时并没有声张,而是用手绢将杜祥林嘴角的白沫擦掉了。他之所以让村里人赶快送杜祥林去医院,是因为他发现,在地上还有一些杜祥林吐出的东西,他担心被村里人看见,而且他已估计到了,从杜家坎村到清溪镇上的医院要走很远的山路,所以杜祥林应该在半路就会断气。果然,杜祥林还没到医院就被拉回来了。

杨桂芳说,她当时听了呼仲春的话立刻就明白了,呼仲春已经什么都知道了。但她还是搞不懂,既然呼仲春已经知道了这一切,他为什么一直没有说出来。这时呼仲春将这块毛巾手绢在杨桂芳的面前抖了抖,又说,这块手绢就是证据,我只要把它交给公安局,让他们化验一下,杜祥林的死因立刻就清楚了。呼仲春这样说着又笑了笑,现在杜祥林刚刚下葬,公安局只要把他挖出来,让法医验一验尸体就可以了。杨桂芳一听呼仲春这样说,脸上立刻变了颜色。杨桂芳的心里当然清楚,呼仲春是一个很好色的男人。于是她沉了一下，问，你想怎样……就直说吧。呼仲春点点头，说好吧，我想怎样你心里当然明白，只要你今晚不回去，这件事，我就忘了，而且以后也不会再想起来。呼仲春这样说罢，就将杨桂芳拉到里面的床上。但这一夜杨桂芳还是没有留在呼仲春的家里。杨桂芳对呼仲春说，她的儿子杜杨只有8岁，他一个人在家里她不放心。呼仲春听了，这才让杨桂芳回去了。可是从此以后，呼仲春就经常叫杨桂芳去他那里，有的时候索性就在杨桂芳的家里。杨桂芳虽然并不情愿与呼仲春这样的男人保持这种关系，但她很清楚，自己的把柄攥在呼仲春手里，他随时都有可能去公安机关告发自己，所以尽管不情愿，也就只好勉强跟他维持这种关系。

石峰问，后来的10年中，呼仲春就是用这件事一直要挟你？

杨桂芳点点头说，是。

你和他的这种关系，你的儿子杜杨始终没有察觉吗？

我想……他应该是有察觉的。

他没有问过你？

也……问过。

什么时候？

那一年，杜杨在乡里的中学读初三，一天下午他回来取衣服，刚好碰到呼仲春在我家里，当时……我和他并没干什么，但杜杨的脸色立刻很难看。我的心里当然明白，村里关于我和呼仲春的事已经有些风言风语，杜杨虽然在乡里上学，应该也会听到一些。但我还是给杜杨解释，我说，我的身体不舒服，请呼仲春来给看一下。杜杨却并不听我解释，立刻毫不客气地就将呼仲春从我家撵走了。然后，杜杨问我，究竟跟呼仲春怎么回事？我是怎样给他解释的已经记不得了，但杜杨当时说了一句话，我记得很清楚，他说，他早晚要杀了呼仲春。

11年前的那个晚上，又是怎么回事？

那一次，是杜杨的学校开家长会。

等一等，在那个晚上的前一天，杜杨跟你通电话时，你们曾在电话里争吵过？

是……我记得，有这回事。

你们是为什么事争吵？

当时杜杨先告诉我去学校开家长会的事，然后问我，这次去县城是不是又要去找呼仲春。我说是，我要去他那里取一些药。杜杨一听立刻就跟我在电话里吵起来了。

你在那个晚上，真的是去呼仲春那里取药吗？

当然不是。我在那个晚上去找呼仲春，本来是想跟他最后谈一次的。我已经想好了，就算呼仲春一直没有把杜祥林的真正死因给我说出去，可是我跟他保持了10年这种关系，也算对得起他了，他总不能这样纠缠我一辈子，所以，我想告诉他，我们两人相互欠的账已经两清了，今后可以各走各的了，谁也不要再找谁的麻烦了。其实我已经想到了，我如果这样对呼仲春说，他肯定不会善罢甘休，还会用杜祥林的事威胁我。但我已经想不出任何办法，我心里很清楚，我儿子杜杨已经大了，这种事已经再也瞒不过他了，所以不管呼仲春是否同意，我都不能再跟他保持这种关系了。果然，在那个晚上，我刚刚跟呼仲春说了这番话，他立刻就发起火来。呼仲春这个人发火跟别人是不一样的，他并不大嚷大叫，他越发火说话的声音就越低，但说出的话却非常阴狠。他告诉我，如果我真的离开他，他就要去公安局举报我。也就在这时，我儿子杜杨突然闯进来。这时我已明白，杜杨在外面已经什么都听到了，所以，当杜杨从外面拎来一把菜刀时，我立刻就意识到要出大事了。但我没有想到的是，杜杨竟然会用刀砍我。这时我才知道，他这些年是怎样想的，他的心里……有多恨我……

杨桂芳这样说着，慢慢低下头。

石峰还是感到有些意外。

在此之前，石峰一直认为杜祥林的被害，是杨桂芳和呼仲春共同干的。杨桂芳因为与呼仲春有不正当的男女关系，所以在呼仲春的唆使下，或两人一起合谋，将杜祥林杀害了。但根据杨桂芳的供述却并不是这样。呼仲春是在杜祥林死后，由于抓住了杨桂芳的把柄并以此相要挟，才与杨桂芳有了这种男女关系，也就是说，用毒鼠强害死杜祥林只是杨桂芳一人所为。但如此一来就又有了一个问题，杨桂芳为什么要害死杜祥林？她的动机是什么？石峰已经注意到，杨桂芳在交代杀害杜祥林的过程时，只是从出事那天的早晨讲起，而在那个早晨之前的事情却只字未提。根据杨桂芳的交代，她在杀害杜祥林之前做了很周密的计划，由此看来她是早有预谋的，并非一时冲动才做出这样的事情。那么，究竟是什么原因，让杨桂芳对杜祥林起了如此的杀心？这时，石峰又想起杜杨曾说过的那个细节。在他父亲杜祥林出事的前一天晚上，他们一家人吃饭时，他父亲杜祥林曾与他母亲杨桂芳发生过激烈的争吵，当时杜祥林甚至气愤得将手里的饭碗摔到地上。由此看来，杨桂芳应该做过什么让杜祥林难以容忍的事情。石峰想到这里就意识到，杨桂芳应该还没有把全部的事情都说出来。

石峰立刻决定，继续讯问杨桂芳。

这一次对杨桂芳的讯问竟然很顺利。杨桂芳没再遮遮掩掩。她只是试探着问石峰，因为这件事还涉及另一个人，现在人已经都死了，而且她已承认，杜祥林确实是她害死的，所以……过去的事情是不是就不要再说了。但石峰告诉她，不行，一定要把所有的事情都交代清楚。石峰对杨桂芳说，杜祥林毕竟是你的丈夫，你杀死他，一定有什么很特殊的原因，这个原因我们必须要搞清楚，否则，这个案子就仍然无法了结。

好……好吧……

杨桂芳点点头说，那……这件事，就要从头说起了……

杨桂芳说，她之所以杀死杜祥林，是因为一个叫杜祥福的男人。石峰听到杜祥福这个名字，立刻觉得有些耳熟，接着就想起来，他当年去杜家坎村调查时，曾听村里人讲，杜杨的堂兄杜凤鸣，他的父亲就叫杜祥福。这个人是在杜祥林死前几个月出事的，好像是和杜祥林一起喝了酒，回家时掉进河里淹死的。对，杨桂芳说，就是这个杜祥福，他是杜祥林的远房堂兄。杨桂芳说，她当年生了儿子杜杨以后，杜祥林的身体就出了问题，渐渐做不成那种男人的事了。而且，杜祥林自从身体出了这样的问题，脾气也渐渐变了，说话越来越少，做事也越来越古怪。就这样，杨桂芳说，后来她就跟村里的杜祥福偷偷好上了。当时杜祥福在杜家坎村是有名的壮汉，一次可以吃半锅米，在田里也像牛一样能干。而最让杨桂芳动心的是，杜祥福对她很好，真把她当成自己的女人心疼。那时杜祥福的女人已经病死几年，所以，杨桂芳想的是，如果有一天真能和杜祥福这样的男人生活在一起，这辈子也就心满意足了。当时由于他们两人做得很谨慎，所以很长时间，村里一直没有人知道这件事。但后来还是被杜祥林发觉了。那一次是杜祥林去清溪镇的集市上卖竹笋，走到半路自行车坏了，于是只好又折回来。但这时杨桂芳已将杜祥福叫来家里，两人正在一起。杨桂芳一听到杜祥林竟突然回来了，正在外面砸门，一下就慌了手脚。这时还是杜祥福急中生智，一边穿着衣服对外面说，先等一等，马上就好。然后就来到屋门跟前，拿过一把斧子在门上敲敲打打。就这样敲打了一阵，才把门打开。杨桂芳这时也已明白了杜祥福的用意，于是连忙对杜祥林说，她把杜祥福请来，是修一修家里的屋门。当时杜祥林很认真地看看杨桂芳,又看一看杜祥福,并没说什么就忙自己的事去了。这以后,杨桂芳以为这件事就这样过去了。但过了几天,杜祥林突然对杨桂芳说,他要请杜祥福来家里喝酒。当时杨桂芳一听立刻就有些警觉起来,试探着问杜祥林,为什么要请杜祥福喝酒。杜祥林说,前些天你请他来修屋门,总要感谢人家一下。于是在这个晚上,杜祥林就把杜祥福请来家里。其实杜祥林平时并不大喝酒,但在这天晚上,他却和杜祥福一起喝了很多酒。后来杜祥福就喝得有些多了,起身要回去。杜祥林说,我送送你吧。于是杜祥林就将杜祥福送走了。杨桂芳说,在那个晚上,杜祥林送杜祥福去了很长时间,她的心一下又悬起来,担心这两个男人会出什么事。后来杜祥林回来了。她问他,怎么去了这样久?杜祥林说,他在路上和杜祥福说了一会儿话。杨桂芳问,说什么了?杜祥林说,只是一些闲话。杜祥林这样说罢就去睡觉了。但是,第二天村里就传来消息,说是杜祥福一夜没有回家,不知去了哪里。杨桂芳一听立刻就有了一种不祥的预感。杜祥福的家是在山坡下面,中间隔一条小河。杨桂芳问杜祥林,前一天晚上,他将杜祥福送到了哪里? 杜祥林说,他将杜祥福送到坡下,快到河边才回来,他是看着杜祥福朝河边走去的。杨桂芳又问,你昨晚究竟跟杜祥福说了什么?杜祥林仍然说,没说什么,只是和他闲扯了一阵。但杨桂芳已从杜祥林的眼神里看出来,他并没有跟自己说实话,于是也就越发意识到,杜祥福很可能已经出事了。果然,几天以后,杨桂芳的感觉就得到了印证。杜祥福的尸体在山坡下面的小河里漂起来。杜家坎村的人们这时已经知道,杜祥福在失踪前的那个晚上曾和杜祥林一起喝了很多酒,于是自然也就认定,他是回家的路上,从桥上跌下去淹死的。但是,杨桂芳说,这时只有她的心里最清楚,杜祥福很可能不是淹死的,至少他的死,应该与杜祥林有关。

杨桂芳说,她与杜祥福已经好了很长时间,而且和他在一起时很和谐,也很满足,所以,她对杜祥福已经有了很深的感情。也正因如此,她对杜祥福的死一直耿耿于怀,她觉得尽管村里没有任何人怀疑杜祥福的死因,但是,她也不能让杜祥福就这样死得不明不白,她一定要向杜祥林问清楚,这究竟是怎么一回事?于是一天晚上,她对杜祥林说,杜祥福的事要发了。杜祥林听了先是一愣,然后看一看她说,杜祥福已经死了这样久,这件事怎么会又发起来?杨桂芳说是啊,村里一直怀疑杜祥福的死因,现在,听说已经有人告到县里的公安局去了。杨桂芳这样说罢,又看一看杜祥林说,杜祥福究竟是怎样死的,你应该是最清楚的,现在你最好如实告诉我,等公安局的人来村里调查,我还可以替你说一说话,如果你对我也不说实话,我可就帮不了你了，你要明白，杜祥福出事的前一天晚上毕竟跟你一起喝过酒，所以不管怎样说，你是脱不掉干系的。杜祥林听了没有说话，只是眨着眼看一看杨桂芳。杨桂芳又说，我知道，杜祥福的酒量比你大，所以那天晚上，他只喝了那样一些酒，是不可能跌进河里淹死的。这时杜祥林又看一看杨桂芳，然后说，我先问你一件事吧。杨桂芳点点头说，可以，你问吧。杜祥林问，你跟杜祥福，究竟有没有那种关系？杨桂芳稍稍愣了一下，反问说，你觉得，我和杜祥福有没有这种关系呢？杜祥林就笑了，他说，我不是觉得你们有没有，其实我早就知道，你和杜祥福肯定是有这种事的。杜祥林说，你知道我是怎样知道的吗？我闻到了你身上的气味，我这几年一直跟你做不成这种事，可是你的身上却经常有男人的气味，这气味是从哪来的呢？后来我就开始怀疑杜祥福了，因为我发现，你在村里时，看杜祥福的眼神不太对劲儿。我那一次去清溪镇卖竹笋，是故意折回来的，我就是想看一看，我走以后杜祥福会不会来咱家里。果然，这一次被我撞到了，虽然杜祥福当时做得很自然，你和他配合得也很好，但我还是什么都明白了。我的脾气就是这样，我用的东西是不准别人碰的，别人一旦碰过我就不想要了，可是你被杜祥福碰过了，我又不能不要你，所以，我就只好不要他了。杜祥林说话的口气很淡。但杨桂芳还是感到全身立刻僵住了。尽管杨桂芳已经想到，杜祥福的死应该与杜祥林有关，但这时杜祥林这样说了，还是让她感到无法接受。她看着杜祥林。她想，就是面前的这个男人，把自己心爱的男人杀死了。她原以为自己终于找到了后半生的寄托，后半生的幸福，她还在希冀着有什么机会，有一天可以离开杜祥林，和杜祥福生活在一起。但是，就是面前的这个男人，他把自己后半生的希望都给毁了。

杨桂芳深深喘了一口气，然后问，出事的那天晚上……究竟是怎么回事？

杜祥林说，很简单，他和杜祥福喝酒的时候，趁他不注意，在他的酒里放了一些毒鼠强。他曾听村里的呼仲春说过，毒鼠强的毒性很大，人吃了走不出五百步就会断气。他预先已经计算过，从家里到山坡下面的那条小河刚好是五百步左右。所以，在那个晚上，他让杜祥福喝了放进毒鼠强的酒之后，就送他出来。但是，很可能是毒鼠强放少了，杜祥福一直走到河边药性仍然没有发作。这时眼看着他过了河上的小桥就要到家了。于是，杜祥林从地上抓起一块石头，就在杜祥福走到桥上时，在他的头上用力砸了一下。杜祥福只哼了一声就栽到河里去了。杜祥林说，就这样，他把杜祥福解决了……

杨桂芳说到这里,轻轻地舒出一口气。

石峰问,这就是你杀害杜祥林的原因?

杨桂芳点点头,说是。

杨桂芳说,其实她在决定杀死杜祥林之前,也曾犹豫了很长时间。她已经清楚地知道,杜祥林做出这样的事,也就注定她和他不可能再生活在一起了。但杜祥林的脾气她也是知道的,杜祥林不可能同意让她离开他。而且在杜家坎村,离婚也是一件惊天动地的大事,并不是轻易就可以离掉的。而自从杜祥福死后,杜祥林一直在偷偷地吃什么药,似乎男人的机能正在一点一点恢复。这也就更让杨桂芳难以接受。杨桂芳知道,她这时已经不可能再跟杜祥林做这种夫妻的事了。也就是在这时候,她冒出了这个可怕的想法。杨桂芳说,她在事先做了周密的计划。其实就在她决定实施这个计划的前一天晚上,她还曾试探过杜祥林。当时他们一家人正在吃晚饭,她问杜祥林,如果有一天,她决定离开他,他会不会答应。她在当时这样问杜祥林,心里想的是,如果杜祥林答应,肯让她离开他,她还是不做这件事情。但杜祥林听了当即就把手里的饭碗用力摔到地上,他说,你不要想这件事了,我和你生同床,死同穴,永远也不会分开的!杨桂芳说,也就是杜祥林的这番话,终于让她下定了决心。

石峰问,杜祥福的事,呼仲春知道吗?

杨桂芳说,他应该……是知道的。

石峰说,你怎么知道,他知道呢?

杨桂芳说,呼仲春说话曾透露过,他说,杜祥福是冤死鬼,杜祥林是讨债鬼,这两个男人都白活一世了,所以,呼仲春从一开始就应该什么都明白的。

这起案件到这里,是石峰怎么也没有想到的。从11年前杜杨在县城中心广场北面的玄武街上持刀故意杀人,砍死呼仲春,砍伤他的母亲杨桂芳,继而牵扯出21年前,杨桂芳用毒鼠强害死她的丈夫,也就是杜杨的父亲杜祥林,进而又牵扯出杜祥林因为自己的妻子杨桂芳与杜祥福私通,将杜祥福杀死。石峰将这一连串的事件梳理起来就发现,在这些事件之间确实存在着直接的因果关系。石峰立刻将案情向局里做了汇报。

局里当即决定,为将案情彻底查清,对杜祥福开棺验尸。

石峰这一次直接给杜家坎村的村长杜凤鸣打了一个电话。杜凤鸣村长听了,在电话里稍稍沉了一下,说,其实这件事,他知道迟早会这样做的。石峰问,为什么。杜凤鸣村长说，尽管当年出事时他只有十二岁，但他还是有一种感觉，似乎他父亲的死应该有什么问题。好吧，杜凤鸣村长说，既然公安机关决定怎样做，杜家坎村配合就是了。

对杜祥福的开棺验尸也进行得很顺利。杜祥福是埋葬在山坡下面的小河边，在一棵巨大的樟树底下。由于他也是非正常死亡，所以棺椁同样是一根原木。但毕竟已过去21年，棺椁和铁钉都已糟朽，于是杜凤鸣村长就亲自动手，用斧子将棺木劈开了。杜祥福的尸体已经完全干枯，法医做了仔细的检验，发现在颅骨的顶部有一处塌陷性骨折。根据分析，在那个出事的晚上，如果杜祥福的确因为喝多了酒自己从桥上栽到河里，撞到石头上，受伤的部位不可能是在头顶的这个部位。由此也就可以断定，当年杜祥林对杨桂芳所说的话应该属实，他是在杜祥福上桥的一瞬，在后面用一块石头砸在他的头部，致使杜祥福栽到河里的。

几天以后，技侦部门对杜祥福尸体样本的化验结果也出来了。石峰看到尸检报告，终于长长地舒出一口气。报告上说，在杜祥福的体内发现了毒鼠强成分。

杜杨，你的案子已经移送检察院了。

我……听说了。

你还是坚持，不请律师吗？

是。

好吧，到时候，法院会为你指定律师的。

我现在，只关心一件事。

我知道你关心什么事。

我父亲……

嗯，我可以告诉你，在他的尸体内，发现了毒鼠强。

还……还有呢？

以后吧，也许，我以后会告诉你。

我认为，作家深入生活一般有两种，一种是浮光掠影、走马观花。这种深入生活的方式对于作家当然也有作用，在浮光掠影的走马观花中，可以激活心灵深处的一些经验和记忆。但这只是内在的，或者说是主观的。而从外部，客观上能够得到多少对创作有益的营养却是另外一回事。第二种深入生活的方式则是真正地沉到生活深处，不仅感知生活，触摸生活，还要把自己当成生活的一部分去生活。显然，这种方式会很辛苦，作家往往要投入很大的成本，既有体力的成本也有时间的成本。所以，需要一定的决心和勇气。我这一次可以说是下定了这样的决心，也拿出了这样的勇气。我从省城出发，用了一天的时间来到这个偏远的小城。晚秋的天气还是有些闷热，尤其在南方，给人的感觉似乎还没有从夏天里走出来。这个县城小得只有两条街道，街上的店铺也稀稀拉拉，看上去没有什么像样的商品可卖。我这一次故意没有跟当地的县公安局打招呼，只想自己去山里，到这个道观去看一看。

　　这一次这个案子，是我从卷宗里发现的。一个老实木讷的年轻农民，杀人之后逃往外地，后来竟然阴错阳差地出家，成了一个道人，而且在当地很受人尊敬，经常为人治病，甚至为一些人宽解疏导心理上的问题。我感觉这个案子很有意思，就问李局长具体情况。李局长一听我问到这个案子就笑了，他说，这个案子的侦破过程很复杂，前前后后费了不少周折，但最后结果却出人意料的简单，几乎没花什么气力。我对李局长说出自己的想法，这个案件的案情和前后过程案卷里都已记载得很清楚，我现在想到这个道观去看一看。我对李局长说，我想，这个道观能对这个人的精神起这样大的作用，应该有它的不寻常之处。李局长却摇摇头说，没有你想得这样复杂，也许我们干这一行的对这种宗教的事不太敏感，我到这个道观去过，我并没看出有什么特别之处，规模不是很大，而且由于年久失修，已经有些破旧。不过徐永亮在那里住了一段时间，还是把道观的里里外外收拾得很干净。

李局长说的徐永亮，就是这个案件的犯罪嫌疑人。

李局长说，我知道你们搞写作的人，最讲究灵感，有的时候一定要去实地看一看才会有感觉，这样吧，尽管当初办这个案子时没有惊动地方，但我跟那个县的公安局长很熟，我打个电话，你过去之后让他们帮助安排一下。我立刻说不用。我告诉李局长，我这一次只想以一个普通人的身份去那里，从普通人的角度观察一下这个道观。

这个道观距县城很近，只有十几里路。第二天一早，我搭了一辆"摩的"很快就到了山下。但道观是在山顶，接下来就要徒步爬山了。好在我经常锻炼，每天早晨都要慢跑三个小时，所以这样的山路还不是很费力。我沿着陡峭的山路爬到山顶，来到这座道观时，已经通身是汗。这时已是中午时分。道观里很萧条，显然，自从徐永亮归案之后，这里就再也没有道人了。我站在道观的门口朝山下望去，县城似乎就在脚下，却又显得很遥远。我想，当初那个叫徐永亮的道人也许就是像我这样，经常站在这里，朝山下的小城默默地望着……

第十章
空门

清一道长已经记不清楚，在这四年里，这是第多少次走在这条青石板铺就的山路上了。山路很窄，只有一尺多宽，两边是丛生的杂草。清一道长每一次沿着这条小路从山上下来，心里都会想，也许这一次下山，就不用再回去了。但是，尽管清一道长觉得这样下山很冒险，他知道，自己还是要下来的。清一道长不想坏了自己定下的规矩。清一道长是在三年前为自己定下这条规矩的，如果来找自己看病的患者是老弱,或行走不便,就不要再上山来,可以只在山下孟桃的竹棚里等候,由孟桃给山上的清云观打电话,这样他下山就是了。清一道长之所以定下这样一条规矩是因为三年前曾出过一件事。那是一个初春的下午,刚刚下过一场小雨,山路湿滑。当时山下的一个老人让家人搀扶着上山来找清一道长。这老人的腿上长了一个疮,很长时间不愈,所以想让清一道长给看一看。但这老人腿脚不便,沿小路走到山腰上竟一下滑倒了,幸好家人一把拽住才没有滚落到山下去,可是腿上的疮却摔破了,流出很多脓血。那一次,清一道长知道了这件事很内疚。他觉得事情原本不应该是这样的。来清云观上门求医的人,自然都是病人,而病人行动一般都是不便的,尤其危重病人,沿这样一条小路上山其艰难程度更是可想而知。清一道长虽然被独秀峰下的人们尊称为道长,却很年轻,还不到三十岁。于是,年轻的清一道长想,倘若山下的人因为上山来求医,反而在山路上出了危险,这就应该是自己的罪过了。于是,也就从那一次,他便立下这样的规矩,今后举凡行动不便的患者,可以不必上山,只要在山脚下的竹棚等候,让孟桃给山上打电话就是了。但是,山下的人们却很少惊动清一道长,只要能上山的患者,还是尽量到山上来。

在这个上午,清一道长来到山下的竹棚时已经走得通身是汗。孟桃已等在竹棚外面。她看到清一道长,清秀的脸上微微一红就迎过来,随手将一条洁净的毛巾递给他。清一道长微微笑了一下,从青衫的衣兜里抽出一条粗布帕子揩了一下额头的汗。

孟桃又问,口渴吗,先喝碗水吧。

清一道长摇摇头说,不渴。

但孟桃还是转身去竹棚门口的木桌上斟了一盏茶。

清一道长每当看到孟桃,心里总会隐隐地生出一些愧疚。清一道长当然明白孟桃对自己的心思。但清一道长更加明白自己的心思。清一道长觉得,自己的心就像那香炉里的灰烬,风一吹就会消散,已经缥缈得没有任何实质和温度了。孟桃曾对清一道长说过,她在四年前,第一次见到他时心就微微动了一下,但她那时知道,自己还不是真正的女人,所以没有资格对一个男人动心。当时清一道长刚刚来到独秀峰上的清云观。那时候,清云观里只有一个老道长,已经九十多岁,虽然每天仍在三清殿里守护着青灯黄卷,却已无力再照顾自己,平时只靠山下的信众轮流来山上接济侍奉。清一道长是在一个清爽的秋天来到清云观的。年轻的清一道长的到来,也为山顶的清云观带来了一些朝气。他先用了几天时间,将清云观里里外外打扫了一遍,然后又将老道长安顿在已收拾得干干净净的东厢房。这时老道长由于哮喘,喉咙里像风箱一样呼呼作响,已气促得说不出话来。清一道长从自己的粗布褡裢里取出一块黑色的石片,将老道长的前襟解开,用石片沿喉咙一直向下轻轻地刮按。据当时在一旁看到的人说,清一道长只这样刮按了一个时辰,老道长急促的哮喘就一点儿一点儿平息下去。接下来的几天,清一道长又用这块黑色的石片早晚各一次为老道长刮按前胸,又刮按后背,老道长渐渐地就可以开口说话了。也就从这一次,山下的人们知道了清一道长不仅懂医术,而且还有一块神奇的可以治病的石头。后来据清一道长说,他的这块黑色的石片叫砭石。清一道长为人们讲解,用砭石治病自古就有,这种医术称为砭术,是中医的六大医术之一。用砭石刮按身体,可以固本培元,安神静息,调理气血,疏通经络,所以,砭术是可以医治百病的。这以后,老道长的气色也的确一天天好起来,因此人们对清一道长的话坚信不疑。

孟桃也就是在这时来山上找清一道长的。那是一个上午,山顶还飘着一层薄雾。孟桃走进青云观时,清一道长正在扫院子。清一道长扫院子就像写字一样,每一下都重按轻提,一下一下很有条理。清一道长抬起头,看到一个二十多岁的女孩走进山门,就冲她笑了一下,然后问,你有什么事吗?孟桃稍稍踟蹰了一下,走到近前说,我……想让道长……给看一看病。清一道长很认真地看看孟桃问,你感觉哪里不好? 孟桃的脸一下红起来,朝身边看了一下。清一道长立刻明白了,放下手里的扫帚带孟桃来到西厢房。西厢房是清一道长歇息的地方,屋里很洁净,也很简单,只有一张板床,靠窗一个木桌,墙边还有一只木箱。清一道长让孟桃坐到桌前,伸出右手,在她的腕上轻按了一阵,然后点点头说,是了,女人气血运通而天癸不至,应该是经络不畅的缘故。孟桃眨着眼看着清一道长,听不懂他所说的天癸不至是什么意思。清一道长年轻的眉毛轻轻动了一下,对孟桃说,所谓天癸,也就是女人的月事,你至今应该还没有来过月事。孟桃的脸立刻越发红起来,点点头说,是啊,我是……是这样,所以才想让道长给看一看。清一道长没再说话,起身去取出那块黑色的石片,然后让孟桃躺到床上,开始为她从头到脚轻轻地刮按。清一道长的手法很讲究,每刮按一下都有细微的走向变化,而且轻重有致,时缓时疾。这一次治疗之后,清一道长叮嘱孟桃,傍晚还要再来山上一次,一共要十天,是一个疗程。从此,孟桃就这样每天早晚各一次来山上的观里治疗。到第十天的傍晚,正当清一道长用砭石在孟桃的身上一下一下地刮按,孟桃突然失声呀了一声。清一道长停下手看一看她。孟桃已羞红了脸。清一道长点点头说，可以了。孟桃急急地起身就朝外走。清一道长又叫住她，说，记住，从今天起，就是你月事的第一天。

这以后，孟桃的身体果然就正常起来。身体正常的孟桃气色一天比一天好，看上去也越发显得鲜润。接下来没过多久是中秋节。在那个中秋节的晚上，孟桃又来到山上，敲开青云观的山门。清一道长看到孟桃，清瘦的脸上现出一些惊异。他问，这样晚了，你还来山上干什么？孟桃说，我来……陪你过中秋节。清一道长这时才发现，孟桃的手里拎着一个竹篮，里边放了一包月饼，一小盘腊肉，还有一些鲜果吃食。这时老道长已经仙逝，青云观里只还有清一道长一个人。所以，孟桃说，你一个人在山上过节一定很冷清。孟桃这样说着脸又微微红起来，她垂下眼细声说，是你……让我变成一个真正的女人，所以我想……清一道长似乎知道孟桃接下来要说什么，便立刻拦住她的话说，悬壶济世也是玄门的一种品德，当初我的师傅就是这样教我的，所以不算什么，这一点小事你不要放在心上。然后又说，这些东西，既然你已拎上山来，就不好再让你拎回去了，但下次不可这样了。他这样说罢，伸手接过竹篮，又向孟桃点一点头就将山门关上了。但孟桃立刻又把门推开。孟桃的眼圈有些湿润起来。她说，我刚才……来上顶的路上已经想到了，你也许会这样的，好吧，我想好了，如果你不让我……那我以后就在这山下的路边开一间茶棚，这样今后再有来山上进香或找你看病的人也可以歇歇脚，喝一碗水了。孟桃这样说罢就转身下山去了。这以后，孟桃果然在山下的路边开起一个茶棚，茶棚的字号也取的别致，叫"望清云"。再以后，自从清一道长定下规矩，老弱患者可以不用上山，这望清云茶棚也就成为清一道长在山下的候诊室了。

在这个下午，清一道长还是接过孟桃斟的一盏茶喝了。然后问，病人在哪里？孟桃指一指里面。于是，清一道长就和孟桃一起走进竹棚。竹棚里是一个宽大的茶室，有几张竹桌和竹椅，供来喝茶的人们围坐闲聊。里边还有一个套间，只有一张竹榻和一个竹几，是让病人休息的。再里面有一个小门，转进去才是孟桃休息的地方。清一道长走进来，看到竹榻上躺的是一个中年男人。这男人的脸色很不好，显然刚刚呕吐过，嘴角还挂着一丝污物。清一道长坐到床边，拿过他的手腕摸了一阵，然后皱一皱眉说，你的病情很严重。

中年男人微微点了下头。

清一道长又说，你一定是刚刚因为什么事激动暴怒，中医讲，这是急火攻心，但在西医看来就更严重了，你应该马上去医院，否则会有危险。中年男人侧过脸看一看清一道长说,你不是……有那块黑色的石头,那石头不是很有效吗?清一道长摇摇头说,砭术也是有局限的,不可能包治百病,况且你现在是急症。好吧……中年男人点点头说,清一道长,等我的病好了……还要来求你一件事。清一道长冲他笑一笑说,好,你有事只管来就是,但现在要先说治病。这时,送这中年男人来的家人已经围过来。

清一道长说,你们尽快送他去医院吧。

中年男人就被抬走了……

方玮来刑侦队几年,渐渐养成一个工作习惯,无论遇到什么事,只要是两件以上的事情就先从最难的入手。他认为,这样的做法是科学的。人在一开始的时候精力总是最旺盛,因此做事效率也就最高,而且分析能力和判断能力也会最强,这时候应该把好钢用在刀刃上,因此处理最难办的事情才是合理的。也正是出于这样的考虑,所以,这次开始清网行动以后,尽管方玮的手里同时有几个案子,但他还是决定先从牛永一的这个案件入手。

这是一起发生在六年前的凶杀案。案件的发生地是南屏镇黄水村。2005年春节刚过,在农历正月十六的早晨,黄水村的村委会干部突然给公安机关打电话报案,说是他们村发生了一起杀人案。当时刑侦队的人立刻赶到现场。被害的是两个女人,年轻的女人约二十几岁,另一个中年妇女五十几岁。据村干部说,这两个女人是母女关系,年轻女人叫牛水花,五十几岁的中年女人是她母亲,叫蔡云娥。当时的发案现场非常血腥。这是一明两暗的三间砖房,中间是灶屋,东西两屋分别是两间卧室。牛水花的尸体在西屋的床边,尸体半跪在地上,上身趴在床沿,头上和身上有十几处利器伤,初步判断凶器应该是刀斧一类的利刃。从被害者头部和身上的伤口可以看出,行凶者非常残忍,而且对死者极度仇恨,头部的伤口几乎深达脑组织,显然就是想致被害者于死地。卧室的墙壁乃至屋顶到处喷溅的都是血迹。蔡云娥的尸体则趴在灶屋通向东屋的门槛上,上半截身体在里,下半截身子在外。灶屋的墙壁和屋顶上也喷溅了很多血迹。从血迹喷溅的角度看,当时的现场应该非常惨烈,很可能是蔡云娥在前面跑,凶手挥舞着利刃在后面追赶着乱砍,屋里一定是血肉横飞。最后蔡云娥想逃进东屋,但就在这时被凶手追上来砍翻在地上。所以,蔡云娥的致命伤应该是最后砍在头上的这一下。当时法医对尸体初步勘验,发现死者头部的伤口呈楔形,据此判断凶手使用的凶器应该是比菜刀更厚的斧头一类利器,而且从创口的深度分析,行凶者具有相当的体力,应该是一个成年男性。接下来办案人员对现场的院子进行搜寻时,果然在角落的一堆木柴旁边发现了一把带有血迹的利斧。据村干部介绍,蔡云娥的丈夫叫牛福林,早年病逝,家里一直是蔡云娥和牛水花母女俩一起生活。五年前牛家从邻村招了一个上门女婿,叫杨永一,入赘后改姓牛,叫牛永一。牛永一入赘时只有十七岁,尚未成年,所以直到三年前才与牛水花合房。村干部说,牛永一与妻子牛水花和岳母蔡云娥的关系一直很不融洽,这是村里人都知道的,所以这一次,大家都认为凶手应该就是牛永一。当时办案刑警经过调查,发现案发后牛家的女婿牛永一确实已不知去向。因此,牛永一也就成为有重大嫌疑的人。接着,技侦部门又从那把在现场发现的斧头上提取到凶手带血的指纹,经与牛永一平时习惯用的一只水杯上的指纹比对,确认应该是同一个人。于是,牛永一就正式被列为网上追逃人员。

但是,这以后牛永一就再也没有消息。

牛永一的家在槐树湾,与黄水村相距很近。后来办案的刑警曾去牛永一的家里调查。据牛永一的父母说,牛永一是他们的大儿子,当时由于家里孩子多,而且有五个儿子,考虑到将来如果五个儿子成家就要盖五处房子,压力实在太大,才不得不想出这样一个无奈的办法,让大儿子杨永一去给牛家入赘,而且还随了人家的姓。据杨永一的父亲说,牛家出了这样大的事他们这边自然很快就知道了,但出事以后杨永一确实从没有回来过,他们也一直想当面问一问儿子,这究竟是怎么一回事,这件事到底是不是他干的。杨永一的父亲对办案刑警说,但不管怎样说,现在自己的儿子既然已入赘给人家,而且姓了人家的姓,也就应该是人家的人了。所以,他无论在那边遇到什么事,做了什么事,都与家里没有关系了。

方玮在翻阅这起案件的卷宗时,感觉可供参考和研究的资料很少。案卷里除去现场勘察记录,对被害者尸体的检验报告,对村里人的调查笔录以及现场照片,就再没有别的了。但方玮还是从调查笔录中看出一个问题。虽然当时办案人员在村里调查的人很多,其中有牛家的邻居,也有村干部,还有牛家的亲戚以及对牛家情况比较熟悉的人,但从笔录看,似乎所有的人都没有说出什么实质性的内容,而且几乎每个被调查者都会表达一个意思,这件事可以去问陈旺,陈旺应该最清楚。但是,方玮在案卷中却并没有找到对这个叫陈旺的人的调查笔录。方玮想,这个陈旺又是什么人呢?当年办案的刑警有的已经退休,也有的已调去别的岗位。方玮找到一个曾具体负责这个案子的同事,让他回忆一下当时的情况。据这个同事说,当时确实是这样,在调查过程中,黄水村的人都说,牛家的事都是些家务事,闹到这个地步,外人很难说清楚究竟是怎么一回事,所以只能去问陈旺,他作为村干部,对牛家的事情应该是最了解的。陈旺当时是黄水村的村长。但是,当办案人员去向陈旺了解情况时,陈旺也表示不好说什么。陈旺的理由是,正因为自己是一村之长,有村委会主任这样一个身份,所以才不便对人家的家事说三道四,如果是一般村民还可以,说了话可以不负责任,自己就不行了,说出什么话人家自然会认为是代表村里的意思,所以不好发表意见。因此,方玮的这个同事说,他们当时也就并没有在陈旺这里了解到什么有价值的情况。

方玮认真考虑了一下。他认为,当时黄水村的人对这件事不愿多说,应该可以理解,农村人一般都胆小怕事,尤其又是这样一起凶杀案,自然都不想卷入其中,因此对牛家的事避而不谈也就很正常。但是这个叫陈旺的人,他的态度就有些反常了。陈旺当时是黄水村的村委会主任,他作为一村之长,村里发生了这样大的事,他的职责也理应配合公安机关在村里展开调查工作,怎么能以不便对牛家的家事说三道四为由,就拒绝向办案人员提供情况呢?

于是,方玮决定,这一次调查就先从陈旺这里入手。

方玮在一个上午来到南屏镇的黄水村。黄水村的周围是一片丘陵地带,村庄在一面山坡上。方玮来到村里,先向街上的人了解了一下情况。据街上的人说,陈旺早在几年前就已不再担任村委会主任的职务,家里买了几辆卡车,雇司机在县里的物流公司跑运输。不过陈旺将生意上的事都交给一个堂弟去打理,自己平时只在村里喝一喝酒,或找几个人搓一搓麻将。方玮在街上的一个小酒馆里找到了陈旺。陈旺四十岁左右,短发,方脸,看上去是一个很粗壮的农村男人。他正和几个人一起兴致勃勃地喝酒,看到方玮先是愣了一下。方玮立刻拿出证件给他看了看,然后开门见山说明来意,这次来,是想向他了解一下六年前发生在牛家的那起凶杀案。正在跟陈旺喝酒的几个人立刻都知趣地起身躲开了。方玮直言不讳地对陈旺说,我已经看过当年对你调查的笔录,你那时说,你作为村长,不便对牛家的事说三道四,现在你已经不是村长了,是不是可以说一下当年的这件事了?

陈旺听了笑一笑说,说是当然可以说,可是你们想了解什么呢?

方玮问,当年牛永一与他的妻子牛水花,关系究竟怎样?

陈旺说,这在当时调查的时候我就已说过了,他们夫妻的关系不好,很不好。

方玮问,具体怎样不好?

陈旺说，经常吵架，他牛家夫妻吵架，是全村人都知道的。

方玮问，一般是为什么事吵架？

陈旺一听就笑了，说，夫妻之间的事，谁能说得清呢。

陈旺告诉方玮，不过牛永一作为到牛家入赘的上门女婿，从来的那一天心里就很不情愿。当年牛家只有母女俩，在农村生活如果家里没有男人，日子是无法过下去的，所以牛水花的母亲蔡云娥才托人去与槐树湾的杨家商议，将他的大儿子杨永一招来做上门女婿。但这个杨永一从过门的那一天一改姓牛，心里就一直很不痛快。后来渐渐地在牛家更是横行霸道，欺负她们母女无依无靠。所以，发生后来这样的事也就并不奇怪了。但方玮听了却更加不解，问陈旺，既然这个牛永一可以在牛家横行霸道，他为什么还要将这母女杀死呢？

陈旺摇摇头说，这就很难说了。

方玮问，会不会，还有别的什么原因？

陈旺忽然奇怪地笑了，说，这个牛永一表面看着老实，其实也是个花心大萝卜呢。

方玮立刻问，哦，这话怎么讲？

陈旺说，他在牛家做女婿时，是不是去外面偷偷干过什么不光彩的事咱没有证据，没有证据的事情自然不能乱说，可是牛家发生了这件事以后，倒真有一个女人找上门来呢。

方玮立刻意识到，这应该是一个很重要的线索。

于是对陈旺说，你具体说一下。

陈旺又笑一笑，说这件事，他也不是很清楚。据村里人说，牛家出了那件事以后，有一天，一个操着外乡口音的年轻女人来黄水村打听，杨永一是不是在这村里？当时黄水村的人说这里没有杨永一，倒有一个牛永一。但接着人们就想起来，牛永一在来牛家入赘之前正是叫杨永一。于是立刻说有，这村里确实有一个杨永一。然后问这女人，找杨永一有什么事？但这女人一听却立刻不再说有什么事了，只是问，杨永一是否回来过？村里人告诉这女人，自从他家里出了那件事以后他就再也没有回来过。然后又问这女人，是否知道他家里出了什么事？这女人先是点点头，说知道。但立刻又连连摇头，说不知道。村里人见这女人说话奇怪，就问她，找杨永一究竟有什么事？这女人却仍然支支吾吾。于是，人们就告诉她，杨永一是这村的入赘女婿，他自己的娘家在槐树湾，如果一定要找他，可以去槐树湾那边问一问。这女人一听就急急地走了。陈旺说到这里微微一笑,问方玮,这样一个年轻女人,在牛家出事以后突然来村里找牛永一,你说,她跟牛永一会是什么关系呢?

方玮听了想一想,没有说话。

清一道长早晨醒来时,心里忽然有些发慌,起床后仍感到坐立不安。这种感觉已经困扰清一道长几年了。所以,清一道长已养成习惯,每到这时就深吸一口气,然后让自己的心慢慢平静下来。独秀峰的早晨薄雾缭绕,山腰上的竹林弥散出特有的清香,飘浮到山顶被晨雾浸得湿润润的,吸到肺里很舒服。清一道长站在崖边的石栏跟前,深深地吸一口气,就觉得周身的气运都通畅起来。清一道长喜欢独秀峰的早晨。这样的早晨站在山顶,感觉一切都是这样的洁静,似乎天地间已经没有任何的污物。四年前,清一道长的师傅玄真道长指引他来清云观时,他还不知这里是一个什么所在。但清一道长一来到独秀峰下,立刻就被这山峦峻峭的气势吸引住了。也就从那一刻,清一道长决定,他要在这山顶上的清云观落身下来。

清一道长早晨的功课是扫院子。清一道长扫院子是很有章法的,倘若在院中横扫,并排应该是九十八行,每行扫六十六下。而如果竖着扫,则是二十一行,每行扫二百八十七下。清一道长之所以把扫院子作为自己的晨课,是因为他已悟到,这扫帚在地上一下一下地拂扫也恰如梳理自己心灵的腠理。所以,清一道长每当这样清扫院子时,心里便也进入了一种宁静。在这个早晨,清一道长去东厢房取来扫帚,准备先从山门外的台阶扫起。他用力打开山门,一股浸人心脾的竹叶清香便轰然涌来,让清一道长的精神立刻为之一振。这时,清一道长才发现在山门外面的台阶上放着一只竹篮。竹篮的款式很精巧,看上去像一个花篮,上面还有一个用细细的竹篾编织的盖子。清一道长打开竹篮,里面是一竹筒米饭和几样清炒的小菜。清一道长知道,这又是孟桃送来的。孟桃总是这样,一大早上山来,将一天的饭食放在山门外面,然后就径自下山去。清一道长已对孟桃说过很多次了,不要再这样上山送饭,他在观里是可以自己烧饭的。但孟桃总是嘴上答应,却仍然默默地做着自己想做的事情。

清一道长摇摇头,就将竹篮拎进山门里来。

青云观的院子是用青石板铺就的。石板受了多年的晨露与风雨的打磨,已经光滑得泛起油色。清一道长一边用扫帚一下一下地细心清扫,心里在盘算着这一天的事情。最近山下的人们在闹时令病,一些人好端端地就患起感冒。身体强壮一些的人患了这样的感冒还不会有太大妨碍,多喝些水,忍一忍也就过去了,但体弱的老人和孩子就不行了,往往会周身发热,浑身无力,甚至还会出现一些别的症状。这些天来,清一道长通过为上山求医的患者悉心治疗,觉得是人们的身体里积了一夏天的热气,秋后早晚有些凉意,因此才会外感风寒。尽管这几天上山求医的患者很多,清一道长每天都要从早到晚地忙碌,但还是不顾疲惫地坚持着。这时清一道长想,要赶紧扫过院子,然后吃早饭。用砭术为患者治病并不轻松,虽然只是将石片在病人的身上轻轻刮按,却也需要相当的体力。清一道长正这样想着,忽听有人在敲打山门。清云观的山门已经不知有多少年,应该是一种很好的木质,敲起来总是非常响亮。清一道长连忙放下扫帚,走过来用力将山门打开。

外面的台阶上站着一个六十多岁的男人。

清一道长看一看他问,你,是来看病吗?

男人摇摇头说,现在,病已不用看了。

男人又说,我是专门,来山上看你的。

清一道长又很认真地看看这个男人,忽然觉得有些眼熟。

男人点点头说,对,两年前,我母亲曾被道长救过命的。

清一道长终于想起来,两年前夏天的一个傍晚,孟桃忽然给山上打来电话,说山下有人来请清一道长,家里有危重病人,怕已挨不过这一晚,所以想请他去看一看是否还有救。清一道长听了连忙下山来,跟随来请他的人去了家里。病人是一个老太太,已经八十多岁。清一道长赶到时老人刚刚咽气,儿孙们正围在床边哭泣。这时,清一道长走到床边,看一看老人脸上的气色,又摸了一下她的脉搏,然后说,也许……老人还有救。家人们一听连忙都止住了悲声,赶紧让到一边,小心地看着。清一道长让家里人将老人身上已经穿起的百年衣裳脱掉,只留下里边的小衫小裤,然后取出砭石,在老人的身上沿经脉从上到下轻轻地刮按。就这样刮按了几个时辰,只听老人的喉咙里哏儿的一声,然后就慢慢睁开眼。老人的家人们在一旁见了立刻都惊喜万分,忙着过来向清一道长道谢。清一道长掏出粗布帕子揩了一下额头的细汗,轻声对老人的儿孙们说,老人家刚才是厥过气去,所以用砭术将经络打开也就缓过气来,但毕竟年事已高,元气衰竭,怕是也不会太久的,还是随时准备吧。

在这个早晨,清一道长看一看这个站在山门外面的六十多岁的男人,已经认出他就是那个老人的儿子。这时,这男人向清一道长深鞠一躬说,我母亲……在昨晚刚刚过世了。

清一道长听了点点头,说节哀顺变吧,老人八十多岁也是高寿了。

男人说,我母亲临终时,留下一句话。

清一道长哦一声,看着这男人。

男人说,我母亲很多年前就已为自己备下百年之后做寿棺的木材,但她知道,现在都是火葬,就是做了寿棺也已无处可埋,所以,她昨晚临终时反复叮嘱我,让我将这木材送来独秀峰上,亲手交给清一道长,她说,要捐给清云观做山门。

清一道长听了说,好啊。

这时清一道长才发现,在这男人身后的山路石阶上,许多人用绳索抬着两根原木。这应该是柏木,看上去都有几抱粗,斑驳的树皮显示出这原木已存放了很多年。清一道长朝这原木看了看,想了一下说,不过……观里的山门还很结实,而且经年耐用已是古物,不便更换,不如这样,山下那座通往山路来的木桥,桥板已经朽坏了,你们如果一定要替老人捐这木材,就去修一修那座桥吧,我想,就是老人的在天之灵也会同意的。

清一道长这样说罢,又冲这男人笑一笑,就转身回观里去了。

清一道长很快吃了早饭,一些前来求医的患者就已陆续上山来了。在三清殿的东侧有一个配殿,殿堂中间摆放着一张竹床,清一道长就是在这张竹床上用砭石为患者治病。来清云观的病人都知道规矩,进了山门便不再大声喧哗,只是静静地坐在殿外的石阶上等候。有的患者特意带一些米面或菜蔬上山,悄悄地放到东厢房里。人们知道,如果要给清一道长留下钱,清一道长是绝不肯收的,不仅不收还会不悦。清一道长曾对人们说过,在这清云观里每日云雾为衣,甘露为食,是花不到钱的。清一道长就这样一直忙碌到中午,待将最后一个患者送出山门,回到自己的西厢房刚要吃饭,却又听到有人在外面敲打山门。于是,清一道长放下碗走出来,重又打开门,就见站在外面的是一个中年男人。清一道长看一看就认出来了,是几天前,自己去山下竹棚看过的那个男人。当时这男人病情危重,自己看出他是由于暴怒,急火攻心,于是让他的家人立刻送去医院了。这时,这男人站在山门的外面,身边还有一个十几岁的少年。少年脸颊瘦削,留着一种像鸡冠一样的时髦发式,嘴里一嚅一动地嚼着口香糖。中年男人对这少年说,这是清一道长。少年侧过头,眯起眼看一看清一道长,嘴里仍然一下一下地嚅动着。中年男人又有些恼怒,用力踢了少年一脚说,懂不懂规矩?少年嘴里的嚅动才稍稍收敛了一些。中年男人有些尴尬地对清一道长说,这是我的儿子。道长不要见笑。清一道长看一看这中年男人,又看了看旁边的少年,说,到观里来说话吧。

然后,就引着这父子俩走进山门,来到西厢房。

中年男人朝桌上看看,立刻说,道长……还没吃中饭?

清一道长说,中饭不是很急的事情,你有事,就说吧。

中年男人似乎迟疑了一下,又看一看站在旁边的少年。

清一道长立刻明白了,对少年说,来,你跟我来一下。

清一道长将少年领到三清殿里,指着墙上的壁画对他说,你先看一看这些壁画吧,都是些很有意思的故事,你也许看不懂,但还是可以根据自己的意思理解的。少年朝墙上的壁画扫一眼,又回过头来看一看清一道长。清一道长清瘦的脸上虽然安静,但也很严肃。少年似乎想说什么,但嘴动了一下就止住了。清一道长又朝墙上指了一下,就转身出来了。

清一道长回到西厢房,在中年男人的对面坐下来,说,你有什么事,就说吧。

中年男人看一看清一道长,眼圈一下湿润起来,他说,我……实在没办法了。

清一道长问,是因为你的儿子?

中年男人点点头说,是啊……

中年男人告诉清一道长,他的这个儿子叫胡杰,现在读初中二年级,可是从上初中一年级就开始不务学业,经常去外面偷鸡摸狗,后来还学会了掏人家的钱包,已被派出所抓去很多次了。中年男人唉声叹气地说,他前些天突然发病,就是因为这个儿子又在外面闯了祸,现在,他已经把一切办法都想尽,实在无能为力了。中年男人这样说着,慢慢抬起头,用充满期望的目光看着清一道长说,道长……我知道,你虽然年轻却有很好的修为,是一个深明大事理的人,所以,山下的人遇有想不开的事情,都上山来向你请教。

清一道长谦逊地摇摇头说,你想说什么,就直截了当说吧。

中年男人脸红了,似乎一下有些不安起来。

但他想了一下,还是说,我想向道长,请求一件事,不知……是否能答应。

清一道长点点头说,你说吧。

中年男人说,我想把这个儿子……留在山上,请道长……开导他一下。

清一道长很认真地看了看这中年男人,问,把他留在这里,你放心吗?

放心! 中年男人立刻点头说,把他交给道长,我当然放心!

清一道长说，好吧，既然这样，你就让他留在山上吧。

清一道长送走中年男人，关好山门。再回到三清殿时，看到那个少年两手插在裤兜里，仍在殿里东瞅西看地晃来晃去。清一道长走过来，问少年，你吃过午饭了吗。

少年说，还没。

清一道长又问，你饿不饿？

少年哼一声，这里有饭吗？

清一道长就将少年领到西厢房，然后从竹筒里倒出一些米饭，又在碗里搛了一些腌笋。

清一道长说，吃吧。

少年朝碗里看一眼，就吃这？

清一道长说，你吃不吃？

少年的鼻孔里又哼一声。

清一道长说，好吧，我告诉你，从现在起，你如果吃饭，就是这些，不吃也没关系，但这山上再也没有别的东西可吃，而且你也不要想离开这里，你在山路上是跑不过我的，你如果不相信就试一试，我先让你跑出二十步，然后再用二十步就可以追到你。

少年看一看清一道长，不再说话了。

清一道长又说，你的事情，我都已知道了。

少年喊的一声说，我知道，他一定会告诉你的。

清一道长说，你父亲告没告诉我，并不重要，重要的是，你为什么要这样做呢？

少年的脸上忽然古怪地一笑，看着清一道长问，你这样年轻，怎么也像唐僧啊？

清一道长显然不明白少年所说的唐僧是什么意思。少年似乎也看出清一道长没有听懂，就又挤眼一笑说，唐僧不知道吗？很能说，不停地说，说话可以把人说死。清一道长明白了，尽管他还是不清楚少年所说的唐僧为什么会和说话连在一起，但他知道，少年是在不怀好意地挖苦自己。清一道长在少年的对面坐下来，很认真地朝他看了一阵，然后拿出一面圆圆的镜子，放到他的面前，一个字一个字地说，你看一看，这面镜子里有什么？

少年不解，看看清一道长，又看了看面前的这面镜子。

清一道长说，你拿起来，看一看。

少年疑惑地拿起镜子，看了一下。

清一道长说，当你拿别人东西的时候，你是不是觉得别人的东西很好？

少年笑了，说，那当然，如果不好，谁会冒险去拿？

清一道长又问，你偷别人的钱，心里就是这样想的？

少年叹息一声说，钱真是好东西啊，只可惜……少年又看一眼清一道长，哼一声说，你整天把自己圈在这山上，不食人间烟火，你当然体会不到钱的好处。这时，清一道长把脸凑近他，很认真地说，可是，在这世界上，还有比钱更好，更值钱的东西，你知道吗？

少年眨一眨眼，你……你说什么，什么东西会比钱更值钱？

清一道长用手指了一下说，你看吧，就在这面镜子里。

少年拿起镜子，又照了一下……

方玮意识到，这一次的黄水村之行还是有些收获的。根据陈旺所说，在牛家发生这起凶杀案，牛家的上门女婿牛永一不知去向以后，曾有一个年轻女人来黄水村寻找过牛永一。这个年轻女人是谁？她跟牛永一又是什么关系？当时黄水村出了一起这样大的命案，影响肯定会很大，不仅轰动了整个南屏镇，甚至已经传遍全县，而且几乎所有的人都知道牛永一是这起案件的重大嫌疑人。那么在这样的时候，这个年轻女人为什么还敢来黄水村打听牛永一的消息？方玮据此分析，这个年轻女人应该不是本地人，至少案发的那段时间没有在本地，也就是说，她并不知道黄水村的牛家发生了什么事情。关于这个分析，从陈旺提供的情况中也可以得到证实。据陈旺说，这个女人操的是外地口音。而如果这样，那么这个女人会不会是在这起案件发生之前就与牛永一有什么瓜葛呢？倘若果真如此，这个女人对于本案也就没有什么价值了。可是根据调查，在牛家出事以前，牛永一只在家里种田，平时是极少出门的，他应该没有机会在外面接触到什么人，更不会因为什么事与女人有瓜葛。但不管怎样，方玮认为，还是有必要先搞清楚这个年轻女人的身份，或许从这女人身上，还能了解到一些关于牛永一的意想不到的情况。根据陈旺所说，黄水村的人曾告诉过这女人，牛永一的娘家是在槐树湾。那么，方玮想，这个女人在当时很可能去过槐树湾牛永一的娘家。

方玮在一天上午来到槐树湾。槐树湾是一个很小的自然村，在一条河床的岸边。这条河床很宽阔，还能看出当年有水时的气势，但现在已经干涸，只在河床中间有一条窄窄的溪流。方玮在河床的岸边找到牛永一的家。一个花白头发的男人正在门前的一片菜地里锄草。

方玮走过来问，这里是牛永一的家吗？

男人停下手里的锄头，抬起头看一眼方玮说，这是杨家，他叫杨永一。

方玮立刻猜到了，这应该就是杨永一的父亲。同时也听出来，杨永一的父亲对牛家不满。于是，方玮向他说明了来意。杨永一的父亲点点头说，好啊，这件事已过去六年了，你们公安机关也真该查查清楚了，永一这样老实的一个孩子，怎么可能做出那样的事来，退一万步说，就算真是他做的，也一定是有原因的。杨永一的父亲摇摇头，又说，那牛家母女可不是善类，现在人已经死了，按说不该再说这样的话，我当年让永一去他家入赘，也是没有办法的事，其实永一当时是很不情愿的，可这孩子从小就听话，心里不愿意也不说，结果就……害了孩子的一辈子啊……杨永一的父亲说到这里，又重重地叹了一口气。

方玮听了想一想，问，杨永一当年去牛家，只有17岁？

杨永一的父亲说是啊。

杨永一的父亲告诉方玮，杨永一在家里是老大，底下还有杨永二杨永三杨永四杨永五四个兄弟，也正因如此，当时家里才决定让他去牛家做上门女婿。其实当时杨永一刚刚从镇上的中学初中毕业，而且学习成绩很好，可是家里的经济条件不允许他再继续读书了。当时学校的老师还为此事找到家里，对杨永一的父亲说，杨永一的学习成绩这样好，而且天资聪慧，又很用功，如果继续读书将来一定会有很好的前程，现在让他荒废学业实在太可惜了。可是没办法，杨永一的父亲说，那时家里已经实在拿不出钱。他决定让几个儿子都读到初中毕业，他觉得这样的文化程度在农村也就够用了，即使这样他也要卖掉一头牛和两头猪才勉强可以把钱凑够。所以，他希望作为老大的杨永一，先给弟弟们做出一个样子，他们兄弟几个如果有一个初中毕业之后还要继续读下去，就意味着要有另一个连初中也无法再读。也正因如此，当时杨永一没说任何话就去了黄水村的牛家。杨永一的父亲说，杨永一去牛家的那天没有带任何东西，只带了一些他从学校背回来的书。家里后来才知道，杨永一在镇上的中学读书时，经常去工地上给人家做小工，这样挣到一点儿钱，就买成书。所以，杨永一的父亲说，儿子去牛家的那天，他一个人坐在河岸边流了很久的眼泪。他知道自己对不起儿子。

方玮问杨永一的父亲，当年牛家出事以后，杨永一又与家里联系过吗？

杨永一的父亲说，没联系过。

方玮说，你要如实告诉我们。

杨永一的父亲说，真没联系过，家里至今也不知道他究竟去了哪里。

方玮问，当时这件事的起因，你们也没有听说过吗？

杨永一的父亲摇摇头说，家里一直不知道，这究竟是怎么一回事。

方玮又问杨永一的父亲，当年有一个年轻女人，曾来找过杨永一？

杨永一的父亲立刻飞快地看了方玮一眼，似乎犹豫了一下。

他又沉了一沉，才说，是……来过一个女人。

方玮问，这个女人，当时说什么了？

杨永一的父亲说，也……没说什么。

杨永一的父亲又想了一下，对方玮说，她……她跟这件事没啥关系。

方玮笑了，看着他说，你怎么知道，这个女人跟这件事没有关系呢？

杨永一的父亲张张嘴，没有说出话来。

这时方玮已经感觉到了，关于这个年轻女人的事情，杨永一的父亲似乎不愿多说。于是，他问，当时这个女人来这里，只是打听杨永一的消息，没有说别的吗？

杨永一的父亲点点头，说是，她只是打听杨永一，别的什么也没说。

方玮看着杨永一的父亲，突然问，这女人现在在哪里？

杨永一的父亲稍稍一愣，目光游移了一下。

方玮耐心地说，如果你想让我们把这件事查清楚，你就应该配合我们。

杨永一的父亲又想了一下，然后点点头说，好吧。

于是，他就把这个女人现在的地址告诉了方玮。

方玮没有想到，这个年轻女人竟然还在本地。根据杨永一的父亲提供的地址，这个女人是在县城。杨永一的父亲说，她现在开着一间小五金店，本钱虽不大，但生意做得很安稳。方玮回到县城，按杨永一的父亲所说的地址，果然在南门街上找到了这家小五金店。店面虽然不大，但看上去很整齐。看店的是一个不到二十岁的女孩。方玮走进来问她，宋春莲在不在。女孩抬起头看看方玮，转身到里面去了。一会儿，一个二十多岁的年轻女人走出来。这女人的相貌很平常，说不出哪里好看，也说不出哪里难看，只是皮肤有些黑，显得很朴实。

她看一看方玮问，您有事？

方玮说，我是县公安局的。

这女人轻轻哦了一声。

方玮说，想向你，了解一些情况。

这女人点点头说，到里边说话吧。

方玮就跟随这女人一起来到小店的里面。里面是一个很小的套间，堆放着一些杂物，还有一张木床，显然是这女人住的地方。方玮直截了当对这女人说，我今天，是为杨永一的事来的。这女人并没有显出意外，只是又点了一下头，哦一声。

方玮问，你在几年前，曾去黄水村找过杨永一？

女人说，是，我去找过他。

后来又去过槐树湾？

嗯，我听黄水村的人说，他的家在槐树湾。

你和杨永一，是什么关系？

这女人看一看方玮说，我能……问一下吗？

方玮点点头说，可以，你问吧。

这女人说，你是……怎样找到我这里来的？

方玮说，是杨永一的父亲告诉我的。

这女人哦一声说，明白了。

然后，她又说，杨永一是一个好人。

方玮没说话，只是看着这个女人。

这女人又说，他在黄水村的事，我也是后来才知道的。

这女人告诉方玮，她认识杨永一是在六年前的春天。

那时她只有20岁。她的老家是在河南新乡的农村，当时一个人出来去江苏的连江县打工。但在连江的一家私营企业做了几个月，只领到一点点工钱这个厂子就倒闭了。后来听说浙江那边打工容易一些，于是就用手里的最后一点儿钱，在一个票贩子手里买了一张去浙江南州的火车票。但让她没有想到的是，这张车票竟是假的，就在她准备上车时，被车站的检票员发现了，当即将她扣下来。她那时刚刚从家里出来，还没有经过事，一下就吓得不知所措了，于是一边哭着向检票员解释，她是从票贩子手里买的车票，她真不知道这张车票是假的，她向那个检票员哀求说，她的身上已经没有钱了，一分钱也没有了，所以，如果不让她坐车，她不坐就

344

是了，只求把她放了。但那个检票员坚持说，不坐车也不行，必须把票补上，还要罚同等票价的钱。宋春莲一听越发害怕了，一下就哭着蹲到了地上。这时旁边的一个男人对那检票员说，我给她买一张车票吧，罚款我也替她缴。检票员收了钱，这才将她放进车站。也就是那一次，宋春莲说，她知道这个好心的男人叫杨永一。但是，当她在车上问杨永一，准备去什么地方时，杨永一却似乎并不想说，他只是支支吾吾地告诉宋春莲，自己还没有想好要去什么地方。当时宋春莲觉得有些奇怪，他已经上了开往浙南的火车，怎么会还没有想好去什么地方呢。那一次，杨永一最终还是和宋春莲一起在南州下了火车。事后杨永一向宋春莲解释，他也是出来打工的，因为从没有到过浙南，对这边不熟悉，所以在当时还没有拿定主意，不知自己该去什么地方。后来在南州的那段日子，宋春莲去一家工厂做工，杨永一则在一个窑上给人家推砖。宋春莲刚到南州时，身上已经没有分文，而那家工厂又不是按月给工人发薪水，所以，她的生活几乎全靠杨永一接济。杨永一在窑上推砖是按天取酬，每天可以领到工钱，因此那段时间，几乎是杨永一用自己推砖的收入养活他们两个人。

宋春莲说，她出事是在大约半年以后。她当时是在一家私营的织布厂做挡车工。一天上班时，一支织布的梭子不知怎么突然飞出来，一下打在了她的肚子上。当时她只觉眼前一黑就什么都不知道了。醒来时已经躺在医院里。据医生说，她很幸运，这支飞到她肚子上的织布梭子并没有伤到她的内脏，只是在击中一根神经的同时打破了一根血管，所以腹腔内有出血，虽然不很严重，但也要做手术。当时那家织布厂的老板向她明确表示，厂里可以为她承担全部的医药费，但生活上就不管了，她只能自己想办法。可是，她当时一个人躺在医院里，已经没有任何办法。幸好这时有杨永一。在宋春莲刚刚做了手术的那段时间，杨永一每天都在医院里照顾她。当时宋春莲只有20岁，手术又是在腹部，所以陪床照顾有很多男女不便的地方。但宋春莲这时已顾不得这些了，杨永一也说，只要你不在意，我怎样照顾你都可以。也就从这一次的这件事，宋春莲说，她看出杨永一真的是一个好人。杨永一在病床跟前照顾她时，经常整夜不睡觉，就那样一动不动地坐在床前，她稍稍一动立刻就问，是不是伤口又疼了，要不要喝水。那时宋春莲想，自己如果能将一辈子托付给这样一个男人，也就放心了。但她那时还不知道，也没有问过，杨永一的家里有什么人，是不是已经结婚。宋春莲只是想，像杨永一这样的男人，看上去老实敦厚，又有些斯文的样子，不仅懂得体贴人，做生活也肯下辛苦，他应该是早就娶了女人的。但那时,宋春莲的心里仍还抱有一线希望。

于是,她就还是忍不住向杨永一问了这件事。

那是在她出院以后。当时那家织布厂的老板为了避免以后的麻烦,只是象征性地给了宋春莲一点儿生活费,就将她解雇了。她术后身体又需要恢复一段时间,于是索性就搬来杨永一租住的房子,和他住在一起。当时杨永一租的房子只有一间,而且很小,杨永一就让宋春莲睡到床上,自己则打一个地铺。宋春莲为此一直感到过意不去,杨永一白天要去窑上推砖,干那么重的体力活儿,晚上回来如果休息不好怎么行呢。于是一天夜里,她就悄悄地来到地铺上,不声不响地躺在杨永一的身边。杨永一半夜醒来,发现了身边的宋春莲,立刻坐起来,问她怎么回事?宋春莲静静地说,你去床上睡吧,你如果一直这样休息不好,身体会垮的。杨永一说,我的身体没问题,你刚刚做手术不久,不能睡在地上。宋春莲说,你如果觉得我不能睡在地上,就和我一起睡到床上去吧。杨永一听了慢慢低下头,没有说话。宋春莲轻轻地将一只手放到他的身上,又说,你在医院里照顾我这么久,我的身体……你哪里还没有看见过呢?所以……我早就应该是你的人了。杨永一垂着头,仍然没有说话。宋春莲说,现在,请你告诉我,你成过家了吗? 杨永一说,你不要问了。宋春莲点点头说好吧,明白了。杨永一立刻说,不,你不明白,也不可能明白。宋春莲说,不管怎样说,你成过家也好,没成过家也好,我都不在乎,只要现在,我和你在一起就行了,我以后不要你为我承担任何责任,这一切都是我自己愿意的,你是一个好人,我只想……报答你。杨永一听了又沉默一阵,然后摇摇头说,你是一个好女孩,可是……我配不上你。宋春莲听了感到奇怪,问,你怎么能说出这样的话呢,你是这样好的一个男人,怎么能说配不上我呢?杨永一仍然摇着头说,我将来……不可能给你幸福的。这时宋春莲的眼泪就流下来,她说,我不用你将来给我幸福,也不要你做任何承诺,我只求现在,只要现在能和你在一起就行了,别的我都不管。杨永一说,不行,我不能害了你。他这样说罢,一用力就将宋春莲抱起来,然后轻轻地放到床上。宋春莲没有想到,杨永一竟然有这样大的气力,她在被抱起的一瞬,感觉到了一个男人粗重的呼吸和身上坚实的肌肉。但她仍然不明白,她轻轻地问,为什么……这是为什么……

这以后,杨永一就仍然睡在地铺上。终于有一天,宋春莲在早上醒来时,看到枕边放着一沓钞票。这些钞票有百元的,伍拾元的,还有贰拾元和拾元的,票面上还沾着一些黄色的粉尘。旁边有一封信。信写得很简单。杨永一在信上说,宋春莲的身体已经恢复了,可以开始新的生活了,所以,不用他再照顾了,现在他要到别的地方去打工了。他说,他已经预交了半年的房钱,让宋春莲照顾好自己。当时宋春莲看了这封信,呆呆地坐了一个上午,然后就做出一个决定。她觉得杨永一是这样难得的一个好男人,而且自己欠他的实在太多了,所以,她要去找他。宋春莲想,如果杨永一还没有成家,她一定要嫁给他,而如果他确实已经成家,她也就死心了,她今后会把他当成一个亲哥哥一样的看待。宋春莲回忆,杨永一曾透露过,他的老家是在安徽林县,而且还曾提到过一个叫南屏镇的地方。于是,宋春莲就来到安徽林县,又一直找到了南屏镇。这时,宋春莲有一个问题,一直搞不明白。她曾经看到过杨永一的身份证,虽然没有看清具体地址,却看到身份证上的名字是牛永一。宋春莲想,杨永一明明姓杨,他身份证上的名字怎么会是牛永一呢?但宋春莲只是把这个问题装在心里,却始终没有问过杨永一。所以,宋春莲来到南屏镇之后,就在街上四处打听,这里有没有一个叫牛永一的人。但让宋春莲没有想到的是,她果然很快就打听到了,这里确实有牛永一这样一个人。街上的人先是问她,找牛永一干什么?宋春莲觉得问她的人神色有些异样,就说不干什么,只是问一问。街上的人说,你问的这个牛永一,应该是黄水村的那个牛永一,如果真是这个人,他可是一个很有名气的人物呢。宋春莲听了奇怪,问,他有什么名气。街上的人似乎欲言又止,只是说,你去黄水村问一问就知道了。于是就这样,宋春莲又来到了黄水村。这时宋春莲才知道了牛家曾发生过的事情。宋春莲当然可以肯定,这个黄水村的牛永一,就是自己要找的杨永一。她这时再回想一下杨永一曾对自己说过的话,心里也就全明白了。但宋春莲不相信杨永一会无缘无故杀人。她想,杨永一是那样一个憨厚老实的本分人,他在当时做出这样的事一定是有什么原因的。这也就更加坚定了她要找到杨永一的决心。她听黄水村的人说,杨永一的家是在槐树湾,于是就又来槐树湾这边寻找杨永一的消息。

宋春莲对方玮说,她在槐树湾见到了杨永一的父母。她也终于彻底知道了,杨永一是怎样一个人。那天晚上,杨永一的父母和她整整说了一夜的话。宋春莲告诉杨永一的父母,她从今以后就不走了,她要在林县的县城里,一直等着杨永一回来。宋春莲与杨永一的父母约定,如果家里有了杨永一的消息,就立刻告诉她。她这里倘若有了杨永一的消息也会立刻告诉这边的家里。宋春莲就这样在县城里住下来。她用杨永一留给她的一点儿钱,加上当初那家织布厂给的一点儿生活费,开了这样一个小五金店。宋春莲说,她经常会去槐树湾看一看杨永一的父母,每次去都给他们带一些吃的东西。她说,她这是在替杨永一孝敬他们。

方玮听了想一想问,你在林县的这段时间,又有杨永一的消息吗?

宋春莲看一眼方玮,没有说话。

方玮耐心地说,从你刚才说的话里可以听出来,你是一个很明事理的人,如果你认为杨永一确实是一个好人,而且认定他做出黄水村牛家的那件事是有原因的,你就应该协助我们找到他,只有找到他了,才可以把事情彻底搞清楚。方玮这样说罢,又很认真地看一看宋春莲,我相信,你也不希望杨永一总在外面这样东躲西藏下去,你说是吧?

宋春莲点点头说,是啊……

好吧,方玮说,你现在告诉我,杨永一,又跟你联系过吗?

宋春莲又低头沉默了一阵,然后抬起头看着方玮,点点头。

方玮立刻问,什么时候?

宋春莲说,就在前不久。

方玮说,你具体说一说。

宋春莲告诉方玮,当年杨永一离开她时,曾给她留下一部手机。她知道,这部手机已是她和杨永一联系的唯一希望了,所以这几年,她虽然从来没有使用过这部手机,却每天都24小时地开着机,她坚信杨永一还会给她打来电话。就在前不久,这部手机终于响起来,竟然真的是杨永一。但杨永一并没有跟她通话太久,也没有告诉她,他现在是在哪里,只是问她好不好,生活怎样。宋春莲说,她当时一听到他的声音就哭了,她告诉他,自从他那一次不辞而别以后,她就来到他的家乡,她现在就住在林县的县城里,开了一间小五金店,而且经常去槐树湾看望他的父母。宋春莲告诉他,他的事情她都已知道了,但她相信,他做出这样的事一定是有原因的,所以她要一直这样等他回来。宋春莲说,当时杨永一听了,在电话里很久没有说话,接着他告诉她,他还会给她打电话的。这样说罢就将电话挂断了。

方玮听了问,他的电话号码是多少?

宋春莲说,当时屏幕上,没有显示。

方玮立刻让宋春莲拿出这部手机,打开通话记录看了一下,果然没有显示对方的电话号码。显然,对方的电话号码申请了屏蔽业务,将号码隐身了。

清一道长做完晨课,收起扫帚时,那个叫胡杰的少年也已将清云观里的一个水缸挑满了。观里的这个水缸非常罕见，直径约五尺，高四尺，看上去像一只巨大的荷花缸。所以，一桶水倒进去只会听到清澈的一响，几乎没有任何的成就感。这个叫胡杰的少年第一次挑水时，看着这只巨大的水缸一下有些迟疑，他想象不出要多少水才可以将这个水缸装满。清一道长似乎看透了他的心思，于是告诉他，一共要21挑水，也就是42桶。水源是在清云观的后面。在三清殿的后墙有一面崖壁，崖壁的一侧有一眼长年流淌的泉水。清一道长对少年说，从那眼泉水到这只水缸，每挑一次水往返要花3分钟时间，如果是21挑水，要用63分钟，也就是一个小时多一点儿。清一道长说，只要一小时，就可以把这样大的一个水缸装满，你没有想到吧。这个叫胡杰的少年起初将信将疑。他毕竟没有挑过水，也没有这样吃过力，所以咬牙将一缸水挑满时，用了将近两个小时。清一道长看着少年说，好啊，我现在可以告诉你了，我要挑满这一缸也要用两个多小时。少年一下睁大眼说，你……刚才骗我?清一道长微微一笑说，我没有骗你，也许还有人要用三个小时才能将这个水缸挑满，每个人的体力当然是不一样的。但是，清一道长又说，我确实看到过一个人，他只用了一个小时就将这个水缸挑满了。清一道长说，既然有人可以做到，也就成为一种可能，既然是可能，也就可以争取。

在这个早晨，这个叫胡杰的少年挑完最后一挑水时，清一道长说，你今天可以下山去了。少年似乎不太情愿。他皱一皱眉说，在山上挺舒服的，每天可以不用去上学，也没有老爸像唐僧一样地念经，晚上睡觉也很踏实，为什么一定要……少年说着又看一眼清一道长，而且，你这里的腌竹笋也很好吃，比山下的麦当劳味道好多了。

清一道长笑了，说，这山上毕竟不是你久留的地方。

少年问，是你……久留的地方吗?

清一道长摇摇头说，当然也不是。

清一道长说，没有人会在这山上永远待下去的。

少年似乎没有听懂，又很认真地看看清一道长。

这时有人在敲打山门。清一道长对少年说，你该走了。

清一道长说罢就去打开山门。果然，那个中年男人站在外面。清一道长回头看一看这个少年。少年就走过来。中年男人看看自己的儿子，又看看清一道长。清一道长忽然对少年说，等一等。然后就进里面去了。过了一会儿，清一道长又出来，将那面圆圆的镜子递给少年，然后说，这个你带上吧。少年没有说话，接过那面镜子，就跟随父亲下山去了。

清一道长转身回到观里,关上山门。这时,山下的孟桃忽然打来电话。孟桃在电话里的声音有些担忧,她说,刚才有一个人,急急地上山去了。

清一道长听了哦一声,说,每天会有很多人来山上的。

孟桃说,可是这个人……好像不太一样。

清一道长问,怎么不一样?

孟桃说,说不好,所以才告诉你一下。

孟桃又说,你要……当心一点儿啊。

清一道长说,知道了,你放心吧。

清一道长挂断电话就去把山门打开。这时晨雾还没有散尽,通向山上来的小路隐在云雾里,石阶湿漉漉的。清一道长知道,还要再过一会儿,上山求医的人们才会陆续到来。这时,他听到山路上传来一阵脚步声。接着就看到,一个黑衣男人沿石阶走上来。这男人大约三十多岁,短发,国字脸,中等身材很强壮,肩上背着一只深色的大包。他来到山门跟前站住了,看一看清一道长。清一道长冲他微微点头示意了一下,然后问,你来山上,有事吗?

国字脸的黑衣男人又上下打量了一下清一道长,问,你是……这观里的道士?

清一道长点点头说,是。

黑衣男人没再说话,就径自走进山门里来。他先到三清殿里看了一下,然后出来,又去东侧的配殿伸头看了看,接着又到东厢房和西厢房转了一遭,然后回来,走到清一道长的面前问,这观里还有什么人吗?清一道长很认真地看一看他,说,除去我没别人了。

黑衣男人哦一声,似乎稍稍松了一口气。

不过,清一道长又说,再过一会儿,这山上会有很多人的。

黑衣男人似乎一下又紧张起来,立刻问,都是……什么人?

清一道长说,来山上看病的人。

黑衣男人看一眼清一道长说,我也是……来看病的。

清一道长说,是,我已看出来了。

黑衣男人似乎有些疲惫,精神渐渐委顿下来。这时清一道长才发现,他的嘴唇已爆起一层白皮,鞋子和裤脚沾了一层尘土,看样子已经走过很远的路。

清一道长问,你是不是,要休息一下?

黑衣男人朝四周看看问,有安静的地方吗?

清一道长说,你跟我来吧。

清一道长这样说罢,就将黑衣男人引到东厢房。

黑衣男人又问,有水吗? 最好……再弄些吃的。

清一道长送来一些水和一小碗腌笋拌米饭。黑衣男人立刻埋头吃喝起来。吃了一阵,忽然想一想,从那个深色的大包里摸了一阵,掏出几张钞票举到清一道长的面前。

清一道长并没有伸手去接,只是看一看这些钞票,问,这是干什么?

黑衣男人又将钞票举了一下,说,给你的。

清一道长笑笑说,不用,钱在山上是用不到的。

黑衣男人不解,眨眨眼问,你说,山上不用钱?

清一道长说是,在山上,钱是没有任何用处的。

黑衣男人听了又愣一下,挥挥手示意让清一道长出去,然后就将房门关上了。清一道长又在厢房的门外挂了一把锁。黑衣男人立刻在里面问,你要干什么?

清一道长说,这样就不会再有人来打扰你了。

方玮在一个下午又来到南门街上的小五金店。宋春莲正在店里盘点货物,抬头看到方玮,点点头说,到里面说话吧。然后就引着方玮来到里面的小套间。方玮掏出一张纸条,递给宋春莲说,这是杨永一的手机号码。宋春莲有些意外,看一看方玮问,你是……怎么搞到这个号码的? 方玮笑笑说,我们公安局,当然有我们的技术手段。

宋春莲点点头。

方玮说,我今天来,是要跟你说一件事。

宋春莲垂下眼说,我知道,你要说什么。

方玮说好吧,既然你知道,这件事就好说了。

方玮告诉宋春莲,她可以给杨永一把电话打过去,在电话里和他谈一谈。当年在牛家发生的那起案件,究竟起因是什么?方玮说,这件事的起因至今还没有任何人知道,即使黄水村的人也只是一些猜测。所以,方玮对宋春莲说,在电话里,让杨永一把当年的事情都说出来,这样打开他的心结,后面再与他沟通,或者做什么工作也就会容易一些了。

宋春莲想一想说,好吧。

方玮又向宋春莲交代了一下政策以及与杨永一通电话时要注意的事项,就从小五金店里出来。这时方玮已经接到技侦部门的电话,杨永一使用的这个电话号码,是在江西与广东交界的溪南县一带注册的,而且杨永一与宋春莲通电话时的地点,也正是在这一带。如此一来,也就将杨永一目前藏身的地点锁定在这个区域。但方玮知道,江西与广东交界的这片区域山高林密,多是地形复杂的山地,因此要想找到杨永一具体的藏身地点也很困难。所以,他想,如果通过宋春莲,先和杨永一通一下电话或许能收到意想不到的效果。方玮分析,从宋春莲所讲述的情况可以看出,杨永一应该还是一个善良之心没有泯灭的人,而且从他不久前曾主动给宋春莲打电话这一点看,他对宋春莲的境况很牵挂,应该还是有感情的。因此,如果让宋春莲跟他联系,在电话里和他谈一谈,或许还是能够谈进去的。

方玮的分析没有错。第二天上午,宋春莲就打来电话。宋春莲在电话里说,已跟杨永一通过电话了。方玮一听立刻赶过来。宋春莲的两眼红红的。她告诉方玮,昨天晚上,她几乎和杨永一通了一夜的电话,杨永一终于将当年的事都对她讲出来了。宋春莲说,杨永一在电话里承认,那牛家母女确实是他杀死的,但他当时真的实在是忍无可忍了。现在事情已过去六年,他冷静下来再想,自己那时是太冲动了,根本没有想过后果。

据杨永一说,他当年到牛家做上门女婿时只有17岁。那时候,他刚刚从镇上的中学毕业回来,还不知道上门女婿的真正含义是什么。直到来了牛家,牛水花的母亲,也就是他后来的岳母告诉他,他从此以后要改姓牛,不再叫杨永一,而是叫牛永一,他才第一次感觉到了屈辱。他当时想不明白,自己到牛家只是来和这个叫牛水花的女孩结婚,为什么还要将自己的姓也改掉。但牛水花的母亲对他说了一句话,牛水花的母亲说,这只能怪你那个当爹的没有本事,生了儿子养不起,如果养得起,谁肯让自己的儿子去姓人家的姓呢。也就是牛水花的母亲说的这句话,像一颗钉子似的深深钉在杨永一的心里。杨永一来到牛家之后,牛家母女就几乎不再下田了,所有的事情都由杨永一一个人来做。那时候杨永一有一种感觉,他到牛家似乎不是来结婚的,而是来做工。而且,他对这个叫牛水花的女孩也极不喜欢。牛水花比他大一岁,身材很粗壮,却非常懒惰,每天从早到晚只是躺在床上睡觉。杨永一每当看到躺在床上呼呼大睡的牛水花,就无法想象,自己将来要跟这样一个女人生活一辈子。杨永一19岁那年,牛家为他和牛水花正式办了婚事。但是,杨永一从与牛水花第一次在一起，就感觉到自己力不从心，而且对这种事有一种强烈的厌恶心理。这种心理发展到后来，就使他几乎已做不成这件事了。杨永一的这种状态当然让牛家母女极不满意。尤其牛水花的母亲，每天说话冷言冷语，有的时候甚至是直言不讳地奚落。杨永一渐渐感觉到，自己似乎是牛家买来的一头牲畜，一方面要他下田，另一方面还要让他配种。现在配种这件事他做不好，牛家就感到吃了亏，好像是买了一头不中用的牲畜。这种感觉越发让杨永一的情绪受到压抑。而更加让杨永一感到忍无可忍的还是后来的一件事。一天中午他从田里回来，他在那个上午原本是带了午饭下田的。那时牛家给他的午饭已经越来越简单，每天只是一点儿米饭，一小撮菜干。杨永一曾向牛水花的母亲提出，这点儿饭他吃不饱。但牛水花的母亲说没有办法，家里就是这样的条件，如果吃不饱就只有谷糠了。在那个中午，杨永一是临时决定回来取东西的。但他一步踏进家里，却看到牛水花和她的母亲，还有村长陈旺，三个人正围坐在饭桌旁边说说笑笑地吃饭。饭桌上摆了几样肉菜，还有一瓶白酒。当时牛水花和她母亲看到杨永一回来，都愣了一下。杨永一没有说话就到里面去了。但杨永一进到屋里，立刻就更加感到不对劲儿了。杨永一毕竟是已经结过婚的人，他感觉到，床上被褥的样子不像是牛水花一个人睡过的，而且床边扔的一些东西也非常可疑。但他当时并没有说什么，只是拿了东西就又出来了。这以后杨永一又在家里碰到过几次，或者是陈旺和牛家母女一起吃饭，或者是陈旺刚好从牛家出来。但关于陈旺经常来牛家这件事，牛家母女从没有向杨永一做过任何解释。陈旺在村里见到杨永一也是若无其事。而最让杨永一无法忍受的，还是村里人看他的目光。杨永一感觉到，村里人都用一种很奇怪的目光看自己。杨永一毕竟是初中毕业，而且读过一些书，所以他知道，心平气和是解决问题最理智的方式。于是，他在一天早晨临下田时对牛水花的母亲说，今后如果有什么事，最好去村委会找陈旺，不要让他再来家里，这样在村里影响不好。牛水花的母亲一听却笑了，说影响不好，你也知道影响不好吗？不要说人家陈旺来家里没有什么事，就是真有什么事，你还有脸说这样的话吗？你一个大男人，自己没本事跟自己的女人做该做的事，还把女人盯这么紧，你不觉得丢一个男人的脸面吗？当时牛水花的母亲说的这番话，让杨永一哑口无言。他只好将压抑的情绪强按在心里。但让杨永一没有想到的是，这以后，陈旺来牛家似乎就更加理直气壮了，牛家母女也越发肆无忌惮。有的时候，杨永一早晨下田，从家里出来刚走到山坡上，远远地就见陈旺一摇一晃地朝这边走来。

事情终于彻底爆发，是在六年前的春节过后。那是正月十五元宵节的第二天。牛水花的母亲一早就将一个饭包扔给杨永一，里边仍然是一点儿米饭，一小撮菜干。杨永一这天要去田里翻地。杨永一就这样在田里整整忙碌了一天，直到天快黑时才回来。但是，当他走进院子，推门走进灶屋时，立刻闻到一股呛人的酒气。接着牛水花的母亲就从里面迎出来，拦住杨永一说，饭还没有做，你先在院子里劈一下木柴，灶屋里没有柴烧了。当时杨永一稍稍愣了一下。他已在田里翻了一天的地，又冷，又饿，又渴。但他没有说话，从墙边拿了斧子就到院子里去劈木柴。这时杨永一已经有了一种预感，牛水花的母亲不让他进屋，一定是另有原因。杨永一想到这里，压抑在心里的情绪就有些膨胀起来。也就在这时，他听到屋里有人说话，其间还有男人含含混混的声音。接着就看到，陈旺从屋里衣冠不整地走出来。陈旺显然是喝多了，酒还没有完全醒，甚至一边走还在一边提着裤子。在走过杨永一的身边时，都没有看他一眼，就那样旁若无人地过去了。这时杨永一攥着斧子的手已经在颤抖了。他一斧子劈下去，没有劈到木柴，却将自己脚上的胶鞋砍开一个口子。接着他就听到，牛水花的母亲在叫他。牛水花的母亲没好气地说木柴先不要劈了，赶快去挑水，没有水怎么做饭。于是杨永一就走进屋里去拿水桶。但他这时并没意识到，在他走进屋里时，手里仍还拎着那把斧子。就在杨永一走到屋角去拿水桶的一瞬，无意中一回头，刚好看到卧室里床上的牛水花。牛水花显然还光着身子，正在懒洋洋地穿内裤。也就是这时，杨永一压抑在心里的情绪突然一下爆发出来了。他猛一下将手里的水桶扔到地上，然后就拎着斧子朝卧室里冲去。牛水花突然听到外面水桶哐的一响，扭头朝这边看时，杨永一已经拎着斧子冲到她的面前。当时杨永一脸上的表情一定非常可怕，牛水花赤裸着上身本能地朝后一躲，杨永一手里的斧子也猛地一下朝她抢过来。这一下砍在了牛水花的肩上，牛水花尖叫了一声就朝木床的另一边逃去。牛水花的这声尖叫也引来了她的母亲。她母亲从外面奔进来时，杨永一已经又挥舞着斧子朝牛水花砍过去。杨永一这时浑身发抖，积蓄在心里的压抑情绪终于彻底爆发出来。而牛水花此时也已经无处可逃，就在她想跳下床朝外面跑时，杨永一追过来一斧子把她砍倒在床边，接着就这样一斧接着一斧地砍下去。牛水花的母亲先是扑过来想抱住杨永一，但这时杨永一已经又把斧子朝她挥过来。她一见连忙跑到外面的灶屋。杨永一也紧跟着追出来。牛水花的母亲毕竟已是五十多岁的女人，腿脚没有杨永一灵便。杨永一这时也杀红了眼，追过来又朝牛水花的母亲一阵乱砍。就这样，将牛水花的母亲砍倒在灶屋通向东屋的门槛上了。

宋春莲对方玮说，杨永一在电话里告诉我，六年前的事情……就是这样。

方玮沉了一下，问，这件事发生以后，他就从黄水村逃出来了？

宋春莲说，是，他逃出黄水村以后，没过多久就遇到了我。

方玮问，杨永一告诉你了吗？他现在，具体在哪里？

宋春莲点点头说，他在……江西的溪南县。

宋春莲看一眼方玮，又说，他已经答应了。

方玮问，他怎么说？

宋春莲说，他让我告诉你，他……去自首。

清一道长这一天起得很早。他先用心地做完晨课，然后用泉水把扫帚细细地清洗干净，就挂在东厢房外面的墙山上了。清一道长又为东厢房里的黑衣人送去一天的饭食和一壶开水，然后自己很用力地吃了一顿饱饭。清一道长知道，这将是很忙碌的一天。

果然，清一道长吃过早饭，来山上求医的人们就已陆续拥进观里来。

清一道长一改平日的做法。他提前一天已让山下的孟桃来观里，将灶房的大锅刷洗干净，然后用所有的米熬了一锅很稠的菜粥，并将剩下的腌笋都切成细细的笋丝放在一个盘子里。在这个早晨，清一道长对来山上求医的患者说，大家可以不必急着下山，只要耐心等候就是了，如果饿了可以去灶房吃粥，累了去西厢房休息也可以。他说，他中午不再休息，所以每一个人都可以得到治疗。清一道长这样说罢，还特意在院子里铺了几片竹席供人们坐。来山上求医的人们一听清一道长这样说，心里便都踏实了。清云观里清风习习，云雾缭绕，又有泉水泡的清茶可以喝，在这样的地方坐一天自然也是很舒服的事情。

清一道长就这样忙碌了一天。傍晚时分，将最后一个患者送出山门，才稍稍地松了一口气。他先来到三清殿，用鸡毛掸子将香案仔细地拂拭了一遍，然后轻轻关上殿门，又来到东侧的配殿认真地整理了一下。西厢房已经收拾过了，床上的被褥叠得整整齐齐，而且用一个布单严严地遮盖起来。这样，今后再有道人来居住就好用了。清一清长又在观里四处走了一下，看一看一切都收拾得妥帖了，就取出一把很结实的铁锁，锁在了东厢房的门上。

厢房里的黑衣男人立刻说，老道，你要干吗？

清一道长说，我要下山出诊，你只管休息吧。

黑衣男人问，你干吗……又加一道锁？

清一道长哦一声说，是为了你的安全。

清一道长这样说罢，就走出清云观的山门。独秀峰的山顶悬在半空，似乎只有飘过的云朵磨出沙沙的声音。草木释放出一天的气息，有些苦涩的香气弥漫在夜风里。清一道长沿着石板小路走下山来。到山腰时，他掏出手机拨通了"110"。他在电话里说，在山上的清云观，东厢房里，可能是你们要抓捕的人，请立刻上山来吧。

清一道长打过电话，就朝山下走去。

孟桃的"望清云"茶棚这时已经清静下来。清一道长走到茶棚跟前，拿出一只竹筒，轻轻放到门前的木桌上。这只竹筒里，是清一道长精心熏制的茶叶。当年清一道长向师傅玄真道长学会了这种独特的熏制茶叶的方法，将新鲜的竹叶在瓦罐里铺九层，然后放进新炒的清茶，再盖九层竹叶，这样用黄泥将罐口封严，熏制九九八十一天，竹叶的清澈之气就会浸到清茶里。清一道长特意为孟桃熏制了一罐这样的清茶。清一道长将这只竹筒放到茶棚门前的木桌上，又朝茶棚的窗子里看了看。窗子里正泻出一泓灯光。清一道长知道，孟桃还没有睡。他又朝那扇窗子看了一下，就转身朝大道上走去……

在这个晚上，清一道长走进溪南县公安局。

他对值班的警察说，我是杨永一。

…………

我在这个小县城住了三天，每天都到山顶的这座道观里来。我走遍这个道观的每一个角落，也经常在正殿和厢房里久坐。我试图揣摩，当初这个叫杨永一的道人独自在这座道观里会是一种什么感觉？我想，这对他或许是一个难得的机会，可以静静地思考一些事情。

　　就在这时，我忽然接到李局长的电话。

　　李局长问我，还想不想走得更远一些？

　　我没有明白李局长的意思，于是问他，走得更远一些……是哪里？

　　李局长问，从你现在的位置往东会是哪里？

　　我想了想说，往东……应该是浙江省。

　　他又问，如果再往东呢？

　　我笑了，说，再往东就是大海了。

　　他说，这就对了。他告诉我，在那边的一个海岛上，曾侦破过一个案件。他问，想不想去了解一下？我一听立刻来了兴趣。在我接触到的这些案件中，还没有发生在海岛上的。

　　好吧，李局长说，你现在就过去吧，那边的事我打电话帮你安排一下。

　　我立刻离开这个小县城，按李局长的安排赶过去。

　　在这个早晨，我下了火车站，从出站口走出来时，看到人群中一个年轻人的手里举着一块纸牌，上面写着我的名字。我立刻朝他走过去。年轻人一见我就笑了，说，走吧，车停在外面。这年轻人告诉我，他姓张，叫他小张就可以，这一次，他负责陪我到岛上去。我拍拍他的肩膀说，好啊，小张，这一趟就要辛苦你了。

小张没说话，只是冲我一笑。

从火车站开车到海边，大约要4个小时。这个海岛，我在几年前曾经去过，那时要乘船在海上走几个小时，给人的感觉交通不是很方便。但这一次让我有些意外，从海边到海岛之间已经建起一座很大的跨海大桥，开车只要十几分钟就可以上岛了。小张在路上已经大致给我介绍了一下这个案子的情况。他问我，有什么想法。我考虑了一下说，还是直接到渔村吧，找到那个船老大，我想跟他聊一聊。根据小张介绍的情况，当初的这个犯罪嫌疑人是在杀人之后逃到这个岛上来的，后来一直在一条渔船上做船工，所以与这个船上的船老大关系很好，两人甚至像兄弟一样有着很深的感情。警方在抓捕这个犯罪嫌疑人时，希望得到这个船老大的帮助。但船老大在感情上无法接受。不过小张告诉我，最终还是在这个船老大的协助下才将犯罪嫌疑人抓获了。小张告诉我，那一次抓捕这个犯罪嫌疑人的行动他也参加了。在抓到这个嫌疑人时，他对这个船老大说了一句话，他说，兄弟，对不起，我这些年一直没有对你说实话，我们如果下辈子有缘，再做兄弟吧。当时船老大听了他的话，已经泪流满面。

所以，我对小张说，我想见一见这个船老大……

第十一章
远岛

陈宇来衡山公安分局已经几年，还一直没遇到什么像样的案子。

衡山岛曾是一个县。但由于岛上规模所限，人口也不多，所以很难发展起来。后来就撤县建镇，改为衡山镇。这里几乎没有工业，商业也很少。岛上的人多以打鱼为生。因此，平时的治安案件也就不过是些渔村里的邻里纠纷，或渔船上的虾蟹失窃等等，没有什么像样的刑事案件。这让陈宇有些失落。陈宇从很小的时候就立志要当一名警察，穿着一身威风凛凛的警服，一手提枪，一手拎着手铐去抓坏人。

当年陈宇的父亲就是一名警察。陈宇还记得,在他很小的时候父亲就经常对他说,警察抓坏人和军人保卫祖国一样,都是神圣的天职。那时陈宇每当听到父亲这样说,就会感到浑身的热血沸腾起来,恨不得自己立刻长大也像父亲一样去当一名警察。但后来没过多久,父亲留给陈宇的记忆就固定在一幅镶着黑框的照片上了。父亲正是因为去抓坏人牺牲的。那时陈宇只有五岁。几年后,他才听说了父亲牺牲的经过。当时父亲正在追捕几个抢劫杀人的逃犯,这几个逃犯驾上一辆小轿车准备逃跑。父亲情急之下纵身一跃扑到小轿车的前机盖上,大声喝令开车的逃犯停车。但这个逃犯已经丧心病狂,无论父亲怎样命令停车仍然不顾一切地朝前开去。就这样开了几百米,突然又一刹车,父亲立刻被巨大的惯性抛了出去。与此同时,这个逃犯竟然又开足马力朝躺在路面上的父亲冲过去。但就在这辆小轿车快要轧到父亲的一瞬,父亲突然用力地躬起身体。于是小轿车在轧到父亲的同时,剧烈地颠簸了一下就朝路边翻下去。父亲用自己的身体,最后完成了一个警察应该完成的使命。陈宇在听说父亲牺牲的经过时已经上小学四年级。所以,每当老师问起大家将来的理想时,陈宇总是将眉毛一扬响亮地说,将来,我要当一名警察!

陈宇从警校毕业后,先在石山县公安局的刑侦大队锻炼了两年,然后才调来衡山公安分局。石山岛是县城所在地,与衡山岛是辖属关系,从石山岛乘船到衡山岛只需40分钟。当初陈宇来衡山岛之前,局里的领导对他说,衡山岛虽然只是一个镇,但不出案子则已,一旦出了案子说不定就是大案要案。所以,局领导说,这一次派你去衡山岛也是为了加强那边的警力。当时陈宇认为局里的领导这样说不过是在安慰自己。他想,这样一个海岛,能出什么不得了的大案要案呢?他只好在心里对自己说,作为一名警察,不管是什么大案小案,能保一方百姓的平安才是最重要的,所以,只要踏踏实实干好自己的工作也就是了。

但让陈宇没有想到的是,他来衡山岛三年以后,就在这几天,竟然真的遇到了一起大案。这件案子不仅震动了衡山岛分局,上报到石山县公安局后,也立刻引起县局领导的高度重视。最先是当地渔船上的一个渔工来衡山岛分局报案。这个渔工叫韩金才,是安徽人。据韩金才称,他在前一天晚上,去石山岛办事时遇到一个安徽同乡。这个同乡叫张天华。由于两人已经十几年不见,于是在街上一起吃了一顿饭。后来这个张天华喝多了,突然哭起来。他告诉韩金才,他是一个有罪的人,早在六年前,他在宁山县那边的渔船上做渔工时,一次回来和自己的女朋友吵架,由于被气蒙了,一时性起竟失手把她杀死了。韩金才说,他当时听了也吓一跳,连忙问张天华,是不是喝醉酒在信口胡说。张天华却摇摇头,说他没喝醉,一点儿也没喝醉。他说,他为这件事一直感到内疚,这几年夜里做梦经常会梦到这个女朋友。他为此已经三十多岁了还一直没有结婚。他说,他发现自己男人的功能已经没有了,他已经结不成婚了。但他后来就渐渐地有些清醒了,所以,当韩金才再问起他杀死这个女朋友的细节时,他突然又守口如瓶了。但不管怎样说,这个来报案的叫韩金才的男人说,张天华说他曾杀死自己的女友,这件事是千真万确的。韩金才来分局报案是在一个上午,当时刚好是陈宇值班。陈宇听了韩金才的话立刻感到浑身一震。这时正是"清网行动"的关键时刻,全国公安系统都在集中警力抓捕网上追逃人员。陈宇立刻在公安系统的内部网站上查了一下。果然,在六年前,宁山县确实发生过一起杀害安徽籍女青年杨水莲的恶性案件。可是当时初步确定的犯罪嫌疑人并不叫张天华,而是叫马大有,这个马大有也是安徽人,但他在杀死杨水莲之后已经跳海自杀了。陈宇想,在今天,一个人要改名换姓应该是很容易的事,犯罪嫌疑人如果想漂白身份也可能会有各种各样的办法。所以,倘若这个韩金才报案属实,那么他所说的这个安徽同乡张天华很可能就是当年的那个马大有。这也就是说,马大有在当时杀人之后并没有跳海,或者跳海了由于什么原因并没有死。陈宇立刻将这个情况汇报给分局,又由分局汇报到县局。接着,分局根据县局指示,就决定由陈宇带领两个同事负责调查此案。

陈宇立刻感到,自己浑身上下的每一个细胞都兴奋起来了。

陈宇认为,第一步要做的工作是先搞清楚张天华的身份,确定他与宁山县那个当年的马大有究竟是否同一个人。陈宇立刻与宁山县公安局联系,请那边将马大有的照片传过来。宁山县公安局很快传来照片。从照片上看,这个马大有应该是一个有些瘦弱的男人,而且目光并不坚硬,给人的感觉似乎隐隐地还有一丝怯懦。陈宇将韩金才找来,让他辨认这张照片。韩金才看了当即很肯定地说,这个人就是马大有。陈宇感到有些意外,问,怎么,你也认识马大有吗?韩金才说,马大有就是张天华。陈宇听了立刻眼前一亮,但想了一下,又追问一句,你能肯定,这个马大有就是张天华?韩金才点点头说,张天华是他后来改的名字,他在宁山县时叫马大有,再早在安徽老家时,他的本名叫张大有。陈宇听了点点头。如果按韩金才所说,这个张天华身份的脉络就基本可以捋清了。张天华应该就姓张,本名叫张大有,但去宁山县之后,不知出于什么目的的改叫马大有,很可能是离开宁山县以后,才又改名叫张天华。由此可以确定下来,这个张天华,就是六年前在宁山县涉嫌杀害安徽籍女青年的马大有。

但是,又到哪里去找这个张天华呢?

据韩金才说,他与张天华毕竟已十几年不见,大家的关系已经有些生疏了,所以那天晚上一起吃饭时,张天华并没有说出自己的手机号码,似乎只想和他吃一顿饭,然后就不再联系了。但韩金才还是说出了一个重要情况。据韩金才说,张天华告诉他,他偶尔会在石山岛上的旅馆住宿。陈宇认为,这个情况应该是一个极为重要的线索。如果这个张天华偶尔在石山岛上的旅馆住宿,就说明他应该是经常在这一带活动,那么,他会不会是在附近的哪条渔船上打工呢?根据韩金才提供的情况,张天华确实有过在渔船上打鱼的经历。陈宇已在衡山岛分局工作几年,对周围几个岛屿的情况很熟悉。他知道,这一带的确有很多外地人在渔船上工作,而且其中安徽人居多。如果这样分析,张天华就很有可能是在衡山岛或石山岛一带的哪条渔船上做渔工。接着陈宇又想,如果张天华偶尔在石山岛上的旅店住宿,那么按旅店管理的惯例,他就很有可能留下自己的联系方式。陈宇立刻来到石山岛。陈宇分析,倘若这个张天华真的是在渔船上打鱼,那么他的消费水平应该不会很高,所以即使住店,也不会住档次很高的宾馆饭店。陈宇根据这个思路,果然在一家叫"海运来"的旅店查到了张天华住店的记录。但住店时间已是几个月前的2月1日至2月8日。而令人兴奋的是,张天华在当时也确实留下了一个手机号码。陈宇拿到这个号码并没有急于打过去,而是先调出这个号码的话单看了一下。但是,很令人失望,这个号码近一年来几乎没有通话记录。再往前查,只在两年前极偶尔的有一两个电话,而且也都已经没有什么价值。陈宇又查了一下这个号码的登记人情况。让陈宇感到意外的是,登记这个号码的竟是一个叫马兰香的女人,登记地址是衡山镇胡家湾村。陈宇知道胡家湾村是在衡山岛的西部,他曾去那里调解过一起民事纠纷。

陈宇立刻来到胡家弯村了解这个叫马兰香的女人。胡家湾村是在一个海湾的岸边。由于这里是天然避风港,所以停泊的本地渔船和外来渔船很多,村庄里也就像个小镇一样很繁华。陈宇先是找到胡家湾村的村委会主任。村主任姓刘,是一个四十多岁的方脸男人。刘主任听了陈宇的来意,想一想说,村里确实有过一个叫马兰香的安徽女人,当初是跟随丈夫来到胡家湾村的。她丈夫上船打鱼,她就在村里做点儿小生意。后来她丈夫在海上打鱼时被渔网挂伤了腿,治疗不及时,回来之后由于伤口感染患了坏血病，没过多久就死了。这女人又在村里住了一段时间，就回安徽老家去了。陈宇又拿出张天华的照片给刘主任看，问他见没见过这个人。刘主任眯起眼睛看了一阵，点点头说，这个人……好像在村里见过。陈宇连忙问，他是不是跟这个叫马兰香的女人有来往。刘主任又想了一下，笑笑说这就记不得了，胡家湾村毕竟来来往往的外地人很多，有从这里上船的，也有在这里下船的，所以不可能每个人都记清楚。不过，刘主任说，这个人确实在胡家湾村住过，这一点可以肯定。陈宇又问刘主任，这个叫马兰香的女人，她的安徽老家是哪里？刘主任摇摇头说，这就不清楚了。但他想一想突然又说，他女人与这个马兰香有过来往，也许她会知道。一边说着就掏出手机，给家里的女人打过去。刘主任的女人显然是知道的，刘主任一边听着电话频频点头。然后收起电话，笑着对陈宇说，我女人还真的知道，据她说，这个马兰香曾对她说起过，她的娘家好像是在安徽桐树县一个叫马罗村的地方，还说那里离长江很近，所以村边有很多水塘。

陈宇回来后，立刻将这个情况向分局领导做了汇报。分局领导听过之后问陈宇，根据对目前掌握的信息研判，有什么想法。陈宇考虑了一下说，他认为，这个叫马兰香的女人应该是一条重要线索，而且很可能是一个突破口，从她这里，也许能寻找到张天华的踪迹。

所以，他说，我认为有必要去安徽桐树县，寻找这个叫马兰香的女人。

分局领导经过研究，同意了陈宇的想法。

陈宇突然想到一个问题。从张天华在"海运来"旅店的住宿登记看，他那一次住店的日期是2011年的2月1日至2月8日。陈宇立刻找出日历查看了一下，这一年的2月1日至2月8日刚好是春节期间。2月1日是农历的腊月二十九，2月8日则是正月初六。按照风俗习惯，出外打工的人无论走出多远，也无论挣没挣到钱，到了春节都会想尽一切办法回家去过年。而这个张天华却偏偏选择了住店。他为什么在春节期间不回家，而去住店呢？

陈宇认为，张天华在春节期间住店一定有什么原因。

陈宇和一个同事来到安徽桐树县，很顺利地就找到马罗村。但据马罗村的人说，马兰香的娘家已经没有人，她在三年前回来后很快就嫁给附近三槐村的一个男人了。陈宇和同事立刻又来到三槐村，果然在村口水塘边的一个青瓦白墙的老屋里找到了马兰香。马兰香是一个四十多岁的妇女，看上去有些丰腴。她听说陈宇和同事是衡山岛公安分局的警察,立刻显出有些意外,当听陈宇说,他们是来了解张天华的情况,便越发紧张起来。她对陈宇说,她只是在几年前跟张天华有过一段时间的交往。陈宇问,是什么关系的交往。这女人低头沉了一下说,就算是……同居关系的交往吧。陈宇又问,后来为什么分手了?这女人又沉默一阵,问,这个问题……可以不说吗?陈宇耐心地说,我们既然问,你最好还是说出来。这女人说,他一直……做不成那种男人和女人之间的事,后来我把手头的一部手机和在那里的日用家具都留给他,就一个人回安徽老家来了。接着这女人又连连摇着头说,这都已是很久以前的事了,我现在……已经不想再提这些事了,而且我现在的男人只知道我死过一个丈夫,也不知道还有过这样一个男人,所以……你们还是走吧,我不想再给自己找麻烦了。陈宇点点头,表示对这个女人很理解。但他还是说,你再回忆一下,你离开张天华时,他在做什么?马兰香说,他在渔船上打鱼。陈宇问,是在哪个村的渔船?马兰香想一想说,好像是……于家岙的一条渔船……对,是于家岙,我后来离开胡家湾村时,听说他已经搬去于家岙住了。

这个叫马兰香的女人提供的无疑又是一条极重要的线索。如果张天华当时是在于家岙的一条渔船上,而三年前与马兰香分手后又干脆搬去于家岙居住了,那么他会不会直到现在仍还在于家岙呢?陈宇和同事从安徽桐树县回到衡山岛,立刻又赶去了于家岙。

于家岙也是在一个海湾的岸边,这里三面环山,一面向海,整个地形像一个巨大的簸箕。所以这个小渔村在深深的山岙里,四周又不通公路,给人的感觉就显得很僻静。陈宇和同事来到于家岙,先是站在一面山坡上朝村里俯瞰了一下地形,然后就来到村委会。于家岙这里习惯把村委会主任叫村长。村长姓于,是一个五十多岁脸色黝黑的男人,看得出他年轻时一定是在船上。于村长认识陈宇,一年前衡山岛公安分局搞警民共建,陈宇曾来过于家岙。于村长听了陈宇的来意立刻大感意外。他说,这个张天华是在于家岙,已经在这里住几年了,可是……他这样一个人……怎么可能杀过人?你们怕是弄错了吧?

陈宇说,目前案件还在调查阶段,所以,只能说他涉嫌杀人。

于村长又摇摇头说,你们一定是弄错了,张天华不可能杀人。

于村长告诉陈宇,这个张天华虽是一个男人,但很怕血,他平时在村里杀鸡杀鱼都不敢,一定要让别人帮他杀好了,他才敢收拾。于村长笑着说,这样的人怎么可能杀人呢?而且,于村长又说,张天华平时少言寡语,人也很厚道,在村里口碑很好。这几年他无论上哪条渔船做工,船老大都对他的工作很满意。陈宇问,你看过他的身份证吗?于村长想了一下说,当初张天华刚来于家峹时,确实看过一次。按村里规定,凡是上渔船打工的外地人,村里都要查验一下身份证的。但后来张天华在村里时间久了,大家已经很熟,也就不再查了。陈宇掏出一张照片,递给于村长说,你看一看,这照片上的人是谁。于村长接过去仔细看了一阵,抬起头说,这个人就是张天华,只是……看着年轻一些,这好像是他年轻时的照片。

陈宇说,你再仔细看一看,确实是张天华吗?

于村长又看了一阵,点点头说,就是张天华。

陈宇说,可是我告诉你,这个人,叫马大有。

马大有……于村长一下睁大两眼,看着陈宇。

陈宇点点头说,对,他还有一个名字叫张大有,其实张大有才是他的真名。也就是说,陈宇看着于村长说,张天华当初给村里看的那张身份证,应该是伪造的。

于村长立刻不说话了。

陈宇说,从我们目前掌握的情况看,这个张天华应该涉嫌一起杀人案,六年前,他很可能在宁山县把自己的女朋友杀死了,所以才更名改姓来到衡山岛。

陈宇又问,现在这个人,在村里吗?

于村长说不在,他在6065渔船上。

陈宇立刻问,6065渔船现在哪里?

于村长说,出海了。

陈宇问,几时回来?

于村长想一想说,这条渔船本应该再有十天才能回港,但船老大前两天刚刚在电话里说,船锚出了故障,所以明天就回石山岛的方亭码头,准备去那里修船。陈宇听了立刻和同事商量了一下,然后对于村长说,好吧,我们明天就在石山岛的方亭码头抓捕张天华。不过,陈宇又说,我们还需要你协助一下。于村长立刻说这没有问题。他问陈宇,需要怎样协助。陈宇考虑了一下。石山岛的方亭码头靠近修船厂,那里人很多,地形也复杂。所以,为了避免不必要的麻烦,最好还是将张天华调到岸上来,在一个相对固定的场所对他实施抓捕。陈宇考虑了一个比较周全的方案。他想让于村长也一起去石山岛的方亭码头。先在方亭码头附近的宾馆租两个房间,然后让于村长给6065渔船的船老大打一个电话,将他叫来宾馆,向他说明情况,再让这个船老大打电话把张天华叫来宾馆,只说是让他取一些东西回去。只要张天华来到宾馆,问题就解决了。于村长听了陈宇的这个方案,点点头说,好吧。但于村长想一想又说,也许……这件事没有这样简单。陈宇问为什么?于村长说,张天华这几年大部分时间是在6065渔船上,他和船老大已经像兄弟,感情很深,所以……如果让船老大协助做这件事,只怕他不肯答应。陈宇听了点点头说是啊,渔船上的那种感情,可以理解。

但是,他又说,你还是要做一做这个船老大的工作。

于村长点点头说,好吧。

陈宇的这个方案立刻得到分局领导的批准。第二天上午,陈宇就带着两个同事来到石山岛的方亭码头,在附近找了一家宾馆,租下两个房间。这时于村长也已经赶到了。于村长按陈宇的意思给6065渔船的船老大打了一个电话,问他渔船现在哪里。船老大在电话里说,渔船在凌晨就已经到方亭码头了,这时正在修船。于村长说好吧,你来一下吧。船老大问去哪里?于村长说就是方亭码头附近的望海宾馆,618房间,我在这里等你。船老大听了有些意外,说你怎么会在这里?于村长嗯嗯了两声说,村里有些事,所以就来石山岛了。然后又说,我有一件很重要的事,要跟你交代一下,你现在就过来吧。

他这样说罢,就将电话挂断了。

过了一会儿,船老大果然来了。

船老大是一个四十来岁的汉子,长着一头粗硬浓密的黑发,脸上的皮肤被映衬的黑里透红。他来到房间里看一看于村长,又看一看坐在一边的陈宇,稍稍愣了一下。于村长立刻给船老大介绍。船老大一听说陈宇是衡山岛公安分局的刑警,更加感到意外,睁大眼睛问,怎么……有什么事吗?陈宇为了缓和一下气氛,给于村长使了一个眼色就起身出去了。过了一会儿,陈宇再回来时,船老大就已经颓唐地坐到沙发椅上了。他低着头,喃喃地说,怎么可能呢……这怎么可能呢……于村长坐到他对面的床边,对他说,现在公安机关已经掌握了情况,应该不会错的,我知道你的心情,可是……我们现在要做的,只能是协助公安机关,尽快地把张天华抓起来。船老大瞪起眼看着于村长,就这样看了一阵说,要抓你们去抓,我不管,也不要让我参与这件事。他说罢就起身走进卫生间。

于村长回头看一看陈宇说,船老大就是这样的脾气,你……不要介意。

陈宇点点头说,没关系,他这时的心情可以理解。

于村长告诉陈宇,船老大在村里说过,他们在海上,张天华曾救过他的命,一次遇到风浪,如果不是张天华在船上及时拉住船老大,他就掉到海里去了。所以,船老大从那以后就把张天华当作兄弟,每次出海,张天华到村里的小卖店去买食品,都是随意地拿,最后由船老大付账。你不知道……于村长对陈宇说,渔船上的感情,在陆地是很难想象的。这时船老大从卫生间里走出来。他显然刚刚洗过脸。

陈宇看了看他,温和地说,你请坐吧。

船老大就在沙发椅上坐下来。

陈宇说,我们需要你的协助。

船老大低着头,没有说话。

陈宇又说,如果张天华确实杀了人,他就应该为自己所做的事承担相应的法律责任,而如果他没做这件事,请相信,我们也会把这件事搞清楚,这样也就可以还他一个清白。

好……好吧。船老大似乎下定了决心,抬起头看着陈宇说,你们要我,做什么?

陈宇说,你给张天华打个电话,让他马上来宾馆,就说有东西让他取回去。

船老大想一想问,如果……他不肯来呢?

陈宇说,你打电话,他不会不来的。

船老大又迟疑了一下,点点头,就掏出手机给张天华打过去。他先问张天华现在哪里?然后看一眼陈宇说,哦……正和船上的几个人在岸上吃饭?陈宇点点头,做了一个手势。船老大就说,你马上来望海宾馆的618房间,有一箱水果要取回去。然后就把电话挂断了。他告诉陈宇,张天华答应马上过来。这样说罢就一下坐到沙发上。陈宇立刻安排了一下,让两个同事埋伏到卫生间里。然后又问船老大,从张天华吃饭的那家饭店,到这里大约需要多长时间。船老大想一想说,应该十几分钟吧。但是,时间一分一秒地过去。陈宇看一看手表,已经半小时了,张天华却仍然没有来。陈宇立刻有些担心起来。会不会是张天华察觉到了什么?但陈宇立刻又想,应该不会,在这个上午之前,无论警方还是于家岙的于村长,一直没有跟6065渔船联系过,而且渔船是在今天凌晨才停靠方亭码头,所以,张天华不可能知道岸上发生了什么情况。陈宇想了想,让船老大再给张天华打一个电话。船老大又把电话打过去。这时才知道,张天华是在来宾馆的路上遇到熟人,说了一阵话。他在电话里告诉船老大,自己已到宾馆了。接着就有人敲门。于村长走过去把门打开。张天华走进来。张天华是一个身材矮小的男人,而且溜肩,鸡胸,给人的感觉有些瘦弱,他看到于村长在这里先是愣了一下,接着就看到了站在于村长身后的陈宇。他慢慢站住了,下意识地回头看一眼。这时,陈宇的两个同事也已经从卫生间里走出来,把房间的门口堵住了。

陈宇看一看张天华问,你就是张天华?

张天华点点头说,是。

陈宇说,我们是衡山公安分局的刑警。

张天华嗯一声说,明白了……

陈宇问,你明白什么了?

张天华说,我明白……你们为什么来找我……

好吧,陈宇说,你跟我们走吧。

这时,张天华慢慢把头转过去,朝坐在沙发上的船老大看一看。船老大也看看张天华,嘴唇动了动却没有说出话来。张天华冲船老大笑一笑,说,对不起……

船老大别转脸去,眼泪从眼眶里流出来。

张天华又说,咱们兄弟的缘分,怕是到头了……

他这样说罢,就慢慢地转过身朝门外走去。

你的姓名?

张天华。

这是你在衡山岛的名字。六年前在宁山县时叫什么?

……

在宁山县时叫什么?

叫……马大有。

你的真实姓名?

张大有。

原籍?

安徽。

安徽什么地方?

安徽……宁阳。

职业?

渔工。

上船多久了？

有,8年了。

好吧,你曾说过,你知道我们为什么找你？

是……

那就具体说一说吧。

你们……是为我女朋友的事。

嗯,你的女朋友是怎么回事？

我知道,这件事6年了,也该有个了结了……

张天华,现在请你听清楚,你要对自己说的每一句话负责。

我明白,我会对我说的每一句话负责的。我是八年前从安徽宁阳老家出来,到宁山县的。当时也是听安徽同乡说,很多人去了宁山,所以就以为那里有事情做。但是到了宁山才知道,那里在海边,工厂很少,除去上船打鱼并没有别的事情可做。不过我那时年轻,有的是力气,所以很快就熟悉了渔船上的各种工作,就这样当了渔工,开始上船出海打鱼。出海是一件很辛苦的事,每次出去总要十天半月甚至一个月才能回来。那时刚上船,对海上的生活不适应,不仅吃不下饭,还总是呕吐,所以每次出海回来都像是大病一场。我也就是在这时认识这个女朋友的。她叫杨水莲,也是安徽宁阳人。当时正是鱼汛期,我虽然刚刚回来没多久,身体还没有缓过来,但立刻又要出海。于是,我就到附近一个小卖店去买一些饼干方便面之类的食品,准备带到船上去。当时水莲正在这个小店里打工,我和她一说话,听出是安徽宁阳的同乡,立刻感到很亲切就聊起来。这以后,我故意又去这个小店买了几次东西,就这样渐渐和她熟起来。但后来水莲偷偷告诉我,不要再到这家店里买东西了,她说这家店的老板做生意不守本分,东西卖得比别的地方都贵,而且总把过期食品以次充好。她告诉我,附近还有一家食品店,那里的东西又好又便宜。我为此很感激水莲,就这样和她的关系也越来越近了。水莲长得很漂亮,皮肤很白,眼睛很大,说话细声细气的,对人也体贴,看上去很有女人味。我那时心情正不好,每次出海又感到孤独寂寞,所以一认识了水莲这样的女孩,一下就被她迷住了。我出海之前那几天,几乎每晚都和她一起出来。我们先在街上的小食摊吃些东西,然后就一起去海边。其实我是不喜欢海的,我出海已经出怕了,一听到海浪的声音就头晕。但水莲喜欢海。她告诉我,她就是因为喜欢大海,所以才来宁山这边打工的。我们说起来时才发现,其实我的家和她的家竟然相距并不远,两个村庄只有十几里路。这样一来我们就感觉更亲近了。我这一次出海时间很短,只有十几天。但我却觉得比每一次的时间都长。就这样,我这次一回来,立刻就和水莲住到一起了。我那时由于经常出海,所以并没有租固定的房子,每次回来都是随便找个地方住一住。于是我就搬到水莲这边来住了。那应该是我最快乐的一段时光。水莲不仅体贴人,也是一个性情温顺的女孩,我们在一起时,她嘴上虽不说什么,却总是默默地照顾我。我觉得,我的生活一下有意义了,每次再出海打鱼,心里也有了期盼。因为我知道,在陆地上,正有一个女孩在等着我,我出海回去就可以和她团聚。

出事应该是在一年以后。那一次我要出远海,当时船老大告诉船上的所有船工,可能要出去两个月,所以让每个人都做好准备。我的心一下就有些悬起来。把水莲一个人留在家里,我有些放心不下,可是已经跟船老大签了一年的合同,这次又不能不去。于是,我想来想去就想到了一个人。他是我的一个远房堂兄,叫张润发。他比我早来宁山县几年。起初也是出海打鱼,后来就开始做收购海产品的生意,渐渐地已在这边发展起来。我到宁山之后,虽然平时与他来往不多,但大家毕竟是堂兄弟,所以偶尔有事也就还是相互关照一下。我在临走前的一个晚上,带着水莲请这个远房堂兄吃了一顿饭。我这个堂兄虽然和我是同一个曾曾祖父,论起来关系还不算太远,但他的相貌和我却不一样。他的身材虽也不太高大,可是看上去很匀称,加之他做生意,衣服穿得比较讲究,给人的感觉就是那种挺帅的男人。在那个晚上,我在饭桌上托付这个堂兄,我出海这段时间,请他关照一下水莲。我说当然,水莲平时也不会有什么事,但万一遇到事了,还请堂兄过来帮她一下。当时这个堂兄喝了一些酒,立刻满口答应,说没问题。他让我只管放心走就是了,把水莲交给他不会出一点儿差池。我听了真的是很感激这个堂兄,我对他说,有你照顾水莲,我就放心了……

问你一个问题。

嗯……

你到宁山县之后,为什么改叫马大有?

因为……我当时算了一卦,卦上说,如果我经常出海,姓张不好。

为什么不好?

算卦的人说,当年有一个"张羽煮海"的典故,所以姓张与海犯相。

就是这个原因?

是，我母亲的娘家姓马，于是我就改姓了马。

好吧，你继续说。

我那一次出海走了两个多月。由于是到公海上，所以手机就不能用了，要和陆地联络只能通过卫星电话，可是这种卫星电话属于国际长途，费用很高，一般渔船上的渔工是用不起的，所以如果没有极特殊的事情就轻易不会与家里联系。我在这两个月里起初心里很踏实，想一想家里的水莲有人照顾，也就放下心来。但过了一段时间，不知为什么心里就隐隐地有了一种不安的感觉，说不出因为什么，就是有些不安。我这一次出海去了七十多天。回来是在一个傍晚。我一上岸立刻就迫不及待地朝家里奔来。但让我没有想到的是，我一进门，竟看到我的堂兄正在和水莲一起吃饭。桌上摆了很多菜，还有一瓶洋酒，我的堂兄和水莲正在一边吃喝一边开心地说说笑笑。我的堂兄见到我先是愣了一下，然后就立刻说，你可回来了，我和水莲知道你今天回来，已经准备好为你接风洗尘呢。他一边说着就招呼水莲给我斟酒，然后又让我放下行李去洗脸，给我的感觉倒像他是这里的主人。我当时已经感觉到了，我的这个堂兄和水莲已不是我走之前的关系了，他们似乎已经很熟，甚至熟得很默契。我又看一看饭桌上的情形，这桌酒菜显然不是为我准备的，他们并没有等我的意思，已经吃了三分之一，看上去一片狼藉。我当时没有说话，只是坐下来把这顿饭吃了。

在这个晚上，我的堂兄走后，我问水莲，这究竟是怎么回事。水莲好像有些不高兴，说什么怎么回事。我说，我走的这两个多月，我的堂兄是不是经常来这里。水莲说是啊，他经常来看我。接着水莲就理直气壮地说，不是你让润发来照顾我嘛。当时水莲一说润发我还没有反应过来，接着才意识到，她说的润发是我堂兄的名字，我堂兄叫张润发。水莲已经把我的堂兄叫润发，可见他们的关系已熟到一定程度了。但我这时还是没有说话。我知道，当初我出海之前，是我把这个堂兄找来的，也是我把水莲托付给人家的，现在我如果说出什么话，人家会有一百句话反问我。况且我也没有抓到什么把柄，更没有什么证据，只是感觉不好，这怎么能说得出口呢。此外还有一个原因，我一向是一个……很懦弱的人，我因为长得比较瘦小，所以从很小的时候就被人家欺负，我从来不跟别人争什么，因为我知道，就是去争也争不过人家，所以无论遇到什么事都是本能地退让。这一次，我只是对水莲说，好了，我们今后有什么困难就自己解决吧，不要再麻烦别人了。但水莲听了我的话却很不高兴，她问我，你说这话是什么意思？我这时也不高兴了，赌气说，我的意思很明白，我们以后不要再跟这个堂兄来往了。不料水莲一听我这样说更加不高兴，啪地将手里的东西一摔说，你爱来往不来往，这个堂兄是你的堂兄，当初也是你把他带到我这里来的，否则我怎么会认识他？你让人家照顾我，你走之后人家就来照顾我，现在你回来了又不高兴，那你让人家怎么办？人家也是受人之托，人家这样做也是好意。这时我听了水莲的这些话，就已经感觉有些刺耳了。但我还是忍住了。在这个晚上，我只是对水莲说，好了，我知道以后该怎样做了。

我上一次出远海由于正是鱼汛，所以收获很大。船老大一高兴就准备再次出海。但这一次并不准备远走，所以说好十天就回来。我这次临走之前特意又给我的堂兄打了一个电话。我很客气地对他说，我上次出海很感谢他照顾水莲。不过我这一次并不走远，而且家里都已安排好了，所以就不用他再费心了。我的堂兄听了只是哼哼哈哈地应了几声，并没说什么就将电话挂断了。我这一次出海回来，虽然没有再问水莲什么，却注意观察了一下家里。我立刻断定，在我出海的这几天里我的堂兄肯定又来过。因为我在墙角放垃圾袋的地方发现了一块还有些新鲜的鸡骨头。水莲是从不吃鸡的，她说鸡肉有一种像鸡屎一样的味道，所以她一闻就会恶心。此外，我在屋外的角落里还发现了一只洋酒瓶子。这个酒瓶子在我走时是没有的。但我并没有问水莲。我只是告诉水莲，我再过几天还要出一次远海。这一次船老大说了，因为最近连连出海，大家都很辛苦，而且这几次出海收获很大，所以这次回来，要先给大家付一些酬金。我对水莲说，等我拿到这笔酬金，就准备和水莲把婚事办了。不料水莲听了却冷冷一笑。她问我，准备怎样办这个婚事？我说一切都听她的意见，我们在宁山这里办也可以，把安徽宁阳的同乡请来一些，大家热闹热闹，如果她愿意回安徽老家办也行，我们就回去，先在我的村里办一下，再到她娘家的村里办一下。水莲听了看一看我，问，你能拿到多少钱，就想这样大操大办？听你这排场，应该是人家润发那样的实力才能办得起呢。我当时听了立刻感到眼前一黑。我觉得自己受到了侮辱。但我毕竟是一个很懦弱的人，我还是把这口气咽下去。我对水莲说，我们如果钱多，可以大办，钱少就小办，但不管怎样说，我都不会让你受委屈的。水莲却用力哼一声说，你知道吗？你现在已经让我受了很大委屈呢。水莲的这句话又在我心里狠狠扎了一下。但我还是没有发火。我当时再过两天就又要出海了，我走之前，不想跟水莲吵架。我这一次临走前，只是很认真地对水莲说了一句话，我说，我这次只出去半个月就回来，我回来之后我们就把婚事办了，所以，你只要等我回来就是了。我想了一下，还是把想说的话说出来，我说，我已经给我的那个堂兄打过电话了,这边的事,就不用他再操心了,家里的事我也都已安排好,应该不会有什么事了。我当时觉得这番话已经说得够明白了,我看着水莲问,我的意思你听懂了吗?

水莲哼一声说,我听懂了。

等一等,问你一个问题。

哦……

你的这个堂兄叫张润发?

是。

他当时在宁山县做收购海产品的生意?

是。

你后来离开宁山县,又和他联系过吗?

没有。

为什么不再联系?

因为没什么事,也就……没再联系。

嗯,你继续说吧。

我这一次出海遇到一个意外情况。我工作的这条渔船不小心触礁了。船底被撞出一个洞,虽然做了一些紧急处理,但也不能再按计划捕鱼,所以就提前返航了。这一来我的心里反而感到庆幸。我正准备和水莲办婚事。这件事对于我来说应该是一件天大的事,我就要有老婆了,也要有一个正式的家了。这段时间,我每当想到这件事在梦里都会笑出来。所以,如果能提前回来,我也就可以提前操办这件事了。我这次回来是在一个凌晨,渔船一停靠码头,我连忙赶回家来。这时天还没有完全亮。我来到家门口,担心会吵醒水莲,就拿出钥匙轻轻把门打开,然后轻手轻脚地走进屋来。也就在这时,我突然愣住了。我看到在床前的地上摆放着两双鞋。其中一双是男人的皮鞋,而且是那种细长翘尖的,很时髦的黑色皮鞋。我立刻认出来,这应该是我堂兄的皮鞋。这时我才朝床上看去。我看到了,我的堂兄正和水莲躺在一起,他们显然都光着身子,水莲将头偎在我堂兄的怀里,两人睡得很恩爱。我突然感到眼前一阵发黑。接着就似乎听到了很响亮的一声。这是破碎的声音,我觉得我的梦想,我已经到了眼前的美好生活,我的一切在这一瞬间都被砸得粉碎。但我这时什么都没说。我只是咳了一声。水莲和我的堂兄立刻都醒了。他们两人抬起头，一看到我正站在床前，一时都不知所措了。接着，还是我的堂兄先镇定下来。他看看我说，你先出去一下，让我们穿上衣服。

我转身从屋里出来了。我这时感觉天是黑的，周围的一切都是黑的，我的手脚冰冷，几乎从头到脚都是冷的。过了一会儿，我的堂兄衣冠楚楚地从屋里出来了。他只是看了我一眼，没说任何话就扬长而去。我看看他的背影，又走进屋里。这时水莲也已经穿好了衣服，正跪在床上叠被子。我定定地看着她，在等着她说话。但她却若无其事，只管做自己手里的事情，似乎刚才什么事都没有发生过。就是她这若无其事的样子，一下把我激怒起来。我已经忍了这样长的时间，这一次终于忍不住了。我走到她的跟前问，你不想跟我解释什么吗？她头也不回地说，有什么好解释的。我说你做了这样的事，难道就没有什么话要对我说吗？她淡淡地说没有，有什么好说的。这时我已经被她这豁出去无所谓的态度彻底激怒起来，我突然扑过去把她按倒在床上，一手抓住她的一条胳膊，另一只手掐住她的脖子，我说多久了？你跟他有这种关系究竟已经多久了？！我当时的样子一定很可怕，水莲从来没有见过，所以她一下被吓住了。她的脸色立刻惨白起来，接着又憋得通红。她结结巴巴地告诉我，她跟我的堂兄有这种关系已经很久了，从我第一次让他照顾她，我出远海的那一次他们就已经到一起了。后来，几乎我每一次出海，他们都会住在一起，有的时候住到他那里，也有的时候住到她这里。我当时听了浑身都在发抖。我觉得我堂兄这样做简直是衣冠禽兽，可是水莲这样做更让我无法接受。她竟然这样骗我！她竟然这样背叛我！我感觉自己几乎快要爆炸了！就这样不知过了多久，我突然发现，躺在床上的水莲已经不动了。我摸了一下她的脉搏，也没有了。我这时才意识到，我刚才由于已被气蒙了，这只手不知不觉地一直掐在水莲的脖子上。她竟然就这样被我活活地掐死了。我连忙试着按压了几下她的胸脯。我虽然不懂也不会做人工呼吸，可还是想努力一下。但显然没有任何作用，水莲的浑身上下已经软了。我这时感觉自己的身上麻酥酥的，似乎没有任何知觉了，心里只有一个念头，我把水莲杀了，我把她杀死了，我把我最心爱的女人杀死了，我将来的一切都完了，我已经没有将来了……

在这个早晨，我不知怎样来到街上。我当时想找一个酒馆，痛痛快快地喝些酒。我想把自己灌醉，然后再去跳海。我想，糊里糊涂地死，也许会比清醒地死更好受一些。但是，在这个上午，我找不到一家可以喝酒的酒馆。人家告诉我不到午饭时间，酒馆还没有开业。后来我只好自己买了一瓶白酒。我带着这瓶白酒来到海边的码头。我坐在地上,靠着一根缆桩,看着眼前肮脏的海水,一口一口地把这瓶白酒喝完。但是,我感觉喝完了一瓶酒并没有醉。我反而越喝越清醒。我觉得自己不能再等了,我担心如果警方发现了水莲的尸体很快就会找到我。于是,我把两眼一闭就从码头跳进了海里。也就在我跳到海里的一瞬,冰冷的海水让我一下清醒过来。这时我才意识到,我还是已经喝醉了。我清醒过来的第一个念头就是我不想死了,也不能死。我觉得,我为了水莲这样一个背叛我的女人去死根本不值得。我立刻拼命朝岸边游过来。但就在这时,我突然感到身下有一股巨大的漩流,一下将我朝码头的底下卷过去。我听到头顶上有嘈杂的人声,有人在大声地喊:大有跳海啦,马大有跳海啦……我听出这声音是韩金才。韩金才一定是在码头上看到我跳海,所以才这样拼命大喊……

等一等,你刚才说,这样喊的人……是谁?

是韩金才。

哪个韩金才?

哦,韩金才是我的一个同乡。

韩金才,那时也在宁山县吗?

怎么,你们……知道韩金才?

你只回答问题。

是,他当时在另一条船上做渔工。

好吧,你具体说一说这个韩金才。

这个人……没有什么可说的。

你当时和他,经常有来往吗?

因为大家都做渔工,所以经常碰面,但来往并不是很多。

你们不是安徽同乡吗?

当时宁山的安徽同乡很多,不一定每个人都来往。

这以后,你就再也没见过韩金才吗?

没有……再也没见过他……

陈宇没有想到,张天华竟然是这样一个人。

在见到张天华之前,陈宇的心里想象,这是一个经常出海的人,而且竟然亲手杀死了自己的女朋友,所以应该是一个獐头鼠目,而且身材粗壮的男人。陈宇在警校读书时曾看过一部美国电影,其中的一个办案警察曾说过一句话,给他留下了深刻的印象。这个警察说,我一看这个人就是典型的罪犯,他的眼睛里是那种死刑犯的目光。所以,陈宇认为,所谓坏人都应该是从相貌到眼神一眼就能看出来的。但让陈宇感到意外的是,这个张天华却并不是这样。张天华很瘦小,而且他的眼神里时时流露出的是一种怯懦。在录他的口供时,他也承认,他确实是一个很怯懦的人,而且据于家岙的村长说,他平时很怕血,甚至都不敢杀鸡杀鱼。陈宇想象不出,这样一个人怎么会将自己的女朋友杀死呢?

张天华对他杀死女朋友的事实供认不讳。但陈宇还是又发现了一个问题,而且是一个非常关键,也意味深长的问题。张天华在交代犯罪事实时无意中透露,这起案件的报案人韩金才,他在六年前竟然也曾在宁山县。而根据韩金才在报案时所说,他已经十几年没有见到张天华,这与张天华的交代显然是矛盾的。那么就只有两种可能,或者是张天华撒谎,或者是韩金才撒谎。但如果仔细分析,张天华对这件事撒谎的可能性似乎并不是很大。他既然已经承认了自己杀死杨水莲的犯罪事实,关于韩金才六年前是否在宁山县,这样一件事再撒谎还有什么必要呢?那么就应该是韩金才撒谎,也就是说,他在六年前明明曾在宁山县,却不想承认。如果真这样就应该有什么原因,或者是他想隐瞒什么。那么,他究竟又想隐瞒什么呢?陈宇已经感觉到了,这个韩金才似乎有问题。但陈宇又有些不解,韩金才是这起案件的报案人,如果他真的有问题,他怎么会这样来报案?这不是自投罗网吗?陈宇立刻向分局汇报了这个情况。分局领导经过分析研判认为,有必要再接触韩金才,摸一下他的底细。

韩金才在报案后曾留下一个联系的手机号码,居住地是胡家湾村。根据当时笔录的记载,他是在胡家湾村的一条渔船上做渔工。陈宇立刻按这个手机号码打过去。韩金才很快接了电话。但韩金才一听说陈宇让他来衡山公安分局接受调查,先是支吾了一下,然后说,他这时正在海上捕鱼,要几天以后才能回来。陈宇说好吧,你是在6533渔船上做渔工,我们可以通过"北斗星"定位仪准确地确定出6533渔船的具体位置,如果你这时没有出海,你要考虑一下后果。韩金才在电话里沉默了一下,然后才嗯一声说,好吧,我……现在过去。

陈宇在这个上午见到韩金才没有绕弯子,直截了当说,我们要问你一件事。

韩金才的神色很坦然,说好吧,我一定配合公安机关的调查,什么事?

陈宇说,你上一次来报案时说,你和张天华有多少年没见了?

韩金才翻起眼皮想一想说，大概……十几年吧。

陈宇说，你再想一想，确实是十几年没见他了？

韩金才肯定地说，确实，少说也有十五六年了。

好吧，陈宇说，我问你，既然十五六年没有跟他见面，怎么会知道他现在叫张天华？

韩金才稍稍愣了一下，但立刻说，是……是那天晚上一起吃饭时，他自己告诉我的。

可是，按人们的一般习惯，你这样的同乡，应该还叫他过去的名字才对。

我是担心……说他过去的名字，你们不知这个人是谁，所以才说张天华。

嗯，好吧，我现在再问你一遍，你确实和张天华十五六年没有见面了？

是。

那我问你，既然十五六年没见，你怎么会知道他六年前在宁山时叫马大有？

…………

你告诉我，这是为什么？

这……也是他自己说的。

什么时候对你说的？

就在那天晚上，我们一起吃饭的时候。

韩金才，我现在可以告诉你，张天华我们已经抓到了。

哦……

据张天华说，你六年前也在宁山县，这是怎么回事？

不可能……他不可能这样说！

为什么？他为什么不可能这样说？

因为……我那时根本就不在宁山。

好吧，韩金才，你回去再仔细回忆一下，是不是记错了。

好……好吧。

不过我要提醒你，无论什么问题，你最好还是如实说。

知道了……

陈宇注意到一个细节，韩金才在回答提问时，总是在不停地眨眼。陈宇当年在警校时曾学过犯罪心理学，而且成绩很好。陈宇知道，如果一个人在说话时总是不停地眨眼,就说明他很有可能在撒谎,而且有意回避什么问题。

陈宇想,这个韩金才显然是在撒谎。

可是……他究竟想回避什么问题呢?

陈宇对这个叫韩金才的男人感觉并不好。这个人的样子有些猥琐,而且总是不时地吸一下鼻子。陈宇凭经验知道,凡是有这种习惯的人一般都会有什么不良的嗜好。

陈宇分析,如果按张天华无意中透露的,韩金才六年前确实曾在宁山县,那么韩金才现在这样矢口否认就的确很不正常了,说明他当年在宁山县应该有什么不可告人的秘密。但有一个问题,陈宇又觉得无法解释。张天华的这起杀人案是韩金才主动举报的,如果他六年前真的在宁山县有什么事,他现在这样举报张天华,难道就不怕把自己当初的事情牵出来吗?此外还有一点,一个人无论做什么事应该都是有动机的。那么,韩金才举报张天华,他这样做的动机又是什么呢?陈宇又拿出讯问张天华的笔录研究了一下。他立刻又发现一个问题。张天华在无意中说出韩金才之后,当让他具体说一说这个人的情况时,他却立刻又躲闪回避,似乎不想说了。如果按张天华所说,他那时和韩金才虽是安徽同乡,平时并没有太多来往,可是那个上午他在码头跳海时,韩金才怎么会这样巧就及时出现了呢?这似乎过于偶然。陈宇想,从张天华和韩金才这两个人不太正常的反应看,他们之间,在当年会不会还有什么别的事呢?如果真的有什么别的事,那么也许在张天华这里更有可能得到有价值的线索。从这几次接触张天华,陈宇感觉到,这个人不仅生性懦弱,心理素质也不是很好。他现在既然已经交代了杀害杨水莲的犯罪事实,应该说,如果再在其他方面突破也会相对容易一些。而韩金才则不然。直觉告诉陈宇,韩金才这个人并不容易对付。他与张天华相比似乎更加油滑,也更老于世故,而且看上去给人的感觉也更有心计。

于是,陈宇决定再次提审张天华。

张天华自从被刑拘之后,态度一直很配合。但陈宇的心里也很清楚,越是像张天华这样表面懦弱,态度配合,而且对自己的犯罪事实供认不讳的人,反而越要小心,很可能在他表面的懦弱配合和供认不讳的态度后面,还隐藏着什么更深的事情。所以,陈宇这一次提审张天华之前很认真地想了一下。他觉得针对张天华的性格和现在的心理状态,也许突然向他直截了当地发问,不给他任何思考时间,说不定会收到意想不到的效果。

于是,陈宇为这次提审张天华做了充分的准备……

张天华,你这两天考虑得怎么样?

应该说的,我……都已经说了。

你认为,没有什么可以说的了?

嗯……没有了。

你是哪一年离开宁山县的?

六年前。

具体哪一年?

应该是……2005年。

你离开宁山县之前,最后一次见到韩金才是在什么时候?

韩金才……我没见过他。

你确实没见过他吗?

确实,没有见过他。

你上一次说,你跳海之后就离开宁山县了?

是……

多长时间以后?

好像第二天,还是……第三天,记不清了。我当时想的是,你们公安机关发现了水莲的尸体,立刻就会怀疑到我,因为水莲租房子的那家房东,知道我是水莲的男朋友,也知道我们已在一起同居很久,所以……我不想被你们抓到,就赶紧离开宁山县了。

这期间,你一直没有见过韩金才吗?

没见过他。

好,那我问你,你那天上午跳海,在码头上喊人的人是谁呢?

…………

你自己看一看上次的笔录,这是你签字的吧?

…………

你说,你跳海之后,曾听到韩金才在岸上喊人,这又是怎么回事?

我上次……说错了,哦不……是记错了。

究竟是说错了还是记错了?

是……记错了……

好吧,你现在明确回答我,你在宁山县时,韩金才究竟在没在那里?

……在。

你确定吗?

确定……

他当时在做什么?

在另一条渔船上,做渔工。

可是,韩金才并不承认他去过宁山县。

这……不可能。

我再告诉你一件事,我们之所以找到你,就是韩金才举报的。

这……我想到了。

嗯,你说一说吧,你和韩金才,当初在宁山县究竟还有什么事?

也……也没有什么事了。

既然没有什么事,韩金才为什么不承认他曾在宁山做过渔工?

也许……也许……我不知道他是怎样想的,你们去问他好了。

好吧,张天华,你如果不想说,可以回去继续想,等想好了再告诉我们,不过,你要明白,我们不会一直这样等下去,到了一定的时候,你就是再想说也已经晚了,我们现在只是给你一个机会,你早说和晚说是不一样的,明白吗?

嗯……明白……

张天华,你想好了吗?

给……给我一支烟,好吗?

你平时不是从来不吸烟吗?

现在……想吸一支……

好吧。

我问一句话,可以吗?

可以,你问吧。

韩金才,是怎样举报我的? 他……都说了些什么?

你认为,他会对我们说些什么呢?

…………

他说什么,你心里应该是有数的。

好……好吧,既然他说了,我索性就都说了吧。

你这样做就对了,无论韩金才怎样说,你说了都会主动。

我知道,这件事即使不说,你们迟早也会查出来的。我当初在离开宁山县之前,确实见过韩金才,而且……我和他还一起干了一件事……

什么事?

我让他帮忙,把我的堂兄张润发杀了。

唔,你现在就具体说一说吧。

我在失手杀死水莲的那个上午,确实跳海了。当时韩金才刚好从他工作的渔船上下来,所以就被他看到了。他立刻在岸上喊来很多人。于是有的人去附近的船上找救生圈,也有的人去找绳索,还有的人干脆跳下水来救我。可是我这时已被一个巨大的漩涡卷到远离码头的地方了。我一到水里立刻就改变了想法,我不想死了。我觉得为水莲这样一个背叛我的女人去死实在不值得。接着,我突然又想到,我这时如果不再露面,就这样悄悄地从别的地方爬上岸,然后悄悄离开,人们一定会以为我已被淹死了。而如果我已经淹死,你们警方就是真的确定水莲是被我杀的,也就不会再来找我了。于是,我想到这里就打定主意,我索性制造一个已经跳海自杀的假象。我又悄悄游出一段距离,就在一个僻静的地方爬上岸来。我先是回到自己工作的那条渔船上。好在这时已是傍晚,船上没有人。我找了一身干净的衣服换上,然后就从船上下来。我这时本打算立刻离开宁山这个让我伤心的地方。但我突然又不想走了。我觉得,好像还有什么事情没有做完。这时我就想到了我的堂兄张润发。我一想到这个人心里的怒火就轰的一下又点燃起来。就是这个人,他把我的一切都毁了。他本来做的生意很大,他已在宁山买了房子,买了汽车,他那样有钱想找什么样的女人找不到呢?可是他却偏偏看上了我的水莲。我当初是把他当成自己的堂兄,所以才这样信任他,放心地把水莲交给他来照顾。可是他又干了些什么?他竟然把我的水莲勾到他的床上去了!我那时虽然还只有26岁,但我想,我活了这二十多年,也窝窝囊囊地忍耐了二十多年,这一次我已经实在无法再忍了,我一定要为自己讨一个说法!我绝不能就这样轻易放过我的这个堂兄!

但是,我又想,我毕竟这样瘦弱,而我堂兄的身体又很强壮,如果仅凭我自己恐怕很难对付他。也就在这时,我又一次想到了韩金才。我知道韩金才一直很需要钱。韩金才那些年嗜赌成性,已在外面欠下很多赌债。就在前不久,他还曾连续不断地向我借钱。起初我看在同乡的分上还借他一些,后来发现他借钱竟然是去还赌债,就不再借他了。其实我在宁山时,是经常和韩金才见面的,我们还曾在同一条船上做过渔工。我在这个傍晚来到韩金才的住处。韩金才一见我立刻吓了一跳,像见了鬼似的连连退着说,你……你怎么还活着?我这时才意识到,我跳海之后,人们应该以为我已被淹死了。我告诉韩金才,我不是鬼,是人,我跳海之后并没有被淹死,我现在来找他,是想让他帮我做一件事。我一边说着就将自己身上所有的钱都掏出来,放到他的面前,应该有七八百元。当然,我这次出海回来船老大还给我结了一些酬金,大约有七千多元,但这笔钱我已经存在一张卡上。我想,我离开宁山以后还要用,所以这笔钱就没有拿出来。当时韩金才看到这几百元钱立刻两眼一亮。他连忙伸手把钱抓过去,然后问我让他做什么?我也没有绕弯子,开门见山对他说,让他帮我把我的堂兄杀了。韩金才听了立刻一愣说,你要……杀你的堂兄?我对韩金才说是。我告诉他,你不要问为什么,你只要帮我把这件事做了,我堂兄的财产我一分不要,包括他的存款,他的一切,就都是你的了。我说当然,如果你不想做这件事也没关系,就当我什么都没有说,我再去找别人就是了,凭我堂兄的这份财产,恐怕不会没有想干的人。韩金才认识我的堂兄,他当然知道我堂兄是做收购海产品生意的,手里应该很有钱。于是,他想了一下看看我说,你……不会反悔吧?我说当然不会反悔,咱们做完了这件事,我就离开宁山县,从此再也不会回来,我堂兄的所有财产随你去处置就是了。于是就这样,我和韩金才就说定了……

这样说,韩金才是因为你堂兄的财产,才同意帮你杀他的?

嗯,应该是这样,因为他当然很需要钱。

杀害你的堂兄,具体由谁策划的?

是……我们两人一起想出的办法。

总要有一个主要的人。

真是我们一起商量的。

好吧,现在你具体说一下杀害你堂兄的过程。

杀我堂兄的过程很简单。我和韩金才把这件事商量定之后,第二天晚上,韩金才就将我堂兄约出来,说是找了两个靓妹和他一起喝酒。我堂兄一听很高兴,很痛快就来了。韩金才真的不知从哪里找来两个女孩,在一个海鲜大排档里陪我堂兄一起喝酒。我堂兄本来就是一个很好色的男人,又有两个这样的女孩陪着,于是在这个晚上左一杯右一杯地很快就被灌醉了。韩金才看一看差不多了，先将那两个女孩打发走，接着就打电话把我叫过来。我在这个晚上已经租好一条小船。于是，我和韩金才就按事先想好的计划将我的堂兄架到海边，扔到这条小船上，然后划船来到海里，将我的堂兄从小船上扔下去。在将他扔进海里的一瞬，他突然清醒了，一边用手紧紧抓住船边一边睁大两眼看着我。我知道他不会游水。我当时心平气和地对他说，我最后让你死个明白，我这个人，这二十几年从来没有跟谁抢过东西，我总是忍让别人，我就是再心爱的东西，如果被谁抢走了就抢走了，我从不敢多说一句话，我就是这样一个窝囊懦弱的人。但你这一次真的不该来抢我的女人。我本来已经准备和水莲结婚了，水莲就是我的一切，可是你现在却把我的一切都给毁了，你这样做已经让我无法再忍了，你已经把我逼到绝路上了，所以，你现在只能为自己做的事付出代价了。当时我堂兄听了我的话，已经流出了乞求的眼泪。但我连看也没有看他。我挥了一下手，就让韩金才帮我将他掀到海里去了。我的堂兄到海里只冒了一下就不见了。我当时看了一下风向，在那个晚上刮的是东南风，这一点我记得很清楚，而距离西北方向的海岸则至少有几海里，所以我想，等我堂兄的尸体漂到岸边不知要过多久，那时他早已被海水泡烂了，也就不会再有人认出来。

这样说，你的堂兄张润发，是你和韩金才一起杀死的？

是，是韩金才帮我杀的。

你堂兄留下的那些财产，最后真的都归韩金才所有了？

没有。

为什么？

这件事并不像我想象的这样简单。我也是几年以后，才从别人的口中得知这件事的。韩金才事后认定，我从一开始就在故意骗他。其实我真不是这样的人，我长这样大从来没有骗过任何人，我怎么可能骗他呢。我只是没有想到，关于财产应该是很复杂的事情。我堂兄的名下确实有一些财产，他在宁山有两处房子，一部汽车，还有一笔说不清数目的存款。但他这个人虽然平时好色，也很花心，却一直没有娶任何女人。现在他突然失踪了，与他做生意的债主就纷纷找上门来。人们自然怀疑他是携款潜逃，于是他的个人财产包括现金也就立刻都被冻结起来。韩金才直到这时才意识到，其实我堂兄的这些财产他是一分钱也拿不到的，他只是白白地跟着我忙了一场。这时韩金才再想找我，我却早已离开了宁山县。韩金才当然不敢告诉任何人,我那一次在码头上跳海并没有死,而且后来又和他一起杀死了我的堂兄张润发。所以,这件事他也就只好吃个哑巴亏,自认倒霉了。

你离开宁山县之后,就来衡山岛了吗?

是,我只会打鱼,所以就来衡山岛了。

当时韩金才知道你的去向吗?

他应该不知道。

你根据什么这样说?

如果他知道,他当时就会来找我了。

从那以后,你和他就再也没见过面?

没见过。

这样说,前不久的那天晚上,你们只是偶然相遇的?

是……那天晚上,我在石山岛见到他也感到很意外。

那天晚上你遇到他,跟他说了什么?

我没说什么,他也没说什么。我们两人的心里都很清楚,当年的那件事是不能说出来的。所以,我在那个晚上只是请他吃了一顿饭,然后我们就各走各的了。

他没再跟你提,当年你堂兄那笔财产的事?

没有,但我能感觉到,他并没忘记这件事。

好吧,我再问你另外一件事。

嗯。

你和那个叫马兰香的女人,是怎么回事?

没有……怎么回事?

可是你曾经用过的一部手机,号码的登记人是她。

是……

你跟她究竟是什么关系?

马兰香……是一个好女人,我的事,她一点儿也不知道,所以……这件事跟她没有任何关系。我当年离开宁山县,流落到衡山岛,先是到胡家湾村。那时马兰香的男人刚死,她一个人在村里做点儿小生意。我刚到胡家湾村人生地不熟,一次去买东西,一听马兰香的口音竟然是安徽老乡,所以一下就跟她熟起来。后来我到于家岙的一条渔船上做工,每次出海回来,为了不引起别人的注意就不敢随便在村里租房子,仍还住在船上的舱隔里。但只要有空,就经常来胡家湾村这边看一看马兰香。后来马兰香看我这样睡在船上实在辛苦，就对我说，她家在山坡上租的这两间石屋已经有一间闲下来，反正她现在只是一个人，可以让出一间给我住。但她告诉我，胡家湾村的人对男女之间的事很在意，她又刚刚死了男人，所以我来她这里住，就尽量在村里避讳一些。于是，我就这样搬到马兰香这里来。接着没过多久，就和她住到一起了。但让我没有想到的是，我直到和这个女人住到一起才发现，我的男人功能已经没有了，我已经……做不成那种男人的事了。马兰香真的是一个好女人，她并没有因此嫌弃我，她告诉我，没关系，没有这种事也一样可以过日子，只要两人有个伴儿，平时能说一说话也就行了。但我的心里还是过意不去。那时马兰香还不到四十岁，我不能让她整天跟着我这样一个半残的男人守活寡。所以，我们这样一起住了一段时间，我就在一天晚上对她说，我们还是分开吧，你还年轻，我不能这样一直把你耽误下去。当时马兰香一听就哭了，她说，她知道我是一个好男人，也知道我一心对她好，可是，她真的还想要一个孩子，否则就太孤单了，可是如果再这样拖几年她恐怕就生不出来了。我说明白，我明白。于是，又过了两天，马兰香就回安徽老家去了。接着，在那一年的秋天，我也就搬到于家岙去了。

好吧，张天华，你想一想，还有什么没有交代的吗？

好像……没有了。

嗯，你回去再想想，如果还有什么，随时对我们说。

好……好吧……

陈宇终于将事情搞清楚了。

截至现在，应该说，所有的问题都已经有了答案。

在此之前，陈宇始终认为有两个问题无法解释。韩金才当年确实曾去过宁山县，而且还在那里的渔船上做过渔工，这就说明他在那里生活的时间应该不会太短。可是他却一直矢口否认去过宁山，这就可以肯定，他当年在宁山应该做过什么不可告人的事情。现在这件事张天华终于交代出来了，韩金才为了得到张天华堂兄张润发的财产，与张天华合谋把张润发杀害了。但是，如果是这样，这件事又已经过去六年，韩金才为什么又主动来举报张天华，说他当年杀死了他的女友杨水莲呢？如果再进一步说，他就不担心警方抓到张天华，会把他当年曾与张天华合谋杀死张润发这件事也一起供出来吗？

现在，这些问题终于有了合理的解释。

韩金才是在一个傍晚归案的。当时他正准备离开衡山岛,已经到客运码头,买了出岛的船票,就在要登船的时候陈宇和一个同事及时赶到了。

陈宇问韩金才,你要走吗?

韩金才看一看陈宇,没有说话。

陈宇说,你已经走不了了,你明白吗?

韩金才回头朝客船看一眼,说,明白。

陈宇又说,你如果配合我们,可以不给你上手铐。

韩金才点点头说,好吧。

于是,他就这样跟着陈宇来到衡山公安分局。韩金才自然已经什么都明白了,所以,他一到分局就把事情全交代了。他承认曾与张天华合谋杀死张润发这件事。据他说,当年他和张天华一起杀死他的堂兄张润发之后,张天华立刻就离开了宁山县。而他也很快发现,张润发留下的财产他竟然一分钱也拿不到。他这时才意识到自己受了骗,事情并不像张天华当初许诺的那样。而此时他欠赌债的那些人也追他追得很紧。于是他也就不得不离开了宁山县。

据韩金才交代,他这一次在衡山岛遇到张天华纯属偶然。他之所以举报他,也是因为咽不下当年的这口气。韩金才一直坚持认为,张天华当初就是故意欺骗他,他明知他堂兄的财产不可能落到别人手里,却还用来做诱饵让他帮他去杀人。所以,韩金才这几年也一直在寻找张天华。这一次他终于碰到了他,所以他想,他一定要出一出当年的这口恶气。

但是,陈宇还是感觉这里有些问题。他在讯问韩金才时问,可是你想过没有,倘若你这样举报了张天华,我们又将张天华抓捕归案,如果他把你当初和他一起杀害张润发的那件事也一起供出来怎么办?陈宇问,你这样做,就不怕给自己找麻烦吗?

韩金才想了一下,说,我这几年经常看电视,我多少还是懂一点儿法的,当初张天华失手杀死了他的女朋友,那是过失杀人,可是他和我一起杀死他的堂兄,这就是故意杀人了,也就是说,他杀死他女朋友那件事并不是死罪,而杀死他的堂兄就是死罪了。我想张天华肯定也明白这个道理。所以,我料定,你们抓到他之后,他只会承认杀死他的女朋友,而杀他堂兄这件事是无论如何都不敢说出来的。而且,在那个晚上,我和他一起吃饭时,他曾经问起我杀死他堂兄之后的情况,那时他已经离开了宁山县,他当然不知道后来这件事会是怎样了结的。我在那个晚上告诉他，他的堂兄失踪并没引起警方的注意，当时几乎所有的人都认定他堂兄是携款潜逃了，所以后来也就没有人再去追究他的下落。当时张天华听了好像长长地松了一口气，然后他就说了一句话，他说，看来这件事，只有你知道我知道，就让它烂在肚子里吧。我就是因为听他说了这样的话，才彻底放心了。我断定他无论到什么时候都不会将这件事说出去，所以才决定，来你们这里举报他。

…………

在这个早晨，陈宇又将对张天华和韩金才的讯问笔录看了一下，然后连同这个案件的所有相关材料整理好，装入一个案卷袋，就准备和犯罪嫌疑人一起移交宁山县公安局了。这时，他看一看自己桌上的日历，这一天是2011年9月18日……

我这一次从海岛回来,深入生活的工作也就快要结束了。这时,我终于有机会和李局长长谈了一次。但李局长仍然很少谈自己,只是介绍局里的情况,当然,说得最多的还是刑侦队在这次清网行动中的战绩。我起初只是静静地听,后来有些忍不住了。

　　我对他说,您也说一说自己的事吧。

　　李局长稍稍想了一下,说好吧。

　　然后,他就对我说了一个案子。

　　他告诉我,这是他亲手经办的一个案子,而且给他留下很深的印象。我发现,李局长在讲述这个案子时,其实还是在讲刑侦队的刑警。他对我说,当时具体负责这个案子的刑警叫陈大勇。他虽然只有三十来岁,却已经是一个有着丰富经验的老刑警了,而且在队里带出许多年轻的刑警,这些年轻人都自称是他的徒弟。这一次这个案子,局里也是考虑再三才决定交给陈大勇的。当时已是十一月份,眼看临近清网行动的尾声,一件压了十几年的案子必须在十几天之内解决,这样紧的时间难度是可想而知的。不过陈大勇接手这个案子时倒信心十足,他只向局里提出一个要求。李局长问我,你猜他提的什么要求?

　　我摇摇头。

　　李局长说,这小子对局里说,必须让我亲自过问这个案子。

　　我问,为什么?

　　李局长一下笑了,说,其实这个陈大勇说起来,也算是我的徒弟,他从一来到局里就一直跟着我,那时我还兼任刑侦队的队长,所以,他可以说是我一手教出来的。李局长告诉我,陈大勇果然很能干,带着一个年轻的刑警,只用10天就把这个案子搞定了,而且竟然是劝投。我这时已经懂了,李局长所说的劝投,也就是让犯罪嫌疑人自己来投案。

在这次清网行动中,劝说犯罪嫌疑人自己投案显然是破案成本最低,对嫌疑人后面的出路也最有利的,但同时,不言而喻,这样的工作难度也最大。这一次接触到的案子,大都是发生在若干年前的,犯罪嫌疑人逃亡在外这些年,已经抱着侥幸心理,觉得不会有什么事了,所以一般是不会愿意自己回来投案的。这就需要办案人员做大量细致的工作,同时研究掌握犯罪嫌疑人的心理,一步一步打破他所有的幻想,最后迫使他就范。

李局长说,陈大勇这一次办的这个案子,从表面看似乎并没有花太大气力,但刑侦的内行会知道,他做的每一步工作都恰到好处,拿捏得很准,可以说,只要稍稍差一点儿就会前功尽弃。李局长对我说,你先看一看卷宗吧,大致了解一下案情,然后再去和陈大勇聊一聊。

我点点头说,好吧。

李局长又笑着说,你把这个案子作为这次采访的结束,也算是一个精彩的结尾。

他一边这样说着就拨通桌上的电话,让人把卷宗送过来⋯⋯

第十二章
情殇

摆在我面前的是一摞厚厚的案卷,共有六个卷宗袋。卷宗袋的牛皮纸很硬,封口有圆纸襻,用细细的尼龙绳缠绕着。我打开第一个卷宗袋。韩圭美,这是这个女人到案时的名字,年龄34岁。她来公安局自首时,身份是何川圭美女性用品有限公司的董事长兼总经理。这个公司我是见过的,曾在电视上做过广告,虽然规模不是很大,由于专门经营女性用品,还是给人留下一些印象。但我并不知道,这个公司的董事长兼总经理是一个女人,而且公司雇佣的员工竟然都是女人。卷宗上记载,韩圭美到案之前,作为公司的董事长兼总经理并不经常在国内,而是长年住在阿联酋的迪拜。迪拜销售各种高档日用消费品在全世界是闻名的,而何川圭美女性用品公司一直走的是高端路线,因此在迪拜设有一个分公司。也正因如此,当时的办案刑警在锁定韩圭美之后就感到有些棘手,在如何让她归案的问题上很费了一番脑筋。去迪拜抓捕显然不太可能,唯一的办法就是想一个什么借口,让韩圭美自己回来。但是,办案刑警将这个想法对何川圭美公司的人说了之后,公司的人却认为不太可能。韩圭美在国内的公司总部有一个副手,是个不到30岁的女孩,叫于晓晴。据于晓晴说,韩圭美一向做事很严谨,她平时回国都是事先做好周密安排的,甚至每天做什么事都有具体计划,如果突然让她回国,她应该不会回来。办案刑警经过慎重考虑,也认为这样做有些冒险。韩圭美毕竟在国外,如果她感觉到了什么,一旦去了别的国家,再想抓捕就更困难了。但让人没有想到的是,就在这时,韩圭美竟主动打来电话。韩圭美是在一天下午的两点左右打来电话的。迪拜的当地时间与北京时间有四个小时的时差,这样算起来,韩圭美打电话时,就应该是迪拜的上午十点左右。以下是第一次通话的记录:

喂,这里是公安局吗?

对,请问你有什么事?

我找刘警官。

哪个刘警官?

就是……刘骏警官。

你找刘骏有什么事?

我是……韩圭美。

等一等,请你再说一遍,你是谁?

我是韩圭美。

好,你稍等。

…………

喂,我是刘骏。

哦……我是韩圭美。

请问,你现在,在哪里?

我在……国外。听说你们找我?

你是怎么知道的？

你们来我的公司，我当然会知道。

是，我们找过你。

找我有什么事吗？

唔，想了解一些情况。

哪方面的情况？

韩圭美女士，我们可以当面谈一下吗？

最近……恐怕不行，我这边事情很多。

那你看，什么时候方便？

唔……我再联系你们吧。

等一等，这个号码，是你在国外使用的吗？

也不经常用，你们如果找我，可以试一试。

好吧，韩圭美女士，我们等你的电话。

嗯，拜拜。

韩圭美的这个电话立刻引起警方的注意。当时负责这个案子的刑警是刘骏。刘骏认为，韩圭美已经知道警方正在找她，这就说明，何川圭美公司的内部有人向她通风报信。而警方去何川圭美公司调查时只接触过一个人，就是韩圭美的副手于晓晴。当时已经向于晓晴讲得很清楚，警方调查韩圭美这件事不要对公司里的任何人说。那么就只有两种可能，也许是于晓晴无意中透露给公司里别的人，再或者，就是于晓晴告诉了韩圭美。刘骏立刻去移动公司调出于晓晴近几天的电话记录，但并没发现有打往国外的电话。当然，这也并不能说明什么问题。现在的通信联络手段很多，如果于晓晴想与韩圭美联系，用别的方式也同样可以做到。

根据这个情况，刘骏与刑侦大队的同事经过研判，决定改变与于晓晴的接触方式。刘骏再次找于晓晴，是将她请到刑侦大队来的。这一次刘骏没有再绕弯子，而是直截了当问于晓晴，韩圭美的原籍是哪里？家里还有什么人？当时于晓晴的神情立刻有些紧张，迟疑了一下问，韩总……是不是出了什么事？刘骏未置可否，对于晓晴说，我们只是想了解一下关于韩圭美的具体情况，你把所知道的告诉我们就行了。于晓晴想一想说，韩总具体是哪里人，她也不太清楚，不过好像听她说起过，她的原籍在湖南天石县的什么地方。刘骏立刻问，是不是在天石县水竹乡的山前村？于晓晴听了稍稍一愣。刘骏立刻在心里判断，于晓晴应该知道韩圭美的原籍在什么地方,甚至还可能知道韩圭美更多的事情。于是,刘骏又不动声色地问,韩圭美在天石的玉河乡宋屋村是不是还有一个孩子?于晓晴立刻又愣了一下。刘骏继续说,是一个13岁左右的女孩,叫宋春红?于晓晴看一眼刘骏,摇摇头说,这个……不太清楚。刘骏用两眼盯住于晓晴问,你真的不清楚吗?于晓晴说,我……真的不清楚。好吧,刘骏点点头说,我们后面也许还会找你。他这样说罢就将于晓晴送出来。

　　刘骏这一次这样接触于晓晴,果然很快就起了作用。两天以后的下午,又是两点钟左右,韩圭美突然又从迪拜打来电话。当时刘骏没在队里。值班的刑警问她有什么事?韩圭美想了想说,请转告刘骏警官,我今天傍晚,北京时间5点钟左右再给他打电话。

　　傍晚5点,韩圭美准时又打来电话:

　　喂,是刘骏警官吗?

　　我是刘骏。

　　我是韩圭美。

　　哦,我在等你的电话。

　　你们找我,究竟有什么事?

　　嗯,我们最好还是当面谈一谈。

　　我最近很忙,确实……没有时间。

　　韩圭美女士,如果我们能当面谈一谈,对你是有好处的。

　　你们去天石县的水竹乡……调查过我?

　　我们只是去了解一下情况。

　　了解什么情况?

　　这件事,在电话里不好讲。

　　哦……

　　所以,韩圭美女士,我们最好还是能当面谈。

　　好吧,我再……考虑一下。

　　可以,韩圭美女士,我们等你的电话。

　　再问一个问题可以吗?

　　可以,你问吧。

　　你们……是怎么找到水竹乡去的?

唔，韩圭美女士，我已经说过了，如果我们能当面谈，对你肯定会有好处的。

好……好吧，我再……考虑一下。

刘骏接过韩圭美的这个电话之后，也有一些担心。这显然是一步险棋。在这个时候，如果让韩圭美知道，这边的警方已开始怀疑她，而且已经了解到她原籍那边的情况，肯定会在心理上给她一些压力。因为在水竹乡的山前村，毕竟还有一个让她牵挂的孩子，她为了那个孩子应该也会有所顾忌。不过也有另外一种可能，如果韩圭美真的置那个孩子于不顾，突然去了第三国，后面再想找到她也就更困难了。但让刘骏没有想到的是，韩圭美在第二天下午4点30分左右又一次打来电话。她在电话里的声音有些疲惫，说话的语气却很平静：

刘警官吗？

我是刘骏。

我是韩圭美。

哦，你考虑好了吗？

我已经订好明天的机票，准备乘最早一次航班飞回北京，预计到达应该是北京时间的下午5点40分左右，在T3航站楼，你们可以在那里等我。当然，我到北京之后也可以再转机或换乘火车去望江市，到望江之后再去公安局找你。

好吧，我们明天到机场等你。

那好，明天在北京机场见。

刘骏接到韩圭美的这个电话立刻兴奋起来。他马上向刑侦队的领导做了汇报。看来在此之前对韩圭美的分析是正确的，韩圭美显然已经感觉到，警方对她的调查已不是一般的普通调查，很可能涉及十几年前的那个案子。关于这一点，韩圭美在心理上应该是早有准备的。其实她在这时如果去往第三国，还是完全可以的。但她显然舍不下在山前村那个叫宋春红的女孩。很可能就是为了这个孩子，这一次才促使她做出这样的决定。

根据卷宗上记载的办案过程，刘骏和同事这一次去北京的首都机场接韩圭美并不顺利。从望江市到北京，如果开车走高速公路，在正常的情况下大约要8小时左右。刘骏和刑侦大队的领导经过商量，为保险起见，第二天凌晨4点就开车从望江市出发了。但让他们没有想到的是，车开到河南境内竟遇到了大雪，高速公路关闭了。这样他们就不得不从高速公路下来，改走国道。但由于高速公路关闭，所有的过往车辆都绕到国道上来，道路一下拥挤不堪。刘骏他们驾驶的虽然是警车，此时不得不打开警灯,拉起警笛,但面对挤成一团的车辆也无可奈何。这时刘骏最担心的是,如果在下午5点40分之前没有赶到首都机场,而韩圭美在飞机上这8小时的时间里思想又有了什么变化,不想再来公安局,那这段时间所做的工作就要前功尽弃了。后来刘骏还是想出一个应急的办法。他与当地公安局联系,请求他们派出一辆警车,接上刘骏和同事走另一条路,这样在下午5点之前才总算赶到北京的首都机场。但是,他们来到机场才知道,从迪拜飞来的这次航班要晚点大约6小时。于是刘骏和几个同事找一个角落坐下来,一直等到夜里12点,才终于等来这次航班。可是在这个航班的旅客中,却并没有发现韩圭美。此时刘骏的心一下又悬起来。他立刻与航空公司联系,得到的答复是,在这次航班的旅客名单中没有韩圭美这个名字。这也就是说,韩圭美在迪拜根本没有上这架飞机。她是不是与这边的警方通过电话之后又改变了主意?还是遇到了什么别的事?这时刘骏想到,韩圭美曾留下一个在迪拜的手机号码。是不是给她打一个电话,问一问她没有乘坐这次航班的原因?但刘骏与同事商量之后,又觉得这样做不妥。如果韩圭美确实被什么事临时绊住了,她应该会主动打来电话,告诉刘骏在那边的情况。而如果她是因为改变了主意,不想再这样回国,即使给她打电话也没有任何意义,她甚至都不一定再接听电话。

就在刘骏和同事这样举棋不定的时候,韩圭美突然给刘骏打来了电话。韩圭美在电话里的声音还是那样平静。她先向刘骏道歉,然后说,她是上午到迪拜机场之后才得知这次航班要晚点6小时的。她平时乘飞机最不喜欢航班晚点,在机场的候机厅里永无休止的等候很麻烦,所以她就把机票改签了,明天会乘同一次航班,在同一时间到达北京。刘骏接到韩圭美的这个电话心里才长长地松了一口气。他和同事分析了一下,觉得韩圭美在电话里说的应该是实话。如果韩圭美真的改变了主意,不想再回国,她只要从此不再跟刘骏联系就是了,没必要编出这样一套谎话,更没必要再给刘骏打这样一个电话。于是就这样,刘骏和同事在首都机场等了一夜,又等了一天,直到第二天下午的6点钟左右,才终于等到从迪拜飞来的这次航班。当时刘骏在出口拥出的乘客中,一眼就认出了韩圭美。尽管刘骏从没有见过韩圭美本人,可是已经无数次看过她的照片,所以她的形象已经很熟悉。但虽然如此,韩圭美的装束和打扮还是让刘骏感到有些意外。在此之前,刘骏想的是,韩圭美是一个女企业家,做的是女性用品的生意,又长年在国外,应该打扮很入时,至少是一个很时尚的女性。可是面前的这个韩圭美,衣着却很普通,身上只穿了一件米色风衣，脚下是一双深色高筒长靴，拖着一件简单的行李，而且在脸上看不出一点儿化妆的痕迹。刘骏看着从出口走出来的韩圭美，又在心里判断了一下，在确定这个女人就是韩圭美之后，才走上前去。

请问，你是韩圭美？

哦，你是，刘警官？

对，我是刘骏。

让你们久等了。

走吧，车在外面。

刘骏这样说着，他的两个同事已从两边跟过来。

刘骏从机场出来先给刑侦队打了一个电话，汇报人已接到。然后直到坐上警车，心里才总算长长地舒出一口气。但刘骏此时的心里并没有感到轻松。他很清楚，接到韩圭美还仅仅是第一步。刘骏根据以往的办案经验，感觉韩圭美应该是一个不太好对付的女人。首先她的心理素质很好，从她第一次打来电话，就可以感觉到她很理性，而且思路的条理很清晰，在做出每一个决定时，显然都是经过深思熟虑的。不过如果真是这样，也未尝不是好事。她这一次主动回来，应该很清楚这样做意味着什么，甚至已经想好，或者决定了后面要怎样做。如果真是这样，那么后面的讯问就可能会顺畅一些。但还有一点也让刘骏的心里没有把握。这个案子毕竟发生在12年前，时间已过去这样久，很多物证都已经很难再找到，甚至当时的目击证人记忆也已模糊了。如果韩圭美真的承认自己的犯罪事实，但在交代时有所保留，或者故意朝着有利于自己的方向去说，一些关键性的具体细节就很难再查证。刘骏想到这里意识到，后面的工作将会更复杂，对韩圭美也不能掉以轻心。

我在另一个卷宗袋里，终于找到关于韩圭美的案情记载。

据卷宗记载上说，这起案件是发生在1999年的秋天。案件发生地是湖南天石县的玉河乡宋屋村。一天早晨，宋屋村一个叫宋祥生的村民去找宋金福，两人约好一起去乡里办事。宋金福的家在村外，新盖起的几间新屋。当时宋祥生来到宋金福家的门外，连叫了几声屋里却没人应声。就在这时，宋祥生突然感到事情有些不对。他发现宋金福家的屋门是敞开的，在门槛上，好像有一只人手伸出来。宋祥生大着胆子走过去，来到门口才发现，趴在门里地上的竟是村里的杨二宝。杨二宝显然已经断气，在后背上插着一根很粗的铁钎，身子下面有一摊已变成黑紫色的血迹。接着宋祥生又发现，在屋子里面，卧室的门口竟然还有一具尸体。宋祥生立刻认出来，这个人是杨德利，与杨二宝是堂叔伯兄弟。此时杨德利斜仰在卧室门口的地上，头上有一个血洞，流出一些红红白白的东西。宋祥生这时已经意识到，宋金福家是出了大事。他战战兢兢地来到卧室门口，看到宋金福的女人赤裸着身子呆呆地坐在床上，怀里抱着几个月大的孩子。那孩子看上去应该已经死了，身体软软地垂下来。接着，宋祥生就看到了躺在床上的宋金福。宋金福也赤裸着身体，脖颈上有两处深深的伤口，肩膀和前胸也有几处刀伤，身下已经全是干硬的血迹。旁边的床上还扔着一把砍茅竹用的柴刀，这柴刀也已经被血染成了暗紫色。宋祥生看到这样可怕的情景再也忍不住了，转身一边喊叫着从屋里奔出来就朝村里跑去。村里的人们立刻闻声赶过来。宋屋村是一个不大的村落，而且在一个山呑里，地处偏僻，交通不便。这时人们一见到这样的场面立刻都吓得不知所措了。有胆大一些的人来到卧室，问宋金福的女人这究竟是怎么回事。但宋金福的女人仍然赤裸着身子呆呆地坐在床上，似乎已经说不出话来。这时宋屋村的村长赶到了。村长毕竟有些见识，连忙提醒人们保护现场，只留下两个人守在宋金福家的门口，然后立刻让人打电话报警。天石县的警方接到报案，感到案情重大，当即向望江市公安局做了汇报，然后会同那边的警方一起赶到宋屋村。但警方来到现场时，宋金福的那个一直赤裸着身体坐在卧室床上的女人却已经不见了，床上只留下宋金福和那个孩子两具尸体。宋屋村的村长向警方坚称，他安排的两个人一直守在宋金福家的门口，绝没有看到那个女人出来。那两个人也向警方保证，他们的视线始终没有离开那个门口。警方经过对现场勘查，发现在宋金福家的柴屋里有一个后门，可以通向屋后竹林里的一条小路。当初宋金福盖这座房屋时不知出于什么目的，又在卧室开有一个小门通向这间柴屋。警方由此分析，宋金福的这个女人应该是从柴屋的后门走的。

警方立刻又对现场进行了全面勘查。杨二宝的尸体是趴在屋门跟前的地上，一只手伸向门槛的外面，看上去很可能是在临死前向外爬着想要求救。他的后背上插进一根粗硬的铁钎，铁钎直径约2.5厘米，应该是专门用来凿石头的工具。可以看出，凶手当时从后面将这根铁钎插入杨二宝的背上非常凶狠，用力也很大，以致铁钎从杨二宝的前胸贯穿出来。杨德利的尸体在卧室门口，距杨二宝的尸体约3米远。尸体呈侧仰状，在头顶左侧有一个约4厘米的条状血洞，有血和脑组织流出来。法医初步推断，杨德利的头顶是钝器伤，应该是被一个沉重而且坚硬的条状物击打所致。警方据此分析,法医所说的这个条状物会不会就是插在杨二宝后背上的那根铁钎呢?如果真是这样,那么杀害杨二宝和杨德利的就应该是同一件凶器。倘若再进一步推测,杀死这两个人的会不会是同一个凶手? 但当时在现场的一个年轻刑警又做出另一种大胆的推测。他认为,如果杨二宝和杨德利都死于这根铁钎,会不会是他们两人之间相互残杀?比如,杨二宝和杨德利先是因为什么事发生了激烈的争执,然后杨二宝突然从地上抄起这根铁钎朝杨德利的头上砸去。杨德利受重伤之后拼命夺过杨二宝手里的铁钎。这时杨二宝意识到事情已经闹大,于是转身想跑。也就在这时,杨德利拼尽最后的气力将这根铁钎朝杨二宝的后背插过去。由于他用力过大,铁钎立刻从杨二宝的前胸穿出来。杨二宝借着惯性又朝门口跑了两步,然后就扑倒在地上。这时杨德利也倒下了。

　　这个年轻刑警的推测似乎也合乎情理,但卧室里的床上还有宋金福和一个孩子两具尸体,而且据这起案件最先的目击者宋祥生说,当时宋金福的那个女人赤裸着身体抱着孩子呆坐在床上,这又怎样解释呢?如果这样看,这起案件就应该没有这个年轻刑警推测的这样简单了。从现场情况分析,当时宋金福的家里一共有4具尸体,杨二宝和杨德利的尸体在堂屋的地上,宋金福和一个孩子的尸体则是在卧室的床上。宋金福的那个女人是现场唯一活着的人。那么,这个女人也就应该有重大嫌疑。但从杨德利头顶上的条状伤口看,如果是被那根铁钎击打所致,那么凶手就应该有相当的力气。而且这根铁钎并不锋利,能将它从杨二宝的后背插进去,再从前胸贯穿出来,显然也不是一个女人所能做到的。据此分析,杀死杨德利和杨二宝的凶手应该另有其人,而且很可能是一个男性。但接下来的问题是,杀死宋金福和那个孩子的凶手又是谁呢? 如果这个女人不是凶手,那么她也应该目睹了这起血案发生的全过程。凶手为什么单单把她留下来没有杀人灭口,而她在当时又为什么没有叫喊呢?

　　就在这时,警方又了解到一个重要情况。据最先的目击者宋祥生说,他在这个早晨来找宋金福,是因为他和宋金福在前一天约好,两人要一起去乡里的信用社办事。宋金福出去了两年,案发的前一天刚刚回来,不知他在外面做什么生意赚了大钱,这次带回几十万元现金。宋祥生在乡里的信用社有一个朋友,所以宋金福让宋祥生带他去信用社,看以什么方式将这笔钱存起来更划算。据宋祥生说,他曾亲眼看到过宋金福的这笔钱,是装在一个棕色的人造皮革提包里。但是,警方搜遍宋金福的家里,却并没有发现这个棕色的人造皮革提包。当时警方分析,也许还有一种可能,制造这起血案的凶手是外面流窜作案的人。如果真是这样,这会不会是一起谋财害命的案件,凶手将宋金福杀死之后,把这个装有几十万元现金的提包拿走了呢?但倘若果真如此,案发现场的这几个被害人之间又是什么关系呢?

警方首先调查的是宋金福。据宋屋村的村长说,宋金福三十多岁,独身,长年在村里游手好闲,而且此人生性暴虐,平时在村里横行霸道,称得上是这一带的一霸,不要说村里的人们惧怕他,就是他这个村长也要让他几分。接着村长就说到宋金福的这个女人。村长说,这个女人叫韩桂梅,二十多岁。其实她并不是宋金福的女人。韩桂梅的丈夫叫宋玉良,是一个残废,长年瘫在床上。韩桂梅的娘家是在水竹乡的山前村,经人介绍来宋屋村嫁给了宋玉良。关于这件事,宋屋村的人们始终无法理解,韩桂梅模样清秀,又没有残疾,怎么肯嫁给宋玉良这样一个瘫子。韩桂梅嫁过来之后,宋玉良虽也和她生下一个女儿,但平时没有任何劳动能力,甚至连生活也不能自理,家里的事就全靠韩桂梅一个人。后来有一次,韩桂梅去山坡上的竹林里挖竹笋,被宋金福撞见了。宋金福趁机在竹林里强奸了她。从此,宋金福就经常寻找各种机会奸污韩桂梅。后来索性让她白天仍在宋玉良这边干活儿,晚上去他的家里睡觉。韩桂梅起初不肯答应,说自己家里还有孩子。但宋金福恐吓她,说如果她不答应,他就去把宋玉良家的房子一把火烧了。韩桂梅当然清楚宋金福是什么人,知道他什么事情都干得出来,于是就只好屈从了。韩桂梅的男人宋玉良为此痛不欲生。但是,他虽然几次想喝农药自杀,可是眼看着自己的女人每晚去宋金福的家里也无可奈何。这时警方问村长,这件事村里一直没有过问吗?村长苦笑着说,这种事说起来只是人家的私事,又是宋金福的事,村里不想找麻烦,所以也就没有多问。警方又问,现场那具孩子的尸体又是怎么回事?村长想一想说,这个孩子的事就不清楚了,宋金福出外两年多,在出事前一天刚刚回来,这个孩子只有几个月大,所以显然不是他的,如果这样说,应该是宋玉良的吧。

警方接着又询问杨二宝和杨德利这两个人的情况。但宋屋村的村长一听问到这两个人,立刻连连摇头说,这两人的事情他就不清楚了,还是去问别人吧。警方当时感觉村长的话有些奇怪,杨二宝和杨德利也是宋屋村人,他作为村长怎么会不了解呢。于是只好又去村里了解情况。据村里人说,杨二宝和杨德利是堂兄弟,他们并不是宋屋村人。几年前宋金福去外面游荡了一段时间,就将这两个人带回村里来。宋屋村的人起初并没注意到这两个人,但后来发现,自从这杨氏兄弟来了以后,村里经常丢鸡丢鸭,甚至还丢牛。杨氏兄弟来到宋屋村就住在一间空房里,每天白天睡觉,到了晚上不知去干些什么名堂。有村人向警方反映,曾有人看见,这杨氏兄弟早晨从外面回来,拎着一些大包小包,看上去这些东西显然来路不明。

与此同时,警方考虑到韩桂梅临走时有可能回过宋玉良那里,于是又派了一路人去宋玉良家了解情况。宋玉良的家很简陋,但很干净,里里外外都收拾得井井有条。可以看出,韩桂梅将宋玉良照顾得很好,而且是一个很能干的女人。宋玉良很清瘦,大约三十来岁,由于长年躺在床上,面色有些发黄,身体也已经有些变形。宋玉良似乎已经知道了村里发生的事情,但是对去了解情况的警察很冷漠。警察问他,韩桂梅是你的女人吗?他只是点点头。再问别的事就不再回答了。警察耐心地问他,韩桂梅在这个早晨是否回来过?然后又对他说,如果韩桂梅曾回来过最好如实告诉警方,这样便于警方调查,对韩桂梅本人也是有好处的。但宋玉良听了却慢慢闭上眼,无论警察再问什么都不再说话了。警方观察了一下宋玉良脸上的表情,初步断定,韩桂梅在离开案发现场之后很可能来过这里。

法医对案发现场四具尸体的检验结果很快出来了。杨二宝是死于铁钎的贯穿伤,铁钎在插入杨二宝身体时刺破了心脏。杨德利则是死于头部的钝器伤。从这两人的伤情看,凶手显然具有相当的臂力,因此应该是一个男性。宋金福的身上有多处刀伤,但伤口都不太深,应该是被刀砍后在床上翻滚挣扎。最后致命的一刀是砍在喉咙上。不过从宋金福身上的伤口,很难判断凶手的性别。凶手在行凶时似乎已经没有太大气力,所以每一刀砍下去都不是很准,因此有可能是一个女性,也有可能是一个已经受伤的男性。至于那个几个月大的男婴,则是被活活掐死的,凶手显然非常凶残,几乎将孩子的颈椎拧断了。法医曾试图从插在杨二宝身上的那根铁钎和现场床上遗留的那把柴刀上寻找指纹。但这两件凶器的表面都已涂满血迹,所以无法再提取到指纹。天石县的警方会同望江市警方经过研判,最后认为,韩桂梅是这起血案的现场唯一活下来的人,她即使没有参与行凶,应该也目睹了整个血案的全过程,而最后她又在警方赶到之前悄悄离开了现场。如果她只是一个受害者,与这起血案没有任何关系,她为什么要以这样的方式离开呢?而且,韩桂梅自从那个早晨离开案发现场之后,就像人间蒸发了一样。警方搜遍宋屋村的山上,又一直追到乡里,追到天石县的长途汽车站,却都没有发现她的踪迹。于是,天石县和望江市的警方决定,将韩桂梅列为网上追逃人员。

我始终没有见到刘骏。但是,在刑警队办公楼前厅的墙壁上看到了刘骏的照片。照片上的刘骏和我想象的样子差不多。我一直认为，刑警是一个很特殊的职业，因此不允许从事这种职业的人在相貌上有什么特别之处，比如面部特征，或五官有什么不同，甚至过于英俊都不太适合这种职业，最好是普通得不能再普通，如果放到闹市街上就让人再也认不出来才好。刘骏就是这样一个人。他的国字脸是北方男人常见的，脸上的表情看上去似乎没有任何内容。但如果仔细看就会发现，在他没有内容的表情后面却隐含着一种坚毅和执著。

刘骏实在太忙了，一直在外面办案子，我与他在电话里约了几次，他都没有时间。最后一次好容易和他说好，下午3点在刑侦队他的办公室见面，但我一直等到4点，他又打来电话，抱歉地说情况有些变化，他实在赶不回来了。但他接着又告诉我，他已经安排好了，让我去找队里的小李。他说，当初办韩圭美这个案子时，小李一直和他在一起，所以对当时的情况都了解。就这样，我只好来找小李。小李叫李光明，是个二十多岁的年轻人，刚从警校毕业不久，看上去人很机灵。小李果然对韩圭美这个案子很了解。他告诉我，他师傅刘骏天生就是这样的脾气，专喜欢办最难办的案子，所以这次清网行动一开始，他就特意挑选了韩桂梅这个已经成为"死案"的案子。这时我才知道，原来刘骏是小李的师傅。

小李说，刘骏带着他一接手这个案子，就告诉他，韩桂梅这个案子是全队都知道的无头案，又已经过去了十几年，难度肯定很大，所以要有充分的心理准备。他们先对这个案子的案情进行了仔细的分析和研究。但是关于这个案子留下的材料并不多，除去当时的案发记录，询问宋屋村人的几段笔录，勘查现场的文字记录和照片资料，以及法医的验尸报告，就再没有其他可供参考的东西了。12年前负责这个案子的刑警有的已经退休，有的早已调到别的岗位，所以当时面对这个案子，几乎可以说是无从下手。后来刘骏找到一个已经退休的老刑警。这个老刑警当年曾经手这个案子，因此对情况比较熟悉。据这个老刑警说，他们在当时会同天石县公安局的人将这个案子搞了很长时间，但仅凭现场留下的4具尸体，而这4个被害者的身份和关系又这样令人匪夷所思，所以始终无法理出一个清晰的头绪。宋金福的家是在村边，附近没有邻居，而且法医根据死者尸体的状况推断，案发时间应该是在午夜12点左右，所以当时并没有目击证人。这样一来，在这起血案中唯一活下来的这个叫韩桂梅的女人也就成了这起案件唯一的突破口。只要找到韩桂梅，这个案子的真相自然也就清楚了。但这个女人在那个早晨离开案发现场之后就再也没有任何踪迹。警方采用各种手段都没有寻找到她的线索。就这样，这个案子也就一直悬在了这里。

小李对我说，刘骏是一个很较真的人。他了解到这些情况之后，就开始分析每一个细节，希望从这些细节中发现关于韩桂梅的线索。但这个案子毕竟已过去12年，要寻找到这个韩桂梅的线索又谈何容易。就在这时，刘骏突然想到了宋屋村那个叫宋玉良的男人。宋玉良是韩桂梅的合法丈夫，而且从当年的材料看，韩桂梅与宋玉良结婚之后，一直对他很好，甚至在案发的那个早晨，韩桂梅临走时还曾经回去看过宋玉良。从这一点推测，韩桂梅这些年会不会对宋玉良不放心，又与他联系过呢？宋玉良是一个残废，长年瘫在床上，如果没有了韩桂梅的照顾，又失去经济来源，他应该是很难生活下去的。

刘骏这样分析之后，就在一个早晨带着小李开车赶往天石县玉河乡的宋屋村。但他们来到宋屋村后才知道，宋玉良早在几年前就已经去世了，当年韩桂梅留下的那个女孩已经13岁，现在由宋玉良的一个堂弟抚养。刘骏又在村里了解了一下情况。据村里人说，韩桂梅自从12年前发生那件事以后就再也没有回来过，也没有任何消息。曾有人传言，说这个女人已经死在了外面，有说是病死的，也有说是不知怎么死在了河里，但都没有最后证实。

小李说，这次到宋屋村了解到这样的情况自然让刘骏有些沮丧。但他仍不死心。他突然想到，韩桂梅已出走12年，假如她还没有死，而且已在外面安下身，或者又重新嫁人，很可能会涉及身份证和户籍等一系列问题。她的户籍会不会有什么变动？他们立刻又来到玉河乡派出所。但经过查阅户籍档案，发现韩桂梅的户籍并没有变动。于是这条路又走不通了。刘骏这时还不死心。在这个下午，他考虑了一下，又和小李一起来到天石县城，向县公安局的同行了解，看有没有什么有价值的情况。但县公安局的人说，他们这些年始终没有放下这个案子，却一直没有任何进展。县刑侦大队的队长说，这12年中，到他这里已经是第三任队长了，每一任队长一接手工作，第一个面对的就是这件案子，却始终没有结果。

小李告诉我，这天下午从天石县公安局出来，天色已经很晚。由于回望江市的路上有几个地方正在修路，来的时候就发现有汽车拥堵，于是刘骏和他商量了一下，就住在了县城的招待所，准备第二天一早再回望江市。但在这个晚上，刘骏突然又冒出一个想法。他睡到半夜腾地坐起来，对小李说，他还忽略了一个线索。小李先是被吓了一跳，然后问他，忽略了什么线索。刘骏说，他想起韩桂梅留下的那个女儿。当时小李想一想，还是没有明白刘骏的意思。刘骏说，韩桂梅当年走时，她的这个女儿刚刚1岁多,她将这样小的孩子留给宋玉良这样一个瘫在床上的残废,她会放心吗?她毕竟是一个母亲,而且这个女儿又是她和宋玉良的亲骨肉,她一定会更加疼爱,如果这样分析,在这12年中,假如韩桂梅没有死,即使她没再与宋玉良联系,对这个女儿也会一直不闻不问吗?小李这时才明白了刘骏的想法。刘骏点点头,说对,也许从韩桂梅留下的这个女儿身上,能寻找到有价值的线索。刘骏想了一下又说,宋玉良去世以后,这个叫宋春红的女孩一直是宋玉良的一个堂弟代为抚养,所以,如果要了解这个女孩的情况,应该去找宋玉良的这个堂弟。

于是,第二天一早,刘骏和小李又开车返回宋屋村。

宋玉良的这个堂弟叫宋玉椿,是一个四十来岁的秃顶男人,两只眼睛一眨一眨的很亮,看上去很精明。他听刘骏说明了来意,想了一下点点头说,是啊,春红这孩子命很苦,刚刚1岁多家里就出了这样的事,她爸又是个瘫子,一下就没人照顾了,其实从她妈妈一走,我就把她接到我家来,我这里还有两个孩子,年纪都和春红差不多,两个羊是赶,三个羊也是放,虽说我家的条件也不太好,还是可以有她一口饭吃的。刘骏点点头问,这十几年里,这孩子的母亲韩桂梅从没有来过信,或是来过电话,询问这孩子的情况吗? 宋玉椿苦笑着摇摇头说,从没有问过,这个女人自从十几年前离开宋屋村,就再也没有消息,后来听人说,她好像已经死在了外面。刘骏又朝宋玉良的家里环顾了一下,问,这孩子,现在去哪了? 宋玉椿立刻说,哦,她去上学了。这时刘骏看一看再也问不出什么有价值的线索,从宋玉椿的家里出来,又去村委会了解了一下情况,就和小李一起离开了宋屋村。

小李说,这次从宋屋村回来,刘骏一路上都皱着眉头,直到把车开回望江市始终没说一句话。回到刑侦队的办公室,他刚刚在办公桌前坐下,突然又站起来说,不行,咱们还得回去。小李听了不解,说咱们刚从宋屋村回来,还回去干什么?刘骏说,这次不去宋屋村,去玉河乡。刘骏告诉小李,他回来的路上一直在想,这个叫宋玉椿的男人在说起宋春红时脸上的神色有些不对,好像有意想回避什么,所以关于这个女孩,还应该再详细了解一下。刘骏说,根据从宋屋村的村委会了解到的情况,宋春红在村里的学校读到小学三年级时,宋玉椿就将她转到乡里的学校去上学了,这似乎有些不合情理。宋玉椿自己有两个孩子,一个男孩一个女孩,都在宋屋村的村办学校读书,他为什么偏偏要把宋春红送到乡里的学校去读书呢? 村委会的人说,当时宋玉椿的理由是,宋春红虽然不是他的亲生女儿,可是这孩子的命这样苦,所以他这个当叔叔的不能再让她受委屈。但是,刘骏说,尽管宋玉椿这样说，乡里毕竟是寄宿学校，而去寄宿学校上学肯定要多花一些钱，凭宋玉椿家里的经济条件，他怎么会有能力让宋春红去乡里读这样的学校呢？刘骏想一想又说，此外还有一点也不正常，宋玉椿把自己的孩子留在村里，却把宋春红送去了乡里条件更好的学校，这应该是一件很值得夸耀的事情，可是在向他了解情况时，他对此事却闭口不提，这又是为什么呢？所以，刘骏说，如果这样分析应该去玉河乡的学校，再详细了解一下关于宋春红的具体情况。

于是就这样，小李和刘骏立刻又开车返回天石县，来到玉河乡的学校。

据玉河乡学校的老师介绍，宋春红是小学三年级的第二学期转来这里的，送她来的是一个叫宋玉椿的男人，自称是宋春红的叔叔。当时学校告诉这个男人，乡里的学校毕竟是寄宿，虽然尽量减免学生的各项花销，但也需要一定的费用，这一点家里要有思想准备。宋春红的叔叔听了立刻说，费用的事他已经打听过了，他可以承担。就这样，这个叫宋春红的孩子就正式转入乡里的学校，现在已读到小学六年级。刘骏听了想一想，提出去看一看宋春红的宿舍。宋春红的宿舍很干净，而且看得出是一个人住的单间。刘骏看了有些意外，问学校老师，这样的单人宿舍学校里有多少。学校老师说，只有宋春红这一间。学校老师向刘骏解释，宋春红来学校的第一年也和别的同学一样住集体宿舍，第二年才给她安排了这样的单人宿舍。在安排这间宿舍时，学校曾征求过她的意见，问她是想继续和同学住在一起，还是自己一个人住。但是，学校老师说，宋春红的性格有些孤僻，平时很少和同学接近，她说愿意自己住。于是学校就给她安排了这间单人宿舍。刘骏问，别的学生也可以要求住这样的单间吗？学校老师笑笑说当然不行，学校没有这样的条件。刘骏不解地问，那为什么宋春红可以这样特殊呢？学校老师迟疑了一下，似乎欲言又止。刘骏说，我们是望江市公安局的刑警，您已经看过我们的证件，所以无论什么情况，您都可以告诉我们。学校老师又犹豫了一下，然后才说，确实有一个情况，不过学校领导要求保密，不准对外面说出去。学校老师说，在宋春红读到小学四年级时，曾有一家城里的企业要来我们学校捐资助学。但这家企业说他们目前的经济实力有限，暂时只能资助一个学生，等后面企业进一步发展再考虑资助更多的孩子。然后这家企业的代表就向学校点名提出，他们这一次准备资助的学生是宋春红。后来学校才知道，这家企业资助宋春红已经不是第一次。他们曾经给了宋春红的叔叔宋玉椿一笔钱。也正是因为有了这笔钱，宋玉椿才将宋春红送来乡里的学校读书。这家企业的代表又对学校说，他们企业不希望将这件事宣扬出去，因为现在需要资助的孩子还有很多,而企业目前的能力很有限,一旦别的孩子再提出这样的要求暂时还无法实现。刘骏听了想一想,问学校老师,这家企业这样资助宋春红,是否与学校签有协议。学校老师说,与企业签的协议当然有,但既然学校领导要求保密,这份协议自然不便拿出来。不过,学校老师说,协议的内容她还记得一些,大致是说,企业一次性支付学校对宋春红的助学金4万元,供宋春红从四年级读到小学毕业,包括学习用具、日常生活用品以及在学校的食宿等项开支。将来宋春红升入中学,助学资金的事宜企业再与学校另行商定。另外,这笔助学金由学校负责监管。学校老师说,也就是因为有了这笔助学金,学校才根据这家企业的要求为宋春红安排了这间单人宿舍。刘骏又问学校老师,能否说出这家企业的名称?学校老师抱歉地说,这恐怕不行,学校当初和这家企业的协议上有明确规定,学校有义务为这家企业保密。不过,学校老师说,这家企业将这笔助学金打到学校账上的时间她记得很清楚,是在那一年的"六一"儿童节前一天,显然,这家企业选择这样一个日子是有所考虑的。刘骏听了点点头,对这个学校老师说,好吧,我们警方来学校调查过宋春红,这件事也希望您不要说出去。学校老师听了看了看刘骏问,也不能对学校领导说吗? 刘骏说,对任何人都不要说。

刘骏这样说罢,就和小李一起告辞出来。

小李对我说,他当时感到有些奇怪。他和刘骏是望江市公安局的刑警,这时去玉河乡的学校是调查案子, 如果需要知道那个资助宋春红的究竟是哪一家企业,完全可以去问学校的领导,学校应该是有义务将这家企业提供给警方的。可是刘骏为什么不再问了呢?这天从玉河乡的学校出来已经很晚。但刘骏告诉小李,尽管路上不好走,他们也必须当晚赶回望江市。小李这时对刘骏已经有了一些了解,他知道,刘骏的心里一定有事。果然,第二天将近中午时,刘骏才来到刑侦队。他告诉小李,那个3年前资助宋春红上学的企业,他已经查清楚了。小李听了很意外,问刘骏是怎样查到的?刘骏笑笑说,这很简单,他今天上午给天石县公安局那边打了一个电话,让他们帮忙去玉河乡信用社查一下,2009年5月31日,有一笔4万元的资金打到玉河乡学校的账上,这笔钱是从哪里打过来的?就这样,天石县公安局的人很快就查出来。他们来电话说,钱是湖北省永昌市一家叫何川圭美女性用品有限公司打过来的。刘骏说,他在这个上午立刻又与湖北永昌市的公安局联系,请他们帮助协查一下这家叫何川圭美企业的公司地址,现在这家公司的具体地址也已经查清楚了。小李听了有些不解,问刘骏,为什么对这家企业这样感兴趣? 刘骏说,直觉,只是一种直觉。刘骏对小李说,现在企业参加捐资助学这样的社会公益活动,通常有两种情况,一是这个企业家确实有爱心,有责任感,企业一旦赚了钱就想回报社会;二是这个企业家在有爱心的同时,也想树立企业形象,扩大企业在社会上的影响。所以,无论是哪一种情况,按一般常理,企业都希望在参加了这样的社会公益活动之后让更多的人知道自己。可是这家叫何川圭美的企业,他们资助了这个叫宋春红的孩子却不希望任何人知道,甚至还将学校有为此事保密的义务写入捐助协议,这就让人觉得有些不太正常。这是第一点,刘骏说,此外还有更重要的一点,据学校老师说,他们学校后来了解到,这家企业早在宋春红转来乡里的学校之前就曾去宋屋村找过宋玉椿,为宋春红捐过一笔钱,宋玉椿也正是因为拿到了这笔钱,才将宋春红送来乡里的学校读书。这在表面看起来似乎很正常,一个企业决定捐资助学,自然要找边远贫困的山区。宋屋村地处偏僻,交通不便,经济也很落后,所以这个企业找到这里资助宋春红这样一个有着特殊身世的孩子,应该也合情合理。但接下来的问题,玉河乡经济落后的村庄并不止宋屋村一个,这个企业又是怎样找到这里来的呢?而且,在去宋屋村的村委会了解情况时,村委会的人始终没有提起这件事,这就说明这家企业去宋屋村资助宋春红,并没有通过村委会,这显然就更不正常了。所以,刘骏对小李说,咱们还要马上再去宋屋村一趟。

小李和刘骏这一次开车去宋屋村,走的是另一条路,虽然不太好走,但这样绕开修路的路段,也就还是节省了很多时间。来到宋屋村,刘骏让小李把警车停在村外,然后两人步行来到村里。宋玉椿显然没有想到刘骏和小李又会来找他,两眼一眨一眨试探地看着刘骏。刘骏没有绕弯子,直截了当地问宋玉椿,是否曾有一家企业来资助过宋春红。宋玉椿一听刘骏问的是这件事,越发显得紧张起来,连忙说确实是有这件事,不过这家企业两次捐赠的钱,他确实都用在宋春红的身上了,自己一点儿都没有私留。刘骏听了立刻问,你说这家企业,曾来你这里为宋春红捐赠过两次?宋玉椿说是。刘骏说,你具体说一下。宋玉椿想想说,第一次还是4年前的事,一天上午有人把电话打到村委会,说要找他。他去接电话,一听对方是一个陌生女人的声音。这女人让他到乡里去一下,她在一个饭馆里等他。当时宋玉椿不知这陌生女人找自己有什么事,连忙赶到乡里,在约定的饭馆见到这个陌生女人。这是一个城里的女人,看上去很年轻。她说话很少,只是问了一下宋玉椿家里的情况,有几个孩子,然后又逐一询问了每个孩子的具体情况,最后在详细了解过宋春红之后就说,她所在的企业准备来宋屋村为贫困家庭的孩子捐资助学,现在选定了宋春红。这女人告诉宋玉椿,她先给他6千元,这笔钱主要用于宋春红的学习和生活,宋玉椿不能挪作他用。这女人这样说着就将这笔钱交给宋玉椿,然后说,她后面还会再给他送一些钱来。但是,这女人又说,捐资助学这件事不要告诉村里的人,对任何人都不要说。当时宋玉椿不解,问这女人为什么?这女人说,现在我们企业的经济实力有限,如果这件事传出去,大家都来要求资助,企业还没有这样的能力。宋玉椿说,1年以后,这女人果然又送来1万元钱。但她这一次又提出了具体要求,让宋玉椿将宋春红转到乡里的学校去读书,而且一定要寄宿。于是就这样,宋玉椿就将宋春红送去了乡里的学校。宋玉椿说到这里,又咬牙跺脚赌咒发誓地对刘骏说,他确实把这两笔一共1万6千元钱都用在宋春红的身上了,自己一分钱都没有留。

刘骏听了没再说话,就和小李一起从宋玉椿的家里出来。

小李告诉我,事情到这里就已经很清楚了。于是,刘骏立刻决定,将调查方向转向这个在湖北省永昌市注册的何川圭美女性用品有限公司上来,而且很快锁定了韩圭美。

我在另一个卷宗袋里,找到了警方对韩圭美的讯问笔录。从这份厚厚的笔录中可以看出,在讯问过程中,韩圭美的态度很配合。这应该让当时负责办这个案子的刘骏感到有些意外。我在另一份办案记录的材料中曾看到,刘骏在对韩圭美讯问之前,做了充分的准备工作,甚至关于韩圭美的态度,也设想了许多种可能,而且针对每种可能都制定了相应的方案。刘骏的担忧当然是有道理的。这起案件毕竟已过去了12年,当时的许多关键性物证都已不复存在。这一次韩圭美自己主动回来,她心里究竟是怎样想的还很难猜测。如果在讯问过程中,她对所有的事情都矢口否认,警方就会陷入被动,后面的工作也就很难再进行下去。

但是,让所有当时办案的刑警都没有想到的是,这一次从首都机场回到望江市,对韩圭美的讯问竟然进行得很顺利。韩圭美从国外回来之前,显然已经过深思熟虑,而且做了充分的心理准备。所以,她在回答警方的讯问时也就很坦然:

姓名?

韩圭美。

性别?

女。

职业？

何川圭美女性用品有限公司董事长兼总经理。

籍贯？

…………

你的籍贯？

湖南省，天石县水竹乡山前村人。

你是否在玉河乡的宋屋村生活过？

…………

你与宋屋村的宋玉良是什么关系？

好吧……我可以告诉你们，我就是……韩桂梅。

请你再说一遍。

我就是，你们要找的韩桂梅。

嗯，韩桂梅，你这样的态度很好，我们表示欢迎。

…………

再问你一个问题，宋春红，是你什么人？

是……我的女儿。

你和谁生的女儿？

宋玉良。

现在你说一下，12年前的那个早晨，你是怎样离开宋金福家的？

这件事，一句话两句话很难说清楚。

为什么？

事情很复杂。我还是……从头讲起吧，可以吗？

可以，你讲吧。

我的家在天石县水竹乡的山前村，这你们已经知道了。我后来到玉河乡的宋屋村，是嫁过去的。关于我嫁给宋玉良这件事，当时宋屋村的很多人都不理解，搞不懂我好端端的一个女人为什么会嫁给宋玉良这样一个瘫在床上的残废。这件事当然有原因。但是这个原因，我这些年从没有对任何人说起过。对不起，我能抽支烟吗？哦……好，谢谢。

我是1977年春天在山前村出生的。听我祖母说，我出生之后接连发生了很多事，先是我祖父突然去世了，接着只过了一天，我母亲也去世了。从那时开始，我们的那个村里就接连莫名其妙的死人。后来才知道，是村里突然闹起一种奇怪的瘟疫。这时村里的人们就怀疑到是我的缘故。有人说我是个妖孽，一出生就妨死了祖父，又妨死了母亲，接着还给村里带来这样一场灾难，妨死了这样多的人。甚至有人说，如果留着我，将来说不定还会给村里带来什么灾祸。当时我父亲听信了村里人们的这些话，就将我扔到了村外的山上。后来还是我的祖母偷偷去山上把我抱回来，我才没有被冻死。接着没过多久，我父亲也病死了。我就这样和祖母一起生活。我祖母是一个很明事理的人，她经常对我说，一定要读书，我只有读书将来才可能有出路。那时生活虽然很困难，但祖母宁愿将家里的两间老屋卖了，也咬着牙让我去上学。到我16岁那年，祖母也病死了。那些年山前村的人们始终认定我不吉利，会给村里带来噩运，只是因为有祖母的庇护，我才在村里生活下来。现在没有了祖母，我知道，我也无法再留在村里了。于是，我就在那一年秋天离开了山前村。

我先在县城里游荡了一段时间。我本想找一份工作养活自己。但我当时毕竟只有16岁，身材看起来也比同龄的女孩子瘦小，而且那时天石县城还很萧条，街上的商店和饭馆很少，所以，我一直没有找到工作。我在临出来时，将祖母留下的一点儿钱都带在身上。这时身上的钱也已经快用完了。于是，我决定离开天石县城，到外面去看一看。我当时只是随便上了一辆长途汽车，并不知道这辆车要开到哪里。就这样，我糊里糊涂地来到湖北的黄门市。黄门虽然只是一个地区级城市，但我那时从没有出过远门，县城都很少去，所以在我看来，这个城市已经很大了，马路很宽，街上的行人也很多。可是我在这里仍然没有找到工作。我说话的口音是天石县的山里土话，当地人听起来很费力，我的样子又显得单薄瘦小，所以没有人肯雇我工作。我就这样在黄门游荡了很长时间，饿了去饭馆，捡人家吃剩下的一点儿残羹剩饭，晚上就去火车站或长途汽车站找一个角落睡觉。这时已是冬天。我从家里出来时穿的是单衣，渐渐地就快要坚持不住了。一天下午，我又去一家饭馆吃人家丢下的剩饭，突然被一个男服务员揪住衣服推搡出来。我站在饭馆门口，饿着肚子越发感到身上寒冷，于是就去饭馆窗外的墙下坐下来避风。这时一个男人朝我走过来。他站在我面前，先是很认真地看看我，然后问我多大了。我告诉他，18岁。我故意多说了两岁，我在那段时间找工作已经有了经验，我知道，如果年龄小机会就会更少。这个男人又让我站起来，在他面前转了一下，然后点点头问我，想工作吗？我立刻说想，当然想工作。这男人说，你跟我来吧。他这样说着就将我又领进这个饭馆，来到后面的一个房间，叫人端来一些饭菜让我吃。我已经很久没有吃过正式的饭菜了,所以很快就将桌上的东西都吃光了。这时我才知道,这个男人是这家饭馆的老板。他告诉我,叫他明哥就可以。接着这个明哥又叫来一个女孩,带我去后面洗了一个热水澡,又找来几件衣服让我穿上。然后,他看看我,好像很满意地嗯了一声。在这个下午,我真从心里感激这个明哥。我知道,我现在有了一份工作,以后不会再在街上受冻挨饿了。但我这时并不知道,这个明哥表面经营这样一家饭馆,其实在饭馆里面还做别的生意。

就在这个晚上,我终于明白这个明哥让我做的是什么工作了。我的第一个客人是一个干瘦的中年男人,看上去挺斯文,但力气大得惊人。他一进来就迫不及待地把我抱起来扔到床上。我当时吓坏了,一下尖叫起来。我这样一叫这个男人也慌了,连忙扑过来捂住我的嘴。我一急就在他的手上咬了一口。我这样激烈地反抗让这个男人很恼火,他立刻穿上衣服出去了。一会儿明哥来了。明哥阴着脸问我,怎么回事?我这时已经说不出话来,只是坐在床上不停地哭。明哥说,多余的话我不想对你说,你的心里应该明白,你现在的工作是干什么,不过就在今天中午你还是什么样子,你当然也不会忘记,当时我问过你,是你自己对我说愿意工作的。我哭着说,我说愿意工作,可不知道是这样的工作。明哥说你以为是什么工作,只拿钱不出力吗?再说这样的工作有什么不好,你只要在床上躺一晚上,就可以挣到50元,一个月就是一千五,我这里还管吃管住,你去哪里找这样的好事?只怕在这里做一段时间,再让你走你都舍不得走呢。明哥这样说着脸又沉下来。他用手拍了一下厚厚的墙壁说,这里的房子很严实,你如果想嚷就只管使劲儿嚷,外面不会有人听到,不过,你如果惹恼了客人可就是你自己的事了,到时候我也帮不了你。明哥这样说完就转身出去了。

我就从这个晚上开始,在这个叫明哥的男人这里做起了这种营生。直到这时我也才知道,做这种营生有多么可怕。来这里的男人形形色色,而且什么古怪脾气的都有,他们做这种事并不是简单地做完了就走,还会提出各种各样稀奇古怪的要求,有的要求简直让人无法忍受。还有一种男人,专喜欢在我来月经的时候做这种事。尽管那个叫明哥的男人总提醒我,一定要让客人戴上安全套,但我渐渐地还是患上了妇科病。这时我已经意识到,我无论如何都不能再在这个地方做下去了,否则我就要彻底被毁了。但这个叫明哥的男人对我们看管得很严。这里有十几个女孩,我们每天白天睡觉,晚上起来做一夜生意,也有的时候白天也要接待客人。偶尔我们要出去买一些日用品,明哥也会派人跟着,而且盯得很紧。但我这时通过和客人聊天接触,心里已经有了一个计划。一次,一个经常来找我的客人又来了。他这天很高兴,刚刚买了一部新手机,一直在手里不停地摆弄。我就装作不经意地跟他学会了怎样用这个手机打电话。一会儿,我趁他去卫生间洗澡的机会,就用这部手机拨打"110"报了警。在这个晚上,警方很快来人将这个饭馆封起来。明哥和他手下的几个人都被警察带走了。我们这十几个女孩也被带到公安局。这时我已知道,这个叫明哥的男人强迫我这样年龄的女孩卖淫是要被判重罪的。于是,我就对警方如实说出了自己的年龄。

我就这样被警方解救出来。警方在做过笔录之后,又问我的原籍是哪里。我不想说出山前村,我已经不想再回那个地方了。但警方对我说,这样不行,我必须说出原籍,因为他们将我解救出来,一定要送回原籍才算完成了这项工作。我没办法,只好告诉他们我的家是在湖南天石县水竹乡的山前村。但这时我自己也不知道,我回到山前村还能投靠什么人。当初我出来时,曾想向村里的几个亲戚借一点儿钱。可是这些亲戚都躲我远远的,甚至连门都不愿给我开,好像唯恐沾了我的晦气。所以这一次,我不知道如果真回到村里该怎样生活。警方还是很负责任地把我送回到山前村,而且还给我买了一些食品和日用品,又给我留下了一些钱。但是,我家里的房子本来就很破旧,又废弃了这样久,已经无法再住了。我没有别的办法,只好硬着头皮去投靠邻村的一个远房姑姑。让我没有想到的是,这个远房姑姑竟然很痛快地就收留了我。她家里的经济条件也不好,只在山坡上有一块薄地,平时再编一些竹器拿出去卖。于是,我住在这个远房姑姑的家里,每天就尽力帮她做一些事情。这样过了一段时间,有一天,这个远房姑姑突然对我说,你在我这里住了这样久,我家里的条件你也知道,如果再多一张嘴实在是养不起了。我一听这个远房姑姑这样说就明白了,她是要让我走。但这个远房姑姑立刻说,我不是这个意思,你误会了。这个远房姑姑告诉我,她这段时间一直在为我的事考虑,我这样下去也不是长久的办法,所以,她为我找了一个男人,是玉河乡宋屋村的,叫宋玉良,我如果嫁给他,也就算是有了一辈子的归宿。我当时听了真是从心里感激这个远房姑姑,所以她问我的意见时,我想也没想就答应了。但是,我后来才知道,宋屋村的这个叫宋玉良的男人竟然是一个长年瘫在床上的残废,我的这个远房姑姑把我介绍过去,从男方那里拿到了一笔彩礼钱。我知道了这件事的真相之后也就明白了,我已经别无选择。如果我不同意这门婚事,这个远房姑姑也不会允许我再在她的家里住下去了,可是我在黄门市的那段经历,又让我对外面充满了惧怕。我已经无处可去了。所以，我只能同意。

　　让我稍稍感到一点儿安慰的是，这个叫宋玉良的男人虽然是一个残废，但心肠很好，我嫁给他之后，对我也很体贴。于是我也就死心塌地地留下来，决定就这样守着这个男人过一辈子了。在我嫁过来之前，一直是宋玉良的一个堂弟偶尔过来照顾他一下。我嫁来之后，自然也就将家里的所有事都承担起来。我结婚的第三年，宋玉良竟然还让我生下了一个女儿，这又是让我感到惊喜的一件事。但是，也就在这一年出事了。那是一个中午，我去山上的竹林里挖竹笋。当时我正在拉肚子，一边挖笋忽然感到一阵肚子疼，于是就在竹林里蹲下来。但就在这时，我突然看到了一双男人的眼睛。我立刻认出来，这个男人是村里的宋金福。我当然知道宋金福是什么人，而且已经感觉到，自从我来这个村里，他经常远远地盯着我看。所以这时，我连忙起身提上裤子。但宋金福已经几步走过来。他一句话都没有说，抓住我的裤子用力向下一拉，然后就在竹林里把我强暴了。这天从竹林回来，我没有对任何人说。我本以为这件事就这样过去了，但让我没有想到的是，从此以后，这个宋金福就经常趁我上山或下田的时候纠缠我。后来他竟然向我提出，让我每天晚上去他的家里。宋金福威胁我说，如果我不答应，他就去把我的家一把火烧了。我的心里很清楚宋金福是什么人，知道他什么事情都干得出来。于是，为了宋玉良，也为了我的孩子，我就只好答应了。宋玉良还是很快就知道了这件事。他虽然是一个残废，但作为一个男人也无法忍受这种事。可是他又没有任何办法。后来他曾几次想喝农药自杀，幸好都被我及时救下了。我渐渐发现，宋金福不仅在村里横行霸道，他很可能在外面还干着什么见不得人的事情。一天夜里，他突然神色慌张地对我说，他有事要出去一段时间。接着又恐吓我说，他不在村里的这段时间，让我老老实实的，不要跟别的男人接触，如果他回来时在村里听到了什么关于我的风言风语，他绝不会放过我。他这样说罢收拾了一下就匆匆地走了。宋金福这样一走，我的心里反而松了一口气，这样我也就不用每晚再来他这里了。但我当时并不知道，事情没有这样简单。又过了一段时间，一天傍晚，我从田里回来，杨二宝突然在路上拦住我，说宋金福回来了，让我去他那里。我当时听了将信将疑，但还是跟着杨二宝来到宋金福的家里……

　　等一等，这时杨二宝和杨德利，来宋屋村多久了？
　　具体时间……已经记不清了，应该有几个月了吧。

这两个人，平时与宋金福的关系怎么样？

他们经常一起喝酒，有时还商量什么事。

你感觉，他们之间，谁更怕谁一些？

好像，杨二宝和杨德利更怕宋金福。

你是怎样看出来的？

有一次，杨二宝不知说了一句什么话，被宋金福一拳打倒在地上，鼻子和嘴角都流出血来，杨二宝爬起来一句话都不敢说，杨德利也赶紧过来替他说好话。

杨二宝和杨德利，是哪里的人？

不知道，也没听宋金福说起过。

听他们说话的口音呢？

好像……不是湖南人。

好吧，你接着说吧。

在这个傍晚，我来到宋金福的家才知道，我被杨二宝骗了。宋金福并没有回来。自从宋金福走后，杨二宝和杨德利就搬到他这里来住，说是给他看家。这天晚上，我来到宋金福的家，杨德利正坐在桌前喝酒，接着杨二宝就在我的身后把屋门关上了。我立刻感觉不对劲儿，转身要走。这时杨德利走过来，不由分说把我按到床上，就把我强暴了。接着就是杨二宝扑上来。我就这样被他们两个人轮番强暴了一夜。后来这样的事又发生过几次。我知道杨二宝和杨德利跟宋金福是一样的人，他们什么事都干得出来，所以他们每次叫我，我都不敢不去。但后来有一次，我实在无法忍受了，于是临走时对他们两人说，你们就不怕宋金福回来，我把这件事告诉他吗？杨二宝和杨德利听了我的话立刻都愣了一下，相互看了看没有说话。我的这句话果然起了作用，这以后，他们两个人再也没有来找过我。但没过多久，我发现自己怀孕了。刚开始的时候，这件事我没有对任何人说。可是后来渐渐地就瞒不住了，我的肚子一天天显现出来。杨二宝和杨德利立刻来找我，问我这是怎么回事？我说什么怎么回事？他们问，这孩子是哪里来的？我说这孩子是哪里来的？你们还来问我吗？他们又问，这孩子是谁的？我说，你们两人应该知道，这个孩子是谁的？这时他们两人又相互看了一眼。他们当然也搞不清楚这孩子究竟是谁的。杨二宝问我，等宋金福回来，你怎样对他说？我说，我只能告诉他，这孩子是宋玉良的。但这时杨二宝和杨德利还并不知道，我这样说其实是在骗他们。宋玉良由于几次喝农药想自杀，病情日渐加重，已经高位截瘫，早已没有了生育能力。所以，等宋金福回来,我即使这样对他说,他也绝不会相信的。

就这样,我生下了一个男婴。在这个孩子三个月大时,宋金福突然回来了。宋金福是在那天的早晨回村的,我当时并不知道。那天下午,宋金福把我叫到他的家里。我当时想了想,就特意将孩子背在了身上。我这样做的目的有两个,一是让宋金福知道,在他出去的这段时间我又生下了一个孩子,这样总比他自己知道了再来问我要好。第二也想让他知道,这孩子这样小,所以我晚上不能住在他这里。果然,宋金福一看到这个孩子眼就立刻瞪起来。他问我这孩子是谁的?我想了想说,是宋玉良的。宋金福听了只说了一句,你等着。然后就出去了。我当时从宋金福脸上的神情已经看出,可能要出事了,但我还没有想到会出后来这样大的事情。快到傍晚时,宋金福回来了。他显然在外面喝了很多酒,走路有些打晃,手里还拎着一只酒瓶子。他一进来就说,我再问你一遍,这孩子到底是谁的?我又说,是宋玉良的。但我的这句话刚说出口,他立刻冲我的脸上狠狠扇了一巴掌。我被他打了一个趔趄,怀里抱着孩子一下摔倒在地上。宋金福又用力踢了我一脚,然后恶狠狠地说,你以为我出去两年,村里的事就不知道了吗,我已经问过了,宋玉良已是一个半死的男人,他还能给你弄出孩子来吗?他这样说着从我的怀里扯过孩子扔到床上,然后抓起墙边的一根铁钎就用力朝我的身上打来。我立刻疼得在地上滚来滚去,想说话却一句都说不出来。宋金福就这样打了我一阵,才停下来问,这孩子到底是谁的?我这时已经被打得躺在地上不能动了。其实我从一开始就没打算替杨二宝和杨德利隐瞒,我没有立刻说出来,只是想让宋金福的火气更大一些。我知道,如果宋金福知道了这件事的真相一定不会放过杨二宝和杨德利,这也正是我所希望看到的。所以,我这时才对宋金福说出,是杨二宝和杨德利。接着就将这件事都说出来。果然,宋金福听了立刻气得两眼发黑,当即将杨二宝和杨德利找来。在这个晚上,杨二宝和杨德利一进门看到我这样躺在地上,立刻都明白了,连忙向宋金福解释,说这件事与他们两兄弟无关。宋金福这时已经不听他们的解释,立刻拎着那根铁钎朝他们扑过去。但宋金福因为喝了酒,脚下已经不稳,他抡起铁钎朝杨德利砸过去,却没有砸到。杨德利和杨二宝连忙一起将宋金福死死地抱住。可是喝了酒的宋金福一用力就将他们两人甩开了,接着一铁钎就砸在杨德利的头上。杨德利只哼了一声就躺在地上。杨二宝一见连忙转身朝门外跑去。宋金福立刻又从后面追上去,一下就将那根铁钎插进了杨二宝的后背。杨二宝跟着也扑倒在地上。宋金福杀了这两个人,坐到一边,又抓过酒瓶喝了几口酒,然后就跌跌撞撞地朝我走过来。我这时已经吓坏了,我知道宋金福肯定不会放过我。他走到我的面前,三下两下扒掉我的衣服,然后把我从地上拖起来扔到床上,就朝我的身上扑过来。但就在这时,他看到了床上的孩子。他突然抓过那个孩子,用两手狠狠掐住他的脖子。他用的力气很大,我甚至都可以听到孩子脖子里的骨头被拧断的声音。就这样,这孩子叫也没叫一声就死了。我当时只觉眼前一黑。这孩子毕竟是我生下来的,而且他没有任何罪过,可是宋金福就这样在我面前把他活活地掐死了,我突然觉得喉咙里一堵,然后哇的一声就吐出一口黏糊糊的东西。宋金福扔下孩子的尸体又朝我的身上扑过来。我这时已经麻木了。我任凭宋金福在我的身上发泄之后,看着他歪在一边的床上呼呼地睡过去。也就在这时,我从床边的褥子底下摸出了一把柴刀。这把柴刀是我早就藏在宋金福的床下的。我知道自己总有一天会无法忍受这种生活,所以我就事先藏了一把这样的柴刀。我想,如果哪一天我实在忍无可忍了,就用这把柴刀将宋金福砍死。我在这个时候看着睡死过去的宋金福,我觉得他简直就是一个恶魔。我本来已经有了重新开始的生活,我有了丈夫,有了自己的孩子,可是现在,这个恶魔却把我这一切又都给毁了,毁得我人不人鬼不鬼,现在,他甚至连这样一个只有几个月大的孩子都不放过。我想到这里,就抓起这把柴刀用力朝他砍过去。但我这时已经被他打得浑身是伤,手上已没有了力气。我把柴刀砍在宋金福的身上,他立刻疼醒了,睁开眼刚要爬起来,我连忙又朝他的身上砍了几刀。最后一刀终于砍在了他的脖颈上,接着又一刀砍在了他的喉咙上。一股血沫立刻涌出来,我听到噗的一声,宋金福的两眼用力瞪了几下就咽气了……

这就是12年前那起血案的全过程?

是。

也就是说,杨二宝和杨德利,还有那个男婴,都是宋金福杀死的?

对。

而宋金福,是你杀死的?

是。

你后来又是怎样离开宋金福家的?

我杀死宋金福之后,就这样在床上呆呆地坐了一夜。到早晨的时候,村里的宋祥生来找宋金福。他看到这里发生了这样的事就一边喊着跑回村里叫人去了。这时我才渐渐清醒过来。我突然想到,我还只有二十多岁,我的一辈子不能就这样毁了,再说我还有一个女儿,我如果就这样成了一个杀人犯,我的女儿怎么办?宋玉良已经成了这个样子是没有任何能力照顾女儿的。外面已经渐渐有了人声,可以听出有很多人朝这里跑过来。于是,我立刻穿起衣服。我知道宋金福这次回来还带回一大笔钱,这笔钱就装在一个棕色的造革提包里。我找到这个提包,就从后门悄悄走了。我在这个早晨已经想好,我这一次要远走高飞了,但我还是放心不下我的这个女儿,也放心不下宋玉良。所以,我犹豫了一下就还是先回到家里。我并没有告诉宋玉良刚刚发生的事,我只是对他说,我要先出去一段时间。我本打算再给宋玉良和女儿留下一些钱。但这时,我已经听到警车的警笛声,于是就赶紧走了。

你在那个早晨走后,就再也没有回过宋屋村吗?

没有……回去过。

也没再和家里联系?

我有了企业以后,只是让人给女儿以捐资助学的名义送过一些钱,这你们都已知道了。

这个何川圭美女性用品有限公司,又是怎么回事?

我离开宋屋村,先在外面漂荡了一段时间,后来就来到湖北的永昌市。我先在何川日用品有限公司里打工。后来这个公司的老板何川先生要移居国外,我手里还有当初从宋金福那里带出来的那笔钱,于是就把这个公司的壳买下来。为了不流失公司过去的客户,就把名称改为何川圭美。我这时……已经不想再跟任何男人打交道,所以,我就改做女性用品的生意,而且规定,我的何川圭美企业只雇用女性员工。我的事,就是这些……

再问你最后一个问题,你这一次,为什么决定回来投案?

因为我听说,你们已经找到了我的女儿。

就因为这个吗?

是。我不想让我的女儿知道这件事,也不想让她再……我本来已经想好了,等她小学毕业,如果没有发生意外的情况,我就把她接出来读中学,读大学,将来再送她出国……

好吧,我现在告诉你,我们在调查这个案子时,并没有惊动孩子。

谢谢……谢谢你们……

我在离开望江市之前,接到刘骏的一个电话。刘骏先在电话里向我道歉。他说这段时间实在太忙了,所以一直没有抽出时间接受我的采访。他接着又说,告诉你一个好消息,你想当面采访韩桂梅的事,我总算给你联系好了,明天上午,你就可以去市里的第一看守所。

我听了沉一下,说,还是……不去了吧……

刘骏立刻不解地问,为什么?

我想一想,一时竟想不出为什么。

于是说,等这个案子判下来,你告诉我一下。

刘骏说,好……好吧。

我这一次深入生活的经历写到这里就可以结束了。但我突然意识到,还有一件事没有交代清楚,就是我在一开始说的,40年前江明越狱的这个案子。

据我们街上的人说,江明是在越狱的第8天被抓到的。

后来的事实证明,大刘的分析确实是正确的。就在他去炼钢厂见那个叫夏萍的女孩的第二天,江明果然去炼钢厂了。当时是在一个晚上,这个叫夏萍的女孩刚好上夜班。那时炼钢厂有一个特殊规定,由于劳动强度大,所以上夜班的工人要吃一次夜餐。当时这个叫夏萍的女孩去食堂买了饭回来,正走到离车间不远的地方,突然发现有一个人出现在自己面前。夏萍定睛一看,竟然是江明。当时江明的样子一定很吓人,头上戴着一顶脏兮兮的帽子,脸上满是污垢,只有牙齿和眼球是白的。他站在夏萍的面前先是做了一个手势,意思是告诉她不要出声,然后又朝旁边的一个角落指了指,让她过去。但就在这时,夏萍突然扔掉手里的饭盆尖声大叫起来。当时正是吃饭时间,车间里都停止了作业,加之是在夜里,所以夏萍的叫声一下就传得很远。待附近的工人赶过来,江明早已不见了踪影。厂里的保卫科立刻通知了警方,然后就将几个厂门都封锁起来。但是,凭着江明的身手封锁厂门显然没有任何意义。在这个晚上,大刘是第一个赶来炼钢厂的。根据大刘的分析,江明应该没有离开这里。他既然来找夏萍,又没有来得及跟她说话,他是不会轻易离开的。大刘这时已经断定,江明这一次越狱的目的就是要来见夏萍。于是厂里组织起上夜班的工人配合警方在全厂进行了拉网式的搜捕。可是炼钢厂的厂区实在太大了，而且地形复杂，加之堆放了许多炉料和钢锭，又有堆积如山的炉渣，所以这样的搜捕一直持续到天亮，也没有发现江明的踪影。

但在这个早晨，就在夏萍快要下班时，还是出事了。

事后据我们街上的人说，当时夏萍从天车操纵室下来，打了一杯水，再爬回到天车上的操纵室时，刚刚打开门进去，立刻就被一只手用力按住了。夏萍这一次没有再尖叫，她只是呆呆地看着不知什么时候藏在操纵室里的江明。操纵室里发生的这一切很快被底下的人发现了。此时来炼钢厂搜捕江明的民警们还没有撤走，于是立刻闻讯赶到炼钢车间，把这架天车包围起来。江明在天车上看到下面赶来的民警，并没有慌张。他冲下面大声地说，你们不要上来，否则我就把她扔下去！夏萍随之尖厉地叫了一声。但根据大刘的判断，江明是不会轻易伤害夏萍的。江明显然还深爱着夏萍，他这一次从监狱逃出来，应该不是来报复夏萍的，他一定是有什么话要对她说。所以，当警方决定，伺机向天车上的江明开枪射击时，大刘立刻坚决反对。大刘向天车上的江明喊话说，我们知道你是不会伤害夏萍的，我们可以给你10分钟时间，让你和夏萍谈一谈，10分钟后，你自己下来，还可以算你自首。就这样，下面的人等了10分钟。但10分钟后，就在江明打开天车操纵室的门准备下来时，夏萍却突然在后面用力推了他一把。事后夏萍解释，她当时吃不准江明打开操纵室的门是什么目的，她想的是，如果江明并没有打算这样下去自首，如果他下决心用自己做人质，要跟下面的警方对峙下去，他毕竟是一个越狱的逃犯，自己的处境显然就会更加危险了。所以，她当时这样做完全是出于保护自己。然而夏萍这一下确实推的力量很大，江明没有防备，一下就从操纵室里跌了出来。但是，江明毕竟有一些身手，他在掉下来的一瞬迅速地一转身就用两只手扒住了操纵室下面的边沿。底下的人看了立刻都倒吸一口冷气。这时只见江明一边吊在操纵室的下面，仍还在对夏萍说着什么。夏萍却并不说话，只是用力去掰江明的手指，试图让他掉下去。这时大刘已经不顾一切地沿着天车上的铁梯朝上面爬去。大刘这时显然是忘记了江明的身手，他应该知道，他即使这样上去也不会对江明的安全起到任何作用。就在这时，夏萍见自己掰不开江明的手指，索性用脚拼命地去踩，而且还一下一下用力地去踩。江明终于忍不住了，手一松就从上面掉下来。但他在掉下来的同时身体用力一摆，就朝铁梯这边荡过来。此时大刘已经攀到操纵室的附近，他看到江明这样掉下来以为是发生了意外，连忙伸手去拉他。就这样，在江明荡到铁梯上面的同时，大刘由于身体失去平衡也一头栽了下去。据当时在场的人说，在大刘掉下来的一瞬，幸好江明又拉了他一把。大刘原来是头朝下掉下去的，这样后果将不堪设想。而江明拉了他一下，就使他的身体正过来。但即使如此，大刘从十几米高的铁梯上掉下来还是把一条腿摔断了，而且由于脑震荡，立刻就昏了过去。

关于江明在天车的操纵室里究竟对夏萍说了什么，一直是一个谜。后来我们这条街上的人众说纷纭，却莫衷一是。据说江明在被捕后，民警也曾反复问他这个问题。江明却始终没有回答。他只告诉民警，这是他和夏萍两个人之间的事情。

大刘伤好以后，又回到我们这条街上继续当户籍警。

据大刘说，江明被捕后，他再也没有见过他……

2012年冬　写毕于天津环湖医院1206病室
2013年元月定稿于天津木华榭

后　记

　　我在完成这部长篇小说的过程中，经历了很多意想不到的事。先是2012年2月，我去辽宁的公安系统深入生活。那天搭乘的飞机来到沈阳上空，已经开始下降高度，就在起落架放下的一瞬，机头突然又拉起来，惊得机舱里的乘客都一身冷汗。然后才接到通知，说是机场由于大雪，飞机不能降落。于是只好改飞烟台机场备降。我当时就有一种预感，可能要出什么事。果然，在烟台住了一夜，第二天重新飞沈阳，下午正在开座谈会，就接到了家里的电话，说是母亲不行了。家里告诉我，尽管医生在做最后努力，但已是弥留，我肯定已见不到母亲的面了。全国公安文联的秘书长、著名作家张策先生立刻为我订了飞北京的机票，然后又安排了一辆车在首都机场的出口接我，直接将我送回天津。就这样，我回到家之后，看到母亲的照片已被黑框镶起来。在我这次出门之前，刚刚从南方回来。母亲给我打了一个电话。我知道母亲很想让我去看一看她。那段时间，我一直在忙，已经很久没有去看母亲了。但是，母亲在那个晚上并没有说出来。她知道我事情多，所以只是问我这一次又要去哪里，先到哪里再到哪里，一点一点问得很详细。我知道母亲的心思，所以告诉她，我这一次回来立刻就去看她。她听了没有说话，只是轻轻地叹息一声。现在想来，母亲当时也许是已经有了预感的，所以在那个晚上才这样想见我。果然，只过了一天，她就去世了。

　　在这里，我将这本书献给母亲吧，愿她在天国能看到。

　　2012年的10月，我又出了一件事。当时去内蒙西部的边境采访，不慎患了感

418

冒,回来后竟发展成一场罕见的大病。这场病来势凶猛,以致我还没有意识到是怎么回事,就已被推进重症监护室。事后我才知道,那段时间医生已下了病危通知。我就这样在医院住了两个多月,直到2013年元旦前夕才出院。因此,这部长篇小说的最后部分,我是在病房里,在病床上完成的。当时刚刚有了一点气力,在接着写这部小说时,我真担心经过这样一场大病,恐怕前后的气韵会接不上。但最后统稿时看一看,感觉还完整。

我曾经写过一部题为《红》的长篇小说,也是由百花文艺出版社出版的。这部长篇小说,用的又是《红》的结构和形式。我倒并不担心重复自己。我只是觉得,这样的结构和形式,更适合于这样的题材。当面对一个信息量巨大的而且是散点式的题材时,如果用常规意义的长篇小说结构显然会受局限。只有用《红》或这部《流淌在刀尖的月光》这样的形式,才可以更好地将散点式的素材有效地整合起来,同时又不至于使信息量流失。不过我这一次还是做了一些新的尝试。我试图建构两个文本,一个是外部的,所谓"非虚构文本"。另一个则是内部的,也就是"虚构文本"。当然,这种虚构与非虚构都仅仅是形式,实质上讲还是小说。如此一来,将这样两个文本咬合在一起,既拓展了这部小说的叙事空间,同时也将叙事的时间充分调度起来,从而建构起一个属于自己的可以"弯曲"的时空。显然,这种结构和形式在人物与情节上使我获得了更大的自由度。同时,在这部小说中,我借"我"之口,也已将笔下所有的人物做了一个说明:"我采访到一个人,可能将来写出来就变成了若干个人,当然,也可能采访到若干个人,写出来时会变成一个人。"

是的,的确是这样。

我这一次到全国各地的公安系统的基层去深入生活,接触到数不清的刑警。他们都给我留下了深刻的印象。而这些可爱的刑警们就到了我的笔下,在这部长篇小说中,也就融为这些具体的鲜活的形象。还有这位"李长武"局长。在他的身上也有诸多公安局长的影子。

现在就要说感谢的话了。

在美国好莱坞有一句很流行的话:"无论你在台上说感谢的话时,多么面面俱到,几乎滴水不漏,第二天报纸出来还会有人表示不满。"所以,我在这里就不一一历数应该感谢的人了。总之,因为这部作品,应该感谢的人太多了,实在是篇幅有限。

所以,我只能说,感谢所有为这部小说付出努力的人。

不过在这里还是要向中国作家协会表示感谢。是中国作协为我提供了这样一次难得的深入生活的机会。我想这次深入生活的收获，还不仅仅是这样一部长篇小说，对我今后的创作也必将产生深远的影响。同时也要感谢公安部，感谢全国公安文联，特别要感谢全国公安文联秘书长、著名作家张策先生对我在创作这部长篇小说的过程中提供的帮助。我还要感谢百花文艺出版社，感谢李华敏女士，还有这部书的责任编辑高为先生。

2013年1月26日写于天津白堤路